서광, 더 큰 세상에서 빛나다 II

리홍규(李洪奎)

치치하얼사범대학 수학과 졸업.
베이징사범대학 현당대문학 석사과정 졸업.
윤동주 문학상, 한국재외동포문학상,
KBS 서울프라이즈 최우수상 등 수상.
수필집 <운명에 도전장을 던져라>등 3권.
시집 <양파의 진실>출간.
중국작가협회 회원, 중국소수민족문학학회 이사.
흑룡강성조선족작가협회 회장.
흑룡강조선어방송국 부국장 역임.

서광, 더 큰 세상에서 빛나다 Ⅱ

초판 인쇄 2022년 12월 10일
초판 발행 2022년 12월 20일

지은이   리홍규
펴낸이   박찬익
편집   정봉선
펴낸곳   ㈜**박이정**   ┃주소 경기도 하남시 조정대로 45 미사센텀비즈 F827호
전화   031-792-1195   ┃팩스 02-928-4683
홈페이지 www.pjbook.com   ┃이메일 pijbook@naver.com
등록   2014년 8월 22일 제2020-000029호
제작처
ISBN   979-11-5848-839-0 03800

서광,
더 큰 세상에서
빛나다 II

서광사람들 실록
리홍규

㈜ 박이정

차 례

작가의 말 · 9

제3부
60년대 출생 세대들

1. 선택의 의미 — 라명화(감숙성 란주, 서울) · 17

2. 세상은 눈물을 믿지 않는다
   — 최옥녀(한국 서울) · 53

3. 죽음의 문턱까지 세 번 갔다온 사람
   — 김덕룡(한국 인천) · 83

4. 영성과 지성의 길을 찾아서 — 박길춘(베이징) · 111

5. 사범대학 한국어학과를 창설한 교수
   — 김선자(강소성 염성) · 123

6. 융화 — 우재학(한국 서울) · 141

7. 사랑과 영혼 — 신경란 · 155

4

8. 돈 많은 남자 찾아 뭘 해요?
  ― 김성주(한국 충청남도 아산) · 169

9. 중국조선족언론사업 개혁에 앞장서서
  ― 한광천(하얼빈) · 177

10. 망자의 영광과 슬픔
  ― 리명철(천진, 산동성 일조) · 185

11. 60년대 출생 11인 스케치: 성덕찬(흑룡강 상지), 장인환(베이징),
  장해선(일본 群馬県), 김창금(대경), 김홍국(천진), 김준걸(하북성
  랑방), 안병관(한국 서울), 김성학(하남성 신향), 김성욱(베이징),
  엄성홍(한국 서울), 김선식(일본 도쿄) · 205

제4부
50, 40년대 출생 세대들

1. 착한 사람의 신산한 삶, 그는 굳세게 살았다
  ― 김성국(삼강평원, 한국 서울) · 227

2. "서울 서광촌" 촌장의 이야기
  ― 최형수(한국 서울, 순천) · 257

3. 도전에 도전을 거듭하며 ― 장성환(베이징) · 287

4. 서부지역에서 동북입쌀 판로 개척한 서광촌 촌장
  ― 조기문(사천성 성도) · 303

5. 몸은 퇴직했어도 마음은 항상 민족사업에
　　― 우재근(한국 서울) · 315

6. 50, 40년대 출생 4인 스케치: 박진엽(하얼빈, 서울), 박진옥(서울),
　　리백만(대경),　리승일(산동성 연태), 리봉춘(대경) · 331

제5부
가족 이야기

1. 5백만 달러 빚 갚을지언정 인생의 파탄을 선고할 수 없다
　　― 윤정만과 그의 형제들 · 347

2. 김씨네 남매의 베이징 ― 김혜민과 그의 형제들· 395

3. 의류업계에서 성공한 박씨네 형제들
　　― 박문길과 그의 형제들 · 433

4. 연태 우리집농장 가족들
　　― 리운실과 그의 부모형제들 · 449

제6부
우리 선생님

1. 선생님은 항상 낭랑하게 웃으셨다
   ― 리임선·박동률(서광, 청도) · 465

2. 대를 이어 교육사업에 헌신한 긍지와 영광
   ― 공정철·김춘자(서광, 청도) · 471

3. 조용하고 평범하게 평생 살아오신 선생님
   ― 한명순(서광, 한국 서울) · 477

4. 자연의 품으로 돌아가신 선생님
   ― 김석일(서광, 빈현) · 483

5. 황혼이 아름다운 이유
   ― 박찬태(서광, 한국 서울) · 491

부록

● 서광이 보인다 ― 서광학교 동창모임 축사 · 501

● "대학생마을" 서광촌 건촌80돐 경축행사 성황리에
   ― 2016년 9월 19일자 흑룡강신문 뉴스 · 506

● 오얏골의 비기(秘記)에 기록된 옛 이야기
   ― 중국국제방송국 김호림기자의 서광촌 탐방기 · 509

우리 민족은 현재 도대체 어떤 상황에 처해 있는가? 우리 민족의 미래를 구경 어떻게 전망해야 할 것인가? 우리에게도 정녕 미래가 있기는 한 것인가?

중국조선민족의 한 구성원이라면 한번쯤 이런 문제들을 생각해 보았을 것이다. 특히 민족의 지성인이라고 불리는 사람이라면 더욱이 이런 물음을 피해갈수 없었을 것이다.

이러한 물음은 오래전부터 꾸준히 제기돼 왔다. 그런데 상황은 날로 심각해지고 미래는 점점 불투명해지는 것 같다.

조선족마을에 가보면 노인들뿐이고 마을마다 있던 조선족학교는 언녕 현성으로 통폐합되었다가 그마저도 하나 둘 소실되고 있으니 말이다.

다행히 해외와 도시로 진출한 조선족들은 새로운 삶의 터전을 개척하며 도시 사람으로 탈바꿈하고 있지만 거기서도 우리는 문화와 교육 등 여러 가지 문제점에 봉착하고 있다.

어쨌거나 갈수록 태산이라는 말이 떠오를 법도 하다. 그러나 태산을 넘으면 평지를 본다는 말도 있지 않은가.

결국 시각의 차이에 따라 민족의 현 상황에 대한 인식과 미래에 대한 고민이 달라질 수밖에 없는 것이다.

나의 경우 1986년에 흑룡강조선어방송국에 입사해 30년 넘게 기자로 근무해오면서 시종 우리는 응당 우리 민족이 직면한 현실을 직시하면서도 한결 적극적인 자세로 위기와 어려움을 극복하기 위해 노력해야 한다고 주장해 왔다.

그래서 〈우리는 어떤 자세를 가져야하는가—청도 진출 조선족 삶의 현장 답사〉(1995년) 〈우리에게도 밝은 내일이 있다〉(1997년), 〈산재지역조선족, 우리는 어디까지 왔고 어디로 갈 것인가〉(2008년) 등 특별기획 다큐멘터리를 제작했고 흑룡강성 내 20여개 조선족 촌을 집중 취재해 〈산재지역 조선족농촌 현황 및 중국조선족의 미래상〉(2014년)이라는 3만자 넘는 현장 보고서를 작성해 발표했으며 〈개혁개방 40주년기념—산재지역조선족 현황과 미래 포럼〉(2018년, 흑룡강신문사/흑룡강성조선족작가협회 공동주최)을 기획하기도 했다.

이 가운데 8부작 다큐멘터리 〈산재지역 조선족, 우리는 어디까지 왔고 어디로 갈 것인가〉는 6명 방송기자들이 흑룡강성을 위주로 동북 3성과 청도, 연태, 위해 등 연해도시의 백 수십 명 조선족을 폭넓게 취재해 제작한 개혁개방 30주년 특별기획 프로그램이다. 이 프로그램 기획의도에서 나는 "본 프로그램은 산재지역 조선족 삶의 현장에 대한 폭넓은 취재를 통해 중국 개혁개방 30년래 우리 민족이 이룩하고 영위해가야 할 자산은 무엇이고 우리가 극복해야 할 문제와 직면한 위기는 결국 어떻게 심각한 것인가를 점검하고 성찰하며 이와 함께 우리는 도대체 어디로 어떻게 나아가야 할 것인가 하는 미래지 향적인 활로를 모색해보고자 한다"고 밝혔었다.

장편르포 〈서광, 더 큰 세상에서 빛나다 – 서광촌사람들 실록〉은 이 특별기획 프로그램의 연장선상에 있다고 할 수 있다. 다만 이번에는 나의 고향마을 서광촌을 하나의 모델로 삼아 혼자서 육칠년 동안 드넓은 중국 땅 수십 개 도시 그리고 한국과 일본의 일부 지역까지 수만리를 답사하며 백여 명 고향사람들을 취재해 창작한 것으로서 한결 세부적인 결과물인 것이다.

이번 취재 과정에서 나를 가장 곤혹스럽게 한 것은 어떤 시각으로 내 고향 우리 민족의 미래를 내다보아야 하고 아울러 고향사람들에게 그것을 설득력 있게 인식시킴으로서 "서광이 보인다"는 공감대를 형성하는가 하는 것이었다. 그것은 결국 이번 장편르포가 한결 리얼하고 진실하고 깊이 있으며 그래서 한결 미래지향적인 우리 민족 삶의 현장보고서로 완성될 수 있는 전제이기도 했던 것이다.

하얼빈에서 동쪽으로 180여 킬로미터 떨어져 있는 서광촌은 장백산여맥 장광재령 서쪽기슭에 위치해 있는데 마을에서 3~4리 되는 곳에 송화강지류인 량주하가 흐른다. 량주하 상류에 보를 막아 5~6천무 되는 비옥한 땅을 개간해 벼농사를 짓는 서광촌은 방정현에서 "작은 강남"이라 불리는 어미지향이기도 하지만 200여 세대에서 126명 대학생을 배출해 "대학생마을"로 소문난 곳이기도 하다. 기타 중국조선족농촌과 마찬가지로 서광촌 역시 청장년들이 도시와 해외로 대거 진출했는데 초반에는 마을출신 대학생들의 도움이 상당히 컸다. 하지만 이번 취재 과정에서 나는 1980년대 전후 출생한 젊은 세대들을 위주로 대학교를 다니지 못한 수많은 서광촌 사람들도 국내와 해외에서 열심히 살며 성공가도를 달리고 있다는 것을 알 수 있었다. 말하자면 개혁개방이후 절대다수 서광사람들과 그 후대들은 한결 향상된 삶을 살아가며 한 인간으로서는 한결 원숙하고 장대해지고 있다는 것이다.

이는 서광촌도 기타 중국조선족농촌과 마찬가지로 날로 위축되고 쇠퇴하는 것 같지만 그러나 그것은 서광촌이라는 공간(空間)의 위축일 뿐 서광촌 자체는 결코 위축되지 않았으며 한결 장대(壯大)해졌다는 것을 의미한다. 왜냐하면 서광촌은 서광마을이라는 공간과 그 공간에서 몇 세대에 거쳐 살아오던 서광사람(曙光人)들로 구성되었고 그 서광사람들은 현재 광활한 중국 땅에서 그리고 해외에서 새로운 삶의 터전을 개척하고 마련하며 더 좋은 삶을 위해 노력하고 있기 때문이다.

그래서 나는 중국조선족사회의 축도(縮圖)와도 같은 서광촌을 본보기로 삼아 우리 민족은 개방의식과 개척정신이 강한 열린 민족이고 또한 자신의 문화와 전통을 지키고 계승하기 위해 노력하는 우수한 민족이라는 것을 세상에 널리 알리고 역사에 기록을 남기는 작업을 육칠 년간 해온 것이다.

구체적인 창작 과정에서 젊은 세대들을 위주로 될수록 많은 사람들의 다양한 이야기를 기록하되 결과 여하를 막론하고 꿈을 위해 도전과 실패를 거듭하면서 끈질기게 살아온 그 과정을 진실하고 생동하게 보여주는데 주력했다. 특히 중국조선족으로서 국내 대도시와 해외에서 겪어야 했던 외국인과 타민족과의 문화적 갈등과 정신적 고민 같은 것, 또는 새로운 시대 새로운 삶의 환경에서 어쩔 수없이 부딪치고 겪어야 했던 방황과 아픔 그리고 그에 따른 정신적 고통 내면의 갈등… 등등 이러한 것들을 깊이 있게 파헤침으로써 서광사람들의 정신세계와 내면세계를 펼쳐 보이는 심령의 기록으로 남기며 결과적으로 그것을 중국조선족의 한페이지 진실한 심령사(心靈史)로 기록하고자 노력했던 것이다.

따라서 장편르포 〈서광, 더 큰 세상에서 빛나다─서광촌사람들 실록〉은 한 조선족마을을 모델로 삼아 펼쳐낸 우리 민족 삶의 현장 보고서이자 역사기록물이면서 동시에 백여 명 인물들의 삶의 궤적을 찾아 그들의 꿈과 애환을 문학적으로 조명하고 거기에 인류 보편적인 가치와 의미를 부여한 문학작품으로서 독자들 앞에 다가서기를 바라는 마음이다.

70여만 자에 달하는 원고가 드디어 마감되는 이 시각 지난 육칠년간 나의 취재를 적극 지지해주시고 물심양면으로 성원과 지원을 아끼지 않은 수많은 고향 분들에게 고맙고 감사한 마음 금할 길 없다. 또한 이런저런 원인으로 이 책에 수록되지 못했거나 수록되었지만 나의 능력의 한계로 보다 생동하게 기록되지 못한 아쉬움을 남겼더라도 널리 양해하시길 바란다. 아울러 이 장편르포의 한국 출간을 흔쾌히 수락해주시고 수고를 아끼지 않으신 박이정출판사 박찬익대표님과 임직원 여러분께 깊은 감사를 드린다.

리홍규
2022년 11월 하얼빈에서

제3부

60년대 출생 세대들

라명화(감숙성 란주, 대경)

최옥녀(한국 서울)

김덕룡(한국 인천)

박길춘(베이징)

김선자(강소성 염성)

우재학(한국 서울)

신경란

김성주(한국 아산)

한광천(하얼빈)

리명철(천진, 산동성 일조)

성덕찬(흑룡강 상지)

장인환(베이징)

장해선(일본 群马县)

김창금(대경)

김홍국(천진)

김준걸(하북성 랑방)

안병관(한국 서울)

김성학(하남성 신향)

김성욱(베이징)

엄성홍(한국 서울)

김선식(일본 도쿄)

선택의 의미

라명화 (감숙성 란주, 서울)

1

라씨네 네 자매가 셋째 라명화의 주도로 의료기기 판매 사업을 크게 한다는 걸 전해 듣고 그들을 한 번 취재 해야겠다는 생각을 해오던 나는 2018년 10월 한국에 나갔다가 라명화가 한국에 나와 있다는 소식을 듣고 그에게 전화를 걸었다.

그런데 라명화는 전화에서 서울에 사나흘 더 체류할 예정인데 스케줄이 꽉 차서 시간을 빼내기가 힘드니 중국에 돌아가서 만나면 안 되겠는 가고 물어 왔다. 그래서 언제 어디로 귀국하는가고 물었더니 10월 11일 아시아나항공을 이용해 하얼빈으로 간다는 것이었다. 그의 말을 듣고 나는 그만 웃음이 나왔다. 나도 바로 그날 아시아나항공으로 귀국하려고 티켓을 예약했던 것이다.

나는 그렇게 인천공항에서 라명화를 만났다. 30여 년 만에 만났는데도 나는 그를 바로 알아보았다. 웃을 때 앞니가 앞으로 약간 드러나는 그의 모습이 내 기억 속에 오롯이 남아 있는, 지난해 세상 뜬 그의 엄마와 똑 같았던 것이다. 내가 그의 엄마를 마지막으로 뵌 건 십여 년 전 나의 고모님이 세상 떠나셔서 고향에 갔을 때였는데 평소 고모님과 가깝게 지내던 노인께서 많이 슬퍼하시며 령전을 내내 지키던 모습을 나는 기억하고 있었다.

라씨네 집은 서광촌에 십 몇 호 되는 직공호(职工户) 가운데 한 집이고 그 가운데서도 서너 집밖에 안 되는 쌍직공(双职工) 가족이다. 라씨네 맏아들 라명학은 바로 나의 윗반이었지만 어릴 때 그와 별로 어울려 놀지 않아 그의 집에 한 번도 가보지 못했었다. 그러다가 무슨 일로 그의 집에 심부름을 갔다 오게 되었는데 어린 내 눈에도 집 안이 번쩍번쩍 빛나는 것 같았다. 그때 받았던 느낌이 하도 강렬했던지 아직도 내 기억에 어렴풋이 남아 있다. 그날 라씨네 집에 갔다 온 후 윗반 애들을 만나 라명학이네가 정말 잘 사는 것 같더라고 얘기했더니 애들 가운데 한 녀석이,

"너 걔네 엄마가 성분이 부농이라는 거 몰라? 어른들이 그러는데 걔네 엄마가 옛날 숨겨놓았던 금덩이(金条)를 몰래 팔아 걔네가 잘 먹고 잘 사는 거래." 하고 말했다.

라씨네 집에 금덩이가 얼마 있는지는 잘 몰라도 라명학 엄마의 성분이 부농이라는 건 나도 알고 있었다. 그런데 이상한 건 이른바 "지주, 부농, 반혁명, 악질, 우파(地、富、反、坏、右)"라고 하는 "다섯 부류 반동분자 (五类分子)"들을 무자비하게 타도해야 된다고 외치던

문화대혁명 그 시절에도 부농인 라명학 엄마가 한 번도 투쟁 당하는 걸 못 보았다.

이번에 라명화를 만나 그의 부모님과 그의 가족사를 들으면서 나는 어릴 때 그 의문을 나름대로 추측해 보게 되었다. 그의 모친 김선녀(金仙女)는 중국인민지원군 전사로 항미원조 전쟁에 참가했던 제대군인 라경희(罗庆熙)와 결혼하고 군속(军属)이 되였는데 바로 그래서 적대계급으로 분류될 뻔했던 운명을 모면했던 게 아닌가 생각된다.

말하자면 인생의 선택을 잘 한 것이다.

1934년 조선 평안북도에서 출생한 김선녀는 어릴 때 부모님을 따라 중국으로 건너왔고 방정현 남천문이라는 곳에서 소학교를 다녔다. 남천문(南天门)은 송화강 중류 남안(南岸)에 위치한 현재 방정현 천문향(天门乡)인데 지난 세기 삼사십년 대에 오상현 안가농장(현 오상시 민락향), 주하현 하동농장(현 상지시 하동향)과 더불어 북만지역 3대 농장의 하나로 알려져 있었다. 당시 조선팔도에서 모여온 2천여세대 조선인들이 12개 부락을 이루어 살았는데 그들은 송화강 지류인 마이하에 보를 막아 물을 끌어들여 수만 무 수전을 개간했던 것이다. 김선녀의 부친 김동권은 남천문 위만경찰서에서 순사로 있으면서 땅도 사고 소도 한 마리 있었다고 한다.

1945년 8월 15일 일본이 투항하며 광복을 맞이한 남천문의 조선족들은 절반이상이 조선반도로 돌아가고 나머지도 대부분 다른 조선족 동네로 피난갔다. 2년 후 토지개혁이 시작돼 지주 부농의 땅과 재산을 몰수해 빈고농들에게 분배해 주었다. 그때 남천문에 다시 돌아온 조선족들이 몇 호나 되였는지 지금 파악할 수 없지만 분명한 것은 남천문농장을 개척할 때 쫓겨 갔던 일부 한족들이 조선족들과 연합으로 토지개혁운동을 진행하며 광복전 지주와 부농 그리고 일본과 위만주국(伪满)에 협조했던 사람들을 청산했다. 김동권은 그때 세상을 떠났고 가족은 부농 신분으로 확정되였다. 졸지에 청상과부가 된 김선녀의 모친은 전에 남을 착취하거나 또한 원한을 산 적이 없다보니 더 이상 괴롭힘을 당하진 않았지만 어쨌든 성분이 부농이라면 자식들조차 기시를 받아야 하는 시절이라 딸과 아들 오누이를 데리고 남천문을 떠났다.

그들은 먼저 방정현성에서 이삼십리 떨어진 편벽한 산골동네로 이사갔다가 다시 당시 리화툰으로 불리우던 서광촌으로 이사했다. 리화툰에 이사온 후 김순녀의 모친은 마을 지서인 윤기술과 결혼했다. 윤기술은 그때 아내가 병으로 죽고 아들 하나 데리고 사는 홀아비였다. 촌지서와 부농 여자의 결혼에 대해 리화툰 사람들은 홀아비와 청상과부의 결합이라며 관용적인 태도를 보였다. 그때 이미 십육칠세 처녀가 된 김선녀는 방정현성에 새로 세워진 위생학교에 입학했다. 그 시절 여느 시골 처녀들이 꿈도 꾸지 못할 일이였다. 남천문에서 비록 청산당했지만 수중에는 돈이 좀 남아있었던지 딸을 현성에 보내 공부시켰던 것이다.

1950년 방정현인민정부에서는 료녕성 관전현 등지에서 수백 호 조선족들을 모집해 남천문으로 이주시켰다. 광복 후 조선족들이 거의 떠나가면서 벼농사를 할 줄 모르는 한족들이 그 비옥한 땅을 몇 년이나 묵혀두자 현정부에서 나서서 대책을 마련했던 것이다. 남천문은 그렇게 또다시 조선족마을이 생기고 학교도 세워졌다. 김선녀도 위생학교를 졸업하고 남천문구(区)위생원에 배치돼 약제사가 되었다. 남천문구 조선족촌은 1960년대 초반에 해산되었다. 마이하에 막았던 보가 부실해 수전 농사를 제대로 지을 수 없게 되자 조선족들이 하나 둘 떠나가기 시작해 마을이 자동적으로 없어졌던 것이다. 〈상지시 조선민족역사〉 제3장 "기타 향, 촌편"에는 "1962년 말, 방정현 남천문공사에서 김병학, 김공주 등 30여세대가 또 집체로 이주해와 조선족이 단번에 40여세대로 불어났다"(제2절 마연향 마연촌); "1962년, 방정현 남천문보가 홍수에 밀려 남천문공사의 한 개 소대가 소 8마리, 말 몇 필, 달구지, 농기구 종자를 가지고 이곳에 집단적으로 이사해왔다"(제3절 마연향 사구자촌)고 기록돼 있다.

김선녀는 조선족마을이 없어지기 전 남천문을 떠났다.

김선녀의 모친은 후에 윤기술지서와 이혼했다. 친아들과 의붓아들 둘 다 공부시킬 형편이 안 돼 갈등이 생기자 각자 제 자식을 책임지기로 하고 헤어졌던 것이다. 1937년생인 김선녀의 동생 김장화는 대련공업대학에 시험을 쳐 붙었고 졸업 후 하얼빈에서 잠깐 사업하다가 1960대 초반 조선으로 건너갔고 후에 어머니를 모셔갔다.

라경희는 김선녀와 동갑내기이고 역시 평안북도에서 태어나 어릴 때 부모님을 따라 먼저 료녕성 봉성현(凤城县)의 바이차이띠(白菜地)라는 곳에서 살다가 십여 세 때 온 가족이 방정현보흥구로 이주해 살았다. 조선전쟁이 일어나자 라경희는 중국인민지원군에 입대해 전쟁판에 나갔다가 제대해 방정현신화서점에 배치되었다.

김선녀는 엄마를 설득해 라씨네 집에 중매군을 내세웠다. 아무리 훌륭한 처녀라도 성분이 지주 부농이라면 모두 꺼려하던 그 시대에 공부는 별로 못했어도 인물체격 좋은데다 제대군인이고 월급쟁이인 라경희로 말하면 부농의 딸과 결혼한다는 것은 용기가 있어야 하는 일이 아닐 수 없었다.

"까짓거, 부농이면 뭐 어떻냐? 당사자가 좋으면 그만이지."

라경희는 주변의 반대를 무릅쓰고 김선녀를 선택했다. 부농의 딸이지만 위생학교를 졸업하고 병원의 약사로 있는 처녀가 마음에 딱 들었던 것이다.

1954년, 제대군인 라경희와 부농의 딸 김선녀는 보란 듯이 결혼식을 올렸다. 결혼 후 김선녀는 보흥구병원으로 이동되였다가 후에 다시 영건향위생원으로 이동돼 여전히 약사로 근무했고 라경희도 아내를 따라 영건향위생원으로 이동해 후근에서 근무했다. 병원에서 그가 할 수 있는 일은 그것밖에 없었다.

1956년 맏딸 명옥이가 태어났다. 농촌에서 인민공사화를 하기 직전이였다.

"여보, 우리 이제 애들을 모두 서광에다 호구를 올리는 게 어때요?"

어느 날 아내 김선녀가 엉뚱한 제안을 했다.

"아니, 우린 둘 다 국가 정식 직공(职工)이고 호적까지 도시호구(城镇户口)인데 애들도 응당 도시호구를 올려야 하지 않겠소?"

남편 라경희가 의아해서 물었다.

"그렇긴 한데, 우리가 지금 서광에 집을 잡고 있으니 서광에다 농촌호구를 올려도 되지 않을까요?"

"당신 도대체 무슨 궁리를 하는 거요?"

"생각해봐요, 애들을 서광에다 호구를 올리면 촌에서 입쌀을 타먹을 수 있잖아요. 이왕 농촌에 사는 바엔 애들 쌀밥이라도 실컷 먹게 해야죠."

해방 후 도시주민들은 나라에서 배급 주는 식량을 사먹어야 했는데 잡곡(粗糧)이 절반 넘게 차지하고 입쌀은 한 달에 몇 근밖에 안 되었다. 하지만 벼농사를 짓는 조선족농촌에서는 입쌀을 식량으로 분배했다. 물론 사원들이 번 노동공수를 환산해 돈을 지불해야 했지만 수량도 많고 가격도 쌌다. 농촌에 사는 농민들에게 그것은 혜택이라면 혜택인 셈이었다. 강냉이 쌀보다 곱이나 비싼 입쌀을 절약해서 강냉이 쌀과 바꾸고 그 웃돈을 받아 가용에 보태 쓰는 일이 다반사였다.

김선녀는 그들의 자식들도 바로 이런 혜택을 누리게 하고 싶었던 것이다. 그 후 그들은 자식을 다섯 더 낳아 2남4녀 6남매를 키웠는데 모두 서광에다 농촌호구를 올렸다.

1966년, 셋째 딸 명화가 두 살 나던해에 이른바 "문화대혁명"이 일어났다. 맨날 계급투쟁을 외치던 그 세월에 부농의 딸 김선녀는 무사하게 지냈는데 군속이라는 명분이 튼튼한 방패막이가 되었다고 할 수 있다. 또 어떻게 보면 자식들 모두 서광에 호적를 올려 촌민대우를 받다보니 무사했다고도 할 수 있다. 서광촌은 해방 전에 십 몇 호밖에 안 되던 리화툰으로부터 200여 세대가 되는 비교적 큰 마을로 발전했는데 촌민들 대부분 모두 여기저기서 모여온 이주호들이라 해방 전 누가 누굴 착취하는 등 서로간의 원한 같은 것이 거의 없었다.

1980년대에 들어서서 라경희, 김선녀 부부에게 전에 생각지 못했던 고민이 찾아왔다. 그때 맏딸 명옥이는 직공 가족에게 차례지는 노동자모집(招工) 기회에 대경유전에 노동자로 가있었고 맏아들 명학이는 앞당겨 일찍 퇴직한 아버지의 직업을 이어받아(接班) 향위생원에 들어갔다. 하지만 그 아래 네 자식들은 대학교에라도 가면 몰라라 더 이상 향진이나 도시에서 직장을 찾을 수 없었다. 직장을 찾으려면 가장 중요한 조건이 바로 호적이 도시호구여야 했던 것이다. 김선녀는 현위생국부터 찾아가 그들 부부가 자진해서 기층 위생원에 내려와 근 30년 근무한 경력을 내세우며 자식들의 호적을 도시호구로 만들어줄 것을 요구했다. 그렇게 유관 부문을 뛰어다닌 결과 네 자식의 농촌호적을 도시호구로 바꿀 수 있었다.

2

칠삭둥이로 태어나서 그런지 명화는 어려서부터 몸이 허약했다. 병원에서 약사로 계시는 엄마가 아무리 좋은 약을 지어다 먹여도 골골 앓을 때가 많았다. 자주 앓다보니 공부에도 지장 받아 학급에서 중등이나 할 정도였다.

고중에 올라와서 공부는 점점 더 어려워졌다.

"내 이 공부 수준으로 대학교는 고사하고 중등전문학교(中专)에도 못 갈 게 뻔한데… 어떻게 하면 좋을까?"

고중2학년에 올라온 어느 날 그는 엄마한테 학교를 그만두겠다고 말씀드렸다.

"아니, 아무리 그래도 고중까지는 마쳐야지 않겠나?"

"고중을 졸업하나 지금 중퇴하나 저에게는 달라질 게 더 없잖아요. 차라리 일찍 나와 일자리를 찾는 게 더 낫지 않을까요?"

"일자리를 찾는다는 게 어디 그렇게 쉬워야 말이지…"

"저도 쉽지 않다는 걸 잘 알지만, 어떻게 병원에 들어갈 수 없을까요? 엄마, 부탁해요."

사실 명화는 자신의 생각이 다 있었다. 그는 자기도 엄마처럼 병원에서 약제사나 간호사가 되고 싶었던 것이다.

"알았다. 한번 힘써보자꾸나."

열손가락 깨물어 안 아픈 손가락이 없다고 하지만 여섯 자식 가운데서 유독 명화의 몸이 허약한 것이 마치 자기 때문인 것처럼 각별히 신경 쓰고 보살피다보니 정이 가장 깊었던 게 사실이었다. 생김새나 성격까지도 자신을 쏙 빼닮은 셋 째 딸이었다. 이튿날 김선녀는 현위생국을 찾아갔다. 노동자모집(招工)을 책임진 인사고장(股长)이 이제 기회가 되면 우선적으로 고려하겠다고 말했지만 김선녀는 이튿날 또 찾아갔다. 그렇게 현성으로 통하는 버스를 타고 왕복 백리를 오가며 매일 한 번씩 찾아가자 일주일 만에 국장이 직접 나서서 이제 한 달쯤 후에 노동자모집(招工) 시험을 치르기로 결정했는데 정원을 하나 꼭 남겨 둘 테니 그때 딸을 데리고 오라는 확실한 대답을 주었다.

명화는 마침내 우수한 시험성적으로 노동자모집에 합격돼 현 위생학교에 입학했다. 현 위생국에서 운영하는 위생학교는 노동자모집에 합격된 위생국 내부 종업원들의 자녀들을 상대로 하는 단기 훈련반 성격의 학교였다. 전국통일시험을 통해 정규 중등전문학교(中专)인 위생 학교를 졸업하면 국가간부 자격을 얻어 현립병원과 같은 큰 병원에서 근무하게 되고 현 위생학교를 졸업하면 노동자편제(工人编制)라는 자격으로 대부분 향진급(乡镇级) 의료기관에서 근무하게 돼 있었다.

1982년 명화는 위생학교에서의 반 년 동안의 공부를 마치고 보흥향병원의 간호사로 배치 받았다. 비록 노동자편제라는 딱지가 붙긴 했지만 명화는 좋았다. 서광촌에서 함께 자라고 서광학교와 현조선족중학교를 함께 다닌 또래 여자애들은 대학시험에서 성공한 서너명을 제외하고 모두 농촌에서 농사일을 해야 하는데 자신은 도시호구를 가졌다는 조건을 전제로 국가에서 주는 월급을 받는 간호사가 되었으니 말이다.

보흥향은 서광촌이 소속돼 있는 영건향에서 방정현성으로 가는 중간에 있는 향으로서 인구도 영건향보다 많고 병원도 일반 향급위생원 보다 규모가 좀 큰 편이었다. 그래서 이름도 위생원이 아니고 병원이었다. 명화는 출근한지 얼마 안 돼 병원의 골간 간호사로 되었다. 현 위생학교에서 공부를 열심히 하고 또 현립병원에서 실습하며 링거 주사 놓기와 같은 기본 기술을 애써 연마한 덕분이었다.

하지만 시간이 지나면서 명화는 고중를 중퇴하고 간호사가 된 자신의 선택이 옳았는지 회의하기 시작했다. 병원에서 간호사는 일이 가장 고되고 어지럽고 자질구레해서 스트레스도 가장 많이 받아야 했다. 그때 농촌에서는 호도거리를 실시해 집집마다 제집 농사를 지었는데 또래 처녀애들을 보면 일년에 일하는 시간보다 한가하게 노는 시간이 더 많은 것 같았다. 휴일에 서광에 돌아가서 가끔 그들을 만나기라도 하면 명화는 더 이상 처음 간호사가 되었을 때 느꼈던 우월감 같은걸 느낄 수 없었다. 반면 친구들은 너는 병원에 근무해서 참 좋겠다며 부러워했다.

"내사 좋은지 모르겠다. 맨날 환자들 시중이나 들고 있는데…"

"그래도 국가 정식 직공이 아니냐? 이제 너는 같은 국가간부 시내 남자 만나 도시에 가서 잘 살 수 있을 거잖아. 건데 우리는 이게 뭐냐? 아무래도 시골총각한테 시집가서 평생 농촌에 처박혀 농사질이나 하며 살아야 할 텐데."

또래 중 처녀애가 이렇게 말하자 다른 한 애가 어깃장 놓듯 토를 달았다.

"야 말하는 꼬라지 봐라, 우리라고 왜 꼭 농촌에 처박혀 살아야 한다니? 난 이제 나절로 시내에 들어가서 나절로 월급쟁이 하나 붙잡을 테다."

"나절로 좋아하네… 하긴 너는 얼굴이 반반해서 시내 월급쟁이 하나쯤 꼬시는 건 문제없겠지. 호호호."

둘이 주고받는 말에 모두 호호 하하 웃었다. 열아홉 살 시골처녀들의 그 웃음에는 어딘가 서글픔이 서려 있는 것 같았다.

'삶이란 무엇인가? 삶의 의미는 어디에 있는 것인가?'

집에 돌아온 명화는 부지중 이런 의문을 던져보게 되었다. 또래 처녀애들이 말 한 것처럼 자신이 장차 국가간부 시내 남자를 만나 도시로 시집가서 살게 된다고 하더라도 시골총각한테 시집가야 하는 그들보다 반드시 더 나은 삶을 살며 행복할 수 있을까? 도시 사람들의 삶이 시골 사람들의 삶보다 더 의미 있다고 할 수 있는가?

하지만 누구도 이에 대한 대답을 줄 수 없을 것이다. 어쩌면 이런 의문 자체가 무의미한지도 모른다. 명화는 이런 부질없는 생각에 빠져드는 자신이 못마땅했지만 자기도 몰래 이런 고민을 하게 되는 걸 어쩔 수 없었다. 현실에 불만족하고 불확실한 미래에 대해 불안감을 안고 살아야 하는 한 그것은 피할 수 없는 것이란 걸 그는 그때 잘 알지 못했다.

보흥병원에서 근무한지 일 년이 지나 명화는 영건향위생원으로 전근하겠다고 신청했다. 보흥향이 현성과 더 가깝고 병원 규모도 더 크기에 보흥병원으로 오겠다는 사람은 있어도 현성과 멀고 규모도 작은 영건향위생원으로 가겠다는 사람은 없었기에 현 위생국에서는 전근수속을 해주었다. 사실 명화에게는 현성과 멀든 가깝든 병원규모가 크든 작든 관계없었다. 그는 단지 가족과 친구들 옆에 오고 싶었을 뿐이었다.

친구들 곁에 왔는데 친구들은 하나 둘 시집가며 고향을 떠나갔다. 그때 그 시절 시골처녀들은 대부분 스무 살 안팎의 나이에 결혼을 했는데 스물두세살만 지나도 노처녀로 불렸다. 명화한테도 소개가 적잖게 들어왔지만 그의 마음을 끌만한 총각은 좀체로 나타나지 않았다.

개혁개방 초반인 1980년대에 사회적으로 대학졸업생들이 가장 인기가 높았는데 해방초기인 1950년대에 제대군인들의 인기가 높았던 것과 비슷했다. "대학생마을"로 소문난 서광촌에서 대학생들이 많이 나오긴 했지만 졸업 후 대부분 큰 도시에 자리를 잡고 도시처녀들과 결혼했다. 현성에 중등전문학교(中专)나 대학전문대(大专)를 졸업한 조선족 총각이 더러 있다고 하는데 그들 또한 현성에 있는 조선족 처녀들과 연애하고 결혼하고 있었다. 지금은 다른 민족과 결혼하는 것이 다소 예사로운 일로 돼가고 있지만 이삼십 년 전만해도 조선족들은 같은 조선족과 결혼해야 한다는 관념이 지배적이었다.

명화는 가끔 삼십여 년 전 엄마와 현재의 자신을 비교해보기도 했다. 생각해보면 그 시절 적대계층에 속하는 부농의 딸이라는 딱지를 달고도 제대군인한테 중매군을 내세울 수 있었던 엄마가 현재 명화 자신보다 운이 더 좋았던 것 같았다. 엄마는 그만큼 용기가 있었지만 자신은 지금 엄마처럼 용기를 내려고 해도 그가 알고 있는 한 주변엔 그럴만한 상대가 없는것 같았다. 엄마와 그는 삼십여 년이라는 세월을 사이에 두고 같은 위생학교를 졸업하고 같은 향진위생원에 근무하고 있지만 바로 그 삼십여 년 세월에 시대가 몇 번이나 바뀌며 세태와 풍조도 변했던 것이다.

명화는 그렇게 스무 살 초반의 몇 년 세월을 흘러 보냈다. 1987년 아버지께서 뇌출혈로 53세에 세상을 떠났다. 정정하던 아버지께서 문득 돌아가시자 전혀 실감이 나지 않았고 그럴수록 더더욱 슬펐던 명화는 자신을 각별히 사랑해주셨던 아버지 생전에 어엿한 사윗감 하나 데려오지 못한 자신이 큰 불효를 저지른 것만 같아 자괴감에 빠지기도 했다.

1987년 10월, 명화가 대경에 있는 큰언니네 집에 놀러갔는데 언니가 대경유전 노동자라는 총각을 한번 만나보라고 했다. 대경에서 태어났지만 어릴 때 대경유전에서 전기공(电工)으로 일하던 아버지가 작업사고(工伤)로 세상 뜨자 엄마와 함께 료녕성 무순 조선족농촌에 돌아갔다가 열일곱 살에 다시 대경에 왔는데 유전건설회사에서 불도저(推土机)를 몬다고 했다.

소개자를 따라 언니네 집에 온 총각은 훤칠한 키에 인물체격이 흠잡을 데 없었고 조선말도 잘했다. 그런데 정작 단 둘 있으니 총각은 말이 없었다. 명화 또한 무슨 말을 해야 할지 몰랐다. 생면부지의 처녀총각이 만나 선을 본다는 일이 어딘가 신기하고 우습기도 했다. 총각은 5분 정도 앉아 있으며 자기가 하는 일에 대해 몇 마디 얘기하고는 떠나갔다. 그리고 소개자를 통해 자기는 동의한다는 뜻을 전해 왔다.

'이 사람이 바로 전에 친구들이 말하던, 나를 도시로 데려갈 국가간부 시내 남자란 말인가?'

그러나 총각은 국가간부가 아니었다. 엄격히 따지면 시내 사람도 아닌 것 같았다. 시내에서 수십 킬로미터 심지어 백여 킬로미터 멀리 떨어진 허허벌판에서 불도저로 땅을 파거나 유전폐기물(油田钻井废弃泥浆)을 밀어내는 일을 하고 있었다.

명화는 내심 고민하지 않을 수 없었다. 국가에서 월급을 받는 정식 종업원이라지만 시골의 농군들과 별로 다를 바 없는 힘든 노동을 하고 있지 않는가. 농민들은 그나마 바쁜 농사철을 제외하고 농한기에는 한가하게 보낼 수도 있지만 그들은 일년 사시절 야간작업을 해야 한다. 그럼에도 사람들은 그들이 농민보다 훨씬 낫다 하고 딸 가진 집들에서는 농민이 아닌 그들에게 시집보내려고 한다.

직업에는 귀천이 따로 없다고 하면서도 사회는 농민보다 노동자를, 노동자보다 국가간부에게 높은 대우를 해주고 있지 않는가. 사람들도 자연 농민보다 노동자를, 노동자보다 국가간부를 더 높게 보고 선호한다. 그러나 예외도 있었다. 둘째 언니 명순이가 바로 마을에서 농사일을 하고 있는 동창과 결혼한 것이다. 명순 언니도 도시호적(城鎭户口)을 갖고 있고 게다가 네 자매 가운데서 인물체격이 가장 좋아 얼마든지 국가간부나 노동자와 결혼할 수 있는데도 기어코 농사군 한테 시집간 것이다.

명순 언니는 직업보다 사람을 선택했고 그것은 그 사람과의 사랑이 그에게 용기와 힘을 준 것이라고 그는 믿고 싶었다.

명화에게는 아직 그처럼 사회적인 통념을 거스르는 용기를 낼만큼 사랑하는 사람이 없었다. 만약 그런 사람이 있다면, 그 사람이 농민이든 노동자든 관계없이 명화는 자신도 명순 언니처럼 용기를 낼 수 있었을 것만 같았다.

'하다면 대경의 이 총각이 국가간부가 아니라고 주저할게 뭐 있는가?'

명화는 이렇게 자신을 설득했다. 명화는 결국 언니에 의해서가 아니라 자기 자신에게 설득돼 총각과 사귀어보겠다고 대답했다. 그렇게 사귀며 정이 들어 한달 반 만에 혼인신고를 하고 이듬해 3월 결혼식을 올렸다. 그리고 그 이듬해 아들이 태어나고 그는 엄마가 되었다.

3

명화는 대경유전의 남자와 결혼했지만 대경으로 직장을 옮길 수 없었다. 그와 남편 모두 국가간부 편제가 아니라서 쉽게 직장을 옮길 수 없었던 것이다. 명화 자신은 워낙 처음부터 노동자편제로 간호사가 되었으니 할 수 없지만 자신이 찾은 도시 남편 역시 노동자편제라서 아내를 도시로 데려갈 수 없다는 현실에 그는 서글픈 웃음을 짓지 않을 수 없었다.

시골에서 태어나 시골에서 자랐지만 부모님 덕분에 그 시대 우월한 신분의 일종 상징이나 다름없는 도시호구를 취득하고 국가 정식 종업원이 되었는데도 그 자신의 선택에 의해 도시로 들어가는 길이 막혀버린 거나 다름없었다.

삶에 선택이 얼마나 중요한지 명화는 그제야 통감했지만 그는 후회하지 않았다. 자신은 아무래도 평생 시골에서 살아야 하는 운명인가보다 하고 명화는 생각했다. 사실 그는 공기 좋고 조용하고 넓은 텃밭에다 채소도 많이 가꾸어 마음대로 먹을 수 있는 시골이 도시보다 훨씬 좋은 것 같았다. 문제는 가족이었다. 젊은 새색시로서 남편의 품이 그리운 건 더 말할 나위 없지만 이미 참고 견디는데 습관 돼 그런대로 지낼 수 있다손 치더라도 자신과 함께 생활해야 하는 갓난 아들이 시골에서 자라나야 한다는 현실이 그는 마음에 걸렸다.

아들을 위해서라도 대경으로 전근해서 세 가족이 함께 살아야 했다. 하지만 아무리 올려뛰고 내리뛰고 해도 전근은 되지 않았다. 아장아장 걸음마를 떼던 아들도 어느덧 서너 살이 돼 온 동네를 쏘다니고 다녔다. 바로 그 즈음 몇 년 전부터 일기 시작한 한국바람이 한결 세차게 불어쳤다.

'나도 한국에나 나가볼까?'

어느 날 명화는 문득 이런 생각을 했다. 하지만 그는 자신이 왜서 무엇하러 한국에 나가야 하는지 생각해보지 않을 수 없었다. 한국에 가자면 뭉칫돈 주고 수속을 밟아야 하고 가서는 힘들게 체력노동을 해야 하는데 내가 한국에 나가야 할 이유는 무엇인가?

가장 큰 이유는 물론 큰돈을 벌기 위해서일 것이다. 1990년대 초반 중국조선족사회에서 한국바람은 어느덧 시골에 사는 농군들뿐만 아니라 도시에 있는 직장인들까지 들뜨게 만들고 있었다. 그때 명화의 월급은 150여 위안, 남편은 250여 위안이었다. 그런데 한국에 나가 식당에서 일을 해도 한 달에 적어서 오륙천 위안은 벌수 있다고 한다. 한 달 노임이 그들 부부 일년의 수입보다도 높은 셈이다. 그것은 하나의 큰 유혹이 아닐 수 없었다.

그래도 명화는 선뜻 결심을 내릴 수 없었다. 애도 아직 어리고 그의 몸도 여전히 허약한 편이었다. 여느 여자들은 애를 낳으면 몸이 좋아진다는데 그는 워낙 약골이라서 그런지 출산 후 홀로 떡두꺼비 같은 아들놈 키우느라 더욱 약해진 것 같았다. 그리고 결혼 한지 사오년 되었지만 그들 부부는 함께 있은 시간이 얼마 되지 않아서 그런지 명화는 어쩌다 남편을 한번 만날 때면 마치 첫날밤을 맞이한 신부와도 같이 황홀하면서도 남편이 생소하고 서먹하기도 했다. 만약 자신이 한국에 나간다면 삼년이 될지 오년이 될지 모를 그 긴긴 세월동안 자신은 지금보다도 더욱 외롭고 고독한 시간을 보내야 할 것이고 남편과도 어쩌면 한결 더 서먹해지며 마음이 멀어질 수도 있을 것이다.

'부족하지만 그냥 지금 이대로의 삶에 만족하며 사는 게 더 좋지 않을까?'

명화는 자신에게 이렇게 물어보았다. 그런데 만족이라는 말을 떠올리자 명화는 자신이 지금까지 과연 자신의 삶에 얼마만큼 만족했는지, 삶에 얼마만큼 보람을 느끼며 얼마만큼 행복했는지…… 자신에게 또 물어보게 되었다.

서글프게도 명화는 현재 자신의 삶이 행복이라는 단어와 거리가 멀다는걸 자인하지 않을 수 없었다. 자신이 무슨 대책을 세우지 않는한 그의 삶은 계속 이 모양 이대로 아무런 변화도 없이 이어질 것이고 세월 또한 그렇게 내처 흘러가버릴 것이다. 결국 그는 자신이 자기도 모르는 삶의 어떤 성곽에 갇힌 줄도 모르고 더욱이 세상이 얼마나 넓고 현란한지도 모른 채, 삶이 얼마나 더 보람 있고 행복해질 수 있는지도 모른 채 그냥 이 모양 이대로 살아갈 것이 아닌가.

자신은 아직 새파랗게 젊었는데 성곽에 갇힌 줄 안 이상 그대로 살수는 없지 않는가. 하다면 출구는 어디에 있는가?

명화는 마침내 한국행 결단을 내렸다. 한국은 이제 그에게 단지 큰돈을 벌수 있는 기회의 땅 뿐이 아니었다. 그 땅에 바로 막혔던 그의 삶을 뚫어줄 출구가 열려 있을 거라고 명화는 믿었다.

1992년 9월 한국에 간 명화는 돈 벌러 나온 여느 여자들처럼 식당에 들어갔다. 경기도 상산곡동에 있는 자그마한 장어집이었는데 종업원이라곤 명화 혼자였다. 주인아줌마는 대통령선거운동 한답시고 매일이다시피 밖에 나가고 명화 혼자서 아침부터 자정이 넘도록 음식 만들고 그릇 씻고 서빙 하는 일까지 한시도 쉴 새 없이 바삐 일해야 했다. 종래로 장시간 체력노동을 해보지 않았던 그는 며칠 만에 종아리가 퉁퉁 부어올랐고 밤에 자리에 누우면 온몸이 쑤시고 아파서 저도 몰래 끙끙 앓는 소리가 다 나왔다. 한밤 자고나서 이튿날 아침이면 억지로 일어나 무거운 몸을 이끌고 또다시 일을 시작해야 했다. 그렇게 겨우 보름 견디고 명화는 드러눕고 말았다. 워낙 허약한 몸이 더 이상 지탱하지 못하고 몸살이 났던 것이다. 그는 중국에서 올 때 가져온 중약을 먹고 하루 종일 누워 있었다. 이튿날 조금 괜찮아진 것 같아 일어나긴 했지만 사지가 나른하고 머리가 어질어질해 하루 더 쉬고 사흗날에야 일을 다시 시작했다.

그렇게 두 달 견디고 명화는 또다시 몸져누웠다. 이번에는 단지 몸살이 아니라 며칠간 치료를 받아야 할 것 같았다. 병원에서 간호사로 10년 근무한 그는 일반 질병의 병 증상에 대해 판단할 수 있었던 것이다. 식당을 그만 두고 나오려는데 주인아줌마가 한달 노임을 주지 않았다. 한화 60만원, 환율이 높았던 그때 인민폐로 환산하면 자그마치 6천 위안이었다. 하지만 짐을 챙겨놓고 기다리는데도 주인아줌마는 모르는 척 응대조차 하지 않았다. 한 시급히 병원에 가봐야 하는 명화는 나와 버리고 말았다. 올케한테 가있으면서 꼬박 일주일동안 약을 먹으며 쉬고 나서야 그는 자리를 털고 일어날 수 있었다.

이번에 명화는 광명시 현대아파트건설현장 근처에 있는 현장 식당에 들어갔다. 함바집이라고 하는 식당은 현장일군들이 몰려드는 식사시간에는 엄청 바쁘게 일해야 하지만 기타 시간은 그리 힘들지 않았다. 그렇게 두 달 좀 지나서부터 그는 하복부가 묵직해나고 허리통증이 심해 하루하루 지탱하기 힘들었다. 병원에 가서 검사해보니 자궁내막염이라며 수술을 받아야 한다고 했다. 수술을 하자면 담보인이 있어야 했는데 그동안 친하게 지낸 한국인 김씨 언니가 선뜻 나서주었다. 그는 그동안 벌어서 모아둔 한화 백만원을 쓰고 강동성심병원에서 수술을 받았다.

수술 후 김씨 언니네 집에 숙식하며 두 주일 휴식한 후 명화는 일자리를 찾아나섰다. 큰 수술을 했는데 적어도 한 달은 쉬어야 하지 않겠냐며 김씨 언니가 말렸지만 그는 기어이 일하러 나갔다. 이번에 그가 찾은 식당은 잠실(동)에 있는 광양불고기집이었다. 워낙 이름 있고 규모가 큰 식당이라 종업원도 많고 분공도 세분화 되었는데 명화는 전문 그릇 씻는 일을 했다. 일은 다시 힘들어졌지만 그래도 견딜 만했다. 그런데 이 식당에 계속 있어보았자 언제까지고 그릇 씻는 일만 해야 할 것 같았다. 그는 두 달 만에 어느 부자집 가정부로 들어갔다. 한 달 노임이 역시 한화 60만원인데 일은 훨씬 헐했다. 석 달 후 주인집에서 시내 변두리에 별장을 짓는다며 그를 일군들 밥해주라며 보냈다. 거기서 석 달 있으면서 명화는 몇 명 안 되는 일군들의 밥을 짓는 한편 별장 짓는 일도 거들어야 했는데 한창 바쁠 땐 등짐으로 벽돌까지 날라야 했다. 별장이 완공되자 명화는 가정부 일을 그만두었다.

한국생활 일 년 만에 명화는 많은 변화를 가져왔다. 어느덧 몸가짐이 세련되고 서울말도 완벽하게 구사하는 그를 누구도 "교포"라고 부르지 않았다. 그때 "교포"라는 단어는 한국에서 중국조선족을 비하하는 대명사로 쓰이고 있었다. 겉모습과 함께 사고방식도 크게 바뀌었다. 돈도 벌어야겠지만 자신의 능력을 키울 수 있는 곳을 찾아 취직해야겠다고 그는 생각했다.

1993년10월 명화는 서울 올림픽공원 근처에 있는 함흥냉면집에 들어갔다. 두 달 동안 홀서빙을 하고나니 사장님이 그에게 카운터를 맡겼다. 사장님의 믿음에 명화는 더 열심히 일했다. 손님들의 식사비를 계산해주고 계산서를 떼여주고 하는 사이 조금이라도 틈이 생길 것 같으면 그는 홀서빙이든 주방이든 눈에 보이는 대로 달려가 바쁜 일을 거들었다. 그러다보니 그는 항상 뛰다 시피 동에 번쩍 서에 번쩍 하며 식당에서 가장 바쁜 사람으로 되였다. 반년 후 사장님은 명화처럼 책임성이 높고 정말 열심히 일하는 종업원은 드물다면서 그를 홀 팀장으로 승진시켰다. 월급도 한국인 종업원들보다도 더 높은 한화 120만 원으로 올려주었다.

십칠팔 명 종업원을 거느리는 팀장이 된 명화는 자신이 솔선수범하는 것만으로 직무를 잘 감당할 수 없음을 느꼈다. 팀원들은 전부 여자들인데다 한국인과 중국조선족이 섞여있고 연령도 이십대와 삼사십 대로 다양했는데 자연 인간관계가 복잡하고 작은 일로 갈등이 생길 때가 많았다. 명화는 모든 일에서 공평하게 처리하고 절대 편파적이지 않았다. 같은 조선족이라고 감싸지 않았고 한국인이라도 잘못하면 가차 없이 지적했다. 그리고 팀원들의 리익을 수호하기 위해 회사에 과감하게 의견을 제기하고 팀원들에게 무슨 어려움이 있으면 능력껏 도와주고 배려했다. 그의 리드하에 팀원들은 한결 단합되었고 한결 열성적으로 손님들에게 최상의 서비스를 제공하기 위해 노력했다. 결과 식당의 매출액이 빠르게 상승했는데 일일 오륙백만 원에 그치던 데로부터 천만 원을 웃돌았다. 매출액이 상승하면서 회사에서는 명화의 제안을 받아들여 종업원들에게 매출액에 따른 보나스를 별도로 지급해주었다.

명화는 한 달에 세 번 배정되는 휴일에도 쉬지 않았다. 한국언니의 소개로 도배하는 일을 한번 해보고 나서 그는 휴일이면 일당 한화 5만 원을 받으며 도배현장에 다녔다. 그렇게 그는 일 년 365일 쉬는 날이 거의 없었다. 그런 그를 보고 친지들이 몸을 좀 돌봐가면서 일을 하던지 하라고 말해도 그는 듣지 않았다.

1997년 9월 남편으로부터 문득 전화가 걸려왔다. 단위에서 아내를 대경으로 조동시키겠다고 하는데 본인이 직접 수속을 해야 하니 빨리 돌아오라는 것이었다. 명화는 이튿날 회사에 사표를 내고 서둘러 귀국했다. 한국에 나간 지 꼬박 5년 만이었다.

4

명화는 결혼한지 근 10년 만에 대경유전 종업원가족이라는 명의로 남편과 같은 회사의 "노동자편제 간부(以工代干)"가 되었고 남편의 대경시 호적부(戶口簿)에 처(妻)로 등재 되었다. 그는 그렇게 대경유전의 정식 종업원이 되고 도시 사람이라는 명색도 얻었지만 별로 기쁜 줄 몰랐다. 그가 필요해서 전근시킨 것이 아니라 부부간의 별거(兩地分居)를 해결하기 위한 배려 차원에서 이루어진 것이다 보니 그는 출근해도 별로 할 일이 없었다. 몸은 편안해도 마음은 결코 편안하지 않았다. 결국 그에게 대경이라는 유전도시는 그의 일가족이 함께 살아가는 곳이라는 것 말고 별다른 의미가 없어 보였다. 명화는 자기가 여기서 얼마나 오래 안주할 수 있겠는지 그 자신도 잘 몰랐지만 남편과 아들은 여기서 줄곧 살아야 한다는 걸 알고 있었다. 그는 한국에서 벌어온 돈으로 60여 평방미터짜리 아파트를 2채 샀다.

다시 시작된 중국에서의 직장생활은 하루하루 지속되었다. 그의 월 노임은 5년 전보다 대여섯 배 오른 800여 위안 이었고 남편의 월급까지 합치면 그들 부부의 수입은 2,000위안이 넘었다. 비록 명화가 한국에서 벌었던 월수입의 칠팔 분의 일에 불과한 수준이지만 이미 아파트도 2채 장만했고 한국에서 벌어온 돈도 적잖게 남아있어서 그들 가족은 그런대로 비교적 유족한 생활을 할 수 있었다. 하지만 명화는 시종 안착할 수 없었다.

'내가 5년 동안 가족과 떨어져 일 년 365일 거의 쉬지 않고 일을 해서 이룩한 것이 결국 작은 아파트 2채란 말인가?'

명화는 5년 전 자신이 한국에 나가기로 결단했을 때의 초심이 뭐였던지 다시 생각해보았다. 그때 그는 한국은 단지 큰돈을 벌수 있는 기회의 땅뿐이 아니라 막혔던 자신의 삶을 뚫어줄 출구가 열려 있는 땅이라고 믿고 결연히 달려갔지 않았는가. 그런데 그는 5년 만에 돈만 좀 벌고 돌아온 것이다. 돌아와서 직장과 호적까지 농촌에서 대경이라는 도시로 옮기긴 했지만 생각해보면 그가 바라던 삶과는 아직 거리가 멀게만 느껴졌다.

'나는 도대체 무엇을 바라고 있는가? 구경 어떤 삶을 갈망하고 있는 것인가?'

명화는 계속해서 자신에게 질문을 던졌다. 이런 질문을 하다보면 그의 머리속에는 지난 5년 한국에서의 생활이 영화필름처럼 펼쳐지기도 했다. 첫해는 힘들고 외롭고 억울함을 당할 때도 많았지만 그 후의 4년은 지금까지 살아오면서 가장 자신감 있고 가장 활기 넘치는 삶을 살았던 것 같았다. 어려서부터 늘 약골이라 불리며 매사에 소극적이던 자신의 몸에서 자신도 몰랐던 능력과 에너지가 발굴돼 동료와 친지들의 인정과 존중을 받으며 삶의 보람을 만끽했던 4년 세월이기도 했다.

'다시 한국에 나가자. 힘들게 출구를 찾았는데 뒷걸음질칠 수는 없지 않는가!'

한국에 다시 나간다면 이번엔 식당이 아닌 다른 분야에서 기회를 찾아보리라고 명화는 생각했다. 어떤 기회가 찾아올지 예단할 수 없지만 기회는 얼마든지 있을 것이라고 그는 믿었다.

그런데 바로 그 즈음 한국에서는 경제위기가 발생했다. IMF사태라고 불리는 외환위기가 도대체 어떤 건지 잘 모르던 명화는 뉴스에서 달러 환율이 1500원으로 뛰어오르고 나중엔 2000원대까지 돌파하는 걸 보고 아연실색하고 말았다. 한국에서 돌아오기 직전 그동안 저축했던 한화를 모두 달러로 바꿨기에 다행이지 그렇지 않았더라면 5년 동안 번 돈이 반으로 평가절하할 뻔했던 것이다.

명화는 한국행을 잠시 유보할 수밖에 없었다. 한국에 있는 친지들과 통화해보면 모두 실업자(정리해고자)들이 쏟아져 나와 일자리 찾기가 힘들고 인건비(노임)도 반으로 줄었다며 형편이 굉장히 안 좋다고 했다. 그런데도 중국의 조선족들은 여전히 한국바람에 들떠있었고 수속비용도 천정부지로 뛰어오르고 있었다.

1999년 6월에야 명화는 다시 한국에 갔다. 연초에 회사에 "무급여휴직(停薪留職)" 신청을 하고 10만 위안을 들여 한국수속을 밟았던 것이다. 한국은 금융위기의 여파가 아직 가셔지지 않아 전반적으로 경기가 안 좋은 것 같았다. 하지만 금융위기에도 문 닫지 않고 살아남은 식당들은 여전히 성업이었고 일군들을 수요하고 있었다. 올림픽 공원 함흥냉면집이 바로 그랬다. 명화가 인사차 식당에 들렀더니 사장님이 반색하며 맞아주었고 다시 출근하라고 했다.

명화는 함흥냉면집에서 다시 홀서빙으로 일했다. 한 달 후 사장님이 그에게 다시 팀장을 맡기려했지만 그는 사절했다. 두 번째 한국행을 결심할 때부터 계획했던 대로 그는 식당 종업원이 아닌 다른 어떤 일자리를 찾는 중이었다. 아직 명확한 목표는 없지만 자신에게 더 적합하고 자신의 능력을 더 잘 발휘할 수 있는 직장을 찾을 수 있을 거라고 그는 믿었다. 그래서 그는 휴일이면 이전처럼 몇만 원 일당을 더 벌기 위해 알바를 뛰지 않고 친지들을 만나러 다녔다.

그러던 어느 날 김씨 언니가 명화를 찾아왔다. 자신이 지금 온열기체험관(体验店)을 경영하는데 와서 도와달라는 것이었다.

"온열기체험관? 그게 뭔데요?"

"새로 개발된 가정용의료기계인데, 사람들이 와서 무료체험 해보고 사가도록 하는 거야."

명화는 고급아파트단지에 설치된 체험관에 가보았다. 방이 여러 개였는데 방마다 간이침대 비슷한 의료기(医疗器械)가 놓여있고 사람들이 거기에 누워 물리치료를 받고 있었다. 의료기에 장착된 원적외선 복사열과 마사지를 통하여 근육이완, 혈액순환 개선, 관절통증 완화 등 치료를 제공한다는 것이었다. 의료기의 치료효과가 구경 어떤지 그건 직접 치료를 받아보아야 파악이 되겠지만 명화의 관심을 자아낸 것은 의료기의 판매 방식이었다. 일반적으로 병원에 설치돼 있는 이런 물리치료 의료기는 가격이 엄청 비싸 가정집들에서 사가는 경우는 거의 없는데 체험관에서는 가정집에서 부담 할 수 있는 가격대의 의료기를 무료체험을 통해 판매하고 있었다.

'장차 중국에서도 얼마든지 할 수 있는 사업이 아닌가. 바로 이거야!'

명화는 체험관에 찾아오는 고객들에게 의료기의 성능을 소개하고 서비스를 제공하는 봉사선생이 되었다. 체험관에서는 기본 월급 외에 판매실적에 따라 수당을 주었는데 명화는 실적을 별로 올리지 못하다보니 수입이 식당에서 일할 때보다 훨씬 적었다. 두석 달 지나도 마찬가지였다. 전에 서울말을 완벽하게 구사한다고 자신 있어 했는데 고객을 상대로 의료기에 대해 설명하다보면 왠지 말이 술술 나오질 않았다. 식당에서처럼 발로 뛰고 몸으로 때우며 잘 해낼 수 있는 일이 아니 것 같았다. 그래도 명화는 체험관을 떠나지 않았다. 자신이 어려울 때 도와준 김씨 언니를 떠날 수 없었을 뿐만 아니라 돈을 적게 벌더라도 막연하지만 장차 자기가 할 수 있는 사업에 도움이 되는 일을 하고 싶었던 것이다. 돈보다 사업이 더욱 중요하다고 그는 생각했다.

'나도 잘 할 수 있다. 잘해 낼 수 있다!'

명화는 이렇게 자신을 다독이고 격려했다. 그리고 자신의 판매 실적이 미미한 원인을 곰곰이 생각해보았다. 겉보기에는 아직 입담이 안 돼 고참 판매원들처럼 말을 번지르르하게 잘 할 수 없는 것 같았지만 기실 그는 그들의 다소 과장적인 선전에 자기도 모르는 어떤 거부감을 갖고 있었던 같았다. 결국 그는 아직까지 판매자가 아닌 소비자의 입장에 서있었던 것이다. 판매자가 소비자의 입장에서 소비자를 위해 생각하고 최상의 봉사를 제공하는 것은 바람직하지만 판매자는 어디까지나 판매자로서 이익창출이 우선위가 아닌가.

그는 피식 웃음이 나왔다. 한국에서 생활한 시간을 합치면 칠팔년이 넘는데도 자신의 사유는 여전히 중국에서 굳어진 관념에서 벗어나지 못하고 있고 그래서 한국이라는 나라의 자본주의 생리를 아직 제대로 알지 못하고 있었던 것이다.

명화는 그 나름대로의 방식을 찾아야겠다고 생각했다. 어쨌든 간에 제품에 대한 고객의 믿음이 가장 중요한 것 같았다. 고심 끝에 그는 위생학교를 졸업하고 간호사로 병원에서 10년 근무했던 자신의 경력을 부각하면서 인체의 구조가 기능에 대해 깊이 있게 설명함으로써 고객들이 의료기의 성능을 더 잘 이해하고 믿게 하는데 주력했다.

판매 실적이 마침내 조금씩 올라가기 시작했다. 비록 한국인 고참들의 실적과 비하면 아직 멀었지만 그는 자신감이 생겼다.

체험관에서 일한지 일 년이 지난 어느 날 명화는 우연하게 본사에서 해외진출을 위해 직원을 물색한다는 걸 알게 되었다. 그는 김씨 언니에게 본사에 자신을 추천해달라고 했다. 김씨 언니는 본사의 입사조건이 굉장히 까다로운데 될수 있겠는지 모르겠다 하면서도 적극 추천해주었다. (주)삼성의료기산업으로 창업해 (주)세라젬의료기로 상호를 변경한지 2년밖에 안 되는 세라젬 본사에서는 중국어와 한국어에 능통하고 세라젬체험관에서 판매실적까지 쌓은 명화를 직원으로 채용했다. 명화에게는 행운이라면 행운인 셈이였다. 본사에서 의료기기 관련 입사교육을 받은 후 명화는 먼저 생산부로 파견돼 1년간 근무했다.

2002년 연초 주식회사세라젬에서는 동남아시장을 개발하기 위해 인도네시아팀을 구성했는데 명화는 팀원으로 뽑혔다. 인도네시아팀은 화교(华侨)시장을 먼저 개척하고 화교시장으로 전반 인도네시아 시장을 개발한다는 전략을 세웠는데 명화가 적임자로 인정되었던 것이다.

5

2002년 봄, (주)세라젬의료기 인도네시아법인회사에서 개설한 첫 의료기체험관이 인도네시아 수도 자카르타의 번화가에서 오픈했다. 인도네시아는 인구가 2억6천여 만 명으로 세계에서 네 번째로 많은데 화교 인구는 천만여명으로 약 4%를 차지한다. 인구는 4%에 불과하지만 화교들은 인도네시아 경제의 약 80%를 장악하고 있다. 1960년대 후반부터 1990년대 후반까지의 수하르토(苏哈托)정부하에서 화교에 대한 억압정책을 실시하면서 인도네시아 화교계는 정치적으로 지위가 낮은 반면 경제적으로는 크게 성장했던 것이다.

정확한 통계는 없지만 인도네시아 화교들 가운데 상당수가 중국어(华语)를 구사하고 중국 전통습관을 따르고 있다. 본사에서 파견돼온 종업원들 가운데서 유일한 중국어지도강사인 명화는 유창하고 표준적인 중국어와 세라젬의료기에 대한 전문지식으로 체험관에 찾아오는 화교들과 대뜸 친숙해졌다. 중국 전통의학에 근거를 둔 뜸과 지압의 원리를 이용해 혈액순환을 돕고 통증을 완화시켜주는 온열기는 화교들의 향수를 자아내기에 충분했고 직접 제품을 사용해보고 효과를 체험한 후 구매하도록 하는 "무료체험 마케팅"도 장사에 능한 화교들의 흥미를 끌었다. 세라젬의료기체험관은 갈수록 인기가 높아졌고 명화도 매일 바삐 돌며 중요한 역할을 했다. 회사에서는 그에게 부장급 대우를 해주고 연봉을 인민폐 40여만 위안으로 올려주었다. 2002년 당시 일반 종업원들의 월급이 천 위안좌우밖에 안되던 중국에서는 물론 한국에서도 고소득층에 속하는 노임수준이었다.

인도네시아시장을 성공적으로 개척하고 의료기체험관 2호점, 3호점을 연이어 오픈한 (주)세라젬의료기는 1년 후인 2003년에 싱가포르법인회사를 설립하고 싱가포르에 의료기체험관 1호점을 오픈했다. 명화는 이번에도 중국어지도강사로 파견되었다. 싱가포르는 인구가 567만명에 불과한 작은 섬나라이지만 화교와 화인(华人)은 전체 인구의 약 77%를 차지하고 상장기업의 80%이상 장악하고 있다. 싱가포르에서도 세라젬의료기의 주요 고객은 화교와 화인들이였고 명화는 여전히 체험관에서 핵심 역할을 했다.

2004년 (주)세라젬의료기에서는 명화를 2002년에 설립된 세라젬 중국법인 베이징본부에 파견했다. 중국대륙 광활한 시장을 개척하는 것이 한결 시급했던 회사에서는 명화가 중국에 돌아가 더욱 큰 역할을 발휘하기를 바랐던 것이다.

명화는 자신이 이렇게 빨리 베이징에 파견돼 올 줄 생각지 못했다.

4년 전 한국에서 세라젬체험관에 처음 갔을 때 장차 중국에서도 할 수 있는 좋은 사업이라는 생각에 선뜻 종업원으로 들어갔던 그는 인도네시아와 싱가포르에 파견돼 근무하면서 언젠가는 그 자신도 베이징이나 상해와 같은 대도시에 이런 체험관을 경영하겠다는 꿈을 꾸었던 것이다. 하지만 그것은 자신이 실력을 더 쌓은 후에 실현할 일이라고 생각했었는데 동남아에서 근무한지 2년 만에 중국으로 이동된 것이다. 그는 자신을 베이징에 파견한 회사의 의도를 잘 알고 있었지만 베이징에 온 이상 내 꿈을 앞당겨 이룩할 수 있지 않는가, 하는 생각을 떨쳐버릴 수 없었다.

'어떻게 할 것인가? 계속 회사에서 높은 대우를 받으며 온당하게 근무할 것인가 아니면 모험이 있더라도 과감하게 투자해 자체로 체험관을 개설할 것인가?'

명화는 후자를 선택했다. 회사에서도 그를 적극 지지했다. 회사에 계속 근무하면서 대리점을 경영하는 특별한 대우를 해주었다. 사실 회사 입장에서는 명화가 자신의 투자로 시장개척 테스트를 하겠다는데 지지하지 않을 이유가 없었고 명화는 명화대로 회사에서 월급을 받으면서 자신의 사업을 할 수 있어서 일거양득이었다.

명화는 50만 위안을 투자해 백여 평방 되는 상가에다 세라젬의료기 무료체험관을 오픈했다. 직원들을 모집해 훈련을 시키고 영업을 시작하고 보니 지도강사로 있을 때 보다 훨씬 바쁘고 힘들었다. 크고 작은 일들을 모두 자신이 직접 처리해야 할 뿐만 아니라 어떻게 하면 더 많은 고객들을 끌어들여 제품을 사도록 해야 할지 고심하고 신경 써야 했다. 그렇게 휴일도 없이 밤늦게까지 돌아쳐도 판매 실적은 미미했다. 그래도 그는 자신감을 갖고 매일매일 온갖 정력을 기울였다.

일 년 후 명화는 또 한 차례 선택에 직면했다. 회사에서 그에게 중국 서북지역 시장개척 중임을 맡기겠다고 했던 것이다. 일 년 전 동남아에서 금방 중국에 돌아왔을 때라면 모르겠는데 일 년 동안 고생한 결과 베이징 대리점이 금방 수익을 창출하고 있는 시점에 손을 떼라고 하니 주저하지 않을 수 없었다.

명화는 재삼 고려한 끝에 회사의 배치대로 서북지역에 가기로 했
다. 경제가 상대적으로 뒤떨어진 서북지역에서 고가의 외국제 의료
기를 판매한다는 것 자체가 큰 도전이 아닐 수 없겠지만 명화는 한번
도전해보고 싶었다. 불모지나 다름없는 그곳에서 새로운 시장을 개
척한다는 것이 그에게는 어쩌면 삶의 새로운 경지를 개척하는 것과
다름없다고 그는 생각했던 것이다. 그럴진대 이보다 더 보람차고 의
미 있는 일이 어디 있겠는가.

시장경제하에서 아무리 금전이 삶의 목적이자 수단이 되어 우리의
삶을 지배하는 것 같아도 삶에는 금전보다 더 중요하고 의미 있는 가
치가 엄연히 존재한다는 것을 그는 깨달았던 것이다.

2005년 5월, 명화는 (주)세라젬의료기 중국 서북부지역 총감(西北
部区总监)이라는 신분으로 감숙성 란주(兰州)로 갔다. 떠나기 전 그는
베이징의 대리점을 투자금만 회수한 채 다른 사람에게 인수시켰다.
그는 서북부지역에서 가장 큰 중심도시인 란주에 본부를 설치하고
대리상을 모집해 무료체험관을 하나 또 하나 설립하며 의료기시장을
개척해 나갔다.

그렇게 8년이라는 세월이 흘렀다.

그동안 그는 감숙성과 청해성을 위주로 서북부지역 여러 도시들에
20여개 대리점을 설립했다. 그는 정기적으로 대리점들을 순회하며
직원들을 훈련시키거나 직접 지도강사로 고객들 앞에 나서서 강의를
하기도 했는데 한번 순회하는데 한 달 이상 씩 걸렸다. 그래도 그는
지칠 줄 모르고 8년 동안 대부분 시간을 대리점에서 보냈다. 회사에

서는 그의 헌신적인 노력을 격려하기 위해 높은 연봉과 함께 판매 실적에 따른 별도의 상여금을 지급하며 그에게 연간 백만 위안 이상의 수입을 보장해주었다.

라씨네 자매들도 명화의 영향으로 의료기판매사업에 뛰어들었다. 큰언니 라명옥 부부와 둘째언니 라명순은 그의 소개로 하북성 석가장에 있는 세라젬분회사에서 한동안 근무하며 업무를 익힌 후 각기 대리점을 운영했다. 라씨네 네 자매 가운데 유일하게 사범전문대학을 졸업한 막내 라명애는 산서성 태원에서 대리점을 운영했다. 라씨네 자매들 뿐만 아니라 일부 친인척들도 명화의 도움으로 세라젬의료기 판매에 종사했다.

2013년 12월, 회사에서는 명화를 베이징본부로 재차 소환했다. 2001년 4월 길림성 연길시에 생산기지를 설립하고 중국시장에 본격적으로 진출한 후 줄곧 무료체험 마케팅 전략을 펼쳐 중국 거의 모든 지역에 500여개 대리점을 확보한 (주)세라젬의료기에서는 회원제라는 새로운 운영방식을 시도하기로 하고 명화에게 중임을 맡기기로 했던 것이다.

베이징에 돌아온 명화는 일부 대리점을 거점으로 진행하는 회원제 시험운영에 참여했다. 하지만 시험운영은 1년도 안 돼 중단되었다. 예기의 목표에 달성하지 못하자 회사에서 회원제 운영은 시기상조라는 결론을 내렸던 것이다. 그때 명화는 회사에다 흑룡강성에 돌아가 대리점을 직접 경영하겠다고 신청해 허가를 받았다.

2014년 1월과 3월, 각기 40만 위안을 투자한 대경 세라젬무료체험관 1호점과 2호점이 대경시 번화가에 연이어 오픈했다. 1년 동안의 경영을 거쳐 안정적인 운영에 들어간 후 명화는 2015년 3월에 하얼빈시 향방구 번화가에 하얼빈 체험관을 오픈했다. 2016년 3월과 4월에는 길림성 길림시에 길림 체험관 1호점과 2호점이 오픈되었다.

6

2019년 7월, 서광사람들 취재차 대경에 간 나는 라명화의 핸드폰으로 전화를 걸었다. 어떤 젊은 여자가 전화를 받았는데 자기는 라명화의 며느리라며 시어머니가 지금 한국에 나가있다고 알려주었다. 몇 분 안 돼 라명화가 한국에서 곧 전화를 걸어왔다.

"저 지금 서울에서 다른 사업 해 보려고 준비 중이에요. 대경의 저희 체험관은 며느리가 관리하고 있구요… 체험관이 어떤가 한번 보실려면 랑후루(让胡路)구에 있는 박림성이네 체험관에 가보세요. 림성이를 취재해도 되잖아요."

박림성은 라명순의 맏 시형 박복식의 아들이다. 지난번 라명화를 취재할 때 박림성에 대해 잠깐 얘기한적 있었다. 명화가 베이징에 있을 때 언니의 소개로 찾아온 림성이를 세라젬회사에서 근무하도록 도와주었는데 2014년 명화가 대경에 돌아올 때 따라왔던 것이다. 그때 명화가 서북지역에 있을 때부터 줄곧 그의 수하에서 일했던 산서성 출신의 한 처녀애도 대경에 따라왔는데 명화의 소개로 박림성과 사귀고 백년가약을 맺었다. 그들이 결혼한 후 명화는 그들 부부에게 40여만 위안의 창업자금을 선대해 독립적으로 체험관을 설립해 경영하도록 했다.

박림성의 체험관은 랑후루구 중앙대가와 서빈로의 교차로 부근 번화가에 위치해 있었는데 중국어로 "拿美生活"라는 간판이 건물 1층과 2층 사이에 걸려있었다. "拿美"는 (주)세라젬의료기기에서 출시한 여성. 헬스 전문기기인 나비엘(naviei)을 한자로 표현한 것이다. 체험관에 들어가니 1층은 상담실과 미용실이고 2층 백 평방미터 남짓한 넓은 공간은 헬스장으로 꾸며놓고 있었다. 양쪽 창문가 벽 쪽으로 나비엘 헬스기들이 줄느런히 놓여있고 중간에는 의자들이 있고 그 끝에는 작은 무대가 설치된 구조로서 의료기기 체험관과 여성전문 미용 및 헬스장으로 운영되고 있다는 걸 알 수 있었다.

박림성은 아버지를 닮아 키가 큰 편이였고 얼굴도 둥글넓적 남자답게 생겼다. 림성이는 나에게 체험관에 대해 소개하며 라명화 사장님이 아니었으면 그들 부부가 젊은 나이에 이렇게 빨리 이런 규모의 체험관과 헬스장을 운영할 꿈도 꾸지 못 했을 거라고 말했다. 라명화가 선대해준 창업자금은 얼른 갚았고 지금은 운영이 잘된다는 것이었다.

박림성과 얘기를 마치고 나는 아들네 집에 온지 1년 넘었다는 림성이의 모친 최동월 씨를 만나 박씨네 가족 이야기를 한 시간 넘게 들었다. 1952년생인 최동월 씨는 1976년 통하현 청하진 신흥촌에서 서광촌 박씨네 맏며느리로 시집왔다고 한다. 한마을에 살았어도 같은 생산대가 아니고 나이차도 많다보니 나는 그를 잘 몰랐지만 박씨네 형제들에 대해서는 잘 알고 있는 편이다. 박씨네는 1970년대 초반에 연수현 어디에서 서광촌으로 이사 왔는데 넷째아들 용식이가 나와 소학교 동창이었던 것이다. 박씨네 5형제 중 맏이인 박복식 씨는 집체 때 한동안 서광2대의 부대장으로 있었는데 1990년대 중반 러시아 변경쪽에 있는 호림현 경내의 북대황(北大荒) 854농장으로 솔가 이주해 4년 동안 벼농사를 지었다. 그들 가족은 후에 쌍압산시 교구 농촌으로 이주해 살았는데 박복식 씨는 어느 날 자전거를 밀고 오르막길을 올라가던 중 뒤에서 오는 모터치클에 치여 허무하게 세상을 떠났다. 그 이후 박씨네 형제들 3명이 연이어 세상을 떠났다. 셋째는 한국에 나가서 현장에서 일하던 중 의문사를 당했는데 지금까지도 원인이 밝혀지지 않았고 넷째와 다섯째는 한국에서 심장병으로 갑자기 세상을 떠났다고 한다.

"림성이 아빠가 세상 뜨고 나서 앞길이 정말 막막했는데…… 다행히 우리 림성이가 사돈처녀의 큰 도움으로 이렇게 가게도 차리고 좋은 색시도 얻었잖아요. 우리 며느리 한족이라지만 또 얼마나 싹싹하고 야무진지 몰라요."

최동월 씨도 라명화에게 크게 고마워하고 있었다. 삶의 어떤 선택이 자신의 운명을 개변했을 뿐만 아니라 주변 다른 사람들의 인생에도 적극적인 영향을 주리라고 라명화는 생각하지 못했을 것이다. 그것은 삶이 그에게 준 뜻밖의 선물인지도 모른다.

박림성 씨의 체험관에서 나온 나는 위챗으로 명화와 통화했다. 그가 서울에서 무슨 사업을 하려고 그러는지 궁금했던 것이다.

"양꼬치체인점을 할려구요. 영등포1호점이 다음 주에 오픈해요. 서울 출장 오시면 들러 주세요… 저가 명숙이 오빠한테 진짜 맛있는 양꼬치 대접할게요."

17년 전 인도네시아로 파견되며 떠났던 한국에 다시 돌아온 명화가 그동안 칠십만 중국조선족들의 제2의 고향이 된 한국에서 새로운 인생 도전에 나선 것이다.

1964년생 라명화, 그의 선택과 도전은 항상 진행형이다.

세상은 눈물을 믿지 않는다

최옥녀 (한국 서울)

1

어릴 적 옥녀는 말똥 굴러가는 것만 보아도 까르르 웃던 계집애였다. 그에게는 남동생이 셋이나 있고 위에 언니가 하나 있었는데 어찌된 영문인지 동생들 돌보는 일은 언제나 그의 몫이였다. 그래서 그는 맨날 등 뒤에 동생들을 업고 다녔지만 그래도 뭐가 그리 좋은지 웃기도 잘 웃었다.

학교에 다니면서도 마찬가지였다. 교실에서 학우들과 희희닥거리고 넓은 운동장에서 뛰노는 재미에 시간 가는 줄 몰랐다. 그렇게 철없이 뛰놀기만 하던 옥녀에게 고민이 찾아왔다. 어느 겨울이었다. 학교 바로 옆에 큰 늪이 하나 있었는데 초겨울부터 그곳은 천연 스케이트장이 돼 점심시간이나 방과 후면 애들이 북적거렸다. 그날도 옥녀는 평소 늘 붙어다니던 단짝 친구와 함께 스케이트를 타고 씽씽 달리다가 그만 벌러덩 엉덩방아를 찧으며 얼음판위에서 칠팔 미터 쭉 미끄럼질 쳤다. 그러자 뒤에 따라오던 단짝도 그녀한테 걸려서 벌렁 넘어졌다. 둘은 아픈 줄도 모르고 서로 붙잡고 깔깔깔 웃었다. 한참 웃고 나서 옥녀는 먼저 일어나 엉덩이를 툭툭 털고는 단짝에게 손을 내밀었다. 단짝도 장갑 낀 두 손을 탁탁 털며 그를 붙잡고 일어섰다. 그때였다. 단짝이 끼고 있는 양양털장갑이 그렇게 보드랍고 따뜻할 수가 없었다. 그는 저도 몰래 터실터실 얼어터진 자신의 손등을 내려다보았다. 목장갑이 하나 있긴 있었지만 금방 해어져 온 겨울 맨손으로 지내다시피 했던 것이다.

나는 왜 애처럼 양털장갑 하나 없을까? 우리 집은 왜 애네 집보다 그렇게도 못사는 걸까?

옥녀는 처음으로 이런 생각을 했다. 그날 밤 이불속에서 또 이런 생각을 하며 그는 훌쩍훌쩍 눈물을 흘렸다. 무슨 잘못을 저질러 엄마한테 야단맞고 찔찔 짜낸 것이 아니라 난생 처음 자신도 주체할 수 없는 눈물이 자꾸 흘러 나왔던 것이다.

수십 년 세월이 흐른 후 어린 시절을 회상 할 때마다 가장 먼저 떠오르는 것이 바로 그 양털장갑이라고 옥녀는 말한다. 그 양털장갑이 빨간색이던지 노란색이던지 그 색상조차 잘 기억나지 않지만 터실터실한 손에 와닿던 그 녹아들듯 보드랍고 따뜻한 촉감은 영원히 잊을 수 없단다. 지금 생각해보면 가난하던 그 시절 부모님 덕분에 올망졸망 오남매가 배를 굶지 않고 자란 것만 해도 천만 감사한 일이고, 그까짓 양털장갑 같은 건 한낱 사치에 불과했건만 그에게는 무슨 한처럼 가슴에 남았던 것이다. 그것은 어쩌면 어린 가슴에 처음으로 심어진 세상에 대한 어떤 회의였는지도 모른다.

어쨌거나 그렇게 한번 울고 나서 옥녀는 어엇눈을 뜨기 시작했다. 그제야 그는 전에 가끔 낙제 점수를 맞고도 쑥스러운 줄 몰랐던 자신이 한없이 부끄럽기도 했다. 그러나 아무리 노력해도 공부 성적은 올라갈 줄 몰랐다. 철없이 깔깔거리던 계집애는 차츰 눈물 많은 소녀로 변해갔다. 사춘기에 들어서며 그의 고민은 점점 더 늘어났다. 고등부까지 겸한 현조선족중학교는 바로 서광에 세워져 있었는데 그가 고교생이 되던 1983년, 마을에서는 일대 경사가 일어났다. 200여 세대가 사는 시골마을에서 글쎄 13명이나 대학에 붙었고 그 가운데 6명은 베이징에 있는 명문대에 입학했던 것이다. 옥녀는 자기와 동갑이거나 기껏해야 한두 살 많은 그들이 한없이 부러웠고 그럴수록 자신이 초라하기 짝이 없었다. 공부성적이 학급에서 중등에도 못 미치는 자기가 대학에 붙지 못할 거라는 것을 너무나 잘 알고 있었기 때문이었다.

난 도대체 어찌하면 좋을까?

생각할수록 앞날은 까마득해 한숨만 나오고 한숨 끝에 또 눈물이 나왔다. 그렇다고 공부를 그만둘 수도 없었다. 아니 그만 두기 싫었다. 가는 데까지 가보고 싶었다. 그런데 공부가 잘 돼주지 않았다. 일요일 날 집에서 공부한다고 책을 펼쳐놓긴 했어도 머리에 전혀 들어오지 않을 때가 더 많았다. 그럴 때면 그는 책을 훌 밀어버리고 집을 나섰다. 그의 집은 마을 서툰 한끝 언덕위에 있었는데 마당을 지나 대문만 나서면 남쪽도 서쪽도 모두 논밭이 훤히 바라보였다. 그는 서쪽으로 내처 걸었다. 논밭 사이 휘우듬한 달구지길을 한참 걷고나면 언덕이 보이고 언덕 아래 서쪽 방향으로 길게 뻗은 작은 호수를 따라 또 한참 걸어가면 누렇게 익어가는 벌판이 무연하게 펼쳐져 있다. 그 끝에는 맑은 량주하가 여울소리 울리며 시름없이 북으로 흐른다.

옥녀는 강변 버들 숲에 앉아 흐르는 강물을 하염없이 바라보았다. 눈 앞의 이 강물은 달리고 달려 송화강에 흘러들고 다시 또 흐르고 흘러 우쑤리강과 흑룡강에 합류해 어느 날엔가 넓은 바다로 흘러들 것이다. 그런데 나는… 어디로 갈 것인가?

옥녀는 바지를 둥둥 걷어 올리고 당장 어디로 떠날 갈 듯 강물에 천천히 들어섰다. 강물이 차가웠다. 그는 아랑곳하지 않고 한발 한발 앞으로 걸어 나갔다. 강물이 무릎까지 올라오고 다시 허벅지를 넘어 허리까지 차올랐다. 그는 앞으로 더 깊이 들어갔다. 강물이 가슴까지 차오르며 바로 턱밑에서 출렁거렸다. 그는 저도 몰래 두 손을 쳐들었다. 그때였다. 등 뒤에서 누군가의 다급한 부름소리가 들려오는 듯 했다. 세찬 물살 때문에 가까스로 몸을 돌려 뒤돌아보니 아무도 없었다. 환청이었다. 그 순간 까닭 없이 울컥 설움이 북받쳐 올라 그는 강변을 향해 아―, 하고 외마디 소리를 질렀다. 그러자 후드득, 하는 소리와 함께 버들숲에서 새들이 솟구쳐 오르더니 순식간에 창공으로 날아올랐다. 그는 다시 아―, 아―, 연신 소리를 질러댔다. 절규하듯 그렇게 소리를 지르고 나니 희한하게도 속이 후련했다.

유난히 맑고 푸른 하늘가로 유유히 사라져가는 새들을 눈으로 바래며 한 발작 한 발작 강변 버들숲으로 돌아온 옥녀는 저도 몰래 기분이 좋아졌다. 젖은 바지와 블라우스를 벗어 모래톱에 늘어 말리며 흥엉흥얼 콧노래가 다 나왔다. 그렇게 흥얼거리다나니 목청껏 노래를 부르고 싶어졌다. 주위를 두리번거렸다. 아무도 없었다. 그는 버들숲에 앉아 노래를 부르기 시작했다.

산곡간의 맑은 샘물
춤추며 흘러가고
푸른 잔디 언덕 너머
소와 양떼 흘러가네…

1980년대 초반 김재분이라는 연변가수가 불러 한동안 크게 히트쳤던 〈아, 산간의 봄은 좋아〉라는 노래였다. 라디오에서 이 노래가 흘러나올 때면 따라 부르곤 했는데, 어느 날 엄마가 "우리 옥녀가 더 잘 부르는구나!" 하고 한마디 하셨다. 그러고 보니 자신의 목청이 김재분 가수와 많이 닮아 있었다. 언제부터인가 노래를 부를 때면 목소리가 이상하게도 남자애들처럼 굵게 울려나와 누가 들을까봐 주위를 살펴보군 했었는데 이 노래를 따라 부르면서 그는 자신의 목소리가 김재분처럼 여성 중음 이라는 걸 알게 되었다.

나도 김재분처럼 가수가 될 수 없을까?

그날 강변에 앉아 또 이 노래를 부르다가 옥녀는 문득 이런 생각이 들었다. 그런데 어떻게 어디 가서 가수가 된단 말인가? 시골소녀에게 그것은 너무나 막연하고도 현란한 꿈이 아닐 수 없었다. 그래도 그는 꿈을 계속 키워갔다. 짬만 생기면 강변으로 달려가 흐르는 강물을 마주하고 목청껏 노래를 불렀다.

그런 옥녀에게 마침내 기회가 찾아왔다. 수 백리 밖의 어느 현성에 있는 **현조선족문공단(예술단)에서 가수를 물색한다는 소식을 알게 되었던 것이다. 그는 무작정 그곳으로 떠났다. 한 번도 가본 적이 없고 아는 사람도 하나 없는 그곳에 장거리버스를 몇 번이나 갈아타며 찾아갔다. 문공단에서는 옥녀의 노래를 들어보더니 그를 받아들였다.

옥녀는 그렇게 무대에 서게 되었다. 모든 것이 꿈만 같았다. 너무 꿈을 꾸는 것 같아서였던지 옥녀의 가수 꿈은 오래 가지 못했다.

워낙 작은 현성의 작은 예술단이라서 그런지 운영이 어려워 단원들 월급도 제대로 내주지 못했다. 가수와 배우들이 뿔뿔이 떠나버리는데 새로 들어오는 사람은 별로 없었다. 급기야 그가 들어 간지 1년 만에 예술단은 해체되고 말았다.

옥녀는 그동안 친해진 언니들을 따라 하얼빈, 목단강, 연변으로 오르내리며 예술단 면접을 보았지만 그를 받아주는 곳은 하나도 없었다. 예술학교 졸업생들이 문예단체들에서 대거 활약하기 시작했던 것이다.

가수의 꿈은 참 허망하게도 무너지고 말았다.

2

고향에 돌아온 옥녀는 농사를 지어야 했다. 호도거리(가족도급제)라는 새로운 토지정책으로 땅을 분배받은 농민들이 열심히 농사를 지어 집집의 마당에 벼 마대 쌓이던 시절이었다. 그동안 단짝 친구 몇은 대학입시에 재수에 성공해 단과대학에 가고 또 몇몇은 도시로 일자리를 찾아 떠나고 언니도 시집가고 없었다. 옥녀는 친구들처럼 도시로 가서 기껏해야 식당 복무원으로 일하고 싶지 않았다. 그에게 남은 길이란 언니처럼 시집가는 것 밖에 없는 듯했다.

이제 겨우 스무 살인데 시집이라니? 옥녀는 가슴이 막혔다. 그런데 어릴 때부터 함께 자란 소꿉친구들이 하나 둘 시집장가 가고 있었다. 옥녀에게도 중매군들이 찾아왔다. 그러나 그는 총각을 만나볼 생각이 눈꼽만치도 없었다.

"아무래도 시집갈 건데, 한창 꽃피는 호시절에 좋은 남자 만나 가야할게 아니냐!"

마침내 엄마도 그를 타이르기 시작했다.

그렇게 반년이 지났다. 옥녀는 점점 집에 있기 싫어졌다. 어디든 뛰쳐나가고 싶었지만 일자리 하나 구하기가 하늘에 별 따기 같던 시절이었다. 그러던 어느 날 먼 친척 되는 사람이 찾아와 연수현 어디에 좋은 총각이 하나 있다고 소개했다. 인물 체격 좋고 맏이가 아닌 둘째라 부담도 없고 목수에다 치과기술까지 있단다. 부모님은 귀가 솔깃해서 빨리 날짜를 정해 만나보라고 딸을 닦달했다.

옥녀도 마음이 조금씩 흔들리기 시작했다. 며칠 후 총각이 중매자와 함께 그를 만나러 왔다. 첫 눈에 반할 정도는 아니었지만 별로 흠잡을 데 없어 보였다. 무엇보다 목수에 치과기술까지 있다는데 시골총각치고 그만하면 괜찮은 게 아닌가, 하는 생각이 들었다. 자신 또한 한낱 수수한 시골처녀에 불과하지 않은가. 아무리 자존심 강하고 눈이 높다한들 종국에는 시골남자 만나 시골에서 살아야 할 운명이 아닌가. 생각하면 억울하고 화가 나기도 했지만 그에게는 그런 운명에 도전할 힘도 용기도 없는 듯했다. 비참하지만 그는 자신의 운명을 받아들이기로 했다.

총각이 몇 번 더 찾아오고 나서 마침내 약혼식을 치렀다. 약혼식이라야 일가친척과 동네 사람들을 청해 술상을 차리는 것이었다. 약혼식 날 옥녀는 강변 버글 숲에 앉아 흐르는 강물을 하염없이 바라보았다. 강물을 마주하고 노래 연습하며 꿈을 꾸던 날들이 엊그제 같은데 그 꿈도 이제는 영영 강물에 띄워 보내야 한다고 생각하니 설움이 북받쳐 그는 울어버리고 말았다. 그렇게 우는데 문득 〈갑돌이와 갑순이〉 노래 가락이 떠올랐다. 갑순이는 시집 간 날 첫날밤에 갑돌이를 위해 한없이 울었는데 나는 울어줄 갑돌이도 없이 이제 시집이란 걸 가야 하나, 하고 생각하니 옥녀는 더욱 서러워 펑펑 눈물을 쏟았다.

시집가는 길도 결코 순탄치 않았다. 결혼식을 몇 달 앞두고 장래 시댁에 연신 불상사가 일어났다. 미혼부의 부친이 중풍에 쓰러지고 큰 동생이 쥐병에 걸려 병원에 실려 갔으며 막내 동생이 강에서 뇌관으로 물고기를 잡다가 사고를 쳐서 한쪽 팔 절단수술을 했다. 시집도 가기 전 시댁은 그렇게 칠팔천 위안이라는 빚더미에 올라앉은 것이다. 보통 월급쟁이들의 한 달 노임이 사오십 원 하던 때였으니 칠팔천 위안이면 당시 거액의 수자였다.

옥녀는 큰 고민에 빠졌다. 둘이 연애해서도 아니고 남의 소개로 등 떠밀려 한 혼약인데 그런 집으로 뻔히 알고 시집가야 한다는 사실이 억울했고 또 한편으로는 이제 금방 정이 들기 시작한 미혼부가 측은하기도 했다. 그때 엄마가 또 그를 타일렀다.

"아직 결혼식은 안올렸을망정 그 사람은 분명 네 신랑이다. 착한 그 사람이 무슨 잘못을 저지른 것도 아닌데, 그 집안에 큰 불행이 닥쳤다고 혼사를 그만둔다는 건 사람의 도리가 아니네라!"

1986년 봄 옥녀는 결혼식을 올렸다. 시집은 연수현성에서 30여리 떨어진 홍성촌이라는 조선족동네에 있었다. 사면팔방 둘러보아도 무연한 들판뿐인 이 벌방에 옥녀는 어쩐지 좀처럼 정을 붙일 수가 없었다. 그럴수록 자신이 태어나서 자란 고향이 그리웠다. 동북쪽에서부터 동남쪽으로 면면한 산줄기가 거대한 병풍처럼 마을을 감싸고 서쪽에는 한줄기 맑은 강물이 유유히 흐르는 고향은 생각만 해도 마음이 든든하고 포근한 곳이었다. 그런들 어쩌랴, 자신은 이미 이 벌방마을에 시집온 몸이거늘.

시집살이는 생각보다 훨씬 힘들었다. 시아버지는 중풍 후유증으로 몸을 제대로 가눌 수 없었고 두 시동생도 크게 앓고 나서 농사일 할 형편이 못되는데 시숙은 또 술주정뱅이였다. 옥녀는 오직 남편 하나만 믿고 낮에는 논밭에 나가 농사일 하고 집에 돌아와서는 살림살이 하며 고된 시집살이를 견뎠다. 그런 와중에 딸이 태어나고 백일이 지나 농사차비를 해야 하는 봄철이 다가왔다.

"우리 분가해서 따로 살림하자요."

어느 날 옥녀는 남편에게 분가하자고 말했다.

"아니 지금 우리 집 형편에 분가하겠다는 말이 어떻게 나올수 있어?"

남편은 펄쩍 뛰며 안 된다고 손사래를 저었다.

"당신 한번 잘 생각해 봐요. 지난 일 년 죽도록 고생했지만 우리 손에는 일전 한 푼 안 들어오고 빚은 빚대로 남아 있잖아요. 그럴 바에야 우리가 빚을 안고 나가서 우리절로 농사해서 빚을 갚아요.”

“칠팔천 위안 되는 빚을 우리 혼자 다 갚는다고?”

남편은 어이가 없다는 듯 그에게 되물었다.

“땅을 서너 쌍(헥타르) 맡아 농사하면 몇 년 안에 다 갚을 수 있을 거예요.”

시부모님은 선선히 분가를 허락했다. 그 많은 빚을 다 안고 나가겠다는데 허락 안할 이유가 없었다.

그들은 허름한 빈집을 하나 얻어 신접살림을 차렸다. 살림이라야 분가하면서 시집에서 준 뚜껑도 없는 쇠가마 하나에 입쌀 40근이 전부였다. 옥녀는 그래도 좋았다. 세간살이야 이제 농사해서 돈을 벌어 하나하나 갖추면 그만이었다.

새 살림을 차린지 얼마 안 된 어느 날이었다. 하얼빈 교외 어딘가에서 친구와 동업으로 자그만 한 식당을 차렸다는 큰 남동생이 불쑥 찾아왔다. 장사가 잘 안 돼 식당을 그만두었다며 당분간 누님네 집에 있겠다고 했다. 옥녀는 그러라고 흔쾌히 대답했다. 어릴 때 자신의 등에 업혀 자란 남동생과 각별히 정이 깊었다. 남동생이 온 사흘날 한밤중이었다. 탕,탕,탕 문 두드리는 소리에 깨어나 불을 켜고 보니 십여 명 경찰들이 그의 집을 에워싸고 있었는데 대문밖에는 경찰차가 3대 세워져 있었다. 문을 열자 경찰 서너 명이 집안에 들어와 남동생한테 덜컥 수갑을 채웠다. 옥녀는 너무 놀라 바닥에 풀썩 주저앉고 말았다. 말도 울음도 나오지 않았다.

남동생은 절도죄로 공안국에 연행되었다. 식당이 문을 닫으며 1,200위안 빚을 떠안게 되었는데 어느 날 밖에서 술을 마시고 남의 오토바이를 타고 왔다는 것이다. 술을 깨고 나니 더럭 겁부터 났지만 이미 훔쳐온 물건을 다시 제자리에 가져다놓을 엄두는 더욱 나지 않았다.

이왕 이렇게 된 바에 어디다 팔아서 빚이나 갚아버리자···

순간적인 나쁜 생각에 남동생은 엄중한 대가를 치러야 했다.

날이 밝기 기다려 고향 현성 공안국에 찾아가 사건의 시말을 전해 들은 옥녀는 너무나 큰 충격을 받았다. 착해 빠진 남동생이 그런 일을 저지를 줄은 꿈에도 생각지 못했던 것이다. 그제야 엉엉 울음이 터져 나왔다. 울면서 생각해보니 모두가 가난 때문인 것 같았다. 그까짓 1200원이 뭐라고··· 바로 가난이 아차, 하는 한순간에 사람을 그렇게 만든 것이 아닌가. 친정이든 시집이든 하루빨리 가난에서 벗어나야 했다. 옥녀는 꼭 부자가 되리라 굳게 맹세하며 이를 악물었다. 손발이 닳도록 열심히 일하면 안 될 것 뭐 있겠는가.

그것은 하나의 굳은 신념으로 그의 가슴 깊이 뿌리를 내렸다.

땅이 녹기 바쁘게 옥녀네는 가을에 삯 값을 주기로 하고 불도저를 불러 1.5헥타르 신풀이논을 개간했다. 거기다가 원래 자신들의 몫과 남의 땅을 더 도급해 첫해 도합 3헥타르 농사를 지었다. 써레질 같은 힘든 일은 남편이 하고 모내기와 김매기는 옥녀 혼자 거의 하다시피 했다.

옥녀는 젖먹이 애를 업고 모를 꽂았다. 김을 맬 때는 논머리에 마대와 요를 펴고 그 위에 다시 이불을 두르고 애가 벌벌 기며 혼자 놀게 했다. 햇빛이 제법 쨍쨍 내리쬐는 점심나절이면 우산을 펼쳐 햇빛을 막아주었다. 그러던 어느 날 동네 할머니 한분이 지나가다 보기 너무 딱했던지, "애기 이리 가져오너라, 내가 봐주마." 하고 말씀하셨다. 옥녀는 너무 고마워 넙적 엎드려 절이라도 올리고 싶었다.

초벌 김을 다 매고 나서 한숨 돌릴 수 있게 되자 옥녀는 친정에 한번 다녀오고 싶었지만 수중에는 차비 끊을 돈도 없었다. 그는 애를 업고 돈을 꾸러 나섰다. 하지만 빚을 너무 많이 지고 있는 그들의 형편을 잘 알아서 그런지 선뜻 돈을 꿔주는 사람이 없었다. 하긴 때는 바로 농촌에서 돈닢 구경하기가 가장 힘든 때이기도 했다. 그래도 열몇 집을 돌고나니 맘씨 좋은 이웃들이 있어 그는 단돈 10원을 꿔서 손에 쥘 수 있었다. 친정에 다녀오려면 왕복 차비 4원이 들었다. 고향마을과 강하나 사이 두고 8리길 떨어져 있는 가신진에 도착한 그는 시장에 들려 나머지 6원으로 엄마 아빠가 좋아하는 돼지고기와 물고기를 사가지고 고향으로 향했다.

친정에 다녀오고 나서 옥녀는 다시 또 매일 논밭에서 살다시피 했다. 남들은 나무그늘 밑에 앉아 한가하게 노는 한낮에도 그는 땡볕에서 김을 맸다. 동네 사람들은 뭔 새각시가 저렇게도 일욕심이 많은가 혀를 찼다. 논밭머리를 지나가던 어떤 남정네는 이 집 새각시는 가을 할 때까지 논김을 맬 작정인가, 하고 우스갯소리를 했다.

그해 마을에 도열병이 돌아 적잖은 집들에서 농사를 망쳤는데 옥녀네는 하늘이 도왔는지 아니면 온 여름 논김을 많이 매서 벼 뿌리가 얼마나 튼실했든지 벼 한포기 넘어가지 않고 대풍작이었다. 벼를 다 팔고나니 수입이 6천3백 위안이나 되었고 각종 비용을 다 제하고도 3천여 위안의 순수입이 떨어졌다.

이듬해 그 이듬해에도 옥녀네 부부는 억척스레 벼농사를 짓고 한

전밭도 가꾸며 악착같이 돈을 모았다. 그렇게 3년 만에 태산 같던 빚더미를 깨끗하게 다 갚고 나서 옥녀는 남편의 품에 안겨 펑펑 눈물을 쏟았다. 그러다가 이제 한 두 해 더 고생해서 덩실한 기와집도 짓고 잘 살아보자며 젊은 부부는 또 환하게 웃었다.

3

옥녀네가 한창 부자가 되는 꿈을 꾸고 있을 때 한국바람이 솔솔 불어오기 시작했다. 처음에는 한국 친인척들의 초청으로 한국을 방문한 사람들이 약을 팔아 돈을 좀 벌다가 나중에는 한국에 남아 일을 해 돈을 벌었다. 건설현장에서 한 달 버는 수입이 중국에서 일 년 농사해서 나오는 수입을 훨씬 초과했다. 오직 땅에 매달려 잘살아보겠다고 아득바득하던 시골사람들에게 그것은 큰 유혹이 아닐 수 없었다. 너도나도 한국 친인척들에게 초청장을 보내달라고 부탁했고 친인척이 없는 사람들은 초청장을 사서 한국수속을 밟는다고 야단이었다.

옥녀의 남편도 발 빠르게 움직였다. 워낙 머리가 잘 돌고 친구도 많은 그는 여기저기 수소문하더니 천이백 위안을 주고 초청장을 한 장 사서 먼저 한국으로 나갔다. 1991년 봄의 일이었다. 그해 옥녀는 홀로 농사를 지었다.

한국에 나간 남편은 1년 만에 옥녀뿐만 아니라 형님과 두 동생까지 네 사람의 초청장을 해서 보내왔다. 원래 천여 위안 하던 한국초청장이 한해 사이에 만여 위안으로 껑충 뛰어오르고 있었다. 여권 신청도 점점 어려워지고 있었는데 옥녀네는 다행히 무난하게 여권 발급받고 비자를 밟아 한 달 만에 한국으로 나갔다.

옥녀는 서울에 있는 어느 한식집에 종업원으로 들어갔다. 일은 좀 고되었지만 땡볕에서 농사일 하며 단련된 몸이라 이내 적응되었고 돈 버는 재미에 힘든 줄 몰랐다. 처음에는 친정엄마한테 맡겨두고 온 어린 딸 생각에 마음이 더 힘들고 고달팠다. 중국의 가정들에 전화도 없을 때라 목소리 한번 듣고 싶어도 통화할 수 없었다. 하지만 시간이 지나며 그리움도 조금씩 옅어져갔다. 그 대신 그때 당시 "교포"라고 불리우는 조선족 불법체류자로서 당하는 무시와 설움으로 스트레스가 쌓이며 힘들 때가 더 많았다. 옥녀는 꾹 참고 견뎠다.

그렇게 1년이 좀 지났을때 남편이 그동안 번 돈을 가지고 중국으로 돌아가 료녕성 영구시 빠위쵄(鲅鱼圈)이라는 곳에 가라오케 노래방을 차렸다. 1992년 초 반 등소평 남방순시 연설이 발표된 후 중국이 시장경제를 전격 수용하며 개혁개방 정책이 심화되고 외국투자자들이 대거 밀려들면서 도시의 골목들에 노래방과 술집이 생겨나고 술집 아가씨들이 공공연히 호객 행위를 시작하던 때였다. 남편은 이번에도 발 빠르게 움직여 금방 개방된 항구도시에 노래방을 빙자한 술집을 차렸던 것이다. 소문에 아가씨가 삼십여 명이나 된다고 했다.

옥녀는 남편이 하는 일에 간섭하지 않았다. 바다 건너 떨어져 있으면서 간섭할 수도 없었다. 옥녀는 여전히 식당에서 하루 열 몇 시간 일하며 버는 돈을 일전 한 푼 허투루 쓰지 않고 차곡차곡 모았다. 그렇게 2년 동안 통장에 적금된 돈이 한화 1,400만원이나 되었는데 인민폐로 환산하면 14만 위안이었다. 단돈 10위안도 없어 애 업고 돈 꾸러 동네를 돌던 일이 아득한 옛날처럼 떠오르며 옥녀는 자신이 큰 부자가 된 것만 같았다.

바로 그 무렵 옥녀는 그만 불법체류자 단속에 걸려들어 중국으로 송환되었다. 한국에 나간 조선족들 대부분 불법체류자였고 단속도 엄하던 때였다. 그는 차라리 잘 되었다 싶었다. 손에 14만 위안 밑천이 있으니 자신도 중국에서 뭘 해볼 수 있을 것 같았다. 그는 고향에 먼저 들려 어느덧 소학교에 입학한 딸과 며칠 지내고 영구(營口)행 열차에 올랐다.

장장 스물 몇 시간 기차를 타고 가면서 그리고 영구역에서 내려 다시 버스를 갈아타고 빠위췐(발鲅魚圈)으로 향하면서 옥녀는 한국에 있을 때 들려온, 남편에게 다른 여자가 생겼다는 소문이 헛소문이기를 빌고 빌었다. 설령 남편에게 애인이 있었다 하더라도 자신이 돌아온 소식을 전해들은 남편이 깨끗이 정리하고 자신을 반갑게 맞이해주면 자신도 모른 척 하리라 맘먹기도 했다.

그러나 남편은 시무룩한 기색이었다. 다른 여자가 생겼다는 사실도 굳이 숨기려고 하지 않았다. 남편은 두어 달 전에 노래방을 정리하고 봉제공장을 차렸는데 여자는 공장의 기술자였던 것이다. 남편은 옥녀가 단속에 걸려 중국에 돌아왔고 곧 빠위췐에 온다는 소식을 한국에 있는 동생들로부터 분명 전해 들었을 텐데도 여자를 그대로 두고 있었다. 1년 넘게 바다건너 헤어져있던 젊은 부부는 그래서 만나자마자 대판 싸움부터 벌였다. 당장 그 여자부터 내보내라는데 남편은 차마 내쫓을 수 없다며 말도 안 되는 억지를 부렸다. 여자도 그가 돌아왔다는 걸 번연히 알면서 나가려고 하지 않았다. 옥녀는 결국 그 여자를 불러 앉혔다.

"내가 돌아 온지 사흘이 지났는데, 지금 네가 뻗대고 나가지 않고 있으니 그럼 내가 이혼을 해 줄 테니 둘이 살아라!"

옥녀의 말에 여자는 고개를 쳐들고 그를 똑바로 쳐다보더니 후――, 하고 한숨을 내쉬며 대답했다.

"저는 사장님과 살지 않을 거예요."

"건데 왜 떠나지 않고 있는 거니?"

"노임이…… 밀려서 못 떠나고 있어요."

옥녀는 당장에서 밀렸다는 노임 800위안을 꺼내주었다. 그러자 곧바로 짐을 챙겨 떠나는 여자를 남편이 자전거에 태워 버스역까지 바래다 주었다. 세 시간 지난 후 여자가 영구역에서 회사로 전화를 걸어와 옥녀를 찾았다.

"로우반냥(老板娘, 사모님) ―," 여자는 그를 그렇게 부르고는 잠깐 머뭇거리더니 말을 이었다. "로우반냥, 미안해요. 사실은 사장님과 같이 살려고 맘먹었고 사장님도 약속했었는데…… 로우반냥을 만나고보니 같은 여자로서 차마 그러지 못해 떠나왔습니다. 진짜 미안해요."

같은 여자라는 말에, 그리고 미안하다는 진심어린 말에 옥녀는 왠지 설움이 북받쳐 눈물이 나왔다. 여자가 그래도 순진하다는 생각이 들며 그의 처지가 가상하기도 했다. 그는 여자를 용서하기로 했다. 그러나 남편은 쉽게 용서되지 않았다. 차라리 그 여자를 기어이 붙잡아두겠다고 했더라면 남편이 그나마 사내대장부로 보였겠는데 두 번 배신을 저지른 남편이 비겁하고 비정해 보였다. 그런 남편이 또다시 세 번 네 번의 배신을 저지르지 않는다고 누가 장담하랴.

옥녀는 자신이 떠날 생각도 해보았다. 하지만 정작 떠나겠다고 생각하니 억울하고 분해서 견딜 수 없었다. 시집 식구들 그 누구도 갚아버릴 엄두를 못 냈던 태산 같은 빚더미를 3년 동안 허리 끊어지도록 일해 허물어버린 내가 왜 떠나야 하는가? 스스로도 대견스럽던 그 고되면서도 벅찼던 나날들이 허무하기만 했다. 그리고 지금 떠난다면 당장 어디로 간단 말인가? 한국에서 송환돼 오며 중국에서 자기절로 뭔가 해보겠다는 생각을 해보긴 했지만 막상 뭘 어떻게 해야할지 막연하기만 했다. 스물한 살에 시집가서 농사일만 했고 한국에 가서는 2년 동안 식당에서 홀 서빙만 했던 그는 사회경험이 별로 없었고 그래서 솔직히 엄두가 나지 않았다.

옥녀는 일단 남아있기로 했다. 그런데 배신감이 너무 커서 남편의 꼴도 보기 싫었다. 남아있기로 했으면 남편을 용서해야 한다고 생각은 하면서도 용서가 잘 되지 않았다. 옥녀는 그래서 술을 마시기 시작했다. 전에 술을 입에 대지도 않던 그는 독한 배갈을 찾아 마셨다. 아는 사람 하나 없는 머나먼 타향에서 술이라도 마시며 화를 풀지 않으면 화병이 나서 죽을 것만 같았다. 술을 마시다보면 눈물이 끝도 없이 솟구쳐 나와 술잔에 담긴 것이 술인지 눈물인지 분간할 수도 없었다. 그때 그는 평생 울 걸 다 울어버린 것 만 같았다….

술로 보내던 날들은 오래가지 않았다. 남편의 봉제공장에 비상이 걸렸던 것이다. 그때까지만 해도 빠위췐이라는 곳은 6~7만 인구의 작은 항구도시로서 영구시의 한개 구(區)에 속했다. 영구경제개발구가 금방 들어서긴 했지만 워낙 인구가 적고 경제가 발달하지 못한 곳이다 보니 노래방과 같은 유흥업소가 한창 흥성하던 시기였지만 장사가 잘 되지 않았다. 남편은 그래서 노래방을 접고 봉제공장을 차린 것인데 옥녀가 온 후 기술담당자가 떠난 데다 봉제숙련공을 모집하기도 어려웠다. 옥녀는 팔을 걷고 남편을 도와 나섰다. 남편이 기술자를 청해오고 주문을 받아오느라 밖에서 뛰는 동안 그는 공장을 관리하는 한편 봉제기술을 익혀 직접 미싱을 돌리기도 했다. 공장은 그렇게 위기를 넘겼고 옥녀는 매일 일에 매달려 아픔을 잊어갔다. 부부의 관계도 좀 좋아지는 듯 했지만 한번 깊게 패인 감정의 상처는 쉽게 봉합되지 않았다.

공장은 그러나 결국 문을 닫았다. 옥녀가 중국에 돌아온지 8개월만이였다. 그가 만약 불법체류자단속에 걸려들지 않았다면, 그래서 그가 빠위췐에 찾아가지 않았다면 공장은 어쩌면 남편과 그 여자의 손에서 계속 유지되고 발전했을지도 모른다. 하지만 이미 중국에 돌아왔는데, 아내인 그가 어떻게 남편을 찾아가지 않을 수 있었단 말인가?

모든 게 운명이라고 그는 생각했다.

4

1995년 봄, 옥녀는 빠위췐을 떠나 고향에 돌아왔다. 이혼수속만 밟지 못했을 뿐 남편과의 관계는 정리되고 끝났던 것이다. 돌아오니 고향은 날로 거세지는 한국바람에 더욱 흔들리고 있었다. 한국초청장 가격이 천정부지로 치솟아 5만 위안 6만 위안 주고도 어데 가서 쉽게 사올 수 없었다. 위장결혼과 밀입국이 성행하기 시작하고 사기군과 브로커들이 살판 치고 다니며 숱한 사람들을 울리고 있었다. 그래도 사람들은 너도나도 한국에 나가지 못해 안달복달이었다.

그러나 옥녀는 한국에 다시 나갈 생각이 없었다. 빠위췐에서 시련을 겪으며 오기와 자신감이 생긴 그는 중국에서 홀로서기로 뭔가 해보고 싶었다. 다만 어디 가서 뭘 할 것인지는 아직 궁리가 잘 나지 않았다.

그는 거의 매일 량주하 강변으로 나가 버들숲에 앉아 흐르는 강물을 바라보았다. 그러노라면 바로 이 버들숲에 앉아 하염없이 강물을 바라보던 열여덟 살 자신의 앳된 모습이 떠올랐다. 그때는 얼마나 절망했던가. 그러나 지금은 아니었다. 강변의 버들숲은 여전해도 그는 더 이상 세상이 두렵기만 하던 애송이 처녀애가 아니다. 아직 산전수전 얼마나 더 겪어야 할지 모르겠지만 서른 살 언덕을 힘겹게 넘어오며 험한 세파에 심신은 어지간히 단련되지 않았는가.

그래, 이제부터 홀로 드넓은 세상에 나가 무작정 부딪쳐보는 거다. 부딪쳐 온몸에 상처받고 깨어지는 한이 있더라도 말이다.

옥녀가 선택한 곳은 산동성 위해시였다. 중한 양국 수교 2년 전인 1990년 9월 두 나라 최초의 여객 직항로 카페리 운항을 개통한 위해는 그때까지만 해도 한국을 오가는 조선족들이 가장 많이 찾는 곳이고 한국상품을 도소매하는 소상공인들이 가장 많이 모여드는 곳이기도 했다.

옥녀는 사람들이 알려주는 대로 위해 리웬호텔(麗園賓館)을 찾아갔다. 호텔에 들어선 그는 깜짝 놀랐다. 호텔 전체가 한국의류도매시장으로 돼있다는 말만 들었지 사람들이 이렇게 많을 줄은 상상도 못했던 것이다. 리웬한국복장성(服裝城)이라는 중국식 이름을 단 의류도매시장은 서울 남대문시장을 방불케 했다. 그는 자신의 가슴이 높뛰는 것을 느꼈다. 사람이 많아야 장사가 되고 장사가 잘 되는 곳에 기회도 많을 것이라고 그는 믿었다.

하루종일 시장을 둘러본 그는 이곳 시장에서 장사가 가장 잘되는 한국상품은 일명 "이쯔화(一枝花)"라는 여성용 바지라는 걸 알게 되었다. 바지 옆구리에 꽃 한 송이 수놓아서 나온 이름인데 디자인도 새로울 뿐만 아니라 아무리 구겨도 주름이 지지 않는 한국원단으로 인해 폭발적인 인기를 얻고 있었다. 옥녀는 일단 시장 내 장사가 잘 되는 어느 매점의 직원으로 채용돼 일을 시작했다.

물건이 들어오고 다시 도매로 팔려나가는 양이 엄청 많았다. 물품을 마대에 담아 저울에 달아서 보따리 채 넘기는 것이 보통이었다. 옥녀는 부두에 나가 물건을 받아오기도 하고 매장에서 전국 각지 도소매상들을 접대하고 상담하기도 하면서 하루 종일 눈코 뜰 새 없었다. 그래도 그는 신바람 나서 뛰어다녔다. 어려서부터 공부는 별로였지만 붙임성이 좋고 사교적이었던 그는 장사가 재미있었고 자신의 적성에도 딱 맞는 것 같았다. 사장님들이 벌어들이는 떼돈이 마치 자신의 호주머니에 들어오는 것만 같았다. 그때 일반 직장인들의 월급이 삼사백 위안에 불과했는데 그는 천 위안을 받았고 실적에 따라 상여금도 적잖게 받았다. 시간이 흐르면서 적잖은 도소매상들이 그를 직접 찾아오기도 했다. 그중에는 서울말을 완벽하게 구사하는 그를 한국사장으로 착각하는 사람들도 있었다. 그만큼 시장에서 그의 인기는 점점 높아져 다른 매장에서도 그에게 도움을 청해오기도 했다.

그렇게 장사에 점점 미립이 트며 옥녀는 자신의 매장을 차릴 준비를 했다. 그런데 바로 그 무렵 리웬시장이 없어 질 거라는 소문이 돌았다. 한국에서 거금을 굴리는 화교들이 리웬도매시장에 개입하기 시작했던 것이다. 큰손들이 시장을 장악하면서 자금이 적은 잔챙이들의 입지가 점점 좁아졌다. 리웬시장에서 밀려난 그들은 부득불 그곳을 떠나야 하는 처지가 되었다.

옥녀는 그들과 함께 대책 마련에 나섰다. 자기 매장이 없다보니 경쟁관계가 아니고 이해충돌도 없었던 그가 이런 비상 시기에는 그들을 규합하는 적임자로 될 수 있었다. 그들은 함께 대련으로 진출하는 데 의견을 모았다. 대련은 1995년 10월 대련-인천 카페리 정기운항이 개통되면서 한국을 오가는 조선족들이 즐겨 찾는 또 하나의 목적지로 되었고 한국의류의 새로운 집산지로 부상하고 있었다. 대련에 일찍 진출해 사업에 성공한 흑룡강성출신 김씨 조선족여성이 "대련 미식왕남한복장성"이라는 한국의류도매시장을 만들어 영업을 시작했는데 도소매상들이 몰려들고 있었다.

1996년 2월 옥녀는 50여명 보따리장수들을 단합해 "미식왕남한복장성"에 입주했다. 호텔방으로 설계된 월세 칠팔백 위안의 매장을 한두 개씩 임대해 장사를 시작했다. 매장 문밖에 옷을 걸어놓고 있으면 도소매상들과 고객이 방안에 들어와 흥정을 하고 거래가 이뤄졌다. 위해에 있을 때보다 훨씬 편하고 신사적으로 장사를 했다. 관건은 한국에서 좋은 물품을 어떻게 얼마나 들여오는가에 달려 있었다. 옥녀는 직원을 둘 채용해 매장을 돌보게 하고 자신은 한국 거래상들과 국내도매상들을 만나고 상담하는데 주력했다. 위해에 있을 때 만나 친분을 쌓았던 분들도 있었고 새로 만나는 사람도 적잖았다. 그는 그렇게 자신의 인맥을 키워나갔다.

사업이 한창 번창하고 있을 때 남편이 다시 살자고 찾아왔다. 그동안 자신의 사업에 몰두하며 거의 잊고 살아온 사람이었다. 그를 보자 빠위쵄에서 겪었던 아픔이 되살아나기도 했지만 한편으로는 또한 사업에 재기하지 못하고 여기저기 떠돌다 자신을 찾아와 고개 숙인 이 남자가 측은하기도 했다. 그리고 이젠 아득히 먼 옛날처럼 느껴지는 신혼초기의 행복했던 정경이 떠오르기도 했다. 그때 엄마로부터 전화가 걸려왔다. 사위의 부탁을 받은것 같았다. 전화에서 엄마는, 살다보면 남자는 그럴 수도 있으니 이해해라, 이혼수속도 하지 않고 지금까지 왔으니 그 사람 용서하고 다시 살라고 말씀하셨다. 옥녀는 알았다며 대답하고 말았다.

남편은 그의 장사를 도우며 한동안 조용하게 지내더니 자기절로 무슨 장사를 하겠다며 비행기를 타고 남방 연해도시를 왔다 갔다 했다. 그러던 어느 날 누군가 그에게 남편이 또 다른 여자 데리고 다니더라고 알려주었다. 녕파공항에서 직접 목격했다는 것이었다. 이번에 옥녀는 그저 서글픈 웃음이 나올 뿐이었다. 따지지도 싸우지도 않고 조용히 이혼수속을 밟았다.

옥녀는 대련에 한 개 매장만 남겨놓고 하얼빈으로 진출할 계획을 세웠다. 그동안 여러 품목의 한국의류를 취급하던 중 그는 마진이 높은 고가의 상품 무스탕에 눈길을 돌리고 무스탕 판매를 점점 늘여왔고 한국의 관련 업체들과도 튼튼한 파트너관계를 맺어놓았다. 그가 한국에서 직접 들여온 무스탕은 대부분 흑룡강성 도매상들이 가져갔고 또 그들에 의해 러시아로 많이 판매되고 있었는데 그는 하얼빈으로 날아가 시장조사를 거친 후 자신이 직접 흑룡강성과 러시아 시장을 개척하기로 했던 것이다.

1996년 겨울, 옥녀는 하얼빈에서 가장 번화한 상업거리에 위치한 쑹레이백화점(松雷商廈)에 무스탕 매장을 개장했다. 쑹레이백화점은 하얼빈 최초 복합 쇼핑몰로서 매장 임대료가 엄청 비쌌지만 장사도 그만큼 잘되었다. 무스탕 또한 그때 중국에서 갓 유행하기 시작한 고가의 겨울 상품으로서 겨울이 긴 하얼빈에서 고소득층의 선호를 받고 있었다. 옥녀의 매장은 개장하기 바쁘게 한국산 무스탕을 찾는 고객들로 붐볐다.

쑹레이 매장이 큰 성공을 가져오자 그는 쑹레이백화점과 지하로 연결된 하얼빈 최대 지하상가인 국제무역성에 두 번째 매장을 오픈했고 뒤이어 하얼빈 러시아상업거리에 세 번째 매장을 오픈했다. 두 매장은 주로 러시아상인들을 상대로 한 도매위주였다. 세 매장의 물량은 점점 많아져 공급이 딸릴 때가 많았다. 그리고 무스탕을 취급하는 매장들이 늘어나면서 경쟁이 치열해졌고 그러다보니 마진도 많이 내려갔다. 거의 한국에서 수입해오는지라 경쟁이란 결국 가격의 경쟁이었던 것이다. 매장을 세 개나 운영하는 그로서는 비용도 만만치 않아 가격을 자꾸 내릴 수도 없는 처지였다. 무슨 방도를 대야했다.

어떻게 할 것인가?

고민 끝에 그가 고안해낸 것은 한국에서 무스탕 원단을 들여와 가공해서 자신만의 상품을 판매하는 것이었다. 그는 그동안 쌓아온 인맥을 총동원해 한국에서 원료를 들여오고 중국의 부자재를 구입해 심양에서 무스탕을 가공하는데 성공했다. 그것을 하얼빈에 날라 와서 도매를 하니 다른 매장에서는 그와 게임이 되지 않았다. 하지만 전보다 엄청 신경을 써야했고 고생도 훨씬 많이 해야 했다. 추호의 차질도 생겨서는 안 되였기 때문이다. 그는 한국에서 오는 원단을 꼭 자신이 직접 받아와서 가공업체에 맡겼고 물품이 나오면 자신이 일일히 체크해서 직접 하얼빈으로 부쳤다. 그러다보니 그는 며칠에 한번씩 밤차를 타고 심양으로 달려가서 사우나에서 잠을 자며 휴식을 취하고는 물품을 받아서 다시 밤차를 타고 하얼빈으로 돌아오곤 했다.

사업은 줄기차게 발전했다. 옥녀는 큰 사업가로 성장할 꿈을 꾸며 하루하루 바쁜 날을 보냈다. 바로 그때 한국에서 IMF경제위기가 터지며 멀리 중국 하얼빈에 있는 그에게도 직격탄이 날아올 줄이야! 무스탕과 같은 고가의 한국 상품들이 반값도 안 되게 중국으로 쓸어들며 도저히 장사를 할 수가 없었다. 한국산 고급상품을 전문 취급하던 매장들은 수지가 거꾸로 서며 문을 닫아야 했다. 반면 한화 환률이 배로 급등했다.

옥녀는 발 빠르게 대응했다. 위약금을 내면서 매장 3개를 모두 정리해버렸다. 그리고 한국출국수속을 밟기 시작했다. 하루빨리 출국해서 그동안 벌어들인 인민폐를 한화로 바꿔 한국에서 사업을 시작해 볼 타산이었다.

5

옥녀는 1년 반이 지난 1999년에야 한국에 나올 수 있었다. 한국은 한창 IMF경제위기 극복을 위한 정책들을 펼치고 있었다. 급등했던 한화 환율은 적잖게 하락했으나 원래보다는 많이 높은 편이였다. 결국 한국에 노무로 돈 벌러 온 조선족들도 IMF경제위기의 직격탄을 맞고 있었다. 구조조정으로 정리실업자들이 쏟아져 나오며 인력시장 인건비는 내려가고 환율상승으로 수입은 반으로 줄어들었으니 말이다.

옥녀는 가지고 간 인민폐를 한화로 바꾸었다. 한화 1,400만 원으로 바꿨던 인민폐 14만 위안이 한화 2,000만 원으로 뛰어오른 셈이었다. 그리고 보니 그때 단속에 걸려 송환돼 중국에서 자기의 사업을 벌여야했던 그는 전화위복으로 행운이었다고 할 수 있었다. 그는 이미 한국에 나와 있는 남동생들에게 금목걸이며 금반지를 사주며 뭘 더 갖고 싶은지 자꾸 물었다. 동생들에게 뭐든 다 해주고 싶은 심정이었다. 특히 4년형을 선고받고 복역하다가 1년 감형 받아 3년 만에 출옥해 연수생으로 한국에 와서 열심히 일하며 살고 있는 큰 동생에게 더욱 그랬다.

옥녀는 서울 시내 여기저기 돌아다니며 무슨 사업을 할까 고민했다. 그러다가 올케한테서 그가 자주 가는 시흥사거리 커피숍 사장이 커피숍을 팔려한다는 소식을 전해 듣게 되었다. 연락도 없이 문득 찾아가보니 손님이 많았다. 사실 그는 그때 자판기에서 뽑아 마신 커피 맛을 제외하고 커피와 커피숍에 대해 아는 게 거의 없었다. 그는 꼬박 열흘 커피숍에 다니며 사장님한테서 전문교육을 받았다. 그제야 자신감이 생긴 그는 한화 3천만 원에 커피숍을 인수했다.

그는 알바생 3명을 두고 영업을 이어나갔다. 한 달에 200여만 원, 많을 때는 300여만 원의 수익이 떨어졌다. 그렇게 매상고가 점점 올라가고 있을 때 건물주가 건물을 팔아넘기며 그의 커피숍도 1년 반 만에 다른 사람 손에 들어갔다. 그동안 큰돈은 벌지 못했지만 그에게 는 매우 소중한 경험이 되었고 친구도 많이 사귈 수 있었다.

2001년 여름 옥녀는 가리봉 마리오 아울렛 옷 매장에 종업원으로 취직했다. 월 기본매출 2천만 원에 정기 급여 130만 원, 초과완수하 면 천만원당 급여의 20% 상여금을 받기로 약속하고 2개 매장을 관 리했다. 두 매장 거리가 500미터였는데 그는 매일 양쪽 매장을 뛰어 다니며 열심히 팔았다. 말 그대로 "고객이 왕이다"라는 걸 온몸으로 실천하며 아무리 까다롭고 번거로운 손님의 요구도 만족시키기 위 해 정성을 다했다. 그러자 매출액은 직선 상승해 3개월 만에 5천만 원까지 올라갔다. 매장 개설이후 종래로 있어본 적이 없는 판매기록 이었다.

그런데 사장이 약속한 상여금을 주려고 하지 않았다. 이유인즉 다 른 종업원이 관리하는 매장의 매출액이 하락해 전반 매출액은 별로 상승하지 않았다는 것이었다. 옥녀는 사장의 약속위반에 치가 떨려 말도 나가지 않았다. 그는 이튿날부터 매장에 나가지 않았다. 사흘이 지나자 사장이 전화를 걸어와 약속한 상여금을 다 줄 테니 매장에 다 시 나와 달라고 사정사정했다. 그는 단마디에 거절했다. 그까짓 백수 십만 원 상여금 못 받을지언정 그런 인간과 다시 상종하고 싶지도 않 았던 것이다. 그러자 그동안 그를 지켜본 옆의 매장 사장님들이 앞다 퉈 자기네 매장에 나와 달라고 전화오고 찾아오기까지 했다. 그래도 그는 그 어느 매장에도 다시 나가지 않았다. 짧은 3개월이었지만 옥 녀는 또 한 번의 좋은 경험을 했고 더구나 아울렛 여러 매장의 사장님들과도 친분을 맺을 수 있어서 그것만으로도 수확이 크다고 생각했다. 아닌 게 아니라 후에 그가 화장품과 보험 판매에 나섰을 때 아울렛의 사장님들은 중요한 고객이 돼주었다.

옥녀는 다시 옷 장사를 시작했다. 중국에서 몇 년간 자신의 옷 매장을 경영했었고 한국에서도 잠시나마 옷 매장을 관리했던 만큼 의류시장의 시세와 유행에 나름대로의 감각과 판단이 있었던 것이다. 그동안 쌓아온 인맥도 큰 도움이 되었다. 그는 한국의 디자인을 중국 가공공장들에 보내 임가공해서 거래처에 넘겼는데 하다보면 불법일 때도 있었다. 일종의 중개 역할이었다.

중국에서 시장경제를 갓 도입했을 때 많은 사람들이 이런 역할로부터 시작해 자신의 무역회사를 설립하고 사업을 확장해 성공가도를 달렸지만 옥녀는 그러지 못했다. 어쩌면 투자와 모험 없이 들어오는 꽤나 짭짤한 수입에 만족했던 것인지도 모른다. 그것은 고등 교육을 받지 못한 고교 중퇴생의 어떤 한계였을 수도 있는데 그때 당시 그는 그것을 인식하지 못했고 더구나 그것을 극복해야만 새로운 도약을 할 수 있다는 걸 알지 못했던 것이다.

2004년 여름 옥녀는 화장품 판매에 뛰어들었다. 의류시장에서 입지가 점점 좁아지며 마침내 자신이 할 수 있는 역할의 한계를 느끼고 의류업계에서 손을 뗐던 것이다. 그가 맨 처음 시작한 것은 아모레퍼시픽 화장품 방문판매였다. 한국에서 화장품판매에 나선 조선족을 거의 찾아볼 수 없을 때였다. 사교적이고 정열적이며 끈기 있는 그는 화장품 방문판매에서 재빨리 두각을 나타냈다. 한 달 만에 월 1,500만 원 매출을 올리기 시작해 최고 5천만 원 실적을 쌓기도 했다. 고객은 절대다수가 한국인이었다. 그는 또 중국시장에도 눈길을 돌리기 시작했다. 2008년 당시 중국에 있던 딸애의 생활력을 키워주기 위한 목적으로 한국화장품을 보내 판매하게 하면서 처음엔 보따리로 물건을 보내다가 후에는 컨테이너로 물품을 보내기 시작했다.

화장품판매를 시작한 이듬해인 2005년 그는 한 단골손님의 권유로 보험판매에도 뛰어들었다. 화장품판매처럼 방문판매로서 두 가지를 병진하다보면 일거양득의 효과를 거둘 때가 많았다. 처음 그는 **생명보험을 팔았는데 보험종류가 적어 고객들의 수요를 만족시킬 수 없었다. 그래서 그는 **보험으로 자리를 옮겼다. 주식회사로 만들어진 이 보험회사의 대리점에서는 거의 모든 종류의 보험을 다 취급하고 있어서 고객의 취향에 맞추어 다양하게 설계해줄 수 있었다.

화장품과 보험 방문판매를 하면서부터 옥녀는 전에 몰랐던 삶의 보람을 느끼게 되었다. 한국에서는 다른 건 몰라도 본인이 열심히 뛰고 노력하기만 하면 그만한 성취와 수확이 따르기 마련이었다. 화장품과 보험이라는, 사람들이 쉽게 생각하고 뛰어들지만 사실은 성공확률이 굉장히 낮은 두 업계에서 그는 자신의 피타는 노력과 비전으로 모두 "판매의 달인"으로 인정받았다. 그렇게 그는 그동안 딸을 캐나다에 보내 유학공부하게 했고 서울 도심에 32평 아파트까지 장만했다.

2017년 봄, 옥녀는 서울 신도림전철역 근처 번화가에 "불타는 삼겹"이라는 숯불 고기구이 집을 오픈했다. 그는 매일 신새벽에 일어나 신선한 고기와 야채를 손수 구입해 들였다. 식당은 폭발적인 인기를 얻었다. 점심과 저녁이면 손님들이 줄을 서서 기다리는 정도였다. 이듬해 그는 원래 50평방미터이던 영업면적을 100평방미터로 확장했다.

성업 중인 식당을 경영하면서 그는 이미 십몇 년 동안 견지해 온 화장품과 보험 판매도 계속 이어가고 있다. 한 사람의 정력으로 한 가지도 제대로 하기 힘든 세월에 그는 세 가지나 병진하면서 매일과 같이 바쁘지만 보람찬 일과를 열심히 소화해내고 있다.

서울에서 나는 최옥녀 씨를 두 번 만났다. 2014년9월 대림역 12번출구 부근 식당에서 처음 만나고 2018년 10월 신도림역 근처 그의 불고기집에서 또 만났다. 두 번 만남에서 가장 인상적인 것은 그의 낭창한 웃음소리였다. 옛날 그렇게 많이 울었다고 말하는 그의 얼굴에서는 항상 웃음이 떠날 줄 몰랐고 얘기 도중에 무시로 호호 웃음을 터뜨리곤 했다.

"언젠가 엄마와 함께 티비에서 MBC '백분 토론' 방송을 보면서 저가 엄마한테 엄마, 나도 저기 방송에 나갈 수 없을까, 하고 물은 적 있어요. 그때 저는 우리 엄마가 그래그래 우리 딸도 저런데 나올 자격이 충분하지, 하고 맞장구를 쳐주실 줄 알았어요. 건데 우리 엄마가 뭐라 말씀하신 줄 알아요?" 옥녀가 나를 쳐다보며 물었다.

"뭐라고 말씀하셔?"

"팔순 넘은 노인네가 아주 정색해서 이렇게 말씀하시더라고요: 너 그것 가지고는 아직 안 된다, 더 키워봐라!"

엄마의 목소리를 흉내 내며 말하고 나서 그는 또 호호 웃음보를 터뜨렸다.

죽음의 문턱까지 세 번 갔다 온 사람

김덕룡 (안휘성 합비/한국 인천)

1

2014년 9월 30일 오전, 나는 당시 흑룡강신문사 한국지사장인 고향선배 박진엽 형과 함께 인천 남동구 만수동에 있는 한국김해주식회사 김덕룡 회장을 찾아갔다. 오륙십 평방메터 되는 널찍한 사무실에서 편안한 가죽소파에 앉아 얘기를 나누던 중 나는 사무실의 벽 한 면을 거의 채우다시피 한 각종 규격의 액자에 눈길이 끌렸다.

얘기를 잠깐 멈추고 벽 쪽으로 가서 살펴보니 인천지방경찰청 재한외국인종합지원센터 외사자문위원 기념사진과 같은 단체사진 액자가 너 댓개 되고 "한영신학대학 목회대학원 신학박사 학위증"이 있는가 하면 "대한민국 500만 불 수출탑 장관상" 상패도 걸려 있었다. 그리고 여러가지 자격증이 열 몇 개나 되었다.

"무슨 자격증이…… 이렇게 많아?"

"한국에 살면서 내 사업을 위해서든 남을 위해 봉사하든 이런저런 자격증이 필요할 때가 많더라고. 사실 어디에 살든지 간에 남보다 앞서 가려면, 적어도 이 시대에 뒤떨어지지 않으려면 나 자신을 부단히 업그레이드 시켜야 하겠더라고. 그래서 십몇 년 동안 매일매일 공부를 견지해왔는데 학위증이나 자격증은 바로 그런 결과물인 셈이지."

"그럼 자격증이 모두 얼마나 되는데?"

"여기 걸어놓은 거 말고도 아마 스물 몇 개는 더 있을 걸?"

"그렇게 많으나? 아니, 자네 사업가라는 사람이 그럼 사업은 언제 하고?"

"그래도 사업을 위주로 한 거지. 그리고 몸이 튼튼해야 하니까 매일 운동도 해야 되고. 그래서 난 하루에 잠을 네댓 시간밖에 자지 않는다니까."

"참 치열하게 사시는구만…"

"건데 형님들—," 그가 나와 진엽 형을 바라보며 물었다. "형님들은 내가 왜 그렇게 사는지 잘 모르죠?"

"왜?"

"난 세 번이나 죽었다가 살아난 사람이니까."

"세 번이나?!"

다시 소파에 앉은 나는 잠자코 그의 지난 이야기를 경청했다.

1962년생인 김덕룡은 6남매의 막내였다. 맏이인 큰 누나는 그보다 스무 살 더 많았고 큰형도 열 몇 살 많았지만 바로 위에 누나가 둘 있다 보니 어려서부터 그는 온 가족의 사랑을 독차지하다시피 하며 자랐다.

그러던 1969년 "문화대혁명"이 한창이던 때 덕룡이네 집은 연속 불상사가 이어졌다. 1월 초순, 그때 열 세 살인 덕룡이의 둘째누나 선옥이가 원인불명의 병에 걸렸다. 처음엔 담병이라고 진단 받아 치료받다가 효과를 못 보자 또 다른 무슨 병이라며 숱한 약을 지어먹고는 거의 죽다가 살아났다. 3월에는 덕룡이의 맏형이 집에 새 우물을 파다가 붕괴사고를 당하며 하마터면 목숨을 잃을 뻔 했다. 서광촌에서는 집집마다 부엌에 5~6미터 깊이의 우물을 파서 식수를 해결했는데 우물을 팔 때면 동네 장정 칠팔 명을 청해 도움을 받았다. 장정들은 한사람씩 번갈아가며 우물을 파 내려가고 주인집에도 일군이 있으면 함께 파는데 그날 덕룡이의 맏형이 서너 미터 깊이까지 파 내려갔다가 그만 봉변을 당했던 것이다. 그러고 나서 서너 달 지난 7월 15일, 비가 추적추적 내리던 그날 일곱 살 난 덕룡이가 마당에 있는 나뭇가리에 올라가 마른 나무 가지를 뽑는다는 게 젖은 나무 가지로 전선줄을 쳐서 그만 전기에 감전돼 굴러 떨어지며 의식을 잃었다. 공사위생원에 긴급 호송된 덕룡이는 처치를 받고 살아나긴 했지만 왼손 새끼손가락과 무명지가 꼬부라들었다. 덕룡이가 감전 사고를 당한지 두 주일 지난 7월 29일, 그의 부친이 세상을 떠났다.

서광촌 창시자의 한사람인 덕룡이의 부친 김창해(金昌海)는 1923년 조선 평안북도 맹산군 수정리에서 김해 김씨 집안의 외아들로 태어났다. 유족하지는 못하나 밥은 먹고 사는 집안인지라 어려서부터 서당에 다니고 학교에도 갈수 있었던 김창해는 1935년 열두 살 나던 해 부모님을 따라 길림성 교하로 이주했다. 1941년 열 여덟 살 나던

해 김창해는 교하에서 금광을 경영하는 부자집 딸 류영화와 결혼했다. 고향이 평안북도 박천군인 류영화의 부친은 1945년 8월 광복이 되자 가족들을 이끌고 조선으로 돌아갔지만 김창해 부부는 그때 세 살짜리 딸을 데리고 부모님과 함께 당시 송강성 방정현 남천문으로 이주했다. 이듬해 그들은 다시 보흥구 태평산툰으로 이사했는데 김창해는 마을에서 사오리 떨어진 보흥조선인학교 교원으로 채용되었다. 1948년 김창해는 2년 전에 설립된 리화툰학교로 전근되었다.

당시 리화툰(李花屯)은 땅이 많고 수원이 좋다고 소문나 방정현내와 연수, 상지 등지에서 조선족들이 대거 이사해오면서 원래 이삼십 세대 불과하던 동네가 백 수십 세대의 큰 마을로 변했다. 1950년 보흥구 서광자치촌이 정식으로 설립되며 김창해가 촌민위원회 주임으로 선거되었다. 1956년 서광촌을 비롯한 6개촌이 보흥구에서 갈라져 나와 영건향이 새로 서면서 김창해는 또 향정부 간부로 발탁되었다. 문화대혁명 초기에 당시 향당위 선전위원이던 김창해는 반란파(造反派)들한테 끌려나와 고깔모자를 쓰고 투쟁당하는 수모를 겪었는데 그 충격인지 그때부터 자주 앓더니 1969년 년 초부터 병석에 누워 있다가 7월에 세상을 떠났던 것이다.

그해 9월, 덕룡이는 소학교에 입학했다. 그때 시골에서는 보통 여덟 살에 소학교에 입학하는데 누나들을 따라 학교에 간 덕룡이는 한해 일찍 학교에 붙었던 것이다. 나보다 두 살 아래인 덕룡이는 그렇게 서광학교 나의 1년 후배가 되었다. 내 기억에 덕룡이는 소학교와 중학교 시절에 공부든 뭐든 별로 뛰어난 데가 없었지만 엉뚱한 데가 있어서 가끔 사람들을 놀래 울 때가 있었다. 지금 생각해보면 바로 그 엉뚱함이 장차 그의 몸에서 사업가의 어떤 기질로 나타난 게 아닌가 싶다.

대학입시 제도를 회복한 이듬해인 1978년에 고중을 졸업한 덕룡이는 연속 2년 동안 대학입시에서 낙방했다. 1979년 서광촌에서는 중앙민족대학, 동북사범대학, 하얼빈사범대학에 각기 한명씩 대학본과생이 3명 나왔고 대학전문대와 중등전문학교에도 2명 나왔다. 그해 9월, 세 번째로 대학입시에 도전한 덕룡이는 역시 낙방한 아랫반 김홍국, 최창선과 함께 서광에서 백 여리 상거한 연수현조선족중학교 대학 복습반에 들어갔다. 그들 셋은 연수현조선족중학교 학생숙사에 함께 기숙하며 밤낮없이 머리를 싸매고 공부했다. 겨울이 되자 단층 학생숙사는 난로 불을 피우는데도 몹시 추웠다. 무엇보다 변소가 숙사와 멀리 떨어져 있어 불편했는데 어느 날 아침 일어나보니 숙사 복도가 기숙생들의 오줌물에 얼음장판이 돼있었다. 그러자 학교에서는 기숙생들을 학교 주변 민가에서 기숙하며 겨울을 나도록 조처했는데 서광에서 간 3명 재수생(复读生)들은 교장선생님이 직접 나서서 자기 조카네 집에다 배치해주었다.

어느 날 수업 사이 휴식시간에 잡담을 하던 중 누군가 군대에 가면 군관학교에 시험을 쳐서 붙을 수도 있는데 지방에서 대학시험 치르는 것보다 훨씬 쉽다는 말을 했다. 그러자 남학생들이 거 참 좋은 정보라며 한참동안 토론을 벌였지만 덕룡이는 잠자코 있었다. 어릴 적 감전사고로 새끼손가락이 꼬부라든 자신은 신체검사에서 통과될 수 없을 것이 뻔하기 때문이었다. 그날 이후 뒤 주일 지나 쌀을 가지러 서광에 돌아와 보니 한해 한번 징병이 금방 시작되고 있었다.

'나도 한번 신청해볼까? 되면 좋고 안 되도 손해 볼 거 없잖은가.'

그런데 대대 민병련장이 그를 보더니만 대번에 손가락이 그래가지고 어떻게 군대 갈 생각을 다 하는가, 하며 꿈도 꾸지 말라고 했다. 그 말에 덕룡이는 되는지 안 되는지 대봐야 알 것 아니냐며 오기를 부렸다. 그렇게 대대 추천명단에 든 덕룡이는 향 위생원 신체검사에서는 다행히 통과 되었지만 현무장부 신체검사에서는 첫 관문도 통과할 수 없었다. 그의 손가락을 본 의사가 대번에 불합격이라고 판정했던 것이다. 금방 팬티까지 다 벗고 알몸이 된 덕룡이는 그만 화가 치밀어 올라 투덜거렸다.

"젠장, 그까짓 거 군대 못가면 뭐라나, 난 대학교에 갈란다…"

옷을 껴입고 밖에 나오는데 누군가 뒤에서 그를 불렀다. 군에서 나온 징병간부였다.

"잠깐만, 방금 뭐라고 했지? 대학교에 간다고?"

"네. 저가 대학입시 복습반에 다니다가 왔거든요."

징병간부는 그를 데리고 안에 들어가더니 수학문제를 하나 내주며 풀어보라고 했다. 별로 어렵지는 않았지만 그렇게 쉬운 문제도 아니였다. 덕룡이는 그 자리에서 문제를 풀어 넘겨주었다. 징병간부는 문제풀이를 대충 훑어보더니 그를 보고 계속 신체검사를 하라고 일러주었다.

신체검사를 마치고 집에 돌아온 덕룡이는 쌀을 한짐 지고 다시 연수조중에 공부하러 갔다. 그는 자신이 입대하기 위해 신체검사를 하고 왔다는 말을 누구에게도 하지 않았고 그도 그 사실을 까맣게 잊은 채 공부에 몰두했다. 그런데 일주일 지나자 그가 군 입대에 합격했으니 빨리 집에 돌아오라는 전갈이 왔다. 그는 이불짐을 싸들고 연수조 중을 떠나왔다. 함께 연수조중 복습반에 갔던 김홍국은 이듬해 베이징사범대학 체육학과에 붙었고 최창선은 또 한해 공부 더하고 4년 재수 끝에 연변대학 법률학부에 붙었다.

2

1979년 11월 23일, 덕룡이는 고향을 떠나 부대로 갔다. 그해 서광촌에서 군에 입대한 사람은 덕룡이 혼자였다. 료녕성 봉성현에 있는 *군 *사단 *퇀에서 2개월 신병훈련을 마친 덕룡이는 뜻밖에도 퇀정치처(团政治处) 선전고(宣传股)에 배치 받았다. 방정현에서 함께 입대한 전우들도 김덕룡이가 무슨 빽이 있어서 신병으로부터 직접 퇀정치처에 갈수 있는가 하고 의아해 했다. 사실은 덕룡이가 신체검사 첫 관문에서 퇴짜를 맞았을 때 까짓 거, 군대 못가면 대학 간다는 그의 말을 듣고 그를 불러놓고 간단한 시험을 쳐본 징병간부가 바로 퇀정치처 왕씨 선전간사(宣传干事)였던 것이다. 그때 이미 덕룡이를 점찍어 놓았던 왕 간사는 덕룡이가 신병훈련에서도 뛰어난 훈련성적을 거두자 훈련이 끝나자 퇀정치처 선전고에 데려왔다.

덕룡이는 선전고 보도조(报道组)에서 선전보도 임무를 맡았는데 주요하게는 벽보를 꾸리는 일이었다. 덕룡이는 어릴때부터 글씨를 잘 썼는데 분필 글씨도 제법이었다. 덕룡이 자신은 몰랐지만 그에게 수학문제를 풀어보게 하고 답까지 쓰게 했던 왕 간사는 그때 그의 글씨가 어떤가까지 관찰해보았던 것이다. 덕룡이는 열심히 벽보란을 꾸리고 왕 간사를 따라 연대(連人)에 내려가 전사들을 취재하여 벽보의 소재(素材)로 삼기도 했다. 그리고 왕 간사의 지도를 받아 짧은 기사를 써서 군대 신문에 투고하기도 했다.

한편 덕룡이는 당초 자신이 입대하겠다고 나섰던 주요 목적이 군관학교에 입학하기 위한 것이라는 걸 잊지 않았다. 부대에 와서 알아보니 그때까지 군대에서는 병사들이 대학입시에 참가할 수 없었는데 그는 조만간 허락하는 날이 올 거라고 믿었다. 그는 시간이 나는 대로 입대할 때 짐 속에 꿍겨넣어 가져온 대학시험 복습자료들을 공부했다. 휴식일이면 다른 전우들은 놀러나갔지만 그는 온종일 숙소에 박혀서 공부만 했다.

1980년 6월, 드디어 군대내 병사들이 추천을 거쳐 대학입시에 참가해 군사학교와 사관학교에 지원할 수 있다는 중앙군사위원회의 결정이 하달되었다. 덕룡이가 소속된 퇀에서는 80여 명이 신청했는데 그 가운데서 덕룡이를 비롯한 14명이 추천명단에 들어 사단 문화부에서 조직하는 대학입시 복습반에 참가해 근 한 달간의 입시공부를 했다. 7월 7일과 8일에 치러진 전국 대학입시에서 526점이라는 높은 성적으로 소속 군단 입시생 가운데서 2위를 차지한 덕룡이는 대련육군사관학교(大连陆军学院) 정치대대에 입학했다.

정치대대는 대련육군사관학교에서 군대 지휘관을 양성하기 위해 설치한 대대로서 정예중의 정예였다. 대학입시 회복 후 실시한 첫 번째 전군(全軍) 통일시험에서 3천600여 명 군인들이 정치대대에 입학해 25개 중대로 편성되었다. 시골 출신의 덕룡이는 정치대대에 입학해서야 "뛰는 놈 우에 나는 놈 있다"는 우리 말 속담의 뜻을 이해 할 것 같았다. 중국어에서는 "하늘 밖에 하늘이 있고, 사람 위에 사람이 있다(天外有天, 人上有人)"라는 말로 표현하는데 정치대대야말로 가정 배경 좋고 머리가 총명하고 인물체격까지 뛰어난 20대 젊은 군인들이 수두룩했다. 그들에 비하면 덕룡이는 자신이 무엇 하나 내놓을 게 없는 것 같았다.

'열심히 공부하고 훈련하는 것 말고 다른 길이 없다!'

덕룡이는 이렇게 자신을 편달하고 독려했다.

정치대대는 다른 대대보다 학습과 훈련이 매우 엄격했다. 특히 군사훈련은 군대내 일반 병사들에 대한 훈련보다 훈련종목이 훨씬 많고 훈련강도도 훨씬 높았다. 군사지식뿐만 아니라 신체소질 그리고 각종 군사기능면에서도 종합소양과 능력이 뛰어난 지휘관을 양성하기 위해서였다. 시험과 훈련 성적이 요구에 도달하지 못하면 가차없이 도태시켜 정치대대를 떠나게 했다. 결과 덕룡이네 중대에서는 입학 후 첫 학기에 20여명이 도태되었다.

1983년 7월 15일, 덕룡이가 14년 전 감전사고로 죽을 뻔 했던 그날과 똑같은 날짜였다. 그날 훈련은 8층짜리 층집 높이에 뛰어올라가서 격투를 벌이는 것이었다. 가장 빠른 속도로 맨 먼저 높은 층대에 올라간 덕룡이는 가장 유리한 위치에 서서 뒤따라 올라온 사관생들과 그 위에서 결사적으로 치고 박았다. 그때였다. 격투하던 사관생들이 한쪽으로 치우치며 난간이 갑자기 끊어졌다. 순식간에 일어난 사태에 층대에 있던 12명이 눈깜짝 할 사이에 몽땅 아래로 추락했다. 맨 안쪽에서 한발 늦게 추락하는 순간 양 팔로 머리를 감싼 덕룡이는 공중에서 두 번 회전하며 추락속도가 1~2초 늦어져 다른 사관생들 몸우에 떨어졌지만 연달아 떨어지며 덮친 철판 밑에 깔렸다. 참사를 당한 12명 사관생들은 병원에 긴급 호송되었지만 이미 호흡이 끊기고 생명징후(生命体 征)가 없는 것으로 판정돼 태평실로 옮겨졌다.

사망 선고가 내려진 사관생들의 가족에 지방의 무장부를 통해 사망 통지가 발송되었다. 덕룡이의 사망 통지는 방정현무장부에 먼저 전달되고 무장부에서 하루 늦게 서광촌 덕룡이네 집으로 전달돼 덕룡이의 큰형은 덕룡이가 "사망"된지 이틀 뒤에 부대로 떠났다. 바로 그날, 덕룡이의 한 사관생동창이 병원 태평실로 찾아갔다. 무슨 영문인지는 몰라도 그는 덕룡이가 살아있을 것 같은 예감이 들었다. 태평실에 간 그는 무작정 덕룡이가 들어있는 냉동상자를 열어제꼈다. 아니나 다를까 덕룡이의 코에서 하얀 김이 몰몰 새어나오고 있지 않는가!

"김덕룡이가 살아 있다!"

사관생동창이 흥분돼 소리를 질렀다.

숨이 끊기진 않았지만 냉동상자에 갇혀 얼어 죽을 뻔 했던 덕룡이는 냉동상자의 전기가 제대로 작동하지 않아 목숨이 붙어있었는데 사관생동창이 냉동상자를 열며 기적적으로 구조되었다. 참 질기기도 질긴 목숨이었다.

1984년 6월, 졸업을 한달 앞두고 덕룡이는 대련육군사관학교 수천명 사관생들 가운데서 선발된 20명의 한 사람으로 운남성 변경지대 로산전선(老山前线)에 투입되었다. 그때 당시 중월전쟁은 국지전(局部战争) 국면에 접어들어 대규모 전쟁은 없었지만 기나긴 변경선에서 산발적으로 충돌이 끊이지 않고 있었다. 중앙군위에서는 전군 백여개소 사관학교에서 2300명 우수 사관생을 선발해 중월변경 최전방에 보냈다. 사관생들은 전쟁터에서 실전 경험을 쌓기 위해 투입되었던 만큼 기타 장병들과 똑같이 시시각각 생명의 위협을 받아야 했다.

덕룡이는 일반 병사들과 함께 "묘이동(猫耳洞)"이라고 불리우는 참호를 파고 그 안에서 최전방을 수호하는 임무를 수행했다. 이런 묘이동은 크기나 구조가 각양각색으로서 모두 아군이 고수하고 있는 진지의 지형에 따라 파고 구축한 것이었다. 묘이동에서 적진과 가장 가까운 거리는 불과 30여 미터이고 보통 수백미터 거리였는데 대치중인 양쪽 군대들은 적진의 미세한 움직임도 놓칠세라 관찰하며 작은 동정에도 총을 쏘고 포화를 퍼붓기 일쑤였다. 그리고 적들의 특공(特工)들이 밤을 타서 언제 기습해올지 몰라 한시도 경각성을 늦출수 없었다. 이뿐만이 아니었다. 일년 중 기온이 가장 높고 비가 가장 많이 오는 여름철에 로산전선에 투입된 사관생들은 묘이동에 있는 병사들과 함께 열악한 자연환경과 기후조건하에서 상상을 초월하는 진지생활을 견지해야 했다. 가장 견디기 힘든 것은 습기였다. 묘이동에서는 옷이든 이불이든 습기가 차서 쥐여 짜면 물이 나올 지경이었고 그 어떤 물건이든 곰팡이가 끼지 않는 것이 없었는데 나무토막에는 곰팡이가 끼어 버섯이 다 돋아났다. 그리고 후덥지근한 날씨에 온몸이 땀에 절어 있다 보니 병사든 사관이든 아예 알몸으로 지냈다. 그래도 온몸이 근질거리고 가려워 저도 몰래 북북 긁어야 했다. 가장 가려운 곳은 사타구니였는데 너무 가려워 마구 긁다보면 너무 긁어 터져서 피부가 썩기 시작했고 그것이 점차 겨드랑이와 온몸으로 퍼지기 일쑤였다. 후에 부대에서 약을 보내와 피부가 썩는 것을 방지하긴 했지만 습기는 어쩔 수 없었다. 그러다 비가 오면 묘이동은 또 물에 잠겨

버리는데 비가 많이 올 때면 허리나 가슴께까지 물이 차오를 때도 있었다. 그래도 장병들은 총을 받쳐든 채 참호를 지켜야 했다. 묘이동에서 또 한 가지 견디기 힘든 것은 식수 부족으로 인한 갈증이었다. 어느 날 몇몇 병사들이 캄캄한 밤에 산비탈에 내려가서 사탕수수를 찍어서 씹어 먹으며 갈증을 풀다가 적들의 총에 맞아 죽는 일이 발생하기도 했다.

그렇게 간고한 진지생활을 이어가던 중 어느 날, 덕룡이가 있던 참호 바로 옆의 묘이동에서 지뢰가 터지며 사관생 한명이 당장에서 희생되었다. 덕룡이 보다 한해 늦게 사관학교 보병대대에 입학한 박씨 조선족이었는데 고향이 흑룡강성 오상이었다. 당시 로산전선에서는 월남군들이 도처에 묻어놓은 지뢰 때문에 곤욕을 치르고 있었다. 묘이동을 구축하기 전 이미 지뢰 제거 작업을 벌이긴 했지만 월남군이 교묘하게 묻어놓은 지뢰를 전부 제거할 순 없었으므로 병사들은 항상 지뢰폭발 위험에 노출돼 있었다.

바로 옆의 묘이동에 박씨 친구가 아닌 자신이 파견되었더라면 지뢰를 밟아 온 몸에 파편이 박혀 죽은 사람은 바로 자신일 것이라는 생각을 하자 덕룡이는 간담이 서늘했다. 어찌 보면 자신은 다시 한 번 죽음을 비껴갔지만 죽음이 언제 자신을 찾아올지는 알 수 없는 일이었다.

적진이 바로 코앞이고 도처에 지뢰까지 묻혀있는 전쟁터에서는 물론 평화의 환경에 살면서도 우리의 삶에는 항상 죽음이 도사리고 있었다. 죽음은 그렇게 항상 우리 곁에 있었던 것이다.

3

덕룡이는 로산전선에서 5개월 있다가 그해 11월에야 대련육군사관학교에 돌아왔다. 평화시기의 군인으로서 흔치않게 전쟁터에 나가 죽음이란 무엇인지, 삶이란 또 얼마나 견고할 수 있는지를 생명으로 체험한 5개월이었다.

1984년 11월, 우수한 성적으로 대련육군사관학교를 졸업한 김덕룡은 흑룡강성군구 변방*퇀 선전간사로 발령 받았다. 로산전선 최전방에서 5개월 동안 적들과 싸운 공로를 인정받아 여느 졸업생들보다 행정 급수가 한급 높게 책정되었다. 덕룡이는 퇀부에서 꾸리는 〈북변초병(北邊哨兵)〉 잡지 편집임무를 담당하는 한편 전 퇀 기층 연대에 심입해 취재하는데 대부분 시간을 보냈다.

1985년 10월, 퇀부에서는 덕룡이의 신청을 받아들여 그를 기층에 내려 보내 단련시키기로 했다. 그는 전 퇀 12개 런대(중대급 군단위) 가운데서 가장 낙후하기로 소문나고 각항 활동에서 늘 꼴찌를 차지하는 변방2런으로 가겠다고 지원했다. 런대로 내려가기 전 덕룡이는 며칠 동안 품을 들여 변방2런 장병들의 최근 몇 년간 상황을 상세하게 이해하고 연대건설을 어떻게 틀어쥘 것인지에 대해서 전면적인 계획을 세웠다.

덕룡이는 변방2런 대리지도원(代理指導員)으로 임명돼 부임했다. 런대에 가보니 그가 이해했던 것보다 상황이 훨씬 더 심각했다. 런대의 소대장(排長)급 이상 장교들은 모두 1960년대에 입대한 노병들이고 병사들도 대부분 노병들이었는데 장교들은 부대건설에 대한 의욕이 없이 현 상태 유지에 만족하고 있었고 그런 지휘관 아래 있는 병사들 또한 기강이 해이하고 진취심이라고는 별로 찾아볼 수 없었다.

덕룡이는 사흗날 아침 훈련 시간에 부임 후 첫 훈화를 하기 위해 150명 장병들 앞에 나섰다. 그런데 그는 훈화 대신 호주머니에서 트럼프(扑克牌)를 꺼내들고는 이게 뭔지 알지요? 하고 물었다. 그러자 병사들이 아무 생각도 없이 트럼프입니다! 하고 대답했다.

"저가 여기에 오기 전 우리 변방2련이 전 퇀에서 뿐만 아니라 전 사단 전 군구에서도 카드놀이를 가장 잘하는 연대로 소문나 있다고 전해 들었습니다. 그럼 한번 물어봅시다. 트럼프는 왜 54장입니까? 5분 시간을 줄 테니 알아맞히는 사람은 내일 아침 훈련에 안 나와도 됩니다."

병사들은 5분 넘게 토론했지만 누구도 대답하지 못했다. 덕룡이는 트럼프를 펼쳐 보이며 말했다.

"트럼프의 네 가지 무늬는 일 년 사계절을 대표하고 매개 무늬 1부터 K까지의 수자를 모두 합하고 다시 곱하기 4하면 364인데 거기에 왕을 보태면 바로 일 년 365일을 뜻합니다."

덕룡이의 말을 들은 병사들은 아 정말 그렇네, 원래는 이런 영문이구나… 하고 수군거렸다. 덕룡이는 잠깐 뜸을 들이고 이내 말머리를 돌렸다.

"여러분은 노병이고 나는 풋내기입니다. 여러분은 몇 년인지도 모르게 매일 트럼프를 놀았지만 트럼프가 왜서 54장인지 모르고 놀았죠. 오랜 시간을 말하면 올해 연세가 일흔 넘은 우리 엄마께서 오십 년 넘게 밥을 하고 음식을 만들었습니다. 그런데 우리 엄마는 요리사가 아니에요. 지금 국가1급 요리사는 거의 젊은이들입니다. 이는 무엇을 말해주는 겁니까? 능력이란 나이와 상관이 없다는 것입니다. 나는 입대한지 5년밖에 안되지만 여기서 감히 여러분께 제안합니다. 모든 군사훈련 종목에서 나를 초과할 사람이 있으면 한번 나와서 나와 겨뤄봅시다."

연병장은 물 뿌린 듯 조용했다.

"내일부터 한 달 시간을 드리겠습니다. 이 한 달 기간에 그 어느 훈련종목에서든 나를 초과하는 병사가 있으면 그에게 한 달 휴가를 주겠습니다. 지도원인 나에게 한 달 휴가를 내줄 권리는 있으니까요."

이튿날 아침, 평소에 이런저런 핑계를 대고 아침 훈련을 빼먹던 병사들까지 전 연대 병사들이 하나도 빠짐없이 모두 연병장에 나왔다. 사관학교를 졸업했다지만 퇀부(团部) 선전간사로 있다가 연대로 내려온 젊은 지도원이 도대체 얼마나 대단 하길래 그렇게 큰소리를 치는가, 하고 한번 보자는 심사였다.

덕룡이는 먼저 철봉대에 올라 연속 세 번 공중대회전(大回环)을 선보였다. 병사들이 저마다 혀를 내둘렀다. 철봉대에서 내려온 그는 이번에는 안마(鞍马)의 고난도 동작을 선보였다. 병사들 속에서 대번에 와—, 정말 대단하다(厉害)! 하는 감탄소리가 터져 나왔다. 그는 또 평행봉(双杠)을 잡고 몇 가지 동작을 연속 이어갔다. 이렇게 3개 종목의 시범을 보였지만 병사들 가운데 누구도 감히 나서서 그에게 도전장을 던지지 못했다.

병사들 속에서 훈련 열조가 일어났다. 기상나팔이 울리기 전부터 연병장에는 훈련하는 병사들로 북적거렸고 취침시간 후에도 몰래 연병장에 나오는 병사들도 있었다. 한 달 후 시합에서 호북성에서 온 한 병사가 몇 개 훈련종목에서 덕룡이를 이겼다. 덕룡이는 약속대로 이 병사에게 한 달 휴가를 내주었고 자신의 월급에서 그의 왕복 교통비까지 해결해주었다. 규정에 없는 특별휴가이므로 교통비는 병사가 자부담해야 하는데 덕룡이가 대신 대주었던 것이다. 이번 일을 통해 덕룡이는 병사들 속에서 높은 신망을 쌓게 되었고 그의 지도하에 변방2련은 새로운 기상이 나타나고 활기가 넘치며 전 퇀 각종 활동에서 앞자리를 차지하기 시작했다.

1986년 5월, 변방 2련은 전 퇀 교련경시대회(軍事比武)에서 각종 항목의 우승을 따내 전 퇀 장병들을 놀라게 했다. 변방2련은 또 변방*퇀을 대표해 흑룡강성군구 교련경시대회에 참가해 역시 단체 우승을 차지했다. 변방2련은 군사훈련뿐만 아니라 문화학습을 비롯한 기타 각종 활동에서도 전 퇀에서 앞장섰는데 그해 심양군구 모범련대(标兵连)로 평선되었다.

1986년 6월, 김덕룡은 변방*퇀 퇀부로 돌아와 여전히 선전간사로 근무했다. 그리고 얼마 안 지나서 그는 중국인민해방군총정치부에 차출(借调)돼 해방군보(解放军报)신문사에서 "본사기자 변방코너" 담당편집과 기자로 근무하기 시작했다. 총정치부는 중국인민해방군 정치사업을 총괄하는 최고지휘기관이고 해방군보는 인민일보, 광명일보와 더불어 당중앙의 목소리를 전달하는 3대 신문사의 하나였다. 덕룡이는 이곳에서 1년 동안 근무했는데 그에게는 너무나 소중하고 의미 있는 인생 경험이 아닐 수 없었다.

1987년 6월, 김덕룡은 흑룡강성군구정치부선전처로 발령받았다.

반 년 후 그는 중급 정치장교들을 전문 양성하고 훈련시키는 중국인 민해방군서안정치학원(西安政治学院)에 가서 1년 반 동안 재직교육(帯职学习) 연수를 받았다. 1991년 김덕룡은 당시의 정책에 따라 제대하게 되였는데 우여곡절 끝에 이듬해에야 안휘성 대외경제무역위원회로 발령되었다.

4

11년 넘게 군인생활을 하다가 문득 제대하게 된 덕룡이는 한동안 실의에 빠지기도 했다. 군에 입대해서 11년 동안 군사대학에서 공부하고 훈련받은 시간이 거의 6년이나 차지하고 중월변경 최전방에서 전쟁의 시련도 겪었으며 기층 연대의 단련을 거쳤을 뿐 만 아니라 총정치부에 차출돼 근무한 경력까지 있는 그로서는 그럴 만도 했다.

그러나 덕룡이는 이내 마음을 다잡으며 인생의 새 출발을 시작했다. 실의와 실망에 빠지기엔 너무나 젊은 나이였던 것이다.

1991년 10월, 덕룡이는 천진에 있는 고종 동생 리명철을 찾아갔다. 중국정법대학 석사연구생을 졸업한 리명철은 그때 천진에서 미국적 한국인과 합작으로 무역회사를 설립해 한국으로 농산물을 수출하고 있었다. 회사에는 무역관계로 한국인 사장들이 끊임없이 찾아오고 있었는데 덕룡이는 그중 한분의 통역을 맡아 함께 산서성 태원에 다녀오게 되었다. 일등침대칸(软席卧铺)에 오른 덕룡이는 처음부터 곤욕을 치러야 했다. 한국사장의 말을 제대로 알아들을 수 없었던 것이다. 일상생활용어는 괜찮았지만 비즈니스에 관해서는 전문용어가 너무 많아 소통이 되지 않았다. 육군사관학교에서 그가 배운 외국어 과목은 러시아였는데 한국사장이 쓰는 외래어는 대부분 영어에서 온 것이었다. 그는 수첩에다 한국사장이 우리말 고유어로 해석한 걸 받아 적어서 비즈니스 관련 외래어를 배워가면서 그런대로 통역을 할 수 있었다.

일주일 만에 천진에 돌아온 그는 그길로 베이징에 갔다. 베이징도서관 근처에 여관을 잡고 매일 도서관에 출입하며 무역 관련 서적과 한중 중한 사전을 빌려놓고 공부하기 시작했다. 그렇게 한 달 동안 공부하며 그는 두툼한 수첩 한권에 외래어와 무역관련 내용들을 빼곡히 적어 넣었다. 목마른 사람이 우물 파는 격이었다.

한 달 후 덕룡은 베이징에 있는 전우들의 소개로 한 무역회사의 직원으로 들어갔다. 수출입권이 있는 군부대 배경의 이 회사에서 3개월 있으면서 그는 수출입관련 실전 경험을 쌓았다. 알고 보면 대외무역이란 쉽다면 쉽고 어렵다면 정말 어려운 것이었다. 그동안 덕룡은 회사에서 추진하는 고구마줄기 장사에 참여했는데 숱한 고생을 하고도 회사에서는 물론 덕룡이 자신도 돈을 벌지 못했다. 장사에서 성공하려면 파트너를 잘 만나 상호 신뢰를 쌓아야 하고 기회도 잘 포착해야 된다는 걸 그는 심심히 느꼈다. 돈은 못 벌었지만 소중한 경험을 한 셈이었다.

1992년 3월, 덕룡은 우연하게 한국의 유명한 식품회사인 동서식품의 중국담당 부장님을 만났다. 중국에서 보리차 반제품을 수입해가려고 하는데 자신과 접촉한 중국의 무역회사들에서 보리구매허가증이 없어서 일을 추진하지 못하고 있다는 것이었다.

"보리차가 뭐에요?"

덕룡이는 그때 보리차가 뭔지도 몰랐다. 부장님이 허허 웃었다.

"보리는 뭔지 알죠? 보리를 볶으면 보리차가 되는 거예요."

덕룡이는 자기가 한번 구해보겠다고 나섰다. 조사 끝에 감숙성 모현에 보리가 많다는 정보를 얻은 그는 무작정 그곳으로 달려갔다. 당시 양식부문에서는 덕룡이의 자기소개를 듣고 나서 그때까지 공식제대수속을 하지 않아 몸에 지니고 있었던 그의 군관증을 확인하더니 그와 보리 만 톤을 공급하겠다는 계약을 체결했다.

그는 먼저 기차로 300톤 보리를 안휘성 합비시로 운송했다. 거기서 전우들의 도움으로 화물 창고를 빌린 후 아줌마들을 10명 구해 마당에 큰 솥을 걸어놓고 삽으로 보리를 볶게 했다. 소식을 듣고 합비로 달려온 한국 부장님이 이 정경을 보고는 혀를 내둘렀다.

"김 사장님의 추진력에 탄복했습니다. 우리 동서식품과 합작합시다."

동서식품에서는 곧바로 계약금을 보내왔고 덕룡도 즉시 감숙성 모현 량식부문에 구매금을 보냈다. 그들은 덕룡이를 믿고 계약금을 한 푼도 받지 않고 보리 300톤을 먼저 실어가게 했던 것이다. 보리차 장사로 덕룡은 달러 5만 불을 벌었다.

덕룡은 자신감이 생겼다. 그는 합비시량식국과 합작으로 합비시김해공업무역유한회사를 설립하고 합비시량식국 정리실업 종업원 2백여 명을 고용했다. 합비시 정부에서는 관련규정에 따라 세금을 감면해 주었을 뿐만 아니라 여러모로 그에게 편리를 제공해주었다. 한국 동서식품에서는 김해회사와 장기적인 협력관계를 약속하고 20만 불 되는 식품가공 설비를 무상으로 지원해주었다. 김해회사는 설립된 후 매달 2천 톤에 달하는 보리차를 한국 동서식품회사로 수출했다.

김해회사가 정상적으로 가동된 후 덕룡은 새로운 사업에로 확장해야 할 필요성을 느꼈다. 보리차 시장은 한국에만 있는데다 규모도 제한돼 있어 그 한 가지 품목에만 매달릴 수 없었던 것이다. 그때 안휘성 대외무역부문에서도 대한국 농산물수출을 추진하기 위해 인재를 물색중이었는데 김덕룡이가 그들의 물망에 올랐다. 그렇게 돼 안휘성 유관부문에서는 김덕룡을 안휘성대외경제무역위원회에 배치하게 되었고 대외경제무역위원회에서는 그를 또 안휘성농업경제회사 소속 기업인 안휘성봉업(蜂業)유한회사의 부총경리로 임명했다. 총경리는 농업경제회사총경리가 겸하고 있었기에 덕룡이는 사실상 봉업회사의 제1책임자였다. 봉업회사는 비록 처급단위(处级单位)라지만 직원이 열 댓 명밖에 안 되고 사무실도 100평방미터밖에 안되었다.

덕룡이는 부임하자마자 맨 먼저 수출입권을 신청해 허가를 받았다. 그리고 동서식품을 비롯한 한국의 식품회사들과 널리 협력해 안휘성과 인근 강소, 절강 등지의 로열젤리(蜂王浆), 밀랍(蜂胶), 갈색고미(蜂花粉) 등 꿀제품을 한국에 대량 수출했다. 1992년 첫해 반년도 안되는 동안 봉업회사에서는 680만 불에 달하는 수출액을 올려 200만 불 수익을 창출했는데 전해의 10배나 되었다. 이듬해 수출액은 1000만 불, 1995년에는 1800만 불에 달하고 500만 불 수익을 창출했다.

누구도 십여 명밖에 안 되는 봉업회사에서 이처럼 높은 수출액과 수익을 창출할지 생각지 못했다. 김덕룡은 안휘성 대외경제무역 분야에서 전기적인 인물로 소문났다. 주변의 친구들은 그를 보고 당초 봉업회사에 올 때 그까짓 부총경리라는 부처장급 감투(乌纱帽) 대신 아예 회사를 도급 맡았더라면 벌써 억대 부자가 되었을 거 아니냐며 아쉬움을 표했지만 덕룡은 결코 후회하지 않았다. 그에게는 봉업회사가 부대생활의 연장선과도 같았던 것이다. 봉업회사는 그가 제대 수속을 하고 국가간부로 정식 임명받은 첫 직장으로서 부대에서 11년 동안 갈고 닦은 사업 능력을 한껏 펼쳐보이도록 무대를 제공한 곳이기도 했기 때문이었다.

그러한 성취감에서 오는 정신적인 만족감은 억대 자산보다도 더 소중한 것이었다.

그러나 억대로 헤아리는 돈은 필경 작은 수자가 아니었다. 그가 봉업회사에서 받는 월급은 고작 2천여 위안에 불과하고 수당금까지 합쳐봤자 연간 사오 만 위안밖에 안되었다. 봉업회사의 이윤은 결국엔 나라를 위해서 창출한 것으로 되지만 회사의 발전을 위해서 돈을 쓸 수는 있었다. 김덕룡은 오랜 생각 끝에 봉업청사(蜂业大厦)를 건설하겠다는 보고서를 올려 상급 부문의 허가를 받았다.

1997년 5월, 28층 안휘봉업청사가 합비시중심에 우뚝 일떠섰다. 봉업청사가 준공되던 날 김덕룡은 그제야 마음이 좀 착잡했다. 비록 국가의 자원을 이용한 것이라고는 하지만 그 자신의 노력에 의해서 짧은 5년 사이에 100평방미터 사무실에서 출발한 작은 회사가 28층 새청사를 짓고 입주하게 되었는데 정작 그 자신은 여전히 몇 천 위안 월급을 받는 부총경리에 불과하지 않는가. 한 개인이 창출한 수익과 그가 향수하는 대우의 격차가 너무나 커서 속세의 한 평범한 인간으로서 그것을 받아들이기에는 좀 버겁지 않을 수 없었다.

김덕룡은 봉업회사를 떠나기로 했다. 봉업회사는 이제 그가 아닌 다른 누가 와도 안정적으로 운영될 수 있을 것이니 그는 더 이상 이곳에 머무를 이유가 없었다. 그리고 이쯤이면 그 자신은 새롭게 출발해 인생의 새로운 한 페이지를 써야 하지 않겠는가고 그는 생각했다.

김덕룡은 안휘성 합비시대외경제무역위원회주임조리(主任助理)로 임명되었다. 정처장급으로 진급했지만 한직(閑職)이라고 할 수 있는 자리였다. 얼마 후 그는 퇴직수속을 밟았다. 당정기관의 간부는 개인적인 상업활동에 종사할 수 없기 때문에 자연인으로 돌아온 것이었다.

5

1998년, 김덕룡은 안휘성김해상업무역유한회사를 설립했다. 안휘성 제1진 개인 수출입회사의 하나였다. 그때 한국에서는 정수기가 보급되며 요식업체와 가정집들에서 커피가 보리차를 대체하기 시작하면서 보리차시장이 대폭 줄어들었는데 1998년에 이르러 거의 소실되다시피 했다. 보리차 가공을 위주로 하던 합비시김해공업무역유한회사도 기타 품목의 식품가공으로 전환되었다.

김덕룡은 녹차, 령지 등 중국 특산품과 오이조림과 같은 염장제품 그리고 마늘, 고춧가루 등 농산물에 이르기까지 수출 품목을 크게 늘렸다. 칠팔년 동안 대외무역에 종사하며 신용을 무엇보다 중시하고 또한 남다른 추진력과 실력으로 어마어마한 판매실적을 올려 한국과 국내 협력업체들로부터 높은 신망을 쌓아온 김덕룡은 자신의 수출입

회사를 경영하며 또다시 승승장구하기 시작했다.

바로 그때 김덕룡은 세 번째로 죽음의 문턱까지 갔다왔다.

어느 날 자정 넘은 시간이었다. 평소에는 저녁에 잠자리에 누우면 이튿날 아침까지 쭉 자던 그의 아내가 그날은 왠일인지 문득 잠에서 깨어났다. 깨어나면 화장실부터 갔다 오는 습관이 있는 그녀는 1층에 있는 화장실에 혼자 가기 무서워 남편을 깨웠다. 그런데 평소 군인시절의 습관으로 누가 조금만 흔들어도 벌떡 일어나던 남편이 아무런 반응이 없었다. 더럭 겁이 난 그녀가 침실의 불을 켜고 보니 남편은 죽은 듯이 굳어 있었다. 남편의 코에 귀를 대어보니 남편은 숨도 쉬지 않는 것 같았다. 그녀는 120에 전화해 긴급구조부터 요청하고는 남편의 가슴을 계속 누르며 응급조치를 했다.

김덕룡은 구급차에 실려 병원에 가서 살아났다. 아내가 아니었더라면 그는 그날 밤 심장마비로 저 세상 사람이 되었을 것이었다. 세 번째로 죽었다 살아난 김덕룡은 삶과 죽음에 대해서 다시 한 번 깊이 생각해보지 않을 수 없었다. 이번 일은 어쩌면 그동안 사업에 온갖 정력을 몰부어 오느라 건강관리를 홀시했던 자신에게 하늘이 보내온 경고 메시지인지도 모른다. 계속 건강관리를 홀시하다가는 어느 날 문득 죽음의 문턱을 넘어 다시는 돌아오지 못 할 수도 있다. 건강관리를 잘 한다고 하더라도 죽음이란 언제 어디에서 자신을 찾아올지도 모른다. 사람은 언제든지 한번 죽기 마련이지만 죽음이 있기에 한 번밖에 없는 삶이 그토록 소중한 것이고 그 삶도 언제 문득 중단될지 모르기에 살아있는 동안 보람차고 의미 있게 보내야 하지 않는가.

김덕룡이가 심장마비로 죽었다가 살아났다는 소식을 들은 친구들이 그에게 전화를 걸어와 위로했다. 전화 마무리에 친구들은 한결같이 그를 보고 이젠 너무 아득바득하지 말라고 당부했다. 그 말에 그는 매번 고맙다며 웃어넘겼지만 전화를 놓고 곰곰이 생각해보면 그냥 웃어넘길 수 있는 것 같지 않았다. 한 것은 친구들의 그 한마디에는 너무 힘들게 살지 말라는 순수한 뜻도 있겠지만 돈과 재물 따위는 신외지물(身外之物)이니 죽고 나면 아무런 의미가 없다는 속뜻(潛台词)도 숨어 있었던 것이다.

아득바득하지 말라고? 그동안 내가 아득바득하며 살았는가? 내가 아득바득하며 살았다면 도대체 뭘 위해 아득바득했단 말인가?

그는 자신이 대학입시 복습반에 다니던 때부터 지금까지의 20여 년 세월을 돌이켜보았다. 자신이 정말로 아득바득하며 살아온 듯 하지만 그렇다고 아득바득이라는 그 한마디로 지난 세월을 규정할 수는 없는 것 같았다. 그는 자신이 상업에 종사한 이래 더 많은 수익을 올리기 위해 동분서주했지만 그렇다고 많은 사람들처럼 결코 금전의 노예가 되지는 않았다고 자부 할 수 있었다. 시장경제 사회에서 돈이 물론 중요하긴 하지만 인간의 삶에는 돈보다 더 중요하고 돈으로 바꿀 수 없는 것들이 엄연히 존재한다는 것을 그는 시종 믿고 있었다.

그럴진대 자신이 지금까지 애면글면 열심히 살아온 것은 결코 금전과 명예를 위해 아득바득한 것이 아니지 않는가.

결국 아득바득하지 말라는 그 한마디에는 엇갈린 삶의 자세와 인생 태도가 그대로 담겨있는 듯싶었다. 사람이 죽고 나면 모든 것이 부질없으니 살아생전에 아득바득할 게 없다는 그 말에는 삶의 덧없음을 깨달은 듯한 뜻이 담겨 있는 것 같지만 그것은 어쩌면 오직 금전과 명예를 위해 살아온 사람들의 삶에 대한 태도를 그대로 보여주는 것이라고 그는 생각했다.

2000년 1월, 김덕룡은 한국 인천에다 한국김해주식유한회사를 설립했다. 한국으로의 수출과 한국에서의 수입을 통일적으로 계획하고 관리할 수 있을 뿐만 아니라 수출입 수익도 높아질 수 있었다. 더욱 중요한 것은 김해회사를 발판으로 한국시장을 한결 발 빠르고 전면적으로 검토하며 개척할 수 있었다. 중국에 있는 합비시김해공업무역유한회사는 여전히 식품가공기지 역할을 하고 있었고 안휘성김해상업무역유한회사는 대한국, 대일본 수출입 업무를 담당했는데 덕룡은 중, 한, 일 3국을 오가며 바쁜 나날을 보냈다.

한국 단호박시장이 덕룡이의 관심을 불러일으켰다. 단호박은 한국에서 널리 쓰이는 식재 가운데 하나인데 한국 국내산도 있지만 수입산이 더 많은 비중을 차지한다. 수입산이 국내산보다 가격도 싸고 맛이 더 좋기 때문이다. 수입산 가운데서도 중국산이 가격이 싸지만 품질이 고르지 못했다. 품질만 보장된다면 중국산 단호박은 한국업체들의 선호를 받고 있었다.

2001년부터 김해회사에서는 중국산 단호박 수출을 늘리기 시작했다. 수출량이 늘어나면서 일련의 문제점들이 나타났다. 단호박의 품질을 보장할 수 없었고 물량도 확보할 수 없었다. 김덕룡은 김해회사에서 단호박재배농들과 직접 계약을 맺어 위탁재배하기로 계획을 세웠다.

단호박재배농들에게 위탁재배하려면 그 자신만의 단호박종자를 재배농들에게 독점적으로 제공해야 했다. 그래야만 그 자신만의 단호박 품종을 확보하고 품질도 보장할 수 있었다. 고심 끝에 그는 일본으로 날아갔다. 중국의 모 연구소에서 일본으로부터 단호박 종자를 들여와 중국에 시험재배하고 있다는 정보를 수입했던 것이다. 일본에 간 그는 일본에서 가장 유명한 경제작물연구소에 찾아가 거액의 가격으로 단호박 종자를 제공받기로 하는 독점계약을 맺었다. 이 연구소에서 제공하는 단호박 종자는 재배 후 수확한 종자를 받아 다시 심으면 퇴화되는 종자였다. 말하자면 번식이 불가능한 것이었다.

2009년 초봄 김덕룡은 흑룡강성내 녕안, 밀산, 손오현과 길림성 왕청 등지의 국유농장과 향촌을 돌며 단호박 재배에 적합한 최상의 토질이 있는 고장을 찾아다녔다. 결과 그는 녕안시 경내에 있는 모 국유농장 농호들과 일본 단호박 종자를 무료로 제공하기로 하고 먼저 10헥타르 재배계약을 맺었다.

가을이 되자 일본종자를 재배한 10헥타르 단호박은 중국종자를 심은 단호박 보다 어림잡아 수확고가 두 세배는 초과했다. 그러자 농호들이 계약을 파기하고 단호박을 안 주려고 했다. 김덕룡은 하는 수 없이 당지 정부의 힘을 빌려 단호박을 가져가야만 했다.

이듬해 봄 김덕룡이 녕안시에 왔다는 소식이 전해지자 농호들이 줄을 지어서 호텔로 찾아와 그와 위탁재배 계약을 맺으려 했다. 이번에 그는 농호들에게 종자 한 알에 인민폐 60전씩 한다고 선포했다. 그러자 농호들은 처음에 모두 머리를 내저었다. 당지 종자보다 5~6배는 비쌌던 것이다. 1무 재배하는데 약 1천 알이 수요 되는데 종자 값만 무당 600위안이 들어야 했던 것이다. 그는 농호들에게 일본종자가 당지 종자보다 대여섯 배 비싸지만 소출을 따지면 무당 약 4천 위안이 높다는 걸 상세히 계산해주었는데 그제야 그들은 재배계약을 맺고 종자를 샀다.

재배 면적이 늘어나고 한국 단호박시장 점유율이 높아지면서 김덕룡은 한국 최초로 수입농산물 이력제(履历制)를 만들었다. 김해회사에서 수입하는 단호박은 모두 원산지와 재배농호, 수확 가공 수출 시간이 모두 표시돼 있다. 연후에 그는 한결 철저하게 품질을 관리하기 위해 전 세계적으로도 유례없는 단호박 X레이검사를 실행했다. 이처럼 종자에서부터 재배, 가공, 수출, 수입에 이르기까지 품질과 안전성이 보장돼 있고 맛도 뛰어나기에 김해회사에서 한국에 수입해 오는 단호박은 다른 회사에서 수입한 것보다 가격이 20% 비싸지만 단호박 사용업체들에서 다투어 사가고 있다.

현재 김해회사는 중국 흑룡강성과 길림성 여러 지역 2,800헥타르 밭에 위탁재배해 연간 4500톤 단호박을 한국으로 수출하고 있는데 한국 단호박 시장의 90%를 점유하고 있다. 이밖에도 김해회사에서는 한국에 연간 8천 톤 고구마를 수출하고 있다. 김해회사에서는 일본에도 연간 3천 톤 단호박, 고구마 4천 톤을 수출하고 있다.

최근 몇 년간 김해회사의 연간 매출액은 한화 280억 원에 달하고 이윤이 20~30억 원에 달하는데 이윤의 상당부분을 재배농들과 협력업체에 반환하고 있다. 김덕룡은 김해회사에서 지난해(2013년) 한국에서 납부한 법인세만 1.5억 원에 달한다고 소개했다.

"어쨌거나 나는 한 번도 아니고 두 번 세 번 죽었다가 살아난 사람이 아닙니까. 그래서 나는 이미 오래전부터 내 삶은 덤으로 얻은 것이나 마찬가지고 덤으로 얻었으니 언제 거두어갈지 모르는 시한부

인생을 사는 것과 다를 바 없다고 생각했어요. 그러니 매일매일 마지막 하루처럼 소중하게 살아야겠다는 마음가짐으로 살아가고 있는 거죠."

취재가 끝날 무렵 김덕룡은 이렇게 말하며 소탈하게 웃었다.

영성과 지성의 길을 찾아서

박길춘 (베이징)

1

1960년대 출생한 서광촌 사람들 가운데 박길춘은 전기적인 인물 가운데 한 사람이다.

1961년생인 박길춘은 1979년 중앙민족대학 중국언어문학학부에 입학했고 1983년 졸업 후 하얼빈시조선족문화관 〈송화강〉잡지 편집 부주임으로 근무했다. 대학시절에 서정시와 번역시를 발표해 문단의 주목을 받았고 졸업 후에는 참신한 풍격의 젊은 소설을 다수 발표하기도 했다. 1986년 그는 연변대학 고적연구소(古籍研究所) 석사연구생으로 되였고 석사 졸업 후 연변대학출판사와 연변대학학보(学报)에서 연구원 주필로 근무했다. 이 기간 그는 인간의 궁극적인 삶에 대한 회의와 사색으로 정신적인 고민과 방황에 직면하게 돼 민족종교 연구를 시작으로 신학공부를 하고 종교를 널리 접촉해 기독교 교인이 되었다.

1995년 초 박길춘은 사직하고 연변을 떠나 베이징에 진출했다. 종교에 심취해 몇 년 동안 속세와 멀리하며 살다보니 친지들 눈에 페인이 되다시피 한 그는 베이징에서 화려하게 변신했다. 영어학원을 설립해 수강생이 수만 명에 달하는 성공을 거두었고 동시에 광고잡지와 경제생활 잡지를 창간하였으며 베이징에서 선참으로 메이크업학원(彩妆学校)을 경영하면서 화장품공장까지 경영하며 뛰어난 사업가 기질을 과시해 사람들을 놀라게 했던 것이다.

나보다 한살 어린 길춘이와 나는 어릴 때부터 가깝게 지냈다. 그의 부친 박찬태선생은 서광학교와 방정조중 교장으로 근무하셨는데 나를 문학의 길로 인도한 스승이기도 했다. 소학교 때부터 나는 길춘이네 집에 제집 나들듯 했는데 그의 집에 책이 많았던 것이다. 각자 대학을 졸업하고 사회에 나온 후에도 우리는 내내 연락하며 살았고 연변이나 베이징에 가면 나는 그를 찾아보군 했다. 그를 만나며 아쉬운게 있었다면 교회에 다니면서부터 그는 술을 입에 대지도 않기에 술상에 앉아서도 함께 술을 마시지 못한다는 점이다. 친구들과 어울려 술 한 잔 나누는 것이 나 같은 속인들에게는 고달픈 인생에 빼놓을 수 없는 하나의 낙이 되어버렸으니 말이다.

2018년 4월 18일, 나는 베이징 연교의 한 오피스텔에 있는 그의 부인의 사무실에서 그를 만났다. 2014년 2월 서광촌사람들 취재를 금방 시작했을 때 베이징 왕징에서 한번 만난 이후 근 4년 만이었다. 왕징에 있을 때 그는 역시 기독교인인 그의 부인과 함께 유치원을 경영하면서 교회사업도 하고 있었는데, 4년 전 그를 만났을 때 그는 한창 교육프로그램 동영상을 제작하느라 바쁜 와중에도 점심시간에 만나 왕징 한식거리에서 밥도 사곤 했었다. 후에 연교가 베이징진출 조선족들의 새로운 중심지로 되면서 그들 부부는 연교로 옮겨와 건강사업과 교회사업을 병행하고 있었다.

육칠십 평방 돼 보이는 사무실은 칸막이로 방이 두개였는데 내가 찾아갔을 때 10여명 청년들이 타원형탁자에 둘러앉아 뭔가 열심히 토론하고 있었다. 길춘이 제자들이자 건강사업의 팀원들이였다.

팀원들이 떠난 후 나는 박길춘 부부와 이야기를 나누었다. 고향이 하얼빈이고 연변대학한어학과를 졸업한 길춘의 부인은 1997년 방정현성에서 치렀던 박찬태 선생 환갑잔치 때 처음 보았었다. 그때 나는 제자들을 대표해 축사를 올렸는데 사회자가 박 선생님의 둘째며느리인 길춘이 아내보고 노래를 한곡 부르라고 하자 그가 아주 정중하게 여 고음으로 찬송가를 불러서 인상이 깊었었다. 박 선생님 사모님께서 전도유망한 석사연구생 둘째아들이 교회의 길로 "잘못" 들어서게 된 것이 기독교인인 며느리 때문이라며 많이 원망했다는 걸 알고 있는 나는 20년 만에 그들 부부를 함께 마주하고 당초 길춘이가 어떻게 돼서 그 길을 택하게 되었는지 물어보았다. 전에 길춘이를 만나도 우리는 무슨 금기인 것처럼 종교에 대해 종래로 담론한 적이 없었던 것이다.

길춘이가 어떻게 얘기했으면 좋을지 모르는 듯 잠깐 머뭇거리자 그의 부인이 옆에서 대신 말했다.

"남편이 목사가 된 과정을 보면요, 사실은 굉장히 특별하게 목사가 되었거든요.”

“아, 어떻게 특별하길래… 부인이 끌어들인 거 아닌가요?”

내 말에 길춘이가 하하 웃었다.

“아니에요. 남편이 목사를 안 하면 안 될 사람이었어요. 그때 진짜 재미난 얘기가 많았거든요, 진짜예요.”

“무슨 일이 있었는데요?”

“그때 건강이 굉장히 안 좋았어요. 연변대학 노교수님들 모시고 일본에 출장가기 위해 신체검사를 받게 되였는데, 풍습성심장병(风湿性心脏病)이 있다는 걸 발견했거든요. 굉장히 치료하기 힘든 난치병(疑难病)이에요.”

“확실한 병명은 풍습성이첨판협소증(风湿性二尖瓣狭窄)이라는 거야.”

길춘이가 옆에서 한마디 설명했다.

“그리고 간염도 있었어요. 여러 가지로 상황이 안 좋아서 그때 자연치료를 받게 되었어요…”

“자연치료? 교회 있는 사람들한테요?”

“네. 교회에서 성경으로 치료하는 건데… 치료 받으며 그분들 인격에 굉장히 감동을 받았던 거죠…”

이쯤이면 교인이 아닌 우리 속인들은 저도 몰래 입가에 야릇한 웃음이 떠오르게 된다. 나도 아마 그랬을 것이다. 건데 그때 길춘이가 옆에서 한마디 곁들었다.

“그 후 20년 넘게 지금까지 난 병원에 한 번도 안가고 감기 한번 한적 없어. 거짓말 같은데, 지금껏 링거주사(点滴) 맞은 적도 없어,

그전에도 그 후에도."

하, 이것 참 부창부수(夫唱婦隨)라는 말이 있는데, 이들 부부는 짜장 부창부수(女唱男隨)가 아닌가.

"사실 그때 철학적인 어떤 부분도 있었어요. 자기가 대학에 계속 있으면 노교수들처럼 되고 그렇게 퇴직하게 되고… 그런 삶 자체가 마지막까지 다 보이는 거래요. 그게 굉장히 절망적이었던 거죠. 그래서 그때부터 인생의 궁극적인(終極的) 문제에 대해 사고하기 시작한 거죠. 사실 인생이라는 것이…"

부인의 말이 조금 길어질듯 하자 길춘은 그의 말을 자르며 말머리를 돌려 자기가 직접 그 경위를 얘기하기 시작했다.

"형이나 나나 우리 다 서광에서 나왔잖아요. 서광이라는 곳이, 서광의 남자들이 특점이 있어요. 뭐냐 하면, '一方山水养一方人(한 지역의 풍토는 그 지역의 사람을 기른다)'이라는 말이 있듯이 감성적이고, 욕심이 좀 없어요. 지금 청년들은 잘 모르겠는데 (그들은 어려서 서광을 떠나 자랐으니까), 하지만 우리 그때 서광의 물을 먹고 자란 사람들은 감성적이고 꿈이 많았던 것 같아. 그래서 그런지 난 대학에서 공부하고 나니까 재미가 없더라고, 사는 게. 그것이 나한테는 심리적으로 굉장히 큰 부담이 되었어. 은퇴한 교수님들 보니까, 아 나도 저렇게 끝까지 살아야 하나, 하는 생각이 들면서 말이야. 그렇다고 내가 그 교수님들 삶을 부정하는 건 절대 아니고…(웃음) 어쨌든 그때 당시 내 '心路历程(마음의 역정)'이 바로 그랬다는 거야. 사는 게 재미가 없으니까 건강도 망가지고… 그러다가 교회로 발길을 돌리게 된 거였지. 그런데 그전에 내가 종교적인 성향이 있었던 것 같아. 석사

공부할 때 이미 민족종교를 많이 섭렵했거든. 말하자면 증산교, 단군교와 같은 민족종교. 그 후에 철학과 종교에 대해서 책을 많이 보고 연구하면서 보니까 가장 성숙된 종교는 그래도 기독교더라고. 이성과 감성을 다 어우르며 만족시킬 수 있는, 2천년을 내려오며 발전한 매우 성숙된 종교라고 할 수 있는 거지."

"리성과 감성을 다 어우르는?"

"그렇지. 종교적인 술어로 말하면 영성과 지성을 만족해줄 수 있는, 그래서 나에게는 희망이 보이는, 형이 말하는 '曙光在望(서광이 보인다)'이라고 할 수 있는, 나로서는 거기에서 자기가 왜 살아야 되는지 삶의 이유를 찾게 된 거지. 그전에는 난 내가 살아야 되는 이유를 못 찾았거든. 왜냐하면 그때 당시 많은 사람들이 흠모하고 추구하는 것들, 무슨 직위요 돈이요 하는 것들이 나한테는 아무런 가치가 없어 보였어. 내 눈에 그런 것들은 어릴 때 우리 엄마가 해주던 한줌의 가마치(누룽지)보다도 못해…(웃음)"

길춘의 말에 우리는 함께 웃었다.

"후에 와서 보면, 내가 운이 참 좋았다는 생각을 하게 돼. 최근 십 년 내가 깊이 들어갔거든. 정말 많이 연구하고 공부를 많이 했어, 성경에 대해서. 그리고 제자들을 많이 키웠어. 그동안 그 연구물들을 인터넷으로 해놓은 게 있는데, 지금 매일 사오천 명이 접속해서 교육을 받고 있어요. 내가 가장 보람을 느끼는 것은 많은 사람들이 내 강의를 듣고 회복이 되었다는 거, 회복 되었다는 건 가정 회복되고 건강 회복 되고 사는 의미 되찾고… 이런 게 많아요. 그래서 보람을 많이 느끼게 돼."

길춘은 잠깐 말을 끊었다가 다시 이어갔다.

"인본주의라는 말이 있는데 그것은 결국 '为人民服务(인민을 위해 복무한다'), 내가 그런 사상이 강한 것 같아. 내가 하는 일도 결국은 그것으로 해석될 수 있는데, 그래서 나는 내가 사업하면서 돈 벌 때보다, 돈 버는 재미보다 지금의 이 즐거움이 훨씬 더 강해. 그게 뭐냐면 돈 만지는 재미도 좋은데…(웃음), 사람들이 나로 인해서 건강 회복하고 부부관계 회복하고 희망을 찾고 하는 거 보면 그것 참 좋더라고 나는. 그래서 그게 아마 내가 서광촌에서 자란 것 하고 관계있지 않나 싶더라고."

"서광촌 하고 관계된다고?"

"그렇게 생각하게 되더라고. 어릴 때부터 서광에서 우리가, 형이나 나나 강에 가서 놀고 산에 가서 놀고 하면서 대자연속에서 감성적인 것을 많이 받으며 키웠잖아. 그래서 우리가 젊었을 때, 형이 쓴 시나 내가 쓴 시들에 그런 감성적인 것들이 많이 표현되었잖아요, 그게 우리가 서광에서 감성적인 것을 많이 받고 키우고 했기 때문인 거야. 그렇게 감성이 풍부한 사람은 일반적인 걸 가지고 만족이 안 돼."

"네 말이 맞아."

"말하자면 살면서 돈이나 이런 것 가지고 채워지지 않는다고…(웃음) 그저 먹고 마시고 이런 거해서 안 채워진다고. 그래서 부모님들한테는 많이 미안하지만, 부모님들은 아들이 출세하고 '光宗耀祖(가문을 빛내다'')하기를 바랐는데…(웃음) 부모님 입장에서는 아들에 대한 기대치가 높았잖아, 그런데 아들이 색시 잘못 만나 예수 믿고 하면서 엉뚱한 길로 갔다고 생각하시니까…(웃음) 아들로서 내가 크게 실망시켜 드렸으니까, 그래서 많이 미안하지만, 나 개인적으로는 지금까지 자신의 삶에, 내가 추구해온 것들에 큰 보람을 느끼는 것 같아."

"하긴 우리 박 선생님과 사모님이 둘째 아들한테 기대가 특별히 컸으니까, 이제는 이해하시고 며느리를 원망하지 않겠지…(웃음)"

"그래서 보면, 지금 하고 있는 건강사업, 건강학원도 그런 것과 관련이 있는 거지. 교육이니까, 내가 계속 해온 것이 교육과 관련된 건강사업과 미디어, 미디어사업이니까. 건데 처음부터 그걸 계획하고 한 건 아니고, 하다보니까 그렇게 되더라고."

"아까 제자들을 많이 키웠다고 했는데, 쉽게 말하면 무슨 뜻이지?"

"쉽게 말하면 신학생들을 양성한 것인데, 몇 년 동안 내가 직접 키운 청년제자들이 150여 명은 되요. 그건 사실 굉장히 큰 성과라고 할 수 있어요."

"그럼 내가 들어올 때 모여 있던 청년들도 그 제자들인가 봐?"

"아니, 그 청년들은 건강학원 학생들인데 물론 교회에 다니는 청년들이지. 척 보면 애들이 눈빛이 다르잖아, 순수해요…(웃음)"

"그리고 보면, 자네는 1995년 베이징에 들어와서 내용과 방식이 다를 뿐 교육사업은 계속 해온 것이구만."

"맞아, 베이징에 와서 여러 가지 사업을 병행했는데, 그 가운데 영어학원이 가장 큰 사업이었으니까."

"영어학원은 언제부터 시작했길래? 그때 부인도 같이 베이징에 왔어요?"

나는 길춘이가 얘기하는 동안 내내 잠자코 있던 부인한테 물었다.

"네, 베이징에 같이 왔어요. 와서 얼마 안 돼 남편이 베이징화공대학 교실을 빌려 신교영어학원(新桥英语学院)을 꾸렸는데 후에 12개 분교(连锁学校)로 늘어나 학생이 수만 명에 달했어요."

"수만 명? 그럼 그때 돈을 굉장히 많이 벌었겠네?"

"돈이 많이 들어왔지. 그때는 현찰로 학비를 받았는데, 학비가 들어오는 날엔 가방에 수십만 위안씩 담아 은행에 가져가군 했으니까⋯(웃음)"

길춘이가 허허 웃으며 대답했다.

"영어학원 만들어놓고 난 또 다른 여러 가지 사업을 벌렸어. 내가 보니까 난 항상 돈에 대한 관심보다 일에 대한 관심이 더 컸던 것 같아."

"영어학원은 몇 년 했길래?"

"2003년 사스가 터질 때까지 했으니까 8년 했지. 사스가 터지면서 한방에 날려가고 빚을 지게 된 거야. 지금 보면 그때 경험이 부족해서 그런 돌발적인 불가항력적인 상황을 사전에 대비하지 못한 것 같아."

"빚을 얼마 졌길래?"

"그때로 말하면 천문학 수자였지. 그래서 이 사람한테 얘기도 못하고 비밀로 했어. 알면 정신이 돌아버릴 수도 있으니까⋯(웃음) 그때 우리 영어학원에 영어원어민강사들만 칠팔십 명이나 있었는데 그들 월급만 해도 한 달에 칠팔십만 나가야 했어. 그리고 그때 우리가 임대한 12개 분교의 교실도 전부 国贸, 燕莎 같은 베이징에서 임대료가 가장 비싼 번화가에 있었는데 교실 하나 연평균 임대료가 10만 위안이었어. 그런 교실이 수십 개나 되었어. 그런데 사스가 터지면서 수업은 못하고 임대료와 월급은 꼬박꼬박 들어갔던 거지. 그때 또 메이크업학원과 화장품공장도 사스 때문에 중단하고 정리해야 했고. 그렇게 진 빚을 갚느라 꼬박 7년이 걸렸다니까."

"천문학수자였다면서 그래도 그 빚을 다 갚았다는 게 참 대단하다."

"그때 내가 사업을 너무 크게 벌렸던 것 같아. 그런데 그때 난 돈욕심이 아니라 성취욕에서 했던 거야. 내가 돈만 딱 벌겠다고 했으면 부동산을 했을 테니까. 그때 난 이미 부동산이 돈을 번다는 걸 알고 있었으니까. 그래서 주변 몇몇 사람들에게 돈을 벌려면 부동산에 투자하라고 권고했었어. 그때 내 말 들은 사람들은 다 돈을 벌고 부자가 되였지… (웃음)"

그의 말에 우리는 모두 웃었다.

"지금 보면 내가 사업가 안목은 조금 있었던 것 같은데, 내 관심은 돈보다 일에 있었으니까, 우리말로 하면 창조적인…(웃음) 그런 쪽에 관심을 갖고 그런데서 만족을 가질 수 있었으니까. 지금 하고 있는 일은 조금 영성적으로 가는 것이니까, 이게 나한테는 맞는 것 같아. 영성 하면 지성 쪽으로도 좀 나가야 하니까. 교회도 두 부류인데, 하나는 미신적으로 믿는 분들이 있는데, 그게 대부분이야 사실은. 나는 그것도 나쁘다고는 보지 않아, 왜냐면 그것을 통해서라도 마감에 평안을 얻고 또 뭐랄까, 선하게 살려고 그러는 거니까 나쁘진 않아. 하지만 기독교 본질은 그것이 아니고, 미신적이 아니라 굉장히 과학적인 것이니까. 미신적인 기독교는 한국에 그런 경우가 적잖은데,

그게 우리말로 하면 기복신앙(祈福信仰), 샤머니즘. 하느님 믿어서 내가 잘되고… 건데 기독교신앙의 본질이 그게 아니거든. 하지만 기복신앙은 사실 우리의 원시신앙이거든, 빌고 찰떡 붙이고 정한수 떠놓고 하는. 후에 기독교의 이름을 빌어가지고 믿는 사람이 대부분이 된 거야."

"불교도 그렇잖아, 사찰에 가서 아들 낳게 해 달라 빌고 하는 것이…(웃음)"

"불교도 사실은 기복신앙에 속하지. 기독교와 본질적으로 전혀 다르다고 봐야 해."

"방금 두 부류라고 했는데, 기복신앙 말고 다른 하나는 뭐지?"

"다른 하나는 창조적인 신앙이라고 보면 돼, 창조신앙. 하지만 나는 기복신앙을 믿는 사람들에 대해 다른 말을 안 해요, 그런 걸 믿는 사람들은 바꾸기 어려우니까, 서로 편하게 뭐 믿으면 되니까…(웃음)"

길춘이는 편한 웃음을 지었다.

우리의 얘기는 베이징에 있는 몇몇 고향후배들이 들이닥치면서 중단되었다. 아쉽지만 박길춘에 대한 취재도 그렇게 끝났다. 다행이 할 얘기는 거의 다 한 것 같았다. 더 깊은 얘기는, 예컨데 종교에 대한 얘기는 나중에 언제 다시 만나 들어야 할 것이다.

사범대학 한국어학과를 창설한 교수

김선자 (강소성 염성)

강소성 염성사범대학외국어대 조선어학부장 김선자 교수는 2006년에 하얼빈을 떠나 기아자동차 중국생산기지로 유명한 염성(盐城)시에 갔다. 그가 하얼빈에 있을 때 우리는 몇몇 고향사람들과 함께 가끔 모임을 가졌었다. 그러다보니 김선자에 대해 잘 안다고 생각했었는데 이번에 염성에 가서 나는 자신이 전에 그를 잘 몰랐다는 걸 심심히 느꼈다. 그의 몸에 그렇게 엄청난 파워가 있을 줄 전혀 생각지 못했던 나는 놀랍기도 하고 한편 그가 무척 대견스럽기도 했다.

2018년 3월 7일 염성에 도착한 첫날 저녁 염성사범대학교외국어대 학장이 김선자 교수의 고향선배가 염성사범대학교에 취재 온 것을 환영한다며 연회를 베풀었다. 연회에 참석한 외국어대 십여 명 학부장, 교수님들은 한결같이 김선자 교수가 (강소성에 2명밖에 없는 한국어학과 정교수 가운데 한명이라며) 정말 대단하다고 엄지를 내들었다. 모두 진심에서 우러난 칭찬이었다.

이튿날 저녁에는 염성사범대학 교무처장을 비롯한 몇몇 처장들이 김선자 교수의 친구 신분으로 나를 초대했다. 그들은 기아자동차가 염성에 진출한 후 현재 연간 40만대 자동차를 생산하고 있는데 염성시 경제발전을 위해 거대한 견인 역할을 하고 있고 그러다보니 염성시의 한국어 배우는 열기가 국내 그 어느 도시보다도 강렬하다면서 한국어학과가 그 중심에서 핵심적 역할을 하고 있고 김선자 교수가 핵심의 핵심이라고 평가했다. 그래서 조선어학과를 창설한 김선자 교수는 염성사범대학에서는 물론 염성시정부에서도 널리 알려진 인물이라며 시위서기와 시장이 한국기업인들을 만날 때는 꼭 김 교수를 특별요청해서 통역을 서도록 한다는 것이었다. 그리고 염성사범대학에는 2만2천여 명 학생에 18개 2급 학원(学院)이 있고 백여 개 학과가 있는데 조선어학과는 중점학과 (重点专业), 명품학과(品牌专业) 가운데 하나라고 소개했다.

이틀 저녁이나 나는 마치 나 자신이 사업에서 큰 성과를 이룩해 사람들의 칭찬을 듬뿍 받는 것 같아 기분이 둥둥 떠서 주는 술을 다 받아마셨다. 그러다보니 김선자에 대한 취재는 대부분 낮에 그가 운전하는 차에 앉아 염성시 이곳저곳 돌아다니며 이루어졌다.

내 기억에 선자는 어려서부터 공부도 잘하고 춤도 잘 추고 손풍금까지 잘 타서 늘 칭찬 받으며 자랐던 것 같다. 1965년생으로 나보다 다섯 살 아래인 선자가 열 두세 살 소녀일 때 마을 큰 길에서 마주치면 얼굴이 빨갛게 물들은 채 고개를 숙이던 모습이 지금도 내 눈앞에 선하게 떠오른다.

선자는 1984년에 연변대학 조선어학부에 입학했는데 개학해서 어쩌다보니 된 감기에 걸려 한 달이나 앓았다고 한다. 그 감기가 후에 폐렴으로 번져 그는 집에 돌아와 1년 휴학하고 완치된 후 1985년급 연변대학 조선어학부생이 되었다. 1989년 졸업 후 그는 하얼빈시조선족제2중학교에 배치 받아 조선어문교원이 되었다. 3년 후 그는 조선어문교연실 주임으로 진급했다. 그만큼 업무능력이 뛰어나고 교내 수업 경연에서도 연속 3년간 1등을 해 동료들의 인정과 학생들의 환영을 받았던 것이다. 그는 1990년부터 연속 3년간 하얼빈시우수담임교원(哈尔滨市优秀班主任)의 영예를 지녔고 하얼빈시도리구정부로부터 연속 2년 모범장려(记大功)를 받기도 했다.

하얼빈에서 그를 만난 건 바로 그 시기였다. 선자가 하얼빈에 배치 받았다는 소식은 들었지만 나는 방송국에서 맨 날 취재 다니며 한창 바쁘게 지내다보니 언제 만날 사이도 없었다. 그러다가 하얼빈시조선족 3.8절 행사에 갔다가 그를 만났다. 1980년대와 1990년대 하얼빈시 8구체육관(八区体育馆)에서 해마다 한 번씩 진행되는 3.8절 행사는 100여 개 팀의 윷놀이 뒤에 대형 무도회로 이어졌다. 악내가 연주하는 무도곡이 울리면 천 수백 명이 큰 홀에서 빙빙 돌며 사교춤을 추는데 장관이었다. 그날 선자와 사교춤을 몇 곡 추며 꽤나 많은 얘기를 나누었다. 그리고 그날 이후 하얼빈에 있는 선자의 방정조중 동창들인 하얼빈시동력조선족소학교의 장해선, 하얼빈시조선민족병원의 강미혜 그리고 흑룡강신문사의 한광천 등과 가끔 만나 식사도 하고 그때 한창 유행하기 시작한 노래방에 놀러가기도 했다.

1996년 6월 김선자는 하얼빈시교육연구원민족교육처로 이동돼 조선어연구원을 담당하고 하얼빈시 조선족중소학교 조선어문교원들을 상대로 교원교육과 연수를 조직하고 수업경연과 교수연구토론회를 개최하기도 했다. 그리고 학생들을 상대로 한 여러 가지 경연활동도 활발하게 전개했다. 이 과정에서 그는 자신이 하는 일에 보람을 느끼고 사업에 온갖 정열을 쏟았다.

직장에서는 그처럼 휘황했지만 집에만 돌아오면 그의 삶은 암담하기만 했다. 1992년에 결혼하고 이듬해 떡두꺼비 같은 아들을 낳았건만 그는 아내로서의 사랑과 행복이 무엇인지 모르는 세월을 감내해야 했다.

2000년 9월 하얼빈시교육연구원에서는 김선자를 한국에 파견해 연수를 받게 했다. 그는 먼저 한국의 유명한 모 유치원에서 반년동안 유아교육 연수를 받았다. 하얼빈시교육연구원에서 그가 담당하고 있는 업무 가운데 유아교육에 대한 지도사업도 포함돼 있었던 것이다. 한국에서 반년 동안 생활하고 난 그는 한국에 계속 남아 공부하며 살고 싶은 마음이 굴뚝같았다. 그는 단위에 연락해 허락을 받고 전북대학교 유학수속을 밟았다. 그런데 뜻하지 않은 일이 발생했다. 지하철에서 여권과 유학수속 서류가 들어있는 핸드백을 도난당했던 것이다. 여권은 중국대사관에 가서 임시여권을 발급받으면 되고 유학수속 서류도 다시 신청하면 되지만 여권에 찍혀있는 한국체류비자 연장수속은 그렇게 간단하지 않았다. 반드시 중국에 돌아가서 장기여권을 받아와야만 했던 것이다. 그런데 그는 돌아가기 싫었다. 단위로 부터 2년 더 있으라는 허락을 받기는 했지만 일단 귀국하면 한국에 다시 나올 수 없고 공부도 할수 없다는 걸 그는 잘 알고 있었던 것이다. 결국 그는 한국에 2년 더 체류하는 걸 선택했다.

그는 2003년 3월에야 돌아와 계속해서 조선어연구원으로 근무했다. 그는 한결 열심히 일하는 것으로 그동안 자신을 감싸주고 배려해준 단위의 영도와 동료들에게 보답하려고 노력했다. 이 기간에 그는 중국조선어학회 학술연구토론회와 동북삼성조선어문교학연구토론회에서 무게 있는 논문을 발표해 논문1등상을 수상했다. 2005년 그는 직함평정(職称評定)에서 부교수급인 부연구원으로 진급했다.

하지만 그의 가정생활은 여전히 불행의 연속이었다. 그가 한국에 나가기 전부터 따로 살았던 남편은 그가 한국에 나가있는 사이에 뇌졸중으로 쓰러졌다가 회복되었지만 후유증이 좀 남아있었다. 그런 남편이 측은하기도 하고 시집 식구들이 하도 간청하자 그는 다시 남편 곁으로 돌아갔다. 그러나 상황은 하나도 변하지 않았다. 사는 게 너무 힘들었다. 이혼을 생각했지만 중소학교 교원들을 상대해야 하는 자신이 이혼녀라는 모습으로 나타나는 것이 수치로 여겨져 억지로 참고 견디며 버티고 또 버텼다. 하지만 그 버팀에도 한계가 있었다. 더 이상 참다가는 정신적으로 무너질 것 같아 하는 수 없이 그는 아들을 데리고 집을 나왔다. 그리고 2005년 5월 마침내 이혼수속을 밟고 십여 년의 악몽 같은 결혼생활에 종지부를 찍게 되었다.

이혼수속을 한 이튿날, 김선자는 평소 가깝게 지내던 같은 교육분야 어느 선생님의 아들 돌잔치에 초대받아 참석했다. 그런데 잔칫집에 가서 와인 두잔 마시고 그는 그만 졸도하고 말았다. 긴긴 십여 년 세월 체면을 지키노라 혼인의 불행을 동료들과 친구들에게조차 터놓지 못하고 혼자 고통을 감내하며 살아오면서, 더욱이 이혼을 수치로 간주해 참고 참으며 살면서 쌓이고 쌓였던 심적 피로가 활 풀리며 일시에 감당할 수 없었던 것이다. 그날 그 잔칫집에 나도 갔었는데 정신을 차린 선자가 나부터 찾았다. 옆에 동료들이 있었지만 그래도 그 자리에 있는 고향 선배오빠가 가장 의지하고 싶었던 모양이었다. 나는 선자를 둘쳐업고 택시를 불러 성립병원에 가서 그를 응급실에 입원시켰다. 십여 년 세월이 흘러 이번에 염성에서 그를 만나 얘기를 나누면서 나는 그제야 그때 그가 졸도했던 원인을 알게 되었다.

그 일이 있은 지 일 년이 지난 2006년 5월, 전북대학교 지도교수님이 김선자한테 문득 전화가 걸려왔다. 청도농업대학교의 한 교수님이 젊은 교원 두 명을 데리고 한국유학생을 유치하기 위해 전북대에 왔는데 자기가 보기에 김선자 선생이 이런 일은 훨씬 더 잘할 것 같아서 전화했다며 당장에서 청도농업대학 교수님께 전화를 바꿔 통화하게 했다. 그 교수님도 전화에서 청도농업대학에 한국어교원이 수요 되는데 의향이 있으면 청도에 한번 왔다갔으면 좋겠다고 했다.

김선자는 전화를 놓고 인터넷에서 검색해보았는데 청도 여러 대학에서 한국어교원을 모집하고 있었다. 십여 일 후 한국에서 돌아온 청도농업대학 교수님으로부터 청도에 와보라는 전화를 받은 김선자는 청도에 가서 면접을 보았는데 청도농업대학에서 그를 받겠다고 했다. 그런데 한국어학과는 아직 설립되지 않았으므로 국제교류처에서 근무해야 한다는 것이었다. 국제교류처와 같은 행정사업이 자신의 적성에 맞지 않다고 인정한 그는 청도농업대학을 포기하고 다른 대학에 가보기로 했다.

"그때 청도에 가보니 청도의 환경이라든가 기후라든가 맘에 들었어요. 그래서 하얼빈을 떠나기로 마음을 굳혔어요. 청도농업대에 안 되면 다른 대학교에, 심지어 청도에 안 되면 남방 어느 도시라도 좋으니 하얼빈을 떠나야겠다고 마음을 먹은 거죠. 생각해보니 이제는 나 혼자니까, 누구 눈치 볼 것 없이 내 맘대로 자유롭게 나 자신의 앞날을 결정할 수 있다는 게 그렇게 좋을 수 없더라고요."

김선자는 청도이공대학교에 찾아가 외국어대에서 면접을 보았다. 여섯 명 면접자 가운데서 순조롭게 그가 합격 되었는데 외국어대학장은 관련 서류를 인사처에 올려 보낼 테니 통지를 받으면 바로 수속을 하라고 했다. 그런데 무슨 원인인지 인사처에서 최종 채용통지가 발령되지 않았다. 아쉽지만 청도와는 인연이 없는 가 보다고 생각했다.

김선자는 인터넷에서 다른 대학을 알아보았다. 강소성 남통대학과 염성사범대학에서 한국어교원을 모집한다는 공고가 나와 있었다. 그는 먼저 남통대학에 갔다. 이번에도 그는 외국어대의 면접에서 통과 되었는데 외국어대학장은 당장에서 남통대학교 인사처장을 비롯한 관련 일군들에게 전화를 해 청해 와서 조속히 수속을 밟아줄 것을 요청했다. 김선자는 정식 전근수속을 해야만 올수 있으니 전근서류(商调函)를 하얼빈교육연구원으로 보내달라고 부탁하고는 염성으로 갔다. 염성사범대학에서도 그가 오는 걸 환영하며 그의 부탁대로 모든 인사이동수속을 해서 보내겠다고 했다.

하얼빈에 돌아오기 바쁘게 염성사범대학교에서 이미 전근서류(商調函)를 보냈으니 하루빨리 염성사범대로 오라는 전화를 하루가 멀다 하게 걸어왔다. 남통대학교 외국어대학장도 학교에 조선어학과를 설립해야 하니 빨리 수속을 밟으라고 독촉했지만 인사처의 수속이 늦어지고 있었다.

"그때 저는 염성사범대학교를 선택했어요. 남통대학교가 염성사범대보다 규모도 크고 명성도 더 있지만, 그리고 또 좀 기다리면 수속이 올수도 있겠지만 생각해보니 남통시에는 한국기업이 별로 없더라고요. 그런데 염성에는 그때 기아자동차가 이미 들어와 있어서 전반 도시가 한국어 배우는 열기가 대단했고 한국어 수요가 엄청 많은 거에요. 그러니 염성에 가면 제가 할 일이 많고 저의 능력을 마음껏 펼쳐볼 수 있을 것 같더라고요. 그래서 염성이 남통보다 도시도 작고 남통보다 발달하지 못했지만 거기로 간 거죠. 그리고 염성사범대학교 인사처장이 지극정성 거의 매일이다시피 전화로 독촉을 해 와서, 나를 절실히 필요로 하는 데가 좋은 곳이라는 생각도 한 거죠. 그래서 후에 남통대학에서 이동서류를 보내왔지만 여전히 염성을 택했어요. 결과적으로는 잘한 선택이었죠."

2006년 8월 김선자는 염성사범대학교에 정식으로 전근되었다. 그는 외국어대학장을 협조해 조선어교원을 모집하고 한국원어민교사를 초빙하며 학과설립 신청을 하는 등 조선어학과 설립을 위한 구체적인 업무에 착수했다. 2007년 초 유관 부문으로부터 염성사범대학교 조선어학과 설립 허가가 나오고 그해 9월 새 학기부터 학생을 모집했는데 첫해에 한개 학급 35명 신입생을 받아들였다. 2008년부터는 두 개 학급 60명 학생을 모집했다.

그때 염성시의 한국어교육에 대한 수요가 폭발적으로 늘어나면서 외국어대 조선어학과만으로 그 수요를 만족시킬 수 없었다. 이에 염성사범대학교에서는 외국어대 기타 학과 학생들을 상대로 한국어를 제2학력으로 제정했고 또 복수전공 그리고 평생교육원(成人教育学院)에도 한국어학과 학생을 모집하기로 했다. 그렇게 염성사범대학교의 조선어(한국어) 교육은 네 부분으로 진행하게 되었는데 그 수업을 모두 조선어학과 몇 명 교원들이 전부 담당해야 했다.

"그때 우리 학과 교원들은 하루에 4시간 이상 일주일에 28시간 지어 30시간까지 수업을 해야 했어요. 대학교원들의 교수임무는 일반적으로 강사들이 일주일에 8시간, 부교수는 9시간, 교수는 10시간으로 규정돼 있는데 우리는 서너 배 넘게 초 부하로 일을 한 거죠. 그뿐이 아니었어요. 그때 염성시정부에서는 시청, 구청, 상무국, 개발구 관리위원회, 중국공산당학교 등등 정부기관 직원들은 반드시 "한국어 대화 300마디"를 꼭 배워야 한다는 명을 내렸었는데 그 한국어 교육 임무를 저희가 담당했었어요. 게다가 사회에 있는 한국어 양성 반 그리고 기업에서 직원을 상대로 하는 한국어교육 등등 수업요청이 계속 들어왔거든요. 우리밖에 할 사람이 없었으니까요. 그때 한 시기는 월요일부터 일요일까지 아침에 나가면 저녁까지 일주일에 40시간 넘게 내내 수업만 했는데 그러다보니 저녁에 집에 오면 밥 먹을 힘도 없이 그대로 꼬꾸라져 잘 때가 많았어요. 사실 밖에 수업은 줄여도 되는데 하도 요청이 간절하고 또 나 자신이 열정이 막 넘치고 할 때니까 정말 죽을 둥 살 둥 모르고 뛴 거죠. 그리고 수입도 월급보다 몇 배 더 많아 힘들어도 아침에 일어나면 또 힘이 솟구쳤어요. 정말 열심히 살았어요."

직장에서는 눈코 뜰 새 없이 바쁘지만 하는 일이 순조롭고 힘든 줄도 몰랐는데 염성에 처음 와서 김선자는 아들 때문에 마음고생을 많이 해야 했다. 염성사범대학교에 올 때 그는 초중에 입학할 아들을 염성에서 가장 좋다는 강소성중점학교 염성중학에 들어가게 해달라는 유일한 개인적인 요구를 제기했다. 그러자 염성대학교 1인자인 당조서기가 직접 인사처정과 김선자를 데리고 염성중학교에 찾아가서 해결해주었다. 그런데 아들이 적응하기 힘들어했다. 아침에 학교에 가면 저녁 10시까지 공부해야 했고 집에 와서도 밤 12시까지 또 숙제를 해야 했던 것이다. 하얼빈에서 공부하던 것과 천지차이였다. 그리고 또 일부 교원들이 표준어가 아닌 염성 토배기말로 수업을 하다 보니 아들이 한마디도 알아들을 수 없어 너무너무 힘들어 했다. 아들은 울고불고 하며 하얼빈에 돌아가겠다고 떼를 썼지만 그는 결코 보낼 수 없었다. 어떻게든 자신이 데리고 키우며 공부시켜야 했던 것이다. 그래서 그는 아들이 울면 같이 울면서 아들을 얼리고 달랬다. 그렇게 반년 넘게 고생고생해서야 적응했지만 초중3학년 사춘기에 아들은 또 심한 갈등으로 엄마의 속을 무척 썩이기도 했다. 그때 염성시 시장이 한국을 방문하거나 시 상무국, 투자유치국에서 한국을 방문할 때 통역으로 대동해 한국으로 가고, 또 학교의 지도부에서 거의 한 학기 한 번씩 한국을 방문하였고 한국어학과 학생들의 어학연수에도 동행하다보니 출장이 잦아져 아들에게 그만큼 신경을 많이 쓰지 못했던 것도 사실이었다. 다행히 아들은 사춘기를 무난히 넘기고 높은 점수로 중점고중에 입학했고 2012년 대학입시에서 우수한 성적으로 료녕공업대학교 자동차교통공정대학(汽车与交通工程学院)신재생에너지자동차공학(新能源汽车工程)학과에 붙었고 후에 한국 서울의 국민대학교 자동차공학전문대학원에서 석사까지 우수한 성적으로 마쳤다.

몇 년간의 노력으로 조선어학과는 염성사범대학교에서 뿐만 아니라 염성시에서 그리고 강소성내 여러 대학의 조선어학과 가운데서 높은 지명도를 가지게 되였다. 4~5명밖에 안 되는 교원들이 똘똘 뭉쳐 초부하적인 수업임무를 완수하고 염성시 한국어교육 수요를 만족시켰으며 학생들은 전국한국어경연대회와 같은 여러 행사에서 우수한 성적을 거두었다.

조선어학과 교원 정원은 학생 수에 따라 배정되다보니 실제 수요를 만족시킬 수 없었다. 김선자는 정원을 늘려줄 것을 신청했지만 규정에 의해 실현될 수 없었다. 그래서 그는 매 한명의 교원을 받을 때마다 진짜 일을 잘 할 수 있는 사람을 데려오기 위해 신중에 신중을 기했다. 여섯 번 째 교원을 받아야 할 때 이르러 염성사범대학에서는 기타 대학과 마찬가지로 박사졸업생만 모집할 수 있다는 규정이 있었다. 그런데 그해 여러 가지 원인으로 염성사범대학 조선어학과에 오겠다고 신청하는 박사생들이 없었다. 그래서 김선자는 조선어학과에서 특별수요로 석사졸업생을 한명 받게 해달라고 신청해 허락을 받았다. 그는 상해, 심양 등 여러 곳의 인재초빙대회에 다니며 우수 졸업생을 한명 점찍었다. 이제 대학교에서 조직하는 공식적인 시험과 면접에 통과하면 된다. 그런데 이때 본교 어느 교수가 한국에서 6년 공부하고 석사과정까지 받았다는 자기의 딸을 조선어학과에서 받아달라고 했다. 김선자는 비슷한 조건이면 본교 교수님의 자식을 우선적으로 고려할 생각이었다. 그런데 학생을 직접 만나보고 본인이 직접 작성한 이력서를 읽어본 그는 받을 수 없다는 결론을 내렸다. 한국에서 6년 공부했다는데 한국말을 제대로 구사하지 못했고 한국어로 작성한 간단한 이력서마저 문법이 통하지 않고 철자까지 여러 곳 틀렸던 것이다. 이런 학생이 와서 수업을 감당할 수 없고 그 부담은 이미 초부하로 움직이는 현재의 교원들에게 고스란히 돌아올 수밖에 없었다. 어느 모로 보나 절대 받을 수 없는 학생이었다. 그는 외국어대학장에게 이 사실을 보고하고 자신의 입장을 명백히 밝혔다. 하지만 본교 그 교수가 학교 내 관계망을 동원해 김선자에게 압력을 가해왔다. 그래도 김선자는 절대 받을 수 없다는 자신의 입장을 고수했다. 마지막에는 대학교 총장과 당조서기까지 전화가 걸려왔다.

"대학교 1인자인 당조서기한테서까지 전화가 왔을 때 솔직히 많이 놀랐어요. 당조서기는 그저 우리 학교 선생 한분이 찾아왔던데 이런 학생이 있는가고 하는 선에서 말을 그쳤지만 저한테 전화를 할 때는 그 뜻이 명백하잖아요. 여느 사람 같으면 이런 경우에는 알겠습니다, 하고 대답할건데 나는 전화에서 가져온 이력서를 보니까 한국에서 육칠년 유학했다는데 한국어로 이력서 한 장도 제대로 못써왔더라, 하고 한마디만 말씀드렸어요."

대학교에서는 관련 부서의 인원들과 조선어학과의 교원들로 팀을 구성해 6명 신청자에 대한 시험과 면접을 진행했는데 김선자가 점찍은 석사생이 총 점수 1위로 합격되었다.

김선자는 염성사범대학교에서 이처럼 원칙을 지키고 자신이 옳다고 인정되는 입장을 고수하는 교수로 이름났다.

석사졸업생 교원을 받는 일이 있은 후 학교에서는 중점학과를 선정하게 되었는데 40여개 학과 가운데서 6개만 선정하게 돼 있어서 경쟁이 치열했다. 김선자는 조선어학과가 자격이 당당하다고 인정했다. 몇 년간 조선어학부에서는 학교에서 조직하는 활동에 적극 참여했을 뿐 만 아니라 자체로 학생운동회, 이야기대회, 문화절 등 다양한 활동을 벌여 학생들의 학습열정을 불러일으켰고 교수연구와 수업 등 여러 면에서도 괄목할만한 성과를 올렸던 것이다. 김선자는 학교의 요구대로 조선어학과를 소개하는 PPT를 제작해 교무처에 바쳤다. 그런데 생각해보니 오직 PPT소개로는 지난 몇 년간 자신들의 성과를 다 보여줄 수 없을 것 같았다. 더구나 창설 된지 몇 년 안되는 외국어대의 일개 학과다보니 학교의 영도들은 조선어학과에서 구체적으로 어떤 일들을 했는지 잘 이해하지 못했다. 그는 총장, 부총장에게 조선어학과가 설립된 이래 해온 일들과 학과 교원들 그리고 학생들이 교내외와 성내외에서 이룩한 성과들을 소개하면서 중점학과로 선정되면 학과 교원들에게 큰 힘이 돼 앞으로 더욱 노력할 것이라는 내용의 메시지를 발송했다. 김선자는 단지 학과책임자로서 그동안 함께 초부하적으로 일하며 노력해온 학과 교원들을 위해서라도 조선어학과가 중점학과로 선정될 수 있기를 바라는 마음이었다. 하지만 그는 총장님이 선정회의에서 조선어학과 PPT를 시청하고 나서 그가 보낸 메시지를 선정위원들에게 읽어 줄지는 생각지도 못했다.

염성사범대학에서 종래로 없던 일이였다. 18개 학원 학장(院長)들과 관련 부서 책임자들을 비롯한 선정위원들은 한 학부장이 학과 교원들을 위해 이처럼 노력하는데 대해 깊은 감명을 받았다. 또한 조선어학과는 여러 면에서 볼 때 손색이 없었기에 투표에서 높은 점수로 중점학과로 선정되었다.

조선어학과는 설립 된지 십몇 년 동안 염성사범대학교에서 가장 인기 높은 학과 가운데 하나로 되었고 졸업생들의 취업률이 가장 높은 학과로 되었다. 2016년 3월 학기 초에 염성사범대학교에서는 전교에서 15개 명품학과(品牌专业)를 선정해 A,B,C 급별로 분류해 매 급별에 100만 위안, 70만 위안, 30만 위안을 장려하는데 외국어대 조선어학과가 B급으로 뽑혔다.

2017년 9월 새 학기에 학교에서는 명품학과에 대한 중간평가를 진행했다. 조선어학과에서는 교무처의 요구대로 1년반 동안 거둔 성과들을 점수로 합산해보았는데 B급 기준 200점을 많이 초과한 260점이 되었다. 그런데 두 주일 후 교무처에서는 중간선정 결과를 발표하며 조선어학과의 합산점수가 하위권에 들었다는 이유로 C급으로 강등시켰다. 학원장급 이상 회의에서 발표했기에 감감 모르고 있었던 김선자는 며칠 후에야 이 결과를 알고는 도저히 받아들일 수 없었다. 선정과정에서 그는 각 학과에서 합산한 점수를 재합산하는 회의에 참가했었는데 그때 선정 규칙이 불공평하다는 걸 이미 감지했었다. 조선어학과는 교원이 7명밖에 안되는데 기타 여러 학과들은 교원이 20~30명에 달하고 학생 수도 훨씬 많아 교원과 학생들이 거둔 성과들을 합산하다보니 총점수가 높을 수밖에 없었다. 하지만 김선자는 조선어학과의 점수가 B급 기준 200점을 많이 초과했으므로 개의치 않았는데 C급으로 강등시킬 줄은 전혀 생각지도 못했던 것이다.

명품학과로 선정된 지난 1년 반 동안 조선어학과는 그 어느 때 보다도 뛰어난 성과를 올렸다. 전교에 6개 밖에 없는 국가급사회과학연구프로젝트를 하나 완성했고, 전교에 4개뿐인 성급 학술연구프로젝트에 선정되었다. 그리고 해마다 한 번씩 개최하는 전교청년교사교수경연(会讲比赛)에서 문과조 1등상을 따냈다. 경연은 이공과조, 문과조, 특수조(외국어, 예술, 체육학과)로 나뉘어 매개 조에서 1등상이 한명 나오는데 청년교사들에게는 교내 최고의 영예였다. 조선어학과에서는 또 강소, 절강, 호남, 호북, 안휘 등 지역의30여개 대학교에서 참여한 강소절강지구(江浙地区) 중국대학생한국어말하기대회에서 1등상과 3등상을 따냈다. 이 경연은 1등상 하나 2등상 둘 3등상 셋 모두 6개 상이 설치돼 있다. 이상의 성과들은 그 어느 것도 따내기 어려운 것으로서 향후 몇 년 동안은 다시 획득할 확률이 높지 않다는 것을 김선자는 잘 알고 있었다. 만약 이번 중간 선정에서 C급으로 내려간다면 다음 선정에서는 D급으로 내려갈 수도 있는 일이었다.

그는 교무처장, 교수업무 주관 3명 부총장, 총장, 당조서기 등 6명 영도들한테 메시지를 보냈다. 그는 메시지에서 이번 명품학과 중간 선정에 관한 문건에는 A,B,C 그 어느 급별에서도 강등시킨다는 규정이 없다는 것, 그리고 성과를 점수로 합산하는 규칙이 공평하지 못한 점이 존재한다는 것을 지적하며 조선어학과에서 1년 반 동안 거둔 네 가지 성과를 하나씩 소개했다.

당조서기는 예전에 총장으로 있을 때 업무상 김선자와 비교적 익숙한 사이였는데 그의 메시지를 받고 곧바로 회의 중이니 회의 후에 알아보겠다는 답장이 왔다. 그런데 이틀 기다려도 소식이 없었다. 사흘날 김선자는 교무처장을 직접 찾아갔다. 교무처장은 매우 열정적이었다.

"김교수 정말 대단해요. 당조서기께서 직접 나를 불러 규정대로 공평하게 해야지 그렇지 못한 부분이 있으니까 일부 학과들에서 의견이 있는 게 아닌가고 하시더라고요. 그래서 다시 검토하기로 했습니다."

교무처장이 웃으면서 말했다.

"저는 너무 억울하다고 생각돼 총장님과 당조서기님께도 똑같은 메시지를 보낸 거예요. 메시지에서도 말씀드렸지만 통지 문건에는 강등에 관한 규정도 없고 그리고 점수합산 규칙 자체가 공평하지 못한 것 아닙니까."

며칠 후 학교에서는 1차 평가에서 A,B,C급에 오른 명품학과는 아래로 강등하지 않으며 중간 선정에서 점수가 앞자리를 차지하는 학과에 대해 장려금을 더 지급한다는 명품학과 평가 규칙을 새로 제정함과 동시에 이미 발표한 중간 선정 결과를 무효로 하고 새로운 선정 규칙에 따른 선정결과를 발표했다. 이로써 조선어학과는 명품학과 B급에 남아있게 되었다.

명품학과 중간 선정에 대한 김선자의 소행은 전교 교직원들 가운데서 큰 반향을 일으켰다. 염성사범대학 역사에서 한 학부장의 의견을 받아들여 학교지도부의 이름으로 발표한 결정을 뒤집고 새로운 규칙을 세워서 바로잡은 일이 종래로 없었기 때문이었다. 그를 만나는 사람마다 본인의 이익이 아닌 학과의 정당한 권익을 수호하기 위해 당조서기와 총장에게까지 자신의 의견을 과감하게 제기한 그가 참 대단하다며 엄지를 내밀었다.

김선자는 2014년에 정교수로 진급했는데 현재까지 강소성에는 조선어학과 정교수가 남경대학교 외국어대교수를 비롯해 2명밖에 없다. 2015년 9월부터 2016년 9월까지 김선자는 방문학자의 신분으로 한국서울대학교에 가서 1년 동안 연구를 진행했다. 그는 교환 세계 한국어교육자대회에 연속 5차례 참석하고 우수대표로 경험을 발표했고 국제한국어교육자협회 국제학술대회와 국제고려학회 연례회의에 참석하기 위해 독일, 뉴질랜드 세계 여러 나라를 방문하고 학술활동을 진행하기도 했다. 김선자는 또 연속 8년간 전국중소학교교재심사위원회한국어심사위원, 전국조선어교재심사위원회조선어문심사위원으로 위촉돼 활약했으며 〈한국어교육연구〉, 〈동방학술논단〉 등 학술지에 30여 편 논문을 발표했다. 2017년 염성사범대학교에 한국염성세종학당이 설립 되었는데 김선자가 학당장으로 임명되었다. 그는 또 염성시번역가협회 부회장직을 맡고 있다.

염성에 온 십여 년 동안 김선자는 염성사범대학으로부터 선진일군(先进工作者), 교학관리선진일군, 우수 담임교원, 우수 여장부상(巾帼建功标兵), 우수 공산당원 등 영예를 십여 차례 수여받았고 염성시 정부로부터 외사업무선진개인, 염성시교육분야녀장부본보기(巾帼文明标兵), 염성시5.1녀장부본보기(五一巾帼标兵)등 영예를 수여 받았다.

융화(融和)

우재학 (한국 서울)

그날 서울 대림동 한 호프집에서 고향친구들과 밤늦게까지 술을
마신 나는 자정이 돼오는 시간에 부랴부랴 지하철을 타러 12번 출구
로 향했다. 서울에 가면 내가 가장 많이 오르내리는 지하철 출구가
대림역 12번과 남구로역 2번이다. 두 역은 한 정거장밖에 안 되는 가
까운 거리인데 대림동에는 친구들 만나러 가고 남구로역 가리봉동에
는 처제네가 살고 있었던 것이다.

12번 출구에는 에스컬레이터(滾梯)가 없어 좁고 긴 계단을 한참
걸어 내려갔다. 얼마 안 기다려 막차인 듯싶은 차가 도착했는데 텅텅
비어 있었다. 몇 분 만에 남구로역에 도착해 차에서 내린 나는 스적
스적 출구로 향했다. 그런데 밖에 나오고 보니 생소한 곳이었다. 한

참 두리번거려서야 나는 내가 2번 출구가 아닌 4번 출구로 나왔다는
걸 알아차렸다. 술이 과해 흐리멍덩한 기분에 2번 출구를 지나쳐 4
번 출구로 올라온 모양이었다. 이럴 땐 다시 계단을 내려가 맞은 켠
출구로 다시 나오는 것이 가장 틀림없을 텐데 그날 나는 그러지 않고
그길로 가리봉시장 쪽에 있는 처제네 집을 향해 발길을 옮겼다.

그런데 처제네 집을 찾을 수 없었다. 얼기설기 엉켜있는 골목길은
이 길이 저 길 같고 저 길이 이 길 같은데다 이삼 층짜리 집들도 비슷
비슷해 도저히 분간할 수 없었다. 그렇게 아마 반시간은 넘게 헤매
였던 것 같다. 그날따라 서울 오면 며칠씩 쓰던 처제의 핸드폰도 가
지고 나오지 않아 전화도 할 수 없었다.

"혹시 집을 못 찾아 헤매는 거 아닙니까?"

누군가 내 등 뒤에서 이렇게 물었다. 뒤 돌아보니 노란 조끼를 입
은 사내가 둘 서있었는데 조끼 왼쪽 가슴께에 "순찰"이라는 두 글자
가 새겨져 있었다. 말로만 들어봤던 방범대원들이었다. 그들의 도움
으로 처제네 집으로 향하면서 나는 나의 고향 후배도 방범대원이라
고 자랑스레 말했다.

"고향 후배가 어느 경찰서 소속인데요?"

"영등포경찰서라고 하더라고요."

"어? 우리도 영등포경찰서 소속인데, 그분 성함이 뭐죠?"

"우재학이라고 영등포역 근처에서…"

"아 알아요 그 분. 영등포역 근처에서 중화요리 식당 하는 중국동
포… 경찰서장 표창장을 받으셨잖아요."

"맞아요, 바로 그 친구."

그날 나는 누군가도 나처럼 길을 잃고 헤매거나 다른 무슨 어려움을 당했을 때 동료 방범대원 우재학의 도움으로 곤경에서 벗어날 수 있다는 생각을 하니 왠지 기분이 좋았다.

한국에는 어느덧 육칠십만 명을 헤아리는 중국조선족들이 살고 있다. 여기서 십년 이십년 이상 생활한 사람들이 다반수고 삼십년 이상 생활한 사람들도 적지 않다. 그것은 무엇을 의미하는가? 한국은 더 이상 잠깐 머물며 돈을 벌고 떠나갈 곳이 아닌 제2의 삶의 현장이자 제2의 고향이 돼가고 있으며 우리 조선족들이 점차 이곳 사회의 한 구성원으로 돼가고 있다는 걸 의미한다.

물론 그 과정은 여러 가지로 복잡하다. 한국이라는 사회와 한국인들이 같은 동포인 우리 조선족을 어떻게 수용하고 있는지, 우리 조선족들 또한 어떻게 한국 사회에 적응하며 이 사회의 한 구성원으로 성숙돼 가고 있는지 그 여하에 따라 제2의 고향이라는 의미가 달라질 수도 있는 것이다.

한 사회의 구성원으로 성숙돼 가는 중요한 표징의 하나는 그 사회를 위해 봉사하고 공헌하는 것이다. 그래야만 그 사회에 진정으로 융화(融和)될수 있는 것이 아니겠는가.

2014년 10월 1일, 우재학을 만나 얘기를 나누던 중 나는 그가 영등포 본동 방범대원으로 활동한지 5년 넘었다는 말을 듣고 그를 다시 한 번 쳐다보게 되었다. 한국에 나온 조선족들을 적잖게 만났지만 방범대원으로 활동한다는 사람은 그가 처음이었던 것이다.

"어? 정말 생각 밖이네. 어떻게 돼 방범대원으로 다 활동하게 되였지? 그것도 5년 넘게?"

"뭐 어떻게 되다보니 하게 되었고 시작하고 나니까 벌써 5년 넘게 지났네."

"매일 밤 다녀?"

"아니, 매일 밤 다니면 장사는 어떻게 하는데. 난 월요일 팀인데, 매주 월요일 밤 9시부터 10시 사이에만 나가요."

우(禹)씨 가족은 서광촌에서 가장 먼저 한국 친척방문길에 오른 집 가운데 하나다. 우재학의 맏형과 둘째형이 한국에 있었던 것이다. 한국에는 또 우재학의 외삼촌 둘과 이모 셋이 있었다.

1916년 3월 경상남도 청도군 이서면 대전동에서 태어난 우재학의 부친 우종암은 1970년대에 서광촌에서 남조선 방송을 몰래 듣다가 몇 번이나 들킨 사람으로 유명하다. 현공안국에 있는 아는 사람이 와서 주의하라고 귀띔해 줄 정도였다. 하지만 우 노인은 기회만 되면 남조선 방송을 들었고 자식들한테 고향에 두고 온 어린 두 아들과 부모형제들에 대해 내내 얘기 해주었고 만주 땅에 오게 된 경과를 얘기 해 주었다.

"모두 왜놈들 때문이라고. 그놈들이 젊은 사람들을 전부 근로봉사대로 끌고가려고 하니까 너그 할아버지가 날 만주로 도망가뿌리라고 한거야."

1944년 가을, 우종암은 여덟 살짜리와 네 살짜리 두 아들을 고향에 남겨두고 아내와 함께 두 살 된 큰딸을 업고 당시 남만 봉천이라 불렸던 심양 소가툰으로 왔다. 거기에 잠깐 머물다가 그들은 사촌 처남 윤기술이 사는 북만 연수현 보흥향 리화툰으로 왔다. 그때 리화툰은 십 여 세대 밖에 안 되는 작은 동네였다.

1983년 여름, 우재학은 남조선 KBS방송국에 편지를 띄웠다. 어릴 때부터 아버지가 하도 남조선 고향 얘기를 많이 해서 그는 아버지 고향의 주소와 할아버지와 할머니 그리고 두 형님의 이름자를 줄줄 외울 수 있었다. 한 달 뒤 KBS에서는 방송국에서 한창 이산가족 찾기를 하고 있는데 소식이 있으면 알리겠다는 짧은 답장과 함께 두툼한 국어사전을 한권 보내왔다. 그리고 그해 겨울, KBS에서 두 형님을 찾았다는 희소식을 전해왔다. 원래 한국에 있는 재학이의 친 이모가 KBS에 언니와 형부를 찾아달라고 편지를 보냈는데 재학이의 편지사연과 꼭 맞아떨어졌던 것이다. 그러나 우종암 노인은 그렇게 그리고 그리던 두 아들을 찾았다는 소식조차 전해 듣지 못하고 그 전해인 1982년에 고향을 떠나 온지 38년 만에 병환으로 세상을 떠났다. 1989년 우재학의 엄마는 큰딸과 셋째 아들의 배동하에 홍콩을 경유해 한국으로 갔다. 스물다섯 새파란 나이에 헤어진 후 46년 세월이 흘러 칠순의 백발노인이 돼 드디어 두 아들과 상봉한 것이다.

우재학은 1982년 방정현조선족중학교에서 고중을 졸업했다. 그해 그는 체육특기생 대학시험에 참가했는데 백 미터 달리기에서 통과하지 못해 탈락되었다.

"문화과 성적도 입학점수를 초과하고 체육 시험에서 다른 종목은 다 통과되었는데 백 미터에서 딱 걸렸어요. 내가 다른 종목은 다 잘하는데 단거리 달리기가 안 되거든요. 그날 현성에서 시험을 치르고 너무 속상해서 큰 형네 집에 가는 길에 길옆 아무 식당에 들어가 맥주 반병 마셨는데 그 자리에서 꼬꾸라졌어요. 워낙 술을 못해 그 전에 술을 입에 대지도 않았거든요."

1985년 우재학은 방정현 덕선향 신성학교 체육교원으로 초빙되었다. 그는 학교에 출근하며 오상조선족사범하교 함수공부를 시작해 졸업하고 체육뿐만 아니라 조선어문과도 가르쳤다.

1992년 우재학은 한국 큰형의 초청으로 친척방문비자로 한국에 갔다. 그는 부산에 있는 두 형님네 집과 청주에 있는 이모, 외삼촌네 집을 오가며 7개월이나 있었는데 갈 때 가져간 약을 판매해 인민폐 4만 위안을 벌었다. 한국에서 돌아 온 그는 학교에서 사직하고 장사를 시작했다. 조선족 마을을 다니면서 미역, 명태 같은 식품을 팔고 농약도 팔았다. 농촌에 현찰이 없어 대부분 쌀로 바꾸는 장사였는데 큰돈은 못 벌어도 월급보다는 훨씬 많이 벌었다. 그렇게 2년 남짓 장사를 하며 그는 장사 수완이 능란해졌다.

1994년 그는 아내와 함께 대련으로 갔다. 셋째 형 재복이가 대련에서 농산물 무역을 하다가 한국의 이종사촌형님과 함께 사우나를 할 준비를 하고 있었다. 처음에 그들 부부는 형네 집에 있다가 셋집을 잡고 나와 살면서 형이 하는 사업을 도왔다. 1995년 대련 첫 한국식 사우나가 오픈했는데 경기가 좋았다. 그들은 사우나 맞은편에 집을 잡고 식당을 차렸다. 이종사촌형수님이 그의 아내에게 꼬리곰탕을 비롯한 메뉴를 하는 걸 가르쳐 주어 그들은 주로 사우나 손님과 직원들을 상대로 식당을 경영했는데 수입이 짭짤했다.

재학이는 식당을 경영하는 한편 그동안 사귄 한국친구 부부와 술집을 차렸다가 한국친구에게 넘기고 철수했다.

"그때가 한국과 수교한지 몇 년 안 돼 중국에 투자하러 오는 한국인들이 많았어요. 대련에 오는 한국인들은 거의 형님네 사우나에 들렀는데 그러다보니 한국 사장님들과 많이 접촉하고 사귀게 되었죠. 그때 생각해보니까 작은 식당이나 술집 같은데 정신 팔지 말고 사람 좋은 한국사장과 손잡고 제대로 된 회사를 꾸리며 배우는 게 훨씬 좋겠다 싶더라고요."

그렇게 그는 윤씨 사장을 만나 오동나무 가공회사를 설립하기로 했다. 그보다 두 살 많아 역시 30대인 윤 사장은 서울대 졸업생으로서 은행에서 근무하다가 중국에서 사업을 벌일 목적으로 대련에 왔다. 그는 서울 장모님 집을 담보로 은행에서 한화 10억 원을 대출받아 투자금으로 가지고 있었다. 재학이는 대련 금주개발구에 공장건물을 임대해서 회사 설립에 착수했다. 모든 수속과 직원 모집에 이르기까지 어느 하나 그의 손을 거치지 않은 것이 없었다. 윤 사장은 한국에서 최신 목재가공 설비를 들여왔고 한국인 기술자로 데려왔다. 공장 가동을 앞두고 그는 또 윤 사장과 함께 흑룡강성 림업국들과 하남성 일대를 돌며 목재를 선정해 사들였다. 칠팔 개월 간의 준비를 거쳐 기술자 3명과 종업원 20여 명이 있는 목재가공공장이 정식으로 가동되었다. 그때 윤 사장은 가족들은 한국에 있고 대련에 혼자 와있었는데 몸이 안 좋았다. 그래서 재학이는 아내를 데려와서 회사 식당에서 일하게 하며 윤 사장한테는 특별히 때마다 식사를 대접해 주도록 했다.

그런데 공장이 가동되고 체계가 다 잡히자 윤사장이 연변에서 자기 친구라며 한 사람을 데려왔다. 그 친구는 와서 무슨 직무도 맡지 않고 있으면서 차츰 공장 일에 대해 윤 사장에게 입김을 불어넣기 시작했다. 점점 돌아가는 낌새가 이상했다.

"솔직히 뒤통수 한대 맞은 것처럼 기분이 정말 안 좋더라고요. 일 년 넘도록 죽도록 고생해서 공장이 가동되고 제품도 나와서 일본으로 수출하게 되었는데 엉뚱한 사람 데려와서 이상하게 노니까 기분이 좋을 리 없었죠. 그때 저가 은행에 있는 친구를 통해 100만 위안 대출까지 신청해놓고 있었거든요. 그래도 처음에 저는 가만 있었어요. 그러자 한국에서 온 연세 지긋한 기술자가 윤 사장한테, 사람이 그러면 안 된다 그 친구 돌려보내라, 우 사장이 대출까지 신청해놓고 있는데 우 사장이 떠나버리면 대출은 어떻게 할려고 그러냐고, 면전에서 따끔하게 얘기 하더라고요. 그런데도 윤 사장은 그런 일 아니라며 말을 듣지 않더라고요. 그래서 저가 그럼 내가 떠난다 하고 마누라 데리고 나와 버렸죠. 대출 신청도 물론 끊어 버리구요."

뼈마디가 굵직하고 얼굴선도 굵직한 체육선생 출신 재학이는 성격도 불같았던 것이다. 그는 윤 사장이 3개월만이라도 더 있어 달라는 걸 뿌리치고 나와 버렸다. 한번 상한 마음 돌려 세울 수 없었다. 생각해보니 그동안 돈을 벌진 못했지만 수백만 위안 투자가 들어간 기업을 자기 혼자서 거의 일떠세우다시피 하면서 많은걸 배우고 좋은 경험을 했으니 그것으로 만족하면 그만이었다. 그 후 윤 사장은 그의 아내한테도 몇 번이나 전화를 걸어와 그 친구 내보낼 테니 다시 들어오라고 했지만 그는 응대도 하지 않았다. 후에 목재가공공장은 자금난 등 여러 문제로 결국 문을 닫았다.

1999년 재학이는 한국 고종사촌형을 도와 하얼빈에 130만 위안을 투자한 한국식 사우나 청운탕을 오픈했다. 재학이는 5천 위안 월급을 받으면서 청운탕을 관리해주고 그의 아내는 직원식당을 도급 맡아 별도로 경영했다. 청운탕은 하얼빈에서 호황을 누리며 장사가 잘 되었는데 하루 매출액이 많을 땐 만5천 위안을 초과해 반년 만에 투자를 다 뽑았다.

2002년 3월 고종사촌형님이 성업중인 청운탕을 100만 위안에 양도하려고 했다. 그때 재학이는 자신이 청운탕을 맡아 경영하고 싶어 형수님에게 양도금을 먼저 절반만 내고 나머지는 영업을 해서 갚겠으니 자기한테 넘겨달라고 청을 들었지만 형님과 형수는 가타부타 말이 없다가 끝내는 남에게 양도했다.

그 후 재학은 베이징에 가서 한동안 생활하다가 2004년 10월 한국에 나왔다. 그의 아내는 2년 전에 먼저 나와 있었다. 그는 년간 반년 동안 있으면서 한국의 친척들과 함께 장사를 한다며 돌아다녔지만 한건도 성사하지 못했다. 그는 서울에 올라와 고향 후배와 함께 내장일을 맡아 하기도 하고 건축현장에서 지경으로 일하기도 했지만 오래 견지하지 못했다. 그 후 그는 또 누님들이 셋 살고 있는 청주로 가서 여러 가지 일을 하며 2년 살았다.

청주에 살면서 보니 청주에도 대학가를 중심으로 중국에서 온 유학생들이 많고 중국식품점을 꾸리는 등 조선족들도 상당수 있다는 걸 알게 되었다. 재학은 서울 가리봉동과 건대입구 중국음식거리에서 한창 인기를 끌고 있는 양꼬치집을 떠올리며 여기서도 하면 되겠다는 생각이 들었다.

2007년 재학은 외조카(네째누님의 딸) 부부와 함께 청주대학교 맞은 켠 66평방미터 가게를 월세로 "동굴역사"라는 양꼬치집을 오픈했다. 조카네와 반반씩 총 2천6백만 원을 투자한 "동굴역사" 양꼬치집은 오픈하자마자 대뜸 인기를 끌었다. 처음엔 중국인 유학생들이 많이 오다가 나중엔 청주 현지의 대학생들도 즐겨 찾는 식당으로 자리매김 했다. 후에 청주SBS방송국에서 "동굴역사"를 취재해 방송하며 인기가 한결 높아져 식당은 매일 초만원을 이루어 하루 매상고가 보통 백만 원을 웃돌았다.

장사가 너무 잘 되서 그런지 한국 상이군인인 외조카사위가 자기네 혼자 하겠다고 나섰다. 재학이네 부부는 좀 서운하긴 했지만 조카사위인데, 더군다나 상이군인인데 하면서 두말없이 투자금만 돌려받고 철수했다. 그리고 곧바로 짐을 정리해서 서울로 올라왔다.

2009년 그들 부부는 서울 대림동에 집을 잡고 중국식품점을 차렸다. 중국식품도 팔고 여행사와 비자대행 티켓판매 업무도 했다. 양꼬치집처럼 돈을 벌진 못했지만 현장이나 식당에서 일하는 것보다는 수입이 높았다. 그렇게 일 년 좀 넘게 했는데 여행사에서 티켓 사기를 치는데 걸려들어 470만 원 손실을 초래했다. 2010년 설 연휴 때인데 티켓을 예매했던 대림동 10여 집 조선족 대행사들에서 도합 3억 원의 피해를 보았다.

2011년 1월 24일, 재학이네 부부는 영등포역 근처에 중국식당을 개업했다. 그들은 식당을 차리기 위해 3개월 동안 대림동과 가리봉동 그리고 영등포역 근처를 돌며 비교하고 검토했다. 이번엔 그들에게는 큰 투자인 만큼 섣불리 결정하지 않고 신중을 기해야 했던 것이다. 마지막에 그들은 권리금 2,500만 원을 내고 현재 이 식당을 인수했다. 그리고 인테리어 3,700만 원, 주방설비1,300만 원에다 전세금 5천만 원까지 합치면 한화 총 1억2천500만 원이 투입된 셈이다.

처음에 그들은 기본월급 270만원을 주고 주방장을 데려다 쓰고 주방보조까지 썼는데 후에는 직원을 쓰지 않고 부부간 장사를 하고 있다.

"식당을 오픈해서 지금까지 보면 친구생일이요 결혼잔치요 집들이요 하는 등등 단체 손님이 가장 많았는데 월 평균 매출액이 1,500만원을 웃돌고 있어요. 이틀에 한 번씩 식자재를 구입 해 들이는데 거기에 들어가는 돈만 해도 육칠십 만원 초과해요."

"식당에 오는 손님은 조선족들 위주겠지?"

"그럼요. 조선족들이 80%이상 차지해요. 대림동이든 가리봉동이든 그리고 여기 영등포든 조선족들이 이미 자신들의 상권을 형성했다고 봐야 해요. 식당을 보면 식당주인도 조선족이고 찾아오는 손님도 조선족 위주니까. 중국식당이라고 이름을 달았놓았는 데도 희한하게 한족들이나 화교들이 찾아오는 경우가 매우 적어요."

"화교들은 화교들대로 자신들의 상권이 형성돼 있겠지."

"그런 거 같아요. 그 사람들은 주로 중화요리라고 하는 식당에 가겠죠. 그런 곳에 가야 이미 한국인들 입맛에 맞게 개조된 짜장면이나 탕수육 같은걸 먹을 수 있으니까."

"사실 한국에서 중화요리라고 하는 것이 중국 본토에 있는 중국요리와 맛이 완전히 다르잖아."

"맞아요. 그래서 한국에 나온 중국인들, 말하자면 한족들은 한국 본토배기들이 하는 중화요리에는 절대 안가고 오히려 조선족들이 하는 중국식당에 오거든요."

"이후에도 계속 이 식당 하나만 할 거야?"

"아니, 서울에다 청주에서처럼 양꼬치집을 하나 더하려고. 양꼬치집은 한국인들이 조선족들보다도 더 많이 찾아요. 건대입구 중국음식거리에 가보면 양꼬치집에 한국 사람들이 훨씬 더 많아요."

방범대에 참가한 얘기가 나와서 내가 방범대원이 된 후 무슨 변화가 있는가고 물어보았다.

"변화가 많아요. 가장 큰 변화는 내 의식상의 변화죠. 처음 참가할 때는 내가 이젠 자식들까지 다 데리고 와서 사는데 나도 이젠 진짜로 한국이라는 이 사회의 한 사람이 돼야지 않겠나, 하는 비교적 단순한 생각에서였죠. 그런데 방범대원이 돼 몇 년이 지나면서 뭐랄까, 좀 고상한 말로 하면 사회적 책임감이 점점 높아지는 거 있죠. 내가 장사해서 자식들 공부시키고 자립하도록 밀어주고 나라에 세금도 꼬박꼬박 내면서 열심히 살아가고 있으니까 나도 이 사회의 당당한 한 성원이 아니냐, 그러니 이 사회를 위해서 뭔가 조금이라도 더 봉사하고 이바지하면서 살아야겠다… 이런 생각이 점점 더 확고해지고 그러다보니 자신이 하는 일에 더 보람을 느끼고 사는게 더 즐거워지더라고요."

"방금 얘기한 건 의식상의 변화고, 눈에 보이는 실제적인 변화는 어떤 게 또 있지?"

"눈으로 확인할 수 있는 거? 그런 것도 많죠. 가장 큰 변화는 한국 사람들과 많이 친해진 거예요. 방범대원들은 모두 민간인들이잖아요, 그리고 대원들이 자주 바뀌고 있는데 함께 참가한 사람들 가운데 저가 가장 오래 되었어요. 그러다보니 많은 한국 사람들과 알게 되었고 친숙해지게 되었죠. 친숙해지니까 가정에 무슨 대사가 있을 때 서로 부조도 하고 어려울 때 도움 주고 도움도 받고… 중국에서 살 때나 똑같아요. 점점 한국이라는 이 사회에 동화된다고 해야 하나?"

"같은 민족이니까 동화(同化)라기보다 융화(融和)된다고 해야 더 맞지."

"맞아 맞아 융화!"

"중국말로 '룽루(融入)' '룽화(融化)라고도 할 수 있는데, 이런 융화라는 말은 어떤 지역이나 사회에 주동적으로 들어가는 걸 의미하거든. 바로 재학이 네가 보여준 것처럼."

"맞아요, 형님 말씀이 딱 맞아요…(웃음)"

나의 취재는 웃음소리와 함께 일단락 마무리 되었다. 곧이어 술상이 들어오고 식당 홀에 와서 기다리던 고향 친구 대여섯 명이 방에 들어왔다. 고향 선배가 왔다며 함께 식사하고 얘기도 나누자고 재학이가 불러왔던 것이다.

재학이는 맥주 한 잔에 얼굴이 대뜸 빨갛게 되었다.

"저는 아직까지도 술을 잘 못해요. 술을 못하면서 지금까지 술장사하는 식당을 여섯 번이나 했네요."

재학이가 웃으면서 말했다.

"재학이가 술은 못하지만 술은 잘 사요."

옆에서 누가 한마디 해서 모두 웃었다. 술을 한참 마시던 중 재학이네 동창들이 부부동반 해외단체여행을 다녀온 얘기가 나와서 나는 좀 더 상세하게 물어보았다.

한국에는 지금 서광에서 어려서부터 함께 자라고 공부한 짜개바지친구들이 여덟 명 있는데 그들은 대부분 1964년 용띠들이다. 그들 가운데는 교원출신도 있고 향 정부 초빙간부 경력자도 있지만 대부분 고향에서 농사를 짓다가 한국에 나왔는데 지금 모두 중국식당과 중국식품의 사장님이 아니면 건축현장의 오야지나 반장들이다. 이젠 자식들도 대부분 자라서 근심할 필요가 없다. 그래서 그들은 몇 년 전부터 어떻게 하면 더 다채롭고 의미 있는 삶을 살아갈 것인가 토론하던 중 재학이처럼 지역사회 봉사활동에 적극 참여하는 동시에 여덟 쌍 부부가 단체여행을 다니기로 했다. 처음에는 제주도여행이나 설악산 단풍구경 같은 한국 국내 여행을 다녀오다가 2년 전부터 해외단체여행을 다니기 시작했다. 첫 번째는 태국을 다녀오고 두 번째는 베트남을 다녀왔다. 올해는 발리에 다녀올 계획이라고 한다.

우재학은 5남 5녀 십 남매 가운데 막내다. 엄마 아버지 등에 업혀 중국에 온 재학이의 큰누님 우옥이는 커서 중학교를 졸업하고 방정현성 백화점 직원으로 근무했고 둘째누님 우금자는 1980년대부터 십 몇 년 동안 서광촌 부녀주임으로 활약했으며 그 아래 세 누님은 1990년대 모두 한국에 나왔다. 그 가운데 막내누님 우금옥은 충청북도 청주에서 식당과 노래방을 경영하고 있다. 2015년 10월 청주에 간 나는 우금자와 우금옥 그리고 재학이의 넷째누님 우옥련의 딸을 만나 취재한바 있다. 우재학의 둘째형님 우재근은 방정현민족종교국 국장으로 사업했고 셋째형님 우재복은 1980년대 서광촌에서는 맨 처음으로 방정현성에 음료수공장을 차렸었고 1990년대 초반에 대련 첫 한국식사우나를 경영한 적이 있는데 현재 서울에서 생활하고 있다.

사랑과 영혼

신경란 (베이징, 한국 서울)

1969년생인 신경란은 나의 소학교와 중학교시절 동창인 신철호의 막내 동생이다. 생각해보니 지난 20여 년간 칠팔년에 한 두 번 씩 베이징과 하얼빈 그리고 서울에서 만나 식사도 하고 얘기도 나누었다. 동창의 여동생이라는 친근감도 있었고 아리잠직한 경란이가 워낙 귀염성스럽고 얘기도 잘해 만나면 즐거웠다.

2018년 9월 29일, 서울 구로디지털단지역 근처 G밸리비즈프라자에 있는 식당가에서 경란이를 만나 얘기를 나누다가 나는 무심결에 니 지금 몇 살이더냐? 하고 물어보았다.

"저도 이제 오십이에요⋯(웃음)"

경란이는 이렇게 대답하고 호호 웃었다.

"세월이 참 빠르기도 하구나! 니가 사범에 간다고 신선생님이 너를 자전거에 태워 가신진으로 떠나던 걸 본 게 어제 같은데…"

나도 그저 허허 웃을 수밖에 없었다.

경란이의 아버지 신수득 선생은 서광학교 교장선생님이셨다. 1933년 1월 경상남도 밀양군 단장면 대룡리에서 태어난 그는 1939년 부모님을 따라 만주 땅 해림에 와서 살았다. 광복 후 그는 당시 주하현(상지시)에 있는 송강성립제1조선인초급중학교에 가서 공부하고 1951년 4월 졸업 후 방정현 남천문조선족소학교에서 교편을 잡았다. 그후 보흥향 신풍학교, 따뤄미진 홍광학교를 거쳐 서광학교로 왔다. 1968년 방정현조선족중학교와 서광학교가 합병된 후 신수득 선생은 제1임 교장으로 근무하시다가 1973년에 영건공사 문교관공실(文教办) 주임으로 전근돼 전공사 문화교육사업을 관장했다. 1993년 향당위 선전위원직에서 퇴직한 후 그는 서광에서 생활하시다가 2002년6월 세상을 떠났다.

1984년 가을로 기억하는데, 대학졸업 후 방정1중에서 2년 남짓 교편을 잡았던 내가 방정현방송국으로 전근 된지 얼마 안 돼 고향에 돌아갔다가 길에서 자전거에 이불 짐을 싣고 가는 신수득 선생을 만났다. 경란이가 묵묵히 뒤따르고 있었다. 꽤나 오랜만에 만난 선생님께 인사드리고 어디 가는가 물어보니 경란이가 오상조선족사범학교에 붙어 가신진(加信镇)에 가서 버스를 타고 학교로 간다는 것이었다.

오상사범? 그때 나는 조금 놀랐다. 철호의 막내 동생이 공부를 잘해 학급에서 내내 1등을 차지한다는 말을 들은 적이 있기때문이다.

그런데 왜 고중에 올라가지 않고 사범학교에 간단 말인가?

나는 무슨 일인가고 물어보고 싶었지만 묻지 않았다. 무슨 사연이 있을 것이라고 짐작되었기 때문이다. 신 선생님의 표정을 봐도 막내딸을 사범학교에 보내는 기쁨 같은걸 찾아볼 수 없었다.

그래도 나는 축하합니다, 하고 한마디 했다. 다른 말을 할 수 없었기 때문이다. 그러자 선생님은 축하는 무슨… 하고 시무룩한 표정을 지었다.

이번에 서울에서 경란이를 만나서야 나는 그가 초중 졸업 후 왜서 사범학교에 가게 되었는지 물어보았다.

"오빠 때문이었어요. 오빠가 여자애들은 그래도 사범을 졸업하고 교원사업을 하는 게 좋다면서요. 그때 사실 저는 정말 사범에 가기 싫었거든요."

"그럼 가지 말거지, 왜 오빠 말을 반드시 들어야 했나? 그때 아버지는 무슨 태도였길래?"

"아버지는 저보고 자기가 선택하라고 하셨지만 사실 별로 달가와하지 않았어요. 그런데 오빠가 사범 입학시험 치라고 하고 저도 사범에 안가겠다고 견결하게 나오지 않으니까… 묵인 하셨던 거 같아요."

믿기 어렵지만 경란이의 운명은 그렇게 자신이 원하지 않는 방향으로 갈리었다.

"그때 경란이 네가 공부를 진짜 잘했다고 하던데, 어느 정도였나?"

30여 년 전의 일이지만 나는 하도 안타까운 마음에 끝까지 확인해 보고 싶었다.

"그때 우리 학급에 연수, 통화에서 온 애들까지 거의 50명 되었는데, 저가 내내 1,2등 다투었거든요. 저가 다른 건 몰라도 공부 하나는 진짜 자신 있었거든요."

"그럼 한 반에 다니던 애들 가운데 후에 좋은 대학에 간 동창 누가 있나?"

"그때 우리 동창들 가운데 윤정만이가 가장 좋은 대학에 갔죠, 동북재정경제대학에."

"그때 너네 둘 가운데 누가 공부 더 잘 했나?"

내가 웃으면서 물었다.

"1,2등 다투었죠."

잠시 침묵이 흘렀다.

방정1중에서 2년 동안 고중1,2학년 수학과를 가르쳤던 나는 초중에서 공부를 잘했다는 여학생들이 고중에 올라와서 성적이 뒤로 밀리는 걸 적잖게 보았다. 하지만 초중에서 1,2등을 다투던 애들이라면 남학생이든 여학생이든 10위 밖으로 밀리는 경우는 없었다. 하다면 경란이가 사범에 가지 않고 고중에 올라가서 대학시험을 치렀다고 가정한다면 초중동창 그 누구보다도 좋은 대학에 간다는 보장은 없겠지만 그래도 본과대학에 붙는 건 문제 없다고 단정할 수는 있지 않을까.

1988년 오상사범을 졸업한 경란이는 모교인 방정조중으로 돌아와 교편을 잡았다. 워낙 교원사업에 애착이 없었던 그는 처음부터 학교에 안착할 수 없었다. 그런 그를 시골 중학교에 계속 남아있게 만든 건 그에게 찾아온 사랑이었다. 방정조중 체육교원인 나의 집안 동생인 철규와 연애하기 시작했던 것이다. 체격이 반듯하고 두 눈이 부리부리한 미남인 철규는 성격도 좋고 배려심이 많았다. 남자형제만 셋인 집에서 자라며 둘째인 철규는 어릴 때부터 엄마를 도와 집안일을 잘 했던 걸로 나는 기억한다. 그런 철규와 어려서부터 공부 잘하고 귀염성이 많았던 경란이는 누가 봐도 너무나 잘 어울리는 천상배필이었을 것이다.

그런데 경란이네 집에서 그들의 혼사를 반대했다. 철규가 정식 교원이 아니라서 그런지 아니면 경란이가 도시의 지체 높은 어느 집안 남자에게 시집가기를 바라서였던지… 하여간 두 청춘남녀의 사랑은 어이없게도 좌초하고 말았다.

철규는 교직을 버리고 고향을 떠나 청도로 갔다. 그때 철규의 아픔은 본인 말고 그 누구도 헤아릴 수 없었을 것이다. 그리고 몇 년 지난 1993년 여름, 청도 한국기업에서 근무하던 철규는 교통사고로 저 세상 사람이 되었다. 장가도 못 가본 스물 몇 살의 꽃다운 청춘이 이슬처럼 사라졌다. 그때 우리 집안 형제들 칠팔 명이 철규 동창생 몇과 함께 청도에 가서 그의 마지막 길을 보내주었다.

"철규가 청도로 간 후 저는 연변대학 함수공부를 시작했어요. 그때 함께 떠났어야 하는데… 그러지 못한 저 자신이 너무 못나 보이고 뭐라도 하지 않으면 미칠 것 같아서 시작한 공부였죠. 그러다 방학에 외지에 공부하러 갔다가 상지에서 버스를 탔는데 마을 사람을 만나 철규가 교통사고로 잘못되었다는 얘기를 들었어요. 그때 또다시 아 철규와 함께 떠났어야 하는데, 그러면 철규가 그런 끔찍한 일을 당하지 않았을 텐데, 아니 그때 철규가 학교를 떠나지 못하게 기어이 붙잡았어야 하는데… 벼라 별 생각을 다 하면서… 어떻게 집에 왔는지도 몰라요. 마을 사람이 옆에 없었으면 저가 집에 못 올지도 몰라요…"

경란이가 나에게 넋두리 하듯 이렇게 말했다. 사실 나는 경란이한 테서 두 번째로 철규에 대한 얘기를 들었다. 2003년 경란이가 하얼빈동력조선족소학교에 잠깐 대과교원으로 와있던 어느 날 우리 방송국 근처 식당에서 밥을 먹으면서 그가 철규 얘기를 꺼냈다. 그때도 그는 울먹이며 철규가 떠날 때 같이 갈 걸… 철규가 못 떠나게 붙잡을 걸… 하고 말했었다. 철규가 저 세상 사람이 된지 10년이 되던 때였다.

경란이는 철규가 세상을 떠난 반년 만에 역시 교직을 버리고 고향을 떠나 베이징으로 갔다.

"더 이상 학교에 있을 수 없었어요. 베이징에 가서 처음에는 내 전공이 사범이라서 사립학교에 취직했어요. 설립 된지 얼마 안 되는 조선족사립학교였는데 월급이 90원(위안)밖에 안되더라고요. 그렇게 받아서 도저히 못하겠다는 생각이 들었어요."

"그럼 학교에서 얼마 동안 근무했지?"

"1년도 못 채웠어요. 그리고 베이징에서 여행사에도 다니고 회사에도 들어가고 하면서 이삼년 있다가 남방으로 갔어요. 그때부터 여기 저기 참 많이도 떠돌아 다녔어요. 하지만 어디 가든 마음을 안착할 수가 없더라고요. 그렇게 나 자신도 모르는 사이 어느새 서른 살을 훌쩍 넘기고… 그러다 하얼빈에 와서 다시 한 번 열심히 해보자 생각하고 동력조선족소학교에 대과 선생으로 들어갔던 거예요. 그때 정말 나 자신하고 많이 싸웠는데, 정말 끝까지 견지해 보자하고 든든히 마음먹었거든요. 그런데도 거기서 1년 근무하다가 결국은 그만두고 다시 베이징에 갔어요."

경란이는 베이징에 한동안 머물다가 하북성 랑방(廊坊)에 있는 한국 의류회사에 들어갔다.

"그때 저가 컨디션이 정말 안 좋았는데 사범학교 친구의 소개로 그곳에 가게 되었어요. 공장 규모는 별로 크지는 않았지만 비교적 알찬 기업 이였어요. 생산라인이 6개 가동돼 있었고 노동자들이 300여 명 정도였는데 사장님이 돈을 엄청 많이 벌었거든요. 그때 등산복이 한창 잘 나갈 때였는데 일주일에 2~3개 컨테이너로 물건을 실어 보낼 정도로 호황기를 이루었어요. 저도 거기서 마음을 안착하고 사오년 동안 그 회사에 있으면서 열심히 일하고 많은 것을 배웠어요. 진짜 잘 배웠거든요."

2006년 경란이는 베이징에 다시 돌아왔다. 그해 오빠 신철호가 심장병이 돌발해 46세의 나이로 세상을 떠났다. 신철호는 1981년 오상조선족사범학교 전문대과정(大专班) 조선어문전업을 졸업하고 방정조중에서 교편을 잡고 있다가 젊은 나이에 부교장으로 승진했는데 후에 통하현교육국으로 이동돼 근무하다가 거기서 세상을 떠난 것이다.

"오빠가 갑자기 돌아가셔서 저가 어머니를 모셔야겠다는 생각에 베이징 밀운구(密云)에 아파트를 샀거든요. 그때 마침 밀운에 무역부와 공장라인을 가지고 있는 정장 만드는 엄청 큰 중국의류회사에서 한국어직원을 모집했는데 운이 좋게도 합격이 됐어요. 그해 겨울에 어머니를 베이징에 모셔 와서 함께 살면서 그 회사에서 2011년까지 근무했어요."

"그리고 한국에 나왔나?"

"네. 한국에 나와 가정도 꾸리고 회사에 다니고 하면서 5년 지난 2016년에 베이징에 있는 아파트를 팔았어요. 2006년 당시 15만 위안 주고 78평 되는 아파트를 샀는데, 십년 사이 가격이 10배 정도 올랐더라고요. 그 아파트 판 돈에 좀 더 보태서 서울 대림동에 널직한 아파트를 한 채 샀거든요. 그때 베이징에서 돈 좀 더 있어서 아파트 하나 더 샀으면 돈을 엄청 많이 벌었을 텐데…(웃음)"

"그러니까 그 집이 투자였네. 그럼 한국에 나와서는 무슨 일을 시작했나?"

"중국에 있을 때 의류회사 무역부에서 일을 했으니까 무역 관련 일을 많이 배웠잖아요. 그런데 한국에 올 때는 H2 비자 못 받고 C-3-8 비자로 나오다보니 고깃집에서 1년 동안 홀 서빙을 했어요. 그때가 2011년 이었어요."

"그때 한국에는 어떻게 돼서 오게 된 거야?"

"큰언니랑 둘째 언니랑 다 한국에 나와 있었어요. 나 혼자서 중국에서 어머니를 모시고 있으니까 왠지 외롭기도 해서 형제들과 의논한 끝에 한국에서 모여 살자 결정하고 중국의 모든 걸 포기하고 어머니와 함께 한국에 나간 거예요. 어머니는 2015년에 중국에 다시 들어가셨으니까 저가 9년 정도 어머니 모시고 같이 생활한 거죠."

"정말 효녀네. 처음 한국 와서 고깃집에서 홀 서빙 했으면 많이 힘들었을 텐데…"

"네. 저희 가게가 충북 진천 시골에 있었는데 한 달에 이틀 쉬고 150만 원(한화) 받았어요. 첫날 홀에서 하루 종일 뛰어다니고 나니까 이튿날에 발바닥이 다 부르터서 도저히 일어설 수가 없었어요. 두 달 동안 엄청 힘들었어요. 그 후 차츰 적응이 되니까 세상에 못할 일 없겠다는 생각이 들었어요. 제가 언제 그런 힘든 일을 해봤겠어요… 홀에 테이블이 24개 있고 96명 손님을 받을 수 있는 큰 식당이었어요."

"그런데 어떻게 진천까지 다 갔어? 그쪽에 누가 있었던 거야?"

"여행 비자를 H2취직비자로 변경하려면 우선 학원에 다녀야 했기에 평일에는 일하고 주말에는 학원 다니면서 6개월이 지나서야 비자를 H2로 변경할 수 있었어요. 그런데 당시 서울에서는 낮에 가게에서 일을 하고 주말에 학원 다니겠다고 하니까 가게들에서 받아주지 않는 거예요. 그때 먼 친척 되는 분이 충북 진천 그 가게에서 일을 하셨거든요. 그래서 공부도 진천 식당 근처에서 하면서 6개월 지나서 비자를 바꿔서야 서울로 올라왔거든요. 서울에서 다시 의류 쪽 일을 했어요. 보통 한국 회사에서는 사무직 직원으로 중국동포들을 잘 채용하지 않는데 운 좋게 회사에 들어가서 자리 잡고 돈도 잘 벌었죠."

"그 회사에서 대우를 잘 해주었던 모양이구나."

"네. 그 회사에서 5년 넘게 일을 했어요. 대우는 한국 사람들과 똑같았고요. 처음에는 중국동포라고 업신여기지 않을까 걱정했는데 그래도 일을 열심히 하고 오래 지내다 나니까 서로 마음이 통하고 친해졌고 한국사람, 중국동포 차별 없이 똑같은 대우를 받았어요."

"그 회사는 뭘 만드는 회사였는데?"

"처음에는 주로 등산복을 만들다가 후에 골프복을 만들었어요. 중국에서는 생산이 거의 안 되고 베트남에서 생산했어요. 모두 고가의 의류들인데 자체 브랜드는 없었어요. 그래도 사장님이 경영을 잘해서 그나마 괜찮았는데, 후에 사장님이 욕심을 부려서 아동복 매장을 크게 경영하는 바람에 투자가 너무 많이 들어가다 보니 점점 경기가 안 좋아 그만 부도가 났어요. 그 바람에 저가 실업하게 되었죠."

"그럼 지금 뭘 하고 있는데?"

"지금은 엎드린 김에 절이라고 이 기회에 몇 달 동안 쉬고 있어요. 한국 회사는 보통 회사가 부도가 나든지 아니면 회사에서 퇴직을 하든지 어느 경우를 물론하고 퇴직금을 챙겨줘요. 단, 조건은 회사에서의 근무 기한이 6개월 이상이고 고용보험에 가입 되어 있고 나이가 65세 이하면 다 실업금을 신청할 수가 있거든요."

"그럼 그 돈은 정부에서 주는 건가? 금액이 얼마 정도 되는데?"

"네, 정부에서 지급하는 거죠. 급여수준에 따라 금액이 다른데 하루에 4~6만 원(한화) 정도이고 많아서 한 달에 180만 원(한화) 정도 받을 수 있어요. 고용 보험에 가입한 시간이 3년 이상이면 6개월 정도 지원금을 받을 수 있는데 한국에서는 구직급여라고도 하거든요."

"한국이 확실히 제도가 잘 되어있네."

"네. 제가 회사에서 원래는 자재 쪽 일을 하다가 수출입 무역도 하면서 종합적으로 여러 가지 일을 배웠는데 회사에서 근무한 시간이 오래됐고 사장님이 믿어준 덕분에 후에는 경리 쪽 일을 많이 했거든요. 한국에서 일하는 조선족들이 보통 H2 혹은 F-4 비자를 소지하거나 아니면 영주권을 따고 국적을 바꾸신 분들도 계시는데 정말 여러모로 정부의 혜택을 많이 받을 수 있는데도 정책을 모르니까 받지못하는 분들이 너무 많더라고요. 그래서 저는 이번 기회에 그전부터 배우고 싶은 것이 있어서, 더구나 국비 지원으로 공짜로 공부를 할 수 있는 기회라 배우려고요. 복지 방면으로 보면 한국은 중국보다 훨씬 앞서가고 있거든요. 제가 안타까운 점은 많은 중국동포분들이 이런 걸 잘 모르고 활용하지 못하는 거예요."

"그런 좋은 정책이 있으면 홍보도 하고 대외로 알려주면 좋을 텐데…"

"당연하죠. 사실 저도 실업한 후에야 알아낸 정보예요. 이번에 쉬면서 인터넷을 통해 복지센터 혹은 고용센터 같은 곳을 많이 찾아다니면서 보니까 그런 혜택들이 엄청 많더라고요. 이번에 저는 회계 일 배워서 자격증을 따내려고요."

"공부하는데 비용은 정부에서 다 지원해 주는가?"

"네, 100% 정부에서 주지요. 해외동포라도 정식 직장에 취직을 하게 되면 골버드 카드라고 신청만 하면 100% 지원을 받을 수 있거든요. 진짜로 정책상 혜택이 많은데 사람들이 모르고 있어서 좀 안타까워요."

"사실은 좀 배우면서 일을 하면 좋은 점이 많을 텐데…"

"그렇죠. 똑같이 한국에 와서 일을 해도 시간 내서 무엇이든 좀 배우면 급여 인상도 잘 되고 하는데 많은 사람들이 돈벌이에만 매달려 있고 그런 생각이 없는 것 같더라고요. 아마 당장 벌어먹기 힘드니까 이런 일에 별로 신경을 안 쓰는 것 같기도 하네요… 그래도 공부를 계속해야 새로운 기회도 많이 생기겠는데 말입니다."

"이제 공부 끝나고 자격증도 따고 하면 어쩔 타산인데?"

"제가 4월부터 휴직했어요. 5월에 중국 들어가서 사회보험 일을 좀 처리하고 6월부터 구직급여를 받았는데 10월까지 마감하고 그다음은 다시 일을 시작해야죠. 돈을 받으면서 실컷 놀았으니까…(웃음)"

경란이가 또 호호 웃었다. 돌이켜보면 그를 만날 때마다 그는 운명의 조롱 같은 건 안중에도 없었던 듯 이처럼 해맑게 웃을 때가 더 많았던 것 같다. 나는 문득 경란이는 자신의 운명에 대해 어떻게 생각하는지 물어보고 싶었다. 하지만 다시 그런 얘기를 꺼내기가 주저되기도 했다.

"뭘 그렇게 골똘하게 생각하세요?"

경란이가 문득 이렇게 물었다. 내가 잠깐 넋을 놓고 있으며 침묵이 흘렀던 것이다.

"아니 난 그저… 경란이 네가 자신의 운명에 대해서 어떻게 생각하는지 알고 싶어서 물어볼까 하려던 참 이었어. 한 번도 아니고 두 번씩이나 운명이 갈렸잖아…"

"선배님 너무 한 거 아니예요? 끝까지 가만있는 사람 마음을 들추고 그러시잖아요…(웃음)"

"아 미안…"

경란이는 눈을 흘기면서도 웃음을 지었다. 그러고는 정색해서 말했다.

"쉽게 말하면 다 내 운명이라고 할 수 있겠지만… 어쩌면 두 번 다 나 자신이 나약해서, 용기가 부족해서 그랬던 거 아닌가 생각하기도 해요. 첫 번째는 제가 어려서 그랬다 치고 두 번째는 견결하게 내 의지대로 할 수도 있었잖아요… 결국은 그때의 그 나약함 때문에 20년 넘게 헤매며 마음의 빚을 갚느라 했으니까요."

"네 말이 맞는 것 같아. 경란이 네가 만약 남자애라면 그런 일이 없었을지도 모른다는 생각을 하게 되네."

"그렇겠죠 아마, 저가 남자애였으면."

"1980년대 그 시대만 해도 중국에서 조선족 가정을 보면, 부모들이 그리고 오빠들이 권위적인 위치에 놓여 있고 자식들은 특히 여자애들은 복종해야 하는 위치에 서있는 경우가 많았잖아…"

"얘기가 점점 심각해지네요…(웃음) 저 알아요, 선배님 무슨 말씀하려는지. 사회학적으로 보면 가부장적 제도? 뭐 그런 피해자가 아닌가 하는. 하지만 저 원망 안 해요… 다 내 운명이다, 하고 생각해야 마음이 편하거든요…(웃음)"

"그래, 이제 와서 누굴 원망해 무슨 소용이냐."

"그럼요. 운명은 그렇게 갈렸어도 저 그동안 정말 열심히 사느라 했거든요. 그래도 사람 마음이란 게… 마음 한 구석엔 계속 아쉬움이 남아 있는 건 사실이죠. 〈사랑과 영혼〉이라는 미국영화 본적 있어요?"

경란이가 나를 빤히 쳐다보며 물었다.

"중국에서는 〈人鬼情未了〉라고 하는 그 영화 말이지?"

"맞아요. 중국에 있을 때 그 영화를 봤는데 한국에 와서 보니까 '사랑과 영화'라고 번역했더라고요. 그 영화 보면서 많이 울었어요… 내 현실에서도 오다(奧塔)와 같은 영매(靈媒)가 있었으면 좋겠다는 생각을 하면서요."

방금 전까지 해맑게 웃던 경란이는 어느새 울먹거리고 있었다.

돈 많은 남자 찾아 뭘 해요?

김성주

중국조선족들이 한국에서 배운 말 가운데 가장 긍정적이고 가장 많이 쓰는 단어를 꼽으라면 "열심히"라는 세 글자가 아닌가 생각된다. 이 세 글자가 새로 생겨난 단어는 아니지만 한국에 다녀오고 한국인들과 접촉하면서부터 그들처럼 쉽게 입에 올리게 되고 따라서 많은 사람들이 새로운 삶의 현장에서 정말로 열심히 살려고 노력해 온 것만은 사실이다.

2018년 10월 6일, 한국 충청남도 아산시 온양 온천역 부근 빈대떡집에서 김성주씨를 만나 그의 파란만장 인생사를 들으면서 나는 그가 측은해 눈물겹기도 하면서 이토록 열심히 사는 여자가 또 있을까, 하는 생각까지 들었다. 자그마한 빈대떡집을 경영하며 매일 자정 넘도록 손님을 치르면서도 일요일 오전이면 일당 십만 원을 벌기 위해 이삿짐센터에 가서 이삿짐을 포장한다는 김성주에게, 정말 열심히 산다는 말밖에 다른 표현이 더 있을까.

1982년 방정조중을 졸업하고 사회에 나온 지 얼마 안 돼 엄마가 갑자기 세상을 떠나버리는 바람에 성주는 어린 동생과 함께 할머니와 살았다. 그의 아버지는 그가 열 몇 살 때 세상 떠나셨고 큰오빠는 결혼해 분가해 살았으며 둘째오빠는 감옥살이 하고 있었던 것이다. 몇 년 후 그들은 큰오빠네 집에 들어가 함께 살았다. 1986년 년 초에 그는 마을 사람의 소개로 이웃동네인 보흥향 신풍촌의 권씨와 맞선을 한번 보고 서둘러 결혼식을 올렸다. 총각이 인물체격 번듯한데다 말도 잘했고 성주 또한 빨리 시집이라도 가고 싶었던 것이다. 그런데 그렇게 서두른 것이 자신의 일생을 망칠 줄 그는 꿈에도 생각 못했다. 남편이 한다하는 부랑자라는 걸 몰랐던 것이다. 결혼 첫해에 딸을 보고 2년 후에 아들까지 본 성주는 남편이 가정에 안주하기를 바라며 갖은 애를 썼지만 허사였다.

1991년 남편은 돈 300위안을 주고 초청장을 사서 한국으로 나갔다. 그런데 남편은 일전 한 푼 보내오지 않았다. 성주는 그래도 시어머님을 모시고 어린 두 자식을 키우며 힘들게 살아갔다. 그렇게 3년 세월이 흘러 남편이 문득 돈을 조금씩 보내오더니 그것도 서너 달 만에 끊겼다.

"계속 이렇게 살아서는 안되겠다 싶더라고요. 나도 한국에 나가고 싶었지만 남편은 초청장도 안 보내오지, 몇만 원(위안) 주고 초청장을 사서 비자수속 하려고 하니 어디 가서 돈을 꿔올 수도 없지… 그래서 결국은 심양으로 갔어요. 이미 학교 다니기 시작한 애들은 시어머 님께 맡기구요."

1994년 성주는 심양 서탑에 있는 〈3천리조선족식당〉에 들어갔다. 금방 30대가 된 아줌마였지만 워낙 인물체격이 출중해 누가봐도 20 대 아가씨 같았던 그를 식당에서는 홀 서빙을 시키려 했지만 그는 마 다하고 주방 보조로 일했다. 일 년도 안 돼 그는 주방장으로 되었고 노임도 300위안에서 1,200위안으로 올랐다. 그는 노임을 받아서 시 어머님께 푼푼히 보내드리고 나머지는 일전 한 푼 허투루 쓰지 않고 몽땅 저축했다.

1997년 오래 동안 연락도 없던 남편이 친구를 통해 해림시내에 셋 집을 잡아주며 애들을 데리고 거기 가서 공부시키며 살라고 했다.

"그때 생각해보니 큰애가 곧 중학교에 올라가야 하니까 조선족들 이 많은 해림시내에 가서 사는 것도 괜찮을 거 같더라고요."

성주는 애들을 데리고 해림에 가서 살면서 그동안 저축했던 2만 위안으로 자그만 삼계탕집을 차렸다. 남편은 셋집만 잡아주고 돈을 더 보내오지 않았기에 작은 가게라도 해야 먹고 살며 애들 공부라도 시킬 수 있었다. 그렇게 또 4년 세월이 흘러 성주에게 한국에 갈 기 회가 생겼다.

2001년 그는 회사연수생 신분으로 한국에 나왔다. 수속비용 한화 1천만 원은 그때 한국에 나와 있는 큰올케가 선대해주었다. 한국에 간 그는 죽을 둥 살 둥 모르고 일을 했다. 낙지집 주방장으로 있으며 당시 꽤나 높은 노임을 받으면서도 서너 시간 알바를 했고 쉬는 날에 는 파출부로 뛰기도 했다. 한국에 나오며 그는 하얼빈에 셋집을 잡고 보모를 두어 애들이 하얼빈시조선족제1중학교에 다니도록 했는데 그 비용이 만만치 않았던 것이다. 그렇게 그는 애들한테 다달이 돈을 보내주었고 한국 수속비용도 다 갚았다. 하지만 남편과는 끝내 갈라서고 말았다.

한국에 간 성주는 그동안 남편에게 여자가 몇이나 있었던지 과거를 묻지 않고 애들을 봐서라도 남편을 용서하고 새롭게 시작하려고 맘먹었다. 그런데 남편은 그때 사귀는 여자와 결혼약속까지 한 진지한 사이라고 했다.

2004년 성주는 중국에 돌아와 이혼수속을 밟았다. 시집에서는 너무도 미안하다며 시숙이 나서서 동생 대신 서류에 싸인해주었다. 그때 그의 딸은 고중을 졸업하고 심양 모 회사에 취직했는데 성주는 심양에 셋집을 잡아주고 아들이 심양시조선족제1중학교에 다니도록 했다.

성주는 한 달 만에 다시 한국에 왔다. 같은 식당에서 일하는 한국 아줌마가 한국총각을 소개해서 결혼수속을 밟았던 것이다. 전남편한테서 너무나 큰 상처를 받은 그는 이번에는 남자가 무던하고 착실하기만 하면 된다고 생각했다. 그러나 정작 이런 남자와 결혼하고 나자 성주는 답답해서 죽을 지경이었다. 충청남도 어느 시골의 농민인 한국남편은 사회교류능력이 전무하다시피 해 서류 한 장 떼오는 것도 성주가 읍에 나가 해 와야 했다. 농사짓는다고 했는데 알고 보니 자기 땅도 없이 남의 땅을 맡아 농사하고 있는 처지였다. 성주는 결국 혼자 서울에 올라오고 말았다.

여기까지 듣고 난 나는 참지 못하고 한마디 했다.

"첫 남편을 잘 못 만났으면 두 번째는 서두르지 말고 천천히 지내보고나서 결정할거지… 왜 그랬나?"

"다 내 운명이겠죠. 그래도 명분이 그 집안의 며느리라 제사 때와 구정, 추석에 한 번씩 시골 시집에 다녀와야 했어요. 그렇게 4년 만에 이혼수속을 할 수 있었어요."

2006년 성주는 그동안 번 돈으로 계약금(首付款)을 내고 대련에다 110평방미터짜리 아파트를 한 채 샀다. 아들이 대련에 있는 대학교의 쇼프터웨어공학(软件工程) 학과에 붙었던 것이다. 심양에 있던 딸도 대련에 와서 일자리를 찾고 오누이가 더 이상 세집이 아닌 제집에서 살게 했다.

성주는 여전히 한국에서 식당에 출근하고 휴일에는 파출부로 뛰며 돈을 벌어 아들이 근심 없이 대학공부를 하게 뒤 바라지를 했다.

2008년 성주는 딸 권동매를 한국에 데려와 안성 공도에 있는 2년제 전문대학인 한국폴리텍대학에서 패션디자인과를 전공하게 했다. 한 학기 학비만 한화 375만원, 2년이면 수천만 원 들어가야 했지만 그는 조금도 주저하지 않았다. 어릴 때부터 자신을 대신해 두 살 아래 동생을 돌보며 고생한 딸에게 무엇이라도 다 해주고 싶은 마음이었다. 동매는 졸업하고 회사에 몇 년 다니다가 자체로 창업하겠다고 했다. 자신이 배운 전공과 무관한 식품 쪽이었지만 성주는 이번에도 딸을 적극 지지하며 한화 4천만 원을 선대해주었다. 그렇게 딸은 서울 금천구 시흥동에 "오리머리(鸭头)"를 위주로 각종 훈제품요리를 제공하는 호프집을 오픈했다. 식탁이 6개밖에 안 되는 작은 규모이지만 손님이 많이 끓었고 카톡에서 주문을 받아 배달해서 들어오는 수입이 더 많다고 한다.

그의 아들 권영휘는 2010년 대련에서 대학을 졸업하고 한국회사에 취직했다. 1년 후 영휘는 한국 본사에서 서울로 소환해 온라인쇼핑몰 담당자로 근무하고 있다. 영휘도 열심히 일하고 배워 자체로 창업하는 것이 꿈이라고 한다.

2011년 성주는 올케의 소개로 충청남도 아산시 온양 온천역 부근의 밥집에서 일을 하게 되었다. 1년 후 밥집 옆에 있는 빈대떡집을 양도한다는 걸 알게 된 그는 권리금 1,500만 원을 주고 맡았다. 전세 담보금 천만 원에 월세가 70만 원이었다. 일군을 쓰지 않고 혼자서 모든 걸 다 해야 하기에 힘은 좀 들었지만 어쨌든 자신의 업소이다보니 자유롭고 마음이 편했다. 월수입이 500만 원 정도 된다는 것이었다.

"두 번째 남편과 이혼하고 계속 혼자 있었나?"

내가 궁금해서 물었다.

"아니요. 후에 한국남자 만나서 또 결혼했어요."

"그래? 이번엔 잘 겪어보고 했겠지?"

"그럼요. 저가 이 식당을 하기 전 밥집에 있을 때 단골손님인데, 건축현장에서 오야지 한다고 하더라고요. 1년 넘게 지내보고 사귀다가 결혼까지 한 거예요."

이번엔 돈 많은 남자 하나 잡았나, 하고 내가 웃으면서 물어보니 성주는, 지금 남편은 만날 때 빈털털이었다고 대답했다. 이혼하면서 전처와 자식들에게 모든 걸 다 주고 빈 몸으로 나왔을 뿐만 아니라 애들 교육비용도 계속 보내야 하는 남자란다.

"나 보다 두 살 어린데, 지내보니 사람이 진심이고 배려심도 많더라고요. 그리고 저의 자식들한테도 잘 해주고요. 더 이상 바랄 것 없잖아요. 내 자식들 이젠 둘 다 독립하고 저도 여유가 좀 있는데, 돈 많은 남자 찾아서 뭘 해요? 비슷한 처지에 서로 부담도 되지 않고, 함께 있으면 마음이 편한 사람이면 되잖아요…"

성주가 이렇게 말하면서 방긋 웃었다. 젊어서부터 풍상고초 겪으며 살아온 여자 같지 않은 환한 모습이었다.

중국조선족언론사업 개혁에 앞장서서

한광천 (하얼빈)

2021년 5월 10일, 하얼빈 흑룡강일보청사 사무실에서 흑룡강일보 그룹 부사장으로 부임한지 얼마 안 되는 한광천을 만났다. 30여 년 간 하얼빈에 함께 있으면서 그를 자주 만났지만 취재를 위해 만나기는 이번이 처음이었다.

그의 부친 한귀택 선생은 방정현조선족중학교 창시자의 한 분이다. 한씨 집안과 우리 집은 1940년대 태평산툰이라는 곳에서 이웃으로 지냈고 할아버지세대부터 교분이 깊었다. 1945년 12월 태평산툰 열댓 명의 열혈청년들이 도보로 백 여리 밖의 연수현성에 찾아가 조선의용군3지대에 입대했다. 그 열댓명 가운데 한귀택과 나의 부친 리두섭이 있었는데 한귀택은 광복전 사도학교라는 위만주국사범학교 졸업생이었기에 3지대 교도대대로 보내졌고 제대 후 지방으로 내려와서 방정현 남천문에서 방정조중 설립에 참여하였다. 나의 부친은 십여 일 동안 군사훈련을 받고 연수현 경내 국민당비적을 토벌하는 전투에 투입되었고 이듬해 하얼빈을 해방하는 전투에 참가하였는데 그 후 하얼빈위수부대에서 임무를 수행하던 중 부상을 입어 상이군인으로 제대해 태평산툰으로 돌아왔다.

여기서 잠깐 흑룡강성 조선족역사에 지극히 중요한 한 페이지를 남긴 조선의용군3지대에 대해서 소개해야 할 것 같다.

1945년 8월 6일 미군은 역사상 최초로 원자폭탄을 일본 히로시마에 투하했고 3일 후에는 나가사키에 두 번째 원폭이 투하되었다. 8월 8일에는 쏘련홍군이 일본에 선전포고를 했다. 8월 10일 일본천황은 드디어 연합군 측에 무조건 항복 의사를 전달했는데 이로써 일본의 패망이 기정사실화 되었다. 8월11일에 연안에 있는 팔로군 주덕 총사령은 연안과 관내에 있는 조선의용대에 동북에 진출하라는 제6호 명령을 내렸다. 이에 조선인혁명가들은 8월15일 일제가 투항을 선포하기 직전에 도보로 동북으로 향발해 3개월 만에 심양에 집결했다. 1945년 11월 7일, 2000여 명 조선인들은 심양 오가황조선학교 운동장에 모여 조선의용군 설립대회를 소집하고 중국내의 조선족을 보호하고 중국인민의 해방투쟁에 참여할 방침을 확정지었다. 대회에서는 조선의용군을 1지대, 3지대, 5지대로 나누어 각기 남만, 북만, 동만으로 진출시켜 중국공산당과 함께 중국내 동북에 거주하고 있는 광범한 조선인민을 단합시켜 새로운 민주정권을 수립하기 위한 투쟁을 진행하기로 결정지었다. 대회의 포치에 따라 주덕해를 비롯한 19

명 간부가 북만으로 파견되었다. 남만에 1000여 명 조선의용군이 남아있고 동만에 1000여 명 조선의용군을 파견한 것과는 달리 북만에는 19명 간부만 파견한 것은 그곳에 일찍부터 김택명 등 조선의용군 지하일군들이 이미 확고한 토대를 닦아 놓았기 때문이었다.

쏘련홍군이 선전포고를 하고 동북에 진군해 일본관동군을 소멸하고 항일전쟁이 끝나자 하얼빈은 곧 공산당과 국민당의 치열한 쟁탈전에 빠져들었다. 그러다가 1946년 4월에야 완전히 해방됐는데 그 주력부대 가운데 하나가 바로 조선의용군3지대이었다. 그때까지만 해도 중국공산당이 영도하는 동북민주련군이 아직 동북에 대거 진출하지 못한 상황이었으므로 3지대는 실제상 하얼빈을 해방하고 하얼빈을 보위하는 주요역할을 했고 또한 근 2천명에 달하는 조선인간부들을 양성해내여 전 성 조선족집거구와 농촌에 파견함으로써 인민정권 수립을 유력하게 떠밀었다. 조선의용군3지대는 후에 중국인민해방군 제4야전군 독립166사단으로 편성돼 해남도를 해방하는 전투에까지 참가했고 지방에 남은 일부 골간들은 주덕해정치위원의 인솔하에 연변으로 가서 자치주정부창립에 참여했는데 제1임 주장이 바로 주덕해였다.

한귀택 선생은 1970년대 내가 서광학교에 다닐 때 우리 학급의 과임선생님이셨다. 1980년대 대학입시에서 외국어 시험과목이 증설되면서 한선생은 퇴직 후에도 방정조중 일본어교원으로 근무하시다가 1990년 한국으로 나갔다. 한국에 친동생이 있었던 것이다. 한 선생은 1924년 한국 경기도 수원에서 출생했는데 1930년대에 부모를 따라 만주 땅에 건너와 당시 연수현 보흥구 태평산툰에 자리를 잡았다.

그런데 만주에 와서 태어난 동생이 대여섯 살 되었을 때 산에서 놀다가 나무에서 떨어져 발뒤꿈치에 상처를 입었는데 한 달 두 달 지나도록 낫지 않았다. 이 곳 저곳 다니며 치료했지만 효과를 못보고 아들이 절름발이가 될 형편이 되자 한선생의 부모들은 조선에 보내 치료하기로 했다. 그런데 그때 어른들이 조선에 애를 데리고 갈 형편이 못되었다. 그래서 그들은 목단강에 가서 등 뒤에 이름과 주소가 적힌 옷을 입혀 애만 기차에 태워 보냈다. 하지만 그들은 그렇게 보낸 아들이 조선에서 병을 치료하고 나아서 중국에 돌아오기도 전에 길이 막혀버릴 줄 꿈에도 생각지 못했다. 한선생의 부모들은 결국 막내아들을 보지도 못한 채 세상을 떠났다. 한귀택 선생은 한국에 가서 계시다가 2001년에 교통사고로 세상을 떠났다.

한귀택 선생은 아들 4형제를 두었는데 광천이가 막내였다. 1983년 방정현조선족중학교를 졸업한 광천이는 중앙민족대학 조선언어문학학부에 입학했다. 1987년 졸업 후 흑룡강신문사에 입사한 그는 문예부 편집으로부터 시작해 1993년 차장으로 진급해 1995년 문예부장으로 발탁되었다. 이 기간 그는 문예부 동료들과 함께 "흑룡강신문신춘문예장편소설공모"를 비롯한 굵직한 행사를 다수 기획해 중국조선족문단 발전에 크게 기여했으며 〈하면 된다는 사람들〉을 비롯한 흑룡강성조선족기업가시리즈 3권을 기획하고 출판하기도 했다.

2000년 흑룡강신문사 보도부장으로 자리를 옮긴 그는 2002년 부총편집으로 진급했으며 2008년 하반기부터 사장대리로 흑룡강신문사 사업을 전면적으로 주관했다.

2010년 7월 29일 흑룡강성당위 상무위원회에서는 한광천을 정식으로 흑룡강신문사사장(부청장급), 총편집, 당조서기로 임명했다.

2009년 한광천은 성정부의 지지하에 흑룡강신문사를 원래의 기업화 관리사업단위 체제로부터 재정차액보조단위로 전환시켜 재정보조금이 매년 인민폐 300만 위안으로부터 560만 위안으로 늘어나게했다. 그 후 그의 노력으로 흑룡강신문사는 또 사업단위분류개혁의기회에 공익2류 사업단위로 되였고 전문항목 보조사업단위로 확정되었으며 그 결과 재정보조금이 가장 높을 때 연간 930만 위안으로늘어나기도 했다.

흑룡강신문사 사장 겸 총편집으로 재임하는 기간 그는 국가와 성급 각종 전문항목자금 도합 2,500여만 위안을 성취하였고 국내외 사회 각계로부터 300여만 위안의 지원금도 유치해 흑룡강신문사의 제반 사업 발전을 위해 튼튼한 토대를 마련했다.

흑룡강신문사는 전국 여러 조선문언론사 가운데서 가장 먼저 한국지사를 설립했으며 흑룡강신문사 한국판인 〈중국주간(中国周刊)〉은국무원보도판공실(国务院新闻办)의 국제전파프로젝트(国际传播项目)로선정돼 2009년부터 서울에서 편집, 발행되었다. 〈중국주간〉은 중국의 성급 당기관지로서는 유일하게 한국에서 공식적으로 발행하는 주간지로 되었다.

흑룡강신문사는 전국 조선족방송언론사 가운데서 가장 먼저 연해도시로 진출하고 베이징, 천진, 산동, 화동, 화남 등 지역에 지사를설립했고 흑룡강신문 주말특간 형식으로 상기 다섯 개 지역의 지역뉴스판을 창간함으로써 흑룡강신문으로 하여금 전국성적인 신문으로 거듭나게 하였다.

흑룡강신문사는 또 전국 조선족방송언론매체는 물론 흑룡강성 여러 신문사 가운데서 가장 먼저 신문과 인터넷을 융합하는 미디어융합(融媒体)의 새 지평을 열었다. 중앙 인터넷관리판공실(中央网信办)에서 허가를 내린 첫 성급한국어뉴스인터넷사이트 "흑룡강신문넷"과 동영상사이트 "KCLTV"를 개설했고 흑룡강신문 위챗공식계정(公众号)과 "시나웨이보(新浪微博)" 그리고 흑룡강신문 APP를 창설했다. 또 가장 먼저 신문과 인터넷 융합프로그램인 〈예술살롱〉과 위챗방송 〈미녀들의 수다〉를 창설하였다.

2011년 한광천은 CCTV 중앙텔레비죤방송국을 찾아가 인터넷 한국어 방송 제작을 제안했다. 당시 CCTV.COM의 외국어 방송 채널은 영어, 프랑스어, 독일어, 이탈리아어, 스페인어 5개밖에 없었는데 한국어방송채널은 설립된 후 영어채널 다음으로 많은 조회 수를 기록했으며 중앙방송국과 흑룡강성위선전부의 전폭적인 지원을 받았다.

2015년에는 중앙방송IPTV 아이쌍티비방송(爱尚电视)과 합작으로 중앙한류채널을 만들었고 2016년에는 중앙방송OTT 미래티비방송(未来电视)과 합작하여 중앙텔레비전방송프로그램이 한국에 송출되도록 하였다. 이상의 프로그램들은 한국의 사드설치의 영향으로 2018년부터 연이어 정지되었지만 흑룡강신문사 향후 발전을 위해 풍부한 이윤을 창조하였을 뿐만 아니라 대량의 설비와 인재 누적을 실현했다.

흑룡강신문사는 그동안 또 평양신문사와의 교류를 이어오고 있으며 2015년부터 한국국가통신사인 연합뉴스와 합작관계를 맺어 폭넓은 교류와 협력을 해오고 있다.

2019년 말 흑룡강성위와 성정부에서는 흑룡강성방송언론개혁의 일환으로 "흑룡강일보사와 흑룡강신문사의 합병으로 새로운 흑룡강일보그룹을 건립할 것에 관한 결정"을 내렸는데 이에 따라 흑룡강신문사는 2021년 3월에 합병 및 기구개혁을 순조롭게 완성하였다. 한광천은 현재 흑룡강일보그룹 지도부성원으로 부사장 직무를 맡고 그룹 내 가장 큰 이윤창출단위인 조간신문 〈생활보(生活报)〉를 주관하며 기타 업무에도 참여하고 있다.

한광천은 흑룡강성신문업계협회 부이사장, 흑룡강성보도협회 이사, 흑룡강성방송언론계열 고급직함평심위원, 흑룡강성 문화건설촉진회 부회장직을 맡고 있으며 중국조선어학회 이사 겸 흑룡강성조선어학회 이사장 등 사회단체의 직무도 겸직한바 있다.

망자의 영광과 슬픔

리명철

　십여 년 전 방송국에서 진행한 행사장에서 당시 흑룡강대학 신창순 교수님과 얘기를 나누게 되었는데 내가 고향이 방정현 서광촌이라고 하자 신 교수님이 대뜸 아, 역시 서광촌! 하고 감탄부터 하는 것이었다. 왜 그러시냐고 물어보니 신 교수님은, 흑룡강신문사 한광천사장과 박진엽한국지사장이 서광촌 사람이고 1980년대 하얼빈시조선족문화관에서 〈송화강〉잡지 편집부 주임으로 활약하던 박길춘시인도 서광촌사람이라는 걸 아는데 리선생도 서광촌 사람이라니 그런다고 운을 떼시고는 하시는 말씀이 자기가 한국에서 유학할 때 만났던 중국조선족들 가운데 가장 탄복했던 사람도 알고 보니 서광촌 사람이었다는 것이었다. 서광촌 누굴 얘기하는 거냐고 또 물어보니 바로 리명철 씨라고 대답했다.

아, 명철이!

이번엔 내가 저도 몰래 아, 하고 신음 비슷한 감탄을 뽑았다.

신 교수님은 연수현 사람인데 1970년대 연변대학을 졸업하고 흑룡강신문사에 오랫동안 근무 하다가 1990년대 마흔 살 넘은 나이에 한국에 유학 가서 박사학위까지 받고 오신 분이다. 신 교수님이 한국에서 유학 할 때 재한 조선족유학생연합회가 발족되고 재한 조선족유학생네트워크가 형성되었는데 바로 명철이가 발기해 설립되었던 것이다.

리명철은 서광촌에서 근 30년 촌장, 지서를 역임했던 리상영(李相荣)의 막내아들이다.

1932년 한국 전라남도에서 출생한 리상영은 사남매의 막내였는데 1939년 부모 형제와 함께 만주 땅에 건너와 방정현 남천문에 정착했다. 1945년 8월 15일 광복이후 남천문의 조선인들은 대부분 조선반도로 돌아가거나 외지로 떠났는데 리상영의 부친 리영춘은 일가족을 거느리고 보흥구 태평산툰으로 이주했다. 그때 리상영 보다 9살 많은 그의 맏형 리성룡은 동북민주련군에 입대해 후에 중국인민해방군 제4야전군 소속으로 료심전역과 회해전역에 참가했으며 장강을 건너 해남도를 해방하는 전투에까지 참가했다.

1949년 리영춘 일가는 당시 리화툰으로 불렸던 서광으로 이사 왔다. 1950년 조선전쟁이 일어나기 직전 리상영의 맏형 리성룡이 문득 리화툰에 나타났는데 그때 그는 이미 중국 인민해방군의 군관으로 승진해 있었다. 리성룡은 집에서 하룻밤 묵고 떠나면서 부모님 몰래 두 남동생을 데리고 갔다. 리상영과 그보다 세 살 많은 둘째 리상렬은 그렇게 중국 인민해방군에 입대해 후에 중국인민지원군 전사로 조선전쟁에 참가했다. 리성룡은 조선인민군으로 옮겨 참전했고 전쟁이 끝난 후에도 조선에 계속 남아 군에서 고위급 군관으로 있다가 세상 떠났다고 한다. 리상렬은 중국인민지원군 소속으로 있으면서 1955년에 중국으로 돌아와 하얼빈시 조선족문화관에서 근무했는데 문화대혁명 때 모주석의 대형 선전화를 그려서 이름을 날리기도 했다.

리상영은 중국인민지원군 소속으로 유명한 상감령전투(삼각고지전투)에 참가하고 눈에 부상을 입었는데 다행히 치료를 받아 시력이 회복되었다. 1953년 조선 전쟁이 끝나며 리상영은 귀국해 하얼빈에 왔는데 그때 련장급 군관으로 제대한 그에게 정부에서 직장을 배치하려 했지만 그는 마다하고 서광으로 돌아왔다. 엄마가 병환에 계셨던 것이다. 리상영의 맏아들 리백만의 말에 따르면 당시 정부에서는 고향에 돌아가는 그에게 꽤 많은 돈을 주었다고 한다.

고향에 돌아온 이듬해인 1954년 리상영은 서광촌 촌민위원회주임으로 당선 되었고 1958년부터 1981년까지 서광대대 당지부서기로 역임했다. 이 기간에 인민공사화와 문화대혁명을 거치면서 당시 시대적인 상황에서 좌적 사상의 영향을 받았지만 서광대대는 농업생산과 사원들의 생활 향상에서 전현의 선두를 달렸는데 이는 리상영의 헌신적인 노력과 갈라놓을 수 없다. 1970년대에 서광대대는 벼 생산이 전현 내지 전 성적으로도 앞장섰을 뿐만 아니라 다종 경영도 틀어쥐어 집체경제가 큰 폭으로 발전하였다. 1978년부터 1980년까지 2층짜리 대대 사무실과 구락부를 지었는데 T+L형으로 된 건물은 당시 북방 농촌에서 보기 드문 것이라고 할 수 있었다. 그때 지은 건물은 지금까지도 서광촌지도부 사무실과 노인 활동실로 사용되고 있다.

1982년 3월, 리상영과 당시 서광대대 부지서였던 리유식은 전해에 얼룽산에서 황무지를 개간하며 나무를 람벌한 사건으로 현 공안국에 구속되면서 둘 다 촌간부직에서 물러났다.

1988년쯤의 일로 기억되는데 나는 하얼빈 삼과수장거리버스터미널 (三棵树客运站)에 갔다가 리상영 지서를 만난 적이 있다. 내가 방정현 방송국에서 흑룡강방송국으로 전근한지 2년이 지난후의 일이다. 그 날 리상영 지서는 나를 한쪽으로 끌고 가더니 아주 진지하게 물었다.

"지금 이렇게 나가는 게 맞나? 농촌에서는 땅을 다 나눠버리고 도시에서는 공장도 개인들한테 청뽀우(도급)하고 있잖아, 계속 이렇게 나가면 완전히 자본주의가 되는 거 아니야, 이게 맞나?"

그는 흑룡강방송국 기자인 내가 무슨 대답을 해주길 바랐겠지만 나는 뭐라고 얘기 할 수 없었다. 그는 어쩌면 나에게서 무슨 대답을 들으려고 한 것이 아니라 단지 자기 마음속의 어떤 울분을 털어놓고 싶어서였는지 도 모른다. 그것은 수 십 년 동안이나 촌장과 지서 사업을 해온 사람에게서 만 볼 수 있는 그런 깊은 우려라고 할 수 있었다. 그만큼 그는 집체와 촌민들을 위해 혼신의 열정과 마음을 쏟았던 것이다.

그것이 리상영 지서를 마지막으로 본 것이었다. 1990년대 초반 그 는 막내아들 명철이가 천진에서 대한국 농산물수출 사업을 하면서 마을 사람들을 20여명 이끌고 길림성 통화지구에 가서 고사리를 꺾 어서 제공하기도 하고 또 무슨 무슨 일을 했다고 한다. 그러던 1994

년, 그는 교통사고로 세상을 떠났다. 환갑 나이를 지났지만 1989년 명철이 엄마가 먼저 세상을 떠나는 바람에 환갑잔치도 치르지 못하고 저 세상 사람이 된 것이다.

1962년생인 리명철은 나보다 두 학급 아래인데 어려서부터 공부를 잘 해 내내 반장으로 있었다. 내가 서광학교 7학년(초중2학년)이고 명철이가 5학년 일 때 우리는 함께 학생대표로 학교혁명위원회 위원으로 당선되기도 했다.

1977년 명철이는 서광학교에서 초중을 졸업하고 영건중학교에 갔다. 그런데 1978년 2월 국가교육부에서 중소학교학제를 9년에서 10년으로 고치고 초중과 고중 입학시험제도를 회복했다. 그래서 명철이네 학년은 반년 공부하고 고중입학시험을 치르게 되었는데 영건중학교에서는 서광학교를 졸업한 리명철, 윤정근, 김창금을 비롯해 모두 5명 학생이 방정현에서 유일한 중점 고중인 방정1중에 붙었다. 방정1중에서 그의 공부성적은 전 학년 200여 명 가운데서 5위권에 들었고 1980년 대학입시에서 우수한 성적으로 동북사범대학 수학학부에 붙었다.

1984년 7월 대학졸업 후 명철이는 길림성 백성시에 있는 수리전력부 제1공정국 교육처에 배치 받았다. 어릴 때부터 "수학골"로 이름났던 그는 성취욕과 진취심 그리고 지배욕이 강했는데 교원연수(教师培训)가 주요 업무였던 교육처의 일이 별로 내키지 않았고 적성에 맞지도 않았다.

명철이는 석사연구생시험에 참가하기로 했다. 그런데 그는 자신의 전공인 수학과에도 더 이상 흥취가 없었다. 그래서 그가 선택한 것이

복수학위(双学位)공부였다. 그때까지만 해도 국내의 대학들에서는 두 학위를 따내는 것이 금방 시험적으로 실행되고 있었는데 학위를 두개 따내면 석사연구생 자격과 대우를 해주었다. 명철이는 그렇게 시험을 쳐 순조롭게 중국정법대학 법률 복수학위반에 붙었다.

1987년 중국정법대학 졸업을 앞두고 흑룡강성대외경제변호사사무소에서 실습하던 명철이는 흑룡강신문사에 들려 신문을 뒤지다가 우연히 천진시에 미국적 한국인이 꾸리는 중미합자기업이 섰다는 기사를 읽게 되었다. 그는 이 가사를 몇 번이나 되씹어 읽었는지 모른다. 마음이 이상하게 설레였다.

외국인이 꾸리는 합자기업이라는 것이 그에게는 신기하면서도 유혹이 컸다. 실습기간에 변호사사무소 소장이 졸업 후 꼭 자기한테로 오라는 부탁을 거듭했건만 이때 그의 마음은 이미 천진으로 향하고 있었다. 졸업 후 그는 천진의 그 합자기업에 들어갔다. 회사에서는 그 시절 흔치 않은 중국정법대학복수학위졸업생인 명철이를 중용했고 그 또한 열심히 일하면서 짧은 시간 내에 장사의 이치를 터득하고 재간을 늘였다. 그는 국내외 무역계 인사들과 널리 접촉하며 인맥을 쌓았다.

1989년 그는 원래 있던 회사에서 나와 천진개발구상업총공사의 한개 계열 회사를 도급 맡았다. 그런 후 그는 뜻이 있는 몇몇 조선족 대학생들을 두어 한국을 상대로 한국무역부를 세웠다. 한번 크게 해볼 생각이었다.

그는 귀주성 모태주공장에서 도매가격으로 가져온 9만 달러어치의 모태주(茅台酒)를 한국으로 수출하는데 성공했다. 그 외에도 고사리, 더덕, 무우, 오가리 같은 농부산물을 수출했다. 반년도 안 되어 17만 위안이란 순 이윤이 떨어졌다. 여기에서 명철이는 성공의 희열을 맛보았다. 그는 자기의 잠재능력을 과시하기 시작했다.

그런데 그 돈이 남의 주머니에 들어갈 줄이야. 총공사측에서는 이윤을 골고루 분배해야 한다며 명철이가 도급 맡은 분공사의 이윤을 다른 분공사의 밑지는 구멍에다 밀어 넣었다. 명철이는 그것을 모르고 초기에 총공사측과 계약을 맺었던 것이다. 벙어리 냉가슴 앓듯 속으로만 끙끙 앓았을 뿐 별 뾰족한 수가 없었던 그는 그 회사를 떠났다.

그후 그는 중국 측 회사에도 들어가 보았고 한국인과 손잡고 무역 사무소도 열었다. 그는 새로운 기회를 노리고 있었다.

먹으로 그린 듯한 진한 눈썹, 총명을 뒷받침하는 부리부리한 두 눈, 사나이의 성칼을 말해주는 우뚝 솟은 코, 고집스러울 듯 일자로 꾹 다문 입… 그의 앞날과 재질이 그대로 관상에 담겨있는 듯싶었다.

명철이가 노리던 기회가 드디어 왔다. 대외무역권을 가지고 있는 천진흥업유한회사에서 경영이 잘 안되어 수십 만 위안이나 밑져 총경리를 물색한다는 정보를 입수했던 것이다. 절호의 기회였다. 담량과 재능을 과시할 때가 왔다. 명철이는 선뜻 응해 나섰다.

"…회사측에서 전에 밑진 64만 위안을 1995년까지 몽땅 들여 놓는다…"

명철이는 계약서에 서명했다. 실상 1995년까지 64만 위안 회사측에 들여놓게 되면 그 회사가 자기 개인의 것으로 되는 것이나 다름이 없었다.

1991년 말 명철이는 천진흥업유한회사의 총경리로 나섰다. 그때 그의 나이가 29세, 명철이는 이 회사를 도급 맡자마자 지도부를 개선하고 원래 애완동물을 수출 하던 데로부터 농산물을 수출하는 전략으로 바꾸었다. 다년간 무역업에 몸을 담고 있으면서 농부산물 수출에는 파악이 있었고 그만큼 외국의 파트너들도 많았다.

명철이는 본격적으로 수출업무를 시작했다.

장사에 무슨 비결이 있는가 하고 누가 물어보면 명철이는 없다! 단마디로 대답했다.

믿어서만 장사가 되는 것이 아니다. 너도 돈 벌고 나도 돈 벌고 해야 할 때만이 장사가 되고 믿음이 간다. 신용이요 믿음이요 해도 장사군의 근본은 돈을 버는 것이기에 밑지는 장사는 할 수 없는 게 아닌가.

"장사는 그 어떤 도리로 해석할 수 없다. 장사의 비결은 성공 후에 있는 것이다. 그 전에는 비결이라 말하기 어렵다."

명철이는 이런 식으로 장사의 비결을 풀이했다.

1992년 초 명철이는 검정귀버섯, 고구마순 등 14만 달러 가치의 농산품을 장만해 한국의 한 상인에게 외상으로 넘겼다. 돈은 그 물건을 다 판 다음 받기로 했던 것이다. 그런데 그 상인이 몇 달 후에 품질이 나빠 팔 수 없기에 돈을 주지 않겠노라고 딱 잡아 뗄 줄이야. 여러 차례 팩스, 전화로 교섭을 했건만 아무런 효과도 없었다.

상대방은 어떤 물품을 얼마 사겠노라고 약속했다가도 사기 싫게 되면 그저 물릴 수는 없고 해서 어쨌든 구실을 다는데 그중 제일 고명한 구실은 "품질이 요구에 맞지 않아 살 수 없다"는 것이다. 이 구실만 달게 되면 일을 바로 잡기는 힘들며 십중팔구는 틀려지는 것이

다. 판매자는 보통 그때면 값을 깎거나 "할배할배"하고 빌고 들어야
한다.

그런데 명철이는? 그는 서울로 팩스 한통 보냈다.

귀하:

자기의 본성을 더는 감추지 않고 늦게나마 내여놓았으니 대단히 기쁜
일입니다.

능청스레 가격을 내리자고 거리낌 없이 주어 대고 몇 달 후에 물품이
어떻다고 허튼소리를 줴치는 놈하고 정상적인 사람대화가 통하지 않는
것은 아마 나보다 당신이 더 똑똑히 알 것입니다. 죄는 진데로 간다는
이 법칙을 명심하고 아래와 같이 정식 통보하니 당신 좋게 처사하기 바
랍니다.

1. 팩스, 전화 더는 필요없습니다.

2. 일체 물건은 포기합니다. 경매, 반송 또는 폐지 처분 당신 좋게 처리
   하십시오. 포기한 총액은 13만 1832,5달러입니다.

3. 당신이 진 모든 죄는 조만간에 돌아갈 것이며 빠르면 이달 내, 늦어서
   금년 넘지 않을 것입니다.

4. 마지막으로 회개하여 사람이 되기를 충고합니다.

   자, 어디 두고 봅시다

이 한 장의 팩스가 은을 냈다. 명철이의 위엄에 눌렸든지 아니면
자책을 느꼈든지 잔꾀를 부리던 그 한국 상인은 고스란히 물건 값을
보내왔다.

"제일 골치가 아픈 것은 물건을 팔고 돈을 받지 못하는 것이다."

이는 명철이의 제일 큰 고충이기도 했다.

현찰이나 신용으로 하면 괜찮아도 외상으로 할 때면 물건 값을 언제 받을지 모른다. 그래서 때로는 밑지는 장사를 할 때도 있다. 돈을 받을 수 없으니 말이다. 명철이가 물건을 한국 측으로 넘기고 값을 제대로 받지 못하거나 돈을 받지 못한 것이 한 두 번이 아니었다.

"자, 6만 달러요, 무역거래가 성사되면 별도로 이 돈을 몽땅 드리지." 무역파트너인 한국상인이 달러를 내밀며 말했다.

6만 달러면 국가조절가격으로 쳐도 50만 위안이 넘는다. 적은 돈이 아니다.

명철이는 약속대로 이리저리 뛰어 다니며 들깨며 콩이며 당콩같은 것을 수백 톤 장만하여 한국으로 보냈다.

"내가 천진에서 본 견본과는 다르구만, 품질이 말이 아니여!"

한국 상인이 트집을 잡았다.

분명 함께 돌며 품질 검사를 했었다. 그때 다만 선택검사를 했고 일일이 검사를 못했을 뿐이다. 또 그 많은 물품을 참빗질하듯 훑을 수는 없는 것이다. 당시 한국 상인은 품질이 요구에 부합된다며 오케이, 하고 돌아갔던 것이다. 그런데 정작 물건을 보내니 타박이다. 품질이 나쁘다는 것 외에도 근수까지 모자란다며 값을 깎았다.

"또 학비를 치렀어."

명철이는 쓸쓸하게 웃었다.

물건 값을 깎는 것은 그래도 괜찮은 편이다. 수십 톤, 수백 톤의 물건을 산다고 계약까지 맺어놓고 물건까지 다 장만하여 놓았는데 후에 대방에서 그 물건을 사기 싫거나 본국의 시세가 급변해 값이 뚝 떨어져 밑질 것 같거나 판로가 없게 되면 품질이 불합격이여서 주문했던 물품을 사 갈 수 없다고 딱 잡아떼는데 그때면 별 수 없이 눈을 편히 뜨고도 판판 밑지고 드는 판이다. 이런 연고로 망한 무역회사나 장사꾼이 수두룩하다.

명철이는 이런 역경 속에서도 요행히 빠져나왔다. 그는 거듭되는 시련 속에서도 넘어지지 않고 꿋꿋이 허리를 펴고 걸어 나왔다.

명철이의 수출 품목은 다양했다. 고사리, 고비, 더덕, 참깨, 들깨, 고구마순, 검정귀버섯, 콩, 당콩, 잠두, 녹두, 참나무잎사귀, 잣… 그만큼 외국 측의 무역파트너가 많았고 국내의 지정된 물품구입 지점도 여러 곳 이었다. 정상적으로 무역거래를 하는 외국파트너가 20여 개 되고 국내의 농산물 원산지는 천진을 중심으로 하여 흑룡강, 길림, 하북, 하남, 감숙, 청해, 내몽골, 섬서, 안휘 등지에까지 뻗쳤다. 그래서 한국 측에서 무슨 물품을 수요 한다는 정보만 입수되면 신속한 기일 내에 보낼 수 있었다.

1992년 여름, 한국의 한 회사에서 참나무잎사귀를 대량 수요한다는 정보를 입수했다. 좋은 장사거리였다. 명철이는 자신이 있었다. 참나무잎사귀가 많이 나는 생산지를 익숙히 알고 있었던 것이다.

"제 기일 내에 수요 되는 물품을 보내드리겠으니 안심하십시오."

명철이는 한국 측 회사에 알린 후 일군들을 거느리고 천진에서 1000여 킬로미터로 떨어진 하남성 남양으로 떠났다. 그곳에서 자리를 잡고 참나무잎사귀를 구입하기 시작했다.

"품질을 담보해야겠습니다. 불량품이 생기지 않도록 깐깐히 검사하시오." 명철이는 구매 담당 직원들에게 신신당부했다.

"이 안에 무엇이 들었지?"

잘 포장된 마대 하나가 하도 무거워 풀어 헤쳐보니 글쎄 참나무잎사귀 속에 30킬로그램이 넘는 돌덩이가 들어있지 않는가?

"이런 돌덩이를 수출했다가는 큰 변이 날 뻔했잖아!"

명철이는 어처구니가 없었다.

국내 장사꾼들도 속임수를 쓰는 것이 상례로 되었다. 시시각각 경각심을 높이지 않으면 큰 변을 당한다. 명철이는 고배를 여러차례 마셨던 것이다.

명철이는 넉 달 사이에 참나무잎사귀를 3500톤 장만하여 한국으로 수출하였는데 이 한 가지 품목에서만 하여도 70여 만 위안이란 이윤이 떨어졌다.

장사를 하자면 먼저 장사거리가 좋아야 하고 가격이 맞아야 하며 품질이 좋아야 한다. 장사거리가 나쁘게 되면 아무리 값이 쌀지라도 돈을 벌 수 없고 품질이 나쁘면 수출 할 수도 없는 것이다.

명철이는 한 가지 수출품목을 쥐였으면 먼저 상세히 따져본 다음 일에 착수하였다. 장사거리가 좋은가부터 따졌고 이윤을 따졌으며 성공여부를 따졌다. 명철이의 말을 빌면 성공과 실패와의 거리는 한 발자국 사이이다. 장사에서 반 발자국만 앞으로 내밀면 성공이요, 반 발자국 뒤로 물러서면 실패를 의미한다. 큰 회사도 그렇고 억만장자도 그렇고 하루아침에 망할 때가 있는 것이다. 장사도 마찬가지이다. 백번 잘 되다가도 한번 큰 실패를 가져오면 가산을 탕진할 수 있고 천길 나락에 떨어져 영영 햇빛을 못 볼 수도 있는 것이다. 명철이는 이러한 것을 누구보다도 잘 알고 있었다. 명철이는 자기의 재질과 담략으로써 무역에서 큰 성공을 가져 올 수 있었고 무역계에서 두각을 내밀 수 있었던 것이다.

수출 품목이 수십 가지에 달하고 연간 수만 톤 수출해 거래액이 1억 위안을 훨씬 초과했다.

명철이는 그렇게 천진흥업유한회사를 도급 맡은 1년 만에 5년 도급비를 다 물고 그 회사를 자기 것으로 만들었으며 별도로 거액의 돈을 내여 1만 1000평방미터 되는 회사의 부지와 공장건물을 사놓았고 사무청사를 세울 자금도 마련해 놓았다. 그는 또 고춧가루 가공공장과 고추장 가공공장을 앉혀놓고 자체의 제품을 팔기도 했다.

몇 년간 실천을 거쳐 명철이는 제3자를 통해 장사를 하기 보다 자신이 직접 무역의 길을 여는 것이 제일 바람직한 처사라는 것을 절실히 느꼈다. 1997년 초에 그는 자기돈 십여 만 위안을 팔며 한국에 다녀왔다. 놀러간 것이 아니었다. 서울에다 사무소를 차리고 직접 대한국무역을 해보자는 심사에서였다. 서울에서 보름동안 머무는 기간 그는 자체의 무역사무소를 앉히는 준비사업을 다 마무리 해놓고 왔다. 서울사무소를 통해 직접 거래하며 무역의 새로운 장을 열어나갈 준비를 마친 것이다.

그러나 리명철의 서울사무소는 개업하지 못했다. 한국회사와 무역분쟁이 생겼던 것이다.

중국정법대학을 졸업한 명철이는 자신이 직접 소송에 나서기로 하고 1997년 여름 한국에 재차 입국했다. 그 사이 한국 파트너들과 무역거래를 하면서 일부는 외상으로 거래를 하여 환수하지 못한 금액이 무려 200만 달러에 달했다. 결과적으로 엄청난 피해를 입은 리명철은 그 돈을 환수하기 위해 한국 땅을 밟은 것이다.

20년이 지나 당시 천진과 베이징에서 리명철과 가까이 지내던 고향 친구들을 만나 리명철에 대해 담론하며 우리는 모두 명철이가 그때 한국에 나가지 않고 회사 경영에 집중했더라면 그 후의 불행을 겪지 않았을 수도 있다고 입을 모았다.

200만 달러가 큰 돈 이긴 하지만, 국제무역을 하는 기업인의 입장에서 보면 몇 건의 거래를 제대로 성사시키면 그만한 돈은 얼마든지 벌어들일 수 있는 것이다. 황차 그때 명철이는 이미 연간 1억 위안 이상의 수출액을 올리고 있었음에라! 그러고 보면 200만 달러라는 거액의 돈도 그까짓 200만 달러! 가 되고 마는 것이다. 말하자면 그까짓 200만 달러 때문에 언제 이길지도 모르는, 더구나 이길 수 없을지도 모르는 무역 분쟁이라는 그따위 진흙탕 속에 제 발로 빠져들어가지 말았어야 한다는 것이다. 그만한 시간과 정력으로 그 보다 더 큰 돈을 벌어들일 생각을 했어야 하는 것이다. 한발 물러서서 말한다면 소송을 하더라도 오너인 명철이 자신이 직접 나서지 말고 변호사에게 맡겼더라도 그런 결과를 초래하지 않았을 것이다.

아쉽게도 리명철은 그러지 못했고 그의 운명은 그렇게 엉뚱한 곳으로 틀어졌다. 그것이 어쩌면 바로 명철이가 피해갈수 없었던 그 자신의 운명이었을 지도 모른다.

그때 단기체류비자로 한국에 입국한 리명철은 무역 분쟁으로 장기 법정소송전이 이어지면서 체류기간이 만료돼 "불법체류자"란 딱지가 붙게 되었고 한국에서의 행동도 자유로울 수 없게 되었다. 그럼에도 그는 끈질기게 법정소송을 견지하는 한편 홍콩무역상의 한국내 의류 대리 업무를 맡아 무역업을 계속 이어나갔다.

그리고 그는 재한 동포사회의 권익신장과 처우개선에 앞장서 동포 사회를 위한 유익한 사업들을 추진시켜 나갔다. 법률 전공이라는 자신의 신분과 불의를 보면 참지 못하는 그의 불같은 성격이, 아니 정의를 위해 자기 한 몸을 과감하게 던질 수 있는 그의 인격이 그를 동포들을 위한 사업에 앞장서도록 떠밀었던 것이다. 한 공동체를 위해 누군가는 앞에 나서야 하지만 누구도 선뜻 나서지 않는 일에 그는 그어떤 책임감과 사명감을 안고 나섰던 것이다.

그는 조선족동포가 운집되어 있는 서울 영등포구에 거주해 있으면서 당시 서울조선족 교회를 운영하는 서경석목사와 손잡고 조선족동포들을 위해 실질적인 일들을 벌려나갔고 한국 정부에 중국동포들을 위한 정책개선 등 좋은 제안을 제출하기도 했다.

그리고 그는 한국에 나와 있는 조선족엘리트들을 단합시켜야 하는 필요성을 절실하게 느끼고 재한조선족유학생연합회 설립을 발기하고 구체적인 설립준비에 착수했다. 그렇게 재한조선족유학생연합회가 마침내 설립돼 조선족유학생네트워크가 형성되었으며 그것을 통해 조선족유학생들의 연대와 단합이 탄력을 받게 되었던 것이다.

2000년, 리명철은 또 LG와 합작하여 한국에서 처음으로 국제전화 선불카드를 개발함으로써 재한중국동포들의 중국내 친지들과의 통화요금을 절감하는데 획기적인 기여를 했다.

"불법체류자"로 낙인 되고 법정소송이 여의치 않아 한국에서의 생활이 극히 어려운 환경 속에서도 동포사회를 위해 혼신을 다해오던 리명철은 2002년 봄, "승선권판매사건"에 연루되어 서울출입국관리사무소로부터 "가짜승선권판매", "체류자격외 활동" 등 "죄명"을 쓴 채 중국으로 추방되었다.

중국에 돌아온 리명철은 산동성에 자리를 잡았다. 천진에 있던 그의 회사는 그동안 그의 전처가 맡아서 경영하고 있었고 그의 딸도 엄마와 함께 생활하며 별 탈 없이 자라고 있었다.

산동성에 머물면서 그는 일조(日照)시정부와 손잡고 일조-평택항 여객선 항선개통을 성사시켰고 "중한(일조시)외자유치상담회"를 기획하고 성사시켜 지역경제발전에 기여했다.

2003년 11월, 산동성 청도에 취재 갔던 나는 일조시에 찾아가 명철이를 만나보았다. 1991년 내가 광서 남녕으로 역시 취재를 떠나는 길에 특별히 천진에 들려 그를 만나본지 12년 만이었다. 해변도시이지만 해변가와 좀 떨어진 시내 한 곳에 자리잡은 그의 회사에 가보니 20여 명 직원들이 저마다 열심히 사무를 보고 있었다.

그 이후 명철이는 산동성 여러 지역 현지 기업인들과 손잡고 한국과 무역거래를 계속 진행하는 한편 산동성 냉동마늘과 냉동고추의 한국 내 정상적 수입통관의 장을 열어 지역경제발전에 다시 한 번 크게 기여했다.

그렇게 어렵게나마 국제무역에 다시 발을 붙여 "동산재기"를 꿈꾸던 리명철은 2012년 여름, 산동성 즉묵(即墨)시 경내에서 의외의 교통사고로 50고개에 올라서서 한창 기지개를 펼 나이에 파란만장한 생을 마감했다.

20대에 무역계에서 두각을 내밀고, 30대에 천만장자의 반열에 올라 천진-베이징지역의 중한무역계를 휩쓸며 혜성처럼 반짝이던 리명철은 큰 뜻을 이루지 못한 채 50대에 생을 마감한 비운의 사나이였다.

그는 중한 수교전인 1980년대에 최초로 중한무역의 대문을 연 선구자로서 우리 조선족의 자랑이요, 고향의 자랑이 아닐 수 없다.

"중한경제무역"이란 역사의 페이지 속에, 이제는 조금 좋아졌지만 한때는 그토록 절실했던 재한 동포 처우개선과 권익 신장이라는 슬로건 아래 인간 리명철의 이름 석 자가 또렷이 새겨져 있다.

60년대 출생 11인 스케치

1. 성덕찬(흑룡강 상지)

2. 장인환(베이징)

3. 장해선(일본 群马县)

4. 김창금(대경)

5. 김홍국(천진)

6. 김준걸(하북성 랑방)

7. 안병관(한국 서울)

8. 김성학(하남성 신향시)

9. 김성욱(베이징)

10. 엄성홍(한국 서울)

11. 김선식(일본 도쿄)

흑룡강성로력모범, 전국우수교사

성덕찬 (1960년생. 상지시조선족중학교 부교장 역임, 흑룡강 상지)

2014년 7월, 상지조선족중학교에서 나의 소꿉친구이자 소학교, 중학교동창인 성덕찬을 만났다. 그동안 그를 많이 만나기는 했지만 취재를 하기 위해 만나기는 그때가 처음이었다.

성덕찬은 1977년 대학입시제도 회복 후 서광촌에서 처음으로 중등사범학교에 붙은 3명 가운데 한사람으로서 호란사범학교에서 수학을 전공했다. 1979년 7월 졸업 후 방정현조선족중학교에서 교편을 잡은 그는 방정조중이 대학입시에서 좋은 성적을 거두는데 큰 공로를 세웠다. 학교가 시골에 있었지만 그는 베이징 해전구 명문고중들과 연락하여 최신 복습재료를 구입해 학생들을 지도했다.

1987년 방정조중 고중부가 취소되면서 그는 연수현조선족중학교로 조동돼 고3 수학과를 전담하다가 1992년 교도처 주임으로 발탁되었다.

1998년 상지조중으로 조동된 성덕찬은 이듬해 교무처주임 직무를 맡아 전교 교수업무를 추진했고 2007년부터 부교장으로 업무를 주관했다. 1990년대 중반부터 근 20년 동안 상지조중은 흑룡강성에서 대학입시 성적이 가장 뛰어난 조선족고중으로 이름을 떨쳐 베이징대학과 청화대학에만 30명을 진학시켰는데 성덕찬은 중요한 역할을 했다.

41년 동안 시종 교수 제1선에 있으면서 성덕찬은 고3 수학교원을 26차례 담당했는데 그가 직접 가르친 학생 가운데 12명이 베이징대학과 청화대학에 입학했고 그 가운데 한 명이 흑룡강성문과수석(文科

狀元)이다.

그동안 성덕찬은 수많은 영예를 획득했는데 그 중 가장 높은 영예
는 2001년에 중화인민공화국교육부로부터 "전국우수교사" 영예를
수여받은 것이다. 1986년부터 2019년까지 모두 13차례 평선한 "전국
우수교사" 영예는 전국 1650여 만 중소학교 교원 가운데서 매번 약
1700여 명에게 수여하는 것으로 알려졌다.

성덕찬은 2000년에 하얼빈시로력모범으로 선정되었고 2001년에
흑룡강성로력모범으로 선정되었다. 2008년에는 하얼빈시인민정부
에서 수여한 하얼빈시공훈교사(功勳教师)"의 영예를 지녔는데 이는
전 하얼빈시 10만여 명 중소학교 교원 가운데서 48명에게 주어진 영
예다.

베이징 호호하나로화장품회사 사장
장인환(1962년생, 베이징)

2014년 2월 베이징에서 나의 바로 아래 학급 후배 장인환을 만
났다.

그들 학급은 원래 1961년생들로 이뤄져야 하는데 1969년 9월 새
학기에 입학생이 너무 적어 1962년생들이 앞당겨 입학해 한개 학급
이 되었다. 1960년부터 3년 재해시기가 시작되며 신생아가 대폭 줄
어든 결과였다. 그때부터 줄곧 일곱 살부터 소학교에 입학하게 되
었다.

장인환은 1980년 방정조중을 졸업하고 대경석유학교 석유채굴공

정(采油工程)학과에 입학했다. 졸업 후 그는 대경유전 시유시굴회사(大庆油田试油试采公司)에 분배받아 기술원, 공정사로 근무했다. 대경유전은 생산 일선 종업원들의 대우가 높아 노임과 수당금을 합친 수입이 기타 지역 다른 업종보다 대여섯 배 높았다. 그런 그가 졸업 12년만인 1994년 무급여휴직 수속을 하고 대경을 떠났다. 석유학교 80여명 동창들 가운데 유일하게 직장을 떠난 사람이었다.

"대경에 있으면 수입도 높고 편안하긴 했지만 사는 게 별로 재미가 없었어. 내가 자주적으로 노력해서 뭘 이룩할 수 있는 공간이 없으니까. 끝이 환히 보이는 삶을 평생 사는 게 싫어서 뛰쳐나오고 말았지."

장인환은 하얼빈으로 와서 국제무역성에 한국 의류를 전문 도소매하는 매장을 오픈했다. 국제무역성은 하얼빈에서 가장 번화한 츄린 지역에 위치한 국내 최대규모의 지하상가로서 그때 장사가 잘 되었다. 일년 후 장인환은 하얼빈 도외구(道外区)에 작은 의류가공공장을 설립했다. 한국에서 수입하는데만 의거해서는 수요를 만족시키기 어려웠던 것이다. 그렇게 3년 넘게 연간 100여 만 위안 수입을 올렸던 그는 1997년 한국 외환위기로 한국의류판매가 직격탄을 맞으며 국제무역성에서 철수하고 베이징으로 갔다.

베이징에서 장인환은 북경한중전자회사에 취직해 1년 동안 과장으로 있다가 1998년부터 총경리를 담당했다. 감시카메라 부품 생산기업으로서 백여 명 종업원에 연간 매출액이 1천만 위안에 달하는 규모 있는 회사였다.

2002년 장인환은 중학교동창인 박길춘의 호호색조화장품(好好彩妆)회사 설립에 공동투자하며 참여했다. 2003년에 사스의 영향으로 박길춘씨가 메이크업학원을 철수하면서 장인환은 화장품회사를 인수해 베이징호호하나로 (好好霞奈露)화장품회사를 새로 설립했다. 그 후 그는 HOHO계렬과 O2B계렬 색조화장품을 80여 종 출시했는데 색상이 200여 종에 달한다.

호호하나로화장품은 다양한 품종의 자체 브랜드로 차츰 국내 메이커업학원(彩妆学校)들에서 가장 선호하는 색조화장품의 하나로 자리매김하고 한국과 일본에도 수출했다. 2006년 미스유니버스(世界小姐) 복건성경기구 색조화장품으로 지정되었던 호호하나로화장품은 전국 20여 개 성과 시에 대리상을 두고 전국적인 판매망을 구축했다.

2021년 5월 22일, 나는 장인환과 통화해 회사의 최근 상황을 알아보았다. 코로나의 영향으로 메이크업학원들의 운영이 어려워지면서 색조화장품 판매가 다소 줄어들긴 했지만 대신 온라인 판매가 약진하며 호호하나로는 경영에 큰 영향이 없다고 한다.

일본 군마현 중한언어학교 사장
장해선 (1964년생, 일본, 일본 群마县)

2019년 3월 11일 오후, 장해선선생이 도쿄에서 차를 운전해 사이타마현 시카시에 와서 나를 태우고 200여 킬로미터 떨어진 군마현(群마县)으로 갔다. 다음날 나는 또 그의 차를 타고 도쿄로 돌아와 그의 집에 가서 그의 박사 아들을 만나 잠깐 얘기를 나누었다.

장해선은 1985년 호란사범전문대 중국어학과를 졸업하고 연수조 중에 배치 받았는데 1987년 결혼 후 하얼빈으로 조동돼 하얼빈시 동력조선족소학교에서 11년 동안 근무했다. 하얼빈에 있을 때 우리는 꽤나 자주 만나며 가깝게 지내던 사이였다. 1998년 그는 일곱살 된 아들을 데리고 일본에 왔다. 남편이 먼저 일본에 와서 군마현에 있는 모 인쇄업체의 임원으로 있었는데 장해선은 이 회사 사무실 직원으로 근무했다. 2001년, 남편은 중국 대련에 파견되어 새 회사 설립을 전담하게 되었는데 현지 관련 부서와의 관계처리 문제에서 본사와 갈등이 생겨 사직하고 자신의 독자회사 설립에 착수했다. 그런데 3년 동안 일본에 살며 이미 적응하고 일본을 좋아하게 된 아들이 중국으로 돌아가지 않겠다고 했다. 일본의 교육환경이 국내보다 우월한 것을 감안한 장해선은 아들애의 의사를 존중해 일본에 남기로 했다. 그동안 일본어를 숙련되게 장악한 그도 원래 회사에서 나와 수입이 상대적으로 높은 회사에 취직해 있었다.

2002년부터 장해선은 현지의 언어학원에서 한국어강사로 일하면서 일본인들에게 한국어를 가르쳤고 수요에 따라 중국어도 가르쳤다. 그때 마침 한류가 일본을 휩쓸기 시작하며 한국어 배우는 고조가 일어났는데 수입이 짭짤했다. 언어학원 수업은 대부분 저녁 시간이었기에 그는 낮에는 또 화장품공장에 다니며 아르바이트를 했다.

2005년 장해선은 직업소개소를 통해 중국관련 무역회사에 취직하여 국제무역 업무를 전담했는데 퇴근 후에는 여전히 언어학원에 가서 수업을 했다. 국제무역에 종사하면서 그는 연산대학을 졸업한 동생 장원(张远)과 함께 대련에 국제무역회사를 설립했다. 2007년 그는 일본에서 가장 큰 시멘트판매회사 국제무역부에 취직해 일중무역을 전담하며 비교적 큰 몇 건의 무역을 성사시켰다. 2009년 시멘트판매회사가 산하업체의 후쿠시마 핵 오염 시멘트 판매사건으로 파산

선고를 받게 되면서 그는 무역에서 손을 떼고 대련에 있는 무역회사를 동생에게 넘겨주었다. 그동안 그는 대련에 수백평방미터에 달하는 2층집을 두 채 사서 각각 슈퍼마켓과 여관을 개업했는데 역시 동생에게 양도했다.

장해선은 群马县(군마현)에 단독 건물을 사서 언어학원을 설립하고 법인대표가 되었는데 그때로부터 언어학원 운영에만 전념했다. 언어학원 수강생은 연간 수백 명에 달했는데 群马县은 물론 도쿄에서도 입소문을 듣고 찾아오는 사람도 많았다. 학생들의 소개와 홍보를 통해 비교적 안정된 학생 내원을 확보한 언어학원은 중한일 세 가지 언어의 통번역 업무도 담당하고 있다.

언어학원을 운영하는 한편 그는 주요 정력과 정성을 아들의 교육에 쏟았다. 그러다보니 십여 년 동안 그는 수강생들을 만나는 것 외에 기타 사회교제를 거의 삼가했다. 아들이 가장 좋은 학교에 다니도록 하기 위해 그는 여러 차례 이사를 했다. 아들이 도쿄대학에 합격된 후 그는 또 도쿄에 아파트를 사서 주말마다 도쿄의 집에 가서 아들과 함께 지냈다. 1991년에 태어난 아들은 현재 "도쿄수도대학"에서 박사공부를 하고 있으며 생물공학 첨단학과를 전공하고 있다. 장해선은 나에게 내년(2020년)에 아들이 박사를 졸업하면 그때 가서야 마침내 한숨을 돌릴 수 있을 거라고 말했다. 그렇게 그는 아들을 위해 일본에서 장장 20년 분투해 왔으며 어머니로서, 여자로서의 가장 좋은 세월을 아들에게 바친 것이다.

대경유전 고급공정사
대경유전급수회사供水总公司 기술부장
김창금 (1962년생, 대경)

2019년 7월 대경에서 나의 고종사촌 동생 김창금을 만났다. 대경유전급수회사 기술부장으로 있는 창금이는 2천여 명 종업원이 있는 회사에서 기술권위로 인정받고 있는데 하얼빈공업대학을 비롯한 국내 급수(供水)와 수처리(水处理) 분야 전문가, 교수들과 손잡고 유전 급수에 관련된 많은 난관을 돌파했다.

창금이는 어릴 때부터 수학을 특별히 잘했고 중학교에 올라와서 수학, 물리, 화학 성적이 뛰어났다. 영건중학교에 다닐 때 수리화 경연에 참가해 세 과목 모두 만점을 맞기도 했다. 그런데 1980년 대학 입시에서 수학 시험을 잘 못 치르는 바람에 지망하는 대학에 가지 못하고 흑룡강성수리공정전문대학(水利工程专科学校)에 붙었다.

1983년 졸업 후 그는 자진해서 흑룡강성 수분하시에 가서 변방건설 지원에 참가해 2년 동안 수분하시 검찰원, 토지국, 수리국 등 단위에서 근무했다. 1985년 7월, 그는 대경유전으로 전근돼 대경유전급수회사 기술원으로 근무하기 시작했다.

급수회사는 대경유전의 생산과 생활 보장을 위한 급수 및 하수 관리 업무를 담당하고 있다. 유전에서 석유를 뽑아내면 그에 상당한 물을 주입해야 하고 채유과정에서 산생되는 오수도 처리해야 하는데 그 임무가 막중하다. 그는 자신의 업무를 고심하게 연찬하며 실제적인 기술 난제들을 해결하는데 주력해 회사의 기술업무를 총괄하는 기술부장으로 진급했다. 청화대학 졸업생을 비롯해 석사와 박사들이 수두룩한 회사에서 대학전문대 졸업생에 불과한 그는 뛰어난 업무능력으로 인정을 받았다.

지난 십여 년간 그는 중국과학원 원사인 하얼빈공업대학교수 마군 등 국내 수처리 분야 최고의 전문가들과 협력해 여러가지 국가급 연구과제를 완수했을 뿐만 아니라 그 자신도 발명특허를 취득하여 유전급수 수질 향상과 석유채굴 원가 절감 그리고 유전생산의 안전성 향상에 크게 기여했다.

그가 근 20년 연구하고 수백 차례 실험을 거쳐 개발해 낸 "이산화염소 일체화발생에 따른 주입장치(二氧化氯一体化发生加注装置)"는 이산화염소의 누출과 폭발 등 중대한 안전기술 문제를 효과적으로 해결하여 국제 선진 수준에 도달했다는 평가를 받고 있다.

현재 그는 하얼빈공대연구팀에 합류해 석유채굴능력과 환경효율을 크게 향상시키고 원가도 절감할 수 있는 마이크로나노입자사용 혁신기술 개발연구에 참여하고 있다.

김창금은 그동안 "흑룡강성우수기술혁신능수(黑龙江省优秀技术革新能手)", "대경유전우수기술사업일군(大庆油田优秀技术工作者)" 등 영예 칭호를 여러 차례 수여받았다.

천진보산수출입무역회사 사장
김홍국 (1963년생)

2014년 2월과 2018년 4월 베이징 왕징과 하북성 연교에서 김홍국을 두 번 만나 애기를 나누었다. 천진에서 사업하는 그는 내가 왔다는 걸 알고 일부러 나를 만나러 왔던 것이다.

홍국이는 나의 두 학년 아래 후배인데 소학교 때부터 우리는 겨울이면 스케이트선수로 뽑혀 현성에 가서 전현빙상운동회에 참가하군 했다. 어릴 때부터 키가 별로 크지 않은 그는 스케이트를 잘 탔다.

"형, 내가 어떻게 베이징사범대학 체육학부에 붙었는지 알아?"

두 번째 만났을 때 그가 날 보고 이렇게 물었다.

"글쎄… 스케이트 말고 뭘 또 특별히 잘했던가?"

"내가 백 미터달리기 성적이 11초 02였어요. 나도 내가 그렇게 빠를줄 몰랐다니까. ㅎㅎ"

"진짜? 서광에서 학교 다닐 때 네가 달리기는 별로 빠른 축은 아니었잖아."

"맞아, 중학교 때까지도 별로였는데 체육수험생이 된 그해에 반년 넘게 연습하니까 기적처럼 성적이 쑥 올라갔어. 정말 생각지도 못했다니까."

일반 사람들의 백 미터 달리기 성적은 대부분 13초 밖에 머물러 있다. 13초를 돌파해 12초 안에만 들어도 어지간한 운동회에 참가해 상을 탈수 있다. 그런데 홍국이가 12초를 돌파해 11.02초라는 기록을 냈다니 보통 빠른 속도가 아니다.

1980년 방정조중 고중졸업생인 홍국이는 연속 2년 대학입시에서 낙방했다. 1982년 그는 체육생 모집에 신청해 대학입시에 참가했는데 문화과 성적도 괜찮은 데다 100미터 달리기에서 최고 점수를 얻어 높은 성적으로 베이징사범대학 체육학부에 붙었다.

1986년 7월 대학 졸업 후 홍국이는 하얼빈사범전문대학(哈师专)에 배치받기로 내정되었다. 그런데 대경유전관리국에서 흑룡강성교육

청과 어떻게 교섭했는지 그해 베이징사범대학 졸업생들을 몽땅 대경
으로 데려갈 줄 이야. 그래서 홍국이는 대경사범학교 체육교원이 되
었다.

"그때 딱 무슨 날벼락 같았어. 하얼빈에 남을 사람이 대경으로 내
려간 데다 학교도 전문대학에서 중등사범학교로 변했으니까."

한 개인이 그처럼 무력하고 속수무책이던 시절이었다. 9월 새학기
부터 울며 겨자 먹기로 출근하긴 했지만 홍국이는 좀체로 적응할 수
없었다. 베이징에서 4년 공부하며 큰 세상을 구경한 그의 눈에 그때
대경은 시골이나 다름없었다. 그렇게 몇 달 지나 그의 동료들이 대경
사범학교와 이웃하고 있는 대경사범전문대학 수학교원인 조선족 처
녀선생을 소개했다. 당시 두 학교의 조선족 처녀 총각은 그들 둘 뿐
이었다. 고향이 이춘시(伊春市)인 김나(金娜)는 홍국이보다 한 살 어
리지만 학번으로 따지면 3년 선배로서 16살에 대학에 붙은 수재였
는데 마치 3년 동안 그를 기다리기라도 한 듯 남자친구도 없었다. 인
연이라면 인연인 셈이었다. 둘은 첫 눈에 정이 들어 연애하기 시작했
고 1년 후 결혼식을 올렸다. 결혼까지 하고나자 홍국이는 마침내 대
경에 적응할수 있었다.

그런 홍국이는 1990년 겨울방학에 천진에 있는 중학교 동창 리명
철한테 놀러가서 한국상인들과 접촉한 후 대번에 마음이 들떠버렸다.

"한국 골동품상인을 한분 소개 받아 그분과 함께 일주일 동안 남방
여러 곳을 다녔는데, 그분이 통역과 가이드 비용이라며 400달러 주
더라고. 암시장에 가서 바꾸니까 중국 돈 3천원 넘었어. 그때 내 월
급이 백 원 좀 넘었는데 일주일에 우리 부부간 1년 수입에 상당한 돈
을 번 셈이야."

그때부터 홍국이는 기회가 되면 단기휴가를 내고 베이징과 천진으로 달려가곤 하다가 1992년에 정식으로 "무급여휴가(停薪留職)"를 하고 천진으로 갔다. 처음에 그는 리명철의 무역회사에서 일하며 수출입무역 업무를 배우고 익힌 후 차츰 독립해서 자체로 한국에 농산물을 수출했다.

체육전공생답게 성격이 시원시원한 홍국이는 거친듯 하면서도 세심했다. 그는 항상 신용을 가장 앞자리에 놓았고 친구에 대한 의리가 깊었다. 장사를 하며 자신이 좀 밑질망정 대방이 돈을 벌게 했는데 대방이 돈을 벌어야 나도 돈을 번다는 것이 그의 지론이었다. 돈에 있어서 항상 대범하고 베풀기 좋아하는 성격인 그는 어머님 뵈러 고향에 가면 꼭 노인협회활동실(노인회관)에 들려 돈을 드리곤 했다.

2000년대 초반부터 홍국이는 천진시보산수출입무역회사를 설립하고 대한국 수출입무역을 활발하게 벌였는데 연간 무역액이 500만 달러 웃돌았고 많을 때는 800여만 달러에 달했다. 그들 부부는 1989년생 딸을 하나 두었는데 중국명문대학 천진대학을 졸업하고 네덜란드에 유학가서 석사학위를 받고 돌아와 현재 베이징에서 모 회사의 임원으로 근무하고 있다.

베이징 유학중개회사 사장

김준걸 (1965년생, 하북성 랑방)

김준걸은 내가 서광촌사람들 취재를 처음 시작했을 때 베이징 왕징에서 만난 십여 명 서광사람들 가운데 한 사람이다. 2014년 2월의 일이니까 벌써 7년 전인데 그때 만난 사람들 신상에 많은 변화가 생긴 건 당연지사라 하겠다. 김준걸도 그때는 왕징에서 유학중개회사를 운영하고 있었는데 후에는 베이징과 가까운 하북성 탁주(涿州)시에 살면서 사업을 한다고 했다.

김준걸은 얼굴에 항상 웃음이 사라질 줄 모르는 밝고 핸섬하며 배려심이 많은 사람이다. 왕징에서 만난 그날 그는 나에게 무작정 호텔부터 잡아주고 밤늦게까지 술을 마신 후에는 나를 호텔에 데려다주기까지 했다.

김준걸의 할아버지는 고향이 경상북도 영덕군인데 1930년대 초반 가족을 이끌고 북만으로 건너와 주하현(현 상지시) 청산이라는 곳에 살다가 후에 방정현 남천문으로 이주했다. 김준걸의 큰아버지 두 분이 광복직후 6촌 동생 김만선을 따라 조선의용군에서 참가했다고 한다. 김만선은 조선의용군3지대 중대장과 선전고장(宣传股长)으로 있다가 광복 후 중국조선족 최초의 신문이라고 할 수 있는 〈전투보〉, 〈인민신보〉 창간에 참여했고 후에 연변교육출판사 초대 총편집을 지냈으며 썩 후에 베이징 민족출판사당조서기 겸 총편집을 담임했던 고위급간부로서 중국조선족언론출판계의 개척자의 한 사람이다.

김준걸의 부친 김기봉은 마을에서 정미소 기술자, 양봉기술자로 계셨는데 내 기억에 매우 조용한 분이었다. 김준걸의 서광촌 가족들 가운데 가장 이름 있는 사람은 그의 외할아버지 안봉섭노인이다. 고향이 황해도인 안노인은 안중근의사와 한고향이고 종친이었다고 하는데 1970년대 초반까지 마을에서 유식하고 대바르기로 유명했던 분이다.

김준걸은 1983년 방정조중에서 대학입시를 치르고 중앙민족대학

조선언어문학학부에 진학했다. 1987년 7월 대학졸업 후 상지조선족 중학교에 배치 받아 1년 반 근무하고 1989년 년 초에 다시 베이징으로 진출했다. 그는 베이징과 천진을 오가며 고향사람들인 리명철, 김기광, 김홍국 등과 함께 대외무역에 종사했다. 1991년부터 김준걸은 그때 당시 중국 조선족 최고의 무역 거상(巨商)으로 알려진 최수진총경리가 이끄는 흑룡강성민족경제개발총공사 베이징지사장으로 임명돼 최총경리의 유력한 조수로 되었다.

2000년대 초반 흑룡강성민족경제개발총공사가 불경기에 처하면서 회사를 떠난 김준걸은 베이징에서 계속 대외무역에 종사하는 한편 한국 상인과 함께 공동투자로 흑룡강성 녕안시에 된장가공을 위주로 하는 식품가공회사를 설립했다. 식품회사가 여러 가지 원인으로 문을 닫게 되자 그는 여전히 베이징에서 여러 가지 사업을 벌여오고 있다.

한국 반도체회사 해외투자고문
안병관 (1964년생, 한국 서울)

2014년 10월 8일 서울에서 만난 안병관은 지금까지 취재한 서광사람들 가운데서 비교적 특별한 인물이다. 한국 여러 반도체회사의 고문으로 있으면서 전문 중국의 대기업을 상대로 해외투자를 추진하며 천만 달러 이상의 투자 건을 여러 개 성사시켰으니 말이다.

안병관은 1980년대 초반에 부모를 따라 서광에 이사 왔지만 그의 가족은 서광과 인연이 깊다. 1950년대부터 1966년 문화대혁명이 일어나기 전까지 서광학교 교장으로 계셨던 안인수 선생이 그의 삼촌인 것이다. 1960년대 후반 방정현성과 가까운 신성촌학교로 전근한 안인수 선생은 1980년대부터 오상조선족사범학교 일본어교원으로 근무하셨다. 안인수선생의 아들 안병철은 1970년대 흑룡강대학 영어학부를 졸업하고 하얼빈공업대학에서 영어교수로 근무하다가 하얼빈공대 위해캠퍼스(威海校区) 외국어대학 학장직을 담당했다.

안병관은 1987년 흑룡강대학 물리학과를 졸업하고 대경시상업국에 배치 받아 가전제품상점을 도급 맡아 경영했었고 후에 청도에서 컴퓨터와 보일러 판매, 농산물무역 등 여러 가지 사업을 했지만 성공하지 못하고 2002년 한국에 왔다. 한국에서 친구의 소개로 스마트에이스라는 반도체회사에 입사한 그는 말단 직원으로부터 시작해 과장, 부장, 이사를 거쳐 부사장으로 승진했다. 2008년 그는 등록금 500만 원(한화), 활동비 200만 원(한화)을 쓰고 한양대학교 글로벌 CEO경영대학원에서 6개월 동안 공부했는데 75명 동창이 모두 중소기업사장들이었다. 졸업 후 매번 30만 원의 회비를 내며 동문회 모임에 참가해 인맥을 쌓았다.

2012년부터 안병관은 한국 여러 반도체회사의 해외투자고문으로 초빙돼 중국 대기업들과의 반도체관련 협력사업에 참여하고 있다.

하남성 신향(新乡)시 한국회사 사장

김성학 (1966년생, 하남성 신향)

2014년 10월 8일 서울 대림동에서 김성학을 만나 얘기를 나누었다. 김성학의 할아버지 김기옥(金基玉)은 서광촌 개척자의 한 분이다. 1930년대 후반 한국 경상북도 영천군에서 만주 땅에 건너와 리화툰에 가장 일찍 정착한 5~6세대 조선이민 가운데 한 사람이다. 그는 1954년부터 1957년까지 서광촌 당지부서기로 있었는데 초대 윤기술(尹基述)에 이어 제2대(第二任) 서광촌 지서인 것이다. 김성학의 부친 김수현은 1970년대에 근 십년 동안 서광대대 제1생산대 대장으로 있었다. 그 시기 제1생산대는 분홍이 한 공에 2원(위안)을 초과해 3개 생산대 가운데서 가장 높았다.

김성학은 1987년 흑룡강성수리전문대학을 졸업하고 아성계전기공장(阿城继电器厂) 연구소에 배치 받았다. 1946년에 설립된 아성계전기공장은 종업원이 만 3천명 되는 대형 국유기업으로서 연구소에만 400여 명 종업원이 있었다. 1990년대 초반 아성계전기공장은 구조조정에 들어가 주식제기업으로 되였는데 김성학은 1992년에 "이직(下岗)" 수속을 밟고 공직을 보류한 채 친척의 초청으로 한국에 나왔다.

김성학은 한국에서 회사에 취직해 기술직으로 근무했다. 1999년부터 그는 친척의 요청으로 함께 중국에 와서 무역회사를 설립하고 상해, 베이징 등지에서 우레탄(聚氨酯), 헤어화장품 등 무역에 종사했다.

2005년 김성학의 주도로 그들은 하남성 신향시에 "계기용 변성기(互感器)"를 제조하는 전자회사를 설립해 한국으로 수출했다. 이듬해 한국 친척이 철수하면서 김성학은 친척에게 투자금을 돌려주고 회사를 인수해 독자경영에 들어갔다. 회사는 초창기 종업원이 60여 명으로부터 150여 명으로 늘어나 온당하게 발전하면서 제품을 전부 삼성, LG 등 한국 대기업에 납품하고 있는데 연간 2천여만 위안 매출액을 올리고 있다.

흑룡강陈氏兄弟투자자문회사 해외사업부장

김성욱 (1969년생, 베이징)

2018년 4월 19일 베이징에서 김성욱을 만나 저녁에 왕징에 있는 그의 집에서 하룻밤 묵으면서 얘기를 나누었다. 전에 하얼빈에서 가끔 만났지만 취재하기는 처음이었다.

김성욱은 1990년 하얼빈금융전문대학(金融专科学校)을 졸업하고 하얼빈시경제무역위원회교통처에서 근무하다가 1997년 천진으로 진출했다. 천진에서 그는 복장가공과 복장무역에 종사하며 한국의류를 전국 각지에 도소매해 연간 400여만 위안 매출액을 달성했다.

2001년 그는 상장회사인 공대수창(工大首创)에 초빙돼 해외사업부장을 담당하고 하얼빈에서 콜센타를 경영했다.

2008년부터 그는 흑룡강진씨형제투자자문회사에서 해외사업부장으로 근무하며 대조선 사업을 추진하고 있다. 진씨형제는 동북항일련군장령으로 유명한 조선족 이민여사(흑룡강성정치협상회의 전임 부주석)의 자제분들이다. 성욱이는 그동안 조선유화전시회를 기획하고 개최했으며 이춘평양관식당 설립과 경영에 참여하기도 했다.

김성욱의 부친 김윤현은 1960년대에 방정1중을 졸업하고 마을에 돌아와 있다가 방정현사회주의교육공작대(社教工作队) 대원으로 뽑혀 목릉현에 가서 1년 동안 사업했으며 1968년부터 영건중학교 교원으로 근무했다.

서울 정목초등학교 중국어교사

엄성홍 (1966년생, 한국 서울)

2018년 10월 3일, 경기도 김포 한강신도시에서 엄성홍을 만나 잠깐 애기를 나누었다. 그날 나의 소학교, 중학교동창 열 몇 명이 엄미옥의 새집들이를 축하하러 모였는데 미옥이의 동생 성홍이가 음식 만드는 걸 도우러 왔던 것이다.

두 자매의 부친 엄근식 선생은 소학교부터 초중졸업 할 때까지 줄곧 우리의 담임 선생님이셨다. 1934년 연변 룡정에서 태어난 엄선생님은 1950년대 초반 방정현 남천문으로 와서 교육사업에 참가하셨고 1960년대 신풍학교로 전근했다가 1969년에 서광학교로 오셨던 것이다. 1978년부터 1980년까지 서광학교 교장으로 계셨던 엄 선생님은 2006년 병환으로 연변에서 세상을 떠나셨다.

성홍이는 1985년 아버지를 승계(接班)해 서광학교에서 교편을 잡으며 오상조선족사범학교에서 1년 공부하고 연변대학의 통신공부를 통해 대학본과 학력을 획득했다. 1990년 한국에 나와 출판사 직원으로 2년 근무한 그는 중국에 돌아와 연변TV방송국 번역제작부에서 2년 동안 편집으로 근무했다.

1996년 한국인과 결혼하며 다시 한국에 나온 그는 2000년에 서울 잠원초등학교 중국어교사로 초빙돼 14년 근무하고 2014년부터 서울 목동에 있는 정목초등학교에서 중국어교사로 근무하고 있다.

중국어교사는 방과 후 교사로서 일주일에 이틀 출근해 하루에 두 타임 45분씩 학생들에게 중국어 과외수업을 진행하는데 매 학생당 3만 위안 수강료를 받는다고 한다. 보통 정원이 20명 이상 이다보니 중국어교사의 월수입은 정규직 교원들보다 훨씬 높다. 따라서 한국에서 중국어교사의 경쟁률은 굉장히 높아 수백 대 일이라고 한다.

일본 사이타마현 회사원
김선식 (1967년생, 일본 도쿄)

2019년 3월 8일과 9일 이틀 연속 중국에 있을 때 가깝게 지내던 고향 후배 김선식을 만나 얘기를 나누었다. 첫날에는 사이타마현 니시카와구치(西川口)에 있는 그의 자택에서, 이튿날은 서광촌 사람들 동경모임이 끝난 후 우에노역 상업거리 "천리향"양꼬치집에서였다.

1967년 생인 김선식은 일본에 올 때 이미 마흔을 넘긴 나이였다. 중국에서는 "일본고아(日本遺孤)", 일본에서는 "중국잔류자"라고 하는 일본인 2세인 아내의 초청으로 일본에 오기 전 그는 몇 달 동안 일본어를 독학했을 뿐이었다. 일본에 온 후 그는 직접 혼다자동차공장에 노동자로 들어갔다. 매일 아침 5시에 일어나 1시간 40분 지하철을 타고 다시 15분 걸어서 공장에 도착해 출근하고 저녁 5시 퇴근 후 원래의 노선을 따라 집에 도착하는데 밥을 먹고 나면 10시가 넘었다. 이런 생활은 일본어를 배울 시간도 기회도 없게 만들어 일본사람과 교류도 소통도 할 수 없었고 그러다보니 그는 자신의 처소를 제외한 일본사회에서 완전히 배제되었다.

원래 친구를 사귀기 좋아했던 선식이는 그런 생활을 견딜 수 없어 일 년 만에 중국으로 돌아갔는데 다시는 일본에 가고 싶지 않았다. 중국에서 10개월 지나고 보니 일본비자 기한이 곧 만료되는데 만약 일본으로 돌아가지 않는다면 이후에 다시 일본에 갈 수 없게 되고 따라서 아내와 헤어질지도 모를 상황이었다. 여러 번의 고려와 친지들의 권고로 그는 결국 일본으로 재입국했다. 이번에 그는 먼저 식당과 호텔 같은데서 아르바이트를 하면서 의식적으로 일본말을 많이 하려고 노력했다. 후에 그는 도쿄에 "가요광장"이라는 곳이 있는데 1천 엔이면 하루 종일 먹고 노래를 부를 수 있다는 걸 알고 일주일에 서너 번 씩 그곳에 다녔다. 그는 되든 안 되든 일본사람들과 대화하고 그들에게서 일본노래부터 배웠다. 술도 마시고 스트레스도 풀며 일본어 실력도 빠르게 향상되었다. 그렇게 일 년 가까이 지나자 그는 일본어를 류창하게 구사하기 시작했고 일본노래도 수준급으로 부르게 되었다.

　일 년 후인 2013년 선식이는 도쿄에 있는 조경회사 초빙광고를 보고 지원하여 채용되었다. 회사에는 한국인 직원도 있고 일본어에 서툰 중국인도 적잖게 있었는데 부지런하고 일을 열심히 하는데다 세 가지 언어를 구사하는 그는 곧 중용 되어 업무 주관이 되었다. 연초에 그는 중국에 출장을 다녀왔는데 이번에는 오히려 중국 환경에 잘 적응되지 않더라고 하면서 이제는 일본에서 계속 살 수밖에 없다고 말했다.

제4부

50, 40년대 출생 세대들

김성국(삼강평원, 한국 서울)

최형수(한국 서울, 순천)

장성환(베이징)

조기문(사천성 성도)

우재근(한국 서울)

박진엽(하얼빈, 서울)

박진옥(서울)

리백만(대경)

리승일(산동성 연태)

리봉춘(대경)

착한 사람의 신산한 삶, 그는 굳세게 살았다

김성국 (삼강평원, 서울)

1

김성국에 대한 이야기를 하려면 그의 부친 김후봉(金后峰)에 대한 이야기부터 해야 한다. 이름자에서 보여 지다시피 김후봉은 쌍둥이 형제의 동생이었다. 1933년에 태어난 후봉이와 선봉이는 부모들이 허리띠를 졸라매고 공부시킨 덕분에 중학교까지 다닐 수 있었다. 졸업을 앞두고 조선전쟁이 일어나자 십팔세 쌍둥이 형제는 함께 참군했는데 정부의 배려로 형 선봉이만 전쟁판에 나가고 동생 후봉이는 하얼빈에 있는 공안부대에 남게 되었다. 선봉이는 유명한 상감령전투(上甘岭战斗)에서 부상을 입고 구사일생으로 살아남아 목당강병원으로 후송돼 치료를 받고 제대했다. 한국에서는 삼각고지전투라고 하는 상감령전투는 3,7평방킬로미터밖에 안 되는 작은 면적의 두 산

봉우리에 43일 동안 중국인민지원군 4만 3천여 명과 한미 연합군 6만여 명이 투입돼 각기 만1천5백여 명과 만5천여 명 사망자를 낸, 조선전쟁 3년 동안 가장 치열한 전투로 손꼽힌다.

동생 후봉이는 하얼빈에서 근무하던 중 무슨 병에 걸려 한동안 입원했다가 1953년 연초에 가족들이 사는 연수현 중화진 한국툰으로 돌아와 휴양했다. 한국툰은 광복 전 일본개척단에 의해 제7구라고 불렸던 곳인데 1947년 봄 조선 함경남도 함흥에서 제4구로 집단이주해온 40여 세대가 1948년 6월에 다시 옮겨오면서 생겨난 마을 이름이다. 한국툰은 후에 소련 집단농장 모식을 본받아 설립된 경양농장(庆阳农场) 제7대로 편성되었지만 지금까지도 한국툰으로 불리우고 있다. 후봉이는 한국툰에 있으면서 이웃마을 공소사(供销社) 회계로 있는 김씨 여자를 만나 좋아하게 되었다. 김씨에게는 부모들이 정해준 약혼자가 있었는데 1946년 조선의용군3지대 가신중대에 입대해 후에는 중국인민해방군에 편입돼 해방전쟁과 항미원조전쟁에 참가했다. 그런 약혼자한테서 오륙년 동안 소식이 없었다. 일자무식인 약혼자가 편지를 쓸 줄 몰라 그랬을 수도 있었다. 어쨌거나 약혼자의 생사가 확인되지도 않은 상태에서 김씨는 지식 있고 나이 젊은 후봉이와 정을 나누게 되었고 그 결과 1953년 10월 김성국이 태어났다.

사랑이라면 사랑이고 불륜이라면 불륜이었다.

결국 소설에서나 있을 법한 일이 현실세계에서 일어났다. 성국이가 태어난지 두세 달 만에 김씨의 약혼자가 문득 나타났던 것이다. 일은 바로 심각하게 번져 김후봉은 엄청난 대가를 치러야 했다. 경위가 어찌되었던 그는 군혼(军婚)을 파괴했다는 죄명으로 1년 반 동안

옥살이를 치렀다.

가장 불행하기는 멋모르고 세상에 나온 갓난아기 성국이였다. 겨우 두세 달 엄마의 젖을 먹고는 엄마의 품을 잃게 되었으니 말이다. 그때 김씨는 시골에서 연수현성으로 조동돼 있었는데 그들 모자의 사정을 알게 된 연수현의 한 조선족 과장네 집에서 성국이를 양자로 삼겠다고 했다. 그 집에서는 결혼 후 오래 동안 애가 없었던 것이다. 그런데 성국이의 할머니가 찾아와 내 손자 내가 기른다며 데리고 갔다. 그때 만약 조선족간부네 집에 양자로 들어갔으면 성국이는 후에 다른 인생을 살았을 것이다.

김성국의 할아버지 김일수는 고향이 경상북도 영천군이다. 큰아들 (성국이의 큰아버지)이 부자집 딸과 결혼해 문방구를 경영하고 있었는데 1940년대 초반 그는 가족들을 고향에 남겨둔 채 홀로 일본으로 돈 벌러 갔다가 1945년 광복 나던 해 중국으로 건너왔다. 광복 후 많은 사람들이 조선반도 고향으로 돌아가는 판에 어찌 되서 중국으로 들어왔는지 모를 일이다. 중국에 온 김일수는 토비(마적)들한테 재산을 몽땅 털리기도 하고 일본특무로 몰려 감옥에 갇히기도 하는 등 우여곡절 끝에 연수현 가신진 유민촌에 발을 붙혔다. 그 후 성국이의 할머니가 쌍둥이 아들과 딸 둘을 데리고 한국에서 중국으로 찾아와 일가족이 상봉했다. 아들 후봉이가 감옥에 간 후 김일수부부는 손주 성국이를 데리고 서광으로 이사 왔다. 당시 서광촌 당지부서기 김기옥과 김일수는 친척으로서 경상북도 영천군에서 한 마을에 살았었다.

1955년 여름 감옥에서 나온 김후봉은 부모님과 어린 아들이 사는 서광촌으로 왔다. 몇 년 후 서광촌에서 20여 리 떨어진 보흥구에 보흥농기계공장이 설립되었는데 김후봉은 공장의 기술자로 초빙되었다. 중학교를 졸업한 그가 감옥에 있으면서 기계를 다루는 기술을 익힌 덕분이었다. 바로 그 즈음 그는 박씨 처녀와 결혼하고 네댓 살 된 아들 성국이를 데려갔다. 의붓엄마는 성국이한테 새 옷도 사 입히고 맛있는 것도 사주며 살갑게 굴었다. 이젠 예순을 넘긴 김성국의 기억에 보흥에서 살았던 어린 시절 그 일이년이 가장 행복했던 시간이었다. 하지만 의붓동생이 태어나면서 상황이 바뀌기 시작했다. 아버지와 의붓엄마의 부부싸움 횟수가 날로 늘어나며 쩍하면 크게 싸웠다. 성격이 괄괄한 의붓엄마가 아버지한테 조금도 지려고 하지 않았던 것이다. 성국이의 아버지는 겉보기엔 유순한것 같아도 참고 참다가 한번 화낸다하면 걷잡을 수 없는 불같은 성격이었다. 의붓엄마는 결국 아버지와 이혼하고 의붓동생을 데리고 친정집이 있는 야부리림업국으로 떠나가 버렸다.

그때 20대 후반의 젊은 나이에 월급쟁이인 김후봉에게 혼처가 많이 들어왔다. 그중에는 처녀도 있었고 월급쟁이 과부도 있었는데 그는 모두 마다하고 애를 못 낳는다고 이혼당한 시골여자를 선택했다. 그렇게 두 번째 결혼으로 맞이한 여자가 바로 그가 59세에 세상을 떠날 때까지 함께 산 추옥림이었다. 추옥림은 그때 서광촌 남툰에 살았는데 친정부모가 모두 세상 떠나고 남동생 하나와 여동생 둘을 거느리는 가장이었다. 그런데 애를 못 낳는다던 추옥림은 세 동생을 데리고 김후봉한테 시집오더니 두 살 터울로 아들을 넷이나 낳았다.

성국이가 11살 나던 해 보흥농기계공장이 방정현성으로 이전하게 되었는데 김후봉은 시내로 들어가는 기회를 포기하고 서광으로 돌아왔다. 그 바람에 성국이는 두 번째로 시내 아이가 될수 있는 기회를 잃었다. 그때 김후봉네 가족은 아홉 식술이나 되었는데 그의 혼자 월급으로 그 많은 가족이 시내에 가서 생활할 수 없었다. 촌에 돌아온 김후봉은 서광대에서 탈곡기와 정미기 등 농기계를 전문 관리하는 기술원으로 높은 공수를 받았다.

그 시절 성국이네는 우리 집과 오륙십 미터 떨어진 앞 골목 연립초가집(联排草房)에 살았다. 내가 소학교에 다니던 1970년대 초반까지만 해도 서광촌에는 여러 세대에서 연달아 지은 연립초가집들이 몇 군데 있었다. 봄이면 활짝 열어젖힌 뒷창문으로 김성국이네, 최형수네, 허정복이네… 등등 식술들이 오구작작 밥상에 둘러앉아 식사하는 모습들이 훤히 바라보였다.

성국이는 어려서부터 할머니와 의붓엄마 손에서 크며 눈치 빠르고 유순한 아이로 자랐다. 의붓동생들이 줄줄이 태어나면서 심성이 착한 성국이는 동생들에게 무엇이나 양보하고 동생들을 감싸주는 큰형으로 되었다. 집에서뿐만 아니라 동네에 나가서도 성국이는 착하기로 소문났다. 문화대혁명이 한창이던 1960년대 후반 초중생이 된 성국이는 누가 시키지도 않았는데 자진해서 꼬박 2년 동안 매일 노인독보조(경로당)에 신문을 배달하고는 할아버지 할머니들에게 신문을 읽어드리고 〈모택동의 이야기〉와 같은 책도 구해다 읽어드렸다.

2

문화대혁명이 시작될 때 성국이는 소학교 5학년생이었다.

1966년 5월 16일 중공중앙정치국확대회의에서 〈5.16통지〉가 채택

되었는데 그 요지를 보면: "문화분야 각계각층과 당,정,군 여러 분야에 자산계급(부르조아) 대표인물들이 숨어들었는바 중국공산당은 무산계급문화대혁명의 큰 기치를 높이 추켜들고 이런 반혁명수정주의 분자들을 숙청함으로써 그들의 손에서 영도권을 빼앗아 와야 한다"는 것이다. 그리고 몇 달 뒤 8월1일부터 12일까지 소집된 중국공산당 9기11중전회에서 마침내 〈무산계급문화대혁명에 관한 중국공산당중앙위원회의 결정〉이 채택되었다. 두 번의 회의가 소집되며 이른바 "문화대혁명"이 전면적으로 발동되었는바 10년 동안 당과 국가 그리고 인민은 새 중국 창립 이래 가장 엄중한 좌절과 손실을 받게 되었다.

당중앙의 호소에 대학교와 중학교의 학생들이 가장 먼저 일떠나 "수정주의에 대한 반란(造修正主义的反)"을 일으켰다. 전국 각지 도시와 농촌에 학생들이 성립한 "홍위병"조직들이 우후죽순처럼 생겨나 학교 령도와 교사들을 끌어내 투쟁하였고 "자본주의 길을 걷는 집권파(走资本主义道路的当权派)"라는 명목으로 중앙에서부터 향과 촌에 이르는 각급 당과 정부의 지도자들을 투쟁하고 타도하였는바 당정기관들이 한동안 기능을 잃고 마비되었다.

서광촌의 "혁명" 열풍은 마을에 있는 방정현조선족중학교의 학생들이 앞장서서 일으켰는데 촌민들도 참여하며 점점 거세게 불어닥쳤다. 학생들은 먼저 박희대교장과 50년대에 우파분자가 된 박재구선생, 일본 유학생인 리희철 선생을 비롯한 6~7명 선생들을 투쟁하였고 곧이어 마을의 청년들과 함께 대대 간부들과 "일본특무"로 몰린 엄진도 노인, 위만시기 상지에서 툰장을 했던 최석기를 비롯한 네댓 명을 투쟁했다.

학교와 대대 사무실, 생산대 소사양실의 바람벽이란 바람벽은 흰 종이에 먹물로 쓴 대자보들로 가득 채워졌고 길가 전봇대에까지 알락달락한 채색종이에 적힌 혁명구호가 나붙었다. 열서너 살 소년이던 성국이네 또래들은 맨날 팔뚝에 "홍위병" 완장을 두른 중학생 형님누나들의 뒤꽁무니를 따라다니며 구호를 부르고 삐라를 뿌리고 시위행진과 투쟁대회에 참가했다.

"그때 나보다 두세 살 많은 중학생 형님네들이 가장 적극적이었던 것 같아. 한창 물불 모르는 나이인데다 무슨 일을 하든 혁명이라는 이름을 붙일 수 있었으니까. 마을의 청년들도 점점 혁명한다고 열을 올리면서 지금 생각하면 정말 울지도 웃지도 못할 일들이 많이 일어났었지."

2014년 10월 2일, 서울 가리봉 어느 갈비집에서 만나 소주를 마시며 성국형이 한 말이다.

"지금까지 가장 잊혀 지지 않는 일들을 몇 가지 애기 해봐요."

내가 청을 들었다. 문화대혁명 초반에 예닐곱 살이던 나는 어른들이 뿌리는 알락달락한 삐라(传单)를 주어서 딱지를 만들어 놀던 기억은 있어도 그때 마을에 무슨 일이 벌어졌든지 잘 알지 못했다.

"서툰에 노진삼이라는 노인이 계셨는데, 하루는 마을 중간 큰길에서 네댓 명 되는 홍위병들과 언쟁이 생긴 거야. 처음 어찌돼서 언쟁이 생겼는지는 잘 모르겠는데 하여간 홍위병들이 노인 보고 모주석의 최고지시를 외우라고 하니 일자무식인 노인이 외울 수 있나… 그래도 홍위병들이 기어이 외우라고 윽박지르고 노인은 모른다고 하고, 그렇게 실랑이를 벌이다가 분이 상투끝까지 치민 노인이 그만 '이 놈들, 홍위병은 무슨 홍위병,' 하고 고함을 지르면서 한마디 했는데, 그 한마디로 노인은 투쟁 맞고 곤욕을 치렀지."

"뭐라고 했는데요?"

"'홍위병 개조지다!'"

나는 그만 하하하… 웃음을 터뜨리고 말았다. 성국형도 히히 웃으며 이야기를 이어갔다.

"지금이사 웃을 일이지만 그 당시는 그냥 웃어넘길 수 있는 일이 아니였지. 수도 베이징에 가서 모주석의 접견까지 받고 돌아온 홍위병을 개 그거라고 모독하다니, 홍위병들은 대뜸 투쟁대회를 소집하고는 로진삼을 타도하자고 외치며 분위기가 점점 살벌해진거야. 처음에 노인은 '잘못했습니다, 잘못했습니다' 하고 빌다가 홍위병들이 반성하라 반성하라, 하고 계속 외치니까 나중에 뭘 반성하라고 그러냐며 차라리 날 죽이라고 머리를 들이댔다니까. 후에 홍위병들은 반동증거물을 찾는다며 노인네 집에 몰려가서 가정집물을 뒤지기까지 했어."

"집을 뒤지기까지 하다니… 너무 했구만요."

"그러게 말이다. 문화대혁명 때 도시에서는 홍위병들이 지식인이나 간부들을 타도하고 그들의 재산을 몰수하는, 중국말로 '초우쟈(抄家)'가 성행했다고 하지만 농촌에서는 그런 일이 별로 없었거든. 그러다보니 홍위병들이 노인네 집을 뒤지는걸 보고 그들의 처사를 못마땅해 하는 사람들이 많았지. 지주 부농이라면 몰라라 빈농 성분에 일자무식인 노인네 약 올려서 밸 김에 실수로 말 한마디 잘못 한걸 가지고 그렇게까지 할 거 있냐고 말이야. 그런데 후에 일이 엉뚱하게 번져 엉뚱한 사람이 더 혼났다니까."

"그래요? 누가요?"

"70년대 서광대대 혁명위원회주임을 했던 리유식(李裕植)씨 기억 나지? 그 리유식씨가 말이야, 그때는 주임이 되기 전인데, 홍위병들 이 하는 짓거리를 보고 어린 것들이 너무한다고 못마땅해 한 거야. 하지만 그 시절엔 누구도 감히 나서서 제지하지는 못하잖아, 홍위병 들이 혁명을 한다고 그러는 거니까. 그래서 친한 친구하고 둘만 있을 때 불만을 토로한 거야. '아무리 그래도 집까지 뒤지냐? 홍위병들이 하는 짓이 딱 토비 같다'고 말이야.

"그런데 평소 가깝게 지내던 그 친구가 이튿날 리유식씨를 적발한 거야. 리유식이가 홍위병을 토비라고 했다고 말이야."

"아… 서광에서도 그런… 일이 있었네요?"

"문화대혁명 때 무슨 일이 일어나지 않았겠나? 한 사람의 인간성 이 가장 적나라하게 드러날 때였으니까. 개인적인 악감에서 누굴 모 함하는 일은 말할 것도 없고 절친한 친구를 팔아먹는 일도 얼마든지 일어날 수 있었지. 하여간 홍위병들은 대뜸 리유식이를 투쟁하고 대 대사무실에다 가두었어. 노진삼보다 훨씬 더 엄중한 반혁명언론이라 면서 말이야. 그때 대대사무실 앞마당에다 불을 피워놓고 대대 민병 련에서 파견한 민병들이 총을 들고 밤새도록 지키던 일이 아직까지 내 눈앞에 선하다니까."

"후에 어떻게 처리 되었나요? 그 시절에 홍위병을 토비라고 욕하 면 문화대혁명을 반대하는 '반혁명분자'로 몰려 공안국에 붙들려 갈

수도 있었을 텐데…"

"다른 곳 같았으면 그랬을 수도 있었겠지만 다행히 대대사무실에 며칠 간혔다가 흐지부지 끝나고 말았지. 그게 바로 우리 서광촌인거야. 십칠팔 세 애송이들이 멋모르고 아무리 날뛰어도 동네 어른들은 결코 휘둘리지 않았지. 리유식도 결국엔 노진삼처럼 말 실수를 한데 불과하니까 반혁명분자로 몰아붙이는 걸 동의하지 않았거든. 그러니까 리유식 씨가 몇 년 뒤에는 서광촌 대대장으로 될 수 있었던 거 아닌가."

문화대혁명이 시작되면서 전국의 대학교는 물론 중소학교까지 거의 모두 "휴학하고 혁명(停课闹革命)" 한다며 수업을 중단했는데 서광학교와 방정현조선족중학교는 9월 새 학기가 되자 개학하고 학생들이 등교했다. 비록 예전과 똑같이 수업을 받지는 못했지만 도시의 중소학교처럼 학생들이 아예 학교를 때려치우지는 않았다. 이듬해 10월에야 중앙에서 정식으로 "복학하여 혁명(复课闹革命)" 하라는 통지를 발부해 전국적으로 학생들이 모두 학교에 다니기 시작했지만 학제가 단축되고 수업내용도 훨씬 줄어들었다. 대학입시를 취소하는 바람에 학생들이 공부할 동력을 잃기도 했지만 "5.7지시"를 관철한다며 쩍하면 생산노동에 참가해야 하는 바람에 학교에 다녀봤자 배우는 게 별로 없었다.

그럭저럭 3년이 지난 1969년, 성국이는 방정현조선족중학교에서 초중을 졸업했다. 방정조중에는 고중부가 없기에 그들은 공사마을에 있는 한족학교인 영건중학교에 입학했다. 학교이름까지 아예 영건공사농업중학교라고 고쳐버린 영건중학교 고중부는 말 그대로 농업지식을 배우고 생산노동에 참가하는 시간이 더 많았다. 그렇게 1년도 안 돼 서광촌에서 함께 간 몇몇 동창들이 먼저 학교를 그만두었다. 학교에 다니며 절반시간을 생산노동에 참가할 바에야 마을에 돌아와 생산대에서 일하며 공수라도 버는 게 더 낫다는 게 그들의 이유였다.

성국이도 마음이 흔들렸다. 아무리 학교가 학교 같지 않아도 학교에 다녀야 무엇이라도 조금 배울 수 있을 것 같았다. 그런데 그의 집 형편을 보면 학교를 그만두어야 할 처지였다. 그때 그의 집에는 동생들이 넷 태어나고 의붓엄마의 동생들과 할머니까지 식솔이 열명이나 되었는데 그가 생산대에서 공수를 벌면 집에 큰 도움이 될 것이었다. 의붓엄마와 아버지도 은근히 그러기를 바라는 눈치였다. 어려서부터 항상 자기보다 남을 더 생각하며 자라난 착한 성국이는 끝내 학교를 중퇴하고 마을에 돌아왔다.

3

1970년 김성국은 서광대대 제1생산대 사원이 되었다. 정작 생산대 노동에 참가하고 보니 성국이는 힘이 부쳤다. 열여섯 살 밖에 안 된 그는 나이도 어리거니와 체대도 왜소했던 것이다. 그래도 그는 이를 악물고 견지했다. 김매기, 벼가을, 가을걷이, 벼 타작… 그 어느 하나 쉬운 일이 없었지만 그는 어른들과 똑같이 일을 했다. 그렇게 서 너 달 지나고나니 일에 요령이 생기고 별로 힘든 줄 몰랐다.

이듬해 봄, 성국이는 모판관리소조에 파견되었다. 건실한 벼모를 길러내는 것은 일년 농사에서 가장 관건인 만큼 모판관리는 책임성이 높아야 할뿐만 아니라 농업기술도 잘 알아야 했다. 당시 제1생산대의 모판관리는 서광학교에서 교편을 잡은 적이 있는 서광대대 당지부 부서기인 리봉록선생이 직접 책임지고 있었고 성원으로는 방정현조선족중학교 교원으로 있다가 서광대대에 잠깐 하방(下放)된 박찬태 선생과 제1생산대 회계인 김봉건 씨였다. 성국이가 체력노동을 하지 않고도 공수를 높게 받는 모판관리소조에 파견될 수 있게 된 데는 그가 그동안 일을 잘하고 책임성이 있다는 평판을 들은 원인도 있지만 더욱이 그가 마을에서 착하다고 소문난 덕분이기도 했다. 마을의 노인들은 성국이가 중학교 때 2년 동안 매일 노인독보조(경로당)에 신문을 배달하고는 노인들께 신문과 책을 읽어드렸던 일을 자주 외웠는데 그것이 대대와 생산대 간부들한테도 전달돼 그들이 사람을 고르고 일을 배치하는데 작용했던 것이다.

리봉록 선생과 박찬태 선생은 성국이가 소학교와 중학교에 다닐 때 그를 직접 가르쳤던 선생님이었다. 두 분과 함께 일하며 성국이는 다시 학교에 다니는 기분이었다. 그는 그들에게서 농업기술을 배웠을 뿐만 아니라 그들의 말과 행동에서 사리 분별력과 인간의 도리를 깨치기도 했다. 문화대혁명이 한창이던 그 시절에 마치 혼잡한 세상과 동떨어진 무릉도원과도 같은 그곳에서 성국이는 자신의 착한 심성을 그대로 지켜갈 수 있었다.

그해 9월, "방정현 5.7대학교"에 갈 수 있는 명액(名額)이 서광대대에 또 한명 배당되었다. "5.7대학"이란 모주석의 "5.7지시"를 관철하기 위하여 전국 각지에서 1970년도부터 꾸리기 시작한 것이다. 방정현에서도 현성과 20여 리 떨어진 쌍봉저수지에다 "방정현 5.7대학교"를 설립했는데 농업기술, 농업기계, 재무회계, 의료위생 등 전업을 설치하였다. 서광대대의 리승일 등 3명이 제1기 학생으로 일 년 동안 공부하고 돌아왔다. 문화대혁명시기에 전국 각지에는 또 "5.7 간부학교"라는 것이 있었는데 그것은 당정기관간부, 과학기술인원과 대학교 교사들을 농촌에 내려보내 노동개조와 사상교육을 시키는 곳이고 "5.7대학교"는 노동자, 농민, 군인들 가운데서 학생을 선발하여 전문적인 기술교육을 받게 하는 전문대학교 성격의 학교였다. 문화대혁명이 일어나면서 대학입시를 중단한 시대적 상황에서 "5.7대학교"는 비록 전업이 제한되고 교수 질도 높지 못했지만 도시와 농촌의 수많은 청년들에게 소중한 교육의 기회를 제공한 셈이었다.

김성국도 "5.7대학교"에 가겠다고 신청했다. 그러자 리봉록선생이 일이년 더 기다려 보라고 말렸다. 도시에 있는 정규대학들에서 학생 모집을 회복할 수도 있으니 그때 추천받아 가면 더 좋지 않는가고 말이다. 하지만 김성국은 하루라도 빨리 아무 대학에 들어가 공부하고 싶었다. 그렇게 그는 그해에 대대의 추천을 받아 "방정현5.7대학교"에 가게 되었다. 그런데 이듬해인 1972년부터 리봉록 선생이 추측한대로 과연 전국적으로 대학교들에서 군중추천과 입학시험을 결부하는 방식으로 학생을 모집하기 시작했는데 서광대대에서는 6명이 하얼빈과 대경 목단강 등지의 대학교와 중등전문학교에 입학했다. 결국 김성국은 세 번째로 인생의 좋은 기회를 잃어버린 셈이었다. 이번에는 남이 아닌 순수 자신의 선택에 의한 것이었다.

"방정현5.7대학교"에 입학한 김성국은 의료위생 전업에 배치되었다. 수업 첫날 교실에 들어가 보니 전반 60여 명 동창들 전부 여자들이고 남자라고는 그 혼자뿐이었다. 첫 수업도 여성 생리에 관한 것이었다. 그때 열여덟 살에 불과한 성국이는 남자가 뭘 이런 걸 다 배우겠는가 하는 생각이 들었다. 며칠 후 그는 학교 교무처에 찾아가 전업을 바꿔달라고 청구했다. 학교에서는 영건공사(향)에 전화를 걸어 의견을 교환한 후 그를 농업기술 전업에 다시 배치했다. 사실 의료위생 전공 학생들은 졸업 후 현성에 있는 병원과 공사위생원에 배치받을 수 있었지만 농업기술을 배운 학생들은 졸업 후 다시 농촌에 돌아가야 했다. 결국 성국이는 다시 한 번 도시에 들어갈 수 있는 기회를 버리고 만 것이었다. 몇 년 후 성국이가 아내를 데리고 현립병원에 병보러 갔더니 "5.7대학교" 동창들이 산부인과 뿐만 아니라 다른 진료과에도 적잖게 있었다. 그들은 성국이를 보더니 당시 그렇게 말렸는데 왜 의료위생반을 떠나 농업기술반에 갔는가며 이제 후회되지 않는가고 물었다. 성국이는 솔직히 후회되었지만 후회한들 무슨 소용이랴. 타의든 자의든 벌써 몇 번이나 도시사람이 될 수 있는 기회를 잃은 걸 보면 자신은 평생 농촌에 살아야 하는 운명인가보다 하고 자아위안을 할 수밖에 없었다.

1972년 7월, "5.7대학교"를 졸업하고 마을에 돌아온 김성국은 서광대대과학기술실험소조 골간으로 활약했다. 김성국은 "5.7대학교"에서 배우고 연마한 농업기술을 실천에 옮겨 실험전에서 우량 벼 종자를 배육해 내는데 주요 역할을 담당했다. 서광대대 3개 생산대에서는 대대과학실험기지에서 배육해낸 벼 종자를 재배해 수입을 크게 올렸다. 서광대대는 대뜸 우량 벼종자 배육과 판매로 소문을 내기 시작했고 현위서기와 현장이 시찰을 내려오기도 했다. 흑룡강성농업과학원의 전문가들과 동북농학원(동북농업대학 전신) 교수님들도 서광대대에 내려와 과학실험기지에서 발생하는 문제들을 해결해주었다. 김성국은 전문가와 교수들의 구체적인 지도를 받으면서 많은 것을 배우게 되었고 벼재배전문가로 성장하는 기반을 닦았다. 김성국은 또 서광대대공청단지부 부서기, 제1생산대 민병패장(排長) 직무를 담당했고 대대방송소도 책임졌다. 그렇게 그는 매일 바쁘게 보냈다.

1977년 운명은 다시 한 번 그에게 손짓했다. "5.7대학교"에서 그를 가르쳤던 방정현농업기술과 사붕비(史鵬飞)선생이 자신의 애제자인 그를 이한통공사(伊汉通公社) 농업기술원으로 추천했던 것이다. 이한통은 방정현성에서 가목사시로 가는 방향으로 십여 리 떨어진 향진으로서 십몇 년 후에 "더머리물고기찜(得莫利炖鱼)"으로 이름난 곳이다. 당시 이한통공사에서는 원래 한전 밭이던 송화강 남쪽 기슭 수만무 평야를 수전으로 개답하기 위해 유능한 벼재배 농업기술원이 급히 수요 되었다. 경작지 면적이나 인구가 영건공사보다도 규모가 훨씬 큰 이한통공사에 가면 당장은 아니더라도 조만간 국가 정식간부로 될 수 있는 기회가 생기게 된다.

김성국은 먼저 대대지도부에 이 일을 알렸다. 수속을 하려면 대대의 동의를 거쳐야 하고 또한 과학실험소조 후임자를 미리 배치해야 하기 때문이었다. 그런데 리유식대대장이 서광대대에서 김성국이를 더 수요하므로 보낼 수 없다고 딱 잡아뗐다. 성국이는 아버지한테 이 일을 말씀드리며 아버지가 나서서 대대장의 동의를 얻어오길 바랐다. 그런데 아버지도 성국이가 이한통공사에 가는 걸 달가와하지 않았다.

"그까짓 공사간부 돼 봤자 월급이 삼십 몇 위안밖에 안될 걸 가지고… 그리고 너도 이젠 결혼까지 했는데 너 색시는 어쩔 거냐? 그리고 네 할매는 또 어쩌고?"

김성국은 그때 결혼 한지 1년도 채 안 되는 새신랑이었다. 그리고 결혼 전부터 그는 팔십 고령의 할머니를 모시고 있었다.

"우리 부부가 할매를 모시고 함께 이한통에 가면 되잖아요."

"팔십 넘은 노인네 들볶을 거 있냐? 네 할매가 이제 얼마 더 사시겠냐만… 그보다도 너도 이제 자식이 태어날 건데 그까짓 월급쟁이로 사는 것보다 분홍이 높은 서광에서 높은 공수 받으며 사는 게 훨씬 나을 거다."

성국이는 더 이상 아무말도 하지 않았다. 십몇 년 전 당신께서 서광으로 돌아오지 않고 현성에 가서 살았더라면 입쌀밥이 아닌 잡곡밥을 먹으면서라도 당신에게나 자식들한테나 더 좋았을 수 있지 않았겠는가고 묻고 싶었지만 차마 입 밖에 낼 수 없었다. 그동안 아버지께서 한 가족을 이끌어 오시느라 누구보다도 심신이 고달프게 살아오셨다는 걸 잘 알고 있는 성국이는 아버지의 과거를 부정하고 싶지 않았던 것이다.

줄줄이 태어난 남동생들 넷과 의붓엄마의 동생들 삼남매 그리고 할아버지할머니까지 성국이네 집은 대가족이었다. 할아버지께서 세상을 떠나시고 의붓엄마의 남동생이 1970년대 초반에 사고로 세상 떠난 후에도 그의 집에는 식솔이 열 명 이나 되었다. 식구가 많으니 경제적 부담이 컸고 가정 형편이 자연 어려웠다. 성국이가 영건중학교 고중을 중퇴하고 나올 때 그의 집에는 그때 당시 거금이라고 할 수 있는 천여 위안의 빚이 있었다. 성국이가 과학실험소조 골간으로 공수를 높게 받는데다 농한기에 부업을 해 돈을 벌어서야 성국이네 는 빚을 다 갚을 수 있었다.

성국이는 고민 끝에 그래도 이한통에 가야겠다고 마음 먹었다. "5.7대학교"에 갔을 때는 어려서 멋모르고 스스로 기회를 버렸지만 이번에는 국가간부가 될 수 있는 기회를 놓치고 싶지 않았다. 더욱이 이제는 서광이라는 한개 촌을 벗어나 향진이라는 더 큰 무대에서 자 신의 재능을 펼쳐보고 싶었다. 그러다보면 또 다른 기회가 찾아올 수 도 있지 않는가.

며칠후 이한통공사에서 공문을 보내왔다. 김성국은 그때 아직 농 민 신분이었으므로 인사부문의 이동수속이 필요 없이 이한통공사에 서 보내온 공문에 서광대대혁명위원회의 도장만 박으면 그만이었다. 김성국은 공문을 가지고 다시 리유식대대장을 찾아갔다. 그런데 그 가 공문을 찢어버릴 줄이야.

김성국은 결국 이한통공사 농업기술원으로 가는 것을 포기하고 말 았다. 리유식 대대장도 사실은 성국이의 아버지가 역시 아들이 이한 통에 가는 걸 동의하지 않는다는 걸 알고 있었기에 감히 공문을 찢어 버릴 수 있었던 것이다. 성국이는 다시 한 번 가족을 위해서 자신을 희생하기로 했다.

착한 사람의 일시적인 착한 선택으로 결국은 착한 사람 자신뿐만 아니라 가족들까지도 더 나은 삶을 살 수 있는 기회를 잃게 된다는 걸 김성국은 그때 깊게 인식할 수 없었다.

이한통공사로 가는 일이 허사로 돌아간 후 대대지도부에서는 김성
국을 제3생산대(남툰)로 파견하기로 했다. 제3대는 서광대대 3개
생산소대 가운데서 벼농사와 사원들의 수입이 뒤떨어지는 편이였는
데 대대에서는 김성국이가 가서 과학영농으로 벼수확고를 높힐 수
있기를 기대했던 것이다.

김성국은 아내와 함께 할머니를 모시고 남툰으로 이사했다. 남툰
에는 성국이의 둘째 고모가 살고 있었는데 할머니는 딸 곁으로 이사
가니 몹시 좋아하셨다. 김성국은 남툰에다 과학실험전을 꾸리고 생
산대장을 협조해 일련의 과학영농 대책을 세웠다. 그는 민병패장 직
무를 맡고 제3생산대 혁명위원회 7명 성원가운데 한사람으로 활약
했다.

1980년 년초, 제3생산대에서는 한택명을 대장으로 김성국을 부대
장으로 하는 새 지도부가 성립되었다. 개혁개방 초반이었던 그때 김
성국은 현정부기관에서 간부로 있는 동창들로부터 남방 어딘가에서
농민들이 땅을 나누어 농사를 짓는다는 소식을 전해 들었다. 그는 귀
가 번쩍 트이는 것 같았다. 농민들이 제집 농사 제가 짓는다면 적극
성이 크게 높아질 것은 뻔한 일이었다. 최근 몇 년간 서광대대에서도
벼가을과 같은 일들을 농호들에게 떼맡겨 하고 있었는데 집체로 하
는 것보다 효율이 훨씬 높지 않았는가. 김성국은 한택명대장을 찾아
가 제3생산대에서도 시도해볼 수 없겠는지 그와 의논했다.

"땅을 나누는 건 큰일이니까 감히 못하지만 소조로 나눠어 농사를
짓는건 괜찮을 것 같은데…"

"그럼 두개 소조로 나뉘어 한해 농사 지어봅시다."

제3생산대에서는 그렇게 서광대대에서 가정도급제를 전면적으로 실시하기 2년 전에 소조별도급제(包产到组)를 실행해 크게 성공했다. 그해 제3생산대의 분홍(工分值)이 처음으로 제1생산대와 제2생산대를 초과했다.

1981년, 일본 벼재배전문가 후지와라(藤原长作)선생이 흑룡강성과학기술위원회의 초청으로 방정현덕선향부유촌에 와서 20여 무의 수전에 "벼한지한육모희식재배(水稻寒地旱育稀植)"실험을 진행했다. 김성국은 봄부터 일본전문가의 실험전을 견학하며 제3생산대 과학실험전에다 그대로 시험해 성공함으로써 전현에서 가장 일찍 한육모희식재배기술을 터득하고 실천한 농업기술원으로 손꼽혔다.

1982년 서광대대에서는 가정도급제(家庭联产承包责任制)를 실시했다. 김성국은 자신의 책임포전에다 한육모희식재배를 하는 한편 서광촌 전체 농호들에까지 보급시켰다. 지난해 그가 과학실험전에서 시험해 높은 수확고를 올린 걸 지켜보았던 농호들은 그를 믿고 따라했다. 집집마다 뜨락의 채소밭에다 모판을 만들어 벼모를 길렀는데 김성국은 매일 이른 아침부터 이 집 저 집 돌아다니며 돌보느라 집체 때보다 더 바쁜 사람이 되었다.

벼모를 붓기 시작해서부터 방정현 여러 향진의 농업기술원들과 농호들이 서광촌에 줄줄이 견학을 왔고 현위서기가 향진간부들을 이끌고 김성국의 책임포전에서 현장회의를 소집하기까지 했다. 서광촌은 전현 벼한육모희식재배 보급에 앞장서 또다시 명성을 떨쳤는데 김성국이 중요한 역할을 했다.

1983년 동북농학원에서는 방정현정부와 함께 서광촌에 "만무천근시험(万亩千斤攻关试验)" 실험기지를 설립하고 연속 2년 동안 한육모희식재배에 의거한 대면적 다수확 실험을 진행했는데 김성국은 서광촌 농업기술원 신분으로 적극 참여했다. 그동안 그는 흑룡강성에서 벼 육종과 재배의 최고권위로 손꼽히는 동북농학원 최성환, 차규식 등 교수님들로부터 구체적인 지도를 받는 행운을 가졌다.

짧은 이삼년 사이에 벼한육모희식재배기술과 대면적 다수확 경험은 방정현 여러 향진에서 신속하게 보급 되었다. 1985년에 이르러 방정현의 수전면적은 24만 무(亩)로 급증했고 만무천근실험전의 무당 수확고는 1013근에 달했다. 방정현은 흑룡강성위와 성정부로부터 "농업기술보급선진현"으로 명명되었고 "국가과학기술진보2등상 (国家科技进步二等奖)"을 획득했는데 김성국은 9명 수상자 가운데 한 사람으로 되었다. 그 이전에 김성국은 이미 현정부로부터 농예사(农艺师) 직함을 수여받았다.

동북농학원의 대면적 다수확 실험이 완료돼 교수님과 학생들이 철수한 후 김성국은 일반 농부로서의 일상으로 돌아왔고 전보다 많이 한가해졌다. 집체화 때 십여 년 동안 대대 농업기술원으로 있었고 가정도급제를 실시한 지난 몇 년 동안에는 한육모희식재배 기술을 보급하고 만무천근실험에 참여해오며 항상 바쁘게 보내던 그는 한가한 나날이 습관이 되지 않았다. 무엇보다 2헥타르도 안 되는 자신의 책임포전에서 농사짓는 것이 성이 차지 않았다.

"삼십이립(三十而立)이라는데, 지금까지 내가 이룩해 놓은 것이 뭐가 있는가?"

서른살 언덕에 올라선 김성국은 어느 날 자신이 지나온 길을 뒤돌아보았다. 몇 번인지 모르게 다른 삶을 살 수 있는 기회를 잃어버리기도 했지만 후회는 없었다. 그것은 어쩌면 기구한 운명을 지니고 태어난 자신이 걸을 수밖에 없었던 길인지도 모른다. 그러나 그는 결코 체념하지 않았다. 힘들고 어렵고 때로는 서럽고 억울해도 그럴수록 더 굳세게 살려고 노력해 왔던 것 같았다. 그렇게 살며 뒤돌아보면 자신이 이룩한 것이라며 세상에 버젓이 자랑할 수 있는 게 별로 없는 듯 하지만 그렇다고 그동안 그의 삶은 결코 허무한 것이 아니었다. 아들과 딸이 태어나며 그에게 소중한 가족이 생겼고 그는 어엿한 가장이 되었다. 가족을 위해서라도 그는 더욱 굳세게 살아야 할 것이다. 하지만 그뿐만이 아니다. 이제부터 사내대장부로서 자신의 삶에 부끄럽지 않게 무엇인가 이룩하기 위해 노력해야 할 것이다.

"그런데 내가 지금 비록 벼 재배전문가라는 말을 듣긴 해도 따지고 보면 결국은 일개 농부에 불과한데 무엇을 할 수 있단 말인가?"

그는 또 이렇게 자신에게 물어보았다.

"내가 가장 잘 할 수 있는 일은 벼농사인데, 어디 가서 내가 지금까지 갈고 닦은 벼 재배 재능을 마음껏 펼쳐볼 수는 없을까?"

그는 이런 생각을 하기에 이르렀다.

5

김성국은 현농업기술보급센터 고급농예사인 스승 사봉비 선생을 찾아가 자신의 생각을 털어놓았다. 사 선생은 좋은 생각이라며 삼강평원에 가는 게 좋겠다고 건의했다. 그 몇 해 벼한육모희식재배기술은 방정현에서 보급되었을 뿐만 아니라 흑룡강성을 비롯한 북방 13개 성과 시에까지 널리 보급되고 있었다. 북대황이라고 불리는 삼강평원의 일부 농장들에서도 벼한육모희식재배를 시도하긴 했지만 대면적 재배는 아직 성공한 곳이 없었던 것이다.

1986년 초봄, 김성국은 흑룡강성농간총국(黑龙江省农垦总局) 건삼강국영농장관리국(建三江国营农场管理局) 산하 전봉농장(前锋农场)으로 파견되었다. 현농업기술보급센터의 제안을 받아들인 방정현당위와 현정부에서 영건향에 향정부의 명의로 삼강평원에 농업기술인원을 파견하도록 지시했던 것이다. 현위와 현정부에서는 영건향에서 파견한 농업기술인원이 대면적 벼재배에 성공하면 그 경험을 본받아 전현 농민들을 대량 파견해 삼강평원 벼생산개발에 참여시킬 계획을 세웠다. 결국 김성국의 제안으로 현위 현정부에서 그는 삼강평원 벼생산 개발을 위한 첨병으로 파견된 셈이었다.

김성국은 전봉농장8련대(连队) 농업기술원으로 임명되었다. 우리나라 국토의 맨 동쪽 끝 러시아 변경지대 무원현(抚远县) 경내에 있는 전봉농장은 건삼강관리국 동부 중심구역에 위치해 있었다. 농장의 면적은 156만 무에 달하는데 그 가운데 경작지가 109만 무나 된다. 일망무제한 들판은 가도 가도 끝이 없었다. 2021년 현재 전봉농장에는 수전이 104만 무로서 전체 경작지의 95%를 차지하지만 1986년 김성국이 파견돼 갔을 때만 해도 전봉농장엔 수전이 한 무도 없이 전부 밀과 옥수수를 재배하는 한전이었다.

1986년 첫해에 김성국은 3천 무(亩) 한전을 수전으로 개답해 벼한육모희식재배를 했다. 논을 풀고 물길을 내고 모내기를 하고 농약을 치고 하는 작업은 모두 농기계에 의거했다. 모내기를 마치고나서 벼가 뿌리를 박고 아지를 치기 시작하면서 거대하고도 반듯한 푸른 주단을 한 장 또 한 장 깔아놓은 듯한 3천 무 논밭은 실로 장관이었다. 전봉농장의 기타 련대(连队)에서 뿐만 아니라 건삼강관리국 산하 기타 농장과 무원현의 향진들에서 사람들이 줄을 이어 8련대로 참관하러 왔다. 방정현에서도 현장이 직접 현농업기술보급센터, 현과학기술위원회의 간부와 농업기술인원들을 인솔해 전봉농장에 와서 삼강평원 수전개발 타당성을 점검하고 갔다. 그들은 김성국과 함께 식사하면서 그의 공로를 높이 치하했다.

삼강평원 역사에서 처음으로 되는 대면적 벼농사는 대풍작을 거두었다. 그해 10월, 건삼강관리국에서는 전봉농장 8련대에서 산하 14개 국영농장 농장장(场长)들이 참가한 현장회의를 소집하고 그길로 국장의 인솔하에 방정현을 방문하고 방정의 농민들이 삼강평원 벼생산 개발에 공동참여 할 것을 공식 요청했다. 방정현정부에서는 건삼강관리국과 "삼강벼생산판공실(三江水稻生产办公室)"을 설립하고 이듬해인 1987년에 14명 농민기술원과 460명 농민들 그리고 가족들까지 도합 176세대 535명을 건삼강관리국 산하 8개 농장의 30개 련대에 파견해 대면적의 벼농사를 짓게 했다.

김성국은 전봉농장8련대에서 연속 3년 벼농사를 지었다. 그의 기술지도하에 농장의 기타 련대에서도 한전을 수전으로 개답해 한육모 희식재배를 해서 성공을 거두었다. 3년 동안 김성국은 연봉 3천 위안을 받았는데 당시 일반 국가간부들보다 높은 노임이었지만 그가 농장을 위해 올린 벼농사 수입에 비하면 보잘 것 없는 액수이기도 했다.

1988년 겨울, 농장지도부에서는 김성국에게 전봉농장 조선족련대를 설립해 대면적 처녀지를 수전으로 개발할 것을 제안했다. 지난 3년 동안 김성국의 지도하에 이미 대량의 한전을 수전으로 개답해 양식 수확고가 대폭 증가되었는데 나머지 한전은 이제 농장 종업원들 자체로 얼마든지 수전으로 개답할 수 있었다. 하지만 수십 만 무에 달하는 처녀지는 농장 종업원들에 의거해서는 수전으로 개발할 수 없었다. 그들에게는 수전 개발 경험도 기술도 없었고 인력도 부족했던 것이다.

김성국은 농장지도부의 제안을 흔쾌히 받아들였다. 수천수만 년 묵혀있던 광활한 처녀지를 수전으로 개발한다는 것은 수천 무 한전을 개답하는 것과는 차원이 다른 새로운 도전이었다. 그것은 또 어쩌면 삼강평원 개발의 새로운 장을 여는 장거이기도 할 것이다. 김성국은 자신이 조선족들을 이끌고 삼강평원 개발의 새 주인공이 될 수 있다는 사실에 가슴이 뿌듯해 났다.

1989년 3월, 전봉농장 조선족련대 련장 겸 당지부서기로 임명된 김성국은 고향에 있는 가족들부터 농장으로 데려왔다. 소학교 5학년생인 아들 소명이와 유치원생인 딸 귀화는 농장 본부에 있는 소학교와 유치원에 입학시켰다. 김성국의 부름을 받고 서광촌에서 리인기, 강홍중, 안봉춘, 정영일 등 그의 또래 친구들이 농장으로 왔다. 그리고 동북3성 여러 지역 십여 세대 조선족 농호들이 삼강평원 개발 소식을 듣고 농사를 크게 해보려고 찾아왔다. 조선족련대의 농호는 첫해에 15세대에 달했다.

땅이 녹기 바쁘게 조선족련대 농호들은 김성국의 인솔하에 농장

본부와 수십 리 떨어진 허허 벌판에 비닐로 된 막사를 짓고 주숙하며 농장에서 제공한 불도저로 처녀지 개간을 시작했다. 농호당 300무 도합 4,500무 신풀이를 개간하기로 했다. 수전 개발의 관건은 관개 수였다. 김성국은 300무의 논밭마다 길이 500미터 너비 20미터 되는 소형 저수지(蓄水池)를 하나씩 만들도록 설계했다. 저수지가 완공되자 우물을 파서 지하수를 끌어올려 저장해두어 수온을 높였다. 그리고 용수로와 배수로를 설치했다.

그들은 한편으로 모판을 만들어 한육모를 기르면서 한편으로 정지 작업을 시작했다. 얼마나 오랜 세월 묵혀있었는지 모를 삼강평원의 땅들은 진펄이 많았다. 농호마다 300무씩 큰 뙈기로 떼맡아 개간하고 있었는데 정지를 하다보면 뜨락또르가 빠져들어 작업을 할 수 없을 때가 많았다. 함정과도 같은 진펄에 빠져들 때면 부근에 있던 농호들이 자기가 하던 작업을 멈추고 기계를 몰고 달려와서 도와주었다. 자기도 언제 진펄에 빠져들지 모르기에 상호 협력은 필수적이었다.

정지 작업이 거의 끝날 무렵 그들은 초가집을 짓기 시작했다. 비닐막사에서 계속 살수는 없었다. 그런데 초가집이 채 완공되기도 전에 어느 날 밤 큰 비가 내렸다. 비바람에 비닐박막이 째지며 물이 새어들어 막사안은 대번에 물판으로 변해 바닥에 깔았던 널판지와 밀짚이 둥둥 떠다녔다. 물을 퍼낼 수도 없었고 퍼낸다 해도 소용이 없었다. 그들은 이불을 들고 밤을 지새우다시피 했다. 날이 밝기 바쁘게 소식을 전해들은 농장본부에서 양수기를 십 여대 싣고 와서 물을 퍼내고 본부 종업원들을 동원해 하루 만에 그들이 들수 있는 집을 다

지어주었다.

　모내기를 시작하면서 그들의 고생은 더욱 막심했다. 일손이 딸리는데다 이앙기가 작업 도중 진펄에 빠져들기 일쑤였다. 간신히 진펄에서 빠져 나오고 나면 이앙기가 또 고장이 날 때가 많았다. 모내기는 제철을 넘기면 안 되기에 농호들은 밤낮 논판에서 살다시피 했다. 거의 한 달 동안 말 그대로 간난신고 끝에 그들은 4천5백 무 수전의 모내기를 다 마칠 수 있었다. 절반 농사를 다 지어놓은 셈이었다. 집체화 시기 백 수십 세대 농호에서 다룰 수 있는 대면적의 벼농사를, 15세대에서 해냈던 것이다. 그것도 처녀지를 개간한 신풀이 논에 모내기까지 하면서 말이다.

　모내기가 끝나고 가을이 올 때까지 전봉농장 조선족련대로 참관오는 사람들의 발길이 끊이지 않았다. 성과 중앙의 영도들까지 다녀갔다. 가을 무렵에는 오륙십 대 차량이 풍작을 바라보는 4천5백 무 누른 논밭을 천천히 지나갔는데 후에 알고 보니 당시 국무원 리붕총리가 다녀갔다는 것이었다. 수십만 무 미개간지 한 가운데 일망무제하게 펼쳐진 황금 벼파도는 사람들의 감탄을 자아내기에 충분했다.

　1950년대 10만 제대군인들이 북대황을 개발하면서 세운 60여 개 국영농장들에서 개발한 경작지는 절대다수가 한전으로서 밀, 대두, 옥수수 재배가 위주였다. 1980년대 후반부터 건삼강국영농장관리국에서 선참으로 방정현 농민들을 유치해 한전을 수전으로 개답해 벼 재배 면적이 대폭 늘어나기 시작했지만 습지와 진펄로 뒤덮힌 삼강평원의 수백만 무 처녀지는 개발할 엄두를 못 내고 그대로 남아있었는데 전봉농장에서 조선족련대를 설립해 4천5백 무를 수전으로 개간하는데 성공함으로써 진정한 의미에서의 삼강평원 수전개발 첫 성공을 거둔 것이었다. 전진농장 조선족련대의 수전개발 성공사례는 건삼강관리국에 의해 성과 중앙에 보고돼 상급부문의 중시를 불러일으켰는데 이를 계기로 국가에서는 삼강평원 개발을 위한 투입을 대폭 증가하기 시작했다.

그러나 정작 조선족련대 농호들에게 차례지는 수익은 보잘것 없었다. 모든 작업을 농장에서 제공하는 농기계에 의거했는데 기계 사용 인건비와 기름값까지 모두 계산하다보니 지출이 엄청 많았다. 게다가 대형 콤바인으로 벼를 수확하면서 알곡 손실이 너무 컸다. 진펄에 한번 빠진다하면 네댓 무 논밭의 벼가 그대로 절단 나고 말았으니 말이다. 결국 힘들게 300무 벼농사를 지어 풍작을 거두었는데도 수입은 3천여 위안밖에 안되었다. 서광촌에서 15무 벼농사를 짓는 것과 겨우 맞먹는 수준이었다. 이에 실망한 일부 농호들이 농장을 떠나버렸다.

이듬해인 1990년에 김성국은 김성일, 김성호 두 동생을 농장에 데려왔다. 서광촌과 강하나 사이 두고 십여 리 떨어진 가신진에서도 몇 세대가 찾아왔다. 그렇게 조선족련대는 첫해보다 5세대가 늘어난 20세대가 되었다. 두 번째 해는 수전 개발이 많이 수월해졌다. 새로 개간하는 신풀이도 첫해의 경험이 있어 순조로웠다. 여전히 각 농호당 300무씩 떼 맡아 농사를 지었는데 첫해보다 지출이 줄어들어 연말에 수입이 늘어났다. 하지만 멀리 삼강평원에 와서 수십 헥타르 농사를 지어 큰돈을 벌어보겠다는 농호들의 기대치와 차이가 많았다. 속된 말로 일 년 동안 개고생한 보람이 별로 없다며 네댓호

씩 떠나가고 나면 새해에 동북3성 여러 곳에서 또다시 새로운 농호들이 찾아왔다.

3년, 4년, 5년… 조선족연대는 몇 년 동안 내내 이십여 세대 농호들이 이미 개간한 땅과 신풀이 논을 합쳐 적어서 6~7천 무 많을 땐 만여 무 벼농사를 지었다. 하지만 5년째부터 조선족농호들이 대폭 줄어들었다. 결정적인 요인은 역시 1990년대 초반부터 중국조선족 사회에 불어친 한국바람이었다. 그때 당시로 보면 고향을 떠나 고생할 바에야 한국에 가서 고생하며 큰돈을 버는 게 훨씬 나았던 것이다. 20여 년이 지난 지금은 삼강평원에 가서 삼사백 무 벼농사를 하면 한국에 가서 죽도록 고생하며 버는 돈보다 많을 수도 있는데 아쉽지만 그때 조선족련대의 농호들은 10년 20년 후의 세월까지 내다보지 못했다.

1995년에 이르러 전봉농장 조선족련대는 유명무실해지고 말았다. 조선족농호는 겨우 2세대밖에 안되고 나머지 20여 세대는 모두 기타 민족이었다. 6년 동안 전봉농장 조선족련대는 김성국의 인솔하에 5만 무 처녀지를 수전으로 개발하였다. 전봉농장 기타 련대에서도 조선족련대의 경험을 본받아 십여만 무 처녀지를 수전으로 개발하였고 건삼강관리국 기타 국영농장들에서도 전봉농장을 본받아 처녀지를 수전으로 개발하는데 떨쳐나섰다. 결국 김성국이 이끈 조선족련대의 역사적인 공헌으로 삼강평원 제2차 개발의 고조가 일어난 셈이었다.

1994년 김성국은 삼강평원 수전개발에서 뛰어난 공헌을 인정받아 흑룡강성 성장표창장을 수여받았다.

1995년부터 전봉농장 조선족련대는 농호들에게 10년 계약으로 땅을 도급주기 시작했다. 대부분 흑룡강성내에서 모여온 기타 민족 농민들이었는데 그들은 농호당 300무논을 도급 맡아 한해에 평균 3~4만 위안의 수입을 올렸다.

1998년 김성국은 조선족련대를 떠나 건삼강관리국 직속 농장의 책임자로 부임했다. 몇 년 전 한국의 모 회사에서 건삼강관리국과 수전개발 계약을 체결했다가 이행하지 못하고 떠나버린 후 방치되었던 십만 무 경작지 가운데 2만여 무에 벼농사를 지었는데 김성국은 농장을 관리하며 연봉 2만 위안을 받았다.

그렇게 또 2년이 흘러갔다. 전봉농장 조선족련대에 있을 때보다 고생이 덜하면서도 비교적 높은 대우를 받으며 지내온 2년 세월이었다. 그러던 어느 날 김성국은 자신이 15년 전 고향에서 지난날을 뒤돌아보며 그동안 내가 이룩해 놓은 것이 뭐가 있는 가고 생각하던 일을 떠올렸다. 그때 그런 자아성찰이 그 이듬해 그가 고향을 떠나 삼강평원에 오게 된 계기가 되지 않았던가.

"하다면 지난 14년 동안은 또 어떠했는가? 나는 과연 당초 자신이 꿈꾸었던 것들을 이룩한 것인가?"

그는 다시 한 번 자신에게 물어보았다.

2000년, 김성국은 삼강평원을 떠나 고향으로 돌아왔다. 방정현정부의 파견으로 건삼강관리국에서 생활한지 14년 만이었다. 인생의 황금시기인 30대와 40대 세월을 거의 삼강평원 수전개발을 위해 바친 셈이었다. 김성국이 떠나겠다고 하자 건삼강관리국에서는 대우를 높혀 주겠으니 남아서 직속 농장을 계속 관리해달라고 만류했지만 그는 뿌리치고 결연히 떠나오고 말았다.

"삼강평원을 떠날 생각을 하고 뒤돌아보니 14년 동안 정말 고생을 죽도록 했지만 내 자신에게 남은 건 뭐도 없는 거 같더라고. 수만 무처녀지를 개척했지만 내 몫의 땅은 한 무도 없었고 벌어놓은 돈도 몇 푼 없었으니까. 그럼 남은 건 뭐냐? 명예? 명예라고 해봤자 성장표창장을 한번 받은 것이 최고였는데 그것도 아는 사람이 몇 없어. 그럼 보람? 맞아, 남은 건 그동안 내가 느꼈던 삶의 보람… 어쩌면 그것밖에 없는 것 같았어. 건데 그 보람이라는 것은 눈에 보이지도 않는 거잖아. 정신적인 만족이라고 할까. 그래도 생각해보면 눈에 안 보이는 그것이 가장 값지고 소중한 것 같더라고. 그리고 또 한 가지 있다면, 내가 자진해서 삼강평원에 오면서 나에게 주어졌던 삼강평원 수전개발이라는 사명, 그 사명을 다했다는 뿌듯함과 홀가분함도 남아 있더라고. 그래서 생각했지, 삼강평원에서 사명을 다했으니 이제부터 새로운 곳에 가서 새로운 삶을 살아야겠다고 말이야."

김성국이 나에게 한 말이다.

2014년 그날 이후 그를 다시 만나지는 못하고 전화를 꽤나 많이 통했다. 그는 2018년에 귀국해 산동 위해 문등시에서 살고 있다. 이번 장편르포를 쓰면서 서광촌 역사에 대해 물어보면 많은 일들을 똑똑하게 기억하고 있었다.

그는 위챗에 글을 자주 올리고 있었다. 위챗에서 나는 그가 2020년부터 문등시조선족노인협회 회장직을 맡고 있다는 걸 알았다. 어디에 있든지 활약하고 헌신적인 그는 만년의 새로운 인생을 즐겁게 살고 있다.

"서울 서광촌" 촌장의 이야기

최형수 (한국 서울)

1

2018년 10월 5일, 한국 전라남도 순천시에서 서광촌 당지부서기와 촌민위원회주임을 역임했던 최형수 씨를 만났다. 그를 만나기 며칠 전 서울에서 통화했을 때 그는 부산에 있다고 했다. 마침 부산과 대구에서 한국 시인들과 모임이 있어서 그쪽으로 가야하기에 그럼 부산에서 만나자고 약속했다. 그런데 며칠 후 부산에서 모임을 마치고 전화하니 그의 핸드폰이 꺼져있었다. 이튿날 대구에 와있는 나에게 그의 중학교 한반 동창인 박진엽한테서 연락이 왔다. 최형수의 내장공사팀이 부산에서 순천으로 옮겨갔다며 새 연락번호를 알려주었다.

나는 동대구복합환승센터에 설치된 고속버스터미널에서 대구–순천 고속버스를 탔다. 고속버스는 영남(嶺南)이라고 하는 조선반도 동 중부지역 경상남도와 호남(湖南)이라고 하는 조선반도 서남부 지역 의 전라남북도를 가로 질러 내달렸다. 지금까지 내가 경험한 한국의 고속도로는 대부분 험산준령을 달린다. 이번에도 예외가 아니었다. 차창 밖으로 초록빛 산 풍경이 그림처럼 내내 펼쳐졌다. 늦은 오후에 출발한 버스는 날이 어둑어둑할 무렵 어느 휴게소에 도착해 십분 동 안 쉰다고 기사가 알렸다.

차에서 내려 노란 불빛이 환히 밝혀있는 휴게소 건물 쪽으로 향하 며 보니 지리산휴게소라는 여섯 글자가 한 눈에 안겨왔다.

아, 지리산!

나는 그제야 내가 고속버스에 앉아 차창 밖으로 내다 본 그 웅장한 산들이 지리산 이였다는 걸 상기했다. 조선반도 남단에서 가장 큰 산 인 지리산은 산의 면적이 심히 광대하여 경상남도, 전라북도, 전라남 도를 비롯한 3도에 걸쳐있기 때문이다. 나는 걸음을 멈추고 사방을 둘러보았다. 날이 어두워지는데다 날씨까지 흐려서 산은 보이지 않 았다. 하지만 나는 내가 지금 지리산 기슭 어딘가에 와있다는 사실에 조금 흥분된 심경이었다.

그때까지 나는 넓은 지리산 그 어디에도 걸어 올라가 본 적이 없었 다. 나는 그러나 한라산이나 설악산처럼 내가 올라가 본 적이 있는 한국의 그 어느 산보다도 지리산을 더 잘 아는 것 만 같았다. 그러한 친근감은 이병주의 대하소설 〈지리산〉(전7권)과 조정래의 대하소설 〈태백산맥〉(전10권) 그리고 〈아리랑〉(전12권)을 통독 하고나서 생겨 난 것이다. 이 대하소설들에서 지리산은 작품의 주요 배경이거나 소설속 인물들의 활동무대이기도 했다.

그 가운데 대하소설 〈아리랑〉은 조선반도뿐만 아니라 만주, 미주, 연해주 등 광범위한 곳을 다루며 구한말부터 광복 전까지 조선인들이 겪은 고초, 민족의 암담한 현실, 일제의 수탈과 착취, 반민족 행위를 일삼은 친일파의 만행, 조국을 위해 자신과 가족을 희생한 독립지사들의 삶을 폭넓고 생생하게 보여주었다. 우리의 증조할아버지와 할아버지 그리고 아버지 세대들이 일제치하에서 당한 그 치욕과 수난이 너무나 처절하고 숨막히고 섬뜩해 차마 눈뜨고 읽어 내려갈 수 없을 때가 많았다.

일제의 가장 큰 수탈은 농민들의 땅을 빼앗은 것이다. 일본은 1910년 한일합방으로 조선을 식민지로 만든 후 곧바로 "토지조사사업"이라는 걸 8년 동안 실시해 조선반도 40% 이상의 경작지를 약탈해 수백만 평민과 소작농들을 사지로 내몰았다. 결국 일제의 통치기구인 "조선총독부"는 조선반도에서 가장 큰 지주로 되었고 그렇게 빼앗은 토지를 무상으로 혹은 아주 저렴한 가격으로 동양척식주식회사를 비롯한 일본의 토지경영회사에 넘겼으며 이런 회사들은 또 일본 본토에서 수많은 이민들을 모집 해 와서 토지를 경작하게 했는데 그들 중 상당수가 조선의 대지주가 돼 일본자본가들과 함께 점차 조선의 경제 명맥을 장악했던 것이다.

이 대하소설을 읽으며 나는 비로소 두만강과 압록강 건너의 함경도와 평안도뿐만 아닌 조선반도 남쪽의 경상도와 전라도에서까지 200여 만 명에 달하는 조선인들이 어찌하여 고향을 등지고 남부여대하여 머나먼 만주 땅으로 살길 찾아 건너왔는지 그때 당시의 비참한 현실을 한결 깊이 실감할 수 있었다.

　서광촌의 개척자들도 누구나 없이 바로 이렇게 조선 팔도 정든 고향을 떠나 만주 땅에 왔던 것이다. 서광촌 사람들의 구성을 보면 조선 팔도 사람들이 골고루 다 있었다. 나의 아버지는 고향이 강원도이고 엄마는 전라도다. 큰엄마는 황해도이고 고모부는 평안도다. 나의 소꿉친구 용태의 엄마는 고향이 경상도인데 어릴 때 우리가 놀러 가면 니 밥 묵었나? 하고 경상도사투리로 물으시며 맛있는 걸 내놓곤 하셨다. 방정현민족사무위원회 주임을 역임했던 우재근 씨의 부친은 고향이 충청도였고 흑룡강신문사 사장겸총편집으로 있는 한광천 씨의 부친은 고향이 경기도였다. 초중 때 우리에게 물리를 가르치셨던 김석일 선생님과 사모님은 함경도사람이다.

　이처럼 조선 팔도 여러 지역에서 모여온 사람들로 하나의 공동체를 형성해 마치 조선반도를 축소해 옮겨온 듯 서광촌은 지리적으로도 산 좋고 물 맑은 조선 삼천리강산을 많이 닮아 있었다.

　장백산맥 장광재령의 서쪽 기슭에 위치한 서광촌은 동산을 등지고 서북쪽에서 서남쪽으로 반달 모양으로 둥글게 뻗어있는데 면면히 기복을 이룬 동산과 마을 사이에 넓은 벌이 있고 마을 서쪽 언덕 아래에 또 더 넓은 벌이 펼쳐져 있으며 그 한끝에 송화강 지류인 량주하가 유유히 흐른다. 량주하 기슭에 서서 동쪽으로 바라보면 마을은 언덕 우에 활 모양으로 둥그러니 이루어져 있는데 활등 중간에 본툰이 크게 자리 잡아 있고 활등 양끝에 서툰과 남툰이 자리 잡고 있다.

　본툰 중간에는 남북으로 한 갈래 큰길이 시원하게 뚫려있고 그 큰길을 중심으로 동쪽과 서쪽으로 대여섯 갈래씩 뻗어나간 골목길 앞

뒤로 볏짚 이엉을 얹은 초가집들이 띄엄띄엄 들어서 있었다. 최형수네는 우리 집과 큰길 동쪽에 골목길을 사이에 두고 앞뒷집으로 살다가 내가 소학교 삼사학년 다니던 1970년대 초반에 남둔으로 이사갔다. 그렇게 가까운 이웃으로 살다보니 어릴 때부터 나보다 서너 살 많은 그를 형이라고 부르며 같이 놀던 기억이 아직도 어렴풋이 남아 있다….

추억에 잠긴 나를 싣고 어둠속을 달리던 고속버스에 문득 불이 켜지고 곧이어 운전석 우에 장착된 텔레비전에서 기상예보가 방송되었다. 태풍 "콩레이(康妮)"가 일본 오키나와를 지나 빠른 속도로 한반도로 이동 중인데 오늘 밤이나 내일 새벽에 남부 해안에 상륙하게 되므로 시민들은 가급적 외출을 삼가하는 게 좋겠다고 권장했다. 방송에서는 또 태풍의 영향으로 오늘 밤부터 순천지역에 큰비가 내릴 것이라고 예고했다. 창밖을 내다보니 이미 비가 쏟아지고 있었다.

버스는 장대비속에서 반시간 더 달려 순천시내에 들어섰다. 거리에는 행인들이 별로 없었다. 그때 핸드폰이 울렸다. 형수형이 걸려온 전화였다. 어디까지 왔느 냐고 하길래 방금 시내에 들어섰다고 하니 그럼 종착역에서 내리면 된다고 알려주었다. 버스는 십여 분 만에 순천종합버스터미널에 도착했다. 버스가 터미널 마당에 들어서는데 억수로 쏟아지는 비속에서 형수형이 우산을 쓰고 기다리고 있는 모습이 유리창으로 보였다.

우리는 터미널 근처 한식집으로 갔다. 불고기에 소주를 마시며 애기를 나누었다. 널찍한 온돌방에 손님이라고는 우리밖에 없었다. 그래서 중국에서처럼 거리낌 없이 큰소리로 애기하고 껄껄 소리 내어 웃으며 소주 네 병을 마시고나니 어느새 아홉시가 넘었다.

"소주 한 병 더 깔까?" 형수형이 물었다.

"한 병만 더 하지 뭐."

"그래, 한 병만 더 하자…"

그런데 식당아줌마가 영업시간이 지났고 했다. 우리는 하는 수 없이 식당을 나와 근처 모텔에 방을 하나 잡고 계속 애기를 나누었다.

우리의 대화는 그의 지난날에 대한 추억뿐만 아니라 고향의 추억 그리고 고향과 관계된 사람들에 대한 추억으로 이리저리 끝도없이 흘러갔다. 그러다가 어떻게 돼서 우리 둘 다 잘 알고 있는 어떤 사람의 이야기로 넘어갔다.

"건데 말이야, 형 그거 알아? 그 사람 애인도 하나 없었을 거야…"

내가 킬킬대며 이렇게 말하자 형수형이 네가 그걸 어떻게 아냐고 물었다.

"잘난 거 믿고 너무 잘난 체 했으니까 그럴 수밖에… 그런 사람 보다 형같은 사람이 오히려 여자들한테 인기가 높거든."

"니 제대로 봤다… " 형수형이 즐거운 듯 껄껄 웃었다.

"그치? 형 한번 말해봐, 형 애인 몇이나 있었어?"

"뭐… 한 서넛쯤?"

"오… 형 제절로 서넛이라고 하면… 한타스는 있었겠구나?"

나의 농담에 형수형은 또 껄껄 웃었다.

2

1956년생인 최형수는 1974년에 방정현조선족중학교 고중을 졸업했다. 이른바 "문화대혁명"의 충격으로 정상적인 수업이 중단되었다가 회복된 후 방정조중의 제2기 고중졸업생이었다. 흔히 말하는 10년 동란 기간이다 보니 사실 공부를 제대로 하지 못했지만 그래도 공부를 끝까지 견지하고 따낸 고중졸업장이 향후 그의 인생에서 한몫 튼튼히 막아주었다.

1976년 겨울, 그는 중국인민해방군에 입대했다. 그 시절 참군은 시골청년들이 바깥세상으로 나가는 유일한 통로로 되다시피 했는데 그러다보니 경쟁이 치열했다. 그때 서광대대에서는 참군을 지원하는 청년들에 대해 군중대회에서 투표를 실시하고 득표수가 많은 청년들만이 신체검사에 참가할 수 있도록 했다. 자연 생산대로동에 적극 참가하고 사원들에게 위신이 좋은 청년들이 표를 많이 얻어 참군의 첫 관문을 통과할 수 있었다. 그해 최형수는 첫 관문을 무난히 넘고 최종 신체검사에서 합격된 서광대대 3명 신병 가운데 한 사람으로 되었다.

최형수는 료녕성 금주에서 신병훈련을 마친후 심양군구 **군 사령부 직속부대 무선전신통신중대(无线电通信连)에 편입되었다. 신병들 모두 가고 싶어 하는 기술병종이었지만 부대에서는 고중졸업생들을 우선적으로 선발했다. 형수는 농촌에서 입대한 신병들 가운데 몇명 안 되는 고중졸업생인데다 훈련성적도 우수해 단연 무선전통신련에 갈 수 있었다.

그 시절 보통 병사들의 꿈은 군관으로 진급하는 것이었다. 지금은 제도적으로 군관학교(军校) 졸업생들이 소대장(排长)이상 군관으로 임관하게 돼있지만 그때만 해도 극히 우수한 일부 병사를 선발해 진급시키기도 했던 것이다. 보통 병사가, 그것도 아무런 빽도 없는 시골출신 병사가 군관으로 진급한다는 것은 하늘의 별 따기라고 해도 과언이 아니었지만 아주 미약하나마 그런 희망이라도 보이니 그걸 바라고 달려갈 수는 있었다.

최형수가 바로 그런 희망을 품고 달려간 사람이었다. 그가 남들이 보기엔 너무나 요원한 그런 희망을 품게 된데는 그의 가슴에 숨어있는 어떤 오기와 결기 때문이기도 했다. 형수는 소학교에 다니던 문화대혁명 때 아버지의 성분 때문에 한동안 심리적인 고통을 크게 받은 바 있었다.

그의 부친 최석기는 조선 평안북도 철산군에서 태어났는데 여섯 형제가운데 둘째였다. 입에 풀칠이나 겨우 하는 빈농 집안이었지만 형수의 조부는 총명한 둘째 아들을 서당에 보내 글을 익히게 했다. 1940년대 초반, 최석기는 홀로 살길을 찾아 만주 땅으로 건너와 떠돌다가 주하현(현 상지시) 야부리 창평이라는 산골동네에 정착했다. 〈상지시조선민족사〉(한득수 주필) 제9편에는 "1937년 3월 28일, 조선 평안북도로부터 96세대가 이곳으로 이주해왔다… 삽, 곡괭이, 도끼, 낫 등으로 한전과 약간의 수전을 개간해 농사를 짓기 시작하였다. 당시 조**가 툰장이 되었고 마을 이름은 원 조선의 고향지명 창평을 그대로 따서 '창평'이라고 불렀다"고 기록돼 있다. 그런데 광복 직전 어떻게 돼서 최석기가 한동안 툰장으로 있었다. 광복후 최석기는 고향으로 돌아가려고 창평을 떠났지만 조선으로 돌아가지 못하고 오촌숙부네가 사는 방정현으로 왔다. 그리고 리화툰(서광촌)에서 의지가지 없는 형수의 엄마와 가정을 이루었다. 문화대혁명 초반에 최석기는 일제 때 툰장으로 있었던 경력으로 인해 투쟁을 받게 되였고 최형수는 그런 아버지 때문에 친구들 앞에서 크게 위축되기도 했었다. 후에 형수의 아버지는 더 이상 투쟁 받지 않았고 그의 큰형 최명수가 대대혁명위원회로부터 3대(남툰) 민병패장(排长)으로 임명되기까지 했지만 형수는 자라면서 크면 어떻게든 출세해야겠다는 막연하지만 확고한 결의를 다지게 되였던 것이다.

그런 결의는 이제 눈에 보이는 하나의 꿈으로 그의 가슴에 자리를 잡았다. 그 시절 사회에서든 부대에서든 남보다 우수하고 정치적으로 진보하는 가장 선제적인 조건과 표징은 당조직에 가입하는 것이였다. 군관 진급에 대한 명문 규정은 없지만 입당은 필수적이였다. 그런데 그 시절 군대에서 입당하려면 매우 힘들었다. 모든 면에서 정말 우수해야 당조직에 가입할 수 있었다. 형수의 부대는 기술병종이었던 만큼 우선 업무에서 뛰어난 성적을 올려야 했다.

형수는 밤낮없이 무선전신발신(无线电发报) 기술을 익혔다. 식지에 장알이 다 박혔다. 하지만 무선전신통신기술은 근근이 암호를 줄줄 외우고 발신기를 익숙하게 다루는데 그치지 않았다. 관련 지식도 배우고 터득하고 장악해야 했다. 중학교 때 익힌 물리과(物理课) 기초지식이 있는데다 고심하게 노력한 덕분에 형수는 다른 전우들보다 훨씬 빨리 진보했다.

1978년 8월, 형수네 무선전신통신중대는 군단사령부(军司令部)의 중대한 작전연습 배치에 따라 중요한 통신임무를 수행하게 되였다. 그때 이미 분대장(班长)으로 승진한 형수는 추호의 착오가 생길세라 연속 이틀 동안 밤잠 한번 자지 않고 현장을 지키고 서서 분대원들을 지휘했다. 중요한 내용은 자신이 직접 발신을 보내기도 했다. 작전연습이 금방 끝나자 군단사령부 참모장이 무선전신중대에 시찰을 내려왔는데 형수는 분대원들을 이끌고 현장에서 수장의 접견을 받게 되었다.

형수가 수장에게 거수경례를 올렸을 때였다. 형수의 코에서 한줄기 코피가 주르륵 흘러내렸다. 깜짝 놀란 수장이 웬 일인가고 묻자 옆에 있던 중대장이 최형수가 이틀 동안 밤잠 한번 자지 않고 현장을 고수하며 임무를 뛰어나게 완수했다고 대신 대답했다. 수장은 정말 훌륭한 군인이라고 치하하며 수행 인원에게 최형수의 이름을 적어두라고 지시했다.

이튿날 군단사령부에서는 최형수에게 3등공을 수여한다는 통보를 내렸다. 전쟁 시기 1등공을 세우는 것보다 더 어려운 평화 시기 3등공을 수여받은 형수에게 또 다른 행운이 잇따라 찾아왔다. 오래 동안 갈망해온 입당신청이 비준되었고 얼마 안지나 사관학교(軍校)에 추천받아 공부하는 기회까지 차례졌다.

"그때 정말 꿈을 꾸는 것만 같더라구. 지금 생각해봐도 세상에 그런 극적인 장면이 어디 또 있겠나, 군단 참모장한테 경례를 붙히는 딱 그 순간에 코피가 주르륵 흘러내렸으니 말이야.."

살다보면 누가 연출한 것만 같은 그런 극적인 상황이 벌어질 수도 있다. 희비가 엇갈리는 그런 극적인 상황에 사람들은 웃기도 하고 울기도 한다. 그런 극적인 상황을 사람들은 우연이라고 생각하기도 하지만 기실 그것은 결코 우연한 것이 아니다. 기나긴 필연의 누적이 있어야만 그런 우연을 유발할 수 있기 때문이다.

1978년 9월, 최형수는 대련육군대학(大连陆军学院) 무선전신학부에서 1년 8개월의 공부를 시작했다. 1977년 11월에 대학입시제도가 회복되었지만 군대에서는 1980년 6월에야 군인들이 대학입시에 참가해 전군 군사학원(军事院校)에 지망하도록 했는데 형수는 추천에 의해 군사학원에서 공부할 수 있는 마지막 군인들 가운데 한 사람이 된 것이다. 형수는 사관학교에서 전기공학(电工学)을 비롯한 전문 과정을 배웠을 뿐만 아니라 군대 기술병종 지휘관이 습득해야 할 기타 과목들도 공부했다.

1980년 5월, 형수는 대련육군대학에서의 공부를 원만히 마치고 원래 부대로 복귀했다. 얼마 후 부대에서는 일련의 고찰을 거쳐 최형수를 소대장급으로 진급시키기로 내정하고 관할부서 수장이 그를 불러 담화까지 마쳤다. 그때는 군 계급제(军衔制)을 회복하기 전인지라 사관들은 주머니가 네 개 달린 군관복을 입는 것으로 일반 사병들과 구분되었는데 형수는 군관복을 발급받기 위해 자신의 신체 치수까지 재서 올렸다.

소식이 전해지자 서광에서 함께 입대한 전우들이 찾아와 축하해주었는데 형수는 거리에 나가 한턱냈다. 같은 부대에 있는 이웃마을의 조선족전우들이 찾아오자 또 한 번, 같은 중대 방정현에서 함께 입대한 한족전우들도 한번, 형수는 모두 세 번이나 청했다.

그런데—,

바로 그때 중앙군위의 명령이 떨어졌다. 1980년 *월*일을 기준으로 만 23세를 초과하는 병사를 사관으로 진급시키지 못한다는 내용이었다. 마치 23세를 초과한지 얼마 안 되는 최형수를 딱 겨냥한 명령 같았다.

나무아미타불! 세상에 이렇게 맥 빠지는 일이 다 있단 말인가.

형수는 1년 반 더 복역하고 제대했다. 비록 사관으로 진급하겠다는 꿈을 이루지는 못했지만 생각해보면 잃은 것은 없고 얻은 것뿐인 5년 세월인 것 같았다.

형수는 인생의 가장 눈부신 호시절인 청춘을 나라의 국방사업을 위해 헌신했다는 자부심을 안고 부대를 떠났다.

3

1982년 1월, 고향에 돌아온 형수는 전에 없는 실의와 상실감에 빠져들었다.

형수와 같은 해 입대해서 그와 같은 중대에서 줄곧 그의 수하로 있던 전우 몇 명은 도시호적이라서 우전국과 같은 좋은 직장에 배치받았는데 자기는 농촌호적이라서 다시 시골에 돌아와 농민이 돼야 했다.

형수는 이런 불평등 대우에 억울하기 짝이 없었지만 국가의 정책이 그러하니 어디 가서 해볼 데도 없었다. 1950년대에 제정된 제대군인배치정책(退伍軍人安置政策)은 1980년대부터 몇 번 수정되기는 했지만 "어디에서 왔으면 어디로 돌아간다"는 기본원칙은 지금까지도 변하지 않고 실행되고 있다. 만약 사관으로 진급했다면 제대 후 정부기관에 배치 받을 수 있다. 그리고 또 특례가 있는데 2등공이상 세우면 농촌 제대군인도 도시에 직장을 배치해준다. 결국 사관으로 진급될 뻔 했고 3등공까지 세운 형수는 제대 후 국가간부로 될 수 있는 운명 근처에까지 갔다가 비껴간 셈이다.

마을에 돌아온 형수는 며칠 동안 친구들과 어울려 놀았다. 그의 고중동창들 가운데서 대학본과와 중등전문학교에 각각 2명씩 대학생이 4명이나 나왔는데 겨울방학인지라 모두 마을에 돌아와 있었다. 그들과 함께 있다 보면 형수는 저도 몰래 대련육군학원에서 공부하던 때가 떠올랐고 국가에서 인정하는 정식 졸업장이 없을 뿐 어쨌든 대학공부를 한 것이나 마찬가지인 자신의 처지가 한탄스럽기도 했다.

집에 돌아와 혼자 있을 때면 그는 앞으로 무엇을 어떻게 할 것인가, 하고 자신의 진로에 대해 고민하지 않을 수 없었다.

그때 서광촌 조기문촌장이 그의 집에 찾아왔다. 그와 동갑이지만 고중 때는 윗반 이었던 기문이와 그는 어려서부터 가까운 사이였다. 집에 있는 음식으로 단촐한 술상을 차려놓고 마주앉아 술잔을 기울이며 이런저런 얘기를 나누다가 기문이가 문득 그에게 향후 무슨 타산이 있는가 물었다.

"타산이라고 해봤자… 아직 별로 뾰족한 게 없어서…"

이렇게 얼버무릴 수밖에 없었던 형수는 참으로 난감했다.

"촌지도부에 들어오는 게 어때? 민병련장으로 말이야."

형수는 그렇게 촌지도부의 제청하에 민병련장(民兵连长)으로 임명되었다. 민병은 18세부터 35세까지의 젊은이들로 구성된 군중무장 조직으로서 1980년대까지만 해도 농촌에서는 중요한 역량의 하나였다. 일반적으로 한개 행정촌에 민병련을 하나 설치했는데 민병련장은 촌당지부서기와 촌장 다음으로 3인자 역할을 했다.

바로 그해 겨울, 서광촌에서는 우리가 보통 호도거리라고 불렀던,

"농촌가정생산량도급책임제(家庭联产承包责任制)"를 실행해 땅을 나누고 생산대의 가축과 농기계들을 나누었다. 형수는 촌지도부 성원으로서 지서와 촌장의 사업에 적극 협조하며 서광촌의 역사적인 농촌개혁을 원만히 이끌었다.

땅을 나눈 후 농호마다 제각기 농사를 짓다보니 마을의 집단적인 행사는 젊은이들로 이뤄진 민병조직에 의거할 때가 많아 민병련장이 해야 할 일이 더 많아졌다. 뿐만 아니라 호도거리 초반 촌민지간의 각종 분규도 전보다 많이 늘어나며 촌지도부에서 처리해야 할 일도 많아졌다. 형수는 자기 집 농사를 짓는 한편 촌 사무에 적극 참여하며 촌지도부에서 갈수록 더욱 큰 역할을 담당하게 되었다.

1984년 1월, 촌민들의 요구와 상급의 비준을 거쳐 서광대대 제3생산대였던 남툰이 서광촌에서 분리돼 광명촌으로 되었다. 영건향당위에서는 최형수를 새로 설립된 광명촌 당지부서기로 임명했다. 그리고 한택명씨가 광명촌 촌장으로 선거되었다.

광명촌은 2년 만에 다시 서광촌으로 합병되었다. 사실 분리돼 있던 2년 동안에도 30여 년 함께 했던 서광촌과의 관계는 끊을 내야 끊을 수 없었다. 마을운동회를 하려고 해도 80여 세대의 작은 마을이라 혼자 할 수 없어 서광촌과 함께 해야 했던 것이다. 하지만 짧은 2년 동안 광명촌은 큰 변화를 가져왔다. 본툰과 삼사 리 떨어져 있는 남툰은 집체화 때 서광대대 제3생산대로 있으면서 농업생산과 촌민들의 생활이 1대와 2대에 뒤떨어지는 편이었는데 형수가 지서로 있으면서 본툰을 능가한다는 평가를 받았다.

가장 큰 변화는 최형수에게 있었다. 광명촌이 다시 서광촌에 합병

되면서 이미 예순을 넘은 서광촌 김창림 지서가 자리를 내놓게 되였는데 향당위에서 최형수를 서광촌 당지부서기로 임명했던 것이다. 관례대로라면 조기문촌장을 임명해야 하는데 그때 조기문은 아직 입당을 하지 않았던 것이다. 그러다보니 광명촌 지서로 있으면서 큰 성과를 올린 최형수를 합병 후 서광촌 지서로 임명하고 조기문 씨는 여전히 촌장으로 남게 되였다. 후에 서광촌 당지부서기로 20여년 사업했던 류승빈 씨는 그때 촌 치보주임(治保主任)이였다.

최지서과 조촌장은 그 후 일심협력해 서광촌의 각항 사업이 전현의 선두를 달리게 했고 성급문명촌이라는 영예를 따내기도 했다. 가정도급제라는 새로운 형세 하에서 촌급 지도부의 역할이 약화된 것이 아니라 한결 강화해 촌민들을 위한 봉사를 따라 세움으로써 농호들의 경제수입이 날로 높아졌고 마을의 기초시설도 크게 개선되였다. 집체 때부터 살기 좋은 마을로 소문났던 서광촌은 호도거리 후에 더욱 살기 좋은 마을로 거듭나 마을 역사에서 가장 휘황한 한 페이지를 장식했다는 평가를 받았다.

1990년 1월, 영건향당위와 정부에서는 최형수를 향정부 다종경영판공실주임으로 임명했다. 형수는 그렇게 자신의 노력으로 부대에서 제대한지 8년 만에 국가간부가 되였다. 크게 출세한 건 아니지만 어릴 때 꾸었던 소박한 꿈을 작게나마 이루었다고 할 수 있었다.

4

최형수가 향정부에 출근할 무렵 한국바람이 불기 시작했다.

1990년 여름의 어느 날, 연수현중화진선봉촌에 있는 그의 처가집으로 한국에서 친척방문초청장 6장과 비행기표까지 날아들었다. 장인어른의 사촌동생이 조카딸 부부 6명 앞으로 보내온 것 이였다. 형수네 삼동서 부부는 약보따리를 한 짐씩 싸들고 한국으로 갔다. 김포공항에 도착해 출입국심사를 마치고나서 그들은 세관 검사를 받지도 않은 채 녹색통로로 마중 나온 한국 친척을 따라 봉고차에 올랐다. 알고 보니 그들을 초청한 처삼촌은 한국의 2선 국회의원으로서 세력이 이만저만 아니였던 것이다.

그들은 한국에서 석 달 가까이 있다가 체류기일 만기 전에 여섯이서 함께 중국으로 돌아왔는데 세 집 모두 수만 위안의 뭉치 돈을 벌어왔다. 농촌에서 "만원호(万元戶)"라는 말로 치부(致富)한 농호들을 가리키던 시절 형수네는 그렇게 한국 처삼촌 덕분에 마을에서 일약 부자로 불렸다.

청가를 맡고 한국에 다녀온 최형수는 향정부다종경영판공실주임으로 계속 사업했다. 다종경영판공실은 농호들의 농사 외 산업을 지도하는 부서로서 상급에서 내려오는 무이자 대부금을 농호들에 제공했다. 7개촌 6천여 명 인구의 영건향에 배당되는 대부금은 해마다 20여 만 위안에 달했는데 당시로 말하면 적지 않은 자금이었다. 최형수는 각 촌에서 신청하는 농외산업에 대해 꼭 현지 고찰을 통해 타당성을 검토해서 발급여부를 결정하고 발급 후에도 실행상황을 꼼꼼히 체크했다. 그의 공정하고 청렴한 사업태도에 향정부기관 동료들뿐만 아니라 촌간부들이 엄지를 내밀었다. 촌에 하향하면 농호들이 서로 자기네 집에 가서 따뜻한 식사라도 하자고 잡아끌었는데 향장들보다도 인기가 높았다.

형수의 직무는 다종경영판공실주임이었지만 향정부의 사업포치에 따라 임시로 맡겨진 임무를 완수해야 할 때가 더 많았다. 향진(乡镇)은 우리나라의 4급행정체제에서 가장 낮은 급으로서 향진정부는 맨 아래 급별의 행정기관에 속한다. 향진정부는 그래서 상급 인민정부를 대표해 정치, 경제, 문화, 사회 제반 분야의 사무를 처리해야 하고 세금징수와 같은 농민들의 직접적인 이익에 관계되는 임무도 완수해야 한다. 지금은 국가에서 농업세를 면제할 뿐만 아니라 여러가지 혜농정책을 펼치고 있어 향진정부로 하여금 진정 농민들을 위해 봉사하는 기능을 발휘하도록 하고 있지만 1990년대까지만 해도 향진정부에서는 국가의 정책에 따라 농민들한테서 각종 세금과 공출금(提留款) 따위를 받아가는 역할을 담당해야 하므로 농민들과의 충돌이 심각할 때가 많았다.

1998년 9월부터 1999년 5월까지 나는 흑룡강성농촌사업공작대 대원 신분으로 의란현(依兰县)에 파견돼 영란조선족향과 단산자진에서 8개월이나 있었는데 향진정부와 향진간부들의 고충을 깊이 이해할 수 있었다. 그때 나의 감수를 한마디로 얘기한다면 속된 말로 "향진간부는 진짜 못해 먹을 노릇"이라는 것이다. 그런데도 향진정부기관에는 간부들이 넘쳐났다. 내가 가있던 단산자진에는 정과장급인 진당위서기와 진장 2명 외에 부과장급인 부서기와 부진장들이 열 몇 명이나 되었고 그 아래에 또 고장급과 일반 간부들이 이십여 명이나 있었다.

"내가 지금 이 금자탑구조의 맨 아래층에 있는 셈인데, 중간층까지 올라가려면 십 몇 년은 걸려야 하고 맨 꼭대기까지 올라가려면 또 십

년은 잘 걸릴 거야. 그런데 말이야, 맨 꼭대기에 올라 갈 확률은 거의 없다니까."

단산자진에서 반년 넘게 있으며 나와 가깝게 지내던 향정부의 한 간부가 나에게 한 말이다.

최형수는 바로 그 금자탑구조의 아래층에서 5년 동안 근무했다. 형수도 단산자진의 그 간부와 비슷한 생각을 하며 자신의 앞날을 고민했는지 나는 물어보지 않았다. 분명한 것은 그때 그는 이미 흔들리고 있었다. 그 몇 년 간 조선족사회는 급격히 변화하고 있었다. 청장년들이 해외로 연해지역으로 대거 진출하며 조선족마을에는 농사 짓는 농호가 점점 줄어들었고 공직에 있는 조선족들 가운데서도 "하해(下海)"라는 바람이 불어 적잖은 월급쟁이들이 직장을 버리고 연해지역으로 떠나가고 있었다. 형수의 친지들도 한국으로 연해지역으로 많이 떠나갔는데 그들은 형수에게 그까짓 쥐꼬리만 한 월급을 받으며 향정부에 계속 있지 말고 어서 떠나오라고 충동질 했다.

기실 월급이 적은 것은 형수에게는 별문제였다. 아내가 농사를 해서 수입이 따로 있었고 몇 년 전 한국에서 벌어온 뭉칫돈도 별로 쓰지 않고 남아있었다. 문제는 앞으로 그의 진로였다. 곧 마흔 살 불혹의 나이에 올라서는 최형수는 향정부 울안 일반 간부들 가운데서 나이가 좀 많은 축이였다. 부향장급 간부들도 대부분 그보다 나이가 어렸다. 남자 나이 마흔이면 가장 매력적일 때인데 향정부에서 형수의 입지는 오히려 점점 좁아질 판이었다.

'어떻게 할 것인가?'

형수는 마침내 향정부에서 사직하고 더 큰 세상으로 나가 새로운 삶을 개척하기로 마음먹었다.

1995년 봄, 최형수는 아내와 함께 서광을 떠났다. 결혼 이듬해에 출생해 이미 열두 살 된 아들은 형네 집에 맡겨 마을에서 계속 학교에 다니게 했다. 그들은 대련, 위해, 연태, 청도에서 며칠씩 머물며 무엇을 할지 타진해보다가 연태와 청도 중간에 있는 래서(萊西)시에 자리 잡았다. 그때 래서시에는 연태나 청도보다 적지만 한국기업들이 한창 진출하고 있었고 조선족들도 따라서 들어오고 있었다.

그들은 래서시내 번화가에 조선족식당을 차렸다. 하지만 식당은 경기가 별로였다. 손님은 제한돼 있는데 주변에 한국요리점과 조선족음식점이 더 늘어나며 경쟁이 치열했다. 그들은 새벽에 일어나 채소를 사들이고 저녁 늦게까지 영업했지만 월말에 주방장과 복무원의 노임 그리고 임대료까지 주고나면 남는 게 얼마 없었다. 결국 그들은 2년 만에 식당을 정리했다.

1997년 봄, 서광촌으로 돌아온 최형수는 촌민위원회주임으로 선출되었다. 그때 서광촌에는 류승빈 씨가 촌당지부서기로 있었다. 최형수가 향정부로 전근된 후 조기문 씨가 몇 년 동안 지서로 사업하다가 한국에 나갔던 것이다. 7년 만에 다시 고향 마을의 촌간부가 된 형수는 지서를 적극적으로 협조해 촌을 사업을 힘겹게 떠밀고 나갔다. 그때 서광촌도 여느 조선족촌과 마찬가지로 노무수출과 도시진출로 청장년들이 대거 마을을 떠나버리고 농사짓는 농호가 점점 줄어들고 있었다. 한국초청사기가 가장 심각하던 그때 촌민들의 피해사례도 끊이지 않고 있었다. 촌민위원회주임인 형수는 촌민들의 노무수출과 해외진출을 추진하기 위해 동분서주하는 한편 촌민들의 피해를 줄이기 위해 고심해야 했다.

어찌 보면 서로 상충되는 두 가지 일이였다. 청장년들과 젊은 여자들이 하나 둘 떠나가며 마을은 점점 생기를 잃어가는 데도 촌민위원회주임은 남아있는 사람들이 하나라도 더 해외로 나가라고 도와주고 있었다. 한국이든 일본이든 러시아든 해외로 진출하면 마을에서 농사를 짓는 것보다 훨씬 빨리 치부할 수 있었기 때문이였다.

1990년대 중국조선족농촌의 진풍경이였다. 한국의 재외동포정책, 특히 재중동포들에 대한 출입국정책이 완화되기 한참 전이였다. 한국수속비용이 10만 위안까지 치솟고 비자 받기가 하늘의 별 따기라고 해도 과언이 아니건만 사람들은 자나 깨나 한국에 나갈 꿈만 꾸고 있었다. 사실 현실적으로 따져볼 때 언어적 우세와 두 주먹밖에 다른 재간이 별로 없는 조선족농민들에게 있어서 중국보다 경제가 발달한 한국에 나가 돈을 버는 것은 하루빨리 치부할 수 있는 지름길이 아닐 수 없었다.

풍요로운 생활을 추구하는 것은 인간의 상정이요, 노동가치가 훨씬 높은 곳에 가서 그 가치를 실현하는 것 또한 시장경제가 우리를 터득시킨 것이다. 1990년대부터 본격으로 불어친 "한국바람"의 정당성이 바로 여기에 있다고 할 수 있었다.

촌민들이 대부분 마을을 떠나고 나니 촌민위원회주임으로서 형수가 해야 할 일과 역할이 점점 줄어들었다. 형수는 마침내 그 자신도 또다시 마을을 떠나야겠다는 생각을 하게 되였다. 그러나 이번에는 연해지역이 아니라 수백 명 촌민들이 노무자로 나가 있는 한국에 나가기로 했다.

1999년 최형수는 5만 위안여원 들여 비자수속을 밟아 한국으로 나갔다.

5

최형수는 여느 노무자들처럼 건축현장에 뛰어들었다. 한국에 돈 벌러 나간 이상 중국에서 농사일 하던 농민이든 정부기관의 간부이든 모두 노무일군이었다.

처음에 그는 서광촌에 처가집이 있는 김모씨가 팀장으로 일하는 현장에 다녔다. 그런데 금방 한 달 일했는데 노임을 받을 수 없었다. 건축회사에 무슨 문제가 생기자 한국인 현장소장이 노무자들의 월급을 갖고 잠적해버렸던 것이다. 김모씨도 그 밑에서 일하던 조선족노무자들 모두 피해자였다.

형수는 그 사이 풋면목을 익힌 목단강출신의 박모씨한테 자기도 그가 하는 몰딩(裝飾线条) 현장에 다니면 안 되겠는가고 청을 들었다. 그러자 박모씨는 흔쾌히 그럼 몰딩공구를 사서 내일부터 현장에 나오라고 대답했다. 일도 안배우고 공구부터 사서 몰딩현장에 나간 형수는 며칠 만에 일을 비교적 숙련되게 할 수 있었다. 그렇게 한 달을 채우고 그는 박모씨를 떠나 다른 내장공사 현장을 찾아갔다.

건물 내부 벽과 바닥, 천장의 치장과 설치를 위한 마무리공사인 내장공사는 갈래가 많았는데 형수는 관련 기술을 하나하나 배우고 익혀나갔다. 일 년 쯤 지나자 형수는 시공사에서 제공하는 설계도면에 따라 그 어떤 내장공사도 거뜬히 완성할 수 있었다. 그 사이 그는 서광촌 사람들을 위주로 4~5명의 팀원을 거느린 팀장이 돼 여러 현장을 뛰며 일감을 맡아왔다. 팀장이 돼서 그가 가장 많이 상대하는 사람은 현장소장이었다. 일감과 단가 그리고 일군들의 대우까지 모두 현장소장이 결정했다. 그 동안 형수가 접촉한 현장소장은 전부 한국인들이었는데 일군들을 대하는 태도와 업무를 처리하는 방식이 모두 각각이었다. 가끔 거칠고 안하무인으로 행동하는 현장소장을 만나기도 했는데 그럴 때면 형수는 아무리 괴로워도 참아야 했다.

'내가 현장소장을 한다면 누구보다 잘 할 자신이 있는데…'

형수는 이런 생각을 하기에 이르렀다. 따지고 보면 현장소장도 관리자에 불과한데 조선족이라고 하지 못한다는 법은 없었다. 오히려 조선족 노무자들이 반수 이상 차지하고 중국에서 온 한족들도 적지 않은 건축현장에서 조선족 현장소장이 나온다면 여러모로 훨씬 유리할 수도 있었다.

그 후부터 형수는 의식적으로 건축회사 사장들을 만났다. 그러다 **실내건축회사 이씨 사장을 알게 돼 친분을 쌓게 되었고 그때부터 줄곧 이 회사의 현장에서 팀장으로 일했다. 4년이 지나자 형수는 마침내 현장소장으로 발탁되었다. 현장소장은 건설회사에서 사장의 대리인으로 현장에서 여러 팀장들에게 일감을 주고 또한 건축 시공의 최종 책임을 져야 한다. 실권도 있지만 책임 또한 막중했다.

형수는 현장 규모의 크기에 따라 적게는 3개 팀 많을 땐 10여개 팀을 거느렸다. 한국에서 현장소장은 통상적으로 시공비의 20%를 관리하고 그 돈으로 현장에서 사용되는 공구를 제공해야 하고 관리비도 내야 한다. 내장팀을 관리하는 현장소장으로서 형수는 현장에서 사용되는 전동타카(电钉枪), 드릴비트(钻头), 샌딩기(打磨机)와 같은 공구 그리고 기계차와 같은 큰 장비들도 제공해야 했다.

팀장으로 있을 때만 해도 형수는 팀원들과 함께 현장에서 일을 했는데 현장소장이 되고나서부터 더 이상 일을 하지 않아도 되었다. 하지만 매일 현장을 돌면서 시공 상황을 체크하고 감독해야 했다. 그에게는 시공 질과 일군들의 안전과 수익을 보장해야 하는 의무와 책임이 있었던 것이다.

한국에 나와서부터 서광촌 사람들과 자주 연락하던 최형수는 현장소장이 되고나서 수입이 높아지고 여유가 생기자 더욱 자주 고향 사람들과 만났다. 내장공사는 시공기일이 상대적으로 짧다보니 한국 여러 지방으로 현장을 이동할 때가 많았지만 그는 휴일이면 어김없이 서울에 올라와 고향 친구들을 만났고 고향 사람들의 경조사에는 만사를 불구하고 달려왔다. 고향 사람들도 무슨 어려운 일이 있으면 최형수를 찾았고 그때마다 그는 고향 사람들의 힘을 모아 성심껏 도와주었다.

최형수는 그렇게 한국에 나온 서광촌 사람들의 든든한 뒷심이 돼주었고 사람들은 그를 서울 "서광촌" 촌장이라고 불렀다.

2010년 여름, 휴일을 맞아 서울에 올라온 형수는 가리봉 어느 호프집에서 고향 친구들과 함께 시원한 맥주를 마시며 한국에 나와있는 고향 사람들의 근황과 옛날이야기로 즐거운 시간을 보내고 있었다. 그러던 중 화제가 70~80년대 서광촌 촌민운동회로 돌아갔다. 그 시절 해마다 한번 씩 꼭 열리던 마을운동회는 전체 촌민들에게 일년 중 가장 성대한 명절이나 다름없었다.

'옳지, 서울에서 서광촌 촌민운동회를 한번 조직하면 좋지 않을까?'

형수는 문득 이런 생각이 떠올랐다. 그때 한국에는 서광촌 사람들이 어림잡아 삼사백 명은 나와 있었다. 형수가 자신의 생각을 얘기하자 친구들은 최촌장이 정말 좋은 아이디어를 내놓았다며 모두들 찬성했다.

최형수는 곧바로 "재한 서광촌운동회" 개최 준비사업에 착수했다. 그의 제의로 원래 서광촌 제1생산대의 윤용태와 김상현, 2대의 강만길과 김홍기, 3대의 김성국과 장경찬 등 조직력이 있고 마을사람들에게 위신도 있는 사람들로 준비위원회가 구성되었다. 그는 연속 4주 휴일마다 준비위원회 회의를 소집하고 운동회의 경기 종목과 경비 등 행사 내용에 대해 상세하게 토론하고 하나하나 낙착했다.

2010년 9월 12일 추석날, "재한 서광촌 촌민운동회"가 드디어 경기도 수원의 한 초등학교 운동장에서 열렸다. 원래 150명 정도로 예상했는데 한국 각지에서 서광 사람들이 200여 명 몰려들어 성황을 이루었다. 운동장 곳곳에 오색기발 휘날리고 경쾌한 음악소리가 높고 푸른 하늘가로 울려 퍼지는 가운데 여기저기서 사람들이 얼싸안고 환호하는 소리가 들려왔다.

"옴마야, 니 순영이 아니가?"

"니는…… 복순이구나! 우리 이게 얼마만이야?"

"한 삼십년은 안됐나?"

"삼십년이 뭐냐? 사십년이다, 사십년!"

이십대 새파란 나이에 외지로 시집가며 헤어진 후 처음 만나는 처녀시절의 친구들이 있는가 하면 군에 입대하며 마을을 떠난 후 처음 만나는 동창들도 있었다. 외국에서 치러지는 촌민운동회는 경기에 앞서 이처럼 이산가족 상봉을 방불케 하는 고향 사람들의 만남의 장이 되었다.

운동회 경기는 남녀 축구와 배구 각각 3개 팀 도합 12개 팀의 겨룸으로 치러지고 남녀혼합 3개 팀의 밧줄당기기가 절정을 이루었다. 경기 도중 축구선수의 신발이 하늘 공중으로 날아가며 폭소를 자아내는가 하면 "쨔유—, 쨔유—(加油, 加油)"하는 응원속에 젖 먹던 힘을 다해 밧줄을 당기다가 이십여 명 남녀가 한순간에 한 테 뒤엉키며 넘어지자 장내는 삽시에 웃음바다가 되기도 했다.

운동경기 종목이 끝나고 시상식과 함께 노래자랑이 펼쳐지며 임시로 설치한 무대 위와 아래서 무시로 덩실덩실 춤판이 벌어졌다.

이튿날 흑룡강신문 한국판을 비롯한 동포신문들에 한국에서 처음으로 재한 조선족 촌민운동회가 개최돼 중국조선족들의 단합된 모습을 보여주었다는 소식이 대서특필되며 당시 이미 50만 명에 육박하던 재한 조선족사회에서 큰 반향을 불러일으켰다.

2014년 가을 어느 일요일, 최형수는 고향친구의 아들 결혼식에 참석하고 돌아오는 길에 지갑을 분실하는 바람에 안에 있던 카드며 등록증까지 잃어버렸다. 이튿날 그는 수원출입국관리사무소에 가서 외국인등록증 재발급을 신청했다. 사무소 직원이 컴퓨터에서 그의 인적사항을 검색하더니 그를 한번 일별하고는 무뚝뚝하게 한마디 물었다.

"어느 사람이 진짜요?"

형수는 그제야 아차, 했지만 때는 이미 늦었다.

컴퓨터에는 최형수의 한 얼굴에 두 사람의 신분이 입력돼 있었던 것이다.

1999년 두 번째로 한국에 나올 때 그는 다른 사람의 초청장을 사서 비자수속을 했던 것이다. 그때 당시 그것은 조선족들이 한국에 나오기 위해 가장 많이 사용하던 편법 방식의 하나였다. 한국의 친인척들이 초청장을 보내왔지만 부득이한 사정으로 출국할 수 없게 되자 고가로 팔아넘겼는데 그걸 사는 사람의 입장에서는 그것이 브로커들을 통한 밀입국보다 한결 안전한 루트가 아닐 수 없었다. 그렇게 한국에 나와 15년 동안 있은 형수는 어느덧 자신이 기실은 밀입국자라는 사실을 까맣게 잊은 채 제발로 걸어서 출입국관리사무소에 들어갔던 것이다.

며칠 후 형수는 하얼빈으로 송환(遣送)돼 5천 위안 벌금을 내고 서광촌으로 돌아왔다.

6

고향에 돌아온 최형수는 한동안 적응이 잘 되지 않았다. 그의 생물시계는 이미 매일 새벽 4시에 일어나는데 맞춰져 있었고 그렇게 그는 15년 동안이나 새벽부터 저녁까지 현장에서 바삐 보내는데 습관돼 있었는데 고향에 돌아오니 할 일이 없었다. 할 일 없이 빈둥거리며 노는 것도 참 힘들다는 걸 그는 절감할 수 있었다. 그리고 친구들이 없는 것도 또 다른 고통의 원인이었다. 한국에 있을 때는 툭하면 결혼식이요 생일이요 하며 잔칫집에 가야하고 가기만 하면 고향 친구들을 수 십 명씩 만날 수 있었는데 정작 고향에 돌아오니 친구가 거의 없었다. 또래 친구가 두 셋 있기는 하지만 모두 몸이 안 좋아

마음껏 술도 함께 마시기 어려웠다.

마을에는 류승빈 씨가 여전히 촌당지부서기로 있으면서 촌민위원회주임까지 겸임하고 있었다. 어느 날 류지서가 형수를 찾아와 부주임 (부촌장) 직무를 맡고 촌지도부에서 함께 일하자고 했다. 형수는 한번 생각해보겠다고 대답했다.

사실 그는 마을에 돌아온 이상 촌장이든 부촌장이든 관계없이 서광촌을 위해서 무엇이든 하고 싶은 마음이 없는 게 아니었다. 그런데 무엇을 할 수 있단 말인가? 마을에는 아직 육칠십여 명 촌민들이 남아 있었지만 대부분 노인들이었다. 촌민들을 위한 일이라면 많게는 노인들을 위한 것이다. 비록 마을 노인협회가 잘 운영되고 있지만 그래도 촌지도부의 역할이 따로 있는 것이다. 사실 촌지도부의 사업이란 크게 하면 큰 사업이고 작게 하면 작은 것이며 하지 않으면 아무 것도 남는 게 없다. 모든 것은 하기에 달린 게 아닌가.

최형수는 15년 만에 다시 서광촌지도부 성원이 돼 촌 사무 관리에 참여하기 시작했다. 하자고 하니 크고 작은 일들이 끊이지 않았다. 부촌장이라는 직무는 촌에서 정한 것이기에 지서와 촌민주임처럼 향정부로부터 내려오는 보수도 없었지만 형수는 전혀 개의치 않았다. 그에게는 마을과 촌민들을 위해 작은 일이라도 할 수 있다는 그 자체에서 삶의 보람과 인간 존재의 가치를 느끼고 있었다.

그것은 어쩌면 계획경제 시대 집체화를 경험한 사람들의 몸에 아직 남아있는 정신적인 추구이며 신념인지도 모른다. 시장경제의 금전사회에서 점점 소실되고 말살되고 있는 그것은 사실 우리 삶의 소중한 에너지로서 삶의 어떤 활력소로 작용하는 것이기도 하다.

2016년 봄 최형수가 류승빈지서와 함께 하얼빈으로 나를 찾아왔다. 마침 주말이라 나는 내가 사는 개발구 태산아파트 근처 한국요리 식당에서 그들을 대접했다. 류지서는 드문드문 만났었지만 최촌장은 근 20년 만에 만났는데 그날은 그의 지난 이야기를 별로 듣지 못하고 주로 서광촌에서 추진하는 일만 얘기했다. 촌지도부에서는 향후 몇 년 간 노력해서 마을에다 경로원 성격의 노인주택(老年公寓)를 세울 계획이며 올해는 먼저 "서광촌 건촌 80돐 경축" 행사를 진행하겠다는 것이었다.

9월 15일 추석날, 서광촌에서는 건촌80돐을 맞이해 베이징, 천진, 상해, 청도 등 전국각지와 한국, 일본에서 돌아온 수십명 고향사람들을 비롯해 200여 명이 참석한 가운데 성대한 잔치를 치르고 새로운 도약을 다짐했다. 경축대회에서는 서광촌역사보고가 있었고 효도자녀대표, 교사대표, 기업인대표의 축사에 이어 내가 대학생대표로 축사를 했다. 경축대회 후 서광촌문예공연팀이 연수현조선족로년예술단과 정채로운 합동공연을 선보였으며 공연 후에는 촌민팀, 교사팀, 대학생팀의 배구경기와 밧줄당기기가 진행돼 흥미를 돋구고 저녁에는 노래자랑과 로소동락 군중오락으로 즐거운 하루를 장식했다.

2018년 3월, 최형수는 세 번째로 한국으로 나왔다. 원래는 만 4년이 지나야 재입국신청을 할 수 있었는데 아들의 결혼식에 참석하기 위해 특별히 신청해 반년 앞당겨 비자를 발급받을 수 있었다. 잔치를 원만하게 치르고 나자 아내와 아들며느리까지 나서서 계속 한국에 남아 있으라고 그를 붙잡았다. 고향의 친구들도 중국에 돌아가지 말고 한국에 남아 "서울 서광촌" 촌장을 했으면 좋겠다고 말렸다.

가족들의 만류와 친구들의 권고에 형수는 망설이며 고민해야 했다. 바로 그때 거의 10년 동안 그에게 현장소장직을 맡겼던 **실내건축회사 이 사장님한테서 전화가 걸려왔다.

"자네 한국에 나왔다면서 왜 연락도 없었나? 자네 날 좀 도와주게, 가급적 빨리 여수에 있는 **현장에 가서 현장관리를 해주게나."

형수는 그날로 전라남도 여수시로 가서 곧바로 현장에 나갔다. 가보니 일군들 가운데 중국인(한족)들이 상당수 차지했는데 현장소장의 부당한 일처리로 갈등이 생겨 시공 진척에 차질이 생기고 있었다. 형수는 회사와 노무자들의 갈등을 깨끗하게 해소하고 시공이 끝날 때까지 한 달 동안 현장을 관리했다. 시공이 마무리되자 사장님은 그에게 보수를 천만위안 주면서 향후 타산을 물었다. 형수가 아직 결정하지 않았다고 얘기했더니 사장님은 육십대 나이에 그래도 가족들과 한국에 있는 게 좋지 않냐며 일감은 계속 줄 테니까 큰 욕심 부리지 말고 내장 팀 하나 거느리라고 말했다.

최형수는 결국 한국에 남았다. 육십대 나이에 그래도 가족들 곁에 있는게 좋지 않냐는 이사장의 그 한마디가 결정적인 작용을 했다. 그의 아들은 서울 구로에 있는 한 백화점에서 근무하고 있었는데 자기도 작은 백화점을 하나 경영하는 게 꿈이라며 열심히 살고 있었다. 칠팔년 전 한국에 금방 나왔을 때 아들은 아버지가 돈을 잘 버는 것을 보고는 자기도 현장을 뛰겠다고 했었다. 그때 형수는 견결히 막았다. 젊어서부터 현장에 다니면 평생 현장을 못 벗어 날 테니까 당장은 노임을 적게 받더라도 회사에 다니며 열심히 배우고 능력을 키워 자기가 하고 싶은 일을 해야 하라고 타일렀었다. 이제 형수는 한국에 남아 아들이 자기의 꿈을 실현하는데 일조해야겠다고 생각했다. 그리고 한국에는 또 고향에 남아있는 촌민들보다 훨씬 많은 고향 사람들이 나와 있지 않는가. 이십대 청춘시절부터 촌의 간부로 일해왔던 형수에게 서울 "서광촌"은 엄연히 존재하는 또 다른 하나의 고향이었다.

이튿날 아침 잠에서 깨어 텔레비전을 켰더니 마침 순천 지역뉴스가 방송되고 있었는데 태풍 "콩레이(康妮)"가 이미 한반도를 스쳐 지났다고 전했다. 어젯밤 자정 무렵에야 형수형이 떠난 후 곧바로 깊은 잠에 곯아떨어져 자다보니 태풍이 지나가는 것도 알지 못했다. 창밖을 보니 날이 맑게 개여 있었다.

나는 서둘러 순천역으로 가서 서울행 열차에 올랐다. 서울 가는 도중 충청남도 아산에 들려 김성주 씨를 만나기로 약속이 잡혀 있었던 것이다. 한국 "국가정원1호"라는 순천만국가정원에 한번 가보고 싶었는데 다음에 언제 순천에 다시 오면 그때는 꼭 가보야겠다고 나 자신에게 약속하는 수밖에 없었다.

도전에 도전을 거듭하며

장성환 (베이징)

1

2014년 2월 17일과 2018년 4월 18일 두 번에 거쳐 취재했던 장성환 선생에 대해 내가 가장 궁금했던 것은 방정현조선족중학교 교장으로 있던 그가 어떻게 돼서 사직하고 그때 말로 "쌰하이(下海)"해서 베이징으로 가게 되었는가 하는 것이었다.

"내가 베이징으로 떠나기는 1994년 2월 이었는데, 그전에 이미 고민을 많이 했었어. 내가 딸이 셋인데, 애들이 점점 커가면서 그때 박봉으로 형편이 좀 어려웠거든. 그때 내 월급이 200원밖에 안되었는데 장차 애들 공부시킬 생각하면 좀 막막했지. 1993년 봄에 김성태라고 남툰에서 군대 갔다가 제대해서 상지에 가있는 내 절친한 친구를 만났는데, 나보고 자기도 쌰하이할까 말까 고민 중이라고 하더라고. 그때 둘이서 토론해본 결과 그래도 아직까지는 철밥통(铁饭碗)을 쥐고 있는 게 낫지 않는가, 하는 거였어. 건데 그해 11월에 중공중앙 14기3중전회(十四届三中全会)가 열렸는데 회의에서 사회주의 시장경제체제를 건립할네 대한 결정을 내렸다는 뉴스가 TV에 나오더라고. 그 뉴스를 보고 내가 아, 이제는 중국도 정식으로 시장경제로 가는구나, 그러니 나도 밖에 나가서 뭘 좀 해봐도 되겠구나, 하는 생각이 들었어. 그때 내가 곧 마흔이 되는 나이였는데, 아직 젊었을 때 뭔가 해보고 싶은 충동도 생기고 말이야. 그런데 또 한쪽으로는 내가 교장이라는 사람이 학교를 떠나서 되겠는가, 하는 생각으로 주저하기도 했어. 그렇게 결단을 못 내리고 있는데, 그해 음력설에 흑룡강신문사 베이징지사에 지사장으로 가있는 박진엽이가 고향에 설 쇠러 왔다가 나보고 베이징에 가겠으면 자기 따라 가자고 하더라고. 그래서 결국 쌰하이 하게 된 거였어."

1954년생인 장성환은 어려서부터 가난에서 벗어나려는 의욕이 강했다. 아버지가 장기적으로 병환에 계시는 바람에 가정 형편이 어려워 가난을 겪으며 자랐던 것이다. "문화대혁명"이 한창이던 1969년에 방정조중 초중을 졸업하고 영건중학교에 가서 고중을 다니던 그는 1년 후에 김성국 등 동창들과 함께 학교를 중퇴하고 농촌에 돌아왔다. 학교에 가도 공부하는 시간보다 로동에 참가하는 시간이 더 많았는데 그럴 바엔 생산대에서 공수(公分)를 벌어 분홍을 타는 게 더 낫겠다 싶었던 것이다.

농촌에 돌아와 생산대 노동에 참가하며 그는 집부터 새로 지어야겠다고 생각했다. 그때 장성환네 여섯 식솔은 다 허물어져가는 낡은 초가집에 살고 있었는데 4남매의 맏이인 그가 가정의 중임을 떠메고 있었다. 조만간 자신이 나서서 집을 지어야 할 텐데 아무래도 지을 거 하루라도 빨리 짓고 싶었다. 그런데 그의 집은 새 집을 지을 형편이 못되었다. 아무리 초가집을 짓는다고 해도 돈이 들어가야 했던 것이다.

"지금부터 조금씩 준비해서 명년 후년에는 지어야지!"

그는 남들은 어떻게 집을 짓는지 유심히 살펴보았다. 초가집을 짓는 데는 목재가 많이 들어가는데 동산이 코앞에 바라보이는 그의 마을에서는 사람들이 집을 짓기 전 산에 올라가 나무를 찍어 두었다가 무슨 방법을 대서 실어 와서 쓰고 있었다. 물론 창문을 만들고 하는 데 들어가는 목재는 따로 준비해야 했다.

장성환도 산에 올라가서 나무를 찍어 두었다가 마르기를 기다려서 서까래 같은 건 어깨로 메고 날라 왔다. 대들보 같은 굵은 목재는 겨울에 집집마다 산에 올라가 땔나무를 하는 기회에 생산대에서 내주는 소썰매(牛爬犁)에 싣고 내려왔다.

장성환이가 새집 지을 준비를 하고 있다는 소문이 퍼지자 마을에서는 의론이 분분했다.

"이제 열여덟밖에 안된 젊은 놈이 어벌도 크구만."

"갸가 돈도 없이 무슨 재간으로 새 집을 짓는다고 그러지?"

그러건 말건 그는 차곡차곡 준비해서 1973년에 새 집을 지를 계획을 세웠다. 그런데 1972년에 흉년이 들어 이듬해 봄에 집집마다 먹을 것도 모자라 마을에서는 어느 집에서도 새 집을 짓지 못했다.

1974년에 장성환은 초봄부터 기초를 다지는 등 새집을 지을 준비를 했다. 그런데 마을에 새 집을 지으려는 집이 예년보다 부쩍 늘어났다. 이삼년 동안 미루어왔던 집들이었다. 그러자 대대당지부에서 예년보다 훨씬 많은 집들에서 봄에 새 집 짓는 일을 벌리게 되면 노동력이 분산돼 생산에 큰 지장을 주게 된다면서 제지하고 나섰다. 대대당지부확대회의를 소집하고 열군속 등 몇몇 가정에서만 봄에 짓고 다른 가정들에서는 가을에 집을 짓도록 결정했다. 전날 저녁에 회의가 소집되기 전에 먼저 소식을 들은 그는 회의에 참석하라는 것도 가지 않고 이튿날 새벽에 친구들을 불러 기둥부터 세우고 새 집 짓는 공사를 시작했다. 농촌에서는 모두 봄에 집을 지어놓고 가을까지 말린 후 겨울에야 새집들이를 하는데 가을에 집을 짓게 되면 겨울에 새 집에 들 수 없었던 것이다. 그렇게 일을 벌려 놓고 나서 그는 생산대 노동에는 빠지지 않고 참가하며 아침저녁과 점심시간을 이용해 집을 지었다. 그렇게 친구들의 도움을 받아 두 칸짜리 초가집이 완공되었다.

"지금 생각하면 대대에서 못 짓게 하는데도 부득부득 고집을 부린 내 처사가 잘 한건 아니지만, 그때는 새 집을 다 짓고 나서 가슴이 참 뿌듯했었지. 그때 내가 스무 살 이었는데, 손에 70원 가지고 집짓기를 시작했거든. 나 자신이 보기에도 젊은 놈이 거의 빈손으로 집한 채 일떠세웠다는 사실이 잘 믿기지 않더라니까. 그때 처음으로 아, 마음만 먹으면 나도 뭘 할 수 있구나, 하는 생각을 하게 되었지. 뭐랄까, 지금 말로 하면 나도 할 수 있다는 자신감이 생긴 거야."

"그때 대대에서 추궁하지 않았나요?"

"다 짓고 나니까 대대에서 추궁은 안하더라고. 집을 지을 때는 공사 간부들도 내려와서 짓지 말라 그러고 생산대 대장도 와서 짓지말라고 했거든. 그래도 난 그들 앞에서는 안 짓는다고 하고는 계속 지은거야. 그때 친구들이 참 고생 많았지. 새벽에 일어나 나하고 같이 집을 짓고 점심 저녁에도 와서 도와주었어. 그렇게 이십여 일 집을 다 짓는 동안에 누구도 생산대 일에 전혀 지장주지 않았으니까 대대에서도 추궁하지 않았던 거지."

새 집을 다 짓고 나서 장성환은 생산대 노동에 한결 더 적극적으로 참가하고 대대의 각종 활동에도 발벗고 나섰다. 어릴 때부터 운동을 잘했던 그는 서광대대 배구팀의 주력으로서 전현조선족운동대회에서 우승을 따내는데 주요 역할을 했다. 시간이 지나며 그는 마을 청년들 가운데서 위망이 높아지고 동네 어른들로부터도 훌륭한 젊은이라는 찬사를 듣게 되였다. 후에 그는 서광대대 민병련 부련장으로 임명되었고 서광대대공청단총지부(团总支) 부서기로 활약했다. 그때 서광대대 민병련장은 제대군인 리순길이었고 단총지서기는 대대당지부 리유식부서기가 겸했다. 장성환은 대대당지부에 입당신청서도 써서 바쳤다.

1976년10월6일 "4인무리"가 타도되고 10년이나 지속된 "문화대혁명"이 끝났다. 며칠 후 서광대대당지부에서는 5~6년만에 10여명 신입당원들을 발전시켰는데 젊은이들 가운데는 장성환과 조해숙 두 명 뿐이었다. 그 시절 입당한다는 것은 매우 어려운 일이었는데, 특히 청년당원은 자신을 엄격히 요구하고 청년들 속에서 모범역할을 할 수 있는 우수한 인물이여야 했다.

10월 중순, 방정현당위에서 상급의 지시에 따라 "방정현당의기본로선공작대(党的基本路线工作队)"를 농촌에 파견하기로 하고 전현 청년당원들 가운데서 36명 대원을 선발했는데 영건향에서 서광촌의 장성환과 조해숙 2명이 선정되었다. 그들은 현에서 일주일간의 훈련을 거친후 전현 여러 향촌으로 파견되었다. 장성환은 어떻게 되다보니 조선족마을에 파견되지 않고 한족마을인 주하공사 육가촌에 파견되었다. 육가촌에서는 그를 또 대대부에서도 오륙 리 떨어진 산골마을 생산대에 내려가 있으라고 했다.

"그때만 해도 난 한족말을 잘 못했거든. 글자는 좀 알아서 소설책을 읽어보는 정도였고. 그래도 이미 파견되었으니 한족말을 배우면서라도 맡겨진 임무를 완수하려고 엄청 노력했어. 그 생산대에 가보니 70여 세대가 사는 산골동네가 정말 어렵게 살더라고. 벼농사는 고사하고 한전농사도 잡곡만 심어 사는 마을인데 농사가 안 돼 국가에서 '반소량(返销粮)'를 타다 먹고 무우나 배추 같은 가을 채소도 없었어. 거기서 7개월 있었는데 그때 정말 고생도 많이 하고 재밌는 일도 많이 겪었지."

1977년 6월 장성환은 영풍공사에 다시 파견되었고 세 번째 만에는 조선족마을인 덕선공사 신성대대로 파견되었다가 1978년 2월에야 공작대 생활을 마치고 집에 돌아왔다. 1년6개월 동안 그는 고생도 많이 했지만 많은 것을 배우고 소중한 사회 경험을 쌓으며 정신적으로 크게 성장했다. 특히 군중들과의 소통 능력과 자신의 의사를 확실하게 전달하는 표현 능력 등 사회 지도자로서 갖추어야 할 능력이 크게 제고되었다.

공작대가 해산될 때 현당위에서는 농촌에서 온 청년당원들에게 곧 국가간부로 등용할 기회를 줄 것이라며 원래 생산대로 돌아가 기다리라고 했다. 서광대대로 돌아온 장성환은 다시 생산대 노동에 참가하며 현의 통지를 기다렸다. 그런데 한 달 두 달 지나도록 소식이 없었다. 그때 남툰에 살고 있던 서광학교 리봉기 선생이 학교를 대표해 그를 찾아와 학교에 민영교사가 수요되는데 들어오라는 것이었다. 그때는 대학입시가 금방 회복되었을 때인데 서광학교에서 민영교사로 있던 공정철씨가 1977년 말 첫 번째 대학입시에서 합격돼 호란사범학교로 갔던 것이다. 장성환은 완곡히 사절했다. 문화대혁명 시기에 고중을 중퇴한 자신의 지식수준으로 학생들을 가르칠 수 없다는 자격지심에서였다. 며칠 후 서광학교 교도주임인 엄근식 선생이 그를 또 찾아왔다. 엄 선생은 그를 보고 다른 과목을 가르칠 자신이 없으면 먼저 체육을 가르치면서 천천히 배우면 된다고 설득했다. 체육에는 자신이 있었던 그는 그제야 그럼 한번 고려해보겠다고 대답했다. 그가 곰곰이 생각해보니 학교에 들어가면 자신의 지식수준을 높일 수 있는 좋은 기회가 될 것 같았다. 그리고 현공작대원들에게 국가간부로 될 수 있는 기회를 준다고 했던 현위조직부에서는 감감 무소식이어서 그는 먼저 학교에 들어가기로 했다. (몇 달이 지난 후에야 현에서는 영건향에 계획생육조리원 정원을 하나 내려보냈는데 조해숙씨가 그 정원으로 공사간부로 등용되었다)

장성환은 그렇게 전혀 생각지도 못했던 교원생활을 시작했다. 그때 서광학교는 방정현조선족중학교와 합병돼 소학교부터 고중까지 9년일관제 학교로 운영되고 있었다. 장성환은 처음소학교와 중학교의 체육과를 담당하다가 점차 저급학년 한어를 가르쳤다. 그러면서 그는 오상사범학교 함수공부를 시작했다. 4년간의 함수공부를 마치고 중등사범학교 졸업장을 따낸 그는 교원으로서의 기본능력과 자질을 갖추게 되었다.

1981년 9월, 서광학교는 서광소학교와 방정현조선족중학교로 분리되었는데 김봉득 선생이 서광소학교 교장으로 임명되었다. 장성환은 서광소학교에 남아 담임교원을 담당하고 조선어문과 수학까지 가르치게 되었다. 1983년 김봉득 선생이 퇴직하고 리임선 선생이 교장직을 담당하였다가 1년 후 여러 가지 원인으로 사임하겠다고 제기했다. 그때 마침 전현 중소학교에서 교장책임제(校長負責制)를 실시하며 교직원들 가운데서 교장을 직접 선거하게 되었는데 장성환 선생이 많은 교원들의 신임을 얻었다. 하지만 장성환 선생은 이번에도 주저했다. 그러자 그의 동갑내기들이자 사범학교 졸업생들인 리한규, 박수산 두 분 젊은 교원이 그에게 적극적으로 지지하겠으니 교장직을 맡으라고 격려해주었다.

1984년 9월 장성환은 서광학교 교장으로 정식 부임했다. 한 학기가 지나고 이듬해 3월 새 학기가 시작되었을 때 현교육국으로부터 흑룡강성조선족교사연수학원에서 전성 조선족중소학교 현임 교장과 교도주임들을 상대로 학교관리전업 전문대반 학원생 40명을 모집한다는 통지가 내려왔다. 통지에는 이 40명은 각지에 정원을 내려 보내지 않고 전성 성인대학시험(成人高考) 성적순위에 따라 모집한다고 밝혀있었다. 좋은 기회라고 생각한 장성환은 인차 흑룡강성성인대학시험 준비에 들어갔다. 그는 조선족중학교 여러 선생님들을 모시고 배우며 자습해서 시험을 치렀는데 5개 과목에서 420점이라는 좋은 성적을 따내 합격되었다.

1985년 9월, 장성환은 오상조선족사범학교에 설치된 흑룡강성조선족교사연수학원에서 가서 2년 동안의 대학공부를 시작했다.

"그때 이미 결혼하고 애 아빠였는데 집을 떠나 정말 열심히 공부했지. 2년 동안 23개 과목을 배웠어. 그 2년이 내 인생에서는 중요한 전환점이 되었던 것 같아. 공부도 공부지만 사회생활에 대해서 더 많이 배우게 되었으니까. 그전까지만 해도 시골에서 살다가 시내에 가서 전성 각지에서 모여온 교장 교도주임들과 함께 생활하며 배우고 느끼는 게 정말 많았어. 우리 40명 동창들 가운데 나처럼 시골학교에서 온 사람도 있지만 하얼빈, 치치할, 목단강 등지의 조선족중소학교에서 온 교원들이 더 많았으니까. 그때는 아직 개혁개방 초반 이다 보니 도시에서 생활하던 사람들이 시골에 있던 우리와 옷 입는 것부터 다르고 생각하는 것도 다르더라고. 그래서 2년 동안 공부를 열심히 해서 지식도 많이 얻기도 했지만 시골 사람으로서 때벗이도 제대로 한 셈이었지…(웃음) 그리고 그때의 그 2년이 있었기에 오륙년 후에 과감하게 쌰하이(下海)도 할 수 있었던 것 같아."

1987년 9월 학교에 돌아온 장성환은 여전히 교장으로 사업했다. 그동안 배운 지식과 견식을 바탕으로 한결 합리적이고 과학적인 이념을 앞세워 학교를 관리하려고 노력한 결과 서광학교는 한결 활기를 띠며 새로운 모습을 보이기 시작했다.

1990년 9월 새 학기가 시작되기 전 원래 방정현조선족중학교 교장으로 사업하다가 몇 년 전 현교육국에 전근돼 전현 조선족교육사업을 지도하고 있던 박찬태 선생이 그를 찾아와 방정조중 김석일 교장이 곧 퇴임하게 되는데 그 뒤를 이어갈 준비를 하라고 했다. 그때도 그는 자신은 중학교를 관리할 능력이 없다며 사절했다. 그런데 1년 후 박 선생이 또 찾아와서 더 적합한 인선이 없다며 현교육국에 그를 교장으로 추천하겠다고 하자 그제야 그는 수락했다. 그렇게 그는 1991년 9월 방정현조선족중하교 교장으로 부임해 1994년 1월까지 재임했다.

2

1994년 2월 베이징에 간 장성환은 격세지감을 느꼈다.

"베이징에 도착하니까 김기광이가 고향 모교의 선생님이 왔다고 식당에서 밥을 샀는데 한 끼에 천 원(위안) 넘게 쓰는걸 보고 깜짝 놀랐어. 베이징에 오기 전 내 월급이 200원 좀 넘었는데 천원이면 내 서너 달 노임과 맞먹는 거잖아. 그때 정말 충격을 받았지. 하여간 베이징에 가서 보니까 집에서 생각하던 것 하고 완전히 딴판 이었어. 우물 안의 개구리가 바다에 나온 격으로 갈팡질팡하고 한 일 년 동안 고생 많이 했지. 하지만 떠나올 때 어떻게든 성공하겠다고 결심을 굳게 하고 왔으니까 꾹 참고 견뎠지."

장성환은 박진엽의 소개로 하얼빈출신 조선족이 경영하는 베이징 장성급수설비공장에 들어갔다. 공장의 제품은 대부분의 부품을 납품 받아 조립하고 용접해서 생산하고 있었는데 아무런 기술이 없는 그가 할 수 있는 일이 거의 없었다. 그렇다고 중학교 교장선생님 하던 사람이 허드레 육체노동을 할 수도 없고 공장에서도 시키려고 하지 않았다. 결국 그는 기본 월급도 없이 한대에 십여 만 위안 수십만 위안 하는 급수설비를 팔아야만 커미션(提成)을 받을 수 있는 영업사원이 되었다. 하지만 한 달이 지나도록 그는 급수설비를 한대도 못 팔 았다. 알아보니 장성급수설비공장에는 영업을 잘해 한해 수십만 위 안 커미션을 받는 영업사원이 있는가 하면 일이년 동안 한 대도 못 파는 영업사원도 있었다.

그때 역시 고향 사람이 그를 도와주었다. 그 시기 베이징에서 한창 사업이 번창하던 서광촌 출신 김경애씨가 중관촌에다 수백만 위안 투 자로 식당과 가라오케를 겸한 종합성적인 업소를 설립하고 있었는데 그에게 직원관리 일자리를 마련해주었다. 그렇게 숙식이 해결되고 월 급도 받게 되면서 베이징에 온지 몇 달 만에 안정된 생활을 할 수 있었 다. 장성급수설비공장에 영업사원이라는 이름을 계속 걸어놓고 있었 던 그는 반년 만에 급수설비를 한 대 팔아 만여 원(위안)의 커미션을 받았는데 베이징 진출 첫 직장에서 그나마 체면을 유지할 수 있었다.

1995년 3월 장성환은 한국독자 베이징자기응용(磁气应用)전자유 한회사에 관리직원으로 취직했다. 회사에서는 그의 교장사업 경력을 인정해 그에게 총무를 담당하게 했는데 그제야 그는 자신의 능력을 충분히 나타낼 수 있었다. 몇 달 후 회사에서는 700여 명 종업원이 있는 회사의 인사관리와 직원 교육까지 담당하게 했다. 2000년 3월 회사가 여러 가지 원인으로 문을 닫게 될 때까지 그는 총무와 인사를 총괄하는 부장으로 5년간 근무하며 기업관리를 배우고 터득했다.

2000년 4월 장성환은 한국기업 베이징고지피혁(高地皮革)유한회 사에 취직했다. 5년 동안 한국기업에서 근무한 경력과 그 이전의 교 장사업 경력에 비추어 이 회사에서도 그에게 총무부장을 맡기고 비 교적 높은 대우를 해주었다.

2002년 2월, 그때 이미 베이징에 진출해 장사를 해서 성공한 처남이 그를 찾아왔다. 처남은 몇 년 전 ≪경한광고(京翰广告)≫이라는 조선어광고잡지사를 만들어 다른 사람에게 맡겨 경영했는데 이제는 자신이 직접 경영하게 되었다며 자형에게 동업자가 돼 잡지를 맡아달라고 청구했다. 장성환은 쉽게 대답할 수 없었다. 그 자신이 잡지 편집과 발행이라는 문자 사업에는 전혀 경험이 없을 뿐만 아니라 광고지라는 것은 제대로 운영 못하면 결손을 초래하기 십상이라는 걸 알고 있었던 것이다. 그가 주저하자 처남은 지난 몇 년 동안 광고지를 맡아 경영하던 사람에게 그를 데리고 갔다.

"가서 만나고보니 다리를 못 쓰는 장애자 여성이더라고. 그분을 만나고 돌아오며 사지 멀쩡한 내가 못할게 뭐 있겠는가, 하는 생각이 들었어. 그래서 처남한테 하겠다고 대답했지."

장성환은 한국회사에서 사직하고 코리안광고잡지사 사장이 되었다. 편집, 조판(排版), 종이, 인쇄, 배포 등 업무를 재빨리 익힌 그는 메인 광고주 유치에 직접 나서서 굵직굵직한 광고를 가져오기도 했다. ≪경한광고(京翰广告)≫광고잡지는 한국 기업과 조선족 업체뿐만 아니라 한국인을 상대로 하는 기타 요식업체, 여행사, 항공사, 티켓판매소, 유학중개소, 물류회사 등 업체들의 광고를 실어주고 무료 배포하는 주간지(周刊)였는데 32페이지 컬러 페이지를 포함해 80페이지 분량으로 편집, 제작 되었다. 중한 경제교류가 날로 활발해지면서 한국 업체와 한국인 그리고 조선족을 상대로 하는 서비스업체들이 활기를 띠며 광고와 홍보수요가 급증해 조선어 광고잡지들이 즐거운 비명을 지르던 시기였다. 15명 직원들이 광고를 접수하고 편집하고 인쇄하고 배포하는 등 눈코 뜰 새 없이 돌아쳐야 했다.

"그렇게 광고지를 시작한 첫해에 흑자가 생기고 광고주들이 대폭 늘어났어. 광고주는 늘어나는데 지면은 제한돼 있으니까 광고료가 오를 수밖에 없었지. 그래도 광고가 계속 많이 들어오고 수입도 점점 늘어나더라고. 그러니까 처남이 광고지를 처음 만들 때 합작했던 투자자들이 밝히기 시작하는 거야. 잡지를 경영하는 내가 수입을 빼돌리는가 해서. 그게 정말 싫더라고. 사실 열 몇 명이 주간지를 만든다는 게 진짜 힘든 일이거든. 그리고 직원들 인건비에 잡지 제작비에 비용도 만만찮고. 그래도 투자자들과 상의해서 일 년에 40만 위안 내기로 하고 아예 잡지를 도급해서 혼자 경영하기 시작했지."

2007년에 이르러 광고잡지사들에 대한 새로운 정책이 나오며 원래 100만 위안이던 회사 등록자금을 150만 위안으로 증자(增资)해야 했다. 장성환은 코리안광고잡지사의 주관단위인 중국과학기술협회를 찾아갔다. 그런데 중국과학기술협회에서는 더 이상 잡지를 관계하지 않겠다며 주관단위 이름을 걸지 말라고 했다. 광고지를 계속 운영하려면 새 광고회사를 설립해야만 했다. 장성환은 처남과 상의해 두 사람의 합자로 베이징부경한(富京韩)광고유한회사를 설립해 새 광고지를 창간하기로 했다. ≪경한광고(京翰广告)≫광고지는 자동적으로 폐간되고 2명 투자자들에게는 투자금을 돌려주었다.

2007년8월 조선어광고지 京翰广告가 창간되었다. 그때 베이징지역 조선어광고시장은 위축세를 보여 계속 주간지로 나간다면 결손을 초래할 수 있었다. 장성환은 京翰广告를 격주간(半月刊)으로 만들고 비용을 줄임으로써 광고지가 계속 흑자경영을 이어갈 수 있었다.

광고회사를 설립하고 광고잡지를 창간하면서 장성환은 다른 업종의 창업도 준비했다. 조선어광고잡지 경영은 한계가 있으므로 새로운 발전의 길을 모색해야 했던 것이다. 무엇을 할 것인지 어러모로 고찰하던 중 그는 의류 가공 쪽으로 관심을 갖게 되었다. 한국에서는 88올림픽을 개최하면서 주방가운을 비롯한 주방복과 유니폼들이 잘 팔렸다는 걸 알게 되었던 것이다. 의류에 관심을 가지면서 한국사장들과도 접촉하게 되었고 그들로부터 자문을 받기도 했다.

2007년 6월 장성환은 왕징과 3~4킬로미터 상거한 베이징 5환로 근처에 공장건물을 임대해 의류가공공장을 오픈했다. 주방복을 위주로 주문을 받아 가공하면서 그는 자신의 브랜드를 만들겠다는 포부를 세웠다. 그런데 반년 후 그에게 주문을 준 바이어의 창고에 가보고 나서 그는 자신의 선택이 잘못되었음을 깨달았다. 하얼빈출신의 조선족 사장은 500평방미터 되는 의류 창고를 5동 소유하고 있었는데 창고마다 여러 종류의 의류가 몇 층으로 걸려있었다. 그 어마어마한 수량에 장성환은 눈이 휘둥그레졌다. 이 많은 의류가 모두 적치된 것이라며 사장은 의류 업종이 굉장히 힘들고 어렵다고 솔직하게 얘기했다. 적치된 의류의 가치가 얼마쯤 되는 가고 물어보니 자그만 치 5천만 위안이라는 것이었다.

세상에!

장성환은 대번에 김이 빠졌다. 의류관련 경험도 노하우도 실력도 뭐도 없는 자신이 의류 브랜드를 만들어 성공하겠다는 포부는 망상에 가까운 것이 아닌가 하는 생각을 하지 않을 수 없었다. 하지만 금방 벌려놓은 일을 접을 수도 없어 그는 공장을 계속 운영해 나갔다. 주방복 뿐만 아니라 유니폼과 숙녀복에 이르기까지 다양한 품종의 의류를 가공했다.

그렇게 3년을 유지하면서 의류공장은 밑지지는 않았지만 수익이 미미했다. 그는 동업자인 처형에게 의류 사업을 접는 게 좋겠다는 의견을 내놓았다. 힘들게 경영한데 비해 연간 삼사십만 위안의 수익이 너무 적다는 것을 가장 큰 이유로 꼽았다. 그리고 그때 정부로부터 5환로 근처의 공장들을 철거하라는 통보가 내려왔고 농민공들의 인건비가 대폭으로 인상하면서 봉제공을 찾기도 힘들어졌다. 하지만 처형은 부도를 내면 자기 인생에 흑점을 남기는 것과 같다며 끝까지 경영하겠다고 했다. 장성환은 공장을 베이징 순의구(順义区)로 이전시켰다. 비용을 절약하기 위해 공장건물을 임대하는 밖에 설비 안장과 전기, 보일러 등 부대시설 장치는 모두 자체로 했다. 공장은 다시 가동되고 오다는 계속 들어왔지만 봉제공들의 인건비가 계속 뛰어올라 종업원의 노임이 전반 생산비용에서 차지하는 비중이 날로 커지면서 수익이 점점 내려갔다. 2007년에 공장을 시작할 때 숙련공의 월급이 1,800위안이던 것이 2011년에 3천 위안으로 오르고 2015년에 이르러 6천 위안으로 올랐다. 결국 2015년 7월 동업자인 처형도 끝내 손을 들고 말아 장성환은 그제야 공장을 정리했다.

공장을 정리하기 몇 년 전부터 장성환은 장춘배쥰의과대학 간호학과를 졸업하고 연변병원에서 간호장으로 근무했던 아내의 제안을 받아들여 양로원 설립에 착수했다. 아내가 양로원을 경영하는 것이 꿈이라고 했던 것이다. 그때 베이징의 집값이 천정부지로 뛰어오르며 베이징과 가까운 하북성 랑방시 연교(燕郊) 지역이 새로운 부동산투자 열점지역으로 떠오르고 있었다. 2013년 장성환은 친척들을 동원해 공동투자로 총면적이 800평방미터에 달하는 아파트 10채 구매해 양로원을 설립했다. 하지만 양로원은 경영허가 등 수속상의 문제로 1년 반 만에 철수했다. 양로원은 접었지만 그의 기획으로 공동투자에 참여한 친척들은 2~3년 사이에 아파트 값이 두 세배로 오르며 큰 이익을 얻을 수 있었다.

2017년 장성환은 역시 친척들의 공동투자로 베이징 순의구 고려영진(高丽营镇)에 가족회사인 베이징천지애(天地爱)농업과학기술유한회사를 설립했다. 대형 비닐하우스에 뿌리와 잎을 모두 식용할 수 있는 인삼을 재배해 시장에 내놓고 있다.

1950년대 출생한 서광촌 사람들 가운데 경력이 가장 풍부한 사람을 꼽으라 하면 장성환 선생이 단연 첫손가락에 꼽힐 것이다. 농민, 생산대 부기원, 민병련 부련장, 촌단총지 부서기, 방정현농촌공작대원, 서광학교 교장, 방정현조선족중학교 교장, 베이징 장성급수설비 공장 업무원, 베이징 한국독자기업 총무부장, 베이징 한국전자기업 인사부장, 〈경한광고〉사장, 베이징부경한광고회사 사장, 베이징순의복장공장 사장, 베이징연교양로원 원장, 베이징천지애농업과학기술회사 사장… 등등 열손가락으로 한참 세야 한다.

그만큼 도전에 도전을 거듭하며 숨 가쁘게 살아온 장성환, 칠순을 바라보는 그의 도전은 여전히 진행 중이다.

서부지역에서 동북입쌀 판로 개척한 서광촌촌장

조기문 (사천성 성도)

1

2018년 4월 22일부터 23일까지 사천성 수부 성도(成都)에서 서광촌 촌민위원회주임과 당지부서기로 20여년 사업하며 서광촌 건설과 발전에 크게 공헌한 조기문 씨를 만났다. 성도는 "2018제2차 서광촌 사람들 취재기행" 서부지역 두 번째 목적지였다. 조기문 씨와 그의 아내 리순복 씨가 머나먼 서부지역까지 찾아와서 고맙다며 반갑게 맞아주면서 성도에서 가장 유명하다는 음식점에 나를 데리고 갔다.

"정말 반갑다. 우리가 여기 청뚜(성도)에 온지 13년 되었는데 고향 사람이 찾아오기는 홍규 니가 처음이다."

조기문 씨가 이렇게 말하며 잔을 들었다.

"어디 고향사람이 처음인가요, 동북사람이 여기까지 찾아온 것도 아마 처음인 것 같아요. 여기에서는 동북사람 만나기도 힘들어요. 많이 드세요."

그의 아내 리순복 씨도 나에게 연신 음식을 집어주며 말했다.

성도에 도착한 첫날은 그들과 서녁식사하며 식당이 문을 닫을 때까지 얘기를 나누었다.

서광에 살 때 조기문네 집은 우리집과 물도랑을 사이에 둔 이웃이었다. 봄부터 도랑물이 내려오기 시작하면 아이들은 도랑에서 세수하고 발을 씻었고 어른들은 도랑에 걸쳐놓은 두툼한 널판자에서 빨래를 했다. 아침에 일어나 부스스한 얼굴로 도랑에 나가 푸푸거리며 세수하다보면 비슷한 시간에 물도랑에 세수하러 나오는 예쁜 해란이를 만날수 있었다. 조기문의 여동생 해란이는 나보다 한살 많았는데 어릴 때부터 우리는 소꿉놀이를 하며 함께 자랐다.

1956년생인 조기문은 1955생인 우리 누님과 중학교 동창이였다. 소학교때는 한 학년 아래였는데 문화대혁명 때 두 학년을 합쳐서 한 반 동창이 되었던 것이다. 그때 서광촌 1953년생들과 1954년생들은 한족학교인 영건중학교로 가고 그 아래 두 학년은 서광학교에 남았던 것이다.

"그때 개학해서 우리가 윗반에 올라가니까 그전까지 상급생이던 윗반 애들이 우리 가방을 빼앗아 밖에다 버리고 며칠이나 난동을 피웠어. 우리는 한 학년 올라갔는데 자기네는 일년 낙제한 거나 마찬가지니까 싫었던 거지…(웃음) 그래도 결국은 한반 동창이 돼 고중 졸업할 때까지 4년 같이 공부했지."

그들은 방정조중이 서광소학교와 합병해 9년일관제 서광학교로 된 후 제1기 고교졸업생으로 되었다. 방정조중 제1기 고교졸업생인 셈이었다. 1972년 그들이 졸업할 때 학교에서는 아주 숭엄한 분위기 속에서 졸업식을 치렀다. 그때 나는 소학교 4학년이었는데 재학생들을 대표해 졸업식에서 선생님이 써준 장문의 송별사를 읽었다. 예닐곱 장이나 되는 송별사는 풀로 이어 붙여서 돌돌 말아 놓았는데 첫 장을 읽을 때 발밑까지 드리웠다가 내가 읽어 내려가면서 조금씩 앞으로 드리워졌다. 어느 부분부터였던지 나는 울먹이다가 눈물을 금치 못하고 울면서 읽어 내려갔고 강단 아래에서도 여기저기서 흐느끼는 소리가 울려왔다. 지금까지 내가 유일하게 겪은 감동의 눈물로 채워졌던 졸업식 현장이었다.

서광학교는 1973년에 1956생들을 위주로 한 제2기 고교졸업생을 졸업시킨 후 고등부(高中)가 취소되고 소학교와 초급중학교(初中) 7년일관제 학교로 변했다. 1957생을 위주로 한 초중졸업생부터 영건 중학교에 가서 고급중학교를 다녔다. 그러다가 1979년에 방정조중은 고등부(고급중학교)를 다시 회복했다.

고교 졸업 후 조기문은 마을에 돌아와 생산대로동에 참가했다. 그의 동창들은 후에 적잖게 참군하고 일부는 대학에 추천받거나 했는데 그는 마을에 계속 남아 있었다. 그러다 1982년 그는 서광촌 촌민위원회주임으로 선거되었고 1992년에는 당지부서기로 임명되었는데 2005년 남방으로 나올 때까지 혹은 촌장 혹은 지서로 사업했다. 그 중간에 그는 한국에 가서 몇 년 있었는데 돌아와서도 계속 촌장으로 있었다. 그가 서광촌지도부 주요 간부로 있는 기간 서광촌의 각항 사업은 항상 전 현 앞자리를 차지했고 성급문명촌이라는 영예를 지녔다.

2004년 겨울, 조기문은 통하현량곡창고(糧庫)에서 근무하는 동서로부터 쌀장사를 해보라는 제안을 받았다. 동북사람들이 남방으로 많이 진출하고 남방 본토 사람들도 점점 동북입쌀에 맛을 들여 동북입쌀 수요가 급증하고 있다며 쌀장사를 해볼만 하다는 것이었다. 그러면서 동서는 아무리 못 벌어도 한국에 나가 일하는 것보다는 훨씬 나을 거라고 했다.

"그때 동서의 말을 들어보니 마음이 좀 동하더라고. 무엇보다 한국에 나가 일하기보다 훨씬 나을 거라는 말에 마음이 움직였어. 내가 한국에 나가 몇 년 건축현장 뛰었거든. 그때 번 돈으로 우리 아들 일본유학 보내고 했잖아. 한국 가서 힘들게 일하던 생각 하니까, 아 그때처럼 일하면 어디 가서 뭘 하든 못해낼 일이 있겠나 싶더라고. 그리고 또 농촌에서 거의 30년 벼농사를 했는데, 이젠 도시에 가서 쌀장사를 하며 사는 것도 좋을 것 같더라고."

2005년 년 초 그들 부부는 무작정 남방으로 떠났다. 동북입쌀을 팔려면 동북과 먼 곳에 가서 해야겠다고 생각하고 장사, 중경, 성도 등 여러 곳을 다녀보았다.

"그때 여기 청뚜가 제일 좋아보였어요." 조기문의 아내 리순복 씨가 말했다. "여기 사람들이 순박해보였어요. 그때 여기에 큰 시장이 아직 서기 전인데, 집에 돌아가서 이삿짐을 간단히 챙기고는 하얼빈에서 먼저 기차로 쌀을 보내놓고 여기로 떠왔어요."

기차로 보낸 쌀은 열이틀 만에 성도에 도착했다. 쌀이 도착하기 전에 그들은 먼저 세집도 잡고 양곡시장에 작은 매장을 하나 임대했다.

그렇게 고향과 육칠 천리 떨어진 생면부지의 서부도시 성도에서 동북입쌀 판매를 시작했다.

"처음에 와서 이곳 사천 사투리를 못 알아들어서 정말 애먹었어. 한 반년 지나니까 차츰 조금씩 알아들을 수 있더라고. 그리고 여기 기후가, 여름이 되기 전엔 정말 좋았는데, 육칠월 달부터는 더워서 죽겠더라니까. 여기는 사천분지에 속하는 곳이잖아, 바람이 거의 안 불어. 그러니까 여름에 굉장히 더운 거지. 그래도 한 여름 견디고 나니까 괜찮더라고. 가을부터 겨울까지는 특히 겨울은 여기가 동북보다 훨씬 좋아."

처음에 장사하기가 너무 어려웠다. 성도에는 상해나 광주처럼 동북사람들이 많지 않았다. 그러다보니 당초 그의 동서가 얘기한 것처럼 남방에 진출한 동북사람들을 판매대상으로 한다는 것은 전혀 현실적이 못되었다. 그리고 수천 년 동안 내려오며 부슬부슬한 남방입쌀에 습관 돼 있는 성도 현지인들도 찰기 있는 동북입쌀의 맛을 잘 모르고 있었다. 그래도 그들은 맥을 버리지 않고 견지했다. 성도는 필경은 대도시다보니 이런저런 관계로 동북에서 생활했거나 동북을 다녀오며 동북입쌀에 맛들인 사람들도 상당수 있었던 것이다. 그리고 사천성은 장족(藏族), 이족(彝族)을 비롯한 소수민족들이 많이 거주하는 곳으로서 성도 주변 아바(阿坝), 간쯔(甘孜) 등 장족자치주에 사는 장족들이 차츰 동북입쌀에 맛들이며 많이 사가기 시작했다.

판로가 조금씩 개척되면서 그들은 또 유동자금 때문에 골머리를 앓아야 했다. 양곡 도매는 자금량이 크기 때문에 일반적으로 가공공장들에서 물건을 먼저 보내주고 일정기간의 판매시간이 지난 후에 결산하는데 그들은 처음 시작하다보니 가공공장들에서 먼저 보내주려고 하지 않았다. 결국 유동자금이 별로 없는 그들은 먼저 돈을 지불하고 보내오도록 할 수밖에 없었다. 그러다보니 많지 않은 자금이 묶일 뿐만 아니라 양곡도매 특성상 일정 수량의 쌀을 확보해두어야 하는데 그럴 수 없어서 판매에도 영향을 끼쳤다. 동북입쌀은 성도에까지 보통 십여 일의 운송기간이 소요되는데 고객이 급히 수요할 때 확보해둔 쌀이 없으면 즉시 조달할 수 없어 발만 동동 굴러야 했다. 아무리 바빠도 정미공장들과 상호 신뢰가 쌓일 때까지 기다릴 수밖에 없었다.

시간이 지나면서 그들은 동북3성 여러 지역 정미공장들과 굳건한 공급판매관계를 맺었다. 결제 시간 내에 쌀을 다 팔지 못해도 그들은 어떻게든 돈을 변통해 구매자금을 보내주었다. 그처럼 신용을 지키다보니 현재 20여 개 정미공장들에서 전화 한통이면 수시로 동북입쌀을 보내오고 있다.

"정미공장들과 이런 관계를 맺기까지 거의 3년이란 시간이 걸렸어. 정미공장들에서 수십 톤 씩 지어 백여 톤 되는 쌀을 먼저 보내오기 시작하니까 판로가 넓어지고 판매량도 크게 늘어났지. 안 그러면 쌀장사를 크게 할 수가 없어. 쌀장사는 워낙 자금이 많이 들어가잖아."

조기문의 말에 그의 아내가 그 몇 연간의 일을 들려주었다.

"판매량이 크게 늘어나니까 우리한테서 외상으로 가져가겠다는 사람들이 생기기 시작했어요. 우리가 정미공장들과 하는 것처럼 팔아서 돈을 주겠다고요. 여기 양곡시장에서는 사실 그런 경우가 매우 적어요. 어지간해서 외상놀음 안하거든요. 대부분 도매를 위주로 하다 보니 한번 거래하면 보통 몇 만근 씩 되는데 몇 만 위안 돈이잖아요. 건데 우리는 그전에 이미 외상으로 준 적이 몇 번 있었어요. 처음에 와서 장사가 잘 안되고 할 때인데, 몇 번 거래한 장족사람한테 큰 맘 먹고 6만 위안 가치의 쌀을 외상으로 주었어요. 주고 나서 마음이 얼마나 조마조마했는지 몰라요. 이러다 떼이면 어쩌나 하고…(웃음) 지금은 6만 위안은 별로 큰돈이 아니지만 그때는 큰돈이잖아요. 건데 그 장족사람도 진짜 신용 있는 사람이니까, 우리가 자기를 믿고 그렇게 6만 위안 가치 되는 쌀을 외상으로 주니까 인차 돈을 가져 왔더라고요. 그 이후로 그 장족사람이 우리의 단골이 되었어요. 딱 우리 것만 사가요. 그리고 어떤 때는 자기가 바쁠 때는요, 다른 물건까지도 우리 보고 구입해 달라고 해요. 다른 장사꾼들은 그런 사람 만나면 떼먹고 하는데, 우리는 절대 그렇게 안 해요. 우리는 쌀만 팔아서 돈을 벌면 되니까. 어떤 가격으로 샀으면 그 돈만 딱 받아요. 사실 떼먹어도 그 사람들은 몰라요. 그래도 우리는 절대 그런 일은 안 해요. 양심적으로 장사하고 양심적으로 살면 내 마음부터 편하잖아요. 알든 모르든 그렇게 서로 믿고 장사해 온 거죠."

"이제는 오래 동안 거래한 사람은 20톤 30톤씩 외상 줄때가 많아. 그렇게 안하면 장사가 안 되니까. 장사하기가 예전 같지가 않아. 처음 시작해서 이삼년 지나서부터 한 칠팔년 동안은 장사가 정말 잘 되였는데, 지금은 우리뿐만 아니고 전반적으로 장사하기가 힘들어지는 추세니까."

"하긴 지금은 점점 인터넷으로 많이 사잖아요. 쌀장사도 영향 좀 받나요?"

"쌀은 무게가 있어서 인터넷으로 하면 운송비가 너무 많이 들어가 니까 그런 영향은 별로 안 받는 거 같아요. 그리고 우린 또 도매를 위주로 하잖아요. 그러니 더구나 그런 영향을 안 받아요."

"그럼 지금 판매량은 어느 정도 되나요?"

"한 달에 그저 5백 톤 정도에요. 요 몇 년 많이 줄었어요."

"그럼 몇 년 전 많이 팔 때 판매량은 얼마 되었나요?"

"그때는 한 달에 적어서 천 톤 많을 땐 2천 톤씩 팔았으니까 한해 평균 만5천 톤은 팔았죠."

이튿날 아침 조기문이 직접 운전하는 픽업트럭(皮卡车)에 앉아 성 도시 해패왕서부식품물류단지(海霸王西部食品物流园区)로 간 나는 어 마어마하게 큰 시장 규모에 혀를 내두르지 않을 수 없었다. 대문에 들어서서 조기문네 매장이 있는 양곡식용유구역(粮油区)까지 차를 몰 고 가는데 십 여분이 걸렸다.

"시장이 얼마나 큰지 어디에 뭐가 있는지 나도 잘 몰라. 전용철도 까지 부설돼 있어서 굉장히 편리해. 동북에서 기차로 보내오는 입쌀 이 직접 이 시장안까지 들어오니까."

내가 핸드폰으로 검색해보니 해패왕식품물류단지는 중국 서부지 역에서 가장 큰 식품물류집산지로서 부지면적이 1800무 되고 입주한 업체가 5천여 개에 달하는데 이곳을 통해 전국 각지의 수백 가지 종 류 수만 종류의 식품이 사천, 중경, 귀주, 운남, 서장, 청해 등 지역 으로 조달된다고 소개돼 있었다.

양곡식용유구역에 "하얼빈시록풍미업유한회사-해패왕록풍미업경영부"라는 간판아래 면적이 사오십 평방미터 돼 보이는 매장이 2개 있었다. 바로 조기문네 매장이었다. 매장 앞에는 쌀 포대에 동북진주미, 동북상질정품입쌀, 천연향미 등 이름이 찍혀있는 20킬로그램짜리 입쌀이 칠팔 포대 진열돼 있고 매장 안에 4-5미터 높이 되는 천정까지 입쌀포대가 차곡차곡 쌓여 있었다.

우리가 도착한지 얼마 안 돼 대여섯 명 운반공들이 와서 매장 앞에 세워놓은 12인석 봉고차에 입쌀을 실었다. 봉고차는 좌석을 뜯어내고 입쌀운반 전문용으로 사용하고 있었다.

"우리와 거래하는 도매상이나 소매상들은 차를 밖에다 대기하고 있어. 우리가 거기까지 실어다 주어야 돼. 시내로 배달하는 양이 많을 때도 이 봉고차로 실어다 주고. 전문 싣고 내리고 하는 운반공들이 수시로 대기하고 있거든. 이제는 뭐든지 전화 한통이면 오케이야."

"그럼 방금 몰고 온 트럭은?"

"그 트럭은 시내에 있는 양곡상점들에서 전화오면 대여섯 포대나 열 몇 포대씩 배달할 때 나가지. 내가 직접 운전해서 갖다줘야 해. 시내에도 도매와 소매를 겸한 양곡상점이 하나 있는데 우리 집사람이 거기에 지키고 있어. 그래도 배달할 게 좀 많으면 여기서 직접 실어다 주거든. 이제는 사가는 사람이 왕이야. 처음에 할 때는 사는 사람이 와서 실어갔는데 이제는 실어다 주어야 하니까."

"도매도 하고 소매도 하고 그걸 다 실어다주고 하려면 굉장히 바쁘겠는데…"

"물론 바쁘지. 아침에 6시 반에 집에서 나오면 저녁에 보통 7시 넘어야 집에 들어가니까. 고향에 있을 때는 매일 술 마시다시피 했잖아, 여기 와서는 낮에 차운전 해야 하니까 술 못 마시고 그래서 저녁에 소주 한냥 마시는게 전부야. 고향에 있을 때 '쥬찡깔(알콜성지방간)'이 꽤 심했는데, 여기 와서 이미 없어졌어."

"매일 그렇게 바빠서 어떻게 해… 그럼 여행이랑 다니고 할 새도 없겠네?"

"그래도 일 년에 한 번씩은 둘이서 일주일 정도 놀러 다녀. 여기 사천엔 명승지가 많잖아."

"방금 시내로 배달 많이 다닌다면서, 배달 가면 여기 매장은 어쩌고?"

"우리 아들과 며느리가 여기 있잖아."

나는 그제야 어제 그들이 아들과 며느리를 성도에 데려왔다고 얘기하던 걸 떠올렸다. 그때 마침 어디 나갔던 그의 아들 창만이가 매장에 돌아와서 나에게 꾸벅 인사했다. 중등전문학교를 졸업하고 일본에 유학가서 3년 공부하고 돌아온 창만이는 강소성 상주(常州)시 어느 구정부 투자유치국에서 사오년간 공무원으로 근무했다고 한다. 나는 그런 아들을 데리고 왔다는 그들 부부가 이해되지 않았다.

"아니, 정부기관에서 공무원으로 있는 아들을 왜 데려왔는데?"

"2년 전에 우리 집사람이 아파서 입원했었거든. 그때 임시로 간호하는 사람을 찾기는 했어도 여기 일도 봐야지 병원도 가봐야지 혼자서 도저히 안되겠더라고. 그래서 아들 며느리를 데려온 거야. 그때 아들놈이 자기 색시를 보내 잠깐 엄마를 돌볼 수는 있어도 좋은 직장 버리고 여기 올수는 없다는 걸 얼려서 데려왔다니까."

"아 참… 젊은 사람이 자기 하고 싶은 일 하도록 내버려 두는 게 더 좋았지 않나?"

"하긴 니 말도 맞긴 맞아. 아들이 거기서 잘 나갔거든. 월급도 높고 월급외에 상여금만 해도 일 년에 8만 위안 넘게 받았으니까. 그래도 어떻게 해? 우리도 이젠 육십 넘었는데, 우리가 아프든가 무슨 일이라도 나면 자식들이 돌보는 건 고사하고 얼굴도 못 보는 데… 그래서 오라고 한 거야. 여기서도 내가 하던 걸 받아서 사업하면 되잖아. 보잘 것 없어도 여긴 자기 사업이잖아, 아들놈이 자기 능력 있으면 더 크게 해볼 수도 있으니까. 그래서 백 평방미터 아파트도 따로 하나 사주고 차도 SUV인지 뭔지 하는 거 사주고 하면서 말이야."

그때 나는 문득 그의 딸이 청도에 있다는 걸 떠올렸다.

"딸이 청도에 있다고 했잖아요, 그럼 딸을 데려올 거지…"

"아들이 있는데 왜 딸을 데려와? 그래도 아들을 데려와야지."

그 말에 나는 허허 웃고 말았다. 그도 따라 웃었다.

"사실 여기서 장사하는 게 굉장히 편해. 여기 사람들이 많이 문명한것 같아. 외지 사람이라고 업신여기거나 하는 일이 전혀 없어. 그리고 공상국이나 세무국의 공무원들도 업주들 돈 먹으려고 하는 일이 전혀 없고. 그뿐만 아니야. 파출소 같은 집법기관 인원들도 아주 문명해. 그리고 이렇게 큰 시장에, 업주와 일군들만 2만 명 넘는데 허이써훠이(黑社会, 깡패) 있다는 말 못 들어봤어. 여기서 십년 넘게 장사했는데, 지금까지 누구 하나 와서 괴롭히고 한 적이 한번 도 없다니까. 여기서는 자기만 부지런하고 열심히 하고 고생하는 거 두려워하지 않고 하면 얼마든지 돈 벌수 있어. 하긴 지금 세월에 고생 안

하고 돈을 벌수 없잖아."

취재를 마치고 고속철을 타기 위해 성도동역(成都東站)으로 가면서 보니 4월의 성도는 꽃밭 속에 묻혀 화사하기 그지없었다. 길 양켠은 물론 높은 층집에도 주민들이 베란다와 옥상에 온통 꽃을 가꾸고 있었다.

"도시가 참 깨끗하고 아름답네…" 나는 저도 몰래 감탄을 뽑았다.

"응. 도시가 깨끗하고 먼지가 거의 없어. 이만하면 살기가 좋은 곳이지."

"이젠 아들며느리와 손자까지 데려왔으니까 여기서 계속 살아야겠네?"

"아니, 이제 한 이삼년 장사 더하고 아들이 완전히 혼자 할 수 있을 때는 청도든 어디든 고향친구들 많은 데로 가야지. 아무리 살기 좋아도 여긴 친구들이 없으니까 사는 게 외로워…"

차를 운전하며 앞을 주시하는 그의 눈길이 약간 흔들리고 있었다.

몸은 퇴직했어도 마음은 항상 민족사업에

우재근

1

2014년 10월 2일 서울에서 우재근 씨를 만나 애기를 나누며 "직업에 귀천이 없다"라는 말을 떠올렸다. 방정현민족종교사무국 국장으로 있던 그가 서울에 와서 철근, 내장, 하수도, 방수, 목수…등 벼라 별 직종의 일을 다 해봤는데 현재는 사우나에서 때밀이를 하고 있다니 말이다.

그러나 그와 애기를 나누다 보면 아, 현정부에 오래 계신 분이 다르긴 다르구나, 하는 강렬한 느낌을 주었다.

"내가 퇴직(수속)을 하고 1997년도에 한국에 나왔는데, 그때부터는 정치에 대해서 불문하자고 했지. 왜냐면 내가 현정부에 있을 때, 퇴직하고 나오면서 너무 예민하고 힘들었거든. 정치라는 거 어떤지 잘 알잖아… 그래서 나올 때 여기 와서 사람들이 어떻게 힘들게 일하며 사는가 하는 걸 보고 나도 그들처럼 일만 하면서 살자, 하고 생각했었지. 그런데 정작 살면서 보니까 민족에 대해서 고향에 대해서 잊을 수도 없고 생각하지 않을 수 없더라고."

우재근은 처음부터 이렇게 운을 뗐다. 그래서 우리의 얘기는 사적이면서 또한 민족과 고향이라는 공공적인 성격을 띠게 되었다. 그리고 얘기가 점점 길어지면서 나는 또 아, 이 분이 민족종교사무국을 떠난지 20년이 넘었지만 몸은 떠났어도 마음은 결코 민족사업을 떠나지 않았구나, 하는 감동을 깊게 받았다.

1949년 10월 출생인 우재근은 1966년 문화대혁명이 일어나는 해에 방정현조선족중학교를 졸업하고 마을에서 생산노동에 참가했다. 그 시대 청년들과 마찬가지로 우재근도 문화대혁명 운동에 적극 뛰어들었다. 서광대대에서도 문화대혁명 초반엔 울지도 웃지도 못할 일들이 발생하기는 했지만 여느 지방처럼 험하지 않았다. 때리고 부수고 하는 일이 전혀 없었다. 그때 예닐곱 살이던 내 기억에 공사마을인 영건대대에서는 "지주, 부농, 반혁명, 악질, 우파(地富反坏右)"라고 하던 "5류분자(五类分子)"들을 무대에 세워놓고 투쟁하며 가죽채찍으로 때리는 일이 있었다. 나보다 큰 애들이 구경갔다 와서 그 정경을 얘기했지만 겁 많은 나는 감히 구경하러 가보지 못했다. 우재근은 동창들 가운데서 가장 먼저 입당하고 서광대대 당지부 부서기로 임명되었다.

1970년에 이르러 문화대혁명 초반의 혼란국면이 다소 진정된 후 그동안 폐지되었던 대학입시가 사회적인 관심사로 부상했는데 베이징대학과 청화대학에서 중앙에 구체적인 의견을 제출했다. 중앙에서는 여러 대학의 의견을 집중한 결과 모주석의 지시에 쫓아 "대학입시를 회복하되 학제를 단축하고 공농병(工农兵) 가운데서 학생을 선발, 추천한다"는 방침을 세웠다. 그리고 하반년부터 "군중추천, 영도비준, 학교재심사"라는 방식으로 대학생을 모집하기 시작했는데 그때 생겨난 것이 바로 "공농병대학생(工农兵大学生)"제도였다.

우재근은 서광대대에서 추천한 첫 공농병대학생이다. 그때 서광대대에서는 리봉춘, 김승룡, 우재근 등 3명 후보 가운데서 한 명 뽑았는데 우재근한테 행운이 차례졌다. 그는 하얼빈사범대학물리학부에 추천받았는데 정식 수업은 1971년 7월부터 시작되었다.

1974년 7월, 하얼빈사범학원 물리학부에서는 6개 반 근 200명 학생 가운데서 4명 우수졸업생을 뽑아 학교에 남겼는데 우재근은 그중 한 명이 되었다. 그는 물리학부 실험실에 남아 근무하며 열심히 일해 하얼빈사범학원 노력모범으로 당선되기도 했다. 그런데 그의 가정생활에 빨간불이 켜졌다. 대학교에 가기 전부터 서광대대 홍씨네 맏딸과 약혼한 그는 대학에 간 후 결혼식을 올렸는데 아내의 농촌호적을 하얼빈 시내호적으로 옮길 수 없었다. 그 시절엔 식량 배급제를 실시하던 때라 호적이 없으면 식량을 사먹을수 없고 직장도 찾을 수 없었다. 그는 할 수 없이 하얼빈과 좀 가까운 아성 농촌에 집을 잡고 매일 기차를 타고 통근했다. 그때 그의 월급은 38위안이었는데 졸업 후 아들까지 태어나다보니 사는 게 너무 힘들었다.

"그렇게 살다가 문화대혁명 전에 방정조중에 몇 년 계셨던 최화식 선생을 만난거야. 그때 그는 방정현위선전부 부부장이었는데, 나보고 방정에 돌아오라, 색시 호구 현성에다 올려주겠다, 하더라고. 그래서 방정현으로 돌아와 현교육국에 들어가 민족교연실에서 근무하게 된 거야."

1982년 방정현에서는 현민족사무위원회를 설립하기로 했는데 우재근은 설립준비 때부터 참여해 1983년 정식 설립된 후 부주임으로 임명되었다. 그때부터 그는 전현 민족사업의 지도자로서 헌신적으로 일했다. 2년에 한번 씩 전현조선족운동회를 개최하고 민족경제 발전을 위해 여러모로 대책을 세워 추진했다. 그는 전현 조선족촌의 경상적으로 내려가 사업을 지도하고 지서와 촌장들을 거느리고 고찰을 다녀오기도 했다. 1990년 우재근은 민족사업에서 이룩한 성과를 인정받아 흑룡강성민족단결진보상을 획득했다.

1995년8월, 우재근은 현정부의 결정에 따라 방정현민족종교사무국 국장직을 후임에게 넘겨주고 제2선으로 물러났다.

퇴직하기 전후의 일들을 회억하고 나서 우리의 대화는 마지막까지 서광촌과 민족교육과 민족사업을 둘러싸고 진행되었다.

"지금 서광사람들 취재하러 다닌다고 하는데, 나도 서광에서 나왔고 우리 부모님도 서광에서 평생 보내셨고 그래서 나는 서광에 대해서 깊은 감정이 있다고. 우리 서광촌에서 진짜 많은 인재들이 나왔어. 내가 민족종교국에서 근무하면서 통하, 연수, 목란 등 인근 현시의 민족간부들을 만나다보면 시골에 있는 작은 조선족중학교에서 대학생들이 어떻게 돼서 그렇게 많이 쏟아져 나오냐 하면서 엄청 부러워했고 많은 사람들이 우리 서광 마을 사람들을 부러워했어. 그때 조선족 중학교가 서광에 있었고 방정에서 제일 큰 조선족 마을이 바로 우리 서광촌이었잖아. 그래서 방정현에서도 서광은 문화의 중심지이고 경제발전 방면에서도 선두 작용을 했지. 모든 방면에서 서광이 선두 역할을 했다고 할 수 있어. 서광에서 나온 사람들 가운데 대학을 졸업하고 잘나가는 사람들이 많잖아, 예하면 신문사 사장, 총편집이나 조선말방송국 국장 등등… 이런 사람들을 생각하면 우리 서광이 진짜 훌륭한 곳이구나 하는 생각이 들어. 당시 리상영이 촌에 지서를 맡고 있을 때 나도 현에서 자랑을 많이 했다고. 현 정부에서도 마을이 제일 크고 벼가 제일 많이 나오는 서광촌에 대해 많은 중시를 돌렸어. 그런데 90년대 한국 출국 바람이 확 불어오자 많은 사람들이 한국으로 밀려나가는 바람에 학교부터 흔들렸지. 내가 1995년도 민족종교국에서 퇴직하고 나서 5년 지나 조선족중학교가 현으로 이주하고 학교들이 다 합치게 되었고 그러면서 서광에 학교가 다 없어졌지."

"저가 보기에 당시 서광학교가 현성으로 나가는 게 잘못 되였던것 같아요." 나는 나의 생각을 서슴지 않고 말했다. "그냥 그곳에 있었더라면 지금까지 버틸 수 있었을지는 몰라도 그렇게 허무하게 없어지지는 않았을 것이고, 서광이 계속 전현 조선족교육의 중심지가 되였을 텐데…"

"그러게 말이야. 내가 민족종교국에 있고 박찬태 선생이 교장 할때 연수현의 가신진과 중화진 일대에서 이사를 오니까 서광 인구가 갑자기 확 불어난 거야, 왜냐면 학생들이 오니까 서광에다 집을 잡고 있었다고. 그 후 학교가 현으로 들어오니까 서광에 있던 부모들도 애들 따라 다들 현성으로 나왔지. 이는 우리 조선족들은 항상 교육 중심지를 따라간다는 점을 설명하지. 옛날 우리 아버지가 서광에 들어오신지 50년이 되었을 때 나에게 '우리 조선족들이 거주지를 정할때 수전을 다루야 하니까 물이 좋은 고장과 학교가 있는 지역 이렇게두 가지 조건을 보고 지금까지 살아왔다'라고 말씀하신 적이 있어. 그 후엔 한국 바람이 불어오자 학교가 무너지기 시작했지. 솔직히 말해서 지금 많은 조선족들이 한국에 나와서 돈을 벌고 있는데 나쁘다고 말할 수는 없는 거야.

"내가 사회에서 두루 알아본데 의하면 현재 두 가지 부류의 사람들이 있는데, 일부 사람들은 한국 바람에 학교가 망하고 조선족이 다망했다고 말하고, 또 일부 사람들은 우리 조선족들이 그나마 돈을많이 벌고 잘 살게 됐다고 말하고 있지. 나 역시 도대체 이익관계가어떻게 되는지 곰곰이 생각해 봤는데 사실 간단하게 보면 학교가 무너졌지, 지금 방정현에 조선족 학교가 하나도 없잖아. 왜 한족 학교는 그대로 있는데 조선족 학교가 없어졌는지 분석해보면 이 문제는한국 바람의 영향이 컸다는 사실은 인정해야 되거든. 나는 조선족들이 옛날에는 물 좋고 학교 좋은 곳을 따라다녔지만 지금은 돈을 벌어서 기후 좋고 살기 좋고 발전 전망이 좋은 고장을 찾아서 그런 거라고 생각해. 앞으로 그런 살기 좋은 지역에 조선족 후대들이 점점더 많이 모여들겠지. 그렇기 때문에 한국 바람에 마을이 위축되고 학교가 소실되었다고 비관적인 생각을 할 필요는 없다고 봐. 예컨대 청도에 우리 서광 마을 사람들도 많이 갔잖아. 조선족들이 돈을 벌어서그곳에서 정착하다보면 새로운 학교가 생기게 될 거고 조선족 교육이 발전하리라는 생각을 해. 아까 내가 말한 바와 같이 중국의 55개

소수민족 중에서 우리 조선족의 교육문화 그러니까 교육수준이 제일 높잖아. 옛날 우리 조선족들은 소학교만 졸업해도 신문이나 잡지를 다 볼 수 있기에 사회에 빨리 적응하지만 다른 민족들은 그러지 못했잖아. 이건 우리 조선족이 가지고 있는 우월성이야. 지금 우리 조선족이 해외로 많이 나가는 바람에 인구가 줄어드는 거 누굴 원망할 일도 아니고 다만 사회적인 문제로 볼 수밖에 없기에 너무 심각하게 따질 필요가 없다고 생각해.

"나는 우리 조선족이 정말 위대하다고 생각해. 그리고 지금 한국에 나간 우리 조선족들의 생활을 살펴보면 그건 다 사람 나름이라고. 지금 한국 바람에 가정이 파괴된다, 하는 등등 말이 많은데 사실 그건 다 원인이 있다고 봐. 한국 출국길이 열리지 않았더라면 이혼율이 그렇게 높지는 않았을지 모르지만 난 한국 출국 문이 열려서 다 그런 거는 아니라고 생각해. 현재 중국 혼인법을 보면 남녀 어느 한쪽에서 이혼을 제기해도 이혼할 수 있다고 규정되어 있거든. 이런 허다한 문제들이 연결되어 확실히 이혼율이 많이 높아지고 가정이 많이 무너지는 건 사실이지."

"그건 우리 조선족뿐만 아니라 개혁개방 이후 기타 민족도 도시로 해외로 대거 진출하며 생기는 보편적인 현상이잖아요."

내가 또 한마디 자신의 견해를 피력했다.

"그렇지. 법률적으로 살기 싫으면 이혼할 수 있다고 규정되어 있거든. 이혼을 한다고 해서 다 나쁜 일은 아니라고 생각해. 모두 자기 본인 문제이지 사회의 탓이 아니라고 봐.

"내가 한국에 와서 조선족들과 많이 접촉해 봤는데 진짜 우리 조선족들이 열심히 일하고 열심히 살고 있다는걸 느낄 수 있어. 난 이전에 민족사업을 해왔기 때문에 민족 방면으로 생각이 많은데 설령 우리 조선족들에게 한국문이 열리지 않았다고 해도 옛날처럼 고향에서 살 수 없다고 봐. 내가 현정부에 있으면서 잘 아는데, 현위와 현 정부에서 우리 조선족에 대해서 진짜 많은 중시를 돌렸거든. 왜냐면 우리 조선족 부락에서 쌀이 나오니까. 후에 한족들이 한전을 수전으로 개답하고 한족들도 수전에 능했고 쌀을 많이 생산했지. 그때부터 우리 조선족은 우월성을 상실하기 시작했어. 우리 조선족들은 작은 돈을 벌기 싫어하고 큰돈은 벌지 못하는 단점이 있잖아. 그래서 부자들이 한족에 비해 많이 적은 셈이지. 한족들은 아이스크림을 팔아서 벽돌집을 짓는 민족이야. 조선족은 절대 그렇게 못하지. 우리 조선족의 삶의 방식이 한족과는 완전히 달라. 한족들이 수전을 확 늘리려고 할 때 조선족들은 별 수 없이 점점 뒤로 물러설 수밖에 없었지. 지금 중국에서는 국가에서 농사짓는 사람들에게 많은 지원금을 주고 있잖아. 옛날에는 농사를 지으면 수리비 내고 또 이런저런 많은 비용을 내야 하는데 지금은 거꾸로 국가에서 농민들에게 지원금을 주거든. 지금 한족들이 다 농사를 짓고 있잖아. 그래서 그 돈을 한족들이 다 받고 있어. 서광촌 조선족들은 극소수 몇호 외에 논을 한족들에게 도급주고 절반 돈을 받고 절반은 한족들이 다 벌어간다고. 지금 조선족들이 다 그렇게 살고 있어. 내가 신문을 보니까 서광촌 뿐만 아니라 상지나 연수 등 지역도 다 수전을 한족에게 양도했더라고. 우리 조선족들이 옛날과 많이 다른 게 그전에는 농사를 지어서 쌀을 국가에 바치니까 정부로부터 많은 중시를 받았는데 지금은 점점 아니라고. 만

일 한국문이 열리지 않았다 해도 조선족들이 계속 이런 방식으로 살아간다면 전반 수준이 절대 한족을 초월할 수가 없어. 그나마 사회가 발전하고 개혁 개방 이후 조선족들이 돈을 벌어서 잘살아 보자는 욕망으로 한국, 일본, 러시아 등 해외로 많이 진출했으니까 발전한 거라고.

"내가 한국 와서 보니까 진짜 악착스레 돈을 버는 조선족들이 많다는걸 알았어. 특히 여자들이 진짜 열심히 일을 하고 60대 넘은 우리 또래 남자 동창들도 일을 열심히 하는 사람들도 많아. 옛날에는 예순만 넘으면 거의 일을 하지 않았지만 지금은 자식을 위해서든 자신의 노후생활을 위해서든 암튼 열심히 살아보자는 의지가 있거든. 우리 아버지가 67세에 돌아가셨는데 그때 완전히 노인이었고 돌아가시기 전에는 지게를 메고 산에 들어가 인삼을 심었댔어 그런데 우리 또래들이 지금 66세가 넘었어도 한국에 와서 열심히 돈을 벌고 있잖아. 우리 조선족은 진짜 위대한 민족이야. 여자들은 식당에서 대부분 하루 12시간 심지어 18시간 일하는 여자들도 있어. 그리고 어떤 여자들은 야간일 하고 집에 와서 서너 시간 잠을 자고 또 나가서 청소하는 등 두 타임 일을 하면서 악착스레 일하고 있어.

"반면에 돈 벌어서 도박하거나 하는 사람들도 있겠지. 다만 이런 사람들은 극소수일 뿐이야. 지금 사회에 여러 유형의 사람들이 존재하잖아. 내가 한국에 금방 나왔을 때 흑룡강 사람들은 연변 사람들이 나쁘니 접촉하지 말라는 말을 들었어. 그러면 우리 흑룡강 사람들은 다 좋은 사람들인가? 그런 것도 아니지. 우리 흑룡강 사람이라고 다 좋고 연변 사람이라고 다 나쁜 사람이라고 말할 수 없는 것처럼 조선족 사람이라고 해서 다 좋은 사람이라고 말할 수 없는 거야. 조선족도 똑같이 여러 부류 사람 있고 다 그런 거야. 자신이 받은 가정교육이라든가 본인의 문화소질이라든가 여러 면에서 차이가 있으니까 구구절절 말할 필요가 없는 거지. 총체적으로 결론을 짓는다면 나는 우리 조선족은 아주 위대한 민족이라고 생각하거든. 우리 조선족 부모들은 자식 공부 뒷바라지하기 위해서 열심히 벌어야 된다, 이런 생각뿐이라고. 자신이 아무리 힘들어도 돈을 벌어서 자식 대학 공부 시켜야 한다고 하는 거라고. 내가 보건데 우리 서광 마을에 대학생이 120여명 넘게 나온 건 진짜 부모들이 열심히 돈 벌어 자식 뒷바라지 한 결과라고. 공부를 잘하고 못하는 건 자식들의 몫이지만 어쨌든 부모들은 돈을 열심히 벌어서 자식들을 대학까지 보내야 한다는 확고한 신념이 있어.

"몇 달 전 중국에 다녀왔는데, 이번에 들어가서 절실히 느낀 점이라면 중국은 어쩌면 농민 인구가 그렇게 많은데 농민에 대한 대우 아까도 말했지만 농사짓는 농민들에게 오히려 거꾸로 지원금을 주고 있는데 그 많은 농민들에게 주는 지원금만 해도 얼마나 많은 돈이 필요하겠냐하는 생각에 정말 탄복했어. 아, 중국 대단하다! 이렇게 큰 나라에서 그 많은 농민들에 대한 대우 특히 세금을 받던 데로부터 비료 공짜로 공급해주고 농약 사라고 돈 주지… 이거 다 공짜로 준다고. 옛날 농촌 사람들이 도시 사람들을 엄청 부러워했잖아, 왜냐면 도시에서 살면 국가에서 높은 대우를 주지만 농촌사람들은 이런 대우를 받지 못했지. 내가 이번에 의료보험에 대해서도 알아봤는데 농촌 사람들이 소속 향진 병원에 입원하게 되면 90% 비용을 청구할 수 있고 현급 병원에 입원하게 되면 70% 비용을 청구할 수 있다고 그러더라고. 이 한 가지 사실만 봐도 중국도 엄청난 변화를 가져왔다는걸 알수 있지. 중국은 정말 대단한 국가야. 내가 생각하기에는 우리 조선족들도 원래 살던 마을에서 농사를 열심히 짓는다면 진짜 잘 살수 있다고 생각해."

"그렇지요."

"이번에 내가 서광촌 회계 출신인 홍성길씨를 만나 얘기를 나눠 봤는데 지금 다섯 헥타르 논을 인민폐 5만 위안 받고 한족에게 도급맡겼다고 그러네. 한족은 5만 위안 내고 다섯 헥타르 논을 도급받아 농사를 지어서 7만 위안을 번다고 하더라고. 내가 계산해보니까 만약 한국에 나가지 않고 다섯 헥타르 논으로 직접 농사를 지으면 1년에 10만 위안 벌 수 있다고. 그래서 조선족들도 중국에서 열심히 살면은 정말 행복하게 잘 살 수 있는 거지. 왜냐면 정부에서 농민들이 농사를 지을 수 있게끔 그만한 대우를 해주기 때문이지. 이런 좋은 조건이 있는데 우리 조선족들은 농사를 안 짓고 다들 외지에 나와서 돈을 벌고 있잖아."

"지금 농촌에 가서 논을 십여 헥타르 이상 맡아서 농사를 지으면 다 기계화니까 얼마든지 잘 살 수 있지요. 농촌에 자가용 몰고 다니는 한족들 다 농사짓는 사람들이라고요."

"옛날 우리 아버지 시대에는 마구간에서 소를 먹이고 했는데 지금은 한 마리도 찾아볼 수 없어. 전부 기계화니까. 그리고 옛날에 한족들은 말을 먹였는데 지금은 말도 없더라고. 농촌이 정말 많이 발전한 거지. 경제 가치를 따져보면 우리가 한국에서 한 달에 칠팔천 위안 버는데, 그렇게 힘들게 벌지 않아도 육천 위안은 벌수 있다고. 그런데 중국에서는 아직은 그렇게 못 번다고, 설령 건축현장에 가서 일해도 그만한 돈은 벌 수 없지. 그러니까 한국 나와서 일하는 게 중국에서 일하는 것보다 돈을 더 많이 벌 수 있어.

"어쨌든 우리 조선족은 한국 출국 문이 열리면서 한 갈래 출로가 더 많아진 셈이지. 만일 이 문이 열리지 않았더라면 어떻게 되었을까? 만일 내가 계속 민족종교국에 있었더라면 민족교육, 민족경제, 민족단결 이 세 가지 문제를 어떻게 잘 해결해 나갈 것인가 아마도 고민이 많았을 테지."

"아마 그렇겠죠."

"내가 민족종교국에 있을 때 박찬태 선생이 두 가지 건의를 제출했어. 하나는 소학교를 서광에 집중하자고 건의했는데 만일 그때 지금처럼 차가 이렇게 많았더라면 얼마든지 실현할 수 있는 제안이었지. 박 선생은 닝보(宁波)트럭에 의자를 만들어서 애들을 싣고 다니자고 그랬지. 그땐 주로 교통이 문제였지. 그때 내가 만일 차가 애들을 싣고 언덕길에서 내려오다가 무슨 문제라도 생기면 어쩔 거냐고 견결히 반대했어. 그런데 내가 한국에 나온 후 서광촌에 있던 방정조선족중학교가 현성으로 이주하고 전현 조선족학교를 통폐합했다는 소식을 듣고 끝내 실현했구나 하는 생각을 했는데, 그런데 결국은 그러는 바람에 방정현 조선족학교가 더 빨리 없어지는 결과를 초래할 줄 누가 알았겠나…"

우재근은 휴, 하고 한숨을 내쉬었다가 다시 말을 이었다.

"하지만 지금 생각해보면 현재 조선족사회의 이런 현상들은 누구도 막을 수 없는 역사적인 현상인거 같아. 특히 우리 방정현과 같은 조선족이 5-6천명밖에 안되던 산재지구에서 그런 현상이 더 엄중하고 다른 지역에 비해 더 빨리 온데 불과한 거야. 그러니까 이제는 조선족마을을 계속 지키기 위해 노력하는 동시에 고향을 떠나 연해지역과 해외에 진출해 있는 사람들이 어떻게 하면 더 나은 삶을 살겠는가, 어떻게 하면 자신의 인생가치를 실현하도록 하겠는 가 인도해야 한다고 봐. 나온 사람들이 대부분 돈도 벌고 생활이 좋아졌으니까 이제는 삶의 질을 따질 때가 왔다고 생각해. 이제는 돈만 돈이라고 생각하지 말고 어떻게 하면 자기 취미도 갖고 삶을 다채롭게 꾸며가겠는가 하는 걸 더 많이 생각하며 살면 좋겠다, 이런 말을 꼭 하고 싶어. 그래야 중국에서 문화교육수준이 가장 높다는 우리 조선족이 진짜로 우수한 민족, 우수한 문화민족으로 거듭나지 않을까 생각한다니까."

일장 연설과도 같은 우재근 전임국장의 열변이 마무리되며 나의 취재도 일단락되었다.

50,40년대 출생 4인 스케치

1. 박진엽(하얼빈, 서울)
2. 박진옥(서울)
3. 리백만(대경)
4. 리승일(산동 연태)
5. 리봉춘(대경)

흑룡강신문사 주임기자
흑룡강신문사 베이징지사장, 한국지사장 역임

박진엽 (1956년생 하얼빈, 서울)

2014년 9월 29일 서울 대림동 흑룡강신문한국지사 사무실에서 박진엽지사장을 취재한 후 4년 후인 2018년 10월 1일 서울 금천구 가산동에 있는 KJ국제여행사에서 다시 박진엽 사장을 취재했다.

박진엽은 1984년 28세 늦깎이 나이로 중앙민족대학 조선언어문학부를 졸업하고 흑룡강신문사에 입사했다. 기자생활을 시작해서부터 그는 발로 뛰는 기자로 유명했는데 십년 남짓한 사이에 성내 조선족 향촌과 집거지역을 거의 돌다시피 하면서 수백 편 비중 있는 기사를 써냈다. 그는 선후하여 흑룡강신문사 '우수기자', '우수공산당원', '흑룡강성우수편집' 등 영예를 지녔다.

1993년 3월 중순, 그는 제8기 전국인민대표대회 제1차 회의 취재기자로 파견돼 베이징으로 갔다. 취재일정을 원만히 마치고 동창과 친구들을 만나기 위해 며칠 더 머물렀던 그는 베이징에서 할 일이 너무 많다는 걸 느꼈다. 4월초 하얼빈에 돌아온 그는 신문사 지도부에 "흑룡강신문사 베이징지사 설립 건의서"를 제출하고 자신이 가서 새로운 진지를 개척하겠다고 신청했다. 신문사에서는 그의 건의를 적극 지지하고 당시 사회교육부 부주임인 그를 베이징지사장으로 임명했다. 단, 모든 경비는 자체로 해결해야 된다는 조건부를 달았다.

1993년 5월 베이징으로 간 그는 베이징 진출 조선족기업인과 한국기업인 그리고 재경 국가기관과 문화예술계 조선족 유명 인사들을 폭넓게 취재해 본사에 육속 기사를 보내왔으며 동시에 광고주들을 적극 유치해 흑룡강신문의 광고수입을 크게 늘렸다.

박진엽지사장의 노력으로 베이징지사는 짧은 시간에 베이징에 자리를 잡고 본사의 영향력을 높이고 광고수입을 창출하는데 크게 기여했다. 본사에서는 베이징지사를 흑룡강신문사 새로운 활로 개척의 주요 진지로 설정하고 부사장을 파견해오고 직원도 늘리는 등 역량을 대폭 강화했다.

그러던 1995년 11월, 하늘에서 날벼락이 떨어졌다. 정**라는 기업인이 한국으로부터 노무수출권을 따냈다는 공문을 위조해 흑룡강신문에 노무수출인원모집광고를 싣고 신문사와 합작으로 천여 명의 로무인원을 모집하고는 매인당 5천 위안씩 도합 500만 위안 비용을 받아 빼돌렸던 것이다. 정**와 신문사 부사장이 구속되었다. 그때 주변에서 그를 보고 어디로 피하라고 했지만 그는 자신은 잘못한 게 없다면서 피하지 않았는데 결국 구속되었다. 정**에 대한 기사를 써서 신문에 낸 것뿐인데 그는 돈을 벌기 위해 허위선전을 했다는 억울한 죄명을 쓰고 구치소에서 3년 옥고를 치러야 했다.

1997년 12월 구치소에서 풀려나와 흑룡강신문사에 복직한 박진엽은 신문사 지도부에 베이징지사를 재건하겠다고 신청했지만 허락 받지 못하고 청도로 파견되었다. 청도에서 그는 흑룡강신문 "연해소식"지 편집국장으로 있으면서 "산동진출 우수 한국기업 탐방", "발해만 연해도시 특별기획보도" 등 특별 시리즈를 통해 조선족기업과 한국기업들의 활약상을 심도 있게 보도했다.

2000년 10월 한국에 간 그는 강원대학에서 2년 동안 신문방송학과 석사과정을 마치고 강원대 신방과 첫 해외석사학위를 수여받았다. 2009년 흑룡강신문사 한국지사장으로 부임한 그는 흑룡강신문한국판을 창설해 중국조선족언론사의 한국시장 개척의 선행자로 되었다.

2016년 3월 27일, 박진엽기자문선〈지옥에서 본 인간세상〉출판기념식이 서울 대림동에서 진행되었다. 이 책에는 그가 1985년 7월부터 2013년 10월까지 발표한 수백편의 신문기사와 실화 가운데서 58편을 엄선해 수록했다. 3월28일자 흑룡강신문은 출판기념식 소식을 전하면서 박진엽기자의 글들은 "중국 개인도급제의 시작, 조선족들의 연해도시와 대도시 진출, 중한수교 후의 한국 붐 등 중대한 전환기 조선족사회의 변화와 발전상을 담았다"면서 "기자로서의 열정과 사명, 조선족사회에 대한 관심을 대변하고 있다"고 평했다.

한국 보봐스기념병원 간호조무사

박진옥 (1959년생, 서울)

2014년 10월 3일, 서울 분당 보봐스기념병원에서 나의 소학교와 중학교 동창인 박진옥을 만났다. 학창시절 우리는 줄곧 반장과 부반장으로 손발을 맞추었던 가까운 사이다.

1979년 아버지 박재구선생의 직장을 승계(接班)해 방정현 따뤄미진 홍광학교에서 2년간 교편을 잡았던 진옥이는 1981년 오상조선족사범학교 일본어학과에 진학했다. 1983년 사범학교 졸업 후 그는 선후하여 오상현 민락조선족중학교와 오상진조선족소학교에서 근무했다.

1989년 송화강농기계연구소에서 근무하던 남편이 일본으로 유학을 떠난 후 진옥은 방학을 이용해 하얼빈에 드나들며 일본어 가이드를 시작했고 1992년 남편이 귀국해 베이징 모 회사 공정사로 취직하자 베이징에 진출해 관광회사 일본어 가이드로 활약했다. 1994년 진옥은 그때 금방 설립된 베이징장백조선족학교에 초빙돼 5년 동안 교감으로 근무했다.

2000년에 들어서서 중국 조선족사회의 한국바람은 한결 세차게 불어쳤는데 이미 한국에 나간 그의 형제들과 동창들이 한국으로 나오라고 충동했다. 그때 진옥이가 근무하던 장백조선족학교도 학생들이 점점 줄어드는 추세였던지라 그는 마침내 사직하고 한국으로 떠났다.

한국에 간 진옥은 첫 1년은 월 47만원 노임을 받으며 회사에 출근했다. 후에 동창들의 권고로 식당에서 일했는데 월 150만원 수입이 들어오자 돈 벌 욕심이 생겼다. 하지만 그는 "돈 많이 주는데 보다 맘 편한 곳"을 찾아 직장을 몇 번이나 옮겼다.

2005년 11월, 경기도 분당 보봐스기념병원에 간병인으로 들어간 그는 그때부터 줄곧 이 병원에서 근무하고 있다. 한국에서 뇌졸중 및 외상성 뇌손상, 뇌성마비 등과 같은 뇌신경계의 이상을 가진 환자에 대한 재활치료로 유명한 이 병원에서 자신의 노력으로 간호조무사 자격증을 따낸 그는 뛰어난 업무능력을 인정받아 2012년부터 200여 명 간병사들을 상대로 강의에 나서기도 했다.

재활병원(康復医院)에서 간병인으로 근무하는 것이 식당에서 일하기보다 훨씬 힘들고 스트레스도 많이 받지 않는가, 라는 나의 물음에 진옥이는 사실 그렇지 않다고 대답했다.

우선 간병인이 체력적으로 홀 서빙 보다 쉽고 스트레스라는 것도 사실은 자기 자신이 처신하기에 달렸다는 것이다.

"보호자와 환자의 심리를 잘 파악하고 진심으로 대해주면 스트레스 받을 일이 별로 없잖아. 그리고 재활병원에는 의사, 간호사, 간호조무사, 간병사 등 저마다 자기의 직책이 다 있는데 대인관계 처리가 중요하거든. 무조건 예, 예 할 수는 없지만 자신이 뭔가 잘못 했을 때는 해석하려고 해선 안 돼. 사람마다 장단점이 다 있는데 단점을 지적하지 말고 장점을 칭찬해주는 것이 나의 처사방식이야. 살면서 우리는 상대방을 개변시킬 순 없지만 상대방을 이해하고 맞춰주고 칭찬을 많이 해줄 수는 있는 거잖아."

진옥이의 말에 나는 저도 몰래 웃음이 나왔다. 어려서부터 진옥이는 우리 동창들 가운데서 수완도 좋지만 비교적 센 여자로 각인돼 왔는데 매일 중증환자와 그 보호자들을 상대해야 하는 재활병원에서 간병인으로 십몇 넘게 근무하며 스트레스를 별로 받지 않는다는 것이 신기하기만 했다.

"어쨌든 간에 너 참 대단하다."

나는 진심으로 진옥이를 칭찬해주었다. 직업에는 귀천이 없고 모든 것은 자기 자신이 하기에 달렸다는, 말하긴 쉽지만 실행하기는 결코 쉽지 않은 이 간단한 인생철리를 그는 십년 넘게 온몸으로 실천해왔다.

대경유전 발전소 고급공정사

리백만, (1957년생, 대경)

2019년 7월 19일 대경에서 리백만을 만났다. 리백만은 서광촌에서 20여년 넘게 촌장, 지서로 있었던 리상영의 맏아들이다. 대학입시제도 회복이후 그는 몇 번이나 시험에 참가해 낙방했지만 낙심하지 않고 4년만인 1980년에 대경농업학교에 입학했다. 1982년 졸업 후 그는 대경석유관리국 소속 한 농장의 농업기술원으로 배치되었는데 그는 마음에 내키지 않았다. 농촌을 벗어나려고 애써 공부했는데 또다시 농장에서 한생을 살아야 한다는 것이 마음에 걸렸던 것이다.

중학교 때부터 물리과를 잘 했었던 그는 독학으로 전기(电气)방면의 기술을 배운 후 중앙텔레비전 대학 전문대과정에 신청하였는데 합격돼 3년 동안 공부하고 졸업증을 탔다. 그 후 그는 대경유전(油田)소속의 발전소(发电厂)로 전근했다. 자기가 좋아하는 일을 하게 된 그는 열심히 일을 했는데 십년 후 고급공정사로 성장했다.

산동성 연태시 봉태사회구역병원 의사
방정현 영건향 위생원장 역임
리승일 李承一 (1950년출생, 산동성 연태)

리승일은 오남매의 막내인데 두 형님이 대학졸업생이다. 리승일도 초중 때 학습 성적이 줄곧 앞자리를 차지해 꼭 대학교에 갈수 있다고 자신만만했었다. 그런데 그가 방정현조선족중학교에서 초중을 졸업하는 1966년에 "문화대혁명"이 일어나며 그의 대학 꿈은 산산이 부서지고 말았다. 그는 이 전례 없는 운동에 적극적으로 뛰어들었는데 처음에 그는 반란파로 되지 않고 일부 동학들과 함께 교장을 보호하는 "보황파"로 되었다.

그해 8월18일, 전국 각지로부터 수도 베이징에 온 제1진 백만 명 홍위병들이 천안문광장에서 위대한 수령 모주석의 검열을 받았다. 그날 이후 전국 각지에서는 베이징에 가서 최고 통수 모주석의 검열을 받는 열조가 거세차게 일어났다. 방정현조선족중학교와 서광촌의 홍위병들도 여러 팀으로 나뉘어 베이징으로 떠났는데 리승일을 비롯한 "보황파"들은 제외되었다. 그러자 그해 11월초 리승일이가 나서서 자체로 하나의 장정대(長征队)를 조직하였고 "방정현조선족홍위병장정대"로 명명하였다. 당시 그들은 십륙칠 세 불과한 소년들로서 천하에 두려운 것이 없었다. 그들은 붉은기를 높이 추켜들고 베이징을 향하여 출발하였다. 그들은 3천리 길을 한 보 한 보 걸어 드디어 12월초에 베이징에 도착하였다. 허나 위대한 수령께서는 더 이상 홍위병을 검열하지 않는다는 것이었다. 그들은 크게 실망하지 않을 수 없었다. 베이징에 도착해서야 그들은 모주석께서 11월 26일 이미 열 번째로, 또한 마지막으로 전국각지에서 온 백만 홍위병들을 검열하였음을 알게 되었다. 모주석께서는 선후하여 천여만명의 홍위병들을 검열했었다.

1968년 봄, 방정현 여러 중소학교들에서는 그동안 중단되다시피 한 수업을 다시 회복 하였는데 리승일은 서광촌의 다른 한 동창과 함께 현성으로 가서 방정1중 고중에 입학했다. 하지만 방정현 최고학부인 방정1중은 비록 수업을 회복했지만 문화대혁명전과 같은 정규적인 수업을 진행하지 못하고 대부분 시간 공장이나 농촌에 가서 노동에 참가해야 했다. 1966년 5월 7일에 내려진 "5.7지시" 정신을 관철하기 위하여 수업내용이 생산노동과 결부돼야 했기에 학생들은 교실에서 공부하는 시간보다 각종 생산노동에 참가하는 시간이 더 많았던 것이다. 리승일은 방정1중에서 반년도 못다니고 중퇴하고 말았다.

1970년부터 전국각지에서는 "5.7지시"를 관철하기 위하여 "5.7대학"을 꾸렸다. 방정현에서도 룡봉저수지관리소의 비어있는 건물을 이용해 "방정현5.7대학교"를 설립했는데 농업기술, 농업기계, 재무회계, 의료위생 등 전업을 설치하였다. 문화대혁명시기에 또 "5.7간부학교"라는 것이 있었는데 그것은 당정기관간부와 과학기술인원 그리고 대학교 교원들이 농촌에 내려와 노동개조와 사상교육을 받는 곳 이였다. 하지만 "5.7대학교"는 노농병(工農兵) 가운데서 학생을 선발하여 수업을 받게 하였다. 그것은 당시의 청년들 특히 농촌청년들에 귀한 학습기회를 제공해주었다.

서광촌에서는 리승일 등 3명이 대대혁명위원회의 추천으로 "방정현5.7대학교" 제1기 학원이 되었다. 리승일은 그때 농업기계전업에 분배되었는데 그는 이 전업이 마음에 들지 않았다. "대학교"라고 해서 왔는데 졸업 후 다시 농촌으로 돌아가서 농기계를 다루어야 한다고 생각하니 그는 도저히 공부할 마음이 없었다. 하여 그는 직접 교장선생님을 찾아가서 전공을 바꿔줄 것을 제기하였다. 많은 곡절을 겪고서야 그는 소망대로 의료위생전업으로 옮길 수 있었다. 리승일은 학습기회를 몹시 아껴 매일 아침 일찍 일어나고 밤 늦게 자면서 각고의 노력을 하였다. 일년 후 졸업 때 그는 방정현 위생국에 배치되었고 그와 함께 졸업한 기타 두 학생은 마을로 돌아갔다. 현위생국에서는 그를 현 위생방역소에 배치하려 했는데 그는 오히려 주저하게 되었다. 그것은 형님, 누나들이 모두 외지에서 사업하기에 자신까지 현성에 남으면 연로한 부모님들을 돌볼 사람이 없었던 것이다. 그는 영건향위생원에 가겠다고 신청해 허락을 받았다.

리승일은 영건향위생원의 업무골간으로 성장하였고 해마다 모범으로 선거되었다. 몇 년 후 리승일씨의 뛰어난 사업실적으로 하여 현

위생국에서는 그의 아내 허명국을 현위생학교에 보내여 학습하게 하였는데 졸업 후 영건향위생원에서 위생방역을 책임지게 되었다. 허명국은 고향이 료녕성 단동시였는데 1966년 단동시 제5중학교를 졸업한 후 친척의 소개로 천리밖의 리승일 씨와 결혼하게 되었고 그들 가족도 단동 교구로부터 서광촌으로 이사를 오게 되었다.

1979년 리승일 씨는 하얼빈의과대학에 가서 2년 동안 공부하고 의학전문대학 학력을 지녔다. 졸업 후 영건향위생원에 돌아온 그는 1985년부터 20년 동안 원장으로 근무했다.

2005년 퇴직 후 리승일은 청도로 와서 성양구에 있는 한국인병원에서 의사로 근무하다가 2009년 연태시 경제기술개발구 봉태사회구역병원 (凤台社区医院)의사로 초빙되었다. 허명국은 개발구의 한 호텔에 취직했는데 몇년후엔 이 호텔의 카운터경리(前台经理)를 담당하게 되었다.

2019년 8월 25일, 봉태병원에서 리승일을 만나 얘기를 나누었다. 그를 취재하는 서너 시간 동안 거의 육칠 분에 한번 씩 환자가 찾아오는 바람에 얘기는 수시로 끊겼다. 그때면 나는 진찰실 밖에서 허명국의사와 얘기를 나눴다. 허 의사는 고향 영건향 서광촌에서 보낸 나날들이 몹시 그립다고 말했다. 그들 부부는 매일 퇴근 후 집으로 돌아가면 옛날 얘기를 자주 하는데 소중한 가족들을 이야기하듯 고향 친구와 고향 사람들의 얘기를 끝없이 한다는 것이었다. 리승일 씨는 이틀 출근하고 하루 쉬는데 여가시간에 그들 부부는 연태시조선족노인협회의 활동에 빠짐없이 참가한다고 한다. 그들은 진정 "만년에도 하는 일이 있고 즐기는 일이 있는(老有所为, 老有所乐)", 모든 노인들이 소망하는 삶을 살아가고 있는 것이다.

대경유전연구원 처장

리봉춘 (1947년생, 대경)

2019년 7월 20일, 대경유전연구원 가족사택에 찾아가 리봉춘씨를 만나 뵈었다. 리봉춘은 연세가 나보다 한참 많지만 1960년대와 1970년대에 서광촌에서 워낙 유명한 인물이여서 나는 어릴 때부터 그를 잘 알고 있었다.

1940년대에 그의 부친은 나의 부친과 태평산툰에서 함께 살았다. 부친께서 생전에 가끔 태평산툰에 살 때의 일을 이야기해 주셨는데 그 가운데는 리봉춘의 부친 이학주와 함께 겪은 일화가 적지 않다.

리봉춘의 형님 리봉록 선생도 마을에서 명망이 높았던 분이다. 1944년에 출생한 리봉록 선생은 일찍 서광소학교 민영교사와 방정조중 대과교사로 계셨는데 그래서 마을에서는 그를 봉록선생이라고 불렀다. 후에 그는 또 서광촌당지부 부서기 직무를 맡고 있으면서 서광촌의 문화, 교육, 과학영농 등 면에서 중요한 공헌을 하였다. 1960년대와 1970년대에 서광대대의 문예선전대는 인근에 소문이 자자하였는데 이 문예선전대는 봉록선생과 방정조중 리창운 선생님 두 분의 조직과 지도하에 활동을 전개할 수 있었던 것이다. 1970년대 초반 서광대대 제1생산대는 과학영농으로 소문을 냈는데 역시 봉록선생의 공로가 크다. 리봉록 선생은 어릴 때 심장수술을 받고 신체가 늘 허약하였는데 1991년 47세에 지병으로 세상을 떠났다.

리봉춘 씨는 단단한 몸매에 항상 건강하였다. 1963년 방정조중에서 초중을 졸업하고 고향에 돌아와 농사일을 하던 그는 1965년에 방정현 사회주의교육대(社教队) 성원으로 뽑혀 동녕현 로흑산공사에 파견되었으며 이듬해엔 또 목릉현에 파견되었다. 1966년 겨울 사회주의교육대가 해체되고 나서 그는 서광촌에 돌아와 문화대혁명에 참가하게 되었다.

서광촌 사람들을 취재하면서 나는 연세 있는 사람들에게 문화대혁명 초반 서광촌의 정황에 대해 물어보았지만 제대로 애기해주는 사람이 별로 없었다. 적잖은 사람들이 그때의 구체적인 이야기에 대해 말을 아끼는 거 같았다. 그래도 김성국, 리봉춘 등 몇몇 분들은 자신이 아는 사실을 모두 들려주었다.

문화대혁명 초반 서광촌도 여느 곳과 마찬가지로 두개 파로 나뉘어 논쟁하고 상호 공격했으며 서광학교와 방정조중 교장 그리고 촌의 간부들을 "자본주의 길을 걷는 집권파"라는 이름으로 투쟁하기도 했다. 하지만 총체적으로 보면 서광촌의 문화대혁명은 다른 곳에 비해 비교적 온화하게 진행되었다고 할 수 있다. 그때 한창 성행했던 "때리고 마스고 빼앗는(打砸抢)" 일들은 거의 볼 수 없었다고 한다.

그것은 우선 서광촌에는 덕성과 명망이 높은 어르신들과 문화인들이 적잖게 있어서 그들의 위엄과 영향으로 마을이 다른 곳보다 비교적 평화로웠지 않았나 하는 생각을 해보게 된다. 그들 중에는 문화대혁명이 일어나기 몇 년 전에 방정조중이 남천문에서 서광촌으로 옮겨오며 마을에 살게 된 노교사들도 있고 또 건국전후에 벌써 서광촌에 살고 계시던 노인들도 있다. 그들은 덕망이 높고 학문이 있어 마을에서 매우 존중을 받고 있었다. 또 다른 한 가지 원인은 서광촌은 십여 세대를 제외하고 해방초기에 여러 곳에서 이사 온 사람들이 대부분이며 그 이후 방정조중의 교사들이 또 가족들을 거느리고 이사

왔기에 마을에는 점차적으로 서로 포용하고 문화와 교육을 중시하는 돈독한 마을의 기풍을 형성한 것이다. 1977년 대학입시제도가 회복된 이후 짧은 십여 년 동안 서광촌에서는 50~60여명 대학생을 배출해 "대학생마을"로 소문났다. 이 또한 문화교육을 중시하는 마을의 기풍 덕분이 아닌가 싶다.

1967년 빈하중농의 대표로 방정조중에 파견되어 있던 리봉춘은 어느 날 인근 육신촌에 베이징에서 귀양내려온 대학생이 있다는 소문을 듣고 십여 리 산길을 걸어 찾아갔다. 가보니 아닌 게 아니라 어떤 착오를 범해했는지는 잘 모르지만 중앙민족학원(현재 중앙민족대학)을 졸업하고 방정현에 와서 다시 조선족이 십여 호 밖에 없는 산골마을로 내려온 사람이 있었다. 리봉춘 씨는 일단 리종렬이라는 이 대학졸업생을 서광촌으로 데려오고는 현에 가서 교섭해서 방정조중에 배치하도록 했다. 중앙민족학원에서도 뛰어난 인재로 소문났던 리종렬 선생은 몇 년 후 방정현문교과에 이동돼 사업하다가 1970년대 중반 고향인 연변으로 돌아가 후에 연변라디오텔레비전방송국 국장으로 사업했다.

1969년 12월 리봉춘은 리순길과 함께 참군하여 료녕에서 기계병(机械兵)으로 있었다. 1971년부터 국가에서 공농병대학생을 모집하기 시작했는데 그의 일부 초중동기생들이 대학교로 추천 되어간 소식을 전해들은 그는 하루빨리 고향으로 제대하고 싶었으나 군복무기간이 끝나지 않아 제대할 수가 없었다. 1972년 마침내 제대하고 마을에 돌아온 그는 대대단지부서기 직무를 맡았다. 바로 그해부터 국가에서 군중의 추천과 입학시험을 결합하는 방식으로 대학생을 모집하는 방법을 시행하였다. 서광대대에서는 그를 포함한 6명이 군중과

대대혁명위원회의 추천을 받아 전국통일시험에 참가할 자격을 얻었다. 리봉춘 씨는 여러 가지 이유를 만들어 이 6명이 생산대로동에 참가하지 않고 전문 복습하게 했으며 방정조중 교원을 모셔다 복습지도도 받게 했다. 운이 좋게도 그 교원은 그해 작문제목까지 알아 맞춰 서광촌에서 시험에 참가한 6명은 성적이 매우 높았다. 그러나 시험을 치른 후에 "백지영웅장철생(白卷英雄张铁生)"이라는 자가 나타나는 바람에 대학시험성적이 무효로 돼 그들의 대학 꿈은 거의 무산되다시피 했다. 다행히 그들 6명은 비록 좋은 대학에는 가지 못하였지만 대학교와 중등전문학교에 입학했는데 리봉춘은 동북석유학원에 입학했다.

1974년 7월 리봉춘은 우수한 성적으로 대학을 졸업하고 대경유전연구원에 분배되었다. 그는 연구실에서 사업하다가 1984년에 연구원 당위조직부로 가서 인사배치사업을 책임지게 되였다. 연구원은 대경유전의 매우 중요한 기술보장부문으로서 천여 명의 기술 간부를 배치하고 관리하는 조직부는 책임이 중대한 위치에 있었다. 청렴하고 공정한 사업태도로 하여 리봉춘은 여러 차례 대경석유관리국 선진사업일군 영예를 수여받았다. 1999년 그는 연구원 소속 중요한 부서의 처장급 당지부서기로 임명돼 사업하다가 2007년에 정년퇴직하였다.

취재를 마치고 아파트를 내려오니 리봉춘 씨의 부인이 아파트단지 화단을 가리키면서 모두다 자신들이 가꾼 꽃이라고 알려주었다. 나는 울긋불긋한 화단 앞에 서있는 그들 부부를 위해 기념촬영을 해주었다. 칠순의 노부부는 행복한 표정을 지으며 환하게 웃었다.

제5부

가족 이야기

윤정만과 그의 형제들

김혜민과 그의 형제들

박문길과 그의 형제들

리운실과 그의 부모형제들

5백만 달러 빚 갚을지언정
인생 파탄을 선고할 수 없다

윤정만과 그의 형제들

1

2018년 3월 5일 나는 중경에서 상해로 날아왔다. 이틀전 중경 강진시에서 진행된 중국작가협회 2017〈민족문학〉 년도상(年度奖) 수상자로서 시상식에 참석하고 행사가 끝나자마자 떠나왔던 것이다. 이로써 2014년 2월부터 시작된 서광촌사람들 취재가 4년 후 본격적으로 재개되었다. 이번 걸음에 나는 20여 일 동안 상해로부터 시작해 강소성 남통, 무석, 염성 그리고 산동성 청도, 연태, 위해 등 연해지역의 서광촌 사람들을 30여명 만나 취재했다.

상해에서 첫 취재는 윤정만 회장으로부터 시작되었다. 5일 오후 2시반 상해홍구공항에 내린 나는 윤정만 회장이 보낸 벤츠를 타고 그의 회사로 향했다. 민항구신왕로5번지C동(闵行区申旺路5号C座) 옹근 한층 천여 평방미터에 그의 회사가 자리 잡고 있었다. 취재하면서 물어보니 건물은 임대한 것이 아니라 그가 구매한 부동산이라는 것이었다. 저녁에 나는 회사에서 별로 멀지 않은 곳에 있는 그의 자택으로 초대되었다. 도심 공원을 마주한 4층짜리 단독주택 양옥(洋房)이었는데 면적이 500평방미터 넘는다는 것이었다.

백 평방도 넘어 보이는 널찍한 응접실에 앉아 얘기를 나누는데 과외공부하러 갔던 그의 두 딸이 엄마와 함께 돌아왔다. 한인국제학교 초등부 6학년과 3학년이라는 두 딸은 나를 보더니 우리말로 안녕하세요. 하고 이구동성으로 인사했다. 우리의 얘기는 자연 윤정만의 어린 시절부터 시작되었다.

윤정만의 부친 윤삼현은 제대군인으로서 1970년대에 서광대대 부기원(会计)으로 근 10년 동안 사업했다. 그래서 마을에서는 정만이의 아버지를 윤회계라고 불렀고 정만이네 집도 윤회계네 집이라고 불렀다. 1969년생인 정만이는 사남매의 막내로서 어릴 때부터 공부를 잘했다. 마을에 있는 방정조중에서 초중을 졸업하고 고중1학년까지 다닌 정만이는 1985년 9월 고중2학년 때 오상조선족고중으로 전학했다. 1979년에 고중부를 설립했던 방정조중은 처음 몇 년 동안은 대학입시에서 좋은 성적을 거두었지만 후에는 학교가 시골에 있어서 교원대오가 안정되지 못하고 학생들도 유실되는 등 원인으로 교수질이 떨어져 1986년에 고중부가 취소되었다.

오상조선족고중에 가서도 공부 성적이 앞자리를 차지했던 정만이는 1987년 대학입시에서 우수한 성적으로 동북재경대학(东北财经大

学) 국민경제계획통계 (国民经济计划统计) 학과에 입학했다.

1991년 대학졸업을 앞두고 정만이는 졸업배치때문에 고민해야 했다. 1950년대부터 국가에서 대학졸업생들에게 일자리를 배치해주던 대학졸업생배치제도가 1996년에 전면적으로 취소되었지만 정만이네 87학번이 졸업하는 그해부터 단계적으로 취소되기 시작했던 것이다.

대학4년 공부하며 아름답고 기후도 좋은 해변도시 대련에 이미 정을 붙인 정만이는 대련을 떠나기 싫었다. 그런데 대련에 남아있자면 먼저 접수단위부터 찾아야 했다. 정만이는 청도에 있는 둘째형 정근이를 찾아갔다. 1984년 중앙민족대학 수학학과를 졸업하고 흑룡강성 오상조선족사범학교에서 교편을 잡다가 산동성 유방시국가안전국으로 전근되었던 윤정근은 그때 공직을 떠나 청도 국제여행사에서 근무하고 있었다. 정근이는 친구들을 동원해 정만이에게 대련에 있는 접수단위를 찾아주었다. 접수단위를 찾은 다음에는 대련시인사국의 승인을 받아야 당시 "사업관계(工作关系)"라고 하는 인사 수속을 하고 대련시에 호적을 올릴 수 있었다. 정만이는 접수단위 공문(公函)과 학부장이 써준 추천서를 갖고 대련시인사국에서 대학생졸업배치를 책임진 처장을 찾아갔다. 면목도 모르는 그 처장은 동북재경대학 4년 선배로서 그와 같은 학과를 졸업했던 것이다.

1991년 8월 정만이는 마침내 대련시에 호적을 올리고 대련시항무국으로 발령되었지만 그 단위에 하루도 출근하지 않았다. 그 단위는 대련에 남기 위한 발판에 불과했다. 그는 친구의 소개로 료녕성토산물축산물(土畜产品)수출입회사 일본한국무역부(日韩贸易部)에 근무하게 되었다.

그때부터 윤정만은 거의 30년 동안 대외무역에 종사하며 이 분야의 전문가로 되였고 억대 자산을 소유한 사업가로 성장했다.

그가 처음 접촉하고 추진한 것은 피혁과 양털 등 축산물 제품의 수출입 업무였다. 그러다가 피혁 관련 제품의 제한성을 느끼고 차츰 의류쪽으로 업무를 확장해나갔다. 토산물축산물수출입회사를 비롯한 중국대외무역수출입회사 계열의 대외무역회사들은 국유기업으로서 개혁개방 초반부터 중국에서 수출입무역의 중추적인 역할을 해왔다. 이런 대외무역회사들은 대외수출입 권한을 가지고 있었는데 직원들은 회사를 위해 외화를 벌어들이는 한편 자신들이 장악하고 있는 자원과 플랫폼을 이용해 인맥을 쌓거나 합법적으로 자신을 위해 부를 창조하기도 했다. 윤정만도 대외무역회사에 근무하며 바로 이처럼 자신의 사업기반을 닦을 수 있었다.

의류에는 종류가 많았다. 원단의 재질(材质)에 따라 편직물(针织品)과 사직물(梭织品)로 나뉘기도 하는데 윤정만은 사직물 의류 쪽으로 더 많이 취급했다. 1992년 8월 중한수교를 계기로 두 나라 경제교류가 활기를 띠며 한국기업들이 중국시장에 대거 진출하기 시작했다. 대련, 천진, 연태, 청도 등 연해지역부터 진출한 한국업체들은 대부분 중국의 값싼 노동력을 노린 노동 밀집형 기업과 관련 무역회사들이였다. 그 가운데는 의류업체가 상당수 차지했는데 중국에 직접 의류가공 공장을 설립하거나 중국에서 위탁가공해서 한국과 미국 유럽으로 수출했다. 윤정만은 바로 이런 무역업체들과 합작해 대한국 의류수출에서 두각을 나타냈다.

대련 의류수출입무역업계에서 윤정만의 이름이 알려지면서 많은 한국 바이어들이 그를 찾아왔다. 뛰어난 사업 안목을 가지고 있던 그는 찾아오는 한국사장들과 상담을 하고나면 상대방의 실력과 성품 등등 사안에 대해 정확한 판단을 할 수 있었고 그에 따라 합작 파트너를 선정했다. 그는 그렇게 선정된 파트너들과 상호 신뢰를 깊이하며 장기적인 합작관계를 이어갔다.

1992년부터 1996년까지 윤정만의 손을 거쳐 한국에서 원부자재를 들여와 중국에서 위탁가공한 여러 품종과 품목의 의류들이 한국과 유럽으로 대량 수출되었다. 따라서 그는 대련시토산물축산물수출입무역회사에서 영업 실적이 가장 높은 직원으로 되었다. 그런데 1997년 한국 IMF금융위기가 터지며 의류업체가 직격탄을 맞았다. 중국에서 임가공해 수입해가던 한국의류업체들이 거의 모두 업무를 중단하는 바람에 윤정만도 거의 1년 실적을 별로 올리지 못했다.

1998년 년 초 한국인 차 사장이 그를 찾아왔다. 정만이가 한국 의류업무를 시작해서부터 줄곧 합작하며 신뢰를 쌓아온 바이어였다. 그는 미국 월마트 100만장 편직티셔츠(針织体恤衫) 오다를 가져와서 함께 하자고 했다. 새로운 기회가 마침내 찾아온 것이다. 그런데 대련에는 편직물 원단을 생산하는 기업도 없었다. 편직물은 산동, 강소, 절강, 상해 쪽에 많았다. 윤정만은 청도, 녕파, 상해 등 도시들을 다니며 고찰해본 결과 상해에다 자리를 잡았다. 그 후 거의 2년 동안 윤정만은 대련과 상해를 오가며 미국 주문을 원만하게 완성했다. 미국 주문를 하며 그는 상해를 중심으로 강소성과 절강성 그리고 광동성에 있는 의류가공업체들과 널리 접촉하며 업무관계를 맺었고 전에 별로 관심을 가지지 못했던 미국 의류시장에 대해서도 깊은 연구를 하며 미국 바이어들과도 합작관계를 맺었다.

1999년 11월 15일, 윤정만은 8년 넘게 몸담고 있었던 대련시토산물축산물수출입무역회사에 정식으로 사표를 내고 상해로 왔다. 그는 한국 패션업계 거두로 알려진 이랜드그룹 중국지사에서 근무하던 최씨 친구와 의기투합해 C&Y복장유한회사를 설립했다. 최씨 친구도 이랜드에 사표를 내고 윤정만과 함께 회사를 운영했다. 상해와 대련에서 각기 대한국 의류수출 베트랑으로 손꼽히던 두 사람의 원만한 합작으로 C&Y회사는 2년 동안 연간 수천만 달러 수출액을 올리며 한국 캐주얼 오더를 거의 독점하다시피 했고 당시 상해에서 한국 의류수출을 가장 많이 한 회사로 되었다.

2002년 윤정만은 자신의 독자회사인 상해린승(麟升)의류유한회사를 설립했다. 최씨 친구와 각자 사업하기로 하고 갈라섰던 것이다. 회사 설립 후 윤정만은 10만 달러 투자해 강소성 곤산시에 현지 파트너와 합작으로 봉제공장을 설립했다. 공장관리는 파트너가 맡아하고 윤정만이가 가져오는 주문분을 가공했다. 노동자가 300여 명으로 규모를 갖춘 의류가공 공장이었다. 2년 후 윤정만은 투자금을 돌려받고 공장에서 퇴출했다. 공장 관리에 존재하는 일부 문제점들을 해결하기 위해 정력과 시간을 소모할 바에는 정리하는 것이 한결 현명한 선택이라고 판단되었던 것이다.

2년 동안 자체의 독자회사를 운영하면서 가장 큰 문제로 떠오른 것은 자금이었다. 지속적으로 큰 주문을 받아 임가공 해 수출하려면 비교적 큰 액수의 유동자금이 수요 되었고 회사가 크게 발전하려면 자체의 봉제공장도 있어야 하는데 역시 투자금이 필요했다. 상해에서 의류사업을 벌인지 5~6동안 윤정만은 현지의 상공인 친구들을 적잖게 사귀였다. 그 가운데는 억대 사업가들이 상당수 차지했다. 고심 끝에 그는 브리스타(亮辰行)그룹 진회장을 찾아갔다. 브리스타는 철광석수입을 위주로 하며 연간 수억원의 매출을 올리는 기업인데 외화가 대량 수요 되었다. 윤정만은 진회장에게 브리스타그룹 무역대행회사에서 향후 린승회사의 의류수출입 업무를 대행하므로써 의류무역에서 들어오는 외화를 그룹에서 사용하도록 하고 대신 린승회사에서 필요한 사업자금을 브리스타에서 수시로 빌려 쓸 수 있도록 하자는 상호 원원 제안을 했다. 진회장은 흔쾌히 동의했다. 그동안 윤정만과 접촉하며 그의 능력과 실력을 충분히 믿었던 것이다.

브리스타와의 합작으로 사업자금을 확보한 윤정만은 범이 날개를 얻은 격이었다. 그는 한국 수출을 위주로 하던 데로부터 미국시장 개척에 박차를 가해 미국 수출이 점점 큰 비중을 차지하게 되었다. 그는 바이어들이 가져오는 오더를 그대로 위탁가공해서 수출하는데 만족하지 않고 주동적으로 미국 고객의 수요에 맞는 제품을 개발해 미국 시장을 선점해 나갔다. 그 과정에서 린승회사는 국제적인 패션 감각을 소유한 디자이너들이 이끄는 개발팀을 만들었는데 30여명 젊은 직원들로 회사에 생기와 활기가 넘쳤다.

2006년 윤정만은 캐빈.배라는 미국적 한인교포 사업가를 만났다. 미국 시장을 깊이 이해하고 있는 배사장은 그에게 미국흑인들을 상대로 한 컨셉의 자체 브랜드를 개발할 것을 제안했다. 그렇게 나온 것이 하마(hama)라는 브랜드로서 요란스러운 스타일의 남성복이었다. 반짝반짝 빛나는 반짝이를 박고 레이스까지 드리워 요란하면서도 화려한 스타일로서 미국 힙합들이 즐겨 입는 의상이었다. 미국에서 디자인하고 중국에서 생산된 하마 브랜드는 출시한 첫해에 300만 불의 매출을 올렸다.

2007년 하마 브랜드 남성복은 미국 흑인 고객들을 사로잡기 시작했다. 미국의 대형 마트들에서 주문이 들어오면서 600만 달러 매출액을 올렸다.

2008년 3월, 윤정만은 배사장과 함께 하마 브랜드를 가지고 미국 라스베거스(拉斯维加斯)에서 해마다 한 번씩 열리는 매직쇼(展销会)에 참가했는데 폭발적인 인기를 얻었다. 미국에서 가장 유명한 의류전시회인 이 매직쇼에서 300만 달러 주문을 받았던 것이다. 매직쇼에서는 통상적으로 주문을 많이 받지 못하는데 하마 브랜드는 말 그대로 대박이 터진 셈이었다. 매직쇼에서 받은 주문은 나중에 3배 내지 5배로 늘어나게 돼 있었기 때문이다.

라스베거스에서 곧바로 상해에 돌아온 윤정만은 천 5백만 달러의 물량을 확보하고 원단과 부자재를 구매해 그동안 합작관계를 맺어온 봉제공장들에 주문을 주어 대량생산에 들어갔다. 워낙 많은 물량인지라 자재를 준비하고 완성품이 나오기까지 수개월의 시간이 걸렸다. 바로 그 무렵 2008금융위기가 폭발했다. 미국에서 시작되어 전 세계로 파급된 대규모의 금융위기 사태는 쓰나미처럼 미국의 수많은 기업들부터 무너뜨렸다. 린승회사에 주문을 준 업체들도 모두 문을 닫았다. 그때 린승회사의 일부 완성품은 선적까지 한 상황이었다.

린승회사에서는 미국에 의류를 수출하면서부터 줄곧 거래업체들과 직접 계약하지 않고 담보회사들과 계약을 맺어왔었다. 돈을 받지 못할 경우를 대비해 안전장치를 한 것이다. 그런데 이번 금융위기로 은행에 보증을 선 담보회사마저 모두 부도났다. 전 세계를 강타한 금융위기라는 대재난에 담보회사와 같은 금융회사들이 가장 먼저 쓰러진 것이다. 윤정만은 시급히 모든 주문서 생산을 중단시켰다. 그래도 500만 달러의 손실이 초래되었다. 이미 완성된 제품을 재고로 처리해도 똥값에 팔아야 했다. 옷이라는 것은 필요한 사람이 입어야 제값을 받지 그렇지 않으면 던지는 것과 같은 것이었다. 미국은 회사들이 파산을 신청하면 아무런 법적 책임을 지지 않기에 린승회사는 일전한 푼 받아올 수 없었다.

500만 달러, 당시 환율로 인민폐 3,500만 위안이었다. 이 거액의 자금은 린승회사에서 국내 20여 개 업체에 지불해야 하는 원부자재 구매금과 위탁가공료였다. 윤정만은 부동산을 비롯한 자산을 처리하는 등 여러 가지 방식으로 갚았지만 여전히 400만 달러 넘는 부채가 남았다.

어떻게 할 것인가?

미국에서라면 파산을 신청하면 그만이었다. 중국에서는 이런 경우 많은 사람들이 잠적해버리고 만다. 윤정만은 그러나 그럴 수 없었다. 그것은 스스로 자기 인생의 파산을 선고하는 것과 다름없었다. 그런데 인민폐 3천만 위안에 가까운 거액의 빚을 갚는다는 것 또한 갚겠다는 마음만으로 해결될 일이 아니었다.

그는 20여 개 업체의 사장들을 모두 회사로 불러들였다. 원부자재 업체들과 하루, 가공업체들과 또 하루 연속 이틀 허심탄회한 간담을 이어갔다.

"이십여 명 사장들 모두 저와 삼사년 오륙년 합작해온 사람들이에요. 이분들과 솔직하게 얘기했죠. 지금 우리 앞에 두 가지 길 밖에 없다, 하나는 내가 나 몰라라하고 나눕는 것이다, 내가 잘못해서 초래한 것도 아니고 전세계적인 금융위기가 닥쳐오며 발생한 불가항력적인 사태가 아니냐, 내가 나눕는다면 당신들도 어쩔 방법이 없고 돈도 일전 한 푼 못 받을 거다. 다른 하나의 길은 우리가 동심협력 함께 대처하는 것이다. 나에게 삼사년 시간을 달라, 내가 주문을 계속 받아올 테니 그 주문을 당신들이 계속 해라, 오더를 해야 돈을 벌고 빚도 갚을게 아니냐, 그리고 지금 이 400만 달러 부채 가운데서 당신들의 마진(이윤)을 다 빼라, 원가만 받으라… 당신들도 나 윤정만이가 어떤 사람이란 거 잘 알지 않느냐, 그동안 나와 합작하며 돈을 벌었지 않느냐, 이번에 나를 믿고 삼사년 시간을 준다면 당신들 빚을 다 갚고 다시 돈도 벌게 할 것이다."

긴 상담 끝에 합의가 이루어졌다. 400만 달러 부채가 350만 달러로 줄어들었다. 매 업체의 단계별 부채 상환 시간표도 정해졌다. 30여 명 직원들도 그대로 몽땅 회사에 남아 윤정만 사장과 함께 위기를 이겨내고 회사의 새로운 도약을 위해 이바지하기로 다짐했다.

윤정만은 다시 뛰기 시작했다. 미국 수출을 위주로 하던 데로부터 한국과 유럽으로 방향을 돌렸다. 전에 연락하던 바이어들을 만나고 새로운 바이어들을 계속 발굴했다. 그리고 미국 시장을 개척하던 방식으로 한국과 유럽 시장을 조준한 신제품을 부단히 개발해 제공함으로써 역으로 주문을 받아냈다.

2009년 윤정만은 인민폐 300만 위안을 투자해 상해교구에 니트공장(针织品加工厂)을 설립했다. 공장이 가동돼서야 그는 투자가 잘못되었음을 판단했다. 상해지역의 인건비가 막 뛰어오르고 있었다. 사실 상해뿐만 아닌 중국 국내 특히는 동부 연해지역의 인건비가 큰 폭으로 인상하기 시작했던 것이다. 윤정만은 1년 후 투자금만 회수하고 철수했다.

2010년 연말에 윤정만은 캄보디아에 독자로 봉제공장을 운영하기 시작했다. 다른 사람이 하던 공장을 헐값으로 인수한 것이었다. 15만 달러 투자가 들어가고 노동자가 350명에 달하는 공장이었는데 상해 본부에서 직원을 2명 파견해 관리했다. 주요하게 한국 주문을 가져다가 가공했는데 따져보니 수익구조가 잘 맞지 않았다. 한국 오다는 큰 것이 별로 없고 대부분 5천장, 만장짜리였다. 윤정만은 캄보디아로 출장을 자주 가긴 했지만 오래 있지 못했다. 두 번째로 자신이 직접 투자한 공장을 운영하면서 그는 봉제공장은 사장이 지키고 운영해야만 돈을 벌수 있다는 걸 느꼈다. 그는 이후에 주문을 줄 테니 벌어서 아무 때든 투자금만 돌려달라는 조건으로 직원들에게 봉제공장을 넘겨주었다.

2009년부터 린승회사에서는 평양에서 임가공을 많이 했다. 중국 국내의 봉제공장들보다 가공비용이 훨씬 저렴했던 것이다. 그래서 한국, 유럽, 미주의 큰 오더들을 평양에 보내 가공했다. 그러던 2011년 터키에 수출해야 하는 5만장 다운재킷(羽绒服) 주문을 평양 공장에서 납기(交货日期)를 지키지 못했다. 유럽에서 주문을 받은 겨울 난방 의류는 9월에 선적해야 11월에 시장에 출시할 수 있는데 평양에서 11월에야 제품을 교부하다보니 터키 바이어가 오더를 물렸다. 결국 린승회사에서 고스란히 70만 달러에 달하는 손실을 감당해야 했다.

2012년 한국의 인터크로라는 브랜드를 갖고 있는 거래회사가 부도났는데 린승회사는 또 30만 달러를 받지 못했다.

"의류사업을 하다보면 바이어를 잘 만나야 되요. 굵직굵직한 바이어를 만나야지 영세한 바이어와 거래하다가 부도나면 돈을 못 받아요. 한국의 이 회사와도 국제소송을 해서 승소했는데도 돈을 못 받았거든요. 한국은 회사가 부도나면 채권단에서 직원들 월급부터 해결해주고 다음에 은행, 그 다음에 거래회사들한테 오는데 그게 언제 될지 모르고 결국 못 받을 때가 많죠. 그 일을 겪고 나서, 그러니까 2012년 말부터 우리 회사에서는 더 이상 한국 주문을 받지 않고 미주 주문을 전문적으로 하기로 했어요. 2008금융위기 때부터 4년 만에 미국시장에 돌아온 거죠."

4년 동안 윤정만은 약속대로 20여 개 업체의 근 3천만 위안에 달하는 빚을 다 갚았다. 그동안 린승회사도 몇 번의 시행착오를 겪으면서 그리고 거래업체들의 부도와 문제로 인민폐 천만 위안이 넘는 손실을 초래하면서도 한결 탄탄하게 발전했다.

미국 오더를 다시 하게 된 계기는 2012년 말 재미 한인교포 캐빈. 권을 재회하면서였다. 권 사장은 2008금융위기 전 그가 미국에서 하마 브랜드를 개발했을 때 함께 참여했던 분인데 몇 년 후 재미교포가 운영하는 대형 복장회사인 F21의 임원으로 취직해 있었다. 권 사장은 윤정만에게 F21의 오더를 줄테니 한번 해보라고 제안했다. 그렇게 2013년부터 미국 오더를 다시 하면서 린승회사의 수출액은 큰 폭으로 늘어났는데 2년 후인 2015년에 3천8백만 달러 수출액을 올렸다. 2016년에는 5천만 달러, 2017년에는 7천만 달러를 초과했다. 수출액이 인민폐 5억 위안을 넘어선 것이다.

2014년 윤정만은 베트남에 법인회사를 설립했다. 린승회사의 협력업체와 합작공장을 개발하고 주문을 주고 품질을 관리하는 역할을 담당했다. 베트남에서는 재킷(外套)만 가공했다. 재킷은 손이 많이 들어가는데 결국은 베트남의 값싼 노동력을 노린 것이었다. 2017년 한해에만 베트남에서 생산한 린승회사의 재킷이 240만 장에 달했다.

윤정만은 미국과 홍콩에도 법인회사를 설립했다. 광주와 단동에는 판매처를 세웠다. 지난 몇 년 간 린승회사에서 미국 등 북미지역으로 수출한 편직, 재킷, 청바지 등 3종 아이템 위주의 의류는 전부 자체로 디자인하고 생산한 것이다. 이로써 린승회사는 디자인, 생산, 무역을 일체화한 사업방식을 견지하며 내실 있는 대외수출무역 중견기업으로 성장했다. 린승회사는 상해 본사 건물에 의상 디자인, 생산, 창고, 류통, 무역 등 실업기지가 세워져 있는 밖에 중국 국내와 동남아지역에 수십 개 봉제공장들과 장기적인 협력관계를 형성하고 있는데 정식 직원이 60여명에 달하고 일년 내내 움직이는 협력회사들의 종업원은 수천 명에 달한다. 린승회사는 또 "오작트레일(奧索拉 OZARK TRAIL)" 등 세계적인 스포츠의류 유명 브랜드 회사들과도 협력관계를 맺고 그들의 오더를 생산했다.

취재를 마무리며 나는 윤정만에게 사업에서 이처럼 큰 성공을 거둘수 있는 비결은 무엇인가, 하고 물었다. 다소 상투적인 물음이지만 그가 어떻게 대답할지 궁금했다.

"비결이란게 어디 있나요? 정말 그런 게 있어서 쉽게 얘기할 수 있다면 누구나 다 성공할 수 있겠죠. 사실 의류는 굉장히 피곤한 업종이에요. 굉장히 바쁘고 자질구레(瑣碎)하고 신경을 많이 써야하거든요. 그래서 웬만한 사람은 하다가 다 때려치우고 말아요. 저가 지금까지 견지해올 수 있었던 건 어찌 보면 관건적인 시기에 좋은 사람 만날 수 있었기 때문이 아닌가 생각되네요. 운이 좋았다고 해야 할까… 하여간 사업하다보면 타이밍이 굉장히 중요하고 운도 따라야 할 것 같아요."

기회를 잘 포착하고 운도 따라주어야 한다는 말이 되겠다. 이 역시 상투적인 대답이라고 할 수 있다. 그런데 그 운이라는 건 정말로 아무나 다 따르는 게 아니다. 태진아의 "사랑은 아무나 하나"라는 노래 말과 같이 "눈이라도 마주쳐야" 하고 "만남의 기쁨도 이별의 아픔"도 함께 하는 노력과 끈기가 있어야 하는 것이다.

서광촌 사람들을 취재하면서 가끔 아, 이 사람은 정말 조금만 더 노력했더라면, 조금만 자기 관리를 잘했더라면 크게 성공할 수 있었을 텐데 하고 아쉬움을 토해내야 할 때가 있었다. 뛰어난 총명과 능력이 있고 기회도 좋았는데 기대할만한 성과를 거두지 못했던 것이다. 그런 사람들에 비해 윤정만은 큰 성과를 이룩했는데 그가 성공할 수 있었던 것은 그의 말처럼 타이밍을 잘 맞추고 운도 따라주었던 것도 있지만 그보다도 그에게는 그것을 뒷받침 해 주는 피타는 노력과 끈기 그리고 성실함과 정직함이 있었기 때문이다. 윤정만의 일상생활을 보더라도 이를 잘 말해주고 있다. 그는 사업에 좀 성공한 사람들이 흔히 하는 도박이나 기타 취미가 없다. 그가 유일하게 즐기는 취미라면 사업가 친구들과 함께 임대한 배를 타고 바다로 가서 심해 밤낚시를 하는 것이라고 한다.

2

2018년 3월 10일, 청도 성양구 청도국제공예품성 2층에 있는 "서광복장" 매장에서 나는 윤정복 씨를 또 만났다. 자신의 매장 이름을 서광이라고 지을 만큼 그는 고향과 고향 사람들에 대한 애정이 깊은 사람이다. 국제공예품성에 있는 수백 명 조선족들 가운데서 인기만점인 윤정복은 "서광이모"로 불린다고 한다.

1959년생인 윤정복은 워낙 나의 한 해 윗반 선배였는데 1975년 내가 영건중학교 고중에 잠깐 다니면서 한 학급 동창이 되었다. 우리 학급은 소학교 때부터 학생이 30여 명이나 되고 초중을 졸업할 때까지 엄근식 선생님이 6년 넘게 줄곧 담임선생을 맡아 오시면서 엄격하게 관리한데서 문화대혁명 그 시기에도 학급에는 시종 학습 분위기가 좋았다. 반면 우리 윗반은 학생도 20명이 채 안되고 담임선생이 계속 바뀌고 하면서 학생들이 공부를 잘 하지 않았다. 그래서 우리 학급 대부분 애들이 영건중학교 고중에 올라갔을 때 윤정복은 그의 아버지가 유급시켜 우리와 한 학년에서 공부하게 했던 것이다. 그러나 영건중학교에 다니면서 우리는 일하는 시간이 공부하는 시간보다 더 많았다. 나는 그때 영건중학교에서 2개월 다니고 연수현제1중학교로 전학해 갔다. 결국 윤정복과 잠깐 동창이었지만 고중졸업 후 수십 년 동안 동창모임이 있을 때 마다 그와 만날 수 있었다. 최근 몇년간에는 취재차로 청도에 갈 적 마다 윤정복은 역시 우리 동창인 김영애와 함께 맛있는 음식도 사주고 노래방에도 놀러가고 하면서 정말 극진하게 대해주었다.

윤정복에 대한 정식 취재는 이번이 처음이었다. 취재하면서 전에 내가 몰랐던 일들을 알게 되면서 놀라기도 했다. 특히 1980년대 중반부터 1990년대 초반까지 그가 하얼빈 창녕그룹에 8년이나 있었다는 사실을 전혀 몰랐던 나는 얼굴이 뜨거워지기도 했다. 고향 동창과 한 도시에 살면서 모르고 지냈으니 말이다.

아래 윤정복과 나눈 이야기를 대화형식으로 적어놓는다. 어우야—, 야—, 하는 감탄사를 뽑기도 하고 호호 웃기도 하면서 취하던 윤정복 특유의 제스처와 억양을 그대로 옮길 수는 없지만 재밌는 그의 언어를 살리고자 대화 중 나오는 중국어는 발음 그대로 표기했다.

—청도에는 언제 왔길래?

—내가 1992년도에 왔지.

—일찍 왔네. 그전에는 어디 있었나? 연수에서 여기 직접 왔나?

—아니지. 하얼빈 창녕에 있다가 왔지.

—창녕에도 있었어?!(놀라움)

—어우야—, 나 하얼빈 창녕에 있었댔잖아… 하얼빈 창녕 알아?

—창녕그룹을 왜 몰라, 잘 알지.

—창녕을 어떻게 알아? 면접하러 왔댔어?

—내가 면접은 무슨 면접… 취재하러 몇 번 갔었지. 니 정말 창녕에도 있었댔어?

—야—, 우리 창녕에 8년이나 있었댔다. 우리가 연수 가신(진)

실험참(촌)에서 맨 먼저 창녕에 왔어. 그때는 우리가 농촌에서 살며 농사밖에 몰랐잖아, 한국바람도 없을 때잖아, 우리가 하얼빈 창녕으로 이사 갈 때 자동차가 와서 이삿짐 싣고 가는데 온 동네 사람들이 다 나와 가지고 바래주었어… 부모들은 우리 보고 하얼빈 가서 자리 잡고나면 우리 아들도 좀 데려가라, 우리 딸도 데려가라… 하면서 난리도 아니었지. 그때 우리가 하얼빈 간다고 하니까 실험참 사람들 우리집에 막 찾아왔댔어, 자기네도 가게 해 달라고.

　—그럼 너네는 어떻게 창녕에 가게 되였는데?

　—일보사(흑룡강신문사)에 우리 할배 계셨잖아, 우리 외할배 친동생…

　—알아, 김창학선생. 역시 우리 서광사람이잖아. 1970년대에 우리 방송국에 계시다가 신문사로 전근해 가셔서 사회교육부 주임으로 오래 있었는데.

　—그래, 맞아. 바로 그 할배가 소개했지. 그때 창녕에 들어가기가 힘들었다야. 누가 소개해야 들어갈 수 있었어. 그래서 할배한테 연락하니까 창녕에다 얘기해서 그럼 우리 집 아저씨(남편) 보고 시험 치러 오라고 해서 갔는데, 우리 집 아저씨가 중학교 때 학생회주석도 하고 공부도 잘 하고 그랬으니까… 그런 시험이야 뭐 아무것도 아니지. 그래서 합격돼 가게 된 거야. 창녕에서 우리 아저씨는 기술과에 있고 나는 땐즈처쩬(电子车间, 전자 작업장)에 있었지.

　—그때가 몇 년도야?

　—86년도던가? 맞아, 1986년. 내가 실험참에 시집가서 3년만이니까.

―1986년도라면 내가 금방 흑룡강방송국에 전근돼 갔을 때구나. 건데 난 니가 그때 하얼빈에 와 있다는 걸 왜 몰랐지?

―내가 연수에 시집가서 시골에 계속 처박혀 있는 줄 알았겠지 뭐… (웃음) 우리 아저씨가 창녕에서 해마다 모범 되고 큰 상장도 타고 그랬다야. 그때 연수에서 온 기자 박 뭐드라…

―박수경?

―맞아, 그 분이랑은 연수 사람이라고 친하게 지냈다야. 그 분 여자(아내)가 창녕 재무과에 있었잖아.

―그건 알지. 박수경 선생은 후에 신문사에 들어갔잖아. 내가 그때 창녕그룹에 몇 번 취재하러 갔었거든. 가서 석산린 총재도 만나고 했는데…

―그랬어? 언제?

―그게 아마 1988년 89년도 쯤 일거야. 그때는 너네가 거기 있는 줄도 몰랐지.

―그때는 정말 서로 연락도 없고 할 때잖아. 우리 아저씨가 후에는 창녕 안장공사(安裝公司) 책임자로 있으면서 전국 각지 베이징 천진 서안 성도… 온데 다 다녔어. 그러다가 무한 분공장에 파견되는 바람에 우리 가족들까지 무한에 가서 또 몇 년 살다가 돌아왔어.

―무한에도?

―그래, 무한에. 어우야―, 무한은 얼마나 덥나? 거기 몇 년 살며 우리 아저씨는 계속 안장공사 책임자로 있고 나는 공장 식당에 책임 맡고 있었어. 그때 창녕 무한공장에 공인(종업원)들이 몇 백 명 있었으니까. 조선족들도 많았어.

—무한에서 얼마 오래 있었길래?

—한 이삼년 있었지. 그러고 다시 하얼빈에 돌아와 이삼년 있었는데 그때 한국바람이 불기 시작한 거야. 그래서 창녕에도 조선족들이 많이 떠나가고 그랬어. 나도 그때 창녕을 떠나 청도로 오게 된 거지.

—청도 올 때 너네 아저씨도(웃음) 같이 온 거야?

—아니, 나 혼자 우리 아들 데리고 오고 우리 아저씨는 하얼빈에 계속 남았어. 후에 창녕이 진황도로 옮기면서 우리 아저씨도 진황도에 가서 계속 안장공사 책임자로 있었던 거야.

—그럼 니는 그때 청도에는 또 어떻게 오게 된 거야? 너네 아저씨를 하얼빈에다 두고 말이야.

—그때 내 큰 동생 정근이가 여기 청도 중국여행사에 있었어. 그때는 청도에 한국기업이 별로 없을 땐데 정근이네 여행사에서 한국기업을 많이 끌어들였어. 그때 정근이가 직접 끌어들인 한 회사가 금방 청도에 오는데, 회계 찾아야지 경비 찾아야지 주방장 찾아야지 하니까 정근이가 우리보고 오라고 한 거야. 그래서 내가 와서 주방에서 일하고 우리 아버지를 회계 시키고 우리 오빠는 경비 시킨 거야. 건데 우리 오빠는 경비라는 사람이 회사에 콘테나 들어오면 막 뛰어가서 짐을 부리고 하는 거야. 그러니까 사장님이 저 윤아저씨는 경비해서는 안되겠다, 생산부에 보내야겠다 한 거야. 그래서 우리 오빠는 처쨴(생산라인)에서 주임으로 일했지.

—그때 회사가 청도 어디에 있었는데?

—석복진(惜福镇)에 있었지. 지용전자회사였는데 우리 그냥 지용사라고 불렀어. 지용사에 3년 있다가 우리 회사 회장님 친구라는 한

국사람이 청도에 또 회사 세우러 왔단 말이야. 드라콘이라는 전자회사. 그런데 그때 나는 사직서 쓰고 회사 떠나겠다고 했어. 그때 우리 아저씨가 계속 진황도에 있었거든. 그때 우리 한창 젊었을 때 잖아, 내내 갈라져 있으면 안 되지…(웃음) 그래서 내가 진황도로 가겠다고 했지. 그런데 사장님이 못 가게 하는 거야, 직원들 시켜서 내가 못 떠나게 가방까지 다 빼앗아 숨겨놓고 그랬어. 그때 우리 회사에 한국 아가씨(여직원)가 둘 있었는데, 그 아가씨들이 사장님한테 그럼 우리 윤 아줌마 신랑한테 유람(휴가) 보내자고, 가서 일주일 놀다가 다시 오라고 하면 되지 않는 가고, 윤 아줌마 없는 동안 우리가 윤번으로 밥 하겠다고 말이야. 그래서 내가 진황도에 갔다가 돌아왔지. 오니까 사장님이 드라콘회사에서 공장 관리할 총책임자를 찾고 있으니 우리 아저씨 빨리 오라고 하라는 거야. 그럼 내가 회사에 안착할 수 있잖아. 그래서 내가 우리 아저씨 오라고 해서 왔는데 드라콘회사 사장이 우리 아저씨를 여기 저기 온데 일주일 동안 데리고 다닌 거야. 그러면서 통역이고 재료구입이고 하는 일 다 시켜본 거지. 우리 아저씨가 그런데는 막힘이 없잖아. 그러니 드라콘 사장이 마음에 딱 들어서 우리 아저씨보고 회사에 오라고 해서 그 회사에서 총책임자(총경리)로 육칠년이나 있었잖아.

— 그러니까 너네 아저씨가 드라콘인지 무슨 콘인지 하는 회사 창립멤버였네.

— 맞아, 초기에 우리 아저씨가 다 일궈 세운 셈이지, 혼자서. 후에는 나도 드라콘회사로 옮겨왔어. 그때 드라콘회사가 대우가 얼마나 좋았는지 몰라. 회사 울안에 우리한테 방 두 칸 내주고 우리 아들 학

교 다니는데 회사 차로 보내고 데려오고, 집도 사줬다야.

— 회사에서 집도 사줬어?

— 그럼. 우리 아저씨가 청도로 올 때 조건을 내걸었거든. 내가 진황도에서 과장으로 월급도 많이 받고 집도 있고 한데, 그만한 혜택을 주면 오겠다고 말이야. 회사에서 그럼 그만한 혜택주겠다고 해서 청도로 왔지. 그래서 우리가 시내 쪽에, 쓰베이취(市北区, 시북구) 양쟈췬(杨家群)에 집을 살 때 회사에서 돈을 절반 대주었어. 지금 그 아파트가 집값이 얼마나 올랐는지 모른다야.

— 얼마 큰 아파트인데?

— 108평방이야, 그때는 집값이 엄청 쌀 때잖아, 후에 열 몇 배는 올랐다니까.

— 그 아파트 아직 있어?

— 안 팔고 남겨두었지. 내내 임대하고 있었는데, 지금 팔아버릴라고 하니까 잘 안 팔리네.

— ㅎㅎ… 좀 싸게 팔면 인차 팔릴 거잖아. 여하튼 드라콘인지 무슨 콘인지 하는 회사 덕분에 몇 백만 위안 남았네 뭐. 드라콘회사에는 몇 년 있었는데?

— 오륙년 넘게 있었지. 그러고 렌윈강(连云港, 강소성 연운항시)에 갔지.

— 렌윈강에? 거기서 자기절로 회사 차린거야?

— 아니야. 한국 사람이 경영하는 회사에 총책임자(총경리)로 가있었어.

— 아… 그럼 렌윈강에서 몇 년 했길 래?

―한 2년 했나… 후에 한국 사람이 돈을 못 대는 거야. 그래서 회사도 부도나고 렌윈강을 떠났지.

―아 그럼 그때부터 둘이 복장가게 같이 했겠구나?

―아니야. 그담부터 우리 아저씨 한국장사 한다고 돌아다니고, 돌아다니고… 나 혼자 복장장사 한다고 코피 터질 정도로 뛰어다녔지… 야―, 내 그때 생각하면 정말 남편도 씨―, 막… 얼마나 밸이 나는지 모른다야…

―왜?

―뭐 왜… 가라오케 한다고 돈 다 말아먹고… 내가 그 빚 다 갚았다야. 내 복장(장사) 해서 집 한 채 빚 다 갚고 했는데 뭐, 내 왜 밸이 안나겠나야…ㅎㅎ

―가라오케? 가라오케도 했던 거야?

―그래. 우리 아저씨 회사 하면서 가라오케도 했었어. 그때는 너무 일찍 시작해가지고 깡패들이 욱실욱실 할 때 말이다… 지금은 (가라오케들이) 잘 되잖아.

―가라오케는 어디다 했는데?

―리촌에다 했지. 가라오케 할라면 자기가 절반은 깡패가 돼야 하는데, 우리 아저씨 체질에 가라오케 해내나? 다 말아 먹었다 야, 야, 야.

―가라오케 몇 년 했는데?

―몇 년 했지. 그것도 회사에 있으면서… 회사에 사직을 할라고 하니까 사장이 사직을 못하게 하는 거야. 니 그럼 낮에는 회사 일 보고 밤에는 니 일 보라, 그래 가지고 낮에는 회사 가고 밤에 거기(가라

오케) 가고… 그리고 경리(지배인) 하나 두고 했는데, 씨*, 경리가 돈 짤라먹고 머머… (가라오케가) 되나?

─가만, 방금 너네 아저씨가 회사에 다니며 리촌에다 가라오케 차렸다고 했지? 그럼 드라콘인지 무슨 콘인지 하는 회사에 다닐 때 일이구나?

─맞아, 그때 일이야.

─허허… 난 니가 렌윈강 얘기 하다가 가라오케 어쩌고 하니까 렌윈강에 있을 때 일인 줄 알았지.

─큭큭…내가 말하다 보면 이렇게 순서 없을 때가 좀 많아.

─그러니까 잠깐 정리하면, 너네 아저씨가 드라콘회사에 있으면서 가라오케 하다가 돈을 다 말아먹고는 드라콘을 떠나 렌윈강에 가서 다른 한국 회사 총경리로 있었단 말이지?

─그래 맞아.

─그럼 가라오케하면서 돈을 얼마나…

─돈 다 말아먹었지 뭐, 몇 십만 원(위안).

─몇 십만 원(위안)? 그때는 큰돈이잖아.

─그래 몇 십만 원(위안). 내가 처음 복장 장사해서 얼마나 잘 됐다고. 장사해서 그 빚부터 갚았지.

─그렇구나. 그럼 복장 장사는 어떻게 시작했길래?

─2000년도에 우리 집 아저씨가 렌윈강 한국회사 책임자로 있을 때 그 회사 명의로 한국 갈려고 비자를 넣었지. 가라오케 한다면서 빚을 잔뜩 졌으니까 내가 한국에라도 가서 돈을 벌려고 한 거야. 아니면 어쩌나? 렌윈강은 강소성에 속하고 상해총영사관 관할지역이

니까 상해 가서 비자신청 했는데 그만 빵구가 난 거야. 그때 막내 동생 정만이가 이미 상해에 와있었잖아, 내가 정만이한테 가서 한국비자 신청했다가 빵구맞았다고 하니까 동생이 누나 정신이 있는 가고, 한국에는 왜 갈려고 하는 가고 야단치는 거야. 그래서 내가, 돈 없는데 한국 가서 돈 벌어야지 하니까 동생이 청도에 가서 기다리라는 거야, 옷을 보내 줄테니까 옷장사 하라고.

— 오… 정만이 때문에 옷장사 시작한 거구나.

— 그래 맞아. 그때 상해서 청도에 돌아오니까 며칠 안돼 동생이 자동차로 옷을 보내온 거야. 정만이는 수출 전문 하니까 회사에 와이모복장(外贸服裝, 대외수출 의류)이 많잖아, 그걸 한 자동차 보내준 거지. 건데 그때 난 아무 준비도 없었잖아, 옷에 대한 개념도 없고, 어떻게 파는지도 모르고, 창고도 없고. 그때 우리 집은 땐티(电梯, 엘리베이트)도 없는 6층이었거든 그래도 어쩌나? 옷을 보내왔으니까 6층까지 낑낑거리며 다 메고 올려갔지. 내가 정말 우리 동생한테 떠밀려서 옷장사를 시작하게 되었다니까… 솔직히 내가 장사할 사람이 아니잖아.

— 장사할 사람이 뭐 따로 있나?

— 하긴…그때 우리 동생이 보내온 와이모복장이 모두 한국으로 나가는 거였어, 디자인이 예쁘고 옷이 정말 좋아. 그래서 내가 먼저 명함장 찍어서 온데 옷 가게마다 다 뿌리며 다녔지. 큰 가방에 옷을 넣고 다니며 보여주면서 말이야. 그러니까 청도 시내 온데서, 지머(即墨)에서까지 우리 집에 옷 가지러 오기 시작하는 거야. 우리 동생이 오다 하는 거 많으니까 나한테 보내오는 옷도 가지수가 정말 많았어.

그러니까 와서 보고는 다들 옷이 좋다면서 다 가져가는 거야. 장사꾼들이 와서 적삼 다 가져가고 티셔츠 다 가져가고 하여간 물건이 도착하기 바쁘게 한 장도 안 남고 다 가져갔어. 후에 나도 리촌(李村) 빈허루(滨河路) 시장에다 가게 잡았지. 그때까지만 해도 거기가 중심였잖아. 조선족들이고 한국인들이고 리촌에 많이 있었어. 거기서 난 전문 도매만 했어. 가게 크게 해놓고 내가 소매 할 새도 없었어.

　―가게가 얼마나 컸는데?

　―지금 이 가게보다 더 컸으니까, 오륙십평방 넘었겠지.

　―아침이면…(문득 내가 켜놓은 미니 록음기를 발견하고) 니 지금 취재 하는 거야?

　―얘기나 해. 내가 다 기억하고 있으니까.

　―어우야, 난 그저 우리 둘이 얘기하는 줄 알았는데 녹음까지 하나…(웃음)

　―녹음 안하면 나중에 내가 니 재밌는 얘기 빼먹을 수도 있잖아. 그러니 얘기나 계속해.

　―알았어…(웃음) 그때는 정말 바빴어. 아침이면 가게 문 열기 바쁘게 사람들이 막 들이 닥치는 거야… 지금 생각하면 난 그 시절이 그리워. 그때는 낮 시간이 아까워서 밤 비행기로 상해에 가. 가면 우리 동생이 차 안배해줘. 그러면 무석에 가고 곤산에 가고… 우리 동생이 어느 어느 공장에 가라고 미리 다 연계 달아놓는 거야. 그럼 공장에서 날 역전까지 마중 나왔어, 점심도 사주면서 말이야. 다 우리 동생 면목 보고 해준 거지 뭐. 모르는 사람 가면 쩨다이(接待, 접대)나 해주나?

―모두 정만이가 거래하는 봉제공장들이겠구나.

―다 봉제공장들이지. 상해 부근으로 숱하게 다녔어. 우리 동생 거래하는 공장도 다니고 우리 동생이 아는 공장도 다니고 그랬지. 밤 비행기로 날아갔다가 밤 비행기로 다시 날아왔어. 낮에 장사하는 시간 빼먹는 게 아까워서 말이야. 그때는 장사가 진짜 잘 되었다야, 지금은 이게 뭐냐, 겨우 밥이나 먹고 산다야… 정말 그 시절이 그리워… 비행기 타면 너―무 피곤해가지고 앉아마자 쿨쿨 잔다. 그러다 눈을 떠보면 언제 비행기가 하늘에서 날아야. 그렇게 피곤해가지고도 비행기에서 내리면 화물차 꾸(雇, 임대)해가지고 먼저 도착한 물건 실어와야지 물건 내보내야지 은행에 가서 공장에 돈 보내야지… 물건이 오고 가고… 아 그 시절이 정말 그립다. 지금은 그 시절과 비교도 안 돼.

―흐흐

―그때는 나 왕도매를 했어. 아침에 문을 열면 도매상이 일 여덟 명이 들이닥쳐 가지고 서로 물건을 더 많이 가져가겠다고 했어. 어떤 사람은 이런 물건을 별로 가져가지 않다가도 남이 많이 가져가면 자기도 가져갈려고 했지. 그러니까 내가 아침밥을 먹고 나서 언제 거울보고 치장할 새도 없었어. 아침이면 막 전화가 들어와, 너네 집 문앞에 와있다고. 그러니 치마 입고 꼬우껄새(高跟鞋, 하이힐) 신고 나갈 새가 어디 있나? 반바지에 뤼유새(旅游鞋, 운동화) 신고 맨 날 뛰어 다녔다야. 아, 그때 당시는 그렇게 잘 되였어. 지금은 안 돼, 지금은 빠득빠득 벌어서 먹고 살아. 그 시절이 그리워 아무리 힘들었어도. 공장에 가면 어느 어느 디자인이 몇 백 장이고 몇 천 장이고 있다고

만 하면 주소만 턱 던져주면 그 사람들이 부쳐준다 말이야. 가져만 오면 도매로 다 나가거든. 우리 물건이 우리밖에 없었어, 딱 내 손에서 다 나가야 되니까. 그러니까 내가 돈을 버는 거야. 무조건 내 손에서 나가니까. 그때는 좋았다야, 진짜로. 티가 천 장 2천 장씩 들어와도 심양에서 베이징에서 장춘에서 온 도매상들이 다 가져갔어.

— 심양에서도 가져갔어?

— 그래 심양. 심양 우아이시장(五爱市场)에서 크게 하는 사람들, 만약 천 장 들여왔다 하면 내가 5원만 붙이고 그 사람들이 몽땅 다 가져가. 그 사람들도 가져가서 또 5원 붙이고 몽땅 다 넘겨. 그 다음에 이 사람도 몇 백 장 이 사람도 몇 백 장⋯ 도매란 거 다 그렇잖아. 그때 물건이 많이 들어올 때는 콘테나로 몇 백 박스씩 들어왔어. 그걸 창고에 부려놓으면 안에서부터 문 어귀까지 꽉 찰 때도 있었어. 그러면 밖에서 부터 안으로 파먹어야 돼, 안에 무슨 물건 있는지도 몰라, 야—, 그 많은 거 다 나갔다 다 나갔어, 전문 티만. 그때 정만이가 어느 공장에 재고가 한 창고 남았다는 걸 알면 그걸 몽땅 뽀우료(包圆儿, 통거리)해서 컨테너로 실어보낸 거야.

— 그때 그럼 복장 품목도 많았겠네?

— 품종이 얼—마나 많은지 몰라. 우리 빈허루에 있을 때 옆집 옆집, 웃층 아래층 전부 다 우리 물건 가져다 팔았는데 그렇게 장사가 잘 됐어. 우리 옷이 디자인이 정말 많았어. 적삼도 여자 꺼 남자 꺼 반팔 긴팔, 티(体恤衫)도 별난 줄 간 거 다 있고 색상도 별난 거 다 있고 단색 라운더⋯ 하여간 정말 다양하게 많았으니까. 그 많은 물건이 왔다는걸 알면 심양, 장춘, 하얼빈에서까지 와서 가져갔어.

─그런 데서는 어떻게 알고 찾아 오길래?

─장사꾼들은 다 알게 돼 있어. 니도 너거 그 기자들 어디 어디 기자가 뭐하고 어떻고 하는 걸 다 알거잖아, 장사꾼들도 서로 다 알게 돼 있어.

─하긴 그렇네.

─건데 장사라는 건 사실 서로 안 알려 주잖아. 이 물건 있으면 내 혼자만 가질 려고 하지 내 너 한데 알려주면 너도 가질려고 하니까 서로 안 알려 주는 거지. 하지만 나처럼 왕도매 하는 사람들은 온데 다 알려주고 그래. 그리고 장사 안하는 친구들이나 친척들도 장사하는 사람들한테 청도 누구네 가게에 가면 좋은 옷 도매한다고 선전(홍보)도 하고 말이야. 그렇게 해서 하여간 찾아올 사람은 다 찾아오니까.

─서광복장이라는 이름은 리촌에 있을 때부터 지었던 거야?

─맞아, 그때부터 서광복장이라 했지. 내가 처음 가게를 내면서 이름을 무엇이라 할까, 생각하다가, "서광"이 아침해살 비춘다는 뜻이잖아…

─그래 맞아. 그 뜻이 있지.

─그리고 서광은 또 우리 고향 이름이잖아, 그때 내가 또 생각난 것이 이전에 서광학교 교장으로 계시다가 신성촌으로 간 안인수 선생이 70년대에 서광에 놀러 오시면 우리 집에 계셨댔어, 우리 엄마가 오빠라고 했거든. 안인수 선생이 그때 서광 이름이 참 좋다고, 희망이 넘친다는 뜻이라고 말씀하시던 것도 생각이 나고… 그래서 가게 이름을 서광이라 하자, 하고 서광복장이라고 한 거야. 그때부터 지금

까지 여기 국제공예품성에서도 내 이름이 "서광이모"야, 다들 서광이모, 서광이모 한다니까…(웃음)

—그때 도매하면서 보통 얼마 붙혀서 넘겼길래?

—그런 것까지 다 얘기해야 되나?

—뭐 다 지난 일인데 얘기 못할 것도 없잖아?

—하긴 뭐 그때 싸게 들어오면 한배 반이나 한배 붙이지. 적어도 한배는 붙히지, 도매는. 우리 물건은 누구도 없어서 좋아, 우리 정만이가 작업 한거 무조건 내 손에 다 들어오잖아, 또 전부 내 손에서 나가잖아. 그러니까 한배는 붙히고, 한배 못 붙힐 때도 있고, 안 나가는 건 밑지면서 다 처리할 때 도 있고 그랬지 뭐. 그리고 조금 가져가는 건 좀 많이 붙히고 몽땅 가져 가는 건 조끔 붙히고. 내 물건은 나밖에 없으니까 얼마 붙히던 다 내 맘대로지 뭐.

—그때 많이 가져간다는 사람은 얼마 가져가나? 몇 천 장 가져갈 때도 있나?

—장사하는 사람들 나처럼 왕도매 하는 사람이라도 나처럼 공장이 있어서 땅바닥에서 직접 캐내지는 못하잖아, 그러니까 내 손에서 몽땅 가져갈 때가 많아, 다른 사람이 하지 못하게 몽땅 자기 혼자 손에서 나가게 하려고. 그래서 심양 우아이시장이나 베이징 어느 시장에서 온 사람들은 오면 몇 백 장 몇 천 장 있는 대로 다 가져가. 그렇게 가져가서 나처럼 왕도매 하는 거지.

—그렇게 해서 첫해 한 일년 하니까 돈을 얼마 벌었댔어?

—어우야, 몰라, 얼마 벌었던지. 언제 얼마 벌고 계산할 새도 없었어. 맨 날 들고 뛰고 뭐… 그래서 차사고 집 사고 뭐 빚 갚고 아들

공부 빵빵 시키고 그랬지 뭐. 거 다 내가 복장해서 벌었지 뭐. 어우야
―, 우리 아저씨 노래방 해서 돈 다 말아먹고… 내가 복장해서 먹고
살았다야.

　―그럼 너네 아저씨는 언제 부터 니 하고 같이 가게를 한거야?

　―나 혼자 가게 시작해서 하는데, 친구들이 좀 도와주고 했지만
너무 바쁘고 힘들어서 일 년에 한 번씩은 썩어지게 아팠어… 그렇게
몇 년 지나서 우리 아저씨가 한국장사 하던 거 다 걷어치우고 물러앉
아 날 전문 돕기 시작한 거야. 그런데 우리 아저씨가 도와주고부터는
장사가 잘 안 돼…

　―큭큭…

　―그전에 내 혼자 할 때는 그저 죽을 동 살 동 모르고 바쁘게 돌아
치며 장사가 잘 되었는데 말이야.

　―다른 원인이 있었겠지 뭐.

　―하긴…후에 와이모복장(外贸服装) 점점 안 되긴 했어. 도매상이
없어지고. 그래서 나도 한국 물건 들여와서 소매를 많이 하는 거야.
이쪽 매장에는 한국 물건 소매하고 저쪽 매장에는 회사 물건들, 달라
는대로 다 주고 있다야. 창고가 두 개야. 전부 다 하면 5~6만장 남아
있어. 나 이것만 다 처리하면 (장사)안한다. 어우야 이젠 막 지겹다.
거의 20년 했으니까.

　―그래, 이젠 놀면서 재미로 하면 되겠네. 그동안 아파트는 몇 채
사놓았겠지?

　―어제 우리 새 아파트 또 한 채 계약했어.

　―그래? 어디에다?

―루빵상가(魯邦商业街) 알지? 바로 그 옆이야. 이제 6월 달이면 스물 몇 개 나라 대통령들이 청도에 온다고 하잖아. 지금 집값 오른 다고 막 난리야.

―새로 계약한 아파트는 면적이 얼마짜리길래?

―맨 108평방인지 그래.

―지금 사는 아파트는 언제 산거야?

―싼수이쟈웬(山水家园)? 십년 넘었지. 그때 머리만 잘 돌았어도 두 채 세 채 아파트는 남은 건 데, 그저 돈 아까운줄 모르고… 누구보다 잘 먹고 잘 살았다야 난.

―잘 한 거야.

―그렇지? 우리 아저씨가 연수로쌍훠이(연수현향우회) 만들고 회장했는데, 연수협회 이름이 처음에 뭔지 알아?

―뭔데?

―먹자협회.

―먹자협회? ㅋㅋ…

―주말만 되면 협회 사람들 들놀이 가서 먹고 놀고 하니까 그런 이름 붙은 거지 뭐…(웃음) 정말 재밌게 놀아다야. 몇 년 후에는 우리 돼지띠 동갑들이 또 꿀꿀이 팀이라고 해서 일여덟 명이 일주일 아니면 두 주일에 한 번씩 등산도 하고 야유회도 하고 명절에도 모임 하고 하면서 진짜 재밌게 지낸다야.

―정말 잘 하는 거야. 짧은 인생 그렇게 즐기면서 살아야지.

―난 내가 살아 온 거 생각하면 후회 없이 살았다 싶어… 열심히 살았다 싶어. 회사에 칠팔년 다니면서 음식 잘 한다고 인정받으며 살

왔고… 그 다음에 복장 장사 하면서 몇 백 장 몇 천 장씩 도매하면서 정말 신나게 살았거든. 어느 공장에 무슨 브랜드 있다는 걸 알면 가방에 현찰을 십만 위안 팔만 위안 넣고 가서 몽땅 사고 그랬으니까. 내가 현찰을 가방에 칠팔만 위안씩 가지고 다닌다고 우리 정만이 한테 야만 맞기도 했지만 그렇게 현찰 지니고 하루에 공장을 서너 곳 다녔어. 가서 돈을 내고 주소 던져주면 공장에서 다뽀우(打包裹, 포장)해서 보내주거든. 내가 청도에 돌아오면 물건도 도착해. 정말 하루하루 시간이 어떻게 지나는지도 몰랐어. 힘들기도 하고 고생도 많이 했지만 그만큼 신나고 즐거웠어. 한번은 정만이가 스쓰(石獅)라고 하는데서 창고 하나에 있는 물건을 몽땅 떠서 보냈는데 백 몇 박스나 되는 거야. 건데 그때 싸스 때문에 콘테나가 청도시내 안으로 못 들어오는 거야.

— 싸스 때라면 2003년도 일이네.

— 맞아, 그때 우리 아저씨도 집에 없었는데, 그래서 내가 우리 오빠한테 전화해서 오라고 해서 차를 꾸해 가지고 한 콘테나 되는 거 가게로 싣고 와서 둘이서 다 부리고 옮기고 했 다야… 나 이만 하면 열심히 살았지 뭐.

— 그래 니 정말 열심히 살았다.

— 가만히 생각해보면 내가 청도에 와서 한국회사에서부터 후에 복장 장사 하면서까지 거의 삼십년 돼오는데, 누구처럼 마작 한번 쥐어보지도 못하고…(웃음) 화토 한번 쥐어보지도 못하고…(웃음) 정말 열심히 살았구나 하고 느껴.

— 맞아, 너처럼 열심히 살면 못 해낼 일이 뭐 있겠냐. 이제 너그

오빠 정학이 얘기 좀 해봐라. 난 이번에 청도 와서야 정학이가 지난해 세상 떠났다는 걸 알고 깜짝 놀랐어.

—그러게 말이다, 우리 오빠가 나보다 두 살 많은데, 그렇게 빨리 갈 줄 누가 생각이나 했겠나…

—정학이가 나보다 두 해 윗반이었거든. 얼마나 부지런하고 빨랑빨랑했나… 지금도 내 눈앞에 선하다. 어찌 되서 그렇게 빨리 간 거니?

—우리 오빠가 한국 갔다 와서 청도에서 장식회사 했댔어. 세상 떠나는 그날 오후까지도 장식 할 집에 가서 이튿날부터 일 할 준비 다 해놓고는 저녁에 자다가 씬지경써(心肌梗塞, 심근경색)로 갔잖아나…

—아까 정학이가 니랑 같이 한국회사에 들어갔었다고 했잖아. 한국에는 언제 간 거야?

—우리 오빠 얘기 할려면 말이 좀 길어져. 우리 오빠 워낙 눈썰미 좋고 부지런하잖아. 생산부에 들어간 후 바로 기계를 다루고 하니까 처음에 반장 하다가 후에는 처쩬(생산라인)에서 주임으로 있었어. 그런데 워낙 성질이 좀 꼿꼿하잖아, 그러니까 한국 사람들 하고 자꾸 마찰이 생기는 거야. 한국 사람들 가운데 그런 사람 좀 있잖아, 말하는 투부터 딱 사람 무시하는 것처럼 보이는 거 말이야. 우리 오빠는 그런 사람이 싫은 거야, 그래서 무슨 일로 한국 사람하고 다투고는 회사 때려치우고 고향으로 홀 떠나버렸어. 회사에 들어 온지 1년 좀 지나서 말이야. 우리 오빠가 떠난 후 회사에서 연변에서 온 젊은이들 몇 명 받아들였는데 생산을 책임진 김 이사가 맘에 들지 않아 나보

고 자꾸 윤 아저씨를 청도에 다시 나오게 하라고 그러는 거야.

—그래서 다시 회사에 들어온 거야?

—응. 몇 달 지나서 우리 오빠가 일이 있어서 청도에 왔는데, 김이사가 알고는 막 모셔오다시피 해서 지용사에 다시 들어와 2004년도까지 10년이나 쭉 있었다니까.

—그럼 한국에는 어떻게 갔길래?

—2004년 지용사가 부도난 거야. 그러니까 우리 오빠가 정만이보고 친구들이 다들 한국에 나갔다며 자기도 한국에 가겠다고 비자수속을 해달라고 한 거야. 그때 한국비자수속이 여전히 칠팔만 위안 할 때였는데, 정만이가 한국 친구한테 부탁해서 우리 오빠가 돈을 안 쓰고 한국에 가게 되였지. 한국에 가서 처음에 정만이가 소개한 빵집에서 일하다가 월급이 적다고 나와서 서광사람들 하고 같이 노가다를 뛰었나봐.

—그럼 중국에는 언제 돌아왔는데?

—한국에서 한 6년 있다가 2010년도에 불법체류자 단속에 걸려 중국에 돌아와 청도로 왔지. 청도에 와서 자기절로 장식회사 했어. 한족 일군들 서너명 데리고 개인 집 아파트 장식도 하고 식당 같은데 장식도 하고. 큰돈은 못 벌어도 남의 회사에 다니는 것보다는 훨씬 많이 벌어 자식들 공부시키고 했는데 그렇게 빨리 세상 떠날 줄이야…

—자식들이 몇인데?

—딸과 아들 둘인데, 둘 다 공부를 정말 잘했어. 우리 오빠가 그때 지용사에 다시 들어오면서 온 집 식구들 다 청도로 데려온 거야. 그

래서 애들이 청도에서 소학교 중학교 다 다녔는데, 우리 조카딸 금란이는 중앙재정대학에 붙었어. 걔는 졸업하고 지금 베이징에 있는데 잘 나간다야.

─윤씨 가문에 재정대학생이 둘이네. 정학이 아들은?

─우리 조카 금성이는 제네 누나와 81년 82년 연륜생이야. 금성이는 2001년 대학시험에서 청양2중 리과 쫭왠(狀元, 수석) 따내고 청도티비(청도TV방송국)에도 나오고 굉장했다. 청양2중이 산동성중점고중이고 청양에서는 최고잖아. 그런데 제1지망을 베이징대학에 쓰고 점수선도 많이 초과했는데 못 간 거야. 어우야… 세상에 어쩜 그런 억울한 일이 다 있는지 몰라. 그때 우리 올케는 너무 속상해서 사나흘 밥도 안 먹고 누워있었어. 그래서 우리 큰동생 정근이가 베이징대학까지 찾아갔댔다. 그래도 뭐 어쩌고 어쩌고 하면서 끝내 못 갔어. 나중에 청도에 있는 중국해양대학에 갔지.

─중국해양대학도 명문대잖아. 전국중점대학이고 985에 211대학이니까.

─나 잘 몰라, 그런 거. 어쨌든 청도에서는 최고로 좋은 대학이라고 하더라. 그래도 야, 베이징대하고는 못 비기잖아. 중국해양대학 졸업하고 금성이도 역시 베이징에 갔는데 무슨 큰 회사에 들어가 잘 쓰인다고 하더라. 베이징에다 아파트도 사고 말이야.

─정학이형이 아들 딸 잘 두었네. 오빠 얘기는 이쯤 하고 이제 부모님 얘기 간단히 해봐라. 내가 대충 알기는 해도 구체적인 건 모르는 게 더 많으니까.

─우리 엄마는, 내가 영건중학교에 다닐 때 대장암에 걸려 하얼빈

병원에 가서 수술하고 치료 받았지만 그래도 2년 후에 세상을 떠나셨어. 그래서 내가 열여덟에 우리 동생들한테 엄마 노릇했지. 그때 막내 정만이가 아홉 살이였으니까. 그때는 농촌에서 모두 일찍 결혼할 때인데 동생들을 위해 내가 결혼을 좀 늦게 했어. 스물넷에 결혼했는데 우리 또래들 가운데 내가 제일 늦게 시집간 거였지.

—아버지는 고향이 어디지? 중국에는 언제 건너왔는지 알아?

—경상북도 지보면이야. 어릴 때부터 우리 아버지가 지보면, 지보면 하는걸 너무 들어서 그건 딱 기억했어. 한국에서 언제 왔는지는 잘 모르지만 연수현 시내에서 멀지않은 옥화라는 곳에 와서 꽤나 오래 살았대.

—아버지가 제대군인 출신인걸로 알고 있는데…

—맞아, 군대 갔다 오셨지. 1950년 열일곱살 때 연수에서 중학교 다니다가 항미원조전쟁에 나갔대. 그런데 말이야, 우리 아버지가 미군들한테 포로 되었다가 1953년에 포로교환하면서 풀려나와 제대했는데, 돌아와서 대우를 못 받은 거야. 중학교 다니다가 갔다 왔으니 지식도 있고 한데 평생 시골에 있었잖아.

—서광에는 언제 왔는데?

—제대해서 얼마 안 돼 서광으로 왔다고 하셨어. 70년대 집체 때부터 서광대대 회계로 십년 넘게 있었잖아.

—그건 알아. 서광에서 너 네 집은 윤회계네 집으로 불렸잖아. 후에 아버지께서 제대군인 대우를 받으셨지?

—받았지. 1980년대 말부터 국가에서 달마다 돈이 나왔어. 2000년부터 달마다 몇 천 원(위안)씩 나왔어. 그래서 우리 아버지는 자식

들한테 부담을 하나도 안주고 살았다니까.

—아까 니가 처음 청도에 와서 한국회사에 들어갔을 때 아버지도 함께 들어갔다고 했잖아.

—맞아, 우리 아버지는 그때 회사에 회계로 들어갔어. 건데 회사에서 회계장부 하는 일이 힘들었던지 일 년 만에 그만 두고 고향에 돌아가 계셨어. 그리고 2010년도에 청도에 다시 오셔서 내가 모시고 살았지. 청도에 사시면서 일 년에 한 두 번씩 아들네 집에 가서 좀 계시고 했었어. 그러다가 2016년 8월초에 문득 대련에 있는 둘째 정근이네 집에 가시겠다는 거야, 그전에 정근네 집에 가겠다는 말씀이 없었는데 말이야. 그래서 비행기 태워 보내드렸는데, 한 달도 안 돼 씬지겅써(심근경색)로 갑자기 세상 떠나셨어.

—아… 마지막 길은 그래도 아들한테 가서 떠나시려고 그랬나봐.

—그러게 말이다. 여든넷에 돌아가셨는데 그만하면 오래 사셨고 돌아가실 때도 고생 한번 안하시고 가셨으니까 우리 아버지 그만하면 복을 누린 셈이야…

—그래도 자식들 마음은 더 오래오래 살았으면 싶은 거지.

—누가 아니래… 어우야, 이젠 그만 얘기하자야, 우리 아버지 얘기하니까 생각나서 눈물이 나온다…

3

"사람은 겉모습으로 판단해서는 안 된다(人不可貌相)"라는 말이 있는데 윤정근의 경우에 해당하는 듯하다. 중앙민족대학 수학과를 졸업하고 오상조선족사범학교에서 교편을 잡고 있던 그가 기업가로 성공했다는 말을 들었을 때 나는 윤정근이가? 하고 잘 믿어지지 않았었다. 내가 생각하기에 윤씨네 4남매 가운데서 유독 어릴 때부터 조용하고 내성적이었던 그는 사범학교에서 쭉 교수로 나아가는 게 제격인듯 싶었던 것이다.

2018년 4월 17일 오후, 고향 후배 백녕씨가 운전하는 차에 앉아 심양에서 대련으로 윤정근을 만나러 가는 길에서도 나는 그가 어떤 모습으로 변해 있을지 궁금하기만 했다.

세 시간 좀 넘게 달려 고속도로 출구에 도착하자 윤정근이가 차를 몰고 와서 기다리고 있었다. 그의 차에 갈아타고 대련 시내로 들어간 우리는 바다가에서 멀지 않은 어느 한식집에서 생선회를 시켜놓고 술을 마시며 이야기를 나누었다.

1962년생인 정근이는 1980년에 대학에 가고 나는 그 보다 2년 앞서 1978년에 대학에 갔다. 생각해보니 각자 대학을 졸업하고 직장에 배치 받아 출근하던 몇 년 동안 설 명절 때는 고향에 돌아가 며칠씩 있었는데도 만났던 기억이 별로 없었다. 1987년 그가 산동성으로 전근돼 간 후로는 한 번도 만나지 못했다. 그러니 한 마을 2년차 선후배인데도 삼십 몇 년 만에 만난 셈이다. 그럼에도 우리는 전혀 서먹서먹한 감이 없었다. 어릴 때부터 한 마을 한 학교에서 함께 자라고 공부했던 기억은 세월이 아무리 흘러도 지워질 수 없기 때문인 것이다.

고향과 고향에서 쌓은 정이라는 것은 그래서 소중한가 보다. 우리는 연신 술잔을 부딪치며 고향에서의 어린 시절로부터 시작해 그동안 각자 걸어온 인생길에 대해 이야기를 나누었다. 서로에 대한 궁금증이 많았고 그런 것들이 하나하나 풀리기 시작했다.

대학졸업 후 오상조선족사범학교에서 수학교사로 근무하며 정근이는 여느 젊은 교사들처럼 선을 몇 번 보고 그 가운데 한 여자와 결혼해 평온한 가정생활에 들어갔다. 직장에서나 가정에서나 그는 온화하고 말수가 적었다. 그처럼 조용조용하던 그가 문득 오상사범을 떠나 산동으로 전근돼 간다고 할 때 사람들은 모두 깜짝 놀라더라며 그는 허허 웃었다.

"베이징에서 4년 생활하다가 오상에 오니 눈이 감기는 거야. 거리에 한 번 나가면 먼지가 풀풀 날리는 게 시골과 별반 차이가 없어보였거든. 차라리 시골이라면 조용하고 깨끗하기나 하겠는데, 이건 아니다 싶더라고. 하지만 그 시기 당장 대도시로 나갈 수도 없잖아. 전근수속을 하기 힘들 때였으니까. 그렇게 한 해 지나고 막내 동생 정만이가 고중2학년에 올라올 때 오상조선족고중에 오라고 했어. 내동생이 나보다도 공부를 더 잘 하는데 방정조중에 그대로 두면 안될 것 같더라고. 오상 시내와 별개로 오상조선족고중은 그때 전성에서도 손꼽히는 조선족고중 이였으니까. 그렇게 돼 동생이 고중을 다니는 동안 오상에 2년 더 있었지. 동생이 대학시험에서 동북재경대학에 붙고 나니까 그제야 이제는 어디를 가든지 오상을 떠나야겠다고 마음을 굳히게 되었어."

여러 경로로 알아본 결과 정근이는 산동성 유방(潍坊)시에서 대외경제무역위원회 등 단위에 근무 할 국가공무원을 모집 한다는 걸 알게 되었다. 그는 유방시인사국에 신청서를 내고 시험에 참가해 합격되었다. 그런데 인사국에서 그를 대외경제무역위원회가 아닌 유방시

국가안전국으로 발령을 내렸다. 시험에 합격된 3명 가운데서 여러 면의 자격으로 볼 때 윤정근이를 국가안전국으로 보내는 것이 가장 적합하다고 인정했던 것이다. 그 시절엔 인사국에서 발령을 내리면 끝이었다. 정근은 할 수 없이 국가안전국에 들어가긴 했지만 있기 싫어 우여곡절 끝에 2년 반 지나 유방시를 떠나 청도로 전근해 갔다.

1990년 여름부터 정근이는 청도중국여행사에서 근무했다. 그때는 중한 경제교류가 민간적인 차원에서 금방 물꼬를 트기 시작했는데 중국여행사나 국제여행사 같은 국영여행사들에서 중요한 가교역할을 하고 있었다. 정근이는 여행사에서 한국 관련 업무를 전담하며 한국기업들의 청도진출을 위해 자문을 제공하고 청도시 정부기관과 교구 향진정부들에 소개시키고 현지 기업들에 매치(对接)하는 등 역할을 담당했다. 그리고 한국관광팀의 가이드를 서기도 했다.

1994년 가을 정근이는 중국여행사에서 사직했다. 오상을 떠난지 7년 만에 그때 말로 쌰하이(下海)한 것이다. 더 이상 공직에 연연하며 철밥통을 지킬 필요가 없었던 것이다. 중국여행사에서 4년 동안 근무하며 그는 자신도 창업해야겠다는 꿈을 꾸며 인맥을 쌓고 창업 자본을 축적하기 시작했다. 여행사에서 나온 후 청도에 진출한 한 한국업체에서 그에게 총경리로 초빙하겠다고 제안했다. 꽤나 규모가 있는 한국회사였다. 정근이는 회사의 제안을 수락하고 부임하기 전 한국 본사에 가서 연수하겠다는 조건을 제기했다. 그렇게 그는 한국 본사에 가서 반년동안 근무하며 연수를 받았다. 그 반년이 그에게는 시장경제를 깊이 있게 이해하고 한국기업의 경영방식을 터득하는 좋은 계기가 되었다.

1995년 8월 정근이는 한국회사의 총경리직을 맡고 회사의 전반 경영과 관리를 책임졌다. 총경리직을 수행하며 자연 정부 관계기관과의 관계처리가 중요한 의사일정에 올랐는데 그 과정에서 풍부한 경험을 쌓았다. 1년 좀 넘어 그는 회사에 사직서를 제출했다.

"외자기업이라는 것은 설립초반 일이년 동안 정부기관이나 관련업체들과 관계처리 그리고 종업원들의 교육 등 사안들이 매우 중요하잖아. 그런 것들이 원만해야 회사가 현지에 정착하고 정상적인 운영에 들어갈 수 있는 거지. 그러고 나면 총경리는 누가 해도 회사가 돌아가게 돼 있어요. 그 시점이 오자 내가 회사에 더 있을 필요가 없더라고. 그리고 솔직히 이제는 내 자신의 회사를 꾸려도 되겠다, 하는 자신감이 서기도 했고."

정근이는 청도에 반 연간 더 머물며 기회를 찾다가 대련으로 갔다. 동생 정만이가 대련에서 수출 업적을 크게 올리고 있을 때였다. 대련에 간 정근이는 한국 바이어들과 접촉하며 작은 오더를 받아 임가공해서 수출했다. 그렇게 실전 경험을 쌓고 창업 자본을 축적하기도 했다.

1998년 5월 정근이는 대련영건(永建)상업무역유한회사를 설립하고 자체의 봉제공장을 오픈했다. 그의 누나 윤정복이가 청도에서 고향 서광촌의 이름을 따서 서광복장이라는 도매매장을 경영하기 전 그가 먼저 고향 영건향의 이름을 따서 무역회사를 설립한 것이다. 윤씨 형제들의 고향 사랑이 돋보이는 대목이라 할 수 있었다.

영건봉제공장에서는 한국에서 모피원단을 들여와 고가의 모피복장을 가공해서 러시아, 호주로 수출했다. 2년 후 한국 원단회사가 부도나고 러시아시장도 여의치 않자 정근이는 봉제공장을 정리했다.

"봉제공장을 하면서 너무 힘들었어요. 특히 모피복장은 가공 요구가 너무 높고 까다로운 거야. 내 생각에 복장가공을 계속 하다나면 백 살 살 거 오십 살도 못살 것 같아…(웃음) 그만큼 굉장히 신경 쓰이고 힘들었던 같아. 그래서 원단회사가 부도나자 더 고려할 것 없이 정이 해치운 거야."

정근이는 의류 쪽에서 완전히 손을 떼고 다른 품목으로 눈길을 돌리기 시작했다. 그렇게 접촉한 것이 사료가공과 해산물 가공이었다.

2004년 그는 대련기릉(祺隆)국제무역유한회사를 새로 설립했다. 산동성과 료녕성의 풍부한 곡물자원과 해산물자원을 이용해 사료와 해산물가공품을 한국, 일본, 미국, 캐나다로 수출했다. 수출 규모가 늘어나면서 그는 해외 바이어들과 공동으로 산동성 일조시와 유방시에 있는 협력공장에 투자해 해산물가공기지를 설립했다. 가공기지는 현지 협력업체에서 경영하고 기릉무역회사에서 가져오는 주문을 전문 가공하는 방식으로 운영되고 있다.

"장사를 아주 쿨하게 하는구만. 겉보기에 정근이 자네는 장사할 사람이 아닌 것 같은데…(웃음)"

내가 웃으면서 말했다.

"그러니까 크게 못하잖아, 지금까지." 정근이의 대답이었다. "장사하는 사람은 운이 엄청 따라주어야 해. 운이라는 게 참 이상해요. 돈 버는 사람 보면 잘 나서가 아니고 절반이상은 그만큼 운이 따라주어서 그런 것 같더라고. 아무리 발버둥 치고 똑똑한 사람이라도 운이 안 따라주면 돈이 안 따르더라고…(웃음)"

"글쎄…(웃음) 정만이를 보면 이 사람은 진짜 장사할 사람이구나, 하는 감이 들잖아."

"내 동생이 그런 것도 있지만… 운도 참 잘 따라주었어. 여기 대련에 있을 때도 (대외무역)회사가 좋은 것도 있지만 바이어들이 줄줄 따르더라고. 그때 거래하던 바이들이 지금까지도 하고 있잖아. 그런 것도 다 운이라니까."

우리의 대화는 좀 엉뚱한 게 흘러가고 있는 듯싶었다. 그래서 나는 말머리를 슬쩍 돌려 내가 서광사람들 취재에 나서게 된 동기와 진행 상황에 대해 소개했다. 나의 말을 조용히 듣고 난 정근이가 자신의 견해를 피력했다.

"나는 그렇게 생각해… 조선족들이 우리 세대는 개혁개방이 금방 시작되면서 고생고생하며 겨우 농촌을 떠나왔잖아요, 솔직히 형님이나 나나 다른 방법이 있었나 뭐, 공부 열심히 해서 대학 가는 길밖에. 그리고 좀 지나서 한국 바람이 불고하며 해외진출 길이 열리고 조선족들이 해외로 많이 나가게 되었고. 그래서 우리 조선족들이 이젠 좀 살만하게 되었잖아요. 그런데 보면, 지금까지 우리 세대든 우리 윗세대든 그저 돈, 돈… 돈밖에 모르고 살아온 것 같아."

"맞아. 우선 생존해야 하니까, 그리고 더 나은 삶을 살고 싶으니까."

"그렇죠, 먹고 살아야 하니까, 전보다 조금이라도 더 잘 살아야 하니까 그래서 그저 돈, 돈, 돈 하며 살아오고, 그쪽으로 힘을 쓰며 살아왔는데, 그러나 이제부터는 우리 세대든 우리 아래 세대든 그러지 말자는 거예요. 사람이 성공이라는 건 여러 가지가 있잖아요, 어떤 사람은 머리가 특별히 총명해 사업가로 될 가능성이 있고, 또 어떤 사람은 예술적으로 기질이 있어서 예술가가 될 수도 있고… 또 다른 어떤 가능성, 여러 가지가 있잖아요, 성공 이라는 건. 그래서 내 생각에는 우리 조선족들도 이제는 좀 먹고 살만 하니까 적어도 우리 다음 세대부터는 자기 꿈을 찾아서 성공하도록 해라, 그래야 될 것 같아요.

"맞아, 그래야 사람 사는 의미가 있을 거니까."

"그럼요, 내 경우를 보더라도 어릴 때 그림 그리기를 좋아하고, 책을 보면서 생각이 좀 많았어… 이제 와서 나이가 좀 들고, 먹고 사는 것도 걱정이 없는 상황이고 하니까, 이제 내가 뭐 할까, 뭘 할 수 있을까 하는 생각을 하게 되더라고. 그래서 생각해보니까, 아 옛날에 어렸을 때 내가 그런 꿈이 있었지, 그런 꿈을 어떻게 실현할 수 없을까… 생각하다가 사진 촬영이 맞을 것 같더라고. 그래서 시작하고 보니 감각이 와요. 예술 사진이라고 하면 그런 예술적인 감각이 좀 있어야 되잖아, 그런 느낌이 있어야 하잖아, 해보니까 되더라고. 그래서 몇 년 동안 사진 촬영을 해 온 거야."

"사진 촬영은 언제부터 시작했길래?"

"이제 한지 거의 4년 되었으니까 2014년부터 시작한 거지. 지금 사진 촬영은 필름(胶片)으로부터 디지털로 넘어왔잖아요, 이전과 완전히 다르거든. 사진 찍는 것도 중요하지만 후반작업(后期制作)이 굉장히 중요해요. 50% 차지한다고 보면 돼. 예술 감각이 있어서 어떤 장면을 잡았어, 그럼 그것을 작품으로 완성하기까지 엄청 시간과 정력이 들어가야 해요. 디지털이니까 젊은 사람들이 훨씬 잘하고, 나이 먹은 사람은 좀 힘들어요. 난 그래도 열심히 배우고 하니까 극복이 되더라고…(웃음)"

"사진을 보면 인물 사진, 풍광 사진… 뭐 이렇게 나뉘는 거 같은데, 어느 쪽으로 하고 있지?"

"난 주로 풍광 쪽으로 많이 해요."

"무슨 전시회에 참가했다고 들었는데…"

"전시회는 이미 몇 번 참가했어요. 이제 한 달 뒤 5월 19일날 광주에서 〈시각중국&500px풍광사진부락—100명풍광사진작가작품전시회(视觉中国&500px 风光摄影部落"100位风光摄影师作品邀请展)〉가 개최되는데, 거기에 내 사진작품 한 점이 들어가 있어. 사진을 이미 광주에 보냈는데, 지금 한창 준비 중이거든."

"500px라는 게 뭔데?"

"500px는 전 세계적으로 가장 유명한 사진전시웹사이트야. 사진하는 사람들이 전문 작품을 전시하는 곳인데, 중국에 바이뚜(百度)와 비슷하다고 보면 되요. 사진작가들은 다 알아."

"아, 그럼 5월 달에 광주에서 한다는 건 500px에서 100명 중국 사진작가를 선정해 그들의 작품을 전시한단 말이지?"

"맞아, 100명 사진작가들이 작품을 한 점씩만 출품하게 돼 있어요."

"중국에 사진작가들이 엄청 많을 텐데, 100명 선정하는데 들어갔으면 대단한 거네."

"그렇게 대단한 건 아니고… 필경은 아마추어니까, 전업 작가가 아니고. 아마추어들 가운데서는 조금 알려져 있다고 해야 하나? …
(웃음)"

"주로 풍광 쪽으로 하면 사진 촬영하러 많이 다녀야 할 텐데…"

"시간과 정력이 엄청 들어가요. 주말이면 차 운전해서 야외로 나가
는데, 보통 오후 한시에 출발해 수십 킬로미터 백 킬로미터 달려 목
적지에 가서 서너 시간 대여섯 시간 엎드려 찍어온 사진 가운데 한
장만 건져도 큰 수확이고 한 장도 못 건질 때가 많아요. 후반작업 하
는 것도 사진 한 장에 서너 시간씩 걸려요."

"모든 예술 작품은 다 그만큼 노력하고 신고해야 얻을 수 있는 거
잖아. 쉽게 성공하는 건 없으니까."

"맞아요. 내가 왜서 사진 촬영 얘기를 했는가 하면, 내 경험으로
봐도 방금 이미 얘기했지만 이제는 우리 조선족들도 꿈을 가지고 살
자, 이렇게 말하고 싶어서예요. 조선족들 모이면 그저 돈타령 하는데
그러지 말자… 물론 아직 가난한 사람이 적잖을 테고, 그래서 돈 돈
하는 걸 이해 못하는 건 아니지만, 그러나 우리 다음 세대부터는 그
러지 말자, 꿈을 갖도록 하자, 그래서 과학자도 나오고 예술가도 나
오고 사업가도 나오고… 성공이라는 건 여러 가지가 있잖아요, 어떤
분야의 순수한 장인(匠人)이 될 수도 있는거고… 그런 것이 다 성공이
라고 할 수 있잖아요."

"돈 버는 것만이 성공이 아니다…"

"그렇죠. 다양하게 각자의 꿈이 있는, 그래서 형님 말처럼 의미 있
는 삶을 살도록 해보자, 이거에요."

정근이를 만나기전 이미 오륙십 명 서광촌사람들을 찾아 취재했지

만 정근이처럼 우리 세대와 우리 아래 세대의 앞날에 대해 자신의 확실한 견해를 투철하게 얘기한 사람은 없었다. 무엇보다 그는 자신이 이미 앞장서서 그것을 실천해오고 있는 것이다.

우리는 더욱 많은 서광사람들이 자신만의 꿈을 갖고 그 꿈을 실현하기 위해 살아가기를 기원하며 건배했다.

김씨네 4남매의 베이징

김혜민과 그의 동생들

1

2019년 5월 13일 늦은 오후, 김씨네 4남매의 맏이인 김혜민과 만나기로 약속한 나는 베이징 왕징 부통(阜通)역에서 지하철14호선을 타고 세 번째 역인 장대(将台)역에서 내려 조양구장대로방원리(朝阳区将台路芳园里) 갑12번지(甲12号)베이징시 금잔디이중언어유치원(根姆赞蒂双语幼儿园)을 찾아갔다. 6~7층짜리 오래된 건물들 위주인 방원리 주택가의 비스듬히 뻗은 거리를 둬 번 돌아 목적지를 찾아간 나는 눈앞의 정경에 크게 놀라지 않을 수 없었다.

넓은 운동장과 아름드리 소나무에 둘러싸인 3층짜리 웅장한 교사(校舍)는 도시의 웬만한 소학교보다도 규모가 더 커보였던 것이다. 더군다나 여기는 수도 베이징에서 촌토촌금(寸土寸金)이라 할 수 있는 오환이내(五环以内) 지역 사환(四环) 바로 옆이 아닌가.

꼭 닫혀 있는 철책 대문 앞에서 잠깐 교정 안팎을 살펴보던 나의 눈길은 대문 왼쪽 붉은 벽돌 담벼락에 걸려있는 열 몇 개의 편액(牌匾)에 가서 멎었다. "베이징시일급일류유치원(北京市一级一类幼儿园)", "베이징시육아교육선진단위(北京市辛勤育苗先进单位)" "중국사회조직등급평정(中国社会组织评估等级)-AAAA", "베이징청년정치대학학전교육실습훈련기지(北京青年政治学院学前教育实训基地)", "전국청소년예체능활동조직위원회-아동예능교육양성기지(全国青少年才艺展示活动组织委员会-儿童表演类定点教学培训基地)"……대부분 동철판(铜板)으로 만들어진 편액들은 모두 유치원에서 따낸 영예와 자격 그리고 실력을 보여주고 증명하는 것들이었다.

내가 편액을 하나하나 읽어보는 사이 대문 앞에는 사람들이 모여들기 시작했는데 모두 유치원에 애들을 데리러 온 학부모들 같았다. 나는 그들 중 손녀가 중반에 다닌다는 연세 지긋한 노인과 애기를 나누어보았다.

"금잔디유치원이 어떻습니까? 손녀가 다니기 좋아하나요?"

"좋아하고말고. 우리 손녀가 소소반(小小班)부터 다녔으니까 거의 3년 되었는데, 하루 세끼 식사에 두 번 간식까지 음식을 정말 잘 해 준다오. 채소도 전부 유치원 야채 기지에서 직접 가꾼 유기농이구. 이 근처 사립유치원 가운데서는 제일 좋다고 소문났으니까."

"아 네 그래요. 애들이 놀고 배우고 하는 건 어떻습니까?"

"거야 더 말할 것 없지. 이렇게 큰 운동장을 갖고 있는 유치원은 전 베이징시에도 몇 개 없을 테니까. 운동장뿐 아니라 건물도 워낙 크다보니까 안에 교실도 널찍하다오. 그러니 놀이기구도 많고 애들이 마음껏 뛰어논다니까."

노인은 금잔디유치원에 대한 칭찬을 아끼지 않았다. 내가 애들이 배우는 건 어떤가 재차 묻자 노인은 손을 들어 편액들을 가리켰다.

"이 편액들에 씌어 진 것처럼 문예활동을 굉장히 중시한다오. 악기, 그림그리기 같은 특장반도 있고. 그리고 금잔디는 이중언어(双语)유치원이지 않나, 영어는 기본으로 배우고 있지. 이 유치원은 처음에 미국사람이 투자해서 만든 건데, 시설이나 배우는 거나 모두 국제유치원 표준이거든."

"그럼 학비가 비싸겠네요?"

"학비? 좀 비싸지. 일반 사립유치원보다는 조금 비싸지만 그래도 국제유치원보다는 많이 싸니까 애들을 다 여기에 보낸다니까…."

노인과의 얘기는 유치원에서 애들이 줄을 지어 운동장으로 나오면서 끝났다. 하교한 모양이었다. 철책 대문이 1미터 간격으로 열리자 대문 가까이 줄을 서서 기다리던 이십여 명 애들이 자신들을 거느리고 있는 두 명 선생님과 서로 마주보며 허리 굽혀 큰 소리로 인사했다. 그러고 나서 선생님이 애들을 한 명씩 호명하고는 대문 앞에 대기하고 있는 학부모에게 인계해주었다. 어림잡아 300명이 넘어 보이는 유치원생들이 질서정연하게 불과 몇 십분 만에 학부모들의 손에 이끌려 유치원을 떠났다.

나는 비로소 약속보다 조금 늦은 시간에 유치원 2층에 있는 원장실에 찾아갔다. 오륙 평방미터 밖에 안 되는 공간에 사무용 책상과 2인용 소파가 달랑 놓여있는 원장 사무실은 5천4백여 평방미터 부지에 우뚝 솟아있는 3천8백 평방미터 교사에 비하면 너무나 작고 소박했다. 나를 반갑게 맞아준 김혜민 원장도 소박하고 꾸밈이 없었고 여전히 예전의 친절하고 상냥한 고향 누나의 모습이었다.

오랜만에 만난 우리는 자연 고향과 고향사람들에 대한 애기부터 나누었다. 1957년생인 김 원장은 나보다 세 개 학년 위였고 그의 바로 아래 동생 김영애는 나와 같은 반이였다. 영애의 아버지는 그 시절 농촌에서 흔치않은 뜨락또르 운전수였는데 1970년대 초반 서광대대에서 그를 상지현 마연향이라는 곳에서 기술자로 데려오면서 이사 오게 되었던 것이다. 서광으로 이사 온 후 영애 네는 우리 집과 같은 생산대 소속이었다. 어쨌거나 우리는 고향 서광에 대한 많은 기억을 함께 하고 있었다.

그의 가족에 대해 가장 기억에 남는 것은 영애의 부친이 세상 떠난 일이다. 내가 초중 2학년에 다니던 1974년 가을이었는데 그의 부친이 대대의 파견으로 물건 실으러 외지에 갔다 오다가 사고가 나며 당장에서 목숨을 잃었던 것이다.

당시 서광촌으로 말하면 큰 사건이었다. 사망소식은 가족들 먼저 대대부에 전해졌고 대대에서는 즉각 혁명위원회(현재 촌민위원회) 회의를 소집하고 사건처리의견을 내왔다. 당시 아홉 살 밖에 안 되는 영애의 남동생 기광이가 18세 성인이 될 때까지 대대에서 책임진다는 등의 내용이었다. 그런데 당시 혁명위원회주임인 리상영을 포함해 위원들 그 누구도 영애네 집에 사망소식을 전해주러 가려고 하지 않았다. 결국 십여 명 위원 가운데 한 사람인 나의 부친이 먼저 영애네 집에 가서 알리고 리상영 지서를 비롯한 기타 위원들이 뒤따라갔다고 한다. 그날 밤늦게 집에 돌아온 부친께서 얘기해서야 나도 알게 되었는데 그래서 지금껏 그 일을 또렷이 기억하고 있었던 것이다.

"그때 내가 열일곱 살 이였거든. 말 그대로 하늘이 무너진 것 같았어. 여동생 둘과 남동생 모두 어리고 엄마도 몸이 안 좋아 생산대에서 공수도 별로 벌지 못하고… 가족의 중임이 대번에 내 어깨에 놓여진 거였어."

대대에서는 그때 방정현조선족중학교를 갓 졸업한 김순애(김혜민의 본명)를 민영교원으로 채용하고 서광학교유치원에서 애들을 가르치게 했다. 1970년대 그 시절 농사일을 하지 않으면 출로가 거의 없던 시골 청년들에게, 특히 젊은 여성들에게 마을 학교의 민영교원으로 된다는 것은 큰 행운이였다. 성격이 온유하고 상냥한 그는 대뜸 유치원 어린이들이 졸졸 따르는 선생님이 되었다. 어려서부터 춤과 노래에 소질이 있는 그는 애들에게 자신이 직접 안무한 무용을 가르쳐 대대와 공사의 운동회나 문예공연에 출연해 큰 환영을 받았다. 서광학교유치원무용대는 현문예경연에도 참가해 여러 차례 우수상을 따내면서 순애는 전현에서 이름을 날리기도 했는데 방정현부녀련합회(妇联会)에서는 영건공사에 김순애를 "3.8붉은기수(三八红旗手)"로 추천하라며 정원을 특별히 내려 보내기도 했다.

세월이 흘러 어느덧 순애는 혼기를 넘긴 스물 몇 살 처녀가 되었다. 그동안 중매가 적잖게 들어왔지만 모두 성사되지 않았다. 하긴 성사될 리 없었다. 아무리 "민영"이라는 이름이 붙긴 했어도 민영교원도 교원인데 소개 들어오는 총각은 거의 모두 농민이었다. 그래서 마음이 내키지 않는 것도 있었지만 맏이로서 그는 아직 어린 동생들을 두고 일찍 시집가고 싶지 않았다. 후에는 아예 선보러 가지도 않았다.

'언제까지 이러고 있을 수는 없지 않는가? 민영교원이 아닌 국가 정식 교원이 되기 위해 한번 노력해 보자!'

사실 몇 년 전부터 순애는 자신도 국가 정식 교원이 되었으면 하고 은근히 바랐지만 사범학교에 추천되는 등등 기회가 그에게 차례지지 않았다. 그 무렵 대학입시제도가 회복돼 농촌청년들이 자기의 힘으로 운명을 개변할 기회가 생겼다. 순애의 서광학교 선배와 후배 칠팔 명이 대학시험에 성공해 서광을 떠났다. 1979년 스물두 살 되던 해 순애는 유치원선생을 그만두고 복습반에 다니기 시작했다. 조용하게 공부하느라 창고 벽에다 복습재료를 붙여 놓고 문제를 외우기도 했다. 이듬해 상지조중 복습반에 가서 공부했지만 다시 한 번 낙방한 순애는 그제야 대학입시를 포기했다. 어려서부터 학급에서 중등정도 밖에 안 되었던 자신의 실력으로 시험에 합격될 수 없다는 것을 시인해야 했다. 그리고 그때 그는 이미 스물세 살, 또래 처녀들은 거의 다 시집가고 없었다.

'자습이라도 해서 외국어를 배우자!'

순애는 고심 끝에 이런 결단을 내렸다. 중학교마다 외국어교원이 시급히 수요하던 시기였다. 여느 사람들 눈에 시골소학교 유치원선 생을 하던 사람이 중학교 외국어교원을 꿈꾸는 것은 어딘가 무모해 보이기도 하겠지만 순애는 한번 도전해보고 싶었다. 중학교에 들어 갈 수 없더라도 개혁개방이 금방 시작돼 시대가 발전하면서 외국어 인재가 대량 수요 될 것이니 외국어를 배워두면 어디에 가든 써먹을 수 있을 것이라고 그는 믿었다.

순애는 안인수 선생을 찾아갔다. 1950년대부터 서광학교 교장으로 계시다가 1960년대 말에 방정현성과 가까운 신성촌 소학교 교장으로 전근한 안선생은 방정현에서 일본어를 가장 잘 하는 선생으로 소문났는데 1980년대에 흑룡강성오상조선족사범학교 일본어 교수로 전근되었다. 안 선생은 순애를 흔쾌히 제자로 받아들였다. 자기의 운명을 스스로 개변시켜 보겠다는 시골처녀의 의지와 용기가 그를 감동시켰던 것이다.

그렇게 공부를 시작한지 얼마 안 돼 방정현성에 사는 한족 처녀애가 또 안 선생한테 일본어를 배우러 왔다. 인물체격이 출중한 처녀애와 동창이 된 순애는 자기도 모르게 심리적 부담을 느꼈다. 비록 키는 크지 않고 인물도 수수했지만 매사에 항상 당당했던 순애는 처음으로 자신의 외모에 대한 불만에서 오는 콤플렉스가 생겼다. 그러다 보니 그의 눈에 안 선생님이 한족 처녀애를 더 중시하고 더 잘 대해 주는 것만 같았다. 그럴 리 없다고 애써 부인했지만 이 또한 그에게 적잖은 심리적 부담을 안겨주었다.

"지금 생각하면 20대 젊은 나이에 자기보다 외모가 출중한 처녀애와 매일 함께 있다 보면 같은 여자로서 그런 느낌을 받는 것은 자연스러운 일이잖아, 인지상정이라고도 할 수 있는데, 그때는 아니더라구, 조금 힘들었지. 그래서 더욱 이를 악물고 공부에 열중했던 거야."

김혜민 원장이 웃으면서 말했다.

방정현은 중국에서 일본교민이 가장 많은 곳이다. 1945년 일본이 투항하면서 당시 북만지역 일본개척단들이 귀국하기 위해 방정현 이

한통(伊汉通)이라는 곳에 위치한 송화강부두로 대거 집결하면서 5~6천 명에 달하는 아녀자와 어린애들을 버리고 떠나갔던 것이다. 버려진 그들은 모두 중국인에게 시집가거나 입양되었는데 1972년 9월 중일수교이후 "일본유고(日本遺孤)"라고 불리는 일본인과 그들의 가족까지 수 만 명이 일본으로 귀국했다. 자연 방정현은 일본과의 교류가 활발한 지역으로 되었고 일본어인재가 많이 수요되었다. 안 선생은 일본어통역으로 나설 때 두 학생을 데리고 다니며 될수록 그들에게 일본어 실천기회를 주었다. 그럴 때면 순애는 한족 처녀애보다 훨씬 유창하게 통역을 했다. 후에는 순애가 안 선생을 대신해 통역임무를 완수하기도 했다.

"그때 정말 깊이 느끼게 되더라구. 여자로 태어나서 외모가 물론 중요하긴 하지만, 외모가 수수하더라도 실력과 능력만 키우면 얼마든지 새로운 삶을 살 수 있겠구나, 그러니 결국 외모보다도 실력과 능력이 더 중요하구나, 하고 말이야."

1982년, 김순애는 탕원현조선족중학교 일본어교원으로 초빙되었다. 그리고 후에 당시 교사 채용 방식의 하나인 "내부모집(內招)"에 합격돼 사범학교 통신교육(函授学习)을 마치고 1984년에 국가정식교원으로 되었다. 그때 그는 이미 스물일곱 살로 당시로 말하면 노처녀였다. 그동안 중매가 끊이지 않고 선도 적잖게 보았지만 마음에 드는 사람을 만나지 못했는데 탕원조중 동료선생이 계동조중 수학교원인 자기의 외조카 황 선생을 순애에게 소개했다.

서른을 바라보는 처녀 총각은 만나자마자 첫 눈에 정이 들었다. 세상에는 사람이 많고 많지만 연분이 있는 사람은 따로 있다는 말이 하나도 틀린데 없는 것 같았다. 1985년 11월에 그들은 결혼식을 올렸다. 결혼과 함께 남편도 탕원조중으로 전근돼 왔고 이듬해 아들 준호가 태어났다.

결혼하고 애 기르는 워킴맘(在職妈妈)들이 다 그러하듯 순애도 출근하랴 애 돌보랴 몇 년 동안 눈코 뜰 새 없이 바쁜 나날을 보냈다. 그래도 그는 행복했다. 힘든 줄도 몰랐다. 그런데 아들애가 무럭무럭 자라면서 돈 쓸 일은 점점 많아지는데 노임은 오르지 않았고 쥐꼬리만 한 그 노임마저 체불할 때가 많았다. 바로 그 무렵 한국바람이 일기 시작했다. 일부 동료들과 주변의 친구들이 처음엔 친척방문으로 한국에 가서 약장사를 해 돈을 벌어오는 것을 시작으로 나중엔 직장에 무급여휴직(停薪留職) 신청을 내고 큰 돈 벌러 한국으로 떠나는 사람들이 갈수록 많아졌다. 1980년대 말부터 1990년대 전반에 거쳐 펼쳐진 중국조선족사회의 풍경이었다.

순애도 마음이 조금 흔들리긴 했지만 직장을 떠날 생각은 전혀 없었다. 시골학교 민영교원 유치원선생으로부터 현급 중학교의 외국어교원이 된 순애는 현재의 직장이 너무나 소중했던 것이다. 하지만 돈도 벌어야 했다. 고심 끝에 순애가 선택한 것은 방학기간을 이용한 러시아 보따리장사였다. 우즈베키에 시댁의 먼 친척이 있었던 것이다.

1989년부터 순애는 일 년에 두 세 번 씩 러시아와 우즈베키를 다녀오며 옷 장사를 했다. 생각밖에 노임보다 훨씬 많은 돈이 수중에 들어왔다. 그렇게 시작된 돈벌이는 갈수록 걷잡을 수 없었다. 돈도 돈이지만 순애는 돈을 버는 그 과정에서 삶의 또 다른 성취감을 느끼고 있었다. 그때 몇 년 전 베이징에 진출한 둘째 여동생 경애와 남동생 기광이가 그를 보고 아예 베이징에 나오라고 독촉했다.

1993년 순애는 베이징으로 진출했다.

2

김씨네 4남매 가운데 막내 기광이가 맨 먼저 베이징에 진출했다.

세 누나와 달리 기광이는 어려서부터 공부를 특별하게 잘했는데 학급에서 항상 1,2등을 차지했고 반장에다 학생회 부회장으로 활약하기도 했다. 총명이 과인한 그는 또 장난도 심해 또래 애들을 대동해서 말썽을 피우기도 했다. 고중에 올라와서는 연애까지 하는 등 상황이 비교적 엄중해 퇴학처분을 받아 몇 달 동안 학교에도 못가고 집에서 놀아야 했다. 어렵게 복학하고 보니 대학입시까지 1년 반 좀 넘게 남았다. 그때 교장선생님께서 기광이를 불러놓고 방정조중에서는 아무래도 집중력이 떨어져 공부를 제대로 할 수 없을 것 같으니 아쉽지만 그 자신을 위해서는 누나가 있는 탕원조중으로 전학하는 게 더 좋겠다고 권고하셨다.

탕원조중에 가서 얼마 안 돼 기말시험을 치르게 되었는데 기광이는 겨우 30등에 들었다. 공부성적이 종래로 3등 아래로 내려가 본 적이 없는 그는 큰 충격을 받았다. 그제야 그는 정신을 똑바로 차리고 일심정력으로 공부에 달라붙었다. 다음 학기 1차 월고에서 그는 3등으로 올라왔고 2차 월고에서는 1등을 차지했다. 1984년 대학입시 제1차시험(初考)을 치른 후 치질수술을 받은 그는 20일 동안 교실에 나갈 수 없어 복습에 지장을 받았다. 그래도 그해 최종시험(终考)에서 그는 683점이라는 높은 점수를 맞았다. 그 점수로 베이징대학에도 갈수 있었지만 감히 지망을 쓰지 못했던 그는 입학점수선보다 20여점 더 높은 성적으로 베이징항천항공대학 전기공학(电子工程)학부에 붙었다.

1986년에 전공(专业)을 가르면서 기광이는 비행기설계전공을 선택했다. 그런데 군수산업실습(军工实习)을 위한 신체검사에서 색약(色弱)이라는 검사결과가 나오며 그는 전공을 바꿔야 했다. 자기가 좋아하는 전공을 포기할 수밖에 없었던 그는 자신의 향후 출로에 대해 고민하지 않을 수 없었다.

그 무렵 베이징에는 서광촌출신 대학생과 연구생들이 기광이를 포함해 5명이나 있었다. 그 가운데 둘은 그의 선배들이고 둘은 어려서부터 함께 자란 한반 동창들이었다. 어느 날 중국정법대학에서 석사 공부를 하고 있는 리명철 선배를 찾아갔더니 그의 고민을 듣고 나서 그럼 일본유학을 한번 고려해보는 게 어떠냐고 말했다.

일본유학?!

기광이는 귀가 번쩍 띄는 것 같았다. 자신의 일본어 실력으로 언어는 전혀 문제가 될 것 같지 않았다. 그런데 일본유학 가려면 3~4만 위안이나 수요 된다는데 그 많은 돈을 어떻게 마련한단 말인가? 그에게 그것은 천문학적 숫자나 다름없었다.

돈을 벌어보자!

고민 끝에 그는 이런 결단을 내렸다. 돈을 어떻게 벌어야 할지 아직 막연하긴 했지만 그는 자신의 능력으로 얼마든지 벌수 있을 것 같았다.

그는 베이징사범대학에서 공부하고 있는 김홍국 선배를 찾아갔다. 홍국형 숙사에서 먹고 자며 돈벌이 구멍수가 없는지 정보를 수집하고 토론하고 연구했다. 그러던 어느 날 해정구(海淀区)에 운집해 있는 베이징명문고중들의 대학입시모의시험지(高考模拟题)가 베이징사범대학 교수들 손에서 적잖게 출제된다는 것을 알게 되었다.

해정구대학입시모의시험지(海淀区高考模拟题)!

기광이는 바로 이거야, 하고 무릎을 탁 쳤다. 해정구의 대학모의시험은 전국 대학입시의 풍향계와도 같은 역할을 하고 있었는데 그 시험지들을 구해서 정보가 상대적으로 늦은 외성에 제공하면 돈을 벌수 있을 것 같았다.

기광이는 곧바로 시험지장사에 착수했다. 그때 이미 수십 명에 달했던 서광촌출신 대학생들 가운데서 가장 먼저 상업활동을 시작한 그는 그렇게 "방게를 처음 먹어본" 대학생이 되었다. 그는 먼저 여러 경로로 모의 시험지를 구입한 후 서광촌 사람과 연고가 있는 베이징 모 출판사 직원을 찾아가 시험지들을 인쇄했다. 그리고 동창의 동창을 동원하는 방식으로 베이징 50여개 대학에 판매망을 만들고 새학기 입학하는 신입생들에게 도매가격으로 넘겨 그들로 하여금 전국 각지 자신들의 모교에 제공하도록 했다. 그렇게 2급 3급 도매가 형성되며 해전구대학입시모의시험지는 신속하게 전국 각지 중학교로 제공되었다. 기광이는 매 한벌(一套) 시험지에 한정가를 정하고 도매자들이 그 범위안에서 자율로 가격을 정해 팔도록 했는데 그러다보니 여러 중학교들에서는 아주 저렴한 가격으로 매우 빠른 시일 내에 시험지들을 제공받을 수 있었다. 기광이 자신은 한벌 시험지에 1원

50전 이윤을 남겼는데 한 달 만에 8만여 위안을 벌었다.

　기광이는 그렇게 번 돈으로 일본유학 수속을 시작했다. 장사를 계속하면 더 큰 돈을 벌수 있을 테지만 그때까지만 해도 그는 돈보다 공부가 더 중요하게 생각되었다. 그런데 유학수속은 그가 사기당하는 것으로 끝났다. 그의 돈을 뜯어내려 작정하고 달려든 사기꾼 한테 고스란히 당했던 것이다. 어려서부터 머리가 정말 비상하다는 말을 내내 들어온 기광이는 자신이 사기 당했다는 사실이 믿기지 않았지만 인정할 수밖에 없었다.

　그해 겨울방학 고향에 돌아오니 전혀 생각지 못했던 일이 또 기다리고 있었다. 그의 엄마가 향정부 마을에 식당을 차렸다가 문을 닫았는데 고리대금를 갚지 못해 빚쟁이들한테 시달리고 있었던 것이다. 자그마치 5만 위안이었다. 그는 엄마를 대신해 빚을 깨끗이 청산해 버렸다. 결국 시험지장사로 번 8만여 위안 돈이 한 푼도 안 남고 날아가버렸다.

　쉽다면 쉽고 어렵다면 어렵게 번 뭉치돈이었다. 유학비용을 벌겠노라고 한 학기 동안 교실에 별로 붙어있지도 않고 넓은 베이징시내를 동분서주하며 뭉치돈을 벌긴 했지만 유학도 못가 게 되었는데 그나마 남은 돈으로 엉뚱하게도 엄마를 빚 구덩이에서 구할 수 있어 다행이었다. 그때 당시 시골에서 5만 위안은 거금이었고 그가 대신 갚아버리지 않았다면 고리대금이 기하급수적으로 불어날게 뻔했다.

　기광이는 돈을 벌기 시작해서부터 벌었던 돈이 몽땅 없어진 이 전후과정이 어쩌면 하늘이 자신에게 어떤 경고메시지를 내린 건 아닌가 하는 생각이 들었다. 지난날을 돌이켜보며 그는 어려서부터 타고

난 총기에 너무 자신감이 넘쳐 자신의 몸에 자기도 모르게 교만함이 몸에 배어 있었던 건 아닌가 하고 자기반성을 해보게 되었다

어쨌거나 이번 일은 결코 예사롭게 지나칠 일이 아닌 것 같았다. 그는 자신을 반성하는 한편 이번 일을 운명의 어떤 계시로 받아들이기로 하고 대학교에 휴학신청을 했다. 우주항공전문가(航天专家)가 되겠다던 꿈을 접고 상업의 바다에 본격적으로 뛰어들기로 작심했던 것이다. 먼 훗날 기광이는 그때 자신의 선택을 두고 그래도 학업을 마쳤더라면 더 좋았지 않았을까, 하고 후회하기도 했지만 그 한 번의 중대한 선택으로 인해 그의 인생은 누구도 생각지 못했던 쪽으로 방향으로 틀었다.

기광이는 곧바로 하얼빈에 있는 흑룡강성민족경제개발총공사를 찾아갔다. 최수진 총경리가 이끄는 민족경제개발 총공사는 그때 대조선무역으로 수억 위안 무역액과 수천만 위안 이윤세금액을 올려 명성을 크게 떨치고 있었는데 기광이는 중국조선족 최고의 무역회사로 손꼽히는 이 회사에서 자신의 능력을 키우고 싶었던 것이다. 그는 그때 이미 최수진 총경리의 유력한 조수로 손꼽히는 중학교동창 신창명씨의 소개로 최총경리를 만나 뵈었다. 기광이가 베이징항천항공대학 재학생이라는 말을 들은 최총경리의 부리부리한 두 눈이 한번 번쩍 빛나는가 싶더니 이내 미간을 찌푸렸다.

"대학공부를 마치고 우리 회사에 다시 찾아오는 게 더 좋지 않겠소?"

최 총경리가 단도직입적으로 말했다.

"저는 이미 휴학 했는데요…"

기광이는 자신이 시험지장사를 하게 되었던 전후과정을 요약해서 말씀드렸다.

그는 대외무역부 직원으로 채용돼 대조선무역의 중요한 거점의 하나인 연변자치주 도문시로 파견되었다. 그는 대외무역 베테랑으로 불리는 박모 부장의 수하에서 선배들로부터 무역관련 업무를 하나하나 배우고 익혀나갔다. 워낙 타고난 장사 기질이 있는데다 머리 회전이 빠른 그는 얼마 안지나 두각을 나타내기 시작했다. 그는 도문시에서 길림성 통화시, 집안시로 업무를 확장하며 높은 실적을 올려 동료들을 놀라게 했다.

1989년 가을, 기광이는 회사에 사표를 냈다. 1년 7개월 만이였다. 그동안 그 역시 대외무역 베테랑으로 성장했을 뿐만 아니라 돈도 수십만 위안 벌어서 모아두었다. 능력도 키웠고 창업자본도 조금 갖추었으니 그는 이젠 자기도 독립하고 싶었다. 1980년대 후반부터 1990년대 중반까지 흑룡강성민족경제개발 총공사는 저명한 조선족기업가 석산린 총재가 설립한 하얼빈창녕그룹과 더불어 조선족사업가를 배출하는 두 요람으로 불렸다. 흑룡강출신 조선족기업인들 상당수가 이 두 회사에서 경험을 쌓고 실력을 키우고 창업자본까지 마련하고는 독립해 창업했던 것이다.

기광이는 베이징으로 돌아가 먼저 베이징항천항공대학교에 들려 대학수료증(大学肄业证)을 발급받았다. 며칠 후 그는 2만 달러를 들고 천진으로 갔다. 천진에는 중국정법대학에서 연구생공부를 마친 리명철 씨와 중앙민족대학을 졸업한 그의 중학교동창인 김준걸 씨가 그를 기다리고 있었다. 서광촌 출신 세 대학생과 그들의 친구 한 명까지 4명이 합작해 천진상업발전총공사 수출입부를 도급맡아 한국무역부를 설립했다. 그들은 천진경제기술개발구에서 최고급으로 손꼽히는 자운호텔(紫云宾馆)에 방 세 개를 임대해 사무실을 차리고 대한국수출업무를 시작했다. 고사리, 더덕, 도라지를 비롯한 농부산물을 위주로 사료와 주류도 수출했다. 그들은 모태주 5만병 쿼터(配额)를 따내 수출했는데 그때까지 단 한건의 거래로 모태주를 해외로 가장 많이 수출하는 기록을 세우기도 했다.

그러나 그들의 수출입업무는 순탄하지 않았다. 한국회사들과 수출계약을 맺을 때 총공사의 이름으로 체결해야 했는데 총공사에서 한국무역부에서 창출한 이윤을 다른 무역부의 결손을 미봉하는데 돌려버렸다. 한국무역부를 설립할 때 총공사와 맺은 계약에 허점이 있었던 것이다. 그 후에도 총공사와의 관계는 여전히 원만하지 못했다. 결국 그들 넷은 느슨한(松散的) 합작관계로 전환해 각자의 능력에 따라 무역업무를 추진하게 되였는데 기광이는 사료수출 한 가지 품목에서만 800만 위안의 수출액을 달성했다. 한국무역부는 2년도 안돼 끝내 해산되었지만 그동안 그들은 향후 사업발전을 위한 기반을 닦았다. 리명철은 자신의 무역회사를 설립해 천진 무역업계의 새별로 떠올랐고 김준걸은 흑룡강성민족경제개발 총공사 베이징사무소장으로 활약하기도 했다.

기광이는 베이징에 다시 돌아왔다. 사실 천진 한국무역부에 몸을 담고 있으면서도 그는 베이징에 있는 시간이 훨씬 더 많았다. 중국시장에 진출하려는 한국 기업인들이 베이징에 몰려들기 시작하던 시기였다. 그는 선후하여 대우그룹베이징사무소, 코오롱그룹해외개발부에서 근무하며 한국 대기업 중국주재원들과 좋은 관계를 맺었고 그들의 중국시장 개척에 큰 역할을 했다.

기광이는 차츰 베이징의 한국인들 속에서 해결사로 소문나기 시작했다. 기업의 투자자문과 정부 관련부서와의 관계처리는 물론 달러 바꾸는 일까지 그를 찾아오는 사람들이 줄을 지었다. 고향 사람들과 친지들 그리고 그동안 조선과 한국 무역을 하며 사귀었던 친구들도 그를 찾아왔다.

1991년 여름, 기광이는 당시 베이징에서 초호화 5성급 호텔 가운데 하나로서 한국인들이 가장 많이 투숙하는 베이징곤륜호텔(昆仑饭店)에 백여 평방짜리 스위트룸(豪华套间)을 장기계약으로 임대해 사무실을 차렸다. 본격적인 컨설팅회사 업무를 개시한 것이다. 그는 대우, 코오롱, 선경, 우방건설, 태평양화학 등등 한국 굴지의 대기업과 관련업체들에 서비스를 제공하고 이런 기업들과의 합작으로 직접 대내외 무역 업무를 추진해나갔다.

1993년 그는 항천부 소속의 베이징류체기술개발회사(流体技术开发公司)를 도급 맡아 이 회사의 법인대표 겸 총경리로 되었다. 수출입 자격을 소유한 이 회사를 발판으로 그는 한국으로 토산물과 시멘트를 수출하고 당시 한국 3대 화장품회사의 하나인 태평양화학으로부터 화장품을 수입해 베이징에서 가장 큰 규모를 자랑했던 연사백화점(燕莎百货)에 공급하기도 했다.

1994년 여름, 기광은 4년 넘게 임대해 사용했던 곤륜호텔 사무실을 철수했다. 자신의 사업에만 온갖 정력을 집중할 필요를 느꼈던 것이다. 그는 베이징과 천진 그리고 동북3성을 오가며 자신의 회사 설립에 착수했다. 그때 하얼빈금융전문대학을 졸업하고 베이징에 진출한 고향후배 김성욱씨가 함께 사업을 추진했다.

1996년 그는 베이징운광무역회사를 정식 설립하고 연이어 천진, 심양, 하얼빈에다 운광무역분회사를 설치했다. 한국으로부터 월평균 2~3개 컨테이너의 물품이 수입돼 운광무역회사를 통해 전국 각지 대리상과 고객들에게 제공되었다.

그는 조선으로부터 그림, 공예품, 도자기, 도서를 수입해 한국으로 다시 수출하는데도 성공해 세 나라를 아우르는 문화교류의 물꼬를 트기도 했다. 1996년 여름, 운광무역회사는 하얼빈에서 "조선 그림 공예품 도자기 전시회"를 개최하고 300만 위안에 달하는 물품을 전부 한국으로 수출했다.

1995년과 1996년 연속 2년 동안 운광무역회사의 후원으로 흑룡강신문사에서는 "우리 마음의 귀숙은 어디에"라는 수기공모와 지상토론을 벌였다. 운광무역회사에서는 또 흑룡강신문사에 컴퓨터를 기증하기도 했다. 그 몇 년간 기광이는 업무 차 하얼빈에 자주 왔는데 그때 나는 그를 가끔 만나 함께 식사하고 노래방에 놀러 다니기도 했다. 노래방이 한창 흥성하던 시기였다. 기광이를 만날 때면 당시 흑룡강신문사 문예부차장으로 있다가 후에 신문사 사장 겸 총편집으로 된 그의 중학교 한반 동창인 한광천도 늘 함께 만났었다.

1998년 한국에 금융위기가 발생하며 한국과의 수출입무역이 큰 비중을 차지하던 중국의 무역회사들이 직격탄을 맞으며 큰 좌절을 당했다. 운광무역회사도 예외가 아니었다.

하지만 그때 1980년대 말 베이징에 진출해 사업에서 크게 성공한 기광이의 셋 째 누나 경애와 베이징에 온지 몇 년 밖에 안 되는 큰 누나 순애는 한국발 금융위기의 영향을 별로 받지 않고 있었다.

3

김씨네 4남매의 셋째인 경애는 두 언니와 달리 인물체격이 출중했다. 어릴 때부터 그는 또래 남자애들보다도 덩치가 컸는데 중학교에 올라와서 167센치의 늘씬한 키에 예쁜 용모로 어딜 가나 사람들의 눈길을 끌었다. 공부는 쏠쏠했지만 타고난 고운 목소리를 가져 노래도 잘 불러 학교 문예선전대의 독창가수로 무대에 올라 명성을 날리기도 했다. 경애는 조용조용한 언니들과 달리 성격도 괄괄한 편이였는데 무슨 일에든지 말보다 행동이 앞서는 행동파였다.

그런 경애에게 운명은 너무나 이르게 행운과 시련을 함께 가져다 주었다.

그가 초중2학년에 다니던 어느 날이었다. 아버지가 갑작스레 세상을 떠난 후 줄곧 음영이 드리웠던 그의 집에 뜻밖의 소식이 날아들었다. 20여년 전 아버지가 다니던 흑룡강성 가목사시의 어느 단위에서 그의 형제들 가운데 한명에게 일자리를 배치해줄 수 있다는 것이었다.

"엉?! 우리 아버지가 진짜 월급쟁이였댔어?"

아버지 생전에 언젠가 당신이 월급쟁이였다는 말씀을 하시는 걸 들은 적 있긴 하지만 어린 경애는 곧이듣지 않았었다. 아버지가 진짜로 큰 시내에서 월급쟁이였다면 자신들은 시골에서 살 리 만무하다고 생각했던 것이다. 하지만 아버지는 결코 허풍을 치신 게 아니었다. 1950년대에 가목사(佳木斯) 어느 곳에서 월급쟁이로 있던 아버지는 상지현 마연향 경애의 외가집 마을에 놀러왔다가 그의 엄마에게 반해 엄마를 가목사로 데려가 결혼했다고 한다. 그런데 몇 년 안 지나서 경애도 이해할 수 없는 무슨 "대식품시기"가 들이닥쳐 배고픔을 견디다 못해 그의 아버지는 공직을 버리고 그때 서너 살 된 큰언니 순애까지 세 식구가 외가집 마을로 내려왔다는 것이다. 그 후 경애네는 그가 서너 살 때 마연을 떠나 서광으로 이사 왔던 것이다.

가목사에는 경애의 큰아버지가 계셨는데 아버지가 세상 뜬 후 엄마의 부탁으로 아버지의 원래 단위에 몇 번이나 찾아가 청구한 결과 마침내 자식 한명을 "승계(接班)"시키는데 동의했던 것이다.

구경 누굴 보낼 것인가?

그의 집에서는 진지한 토론이 벌어졌다. 큰언니는 자기는 이미 민영교원으로 되었으니 동생들 가운데 누가 가라고 사양했고 나이로 봐서는 둘째언니가 적합한데 둘째언니도 사양했다. 그런데 셋째 경애는 키가 두 언니보다 머리 하나는 크지만 그때 겨우 열네 살이었다.

"셋째를 보내는 거로 하자. 셋째는 덩치가 커서 괜찮을 거다."

엄마가 이렇게 결정지었다. 결국 경애가 어린 나이에 집을 떠나 머나먼 가목사로 가게 되었다. 시골 계집애가 일약 큰 시내의 월급쟁이가 된다는 것은 그때 당시로 말하면 행운이라고 할 수 있지만 장거리 버스에 앉아 가목사로 향하면서 경애는 좋은지 몰랐다. 덩치만 컸지 그는 아직 심성 여린 열 몇 살 소녀에 불과했으니 말이다.

가목사에 도착해 큰집에서 하룻밤 묵고 큰아버지를 따라 시내 남쪽으로 10여 리 떨어진 곳으로 간 경애는 가슴이 대번에 얼어붙었다. 시내가 아닌 무슨 농장으로서 시골과 다름없어 보였던 것이다. 1950년대 아버지가 계시던 직장은 그때 이미 흑룡강생산건설병퇀(兵团) 직속 독립2영(独立二营)에 귀속돼 있었다.

흑룡강생산건설병퇀은 1968년에 중앙에서 1950년대부터 10여 만 명 제대군인들이 북대황을 개발하면서 세운 50여 개 국영농장을 반군사화(半军事化) 관리체제로 개편하며 성립되었는데 몇 년 만에 수십만 하향지식청년들을 받아들여 6개 사단(师)에 69개 퇀(团), 3개 독립영으로 확충되었다.

경애는 가자마자 매일 어른들과 똑같이 엄격한 군사훈련과 고된 노동에 참가해야 했다. 누구도 경애가 이제 겨우 열네 살 밖에 안 된 계집애라는 걸 몰랐고 경애 또한 자신이 나이를 속이고 왔다는 걸 입 밖에 낼 수 없었다. 힘들어도 누구한테 투정할 수도 없었고 울고 싶어도 저녁에 이불속에서나 눈물을 삼키며 울어야 했다.

힘든 나날은 하루하루 지나가고 경애는 차츰 농장생활에 적응되었다. 천성이 낙관적인 그는 어느덧 옛날의 모습을 되찾아 웃기 좋아하고 노래 잘 부르는 발랄한 처녀애로 변해갔다. 월급도 처음엔 8위안 밖에 안 되던 것이 조금씩 올라 나중엔 남방에서 온 지식청년 언니들과 똑같이 32위안 받았다. 겨울이면 또 가족방문휴가(探亲假)로 고향에 돌아와 설을 쇠며 꽤나 오랫동안 보낼 수도 있었다.

1981년 2월 고향에 돌아온 경애는 둘째언니를 따라 서광촌에서 20여 리 떨어진 보흥향 신풍촌 김씨네 집으로 놀러갔다. 양가 부모들 때부터 가깝게 지내온 사이였던 김씨네 집에서 경애는 오상조선족사범학교 교원인 김씨네 둘째아들 김 선생을 처음 만났다. 대학입시제도가 회복되기 이전에 공농병대학생(工農兵大學生)으로 추천받아 흑룡강대학을 졸업한 김 선생은 경애보다 예닐곱살 많았다. 가문을 봐도 김 선생의 부친은 현정부 국장급 간부였다. 경애는 그런 김 선생이 중학교도 채 졸업하지 못한 자신의 삶에 뛰어들 줄 생각지도 못했다.

경애가 가목사로 돌아 온지 얼마 안지나 김 선생이 그에게 편지를 보내오기 시작했다. 중학교 때 남학생들로부터 짤막한 연애편지를 받아보긴 했지만 그처럼 절절한 장문의 편지는 처음 받아보는 경애는 편지를 보푸라기가 일도록 읽고 또 읽었다. 그해 국경절에 김 선생은 농장에까지 찾아와 그에게 프로포즈했다. 경애는 마음이 흔들렸지만 지체 높은 이 아저씨 같은 남자가 배운 것도 없는 어린 자신을 진짜 사랑하기는 하는지 의구심이 들기도 했다. 그런 그의 의구심과 두려움을 읽어냈던지 김 선생은 결혼하면 자기가 가르쳐주며 공부를 할 수 있다고 그를 다독였다. 경애는 허물어지는 자신의 마음을 간신히 다잡으며 마지막 방패로 그럼 먼저 우리 엄마의 동의부터 받아오라는 말을 하고 말았다.

경애의 엄마는 동의하지 않을 이유가 없었다. 김 선생이 가목사에 가서 경애와 며칠이나 함께 지냈다는 말을 들은 그의 엄마는 김 선생의 부모와 상의해 서둘러 그해 11월로 결혼날짜까지 잡았다. 그렇게 얼떨떨한 기분으로 결혼식을 올렸지만 당분간 오상으로 이동할 수 없어 신랑과 떨어져 살아야 했던 경애는 꿈에도 생각지 못했던 수모를 겪어야 했다. 결혼 후 40여 일 만에 임신한 걸 확인하고 신랑에게 알렸더니 당장 낙태하라고 윽박지를 줄이야. 왜 그러냐고 물었더니 자기애를 임신한 거 맞는지 의심하는 것이었다. 경애는 피가 거꾸로 치솟았다. 하늘이 무너지는 것 같았다. 아무리 자신보다 지체가 높다 한들 어쩌면 이럴 수가 있단 말인가. 경애는 당장 모든 걸 다 때려치우고 싶었지만 이미 엎지른 물 어쩔 수 없었다. 그는 고집 피우며 낙태하지 않았다. 애를 낳아 제 자식이 맞는지 확인시켜주고 싶었다.

1982년 8월 큰딸이 태어나며 신혼초기의 풍파는 가라앉았지만 결혼생활은 계속 삐걱거렸다. 그런 가운데 둘째가 태어났다. 아들이었다. 1984년 10월 오상조선족사범학교로 전근수속을 한 경애는 처음에는 접수실에 있다가 후에는 학교도서관에서 근무했다. 아들딸 키우며 온 가족이 단란하게 모여 살아가고 있었지만 경애는 늘 허전하고 불안했다. 만장 같은 사랑편지를 보내오며 미래를 약속하던 남편은 딴사람으로 변해갔고 술주정 끝에 손찌검까지 들이대고 있었다. 경애는 남편이 지식인들이 넘쳐나는 사범학교 울안에서 유표하게 드러나는 못 배운 자기 때문에 낯이 깎여서 그런가보다고 애써 그를 이해하려고 했지만 생각해보면 억울하기 짝이 없었다. 당초 자신이 그를 속이거나 유혹한 것도 아니고 그가 제 발로 북대황 한끝까지 찾아와 결혼해달라고 애원하지 않았던가.

'내가 왜 이렇게 살아야 하는가? 내가 왜 이런 남편과 계속 같이 살아야 하는가?'

경애는 자신에게 수천 번 묻고 또 물었다.

그는 일단 오상을 떠나야겠다고 마음먹었다. 아내를 아내로 보지 않는 남편한테서 벗어나고 더욱이 자존심이 한없이 깎이는 이 환경에서 탈출하고 싶었다. 하지만 그는 하루에도 수십 번 생각만 할뿐 선뜻 행동에 옮길 수 없었다. 애들이 아직 너무 어렸을 뿐만 아니라 언니들의 사양으로 열네 살 어린나이에 취직해 힘겹게 지켜온 공직을 쉽게 버릴 수 없었던 것이다.

그러던 중 1987년 가을 마침내 기회가 왔다. 국가의 정책에 의해 학교에서 교직원들이 무급휴가(停薪留職)를 내고 떠나는 것을 허락했던 것이다. 아들도 이젠 세 살이었다. 경애는 남편에게 아들 딸 둘 다 데리고 베이징으로 돈 벌러 가겠다고 말했다. 그런데 남편이 자기도 교직을 그만두고 함께 가겠다고 나섰다. 경애는 웃어야 할지 울어야 할지 몰랐다.

그들은 오상의 가장집물을 모두 팔아 천 위안을 장만해 무작정 베이징으로 가서 남동생 기광이의 도움으로 베이징항천항공대학 근처에서 셋집을 잡았다. 임대료를 내고나니 삼사백 위안밖에 안 남았다. 경애는 김치를 만들어 머리에 이고 가서 항공대학 대문 앞에 벌려놓고 팔았다. 생각밖에 김치가 잘 팔렸다. 그는 삼륜차를 한 대 사서 싣고 다니며 팔았다. 경애가 아침 일찍 일어나 김치를 버무리고 밥을 지어 애들한테 먹이고 나서 삼륜차에 김치를 싣고 끌고 갈 때까지 남편은 손가락 하나 까딱하지 않았다. 온종일 침대에 누워 날아가는 돈을 잡을 궁리를 하지 않으면 술만 퍼마셨다.

다행히 김치장사는 잘 되었다. 큰돈은 벌지 못해도 살아가는 데는 문제 없었다. 무엇보다 경애는 수도 베이징에서 삼륜차를 끌고 골목을 누비며 싸구려를 외치는 김치장사아줌마로 사는 것이 오상에서 사범학교 도서관 사서로 근무하며 살 때 보다 훨씬 마음이 편했다.

남편 또한 비록 술주정에 손찌검까지 옛날 그 모양 그 꼬라지로 변한 데라 곤 없지만 이제는 더 이상 온 가족 네 식솔을 먹여 살리는 아내를 무시하지 못했다.

경애는 매일매일 몸은 고달파도 마음은 즐거웠다. 삼륜차 페달을 힘겹게 밟다가 허리를 쭉 펴고 고개 들어 바라본 베이징의 하늘이 고향 서광의 하늘만큼이나 푸르고 정다웠다.

'이대로 몇 년만 더 고생하면 자그마한 김치공장을 차릴 수 있겠지. 그렇게 수도 베이징에 뿌리를 내리고 내 딸 내 아들 훌륭하게 키워 좋은 대학에서 연구생공부도 하게 만들 거야..'

그는 늘 이런 꿈을 꾸었고 꿈을 향해 달려가는 발걸음은 마냥 힘차고 씩씩하기만 했다.

그렇게 훌쩍 일 년이 지나고 경애는 베이징에서 두 번째 겨울을 맞이했다. 베이징은 동북보다 기온이 십여 도 높아 겨울에도 별로 추운 것 같지 않지만 매서운 바람이 몰아칠 때면 그 추위가 동북 못지않았다. 온종일 밖에서 김치를 팔아야 하는 경애에게 베이징의 겨울은 춥고 견디기 힘든 계절이었다.

그날도 경애는 방한복을 두툼하게 껴입고 항공대학 대문 앞에 김치 난전을 벌여 놓고 팔고 있었다. 점심 무렵, 양복 우에 오리털 외투를 걸쳐 입은 웬 중년의 신사가 다가오더니, 아주머니 조선 사람이지요? 하고 물었다.

"네 조선족인데요… 어디서 오셨지요?"

경애가 되물었다. 말투나 옷차림으로 봐서 중국조선족 같지 않았던 것이다.

"아, 조선족이 맞네요. 반갑습니다 아주머니, 난 일본에서 온 교포입니다."

인생의 귀인은 예고도 없이 그렇게 문득 그의 앞에 나타났다. 성이 박씨라는 재일교포는 중국에서 목재를 수입해가려고 하는데 어떻게 좀 도와줄 수 없는가고 물었다. 경애는 귀가 번쩍 트이는 것 같았다. 가목사에 있을 때 가목사에서 기차로 서너 시간 거리에 있는 중국 최대 임업지대인 이춘(伊春) 어느 임업국의 사람들과 만난 적이 있었던 것이다. 경애는 대뜸 될 수 있다고 자신만만하게 대답했다. 그리고 박 사장을 집으로 안내했다. 초라하지만 결코 누추하지 않은 셋집에서 살고 있는 그들이 원래 사범학교 교직원이었다는 것을 알게 된 박 사장은 경애를 백퍼센트로 믿어주었다.

경애는 이튿날 아들을 들쳐업고 이춘으로 떠났다. 일은 아주 순조로웠다. 이춘림업국에서는 원래 면목이 있는데다 애까지 업고 온 경애에게 우대가격으로 고품질 목재를 제공했고 재일교포 또한 경애가 제시한 가격에 신용장을 통해 구매금을 지불했다. 이춘에서 기차로 발송한 목재가 베이징남역에 전부 도착하고 거래수속을 다 마치고나니 중국은행에 개설한 경애의 구좌로 커미션이 들어왔다. 거래량이 꽤나 많았던지라 입금된 달러를 전부 인민폐로 바꿔 인출하고 보니 36만 위안이나 되었다.

세상에!

월급이 백 위안도 안 되고 새벽에 일어나 김치를 버무려서 삼륜차에 싣고 다니며 온종일 팔아봤자 기껏 삼사십 위안 수입하던 세월이었다.

경애의 인생은 그렇게 새로운 전환기를 맞이했다. 그는 김치장사를 그만두고 새롭게 출발했다. 멋지게 차려입고 고급식당과 같은 사교 장소에 드나들었다. 워낙 인물체격이 출중한데다 중국어와 조선어가 막힘이 없는 그는 점점 세련된 모습을 갖추었다. 그렇게 친구를 사귀고 만나고 하던 중 그는 베이징 현지인과 공동투자로 베이징에서 가장 유명한 호텔인 베이징호텔(北京饭店) 근처에 구미식당(欧美酒家)이라는 음식점을 차렸다. 1990년 9월 베이징아시안게임(亚运会)에 즈음해 오픈한 식당은 한국요리를 비롯한 다국적 요리를 두루 맛볼 수 있는 고급식당으로서 대뜸 인기를 끌었다. 식당경영은 파트너가 책임지고 했지만 경애도 참여하며 요식업 경영과 서비스에 대한 경험을 쌓았다.

한편 경애는 아시안게임을 전후해 베이징에 대거 몰려드는 한국인을 상대로 편자황(片仔癀)과 같은 귀중한 중약재와 비취 등 고가의 장식품 장사를 벌였다. 자신도 몰랐던 뛰어난 장사 머리가 작동하며 그는 또 떼돈을 벌었다. 연후에 그는 한국을 오가며 한국 고급 액세서리를 중국으로 수입해들이는 사업에 착수했다. 중국에서 찾아보기 힘든 독특한 디자인의 호화판 액세서리 세트가 베이징의 5성급 호텔들에 진열돼 고가로 팔리기 시작했다.

바로 그때 경애와 주변 친지들을 놀랜 사건이 터졌다. 일 년 전에 복직해 오상으로 돌아간 남편이 자기 남동생과 친구들 4명을 베이징에 보내 호구책을 가지고 은행에 가서 경애가 통장에 저금한 돈을 몽땅 꺼내갔던 것이다. 무려 58만 위안이었다. 며칠 후에야 이 일을 알게 된 경애가 오상에 달려가서 돈을 내놓으라고 했지만 남편이 말을 듣지 않자 그는 할 수 없이 남편을 고소하고 말았다. 남편은 공안국에 구속되었고 최저 20년의 중형을 선고받게 될 처지에 놓여졌다. 그때 당시로 말하면 58만 위안은 거금이었던 것이다. 경애는 그러나 법원 개정 전날 고소를 취소했다. 남편이 아무리 미워도 필경은 두 자식의 아빠인데 그를 차마 감옥에 처넣을 수는 없었던 것이다. 그런데 돈을 돌려주겠으니 고소를 취소해달라고 애원하던 남편이 풀려나서는 돈을 내놓지 않았다. 대신 이혼해주겠다고 했다. 경애는 쓴웃음이 나왔다.

그까짓 58만 위안에!

십팔 세 꽃나이에 만나 결혼해 아들 딸 낳고 십년 세월 함께 살아온 남편이란 사람이 그까짓 돈 때문에 불법도 서슴지 않고 그렇게 강탈한 돈을 차지하는 대가로 이혼해주겠다고 하다니! 경애는 그가 불쌍해났다. 부부로 살아온 지난 십년이 긴긴 전쟁과도 같은 세월이었다면 아내로서 자신은 남편을 인격적으로 완승한 것이라고 경애는 자신했다. 그렇게 생각하니 그는 그까짓 58만 위안 돈이 대수롭지 않았다.

이혼수속을 마치고 베이징에 돌아온 경애는 액세서리사업을 계속해나갔다. 큰돈을 떼였지만 전에 한국에서 인민폐 수십만 위안어치 구입해 들여와 풀어놓은 액세서리가 남아있었고 수중에 달러 현찰도 좀 있었던 것이다.

1991년 봄 경애는 아세안게임촌(亞运村) 중심지역에 위치한 베이징극장(北京劇院)에다 170만 위안 투자로 나이트클럽을 오픈해 주변 사람들을 놀라게 했다. 아세안게임이 성공적으로 개최된 후 아세안게임촌 지역은 베이징시의 새로운 상업 및 문화의 중심지로 부상했는데 베이징극장은 그 지역에서도 핵심지역에 속했다. 가라오케가 금방 성행하고 유흥업소가 호황을 누리던 시기였던지라 거금을 들여 호화롭게 장식하고 최신 시설을 갖춘 나이트클럽은 개업하자마자 손님들로 차고 넘쳤다. 400여 명을 수용할 수 있는 나이트클럽은 아세안게임촌 지역에서는 물론 베이징에서도 손꼽히는 유흥업소로 인기를 끌었다. 당초 경애가 근 200만 위안 투자해 나이트클럽을 꾸린다고 했을 때 되겠는가고 고개를 흔들었던 주변 사람들은 그제야 사업의 호기를 포착하고 짧은 시간에 실행해 성공을 거둔 경애의 담력과 추진력에 탄복해 마지않았다.

1991년 11월, 제4기전국소수민족전통체육운동회 취재차 광서쫭족자치구 수부 남녕으로 가는 길에 베이징에 들렀던 나는 경애의 나이트클럽에 찾아가 보았었다. 궁전같이 으리으리하고 넓은 홀은 나의 상상을 초월했다. 그때 경애는 고향의 선배오빠가 왔다며 나를 극진하게 대접해주었다.

나이트클럽은 매일 십 몇 만 위안의 수익을 올리며 한해 또 한해 지속적으로 호황을 이어갔다. 손님은 부자들과 젊은이들 위주였지만 날이 갈수록 외국인도 점점 더 많이 찾아왔다. 1995년의 어느 날, 180센치에 가까운 훤칠한 키와 운동선수의 탄탄한 체격 그리고 준수한 용모까지 갖춘 멋진 사내가 홀로 나이트클럽에 나타났다. 점잖게 앉아 가장 비싼 꼬냑을 한잔 시켜놓고 조금씩 음미하며 마시는 사내는 얼굴은 동양인의 모습이었지만 행동거지는 서양인들보다 더 서구적인 것 같았다. 그날이후 사내는 매일 밤 같은 시간에 나타나 같은 자리에 앉아 점잖게 꼬냑 한 잔 마시고는 떠나갔다. 호기심이 동안 경애는 일주일 되던 날 사내에게 다가가 인사를 하고 자기소개를 하며 무슨 분부가 없는가 물어보았다. 사내는 뜻밖에도 우리말로 대답했다.

"사장님 끝내 나타나셨네요. 소문대로 참 멋지십니다."

사람들의 칭찬에 이미 익숙해진 경애였지만 사내의 말에 그는 웬일인지 가슴이 활랑거리며 얼굴이 빨갛게 상기되었다. 그러나 그는 이내 진정을 되찾았다.

"감사합니다. 어디서 오셨는지 우리말을 참 잘하시네요."

"저의 국적은 프랑스구요, 저는 파리에 본부를 둔 유네스코(联合国教科文组织)에서 근무합니다."

유네스코 고위급 관원인 미스터 김은 그날 이후에도 매일 그 시간에 나타나 곱게 포장된 장미꽃 한 송이를 웨이터를 통해 경애한테 전달한 후 여전히 점잖게 앉아 꼬냑만 조금씩 음미하며 마셨다. 영화에서나 볼 수 있는 로맨틱한 정경이 나이트클럽에서 연출되고 자신이 바로 그런 영화의 주역으로 되어간다는 사실이 경애는 경이롭기만 했다. 그는 그러나 쉽게 다가갈 수 없었다. 다시 누군가와 사랑이라는 걸 하기엔 지난 상처가 너무나 깊었던 것이다.

하지만 경애는 결국 사랑에 빠졌다. 별처럼 나타나 마음을 온통 사로잡은 사람을 밀어내기엔 그는 너무나 젊었고 더구나 그는 오래 동안 평등하고 진실한 사랑을 갈구해왔던 것이다. 그들은 베이징에서 부자동네로 유명한 왕부화원(王府花园) 경애의 별장에 사랑의 보금자리를 틀었다. 어딜 가나 다정하게 두 손을 꼭 맞잡고 다니는 그들은 너무나도 잘 어울렸다. 행복에 겨워 마치 꿈을 꾸는 것만 같았던 경애는 미스터김의 아이를 갖고 싶었다. 둘째애를 낳고 수란관결찰수술(输卵管结扎手术)을 했던 경애는 복통수술(复通手术)을 받았다. 1996년 그들 사랑의 결실이 태어났다.

그때 경애의 사업은 전성기를 이루었다. 남편의 소개로 프랑스 무역회사들과 직접 거래하며 주류(酒类)무역에 뛰어들었다. 그의 나이트클럽에서 대량 소비되는 위스키, 꼬냑과 와인을 자체 수입으로 해결했을 뿐만 아니라 다른 업소들에도 제공했다. 그 몇 년간 그는 왕부화원에 340만 위안 주고 별장을 한채 구매한 후에 아파트를 4채 더 사들였다. 그 아파트들은 1990년대 중반 몇 년 동안 한국출국수속을 위해 베이징에 찾아오는 서광촌 사람들이 먹고 자는 호텔처럼 사용되었다. 한국비자 수속비가 인민폐 10만 위안으로 치솟고 브로커와 사기꾼들이 살판 치던 그때 경애는 자기 능력껏 고향 사람들을 도와 나섰다. 그의 도움으로 최소한의 비용을 쓰고 한국으로 나간 서광촌 사람들이 이삼십 명은 잘 되었다.

경애의 도움을 가장 많이 받은 사람은 그래도 그의 형제들이었다. 큰언니 순애가 베이징에 진출한 후 처음 식당을 차렸을 때 경애는 밑천을 대주었고 둘째언니 영애가 옷 장사를 시작할 때도 돈을 대주었다.

김씨네 4남매 가운데서 둘째 영애는 상대적으로 곡절을 적게 겪었다고 할 수 있다. 1977년 방정현영건중학교 고중부을 졸업한 영애는 2년 후 언니 순애의 뒤를 이어 서광학교에서 학전반 유아교사로 다년간 근무했다. 1985년 결혼하며 서광촌을 떠났던 그는 3년 후 마을에 돌아와 다시 유치원교사로 근무했다. 1994년 형제들 가운데서 맨 마지막으로 베이징에 진출한 그는 경애의 나이트클럽에서 한동안 일을 보다가 옷 장사를 시작했다. 하지만 워낙 성품이 유약하고 언니나 동생들처럼 억척스럽지 못했던 그에게 장사는 좀 버거웠다. 그런 그가 장사해서 겨우 돈을 좀 벌기 시작하는데 한국 금융위기가 터지며 한국의류를 위주로 취급하던 그는 장사를 그만둘 수밖에 없었다. 1999년 8월, 한국으로 나간 그는 여느 여자들과 마찬가지로 식당을 전전하며 칠팔년 동안 힘들게 돈을 벌었다.

2007년에 귀국한 영애는 베이징 왕징 중복백화점(中福百货)에 6평방미터 크기의 작은 매대를 임대해 옷가게를 차렸다. 십년 만에 베이징에서 다시 옷 장사를 시작한 것이다. 자신만만하게 해볼 수 있는 것이 옷 장사 외에 더 합당한 것이 없는 듯싶었다.

2008년 9월 영애는 청도로 진출해 그때까지만 해도 청도 조선족 사회의 중심지였던 리창구(李沧区) 리촌(李村)에서 의류매장을 경영했다. 베이징과 광주 등지에서 옷을 들여와 팔다가 후에는 한국 동대문시장에서 직접 구입해왔다. 2010년 9월, 그는 청도에서 한국의류 집산지로 새롭게 떠오른 성양구 류팅(流亭)의 청도국제공예품성(青岛国际工艺品城)으로 매장을 옮겼다.

2018년 3월, 청도국제공예품성에 찾아간 나는 김영애를 비롯한 서광촌 사람들을 십여 명 만났다. 5만5천 평방미터 건평의 대형 건물에 1034개의 매장으로 청도에서 가장 큰 공예품 및 의류 집산지로 거듭난 이곳에 서광촌 사람들의 의류, 아동용품, 주류 등 매장이 8개 있었다.

영애의 매장은 2층 에스컬레이터 바로 옆에 위치해 있었다. "스타일(思戴尔)"이라는 상호를 가진 그의 매장은 한국패션 의류 외에도 신발, 스카프 등 다양한 품목을 취급하며 고중급 여성의류 전문점으로 거듭나 많은 단골손님을 확보하고 있다. "스타일" 외에도 그는 국제공예품성에 매장을 하나 더 매입해 딸이 경영하도록 하고 있다.

4

1993년 9월, 김순애는 홀로 베이징에 진출했다. 애가 아직 어리다며 순애가 학교를 떠나는 것을 동의하지 않았던 남편은 학교에 계속 남았다. 학교에서도 그들 부부가 모두 무급여휴직을 하는 것을 동의하지 않았던 것이다. 순애는 경애의 도움으로 베이징 북사환로(北四环路) 근처에 "까치집"이라는 식당을 차렸다. 원래는 러시아무역을 본격적으로 하고 싶었지만 자금실력이 없었던 그는 작은 식당부터 잘 경영해 밑천을 마련하기로 했다.

그는 매일 새벽 일어나 삼륜차를 끌고 아침시장에 나가서 신선한 식자재를 구입해 오고 육류나 해물 따위는 손수 손질했다. 매일 핸들을 잡고 삼륜차를 끌지 않으면 손에서 공구가 떠나지 않다보니 손바닥에 장알이 다 박혔다. 그렇게 정성 들여 만든 음식으로 식당은 소문이 크게 나며 손님이 줄을 이었다. 동생들이 가끔 사업상 거래가 있는 사람들을 데리고 오기도 했는데 한번 다녀간 후에는 그들의 입소문을 타고 또 다른 손님들이 찾아올 때가 많았다. 그렇게 순애의 "까치집"은 입맛이 까다로운 한국인과 조선인들까지 매료시키며 장사가 잘되었다.

1995년 9월, 순애는 남편을 설득해 베이징에 오도록 해서 식당을 맡기고 그 자신은 그동안 벌어놓은 돈을 밑천으로 본격적인 러시아 장사를 시작했다. 베이징에 진출한 2년 동안 쌓아온 인맥과 탕원에 있을 때 장사를 하며 이미 닦아놓은 루트를 이용해 한국의류와 중국산 일용품을 컨테이너로 러시아에 발송해 장사를 벌렸다. 베이징에서 동북을 거쳐 러시아원동지역으로 오가며 하는 장사는 매우 신고스럽긴 했지만 수입은 식당 경영으로 버는 것보다 훨씬 높았다. 그러나 러시아장사는 2년 좀 넘어 그만두어야 했다. 한국 금융위기의 여파로 한국산 물품 확보가 어려워지고 장사에 차질이 생기며 러시아장사가 점점 힘들어졌던 것이다.

순애는 집에서 쉬며 무슨 사업을 할 것인가 궁리했다. 그때 아들 준호는 소학교 2학년생이었는데 조선말을 할 줄 몰랐다. 유치원생 가르치듯 준호에게 조선말을 조금씩 가르치던 순애는 문득 조선족유치원을 하나 꾸려보면 어떨까 하는 생각을 해보게 되었다. 유치원에 생각이 미치자 순애는 서광학교에서 유치원교사로 근무하던 세월이 떠올랐다. 그때까지 그의 인생에서 가장 보람찼던 한 시절이었다. 지금 다시 그 시절로 돌아갈 순 없지만 그때의 보람을 되찾으며 살수는 있지 않는가.

'그래, 조선족 젊은이들이 만 명 넘게 진출해 있는 베이징에 우리말과 우리글 우리 문화를 가르치는 우리 민족 유치원을 하나 세워보자!'

순애는 그렇게 새로운 꿈이 생겼다. 여느 사람들이 보기엔 그 꿈의 실현 가능성이 희박할 수도 있겠지만 순애는 그 꿈을 위해 달려가리라 다짐했다.

그는 주변의 친지들과 자신의 꿈을 얘기하며 의견을 들어보았다. 아니나 다를까 대부분 도리머리를 저었지만 순애는 낙심하지 않았다. 그는 또 베이징에 진출한 한국인들과도 자신의 생각을 터놓으며 타진해보았다. 생각밖에 그들한테서는 한결 긍정적인 대답을 들을 수 있었다.

1998년 여름, 순애는 미국적 한국인 이 선생을 만났다. 이 선생도 베이징에다 유치원을 꾸릴 구상을 가지고 있었다. 순애와 얘기를 나눠본 이 선생은 첫 술에 배부를 생각을 하지 말고 작게 시작해 차츰 크게 꾸려 가는 게 좋겠다고 제안했다.

순애는 베이징에서 조선족과 한국인들이 상대적으로 집중된 조양구내의 크고 작은 유치원들을 찾아다니며 현장조사를 시작했다. 보름만에 장대로 방원리에 위치한 국가전자과학기술그룹 소속 제12연구소유치원을 둘러본 순애는 대번에 바로 이곳이다, 하는 생각이 들었다. 넓은 운동장과 3층짜리 청사가 마음에 들었고 위치 또한 시 중심에서 상대적으로 조용한 곳이라 유치원을 경영하기엔 너무나 훌륭한 환경이었다.

순애는 이 선생과 합작으로 유치원 3층의 두 개 교실을 빌려 국제부를 설립했다. 중국어와 한국어 이중언어국제유치원(中韩双语国际幼儿园)이라는 이름을 내걸고 한국인과 조선족이 많이 다니는 장소에 전단을 돌렸다. 개원 첫날 6명 어린이를 맞아들인 국제부는 차츰 30여 명으로 늘어났는데 한국주재원과 조선족 자녀들이 반반씩 차지했다. 국제부는 한국어교사와 현지 중국인교사를 받아들여 애들을 가르치고 보육원 2명을 별도로 두었으며 하루 세 끼 식사도 따로 만들어 제공했다.

1999년 9월, 새 학기를 맞이해 어린이들이 60여 명으로 늘어나 교실을 네 개로 늘렸는데 국제유치원의 초보적인 형태를 갖추었다. 그때 이 선생이 부득이한 사정으로 미국으로 돌아가게 되자 순애는 투자금을 돌려주고 국제유치원의 단독 경영자가 되었다. 그해 10월, 한국 KBS 방송국에서 국제유치원을 취재하고 TV어린이교양프로그램에 소개했다. 연후에 국제유치원 어린이들이 초청을 받고 한국에 가서 KBS방송에 출연해 다양한 장끼를 선보였는데 그 후 연속 8년 동안 해마다 한 번씩 방송에 출연했다.

국제유치원은 베이징 한인 및 조선족사회에서 날로 명성을 떨치며 유치원에 입학하는 어린이들이 해마다 늘어나 2005년에 이르러 8개 반 160여 명에 달해 제12연구소유치원 본원(本園) 입학생수를 초과했다. 바로 그해 제12연구소에서 관련 정책에 따라 소속유치원을 분리시키기로 결정했다. 순애는 인수자로 나서서 다른 한 인수자로 나선 본원 출신 교사와 경쟁하게 되었는데 연구소에서는 그들이 제시한 인수 조건과 본인들의 사업능력 등을 종합적으로 고려해 최종 순애의 손을 들어주었다. 순애는 전체 건물과 시설 그리고 학생들까지 모두 인수했다.

2007년 베이징시금잔디이중언어유치원이 법인 설립인가를 받고 정식으로 고고성을 울렸다. 새 출발의 의미에서 자신의 이름을 고친 순애는 법인대표 김혜민이라는 이름으로 이 사립유치원 원장이 되었다. 금잔디유치원은 환경의 변화와 시대의 수요에 부응하고 중국교육체계에 한결 적응하기 위해 원래 중한이중언어(中韓双语) 수업방식을 중영이중언어(中英双语) 방식으로 전환되었다. 따라서 한국인과 조선족 자녀를 위주로 받아들이던 데로부터 현지 중국인 자녀와 미국, 한국, 일본, 캐나다, 오스트랄리아 등 나라에서 온 어린이들까지 받아들여 다국적, 다민족 국제유치원으로 거듭났다. 유치원의 영어교육은 원어민 영어교사를 초빙해 진행하고 있다. 금잔디유치원에서는 또 삼사십 명 되는 한국인과 조선족 자녀들에게 매일 한 시간씩 우리말 교육을 견지해오고 있다. 한국인과 조선족 자녀는 많을 때 100여 명을 초과하기도 했었다. 조선족 학부모들은 대부분 고향이 길림성과 흑룡강성이고 여행사와 음식점 경영자가 상당수 차지했다.

금잔디유치원은 2살 반 유아로부터 6살 어린이들을 받아들여 십여 년래 13개 학급에 300여 명 유치원생을 확보하고 있다. 유치원에서는 이중언어 정규 교육외에도 무용, 태권도, 무술, 미술, 야구, 인라인스케이트(轮滑), 레고콤비(乐高拼插), 피아노, 과학DIY, 랑송 등등 여러 가지 특색 교육을 실시해 어린이와 학부모들의 다양한 욕구를 만족시키고 있다. 또 워킹맘들의 수요에 따라 방과 후 프로그램도 실행하고 있다.

금잔디유치원의 60여 명 교사들은 전부 유아교육을 전공한 전문대학과 사범대학 졸업생들인데 유치원에서는 그들을 위해 숙식을 제공할 뿐만 아니라 20~30대 젊은이들인 그들에게 우수한 유아교사로 성장할 수 있도록 여러 가지 여건을 적극 창조해주고 있다.

금잔디유치원은 김혜민 원장이 추구하는 것처럼 진정 "어린이들이 즐겁게 성장하는 요람, 교사들이 행복하게 성장하는 옥토, 학부모들이 신뢰하는 원지"로 운영되고 있으며 김 원장 자신은 "베이징시우수유치원장"의 영예를 지니기도 했다.

취재를 마치며 나는 김혜민 원장에게 금잔디유치원의 "금잔디" 세 글자를 한어로 어떻게 돼서 "根姆贊蒂"로 명명했는지 물어보았다. 그랬더니 김 원장은 웃으면서 보기엔 금잔디 세 글자의 음역인 것 같지만 깊은 뜻이 부여돼 있다고 알려주었다. 뿌리 근(根)자는 튼튼하고 바른 교육 자세를 뜻하고, 유모 모(姆)자는 따사로움과 보살핌을 뜻하며, 도울 찬(贊)자는 칭찬과 격려를 추구한다는 뜻이고, 꽃받침 체(蒂)자는 굳건하고 즐거운 성장플렛폼(成長平台)을 제공한다는 뜻이 담겨있다는 것이다.

바르고 따뜻하고 진취적이며 굳건함, 그것은 바로 서광학교 유치원교사 출신의 김순애가 지금까지 살아오면서 지켜온 삶의 자세이기도 한 것이다.

의류업계에서 성공한 박씨네 형제들

박문길과 그의 형제들

1

2018년 3월 6일 아침, 나는 상해에서 윤정만씨가 보내준 벤츠에 앉아 강소성 남통(南通)시 해안(海安)현으로 향했다. 상해 민항구에 서 출발한 차는 심해고속도로에 들어선 후 장강을 건너 북쪽 방향으 로 달려 2시간 반 좀 넘어 해안에 도착했다. 국가급 해안경제기술개 발구와 해안현성 시가지 사이의 황해중로에 위치한 정무국제(晶茂国 际)오피스텔 1동에 박문길의 회사가 있었다.

1973년생인 박문길을 보는 순간 나는 대뜸 그의 부친 박동률선생 을 떠올렸다. 중등 키에 시원하게 벗어진 이마가 아버지를 꼭 빼닮았 던 것이다. 소파에 앉아 얘기를 나누면서 다시 보니 얼굴 윤곽과 웃 는 모습은 또 엄마를 닮은 것 같았다.

문길이는 서광에서 방정조중 초중1학년까지 다니고 1987년 9월에 아버지를 따라 상지로 가서 초중2학년부터 상지조중에서 공부했다.

1992년 대학입시에서 그는 호란사범전문대학 본과에 합격되었는데 가지 않았다. 소학교부터 고중 졸업할 때까지 학급에서 줄곧 앞자리를 차지했던 자신이 고작 호란사범에 붙었다는 사실을 받아들이고 싶지 않았다. 그의 꿈은 공과대학을 졸업하고 공정사가 되는 것이었다. 부모님도 그가 재수하는 걸 지지했다. 그는 멀리 연변에 가서 중국 조선족 명문고중으로 이름난 연변1중 고3 복습반에 들어갔다.

1993년 6월 그는 상지조중에 돌아와 한달 동안 복습하고 7월 대학시험을 치렀다. 이번에 그는 상지조중 이공과 수험생 2위의 성적으로 대련리공대학 전기일체화(机电一体化) 학과에 진학했다.

1997년 7월 대학졸업 후 문길이는 연변에서 손꼽히는 대형 국유기업인 룡정시개산툰펄프공장(纸浆厂)에 입사해 설비부문 기술원으로 근무했다. 연변1중에서 1년 공부한 것이 인연으로 되었던 것이다. 그러나 그는 1년 뒤 사직하고 연변을 떠났다. 연해개방도시 대련에서 4년 동안 공부했던 그는 개산툰이라는 연변의 자그만 향진에서 안주할 수 없었다.

문길이는 남방으로 갔다. 한국과 홍콩 관련 무역회사에서 대외무역에 종사했다. 그렇게 2년이 지나며 그는 돈을 좀 벌기는 했지만 무역만 해서는 이공과출신인 자신의 우세를 발휘하지 못 한다는 걸 심심히 느꼈다. 그는 어느 기업에 들어가 기술을 배워야겠다고 생각했다.

2000년 7월, 박문길은 초빙광고를 보고 강소성 남통시 해안경제기술개발구에 찾아가 한국독자기업인 남통삼진의류유한회사 직원모집 면접에서 합격되었다. 삼진의류회사는 그때 공장건물을 갓 짓고 의류가공설비를 들여오기 시작한 상황이었는데 대학에서 기계학을 전공한 조선족직원이 마침 수요되었던 것이다.

　　박문길은 입사해서 통역과 비서에서부터 설비장치, 종업원교육, 생산가동에 이르기까지 회사의 거의 모든 업무에 참여하며 일인다역 중요한 역할을 했다. 삼진의류회사는 상해에 본사 무역부가 있고 해안에다 생산기지를 설립해 백화점에서 판매되는 고급 와이셔츠를 생산해 한국으로 수출했는데 노동자가 500여 명 되었다. 1년 후 한국인 공장책임자가 한국으로 돌아간 후 박문길은 부총경리로 임명돼 공장의 실질적인 책임자가 되었다.

　　2004년부터 삼진의류회사는 300만 불 투자해 원단공장 설립에 착수했다. 해안은 중국에서 원단생산 산업기지로 유명한데 해안에서 생산되는 여러 품종 여러 재질의 원단은 대련, 청도, 상해, 광주 등 전국의 수많은 의류가공업체들에서 구입해 간다. 삼진의류는 해안의 원단업체에서 생산하는 원단에 만족하지 못하고 고품질의 원단을 직접 생산해 자체의 고급 와이셔츠가공에도 공급하고 한국에도 수출할 계획을 세우고 공장 설립에 착수한 것이었다. 박문길은 공장 설립과정에서 역시 그 자신만이 할 수 있는 중요한 역할을 했다. 원단생산은 원사, 염색, 직조(织造), 가공 등 여러 가지로 매우 세분화되고 전문화 돼 있었는데 한개 공장에서 이 모든 걸 다 하는 경우는 극히 적었다. 삼진원단공장은 원단을 짜는 직조공장을 설립했다. 기타 원사,

염색, 가공 등 부분은 삼진공장의 요구에 따라 기타 전문생산 공장에 위탁 가공해 제공받았다.

박문길은 삼진의류회사에 입사해 와이셔츠 생산공장 설립에 참여하면서부터 장차 자신도 독립해서 창업할 꿈을 꾸었다. 4년 후 또 원단생산 공장 설립에 참여하면서 그의 꿈은 한결 확고해졌다. 원단생산과 의류가공 그리고 무역에 이르기까지 이 분야의 전문가가 된 그는 자체 독립회사 설립을 위해 차곡차곡 준비해나갔다.

2008년 박문길은 삼진의류회사의 총경리로 임명돼 원단생산과 와이셔츠 두 공장을 관리하는 총책임자가 되었다. 삼진의류 김한길 사장은 여전히 상해에 상주하며 무역 분야만 직접 관리하고 있었다. 칠팔년 동안 삼진의류회사의 해안 생산기지는 박문길의 관리하에 순조롭게 발전하며 삼진회사가 연간 천만 불 이상 무역액을 달성하는데 튼튼한 근거지 역할을 발휘했다.

2009년 3월 박문길은 해안경제기술개발구에다 강소성해안건태무역 (海安建泰贸易)유한회사를 정식 설립했다. 그가 선택한 것은 원단무역으로서 그동안 삼진회사에서 줄곧 생산 분야만 관리해왔으므로 회사와 충돌이 되지 않았다. 그는 김한길 사장의 요청으로 그 후 1년 더 넘게 삼진회사의 공장을 관리하다가 2010년 7월에야 삼진에서 완전히 손을 뗐다.

"처음에 고생 많이 했어요. 그동안 삼진에 있으면서 사실 뭘 하든지 많이 편했거든요. 회사의 전용차가 항상 저를 대기하고 있어서 밖에 나갈 때면 차를 타고 다니고 식당이나 어디 가도 회사 카드로 결제하구요. 그런데 삼진에서 완전히 손을 떼고 내 회사를 하다나니까 차도 없지 뭐든 다 내 돈을 써야 하는데 자금은 딸리지… 참 힘들었어요. 처음 몇 달 상해에 급히 다녀와야 할 때는 오토바이를 빌려 몰고 다녔어요. 택시로 한번 갔다 오자면 비용이 너무 많이 들어가니까요.”

박문길은 원단무역을 하면서 자체의 원단브랜드가 있어야 할 필요성을 느꼈다. 원단가공 공장들에 주문을 주어 위탁가공 하다보면 제한성이 많았다. 2011년 그는 해안명원방직유한회사를 설립하고 명원(铭远)이라는 자체의 브랜드 원단을 직접 만들기 시작했다. 삼진회사에서 하던 것처럼 자체로 원사(原纱)를 구입해 염색, 직조, 가공에 이르기까지 모든 공예를 그의 회사에서 통제했는데 직조는 공장을 임대해 직접 생산하고 기타 부분은 임가공해서 완제품을 만들었다.

박문길은 한국의 고급원단 오다만 받아 생산해서 수출했다. 원단 생산 분야의 전문가인 박문길사장이 만드는 원단은 한국에서 원단생산으로 유명한 대구의 원단보다 품질이 월등하지만 가격은 훨씬 쌌다. 그러자 한국 의류업체들의 오다가 육속 날아들었다.

2015년 박문길은 정무국제오피스텔1동에 3층과 4층 450평방미터 건물을 사서 새 사무실로 입주했다. 업무가 점점 확장되며 직원도 20여 명으로 늘어났다. 그는 또 높은 대우로 한국인 직원을 한명 초빙해 전문 한국무역을 책임지도록 했다. 불과 몇 년 만에 해안건태무역회사는 십여 개 한국의류업체들과 협력관계를 맺고 고품질 셔츠원단을 공급했는데 연간 수출액이 600만불에 달했다.

2017년 박문길은 해안경제기술개발구에 위치한 2,800평방미터 건물을 임대해 셔츠원단 생산공장 설립에 착수했다. 무역량이 늘어나면서 임가공만으로는 차질이 생길 우려가 있었고 더욱이 회사의 장기적인 발전을 위해서도 자체의 생산공장이 있어야 했던 것이다. 그는 280만 위안 투자해 21대 직조설비를 구입해 설치했다.

그런데 생산 가동을 앞두고 공장에 화재가 발생해 설비가 다 타버릴 줄이야!

그날 문길이를 취재하면서 그는 화재 애기를 꺼내지도 않았다. 너무나 힘들었던 얘기라서 그런지 아니면 지나고나니 별 일 아니라고 생각 되었는지 아무튼 그는 얘기하지 않았다. 화재 애기는 며칠 뒤 청도에 가서 그의 어머니 리임선 선생님을 만나 이야기를 나누면서 듣게 되었다.

"그때 내가 마침 둘째네 집에 가 있었는데, 화재가 발생하고 나서 애가 기가 탁 죽어서 이틀 연속 방안에 박혀 나오지 않았어. 그때 마음이 얼마나 조마조마했던지… 사흘날에야 애가 제 방에서 나오더라고. 나와서, 까짓 거 다시 시작하면 되지 뭐, 하더니 그 길로 공장에 나가서 설비를 수습하고 그랬다오. 쓸만 한건 다시 쓰고 안 되는 건 부품을 사서 맞추고, 새 설비를 사들이기도 하고, 하여간 둘째 말로는 화재로 200만 위안은 날아갔다 하더라고, 200만 위안, 두 달만인가 공장이 원상태로 회복돼 끝내 가동되었지."

원단공장이 가동되고 고품질 셔츠원단이 생산되었다. 이로서 브랜드만 가지고 있던 명원방직유한회사는 자체의 공장을 소유한 방직실업회사로 거듭나게 되었다. 명원방직회사는 해안건태무역회사의 오다를 생산하는 밖에 기타 회사의 임가공 원단도 생산해 이윤을 창출하고 있다. 회사의 직원도 공장 관리직원 22명 무역부 직원 23명 총

45명으로 늘어났다.

원단공장이 가동된 후 박문길은 중국 내수시장 비중을 점점 늘려가고 있다. 명원원단은 줄곧 한국시장을 통해 대부분 베트남, 미얀마, 캄보디아, 방글라데시 등 동남아나라로 수출된 후 셔츠 완제품으로 가공돼 다시 한국 백화점과 매장으로 들어가고 있는데 시장이 제한돼 있었다. 한국시장은 작으니까 지속적으로 크게 발전하려면 중국내수시장을 개척해야만 했다. 그런데 엘시(L/C信用证) 결재를 하는 수출과 달리 중국 내수시장은 결재가 지연되거나 잘 안 되는 모험 부담을 감수해야 한다. 뿐만 아니라 동업자지간의 경쟁도 치열하다.

"우리 공장은 직조기가 21대밖에 안되잖아요. 천대 이상 직조기를 보유한 대기업들과는 게임이 안 되죠. 그래서 우리는 대기업들이 안 하는 것, 하기 싫어하는 것, 복잡한 것 등 소량 생산을 위주로 고가 고품질의 원단을 좋게 빨리빨리 만들어 움직이고 있어요. 이것이 우리가 중국 내수시장에서 입지를 굳혀갈 수 있는 방향이라고 생각하거든요."

박문길의 소개를 들으며 나는 2200평방미터 작업장에 설치된 21대 기계를 풀로 가동하면 한 달 생산량은 어느 정도 되는지 궁금해서 물어보았더니 한 달에 8만 미터 생산할 수 있다고 했다.

"사실 우리 회사의 월 오다 원단은 30만 미터를 초과하거든요. 그러니 우리 자체로 생산하는 8만 미터 외에는 모두 외주발주를 줘서 생산해요. 원단은 품종과 밀도에 따라 단가가 다 달라요. 외주발주로 밖에서 생산하면 직조료가 오히려 싸기 때문에 간단한건 모두 외주 발주하고 복잡하거나 요구가 높거나 시간제한이 있는 건 본 공장에서 생산하죠. 밖에서 생산하더라도 원료부터 시작해 모두 우리 자체로 조직해서 주거든요. 외주발주는 다른 공장의 기계를 빌리는데 불과하고 자체생산과 차이가 없어요. 그래야 우리 브랜드의 경쟁력을 유지할 수 있죠."

"자체 브랜드 고품질 원단을 생산하고 있는데, 그러면 삼진회사에서 하던 것처럼 고급 와이셔츠를 직접 만들어서 내수시장에 내놓던가 아니면 해외시장에 진출할 수도 있는 거 아닌가?"

나의 말에 박문길은 허허 웃었다.

"저의 친구들도 방금 기자선생님 말씀하신 것처럼 저한테 이런 제안을 해요. 중국에서 셔츠를 만들 수도 있어요, 설비투자도 별로 많지 않아요, 일이백만 위안이면 되니까요. 그런데요 가격이 안 맞아요, 경쟁이 안 되거든요."

"가격이 어떻게 안 맞다는 건데?"

"중국에서 생산하면 베트남에서 생산 하는 것보다도 많이 비싸요. 국내에서는 인건비가 비싸고 노동자 모집도 힘들고… 여러 가지로 수지가 안 맞거든요. 그리고 시장도 개척해야 되잖아요… 하여간 생각처럼 쉽지가 않거든요."

"아 그럼 해외시장 진출도 마찬가지겠네…"

"그럼요. 원단을 생산하면서 셔츠까지 직접 생산하면 경쟁력이 높을 것 같지만 사실은 기업의 발전에는 불리할 수 있어요. 원단을 가져가는 업체들에서 주춤하고 우려할 수도 있으니까요, 자신들의 브랜드를 앗아 갈까봐서요. 그러니 자칫 원단 무역이 끊길 수도 있죠. 결론적으로 원단 기업과 셔츠 기업은 상생관계일수밖에 없어요. 그래서 저는 원단만 잘 만들면 된다고 생각해요. 와이셔츠원단만은 국내에서든 해외에서든 그 어느 기업과도 경쟁할 수 있는 자신이 있거든요."

박문길은 자신감에 넘쳐 말했다.

"그런데 말이야, 어떤 경우로든 한국의 오더가 대폭 줄어들 수 있다는 생각을 안 해보았나? 만약에 그런 상황이 발생한다면 어떤 대책을 세울 수 있는가?"

"사실 이런 경우를 염두에 두고 이미 여러 가지 대책을 대고 있습니다. 우선 한 거래업체에 치우지지 않고 여러 업체로 분산시켜 공급하고 있어요. 한 업체에 주는 비중을 통제하거든요. 다음은 품목에서도 비중을 적당히 조절해서 공급해요. 셔츠는 보통 캐주얼이 있고 드레스(硬領)가 있는데 바로 그 비중을 적당히 조절하는 거죠. 그 다음은 국내 내수시장 비중도 조금씩 늘려가고 있어요. 한국 비중이 늘어나면 국내 비중을 줄이고 반면 한국 비중이 줄어들면 국내 비중을 늘리는 거죠. 이렇게 온당하게 발전하고 대처하다보니 한국의 영향을 거의 받지 않아요. 그리고 옷이라는 것은 계속 바꿔 입게 되고 계속 생산하기 때문에 그 량이 엄청 큰데 비해 우리가 생산하는 원단은 사실 그 가운데 아주 작은 비중을 차지하잖아요. 그래서 그런 영향을 별로 고려하지 않아도 될 것 같습니다."

2017년 건태무역회사는 5,500만 위안의 매출을 올렸다. 그중 내수가 30% 차지했다.

취재를 마치며 그의 가정에 대해 물어보았더니 2006년에 연변출신의 동료직원과 결혼했는데 11세짜리와 7살짜리 아들 둘이 있다는 것이었다. 두 아들이 학교에 다니면서부터 아내도 회사에 나와서 일을 조금씩 돕는다고 했다.

"애들이 모두 한족학교에 다녀요. 여긴 그럴 수밖에 없으니, 그게 좀 아쉬워요."

"할머님한테 조선어를 배우면 되겠는데…"

"그랬으면 좋겠는데… 아버지께서 돌아가신 후 엄마가 해안에 잠깐 와계셨거든요. 그런데 여긴 조선족들이 적고 하니까 많이 심심해하시더라고요…"

문길이는 잠시 멈추었다가, 이어서 계속 말했다.

"청도에는 조선족들이 많으니까 노인협회에도 나가시고 친구들도 만나시고… 그래서 엄마 편하신 대로 청도에 계시라고 했어요. 저도 이제 퇴직하게 되면 청도나 연변에 가서 살아야 하나 봐요."

말을 마친 문길이가 허허 웃었다.

2

2018년 3월 14일, 나는 청도 청양구와 인접해 있는 즉묵구환수가도(即墨区环秀街道)의 리가서성(李家西城) 공업단지에 위치한 캐이슨 봉제공장(凯森制衣厂)에서 박문광 사장을 만났다. 둥글넓적한 얼굴은 엄마 리임선 선생을 많이 닮은 것 같았다. 얘기를 나누며 보니 그는 말하는 속도가 매우 빨랐는데 말을 또박또박 좀 느리게 하는 형 문길이와 달랐다.

1974생인 박문광은 형 박문길과 연년생이다. 어릴 때부터 문광이는 온순한 형과 달리 장난이 좀 심한 개구쟁이였다. 그래도 공부는 형처럼 잘했다. 1987년 부모님을 따라 상지에 가서 상지조중에서 공부하며 초중1학년부터 3학년까지 줄곧 반장이었고 학급에서 앞자리를 차지하는 높은 성적으로 고중에 진학했다.

그런데 고중에 올라가서부터 상황이 변하기 시작했다. 축구를 즐겼던 문광이는 뽈 차고 노는데 더 열중하며 공부에 등한시 했고 사회애들과 휩쓸리기도 했다. 그때 상지조중에는 연수, 방정, 통하 등지에서 온 외지학생들이 많았는데 상지 당지의 학생들과 마찰이 자주 생겼다. 문광이는 외지학생들과의 싸움에 참여하기도 했다.

"그때 부모님 속을 꽤나 썩였겠네?"

내가 웃으면서 물었다.

"네 좀 그랬지만⋯ 그래도 저는 정도가 심하지 않아 너무 썩이진 않은것 같아요."

"연애도 했겠지?"

나는 또 한마디 물었다.

"당연히 했죠. 할 건 다 했죠⋯(웃음) 그때 상지시내에 무도청(舞廳)이 한창 성행할 땐데 친구들과 그런데도 다니고 했어요."

1993년 고중을 졸업한 문광이는 하얼빈에 가서 운전기술부터 배워 면허를 땄다. 그리고 하얼빈과 상지를 오가며 여러 가지 일을 찾아했다.

1996년 여름 문광이는 위해로 갔다. 그때까지만 해도 통역도 할 수 있고 운전면허도 있는 조선족들이 적어서 그는 쉽게 한국기업에 취직했다. 연탄보일러를 생산, 판매하는 회사였는데 그는 통역 겸 운전기사로 근무했다. 월급은 500위안 받았는데 당시로 말하면 꽤 높은 노임이었다. 그런데 1년 좀 지나자 회사가 점점 불경기에 처해졌다. 한국의 유명 기름보일러 회사들이 산동에 진출하면서 연탄보일러가 팔리지 않았던 것이다.

1998년 연초 문광이는 위해에서 사직하고 청도에 왔다. 마침 남경에 있는 한국독자 신발무역회사인 하나스포츠에서 청도에 와서 직원을 모집했는데 문광이는 면접에서 합격돼 남경으로 갔다. 하나스포츠는 한국에서 원부자재를 들여오고 중국에서 등산화를 위주로 스포츠제품을 생산해 유럽으로 수출하는 회사였다. 남경에 본사를 두고 강소성 여러 지방에 하청공장이 십여 개 있었는데 문광이는 관리직원으로 하청공장을 다니며 원부자재를 체크하고 무역서류를 정리하고 품질도 관리를 했다. 문광이는 하나스포츠에 2년 동안 근무하며 원부자재 구입과 생산관리 그리고 무역 업무를 익혔다.

남경에 있으면서 문광이는 친구의 소개로 청도에 있는 량영희라는 여자친구를 사귀게 되었다. 고향이 방정현 보흥향 신풍촌인 량씨네는 몇 년 전 청도에 진출해 청양에서 식당을 경영했는데 량영희는 고향에서 중학교를 다니고 청도에서 한족고중을 졸업했다. 같은 방정 사람이라는 데서 한결 호감이 갔던 두 사람은 한번 만나고 정이 들어 연인으로 되었다.

2000년 봄에 문광이는 청도로 돌아왔다. 량영희는 그때 의류무역을 하고 있었는데 문광이도 케이슨(kson)이라는 한국독자 복장무역회사에 취직했다. 한국인 2명과 조선족 직원 4명 모두 6명이 있는 케이슨회사는 한국에서 주문을 받아 위탁가공해서 수출했는데 문광이는 가공공장도 관리하고 무역업무도 담당했다. 청도에서 하는 일은 가공품목이 신발에서 의류로 바뀌었을 뿐 남경에서 신발공장을 관리하는 것과 생산공정(流程)은 거의 같은 것이었다.

2003년 그들은 결혼식을 올렸다. 그리고 이듬해 딸이 태어났다. 그때부터 문광이는 창업 계획을 세우고 차곡차곡 준비해나갔다. 의류무역을 하려면 믿음직한 바이어가 있어야 한다는 것을 잘 아는 그는 해외출장을 다니며 바이어를 널리 접촉했다.

2006년 문광이는 회사에서 사직하고 자체의 오더를 받아 위탁가공해서 수출하기 시작했다. 하지만 자체의 무역회사가 없다보니 위탁가공에 어려움이 있었고 제한성이 많았다.

2007년 2월, 청도성길무역유한회사가 정식으로 설립되었다. 성길영(星吉英) 세 글자는 딸과 자신 그리고 아내의 이름자에서 하나씩 따온 것이었다. 그는 청도시북구 번화가에 백여 평방 되는 건물을 사서 사무실을 차렸다. 그해 7월, 그는 당시 즉묵시(即墨市) 환수가도의 리가서성 공업단지에다 50만 위안 첫 투자로 건평 1500평방의 봉제공장 카이썬의류유한회사를 설립했다. 후에 100만 위안을 추가 투자했다.

회사 설립 첫해에 그는 60만 불 수출액을 달성했다. 당시 인건비가 저렴해 수익이 높았다. 그는 자신이 오륙년 동안 근무했던 캐이슨회사와도 좋은 합작관계를 유지했는데 캐이슨회사에서는 상당수 주문을 그의 봉제공장에 맡겨 위탁 가공했다.

이듬해인 2008년에는 베이징올림픽이 개최되며 청도에서 요트경기(帆船賽)가 진행되었는데 올림픽경기의 수요에 따라 한동안 전기 사용을 제한하는 등 조치를 취하는 바람에 회사가 어려움을 겪기도 했다. 하지만 그런 어려움 가운데서도 회사의 매출액은 첫해보다 늘어났다.

그 후 몇 년 동안 회사는 쾌속적인 발전을 했다. 특히 2011년부터 한국의 오다가 큰 폭으로 늘어나며 연간 매출액이 700만 불에 달했다.

그러던 2014년, 한국의 주요 거래처인 유경물산이 부도나는 상황이 발생했다. 회사 설립 초반부터 거래를 해오며 상호 신용이 두터웠기에 그동안 신용장 없이 물건을 먼저 보내고 후에 결제하는 티티(T/T)방식으로 거래를 하던 회사였다. 유경물산이 부도나며 박문광의 회사는 35만 불 대금을 받지 못할 처지에 놓였다. 후에 법적소송까지 갔지만 결국 받지 못하고 박문광은 청도 시북구에 있던 백여 평방의 사무실을 처분해 사건을 마무리했다. 유경물산 사건으로 2014년 회사의 경영은 비교적 큰 지장을 받았다.

2015년 회사는 정상적인 운영을 회복하고 연속 3년간 연간 600만 불 매출액을 달성했다. 고정적인 거래회사도 5개 확보했는데 유경물산 사건의 교훈을 새겨 그 후에 그는 100% 엘시(L/C) 결제방식을 취하고 있다.

애기를 마치고 나는 박문광 사장을 따라 봉제공장을 둘러보았다. 1500평방미터의 넓은 작업장에 미싱사(縫纫工)들이 작업에 여념이 없었다.

"봉제공장이 매일 풀로 가동되고 있나?"

"그렇죠. 노동자들이 한 달에 이틀 쉬는데 교대로 하다보니 기계는 매일 돌아가고 있죠. 우리 공장 한 달 생산량이 2만5천 장 정도밖에 안되는데 그래서 하청공장도 7개 확보하고 있어요. 우리 공장 혼자서는 우리가 받아온 주문 분을 다 가공할 수 없으니까요."

"노동자들이 한 달에 이틀밖에 쉬지 않으면 주5일 근무제에 따라 특근수당을 많이 지불해야 하는 거 아니가?"

내가 웃으면서 물어보았다.

"국내기업들은 그런 거 거의 없어요. 봉제공장 같은 데서는 모두 작업량에 따라 노임을 주는 计件制를 실시하거든요. 노동자들도 그걸 원해요."

공장 한쪽에 있는 샘플실에 가 보니 벼라 별 의류가 다 있었다.

"이거 다 여기 봉제공장에서 만든건가?"

"대부분 여기서 만든 것이고 외주로 가공한 것도 있어요. 저희 회사는 바지 등 하의를 위주로 하면서 아동복, 성인복 할 것 없이 의류 쪽 가공은 모두 가능하거든요."

"지난해 600만 불 매출액은 모두 수출인가?"

"네 거의 수출이에요. 지난해부터 국내 내수시장을 염두에 두고 우리 자체의 브랜드를 2개 등록하고 만들기 시작했어요. 하나는 아동복 브랜드 다람쥐(Daramju)인데 자체의 로고까지 있거든요. 다른 하나는 성인복 브랜드 '타스'에요. 소량 생산해 출시했는데 반응이 좋더라고요. 그래서 이 두개 브랜드로 국내시장을 개척하고 다시 해외시장도 개척 할려구요."

박문광 사장이 자신감 넘치게 말했다.

연태 우리집농장 가족들

리운실과 그의 부모형제들

1

리운실과 그의 쌈채농장 취재 선색은 상해에서 윤정만의 집에 갔다가 그의 아내한테서 제공 받았다. 친구의 소개로 연태에 있는 야채농장에서 싱싱한 쌈채를 배달받아 먹었는데 후에 알고 보니 서광 사람이 하는 야채농장 이라며 웃었다. 열 몇 가지나 들어있는 모듬쌈채를 주문하면 이튿날 바로 도착하는데 풋 채소를 잘 안 먹던 소학생 딸애들까지 너무나 좋아해서 일년 사시절 떨구지 않는다는 것이었다.

2018년 3월 15일 연태시로 간 나는 연대개발구 만항신가방한국거리에 위치한 "우리집왕족발" 음식점을 찾아갔다. 식당주인은 방정현 조선족중학교 퇴직교원 리동범 선생과 사모님이고 쌈채농장을 하는 리운실은 그의 딸이었던 것이다.

1953년생인 리동범 선생은 내가 초중 다닐 때 한 학기 동안 한어과를 가르친 스승님이다. 그런데 내 머리속에는 그가 나의 형 리상규와 친해서 내가 어릴 적 우리 집에 자주 놀러오던 형님이라는 기억이 더 또렷하게 남아 있었다. 그래서인지 정말 오랜만에 만난 그가 유난히 반가웠다.

얘기를 나누는 사이 어느덧 점심시간이 돼 사모님께서 왕족발과 쌈채소로 점심상을 풍성하게 차려주셔서 우리는 소주를 마시며 하던 얘기를 이어갔다. 워낙 술을 즐기시고 술 한잔 하시고나면 이야기 보따리를 술술 잘 푸시는 선생님으로부터 나는 예전에 잘 몰랐던 일들, 특히는 지난 세기 육칠십년대 방정현조선족중학교와 영건중학교의 변천과정에 대해 알게 되었다.

"1966년 6월 문화대혁명이 일어나고 거의 2년 지나 1968년 3월에 방정현조선족중학교가 취소되고 서광학교와 합병하게 되었어. 그때 방정조중 일부 교원들이 영건향에 원래 있던 농중(农中)이라는 초중에 건너가서 두 학교를 합쳐서 새 영건중학교가 설립되고 고중도 설치하게 된 거야."

"결국 방정조중은 1968년3월에 서광학교와 영건중학교로 나뉘었단 말이네요."

"맞아, 그렇다고 봐야지. 그때 방정조중에는 고중이 없고 초중만 두 개 학급이 있었는데, 삼십여 명 학생들이 모두 영건중학교로 옮겨가게 되었지."

"그 두 개 학급은 1953년생과 1954년생들이죠? 1955년생인 저의 누님네 또래는 계속 서광학교에 남아 초중과 고중을 다닌 걸로 알고 있는데요."

"맞아. 결국 우리 1953년생 뱀띠들과 아래 1954년생 말띠들만 한족학교에 다니게 된 거지."

"그럼 그때 선생님은 영건중학교에 가서 초중 몇 학년에서 공부했나요?"

"그때 우리 서광에서 간 조선족학생들은 학교에서 자기 맘대로 초중1,2,3학년에 편입하도록 했어. 그러니까 공부하기 좀 싫어하는 애들은 빨리 졸업하겠다고 초중3학년에 붙고 공부 좀 하겠다는 애들은 초중1,2학년에 들어갔는데 난 아예 초중1학년에 갔어. 1학년부터 제대로 배우고 싶어서였지. 그런데 두 달 지나고 나니까 학교에서 나보고 초중2학년에 올라가라는 거야. 그때 중국말은 잘 못했지만 책을 읽고 하는 건 되었거든. 그렇게 초중2학년에서 두 달 공부하고 여름방학 했는데, 초중3학년 애들이 졸업하고 9월 새 학기에 고중1학년이 되면서 영건중학교에 고중부가 생기게 되었어. 그런데 바로 그때부터 중소학교 학제가 소학교 5년, 초중2년, 고중2년으로 변해버린 거야. 그래서 난 초중3학년을 다녀보지도 못하고 고중에 직접 올라가게 되었지. 그러다보니 난 초중졸업 사진도 없고 졸업장도 없이 고중에 올라가서 공부했던 거야."

"문화대혁명이 한창일 때 아닙니까. 그때 학생들이 공부를 하긴 했나요?"

"모주석 '5.7지시' 따른다며 공부하는 시간보다 농업로동에 참가하는 시간이 더 많았지. 그런 와중에도 공부 좀 하겠다는 애들은 뭘 좀 배우긴 배웠어. 그때 영건중학교에는 문화대혁명 때 농촌에 하방(下放)당한 방정1중 교원들이 꽤나 있었거든. 우리 반주임 부민(付敏)선생과 남편 왕성(王星)선생은 문화대혁명 전 하얼빈사범대학 졸업생들이였어."

"왕성선생부부? 그 두 분 선생이 그때 영건중학교에 있었어요?"

"그럼. 그 두 분 외에도 우수한 선생이 많았지."

"왕성선생부부는 저가 대학 졸업하고 방정1중에서 교편 잡았을 때 동료였거든요. 왕 선생은 그때 교도주임이었는데 후에 당시 하얼빈에 있던 송화강지구행정공서(地区行政公署)로 전근돼 송화강지구당위 선전부장(地委宣传部长)까지 한 분이에요."

"하여간 문화대혁명시기라도 그런 선생님들이 계셨기에 공부하겠다는 사람은 뭘 좀 배울 수 있었던 거야. 고중에 올라가서 난 학생대표로 학교혁명위원회 성원으로 되었어. 그때는 학교든 어디든 다 혁명위원회가 지도부 역할 했는데 학교에 교장이라고 없고 혁명위원회 주임이 교장인 셈이었어. 난 그리고 학교 단총지부서기도 겸했고 학급에서는 정치간사(政治干事)라는 책임을 맡았어. 문화대혁명 시기 중소학교도 군대조직처럼 학년은 련대(连) 학급은 패(排)라고 편성해 고중 1학년 1반이면 고중 1련1패가 되었거든. 그러니까 학급장은 패장이 되고 그 아래 정치간사라는 걸 두었지. 하여간 2년 동안 학생간부로 활약하고 나름대로 공부도 좀 할려고 노력했었어.

"그렇게 1970년 7월 졸업하고 마을에 돌아와서 생산대 로동에 참가했는데 이듬해 9월 영건공사 문교판공실(文教办)에서 날 찾아온 거야. 현에서 교원을 모집하는데 나보고 시험 치라고. 그때 난 교원 안 한다고 대번에 거절했어. 사실 나는 내 꿈이 따로 있었거든. 농촌에서 2년 생산노동에 참가하고 나면 대학교에 추천받을 기회가 생기는데, 2년 후에 어떻게든 추천받아 의과대학에 가서 공부하고 의사가 되겠다고 말이야. 그런데 공사에서 두 번째로 날 찾아온 거야. 그래도 난 딱 거절했어. 그러자 우리 둘째형이 나보고 공사간부가 두 번씩이나 찾아왔는데 시험에나 한번 참가해보라고 하더라고. 난 그래도 대답 안했는데 공사간부가 세 번째로 찾아왔더라고. 아, 그러니까 마음이 약해져서 결국 시험에 참가했지. 그때 전현 적으로 그해 고중 졸업생들 가운데서 150명 뽑아서 시험에 참가하도록 한 거야. 영건 중학교에서는 그해 20명이 졸업했는데 10명이 시험에 참가했어. 시험성적이 나온거 보니까 내가 전현 150명 가운데서 2등을 한 거야. 그렇게 돼서 교육사업에 참가하게 된 것이 평생 교원으로 살았잖아."

1971년 10월 리동범 선생은 영건공사 육신학교로 발령받았다. 육신촌은 공사마을에서 10여 리 떨어진 산골동네인데 서광대대에서 제대군인 출신인 신수개(申壽介)대장을 위수로 한 6세대 농호들을 파견해 황무지를 개간해서 세운 마을이다. 첫해 농사가 잘 되자 소문을 듣고 외지에서 29세대가 이주해 와서 마을 규모를 갖추고 학교도 세우게 되었던 것이다. 당시 영건공사에서는 서광학교 교장인 공창렬 선생을 육신학교 교장으로 파견했다.

"육신학교 세우느라 정말 고생 많이 했어. 교사(校舍)는 마을 사람들이 와서 지어주었지만 벽이요 바닥이요 창문이요 하는 것 여기 저기 손이 가는 일이 많이 남았거든. 그걸 공 선생하고 둘이서 우리절로 다 했어. 공 선생이 몸이 안 좋아서 아무래도 젊은 내가 일을 더 많이 했지. 공 선생이 너무 고단해하시니까 저녁에 내가 가서 술을 받아오곤 했어. 그때 근들이 소주 한 근에 1원5전 했는데 공 선생님이 즐겨하시고 나도 그때 처음 술을 배웠지. 학생들을 받아놓고 보니까 오륙십 명 되었는데 선생은 둘 뿐이잖아. 그래서 교실 동쪽과 서쪽 벽에 흑판을 두 개 걸어놓고 두 학급 학생들이 서로 등을 돌리고 앉아 수업을 받게 했었어."

1973년 5월 리동범 선생은 서광학교로 발령받았다. 그때 서광학교는 소학교부터 고중까지 설치된 9년일관제 학교였다. 9월 새 학기에 그는 말썽꾸러기가 많기로 소문난 7학년(초중2학년) 담임선생을 1년 동안 맡아 학생들의 환영을 받는 선생님이 되었다. 1974년 9월 그는 재차 육신학교로 파견되었다. 1977년 3월 그는 한족마을인 영건공사 장룡(长龙)대대에 파견돼 소학교밖에 없던 장룡학교를 7년일관제 학교로 만들었다. 그해 그는 방정현 노력모범으로 당선되었다. 1978년 3월 리동범 선생은 10년 전 공부했던 모교 영건중학교에 발령돼 고중1학년과 중등전문학교보습반(中专辅导班) 수학을 가르쳤다. 그해 11월, 그는 재차 방정조중에 발령받아 고중부 설립에 참여했다. 1979년 9월 방정조중은 1973년에 취소되었던 고중부를 회복했다.

1970년대 이후 서광학교와 방정조중의 산증인이라고 할수 있는 리동범선생과 애기를 나누며 나는 대학입시보습반에서 수학을 가르칠 정도로 수학을 잘 했던 리 선생이 왜서 대학입시에 참가하지 않았는지 궁금했다.

"그때 나는 편제내대과교원(编内代课教师)였는데, 대학시험에 참가 못하게 돼 있었어."

"그럼 대과교원 그만두고 대학시험에 참가하면 될 거 아닙니까?"

"글쎄… 그때 이미 칠팔년 교원사업을 했으니까 그런 생각을 못했던지 아니면 아예 하지도 않았던지 그랬던 것 같아."

리동범선생은 1978년부터 줄곧 방정조중에서 근무하며 1990년대 중반부터 십 몇 년간 부교장으로 사업했다. 방정조중은 2000년도에 현성으로 옮겨간 후 학생수 부족으로 2008년에 정식 폐교되었다. 그 전부터 현교육국에서는 교원들을 다른 학교로 분류시키거나 교수1선에서 물러나게 했는데 리동범 선생은 2005년 연태로 왔다. 딸 운실이가 연태에 있었던 것이다. 그때 몇 년 전 한국에 나갔던 사모님도 중국에 돌아와 그들 가족은 연태시내 신세계화원 130평방미터 고층 아파트를 사서 입주했다. 한 평방에 2천8백 위안 할 때였다. 리동범 선생은 연태에서 한국어학교에 가서 한국어를 가르치다가 2008년에 한국에 갔다. 3년 후 돌아온 그는 연태에서 딸과 사위의 창업을 도왔는데 방정조중에서 생물과를 가르쳤던 그는 우리집농장의 든든한 기술고문이었다.

2

왕족발과 쌈채소를 안주로 낮술을 마시며 애기가 거의 끝날 무렵 리동범 선생의 사위 김홍일씨가 봉고차를 몰고 우리를 데리러 왔다. 주문 받은 쌈채소를 배달하고 농장에 돌아가는 길에 식당에 들린 것이다. 차에 앉아 반시간 정도 달려 우리는 시내 변두리 농지 한가운데 위치한 농장에 도착했다.

연태시 지부구(芝罘区)에 속하는 교외 농촌마을이 바라보이는 곳에 너비 8미터 길이 50—60미터 되는 대형 하우스가 13동 세워져 있고 그 옆에 사무실이 별도로 꾸려져 있었다. 한창 쌈채소를 포장하던 운실이가 나를 반갑게 맞아주며 농장에서 재배해 직접 만들었다는 비트차(紅心夢卜茶)를 끓여서 내왔다. 진분홍색으로 곱게 우려낸 비트차를 마시며 나는 운실이와 애기를 나누었다.

1979년생인 운실이는 1995년 방정조중을 졸업하고 상지조중에 가서 고중을 다니고 1998년 대학입시에서 료녕대학 3년제 대학전문대 과정인 컴퓨터재무관리(計算机财务管理)학과에 진학했다.

　"2001년 대학졸업 후에 먼저 청도에 갔다가 후에 연태로 왔어요. 몇 년 동안 여러 개 한국회사에 다녔는데 저가 배운 재무컴퓨터관리를 써먹을 수 있는 곳은 없더라고요. 전문성이 강해서 그런지 하여간 한국회사에서 일반 사무직으로 근무하면서 회사를 여러 곳 바꿨어요. 회사 환경(분위기)이 안 좋아 사직하고 나오기도 하고 회사가 부도나서 그만두기도 했죠. 그러다가 연태에 있는 한국품질관련시스템 회사에 취직해 좀 오래 있었어요."

　연태시품질과기술감독국(质量技术监督局)과 한국회사에서 공동으로 설립한 이 합자회사에서 운실이는 재무관리 사무직으로 근무했다. 바로 그 무렵 엄마가 한국에서 돌아와 연태로 오고 아버지도 뒤따라 연태로 왔다.

　"초중 졸업 후 집을 떠나 고중 다니고 대학공부 하고 청도와 연태 한국기업에서 근무하고 하면서 내내 외지에서 혼자 살다가 정말 오랜만에 엄마 아빠와 함께 살게 되었죠. 엄마가 한국에서 벌어온 돈에 저와 아빠가 저축한 돈을 합쳐서 널찍한 아파트도 사서 입주해 살았는데 정말 좋더라고요. 건데 엄마가 다시 한국에 나가시겠다는 거에요. 한국에서 자진신고하고 들어오다 보니 4년 후라야 다시 나갈 수 있는데 빨리 나가고 싶어 하시는 거죠. 아직 좀 젊었을 때 빨리 한국에 나가 더 벌어야겠다고 말씀하셨지만 기실은 그때 이미 오십을 넘긴 엄마가 중국에서 마땅한 일자리를 찾을 수 없었어요. 식당 같은데 들어갈 수는 있지만 같은 일하면서 한국에서 버는 것보다 훨씬 적잖아요."

그때 마침 한국에서 무연고 중국동포방문취업전산추첨제라는 출입국정책을 시행하기 시작했다. 여기에 합격하려면 먼저 한국어능력시험에 통과돼야 했는데 운실이는 엄마에게 한국어공부를 시켰다. 엄마가 시험을 치를 때 운실이도 함께 참가해 합격되었고 전산추첨에서 모녀가 다 당첨되었다. 그렇게 돼 2007년 1월 운실이는 엄마와 함께 한국에 갔다. 아빠도 그 이듬해에 운실이 사촌언니의 초청으로 한국에 나왔다.

운실이는 한국에서 경기도 일산에 있는 출판사에 취직해 2년 동안 근무했다. 노임이 한화 백만 원으로서 중국에 있을 때 보다 인민폐 2천여 위안 더 높은 셈이었다. 한국에 간 그의 친구들이 노임이 높은 서비스업 쪽으로 나오라고 권고했지만 그는 계속 출판사에 다녔다. 서비스업 쪽에서 일하며 힘든 육체노동을 감당할 자신이 없었고 그럴 생각도 없었다.

2009년 운실이는 출판사를 떠났다. 중국 관련 회사에 취직해 한국 업체들의 중국진출을 위한 어떤 일을 하고 싶었던 것이다. 직원모집 광고를 보며 기회를 찾던 그는 서울 가산디지털단지에 있는 전자회사의 정규직 사무직원으로 채용되었다. 노트북 부품을 취급하는 회사였는데 그는 중국관련 업무를 담당했다.

2010년 운실이는 친구의 소개로 고향이 연수현인 김홍일 씨를 만났다. H2방문취업비자로 한국에 와서 6년 동안 건설현장에 다녔다는 청년을 몇 번 만나면서 보니 성품이 착하고 배려심이 많았다. 그해 6월 그들은 결혼식을 올렸다.

2010년 말 운실이는 회사의 파견으로 혼자 먼저 귀국했다. 회사에서 중국에 진출해 중고품 노트북 관련 업무를 추진할 계획을 세웠던 것이다. 남편도 비자만료기일을 반년 앞두고 뒤따라 귀국해 연태로 왔다.

"연태에 돌아와 한국회사에서 반년 넘게 근무했어요. 건데 중고노트북 관련 업무를 추진하려는 회사의 계획은 순조롭지 않았어요. 그래서 저는 회사에 출근하면서 다른 출로를 찾기로 했어요. 회사를 언제 그만두어야 할지 모르는 상황이잖아요. 그렇게 인터넷을 검색하다가 천연비누에 눈길을 돌리게 되었어요. 지금은 많아졌지만 그때만해도 중국에서는 천연비누가 별로 없었거든요. 저 자신이 피부가 안 좋았는데, 재료를 사서 천연비누를 만들어 먼저 써보았더니 효과가 좋더라고요."

운실이의 아이템으로 아버지와 남편까지 동원돼 그들 가족은 천연비누를 만들어 팔기 시작했다. 재료구입과 가공은 아버지가 책임지고 운실이 부부는 인터넷을 통해 홍보하고 판매했다. 생각밖에 반응이 좋았다. 그들은 연태오방한국성에 매장을 하나 임대해 가게를 차려 도매와 소매를 병진했다. 수요량이 늘어나면서 그들은 가게를 하나 더 늘려야 했다. 후에 그들은 한국화장품도 들여와 팔기 시작했다.

"바로 그 무렵 회사에서는 중국진출을 완전히 포기했어요. 그래서 저도 남편과 함께 전문 천연비누와 화장품을 팔게 되었는데, 사장님이 저에 대한 배려라고 할까, 한국에서 코리아나화장품을 공급해주기로 했어요. 코리아나화장품은 한국에서도 이름 있잖아요."

몇 년 지나고나니 천연비누를 만들어 파는 사람들이 많아졌다. 재료구입과 가공이 쉬웠던 것이다. 한국화장품도 그들처럼 작은 가게에서 하는데는 판매에 한계가 있었다. 뭔가 새로운 출로를 또 찾아야 했다.

"그러다 한국에 갔다가 마트에서 싱싱한 쌈채를 보게 되였어요. 전에 한국에 있을 때도 가끔 사다먹었지만 다른 생각을 해보지 않았는데, 그날 하얀 김이 나오는 냉장보관시설에 놓여있는 십여 가지 품종의 쌈채를 보니까, 아 이거 중국에서도 재배해서 팔면 될 수 있겠다, 하는 생각이 들더라고요. 그래서 인터넷에서 검색해 채소씨를 전문 파는 회사에 찾아가 수십 가지 쌈채씨를 사가지고 왔어요. 집에 와서 아빠한테 말씀드렸더니 도와주시겠다며 한번 해보라고 하셨어요. 남편도 적극 지지했구요."

2016년 3월 그들은 연태시 지부구 시내변두리의 땅 2무를 도급맡아 대형 비닐하우스를 세우고 유기농 쌈채 재배를 시작했다. 먼저 택배로 친구와 지인들에게 보내주며 반응을 들어보았다. 그들은 운실이가 보내준 쌈채가 유기농이라서 그런지 맛도 좋고 냉장고에 일주일 넘게 두었는데 하나도 상하지 않고 그대로 싱싱하다면서 주변 친구들에게 널리 소개할 테니 본격적으로 해보라고 권장했다.

3

그들은 14 무(畝) 땅을 도급 맡아 너비 8미터 길이 50~60미터 되는 하우스를 13동 세웠다. 그리고 우리집농장이라는 이름을 달았다. 온가족이 참여하는, 말 그대로 우리 집에서 정성들여 가꾸는 가족농장이었다. 농장에서는 한국 종자회사로부터 정기적으로 치커리, 뉴그린, 케일, 깻잎, 적겨자, 흑치마상추, 청치마상추, 적오크, 담배상추 등 20여 가지 쌈채종자를 제공받아 재배하고 갓, 열무 등 잎채소도 재배했다. 쌈채는 육모실에서 키워 하우스에 일일이 모종을 해서 자래웠다.

우리집농장에서는 첫 시작부터 농약과 화학비료를 일절 사용하지 않는 순수 유기농 채소를 재배한다는 원칙을 세우고 견지했다. 순수 유기농, 그것은 우리집 농장의 브랜드이자 명찰이기도 했다. 그런데 13동 하우스라는 대면적에서 그것을 견지하기란 결코 쉽지 않았다. 그러자 방정조중에서 생물과를 가르쳤고 마을의 과학영농에도 참여했던 리동범 선생이 기술적인 난관을 극복하며 큰 역할을 발휘했다. 그는 우선 모든 비닐하우스에 방충망을 설치해 성충의 류입을 막아 벌레들이 알을 낳는 것을 원천적으로 방지했다. 그리고 계란 노란자위, 식용유를 결합한 란황유와 마늘, 고추, 약초 등으로 식물 추출물을 만들어 농약 대신 썼다. 비료는 유기농비료와 계분비를 사용했다. 그리고 예전에 고향 농촌에서 하던 방식을 취해 쌈채 잎을 따고 남은 줄기와 뿌리를 이용해 록비(绿肥)를 만들어서 다시 흙과 배합해 적비를 만들어 사용하기도 했다.

진정 일말의 거짓도 없는 진짜배기 순수 유기농 채소가 일년 사시절 재배돼 출하되면서 뭐니 뭐니 해도 판매가 가장 중요했다. 아무리 좋은 상품도 팔려야 그 가치를 실현할 수 있기 때문이다. 그들은 연태 위해 청도 등지의 슈퍼와 식당들을 찾아다니며 홍보해 30여 개 업체들과 공급 계약을 체결하고 장기적으로 배송하고 있다. 그리고 위챗과 인터넷으로 널리 선전해 택배로 보내고 있다.

우리집농장의 쌈채는 한 잎 한 잎 따서 좋은 것으로만 선별해 포장하는데 신선도 보장을 위해서 새벽부터 잎을 따야 하기에 많은 시간

과 정력이 필요했다. 그렇게 출하된 쌈채는 연태지역에는 김홍일씨
가 직접 배달하고 있으며 기타 지역은 택배로 가능한데 베이징, 천
진, 상해, 하얼빈, 심천 등 도시는 이튿날이면 배달된다. 유기농법으
로 재배한 상품이여서 신선도가 뛰어나 야채 보존 기간이 7일~15일
까지 가능하다. 전국 각 지역에 택배로 보내는 제품 중에서 모듬쌈채
가 가장 인기를 끌었다. 계절별로 적어서 10가지 내지 15가지 쌈채가
포함된 모듬쌈채는 세 식구가 한 끼를 먹기에 충분하다. 우리집농장
에서는 또한 한국식품회사나 식당에서 원하는 야채를 주문 생산하는
방식도 병행하고 있다.

2017년 그들은 연대개발구 만항한국거리에 "우리집왕족발"을 오
픈했는데 후에 연태로 온 운실이 오빠 내외가 맡아서 경영하고 있다.
2018년 초에는 연태개발구에 "우리집반찬가게"를 별도로 차렸다.
"우리집왕족발"에서는 연태시에서 처음으로 생족발 숯불구이 오리지
날과 매운맛을 출시하여 인기를 끌었다. "우리집 반찬가게"에서는 농
장에서 직접 재배한 무우, 배추, 고추, 열무, 갓, 알타리무우김치, 쪽
파, 영채 등을 이용해 내 가족이 먹는 것처럼 정성과 마음을 다해 배
추김치, 깍두기, 무우말랭이, 열무김치, 나박김치, 갓김치, 영채김
치, 고추절임 등 반찬을 직접 만들어 전국각지에 택배로 보내고있다.
그들은 또 직접 만든 수제 무염청국장, 비트차, 뿌리치커리차도 택배
로 보내고 있다.

한국의 마트에서 목격한 신선한 쌈채에서 아이템을 얻어 시작한
유기농 채소재배가 우리집농장을 탄생시켰고 우리집왕족발, 우리집
반찬가게로 확장되었고 그렇게 온 가족이 협력해 운영되는 가족회사
로 발돋움해 세인의 주목과 환영을 받고 있다.

제6부

우리 선생님

박동률 리임선(서광, 청도)

공정철 김춘자(서광, 청도)

한명순(서광, 한국 서울)

김석일(서광, 빈현)

박찬태(서광, 한국 서울)

선생님은 항상 낭랑하게 웃으셨다

리임선·박동률 부부(서광, 청도)

1

2019년 8월 24일, "서광학교 교직원 청도모임"에서 나는 또 리임선 선생님을 만나 뵈었다. 이는 근년에 리 선생님과의 세 번째 만남이다. 매번 만날 때마다 이 선생님은 예전처럼 낭랑하게 웃으셨는데 웃음소리에서 햇살처럼 밝은 기운을 느낄 수 있었다.

리 선생님은 1942년 녕안현 신안진(현재의 해림시 신안진)에서 태어나셨다. 그의 부친 리판금은 1930년대 한국 경상북도 고령군 덕곡면에서 아내와 두 딸을 데리고 만주 땅으로 건너와 신안진 5반에 정착했다. 당시 몸에 일전 한 푼 없었던 그는 남의 외양간을 빌려 살림을 차렸다. 몇 년 후 그들의 세 번째 아이가 태어났다. 또 딸이었다. 아내 진순희는 너무 실망하여 꼼지락거리는 갓난아기를 포대기로 싸한 켠에 밀어두고는 거들떠보지도 않았다. 젖을 먹이지 않은 것은 더 말 할 것도 없었다.

저녁에 큰딸이 돌아와 어린 동생을 안아 억지로 엄마의 품속에 밀어 넣어서야 엄마는 마지못해 갓난아기에게 젖을 물렸다. 태어나서부터 이처럼 환영을 받지 못한 이 셋째 딸이 바로 리임선 선생이었다. 임선이는 어려서부터 덜렁이였다. 나무에 오르고 냇가에서 고기잡이하며 머슴애들도 찜쪄먹을 정도였다. 학교에 입학해서는 공부와 문예체육 모든 면에서 뛰어나 점점 부모님들의 사랑을 받게 되었다. 그의 아버지는 매우 부지런한 참농군이셨다. 그는 일년 사시절 농사일 하고 부업도 해서 돈을 벌어 생계를 꾸려오며 4녀1남 다섯 자식을 모두 학교에 보내어 공부를 시켰다. 50년대 초, 그들 일가는 목단강시 교구 강남촌으로 이사했다. 강남촌에 시집온 임선이의 큰 언니가 시내와 가까워 살기 좋다며 친정집을 데려왔던 것이다. 임선이는 강남촌에서 소학교를 졸업하고 강 건너에 있는 목단강조선족중학교에 입학하였고 그 후 목단강사범학교에 시험 쳐 붙었다. 그리고 그는 강남촌에서 한 마을에 사는 그의 평생의 반려 박동률을 만났다.

1962년 리임선은 사범학교를 졸업한 후 강남촌에 돌아와 향촌 소학교에서 교사생활을 시작했다. 그때 박동률은 하얼빈에서 대학교를 다니고 있었다. 겨울방학이면 마을로 돌아온 박동률은 리임선을 찾아왔지만 어머님은 딸을 방에 꼭 가둬둔 채 나가지 못하게 했다. 어머니께서는 사랑에 빠진 딸이 자신을 지키지 못할 가봐 걱정 되었던 것이었다. 여기까지 얘기하신 선생님은 호호, 하고 웃으셨고 우리 제자들도 참지 못하고 하하, 하고 웃음을 터뜨렸다.

1964년, 박동률은 드디어 대학교를 졸업하였다. 하얼빈사범학원 수학학부 졸업생인 박동률은 그때 얼마든지 대도시에 배치 받을 수 있었지만 그 시대의 열혈청년이었던 그는 주동적으로 간고하고 편벽한 곳에 가서 교육사업에 종사하겠다고 신청했다. 그렇게 그는 방정현 영건향 서광촌에 있는 방정현조선족중학교에 오게 되였다.

박동률선생의 선택은 두 가족의 부모님들을 크게 실망시켰다. 양가 모두 두 사람의 혼사를 치러주려고 하지 않았다. 박동률선생의 부모님들은 아들이 신변으로 돌아오기를 바라는 마음에 두 사람이 결혼하는 걸 동의하지 않았다. 그것은 만약 결혼하여 그쪽에서 정착하고 나면 다시는 목단강 쪽으로 돌아올 수 없다고 생각하였기 때문이었다. 리임선 선생의 부모님들도 멀리 기차도 통하지 않는 시골로 딸을 시집보내고 싶지 않았다. 부모님의 허락이 없이는 절대 결혼을 할 수 없었던 그 시절, 그들은 양가 부모님들이 허락 할 때까지 기다릴 수밖에 없었다. 사무친 그리움을 오가는 편지에 쏟으며…

1967년, 3년이라는 기나긴 기다림 끝에 그들은 드디어 백년가약을 맺게 되였다. 결혼한 이듬해에 맏아들 문성이가 태어났다. 그때 리임선 선생은 여전히 강남소학교에서 교편을 잡고 있었다.

1969년 12월의 어느 날, 리임선 선생님은 갓 한 돌을 넘은 아들을 업고 방정으로 향하였다. 목단강에서 기차를 타고 상지에 도착해 버스를 타고 연수에 가서 다시 버스를 갈아타고 하면서 꼬박 이틀 걸려서야 방정 현성에 도착하였다. 하지만 사흗날 버스를 타고 또 방정현조선족중학교가 자리 잡고 있는 영건향으로 가야 했지만 밤새 큰 눈이 쏟아진 탓으로 하루에 한번 통하는 버스마저도 끊겨 있었다. 버스역(客运站)에서 발을 동동 구르던 리임선 선생님은 반갑게도 서광촌 사람을 만나게 되었다. 바로 1970년대 서광대대 제1생산대 대장으로 있었던 김명호 씨였다. 그때 삼십대 초반이었던 김명호 씨는 차가 언제 올지 모르니 서광촌까지 걸어서 갈 작정이라고 말했다.

"마을까지 몇 리나 됩니까?"

"50리 되요."

"50리요?! 세상에!"

잠깐 망서렸던 리임선 선생님은, 까짓 거 두려울 게 뭐람? 하며 결연히 김명호 씨를 따라 길을 떠났다. 사랑하는 님이 기다리는데 오십 리가 아니라 백리 이백리라도 걸어서 갈수 있을 것 같았다.

사나운 겨울바람은 살을 에는 듯 했고 두텁게 쌓인 눈은 무릎을 넘었다. 다행히 김명호 씨가 앞에서 걸으며 발자국을 남겨 리임선 선생님은 좀 수월할 수 있었다. 그는 눈바람을 맞받아 따라 걸었다. 한참 걷다나니 등허리가 어느새 땀에 후줄근하게 젖었다. 그는 가쁜 숨을 몰아쉬며 힘겹게 발걸음을 옮겼다. 목단강에서부터 힘들게 들고 온 짐은 김명호 씨가 대신 짊어지고 가는데 자신의 등에 업은 아이가 점점 무겁게 느껴지며 나중엔 아이가 자꾸 미끌어 떨어지는 것 같았다. 그는 수시로 손을 뒤로 돌려 아이를 받치고선 허리를 굽히고 걸었다. 그렇게 십여 리 길을 걷고 나서 그들은 길옆의 한 마을에서 다리쉼을 하였다. 하지만 조금 숨을 돌리고는 계속 길을 재촉하였다. 걷고 걷다 리임선 선생님은 드디어 참지 못하고 김명호 씨 보고 아직도 얼마를 더 걸어야 하는가 물었다. 김명호 씨는 이 앞의 마을만 지나면 도착한다고 대답했다. 하지만 그 마을은 산길로 접어들었고 끝이 보이지 않았다.

"길 양쪽으로 나무가 꽉 들어찬 산길인데, 가도 가도 끝이 안보여. 날도 어둑어둑해지지, 힘들어서 점점 다리 옮길 힘도 없지, 그래서 내가 일봉이 부친(김명호)보고 아직 얼마 더 가야 하냐고 물어보니까 저 앞의 산굽이를 돌고나면 산을 내려갈 수 있대. 건데 그 산굽이를 넘고 나니까 또 산굽이가 나타나는 거 있지…"

그렇게 걷고 또 걷다가 김명호 씨가 앞에 나타난 언덕길을 가리키며 이 "빠리깡(八里崗)"만 내려가면 이번엔 진짜 집에 도착한다고 말했다. 언덕길이 8리 된다고 지어진 이름이었다. 날은 어느새 캄캄해졌다. 구불구불 기나긴 산길을 거의 다 내려왔을 때 멀리 아렴풋하게 깜빡이는 몇 점의 불빛이 보였다. 김명호 씨는 저 불빛과 잇닿은 곳이 바로 서광촌이라고 알려주었다.

그렇게 천신만고 끝에 찾아온 서광촌에서 리임선 선생님은 거의 20년을 살았다. 선생님은 서광에서 보낸 나날들은 자기 인생의 가장 눈부시고 잊을 수 없는 세월이라고 얘기하셨다. 선생님은 줄곧 소학교에서 코흘리개들을 가르쳤고 해마다 담임교원으로 계시다가 1983년부터 1984년까지 대리교장직을 담임하셨고 후에는 교도주임 직을 맡으셨다.

박동률선생은 줄곧 중학교에서 수학과 물리를 가르쳤고 1970년대 후반 교장 직을 담당했었다. 1970년대 그들은 또 박 선생님의 부모님과 동생들을 모두 서광촌으로 데려와 함께 생활하였다.

1987년 9월 방정조선족중학교 고중부가 취소된 후 수학교수를 잘해 이름을 널리 날린 박동률선생은 상지조선족중학교에 전근하게 되었고 그 다음해 리임선 선생님은 상지시조선족소학교에 전근되었다. 1998년 퇴직을 앞둔 박 선생님은 갑자기 중풍을 맞게 되었다. 다행히 한 달 간의 치료를 거쳐 완쾌됐다. 그 다음해 그들 부부는 청도에서 자리 잡은 셋째 아들을 따라 청도로 이사했다. 그런데 청도에 온 지 얼마 안 되어 박 선생님은 뇌경색이 재발하였다. 2011년 돌아가실 때까지 박 선생님은 대부분의 시간을 누워서 보냈다. 십여 년이라는 기나긴 시간을 리임선 선생님은 한시도 박 선생님 곁을 떠나지 않으며 성심을 다하여 간호하였다. 십여 년, 말이 쉽지만 그 수고는 직접 겪어본 당사자가 아니면 누구도 상상할 수 없는 일이다. 고생을 하는 가운데서도 가슴 뿌듯한 것은 세 아들이 모두 사회의 어엿한 인재로 성장한 것이었다. 둘째아들과 셋째아들은 모두 창업하여 자신의 기업을 소유한 천만장자가 되었다.

2019년 10월, 리임선 선생님의 9명 학생들이 대경, 대련, 베이징, 천진, 한국 서울 등지에서 청도로 와서 리임선 선생님을 찾아뵈었다. 그들은 모두 리임선 선생님께서 금방 서광소학교에 와서 담임을 맡아 4~5년 가르쳤던 제자들이었다. 이 제자들 중 일여덟 명이 베이징사범대학, 동북사범대학, 중국정법대학, 중앙민족대학 등 중국 명문대학에 입학하였다. "서광이 보인다—서광촌사람들" 위챗 그룹에서 이 소식을 접한 나는 깊은 감동을 받았다. 사진 속에서 리임선 선생님은 학생들 속에 에워싸여 환하게 웃으셨다. 나의 귓전에는 마치 선생님의 그 해맑고 청청한 웃음소리가 들려오는 듯 싶었다.

대를 이어 교육사업에 헌신한 긍지와 영광

공정철·김춘자 (서광, 청도)

1

서광소학교는 1946년에 설립되었으며 방정현조선족중학교는 1958
년에 남천문에서 설립되었다. 1962년 방정현조선족학교가 전현에서
제일 큰 조선족마을인 서광촌으로 이주하게 되면서 두 학교는 여러
번 합병되었다가 분교 되는 과정을 겪게 되었는데 그 몇 십 년 사이
에 서광소학교와 방정현조선족중학교에 모두 열세 명 교원이 교장
직을 담당했었다. 그 열 세명 가운데 두 분이 공(公)씨인데 그들은 부
자지간으로서 부친 공창열은 서광소학교의 제 3임 교장이었고 아들
공정철은 서광소학교의 제 9임 교장이었다.

1927년에 출생한 공창열은 열 몇 살 나던 해에 조선 평안북도에서
부모를 따라 흑룡강성 방정현 천문향(天门乡)으로 이주하였다. 천문

향은 본래 남천문으로 불렸다. 그곳에서 거주하던 원로들의 말씀에 따르면 30-40년대에 천여 세대의 조선족들이 거주하는 하얼빈동부 지역에서도 비교적 큰 조선족동네였다고 한다. 1945년 일본이 투항한 후 대부분 조선족들이 남천문을 떠났게 되었는데 그중 근 반수에 달하는 사람들이 광복후의 조선반도로 돌아가고 나머지 사람들은 전성 각지로 흩어져 떠나갔다고 한다. 그리하여 송화강남안의 일망무제한 수전을 경작할 사람이 없게 되었다. 1950년대 초반 방정현인민정부에서는 료녕성 관전현(寬甸縣) 등지에서 수백 호에 달하는 조선족농호들을 받아들여 남천문으로 이주시켰다. 그리하여 몇 해 동안 묵여두었던 만여 무의 논벌을 다시 경작하기 시작했다. 남천문에서는 워낙 송화강지류인 마이하(螞蟻河)에 보를 쌓고 물을 끌어올려 벼농사를 했는데 1960년대 초반 보가 몇 번 터지는 바람에 농사를 할수 없게 되자 조선족들이 또다시 살길을 찾아 뿔뿔이 남천문을 떠나게 되었다. 그중 일부분 사람들은 남천문과 70여리 상거한 서광촌으로 이주를 하였다.

조선에서 부모님을 따라 남천문으로 이주해온 공창열은 남천문조선족학교에서 계속해서 학교를 다녔다. 해방 후 그는 당시 목단강조선족고급중학교에 설치된 사범단기훈련반에 추천되어 공부를 하고 돌아와 남천문에서 교직생활을 시작했다.

1956년 공창열선생은 서광학교로 발령받아 부모님과 함께 서광촌으로 이사 왔다. 남천문의 조선족들이 뿔뿔이 흩어지기 몇 년 전이었다. 서광에 온 그 이듬해에 맏아들 공정철이 태어났다.

1966년 문화대혁명이 일어나며 서광학교도 다른 곳과 마찬가지로 한동안 정상적인 수업을 할 수 없었다. 그러다 1968년부터 정상적인 수업을 회복하면서 공창열 선생님이 서광학교의 교장으로 임명되었다. 3년 후인 1971년에 그는 다시 육신촌(育新村)소학교 교장으로 임명되었다.

육신촌은 서광촌 동북쪽으로 십여 리 상거한 산골마을인 육림촌이라는 한족동네 옆에 새로 세워진 조선족 마을이다. 육림촌은 본래 조바툰(赵炮屯)으로 불렸는데 광복 전 수십 세대의 일본인개척단들이 있던 곳이기도 하다. 일본이 투항하자 개척단의 백여 명 일본인들은 집단자살을 하였다고 한다. 당시 목격자의 회고에 따르면 일본인 우두머리는 어린 아이들마저 놓아주지 않고 개척단 전원을 학교 교실에 가둬놓고 불을 지르고 자신도 할복 자살했다. 그 잔인함에 소름이 끼치지 않을 수 없었다고 한다.

70년대 초에 서광대대에서는 영건공사에 육신촌을 개발할 건의를 올리고 영예군인 신수개(申寿介)를 대장으로 임명하였다. 그러자 신수개 대장은 공사에 공창열 교원을 육신촌소학교 교장으로 파견할 것을 제의했다.

당시 육신촌은 조선족농호들이 십여 호밖에 되지 않았다. 공창열 교장선생님과 함께 학교로 부임된 다른 한 사람으로는 리동범이라는 젊은 교원이 있었다. 두 사람은 사원들과 함께 흙을 이겨 투피를 잡아 흙집을 하나 지어놓고 교실을 만든 후 이십여 명 학생들에게 수업을 하기 시작했다. 몇 년이 지나 육신촌은 오십여 호로 불어나고 학교도 일정한 규모를 갖출 수 있게 되었다. 애석하게도 공창열 교장은 과로로 인해 복막염이 재발돼 1976년에 서광촌으로 돌아와 휴양을 해야 했으며 1980년에 53세의 아까운 나이로 세상을 떠나게 되었다.

공정철은 방정현조선족중학교의 제2기 고중졸업생이다. 1978년 1월 그는 호란사범물리전업에 입학했는데 대학입시제도가 회복된 후 서광촌 제1진 대학생 가운데 한 사람이다. 졸업 후 그는 모교인 방정현조선족중학교에 배치 받았다.

방정현조선족중학교는 1979년에 이르러 서광촌에다 6년간 취소되었던 고중부를 다시 설립했다. 고중부가 설립된 후 방정조중에는 8개 학급에 학생이 240여 명이나 되었다. 공정철 선생은 당시 고중 3학년 물리과를 가르쳤는데 대학입시에서 물리성적이 줄곧 전성 평균 성적을 훨씬 초과했다. 1980년 대학입시에서 방정조중 수험생들의 물리과 성적은 평균 90점이라는 높은 기록을 낸 적도 있다.

1992년 공정철 선생은 서광학교 교장으로 부임되었다. 교장으로 부임한후 그는 교육의 질을 높히는데 중점을 두고 교학을 틀어쥔 한편 학생들의 문체활동에도 특별한 중시를 돌렸다. 그리고 촌지부의 적극적인 지지를 받아 교원들의 업무능력 제고를 위해 외지파견 학습도 적극적으로 추진하였다. 그리하여 서광학교는 방정현 조선족학교 교수경연이나 전현적으로 펼쳐지는 여러 경연에서 항시 앞자리를 차지 할 수 있었다. 서광소학교 축구팀은 하얼빈시조선족소학생 축구경기에서 준우승을 따내기도 했다.

김춘자 선생은 방정현 따뤄미(大罗密)진 홍광촌 사람이다. 그의 부친은 홍광소학교의 노교원이었으며 그의 남동생 역시 홍광학교 교원이었다. 김춘자 선생은 고중를 졸업하고 홍광학교의 민영교원으로 있다가 1981년 공정철 선생과 결혼한 후 서광학교로 전근해 왔으며 후에 오상조선족사범학교에서 공부하고 정식교원으로 되었다. 서광학교에서 그는 20여 년 동안 담임교원을 담당하며 뛰어난 성적을 거두어 성급우수교원의 영예를 지녔고 흑룡강성 "50대 우수교원"으로 평선 되기도 했다.

90년대 중기에 이르러 농촌 마을들에서 해외나들이와 도시진출 바람 그리고 저출산의 영향까지 겹치며 조선족향촌 소학교의 학생내원이 급감하기 시작했다. 하지만 서광촌 주변 연수현 가신진과 중하진의 5-6개 조선족마을의 학생들이 서광촌으로 몰려와 중학교를 다니다 보니 방정현조선족중학교의 학생래원은 온건하게 보장이 되어 있었다. 그런데 2000년에 이르러 방정현 정부에서 조선족중학교와 산하 여러 개 조선족소학교들을 합병하고는 학교를 방정현성에 옮기도록 결정하였다.

당시 서광학교의 대부분 교원들의 반대가 있었음에도 불구하고 끝내는 현성에 학교를 지어놓고 학교들을 합병시키고 말았다. 하지만 방정현의 비교적 큰 조선족마을들은 거개가 현성과 거리가 멀었던바 기숙생활을 해야 하는 등 애로점 때문에 학생이 많이 줄게 되었으며 다른 현의 학생들도 거의 줄게 되었다. 그리하여 학교의 학생 수도 급감하게 되었다. 조선족학교를 조건이 우월한 현성으로 옮기는 주관적인 의도는 좋았으나 객관적으로 보면 학교의 해체를 가속했다고 봐야 할 것 같다. 그리하여 2008년 3월 학생이 없게 되자 방정현조선족 학교는 문을 닫게 되었다.

공정철 김춘자 부부는 슬하에 두 딸을 두었는데 딸들은 대학을 졸업하고 각각 상해와 청도에서 자수성가하였으며 그들 부부는 현재 청도에 거주하면서 딸들이 일떠세운 장식품 가게 경영을 돕고 있다.

"서광학교 교직원 청도모임"은 바로 김춘자 선생의 제의로 조직하게 2019년 8월 24일부터 25일까지 진행된 것이다. 모임 기간 내내 공정철, 김춘자 두 분 선생의 얼굴에는 대를 이어 한평생 교육 사업에 헌신해온 긍지가 흘러넘쳤다.

조용하고 평범하게 평생 살아오신 선생님

한명순(서광, 한국 서울)

"서광학교 교직원 청도모임"에 참석해 사십여 년 전 나를 가르치셨던 한명순선 생님을 만나 뵙고 나는 너무나도 반가웠다.

돌이켜 보면 내가 소학에 다닐 때 한 선생님은 삼십대 초반이었는데 아련하고 섬세한 스타일이 그림 속에서 온 아가씨처럼 멋진 모습이었다. 세월 이기는 장수 없다고 하지만 작은 가방을 지니시고 가벼운 걸음으로 다가오시는 한 선생님은 팔십 고령 같지 않게 정정하셨다.

청력이 많이 못해져서 대화하는데 약간의 장애가 있기는 했지만 그는 여전히 사십여 년 전과 같이 조용조용 가벼운 목소리로 살랑살랑 속삭이듯 말씀하셨다.

한 선생님은 팔구 세 어린 나이에 부모를 여윈 불쌍한 고아였다.

한 선생님의 부친 한판손은 1902년 한국 전라북도 무주군 적삼면 태생인데 삼십 년대에 일가족을 이끌고 만주땅 봉천(지금의 심양)으로 와서 정착했다. 1939년 한명순 선생님은 네 형제 중 막내로 봉천에서 태어났다.

그가 네 살 나던 해에 한 선생님 가족은 봉천을 떠나 북만주 통하현 청하진의 소고동강반의 어느 조선족마을로 이주했다. 어린나이여서 한 선생님은 심양에서 어떻게 살았는지에 대해서는 별로 기억이 나지 않는다고 한다. 다만 어린 시절 어머니로부터 전해들었던, 그들 가족이 일본 놈들을 피해서 심양을 도망치듯 떠나오게 되었다는 말씀은 아직도 기억에 생생하다고 하셨다.

한 선생님에게는 언니 둘과 오빠가 한분 있었는데 어머니 말씀에 따르면 심양에 살 때 한 일본인이 인물이 출중한 그의 큰 언니를 탐냈지만 언니는 물론 부모들도 일본사람과 절대 결혼할 수 없다고 잡아뗐다고 한다. 그러나 일본인이 끈질기게 달라붙자 그들 가족은 도망치듯 심양을 떠나오게 되었다고 한다.

그들 가족은 청하진 소고동강반의 어느 시골마을에 자리잡은지 2년이 채 안 돼 일본이 투항하며 광복을 맞이하게 되었다. 하지만 토비들의 성화에 그들 가족은 편한 날이 없었다. 그리하여 그의 아버지는 조선반도로 돌아가려는 일념으로 가족을 이끌고 길을 떠났다. 그렇게 길을 떠났는데 국경이 막히는 까닭으로 조선으로 되돌아가기가 어려워졌다. 그들 일가족은 고생고생 하며 목단강일대까지 갔다가 더는 남쪽으로 가지 못하고 녕안현 발해진 강서촌에 자리를 잡게 되었다.

얼마 후 큰언니가 동녕현으로 시집을 가고 오빠는 중국인민해방군에 가입하게 되었는데 어머니께서 불치의 병에 걸려 세상을 떠나게 되었다. 설상가상으로 아버지마저 덜컥 들어 눕게 되었다. 어찌할 방도가 없게 되자 그의 아버지는 열여섯 살 된 둘째 언니를 녕안현 삼릉향으로 시집보내 놓고는 얼마 지나지 않아 영영 눈을 감으셨다.

한 선생님의 오빠 한영길은 후에 항미원조 전쟁에 참가하였는데 전쟁이 끝나서도 죽었는지 살았는지 생사를 확인할 수 없었다. 둘째 언니도 단명하였는바 스물 몇 살 나던 해에 세상을 떠났다. 그렇게 고아가 되다시피 한 한명순 선생님은 다행히 강서촌에서 군속가족 대우를 받으면서 생활하게 되었는데 촌에서는 그가 대학가기전까지 줄곧 생활보조를 주었다고 한다.

한명순 선생님은 강서촌에서 소학교를 졸업하고 녕안조선족중학교에 입학해 초중과 고중을 졸업하고 목단강사범학원 수학학부에 입학하였다.

1961년 대학졸업 후 한 선생님은 방정현조선족중학교에 배치 받았다. 학교는 어린 시절 그가 2년 남짓 살았던 통하현 소고동강반에서 불과 오십여 리 떨어진 남천문에 있었다. 1962년 방정조중이 남천문에서 옮겨오며 그도 서광촌으로 오게 되었다.

한 선생님을 만나기전 내가 취재한 사람들 중 누구도 방정현조선족중학교가 서광촌에 이주한 날짜를 기억하지 못하고 있었는데 한선생님만은 그날을 똑똑히 기억하고 계셨다.

당시는 삼년재해시기였던지라 한 선생님 여느 사람들과 마찬가지로 굶기를 밥 먹듯 하다가 서광촌으로 옮겨와서야 입쌀밥을 배불리 먹을 수 있었고 안정된 생활을 할 수 있었다.

이번 "서광학교 교직원 청도모임"에 참가한 대부분 사람들은 모두 한 선생님의 제자였다.

호텔에 앉아 제자들과 추억을 더듬으며 이야기꽃을 피우던 도중 한 선생님은 수줍은 소녀마냥 자신의 첫사랑이야기를 우리한테 들려 주셨다. 남천문 방정조중에 금방 배치 받아 와서 어느 남선생님을 좋아했다는 것이었다. 호기심이 부쩍 동한 우리 제자들이 졸라 대어 끝끝내 그분의 이름마저 알아내고야 말았는데 선생님의 짝사랑이야 기를 들으며 우리는 한바탕 웃음주머니를 터뜨리게 되었다.

한 선생님은 후에 짝사랑을 접고 역시 같은 학교 동료인 김철규선 생님과 백년계약을 맺었다. 연분은 따로 있었던 것이다.

한 선생님의 남편 김철규 선생님은 해림사람이었는데 사범학교를 졸업하고 방정조중에 배치 받아 근무하다가 문화대혁명 직전에 방정 현 "사회주의교육공작대(社敎工作队)"대원으로 외지에 파견 되였었 다. 문화대혁명 기간 그는 방정현 영근향파출소로 전근돼 수 십 년 근무하시다가 정년퇴직하셨다.

한 선생님은 결혼 후에 줄곧 홀로 지내시던 시어머님을 모시고 맏 며느리에 가정주부 책임을 열심히 감당해 왔고 삼십 여 년을 하루와 같이 교단을 지키면서 서광촌을 한 번도 떠나본 적이 없었다.

1994년에 정년퇴직한 한 선생님은 그제야 한국 전라북도 무주군 적상면사무소에 편지를 띄워 아버지 친척의 행방을 찾아달라고 요 청했다. 어릴 때 아버지가 알려준 고향의 주소와 삼촌들의 이름을 오십년 세월이 지난 후에도 똑똑히 기억하고 있었던 것이다. 적상면사무소에서는 곧 한 선생님에게 편지를 보내와 두 삼촌과 그의 자손들의 상황을 알려주었다.

한 선생님은 그렇게 조카의 초청을 받고 한국으로 가게 되었다. 한국에 가서야 그는 당시 아버지가 고향을 등지고 떠난 뒤 남아있던 두삼촌은 근로봉사대로 일본에 끌려가 죽을 고생 했는데 한 분은 일본에서 세상을 떠났고 한 분은 일본이 투항하고 광복이 되어서야 살아서 고향으로 돌아왔다고 한다.

김철규 선생님은 1995년에 정년퇴직을 하고 한국으로 나가서 한선생님과 함께 생활하며 어느 공장에서 일을 했다. 그러다 2년 만에병으로 세상을 떠났다.

한 선생님은 슬하에 이남일녀 삼남매를 두었다. 두 아들은 대학을졸업하고 이미 가정을 이루었고 딸은 대학은 못 다녔지만 연해도시에 진출해 한국회사에서 근무하다 미국적한국인을 만나 결혼해 현재미국에서 살고 있다.

자연의 품으로 돌아가신 선생님

김석일 (서광, 빈현)

2016년 9월 16일, 서광촌 건촌 80주년 경축행사 이튿날 나는 김석일선생님 집에 찾아갔다. 전날 행사장에서 이미 선생님을 뵈었지만 행동이 불편한 사모님은 못 오셨기에 한번 만나 뵙고 선생님과 얘기를 더 나누고 싶어서였다.

김 선생님과 사모님은 여전히 마을 서쪽 언덕위에 지은 옛날 그 집에 살고 계셨다. 두 칸짜리 초가집은 앞 벽을 벽돌로 바꿨을 뿐 40여 년 전 그 모습 그대로였다.

선생님은 나의 은사님이시다. 선생님과의 특별한 사연 하나가 있는데 나는 "선생님, 저 책 한권 사주세요"라는 수필에서 그 이야기를 상세하게 기록했었다. 아래 그 수필의 몇 단락을 그대로 옮겨놓는다.

그날도 몇몇 동창들과 함께 길옆의 공소합작사(상점)에 들렀다. 물건을 사려고 들린 것이 아니라 놀러 들린 것이다. 말이 공소부지 도시의 작은 가게에 불과했지만 전 공사 적으로 유일하게 번화한 곳이었고 우리의 눈에 그곳은 너무나 풍요로운 물질의 세계로 보였다.

…나는 여느 때처럼 학용품 매대에 다가섰다. 필기장이나 연필 따위를 파는 그 매대에는 《모택동선집》을 비롯한 책들이 몇 십 권 진렬되어 있었다.

가끔 새 책들이 한두 권 나올 때가 있었는데 물론 모두가 한어문으로 된 책이었다.

언뜻 "검(劍)"이란 제목의 소설책이 내 눈에 또 띄었다. 흰색 바탕의 책표지에 빨간 리봉이 그려진 소설책 《검》을, 나는 벌써 며칠째 귀신에라도 홀린 듯 지켜보군 했다.

인쇄용 잉크냄새가 싱긋할 저 책속에는 기막히게 재미난 이야기가 있을것이 아닌가. 주머니에 필기장 한 권 살 돈도 지니지 못한 처지에 두툼한 소설책을 산다는 것은 엄두도 못 낼 일이였다.

설령 어찌어찌하여 《검》이 손에 들어온다고 해도 그걸 탐독할 수 있겠는가 하는 것이 더욱 큰 문제 거리라는 것을 나는 잘 알고 있었다.

비록 7년 동안, 말하자면 소학교 5년, 초중 2년 동안 한어문을 배웠어도 내겐 거의 외국어나 마찬가지로 어려운 것이었다. 한창 한족고중을 다니고 있다지만 두어 달 동안 익힌 것이란 욕지거리가 더 많았다.

그 책 앞에서 못박인 듯 서있는데 갑자기 우렁찬 목소리가 옆에서 들려와 깜짝 놀랐다.

"책을 사려고 그러나?"

고개를 돌려보니 물리과를 가르치시는 김석일 선생님이셨다. 서광학교에 다닐 때도 배움을 받았는데 영건중학교로 전근 오셔서 또 우리를 가르치고 계셨다.

김 선생님께서 언제 상점에 들어오셨고 또 언제 내 옆에 다가오셨는지 전혀 몰랐다. 더욱이 김 선생님의 출현으로 하여 내가 곧 책과 깊은 인연을 시작하게 될 거라는 것은 더욱 몰랐다. 그저 무안할 뿐 이었다..

"예, 책을… 사고파서. 아니, 아닙니다. 그저…"

이렇게 말을 얼버무리던 나의 뇌리에 한 갈래 섬광이 번쩍 스쳐지났다. 그걸 미처 정리할 새도 없이 내입에서는 문득 이런 말이 튀어 나와 버렸다.

"선생님, 저 책 한권 사주세요!"

너무나 당돌한 부탁이여선지 선생님은 어정쩡한 표정을 지으셨다. 어느새 내 옆으로 몰려온 친구들도 의아한, 아니 좀 못 마땅하다는듯한 얼굴들이였다.

그러나 선생님은 이내 환한 웃음을 지으시며 두말없이 호주머니에서 돈을 꺼내 책을 산후 나의 손에 꼭 쥐어주셨다.

이 책을 읽을 만 하느냐 하는 따위의 물음 한마디 없이 선생님은 나를 완전히 믿으신 모양이었다.

그해 내 나이 열여섯 살, 개눈깔사탕이나 사달라고 엄마를 조르던 때는 정녕 지났건만 어머니도 아닌 선생님께 책을 사달라고 생떼를 쓴 것이다. 부끄러움이 없진 않았지만 갖고 싶던 책을 획득한 내 마음은 즐겁기 그지없었다.

(수필집〈하느님은 무슨 차를 타고 다니는가〉)

1937년 2월 출생인 김석일 선생은 연변사람으로서 고향이 룡정이였다. 1956년 룡정고중을 졸업한 선생님은 하얼빈사범학원 수학과에 입학했다.

"내가 9남매의 막내였는데 룡정시내 큰형님네 집에 살면서 공부했어. 식솔이 아홉이나 돼 형편이 진짜 어려웠거든. 어려서부터 밥을 배불리 못 먹어서 대학 지망을 쓸 때 입쌀 흔하고 인심 좋다는 흑룡강에 있는 대학을 선택했던 거지."

1958년 대학졸업 후 김 선생님은 방정1중에 배치 받았는데 반년 후 자진해서 남천문 시골에 있는 방정현조선족중학교로 갔다. 그때 방정조중은 방정3중 교실을 빌려서 2개 반을 설치했다. 남천문조선족소학교는 따로 있었는데 200여 명 학생이 있었다고 한다.

"방정조중에 가서 이듬해에 3년 재해가 시작되었는데 그때 배고파서 진짜 죽을 뻔 했지. 너무 배고파서 들판에 나가 코딱지풀이란 걸 뜯어다가 죽을 끓여 먹고는 변비가 생겨서 죽을 고생 하기도 했어. 후에는 들판에 나가도 맥이 없어서 작은 도랑도 못 건너서 빠지기도 했지… 그러다 1962년에 학교가 옮겨오며 서광으로 이사 왔는데, 입쌀밥을 배불리 먹게 되니까 세상에 이런 천당이 다 있겠나 싶더라니까. 그때부터 근 60년 서광에서 살았어. 서광 정말 좋아, 서광에 정이 들대로 들었어."

김 선생님은 1968년에 결혼했는데 사모님도 고향이 연변 룡정이다. 1941년 출생한 차정자 선생은 백성농업학교(白城農校)목축과를 졸업했는데 김 선생님과 결혼한 후 방정현 영건향 목축소(畜牧站)에 전근돼 근무하시다가 퇴직했다.

김 선생님은 1989년부터 1991년까지 방정현조선족중학교 교장으로 계셨고 퇴직 후에는 근 20연간 서광촌 노인협회 회장직을 맡아 서광촌 촌민들을 위해 봉사하셨다.

2021년 5월 4일 아침, 내가 서광촌 사람들을 취재하며 만든 "서광이 보인다—서광촌 사람들"위챗방에 김석일 선생님께서 새벽 3시에 세상을 떠나셨다는 부고가 올라왔다. 이미 260여 명이 가입돼 있는 위챗방에는 삽시에 고인의 명복을 비는 문자가 빗발치듯 했고 방정 조중 동료와 제자들의 추모의 글도 계속 올라왔다.

* * *

석일 선생! 61년의 동지요 지기요, 30여 년 같은 직장에서 함께 웃고 울던 절친이요. 나보다 석 달 앞선 정축년 띠 동갑 친구야, 그리운 친구야, "북망산이 문밖이다"는 말이 있긴 하지만 이렇게 급기야 갈 줄이야! 믿어지지 않은 비보, 절통한 심정은 이루 말할 수 없구나, 天崩의 심정이다!!

하얼빈 시범대학을 졸업하고 30여 년을 붙박이로 시골 학교에 몸 바친 친구야, 전기 수리로 전선주에서 떨어진 어혈로 허리를 못 써 육신이 망가진 친구, 너를 지탱하는 지팡이를 보니 죄송스러웠다. 2017년 서광촌 건촌 경축행사 만남이 마지막이 될 줄 누가 알았으랴. 그때 그렇게 즐기던 탁구 한판 못쳐 섭섭했다. 갈라질 때 당신과 이별의 포옹으로 서로 붙안을 때 두드리진 어깨박죽이 내 팔에 느껴지니, 황소 같던 근육질은 어디로 갔나, 슬프고 눈물겨웠다.

당신이 방정현 조선족 교육을 위해 쏟은 심혈은 영원히 남을 것이다. 당신의 고귀한 인덕은 나의 가슴에 영원히 살아 있을 것이다.

가을바람 소슬하니,
꽃철인 봄은 가고
몰정한 하늬바람 겨울을 부르는가봐…
때 되면 나도야 가야하리니,
천수를 누린 우리 별 변고 없이 지냈으매
무슨 여한 있으랴.
노름도 아귀 맞춰야 흥 오르리니,
정일아 동률아 석일아 기다려라,

내가 가거들랑 주사위 던져라,

그때 또 한판 붙어보자.

양자강은 동해로 바다는 하늘로 난다

윤회는 자연의 섭리이거늘

당신, 내 친구야

세속의 모든 아픔 슬픔 그리움

훌훌 털고 가볍게 떠나시라!

석일선생, 당신의 명복을 빕니다! 사모님 그리고 동해 정희 홍매에게도 심심한 위안을 보낸다!

당신의 절친 박찬태 총총상서

* * *

내가 가장 행운이라고 생각하는 세 가지가 있는데 좋은 산수와 민심을 가진 서광이 고향이라는 것, 좋은 부모를 만났다는 것, 그리고 좋은 선생님들을 만났다는 것입니다.

그 중 김석일 선생님은 가장 기억에 남는 은사입니다. 항상 정열적이고 겸손했던 모습, 운동하던 모습, 그리고 흰 안경 뒤의 인테리 눈길이 지금도 내 눈에 선합니다.

김석일 선생님께서 은퇴한 후 서광촌 노인회장으로 봉사한다는 얘기를 들었을 때 가장 풀리지 않던 의문이 있었는데, 선생님은 왜 고향 연변으로 돌아가지 않으시지? 젊은 시절 연변을 떠나 "안쪽" 서광촌으로 오셔서 평생 봉사하신 선생님, 끝까지 서광촌을 지키다가 돌아 가셨네요…

오늘은 이상하게 고향이 그립고 은사님이 그립네요. 삼가 고인의 명복을 빕니다! 그리고 유족들에게 하늘에서 오는 위로와 평안이 임하기를 기도합니다.

제자 박길춘 올림

언젠가는 한번쯤은 가야하는 그 길을 스승님은 조용히 가셨습니다. 후대들에게 그 많은 "재부"를 물려 준채로… 장장 40여 년을 방정현민족교육사업과 후대양성사업에 혼신을 다 바쳐 오신 스승님은 우리 고향의 자랑이요, 제자들의 우상이기도 하였습니다. 교단에 오르시면, 안경 넘어 번뜩이는 그 눈빛은 언제나 강인함과 솔직함, 그리고 불타는 정열 그대로였습니다. 자신이 간직한 지식을 제자들에게 송두리 채 뽑아주지 못해 못내 안타까워하시던 그 모습이 반세기가 지난 지금도 역력합니다. 축구장에 나서면 "맹수"요, 탁구장에 나서면 일흔이 넘은 노인답지 않게 제자들과 한판 승부를 겨루는 "맹장"이었습니다. 20여 년전, 동네 노인들을 모시고 하얼빈에 오셔서 조린공원에서 열사를 참배하는 모습을 사진기에 담아 신문에 실었더니 허허 웃으시며 "제자를 잘 둬 내 얼굴이 신문에 났네"하며 못내 기뻐하시던 그 모습이 지금도 생생합니다. 퇴직 후에도 고향마을 건설을 위해 헌신하시는 그 모습이 너무도 존경스러웠습니다. 스승님의 제자들과 고향 사람들은 스승님과 스승님의 그 은공을 오래오래 기억할 것입니다. 유가족에게 심심한 위로의 문안 전합니다.

제자 박진엽 올림

5월4일, 새벽 4시에 일어난 나는 차를 운전해 하얼빈과 백 여리 상거한 빈현으로 떠났다. 고속도로에서 빈현 현성으로 들어가는 빈주휴게소 입구에 간밤 대경에서 차를 운전해서 온 나의 고종사촌동생 김창금이 기다리고 있었다. 나는 그의 차를 바꿔 타고 빈현장례식장으로 갔다. 아침 7시, 김석일 선생님 영결식이 유가족과 제자들 그리고 맏딸 정희의 동료들이 참석한 가운데 숙엄하게 치러졌고 내가 조사를 읽었다.

　그날 오후 나는 "서광이 보인다—서광촌 사람들"위챗방에 짧은 글을 남겼다.

　　오늘 저와 김창금씨가 제자들을 대표해 김석일 선생님 장례식에 참가하고 가족들과 함께 선생님을 송화강물에 띄워 자연의 품으로 보내드렸습니다… 맑고 푸른 하늘 아래 고요하고 푸른 강물이 한평생 맑고 깨끗하게 살아오신 선생님을 조용히 모시고 갔습니다.

황혼이 아름다운 이유

박찬태 (서광, 한국 서울)

누군가를 떠올리면 감사한 마음부터 앞서는 사람이 있다. 나에게 박찬태 선생님은 바로 이처럼 생각만 해도 고맙기 그지없는 은사님이시다.

박 선생님의 둘째아들 길춘에 대한 이야기를 하면서 썼듯이 어릴 때 나는 그의 집을 제집 나들듯 했다. 그의 집에 책이 많았던 것이 주요 원인이고 다른 원인 가운데 하나는 길춘이 엄마와 나의 엄마가 친하게 지냈던 것이다. 그때 길춘네도 제1생산대에 속했는데 길춘이 엄마 리수분, 송심이 엄마 김옥자, 나의 엄마 최옥회 세 분이 같은 생산대에서 일하며 특별히 가까운 사이였다. 1970년대 그 시절 사람들은 가까운 친구들끼리 기념사진을 찍는 것이 유행이었는데 그때

30대였던 세 분이 남긴 사진을 나는 아직 간직하고 있다. 기념사진 이라지만 손바닥보다도 작은 2촌짜리 흑백 사진이었다. 그런 사진도 찍으려면 나루배를 타고 량주하를 건너서 그때 개성이라고 불렸던 8 리 밖의 가신진에 가야 했다. 그렇게 찍은 사진을 보고나서 박선생님 이 히쭉 웃으면서 "3인 그루빠"라고 이름 달았다고 한다. 세 분이 모 여앉아 그 애기를 하며 뭐가 좋은지 깔깔 웃던 정경이 지금도 내 눈 앞에 선하다. 문화대혁명 그 시절에 30대 우리 엄마들은 그들만의 그런 즐거움이 있었던 것이다.

박 선생님께서 언제부터 우리 학급에서 무슨 과목을 가르치셨는지 는 잘 생각나지 않는다. 선생님에 대한 나의 처음 기억은 내가 소학 교 삼사학년 때쯤이다. 그때 박 선생님은 등사본으로 된 학교 신문을 꾸렸는데 16절지 4면 교보에 실린 글 한편을 읽으면서 나는 고개를 자꾸만 갸우뚱거렸다. 지은이는 분명히 우리 학교 상급생 이었는데 글속에 나오는 인물들은 이름부터가 내가 아는 학생이 아니었고 씌 여진 내용도 신변에서 벌어진 것 같으면서도 장소는 우리 서광학교 가 아니었다. 사실 그것은 한편의 콩트(벽소설)였는데 그때까지 기서 문 밖에 배우지 못했던 내가 그런걸 알리 만무했다. 전에 소설책을 적잖게 읽었어도 그것이 모두 진짜 사실인줄 알았지 지어낸 것일 줄 은 몰랐던 것이다.

나는 박 선생님께 여쭈어보고서야 비로소 글짓기에 허구라는 것이 있다는 것을 알게 되었다. 선생님은 "옛말처럼 재미난 이야기를 꾸며 서 글로 쓸 수 있다"고 말씀하셨고 그렇게 글을 쓰는 일이 바로 문학 이라고 알려주셨다.

"문학이라는 것이 이렇듯 신기한 것이구나!"

어린 소년의 가슴에 그때부터 작가의 꿈이 씨앗처럼 묻혔던 것 같다. 그리고 그때부터 나는 선생님 집에 자주 놀러갔고 책장에서 맘대로 책을 뽑아 읽었다. 지금 생각해보면 그 책장은 너비가 1미터 정도되고 높이는 내 키를 조금 초과한 작은 책장에 불과했는데 그때의 나에게는 엄청 큰 책장으로 여겨졌다.

내가 서광학교 6학년, 그러니까 7년일관제 학교의 초중1학년에 올라온 1973년에 박 선생님은 교장으로 부임하셨다. 문화대혁명 그 시절 학교든 대대든 공사든 모두 혁명위원회라는 것이 설립돼 있었는데 교장이 바로 혁명위원회주임이었다. 박 선생님은 부임 후 서광학교혁명위원회를 새로 구성했는데 나는 기타 3명과 함께 학생대표 위원이 되었다. 교원 대표 위원으로는 박동률, 리봉기, 한귀택, 최정옥 등 네 분 선생님이었다. 혁명위원회는 매주 한차례 위원회의를 소집하고 학교의 중요한 일들을 토론하고 결정했는데, 지금 생각해보면 우리 4명 학생위원은 회의에 참석해도 발언을 별로 하지 않았지만 그래도 자신들의 의사를 표하고 전달했던 것 같다.

1975년 9월, 나는 20여 명 동창들과 함께 영건중학교 고중에 입학했는데 개학한지 얼마 안 돼 박 선생님이 영건중학교 교장으로 오셨다. 그런데 나는 2개월 후에 연수1중으로 전학해 가는 바람에 영건중학에서 박 선생님한테서 더 배우지 못했다.

2014년 9월 29일, 나는 서울 대림동 박 선생님의 자택을 찾아가 선생님을 만나 뵈었다. 3억 5천만 원을 주고 샀다는 아파트의 널찍한 거실 소파에 앉아 나는 처음으로 선생님의 옛날 얘기를 많이 들었다.

전에도 서울에 올 때 마다 기회가 되면 찾아뵈었지만 그날 선생님을 처음 정식 취재한 것이다.

박 선생님은 1937년 7월 출생했다. 1911년 6월 한국 경상북도 예천에서 출생한 그의 부친 박희서는 1929년 만주땅에 와서 당시 연수현 보흥향에서 자리를 잡았다. 박희서는 워낙 부지런하고 총명해 몇 년 만에 가산을 일궈내 3헥타르 넘는 땅을 사들였고 1940년대에는 보흥구 자위단장으로 보흥일대의 세력가가 되었다. 광복 후 박희서는 자신이 소유한 무장으로 보흥일대의 조선인들을 보호했고 두 아들을 중국공산당이 영도하는 동북민주련군에 입대시켰다. 토지개혁 때 박희서는 처음에 중농으로 획분되었다가 다시 부농으로, 또다시 중농으로 획분되였다.

박 선생님은 1952년에 우수한 성적으로 하얼빈시조선족제1중학교 초중에 입학했다. 1955년 그는 그때 이미 흑룡강성 최고의 명문고중으로 손꼽히는 하얼빈3중에 입학했지만 2년 뒤 중퇴했다. 두 형님이 군대에 가있는 바람에 집에 노동력이라곤 없어 가정형편이 매우 어려웠던 것이다. 고향에 돌아온 그는 서광학교의 대과교원으로 4년간 근무했다. 이 기간에 그는 중등사범학교 통신공부를 시작해 1959년 졸업장을 따내고 국가 정식 교원이 되었다. 1962년 그는 남천문에 있는 방정현조선족중학교로 전근되었다가 1년 만에 학교가 옮겨 오면서 다시 서광으로 오게 되었다. 이 기간에 그는 〈송화강〉잡시에 처녀작 서정시 "빠리깡에 사과배 심네"를 발표하고 문학청년이 되었다. 그리고 1963년부터 연변대학 본과 통신공부를 시작했는데 문화대혁명 바람에 공부가 중단되었다가 1978년에 회복해 다시 5년 공부하고

1983년에 본과졸업증을 수여받았다.

1975년 영건중학교 교장으로 된 박 선생님은 1983년에 부과장급 방정현조선족중학교 교장으로 정식 임명받았다. 그때부터 1989년 고중부가 해산될 때까지 시골학교인 방정조중에서는 수많은 대학생들을 배출해 명성을 날렸다. 이 기간에 박 선생님은 그의 인생에서 가장 유감으로 남았다는 일을 겪었다. 그때 당시 송화강지구교육학원 민족교연부의 추천으로 그를 오상조선족사범학교 업무부교장으로 전근하기로 내정되었는데 군중들이 박교장이 가면 안 된다고 현 정부에 반영해서 결국 무산되었던 것이다.

1989년부터 박 선생님은 방정현교육위원회 부주임급 전문직위원(专职委员)으로 전현 조선족교육을 주관하다가 1995년에 제2선으로 물러났다. 물러나기 직전 현교육위원회에서는 40년 넘게 민족교육사업에 헌신한 그에게 고급직함을 주려고 했지만 그는 사절하고 배당된 정원을 방정조중에 돌렸다. 십여 년 전에도 그는 현에서 그를 지명해 내려 보낸 노임이 2% 인상되는 성급우수교사 정원을 당시 업무 부교장인 김정일 선생에게 양보했다.

1995년 처음으로 한국에 나온 박 선생님은 충청남도 예산의 어느 시골 양어장에 취직해 2년 있었다. 양어장에 있으면서 시간이 많아 책을 많이 읽었는데 어느 날 먼지 낀 책 더미 속에서 메기 부화에 관한 책을 찾아내 책에서 소개한대로 인공부화를 시험해 이듬해에 성공하기도 했다.

1997년 중국에 돌아와 정식 퇴직수속을 하고 다시 한국으로 나온 박 선생은 1998년 대림동에 식당을 개업했다. 중국 조선족이 대림동에서 시작한 첫 식당이었다.

"대림동에 처음으로 식당을 개업하긴 했지만 그때는 솔직히 대림동이 가리봉동처럼 조선족들이 대거 몰려들어 중국인거리로 될 줄은 생각지도 못했지. 나 자신도 모르게 대림동 상업거리의 제1호 개척자가 된 셈이지…(웃음)"

박 선생님은 허허 웃으셨다.

식당을 개업한지 4개월 만에 박 선생은 중국식품을 구입하기 위해서 배를 타고 위해로 갔다. 위해에서 돌아오면서 보니 배에는 보따리 장사하는 화교들이 상당수 차지했다. 그 가운데 한 사람과 얘기해보니 자신은 주로 중국식품을 들여오는데 수입이 짭짤하다는 것이다. 박 선생님이 따져보니 중국식품 장사를 하는 것이 식당 경영보다 수익이 훨씬 높을 것 같았다.

박 선생은 식당을 정리하고 중국식품 가게를 차렸다. 역시 대림동 제1호 중국식품점이다. 그때 대림동에는 이미 가리봉동에 있던 조선족들이 건너오기 시작했다. 식당도 서너 개로 늘어났다. 중국식품점을 차린 후 사모님이 가게를 지키고 선생님은 전문 중국식품을 들여와 도매를 시작했다. 그때 이미 합법적인 신분을 획득하고 한국을 자유롭게 내왕할 수 있었던 그는 한 달에 십여 차례 위해에 가서 물건을 들여왔다. 그리고 중국식품2호점과 3호점을 연이어 오픈하고 가리봉동에 4호점을 차렸다.

2007년부터 박 선생님은 두 아들과 손자에게 중국식품점을 모두 맡기고 자신은 경영에서 완전히 손을 뗐다. 2014년 8월 대림동 대림시장 중심에 위치한 중국식품1호점 건물이 리모델링하는 기회에 박 선생님은 그 옆의 건물까지 임대해 막내아들로 하여금 70평방미터 되는 면적에 호프집을 차리도록 도와주었다. 남경군사학원을 졸업하고 연변공항에서 근무하다가 퇴직수속을 하고 한국에 나온 막내아들도 한화 5천만 원을 투자했다. 모두 1억7천만 원 투자가 들어간 "비상날개구이(非常烤翅)" 호프집은 개업 후 호황을 이어가고 있다.

2017년 5월 14일-15일 이틀 동안 방정현서광학교제7기초중졸업 및 영건중학제6기고중졸업생 제1회 동창모임이 한국 남이섬에서 "서광이 보인다"는 현수막을 걸고 진행되었다. 초중졸업 42년, 고중졸업 40년 만에 26명 동창들이 한국 내 여러 곳과 중국 청도, 베이징, 상해, 하얼빈 등지에서 모여와 참석했다. 5월16일, 한국에 있는 동창들은 대부분 직장에 일 나가고 중국에서 온 동창들을 위주로 칠팔 명이 박찬태 선생님을 찾아뵙고 함께 식사를 했다. 우리 초중과 고중시절의 교장선생님이셨던 박 선생님을 찾아뵙는 것은 이번 동창모임을 기획하면서부터 중요한 내용의 하나로 설정돼 있었다. 그날 80고령의 박 선생님은 매우 즐거워하시며 우리 동창들과 내내 맥주잔을 부딪쳤다. 몸이 건강하신 선생님과 함께 학창시절을 추억하며 우리는 오래도록 이야기꽃을 피웠다.

2018년 10월 1일, "2018 제3차 서광촌사람들 취재기행"으로 한국에 간 나는 박찬태 선생님을 재차 취재했다. 2014년에 찾아갔던 그 아파트는 맏손자네가 살고 선생님과 사모님은 막내 아들네와 함께 대림동 시장거리에서 좀 떨어진 조용한 곳에 새로 산 아파트에 살고 계셨다. 앞이 탁 트인 널찍한 방에 서재가 꾸며져 있었는데 벽 한 면을 채운 책장에 책들이 빼곡히 꼽혀 있었다. 문학 작품들이 다수 차지했다.

"이제는 매일 도서관에 다니고 집에서 책 읽고 글 쓰는 재미로 살고 있네."

박 선생님께서 웃으시면서 말씀하셨다. 선생님은 또다시 젊은 시절의 "문학청년"으로 돌아와 있었는데 얘기를 나눠보니 새로운 문학 관념에 대한 이해력이 젊은 일대 문학인들 못지않았다. 선생님은 이미 한국의 어느 문학지에 신인으로 등단하셨고 여러 문학관련 위챗방에서도 활약하고 계셨다.

그날 취재를 마치고 나는 선생님을 따라 "비상날개구이(非常烤翅)" 호프집으로 갔다. 맥주 한잔 해야지, 하시 길래 낮술이니 딱 한잔만 하자고 말씀드렸는데 선생님은 600cc짜리 호프를 네 컵이나 시키셨고 나와 똑같이 두 컵 마셨다. 80고령의 연세라고 믿기 어렵게 선생님은 정정하시고 정력이 넘쳤다.

식사를 마치고 나와서 헤어지며 선생님께서 문득 내 손을 잡으시더니 내 손에 돈 봉투를 쥐어주셨다. 내가 뿌리치며 저가 선생님께 드려야 하는데, 하며 못 받겠다고 하자 선생님은 허허 웃으시며 나 돈 있어, 자네가 자기 돈 쓰면서 서광사람들 찾아 온 중국과 한국까지 다니며 취재하는데 조금이라도 보태 쓰라는 내 성의니 받아주게나, 하고 말씀하셨다.

아, 우리 선생님…

나는 가슴이 뭉클했다.

부록

1. 서광이 보인다 ― 서광학교 제7기 동창모임 축사
2. 서광촌 건촌80돐 경축행사 성황리에
　　― 2017년 9월 20일자 흑룡강신문 기사
3. 오얏골의 비기(秘記)에 기록된 옛 이야기
　　― 중국국제방송국 김호림기자의 서광촌 탐방기

방정현서광학교제7기초중졸업 및

영건중학제6기고중졸업

서광이 보인다 — 제1회 동창모임

축 사

사랑하는 나의 동창들, 그리웠던 나의 동창들:

이렇게 만나서 정말 반갑다. 초중졸업 42년, 고중졸업 40년, 십년이면 강산도 변한다는데, 강산이 네 번이나 변하는 세월이 흘러갔다. 그러고 보니 세월이 참 많이도 흘러갔구나!

이번 동창모임을 제안하고 그동안 오래 못 보았던 동창들의 얼굴들을 하나하나 떠올리기에 앞서 먼저 떠오르는 얼굴이 있었다. 바로 소학교부터 초중졸업 할 때까지 줄곧 우리의 반주임이셨던 엄근식 선생님이시다. 개구쟁이 시절엔 근엄하면서도 자애로운 어버이 같았고 머리통이 점점 커지고 철이 조금씩 들면서부터는 무람없는 친구 같기도 하셨던 선생님은 어린 시절 우리들의 성장을 위해 모든 심혈을 몰부어주셨던 스승님이시다. 지난 40여 년간 우리들이 열심히 살고 정직하게 살 수 있도록 정신적 토대를 닦아주셨다고 해도 과언이 아니다. 그럼에도 불구하고 우리는 그동안 오늘과 같은 동창모임에서 선생님께 정말 감사하다는 고마움 한번 표하지도 못했다. 지금 하늘나라에 계신 선생님께서 우리를 굽어보시며 우리의 진심어린 감사의 인사를 받으시리라 믿고 싶다. 엄근식 선생님뿐만 아니라 많은 우리의 스승님들께서 우리들의 9년 학창시절에 우리에게 배움을 주시고 사랑을 주셨다. 그 가운데 여러분이 현재 역시 하늘나라에 계신다. 그들로는, 소학교입학 때 첫 반주임이셨던 김봉득 선생님, 소학교부터 초중까지 우리들을 가르치셨던 박재구 선생님, 박동률 선생님, 한귀택 선생님, 리봉기 선생님, 박진선 선생님, 최창봉 선생님, 그리고 영건중학교에서 고중 다닐 때 학교 선생님이셨던 김윤현 선생님, 李炳初老师.

그리고 짜개바지 때부터 학창시절까지 우리와 함께 하며 울고 웃고 소중한 기억을 만들었던 동창생들 여섯이 먼저 하늘나라에 가있다. 그들로는 우리의 학습위원이었던 신철호씨, 체육위원이었던 정영철씨, 그외 강명중씨, 허금자씨, 서옥순씨, 박용식씨다.

그럼 우리 다 함께 하늘나라에 있는 우리의 스승님들과 우리의 동창생들을 기리는 마음으로 그들에게 묵념을 드릴 것을 제안한다. 자 그럼 서북쪽 고향 하늘을 향해 묵념(致默哀)! 바로!

자, 가장 중요하다고 생각했던 절차를 마쳤으니까 이제부터는 가볍고 즐거운 마음으로 축사를 이어가고 싶다. 방금 전도 얘기했지만 초중졸업 42년, 고중졸업 40년 만에 대부분 동창들이 모인 제1회 동창모임이다. 정말 반갑고 기쁘기도 하지만 왜 이렇게 오랜 세월이 흐르도록 이런 모임을 만들지 못했나, 하고 생각하니 모든 책임은 학창시절 반장으로 있었던 나한테 있다고 생각한다. 먼저 여러 동창들의 양해를 구하고 싶다.

오늘 동창모임에 참석한 24명 동창생들 반수 이상이 현재 한국에서 생활한다. 많이는 20여 년, 적어도 칠팔년 이상은 한국에서 살았을 것이다. 우리의 부모님들이 태어났던 한국이라는 이 땅에 가장 좋은 청장년시절을 바쳐야했고 또 어쩌면 여생을 이 땅에 바치게 될 줄을 40년 전 우리가 꿈엔들 생각이나 했었던가. 그러건 말건 미우나 고우나 한국은 이제 우리의 제2의 고향이 되었고 제2의 삶의 현장이 되었다. 돈 벌어 자식들의 뒷바라지를 하고 또 부모들에게 효도하기 위해 열심히 일하며 살아온 만큼 그 대가를 꼬박꼬박 주었던 한국에 어지간히 정도 들었을 것이다.

그러나 우리는 어디까지나 중국의 조선족이란 걸 잊지 말자. 잊을 수도 없다. 설령 한국 영주권을 취득했다하더라도, 심지어 한국 국적에 가입했다고 하더라도 우리의 고향은 중국 땅 서광촌이라는 걸 잊지 말자. 또 잊을 수도 없다. 비록 우리의 고향땅 서광이 여느 중국 조선족농촌과 마찬가지로 날로 위축되고 노인들만 남아서 지키고 있다지만 그곳은 틀림없는 우리의 영원한 고향이다. 우리가 태어나서 자란 곳이고 우리가 부모님의 보살핌과 스승님들의 가르침을 받으며 성장한 마음의 고향이다. 우리에게 꿈을 심어주었던 정신적 고향이기도 하다.

그래서 나는 이런 희망을 가져보기도 한다. 반백을 넘겨 내일모레면 환갑나이가 돼오는 우리가 이제 좀 더 늙으면 우리 모두 고향땅 서광으로 돌아가서 어린시절처럼 오손도손 정답게, 그리고 가끔 옥신각신 싸움도 하면서 재밌게 살아가면 얼마나 좋겠는가고. 물론 나의 이런 희망이 어쩌면 영원히 실현될 수 없는 꿈으로 남을지라도 그런 꿈이라도 가슴속에 간직하고 살면 얼마나 좋겠는가.

우리의 이번 제1회 동창모임도 바로 이런 맥락에서 조직된 것이 아닐까고 생각된다. 한국이라는 제2의 고향이 아무리 정들었다 해도 어찌 우리의 고향 서광만 할 것이며, 이 땅에서 십년 이십년 살아오며 인연을 만든 사람들이 많고 많아도 어찌 우리의 고향 서광에서 함께 학창시절을 보낸 동창들만큼 정답고 편할 것인가.

제1회 동창모임을 시작했으니 제2회, 제3회로 계속 이어가고 이번 모임을 계기로 이후에도 동창들이 더 자주 만나 우정을 더 깊이 더 돈독히 쌓아갔으면 좋겠다. 좋은 일이 생기면 함께 기쁨을 나누고 힘든 일이 있으면 함께 아픔을 분담하며 위로하고 의지하며 살아갔으면 좋겠다. 그렇게 동창생은 영원한 동창생이고 고향친구는 영원한 고향친구이며 그런 동창생과 친구들을 마련해준 고향 또한 영원한 마음의 고향이 될 것이라고 우리 굳게 믿자.

우리의 고향 서광, 장광재령 기슭아래 량주하 물줄기가 십리 옥답을 적셔주는 우리의 고향은 산 좋고 물 맑고 인품도 좋지만 서광이라는 그 이름도 너무나 멋지고 좋다. 서광의 아들딸로 자라난 우리에게는 그래서 항상 서광이 보이고 희망이 보인다. 그리고 서광은 항상 우리를 바라보고 우리에게 희망의 빛을 뿌려줄 것이다.

서광이 보인다—제1회 동창모임! 모처럼 조직된 40여 년 만의 동창모임이다. 우리 오늘 마음껏 놀고 마시며 즐거운 만남의 추억을 만들자. 40여 년 만의 회포를 마음껏 풀고서 새 희망 새 출발의 재충전을 하자. 그리고 내일부터 우리 모두 더욱 열심히 살고 오늘처럼 한결 멋지게 즐기는 삶을 살아가자!

서광이 보인다! 서광이 우리를 바라본다!!

리홍규

2017년 5월 14일 한국 남이섬에서

200여 세대에서 125명 대학생 배출
"대학생마을" 서광촌 건촌 80돐 기념행사 성황리에

　(본사소식)방정현보흥향서광촌이 건촌80돐을 맞이해 지난 9월15일 추석날에 베이징, 천진, 상해, 청도 등 전국각지와 한국, 일본에서 돌아온 수십 명 고향사람들을 비롯해 200여 명이 참석한 가운데 성대한 잔치를 치르고 새로운 도약을 다짐했다.

　장광재령 산맥이 삼면으로 둘러싸이고 넓은 들 서쪽끝에 량주하가 흐르는 서광촌은 80년 전 윤기술 등 8호 이주민들이 허허벌판에 일떠 세운 조선족 마을이다. 량주하 상류에 보를 막아 200여 세대에서 5600무 경작지를 확보한 서광촌은 관개수가 풍부해 집체화 때부터 살기 좋은 마을로 정평이 나있었지만 그보다도 높은 교육열로 소문이 났었다. 1962년 방정현조선족중학교가 마을에 입주해오면서 대학생이 한두 명 나오다가 1977년 대학입시제도가 회복된 후 대학생 수가 급속도로 늘어났던 것이다. 그때 마을에서는 누구네가 부유한가 비기기보다 누구네 집에서 자식을 더 많이 더 좋은 대학에 보내는가를 비길 정도로 향학열이 대단했다. 1982년 한해에만 13명이 대학에 붙는 쾌거를 이루기도 했는데 그중 중점대학에만 6명이 진학했다. 그 몇 해 베이징항천대학, 베이징사범대학, 중앙민족대학, 중국정법대학에서 공부하는 재경 본과생과 석사생이 7명이나 되었다. 그렇게 지금까지 125명 대학생을 배출하기에 이르렀는데 그 가운데는 조선족 언론방송분야의 지도일군을 비롯해 사회 각 분야에서 활약하는 엘리트들이 다수 차지하고 북경, 천진, 상해, 청도, 심천 등 대도시와 연해지역 그리고 한국과 일본 등 해외에서 성공가도를 달리는 기업인들도 상당수 차지한다.

이날 경축대회에서는 50년대부터 80년대까지 수십년간 촌지도부를 이끌어왔던 고 리상영 씨와 고 김창림 씨 가족에 촌민위원회의 이름으로 표창장을 수여하고, 1990년부터 촌민위원회주임으로 1996년부터 촌당지부서기직을 맡아온 류승빈 씨와 80년대 방정현조선족중학교 교장 직을 담임했던 박찬태 선생님께 보흥향정부와 현민족사무위원회에서 영예증서와 상금을 수여했다. 류승빈지부서기는 최근 10여 년간 상급으로부터 백만 위안에 달하는 자금을 쟁취해 초가집 개조, 노인협회광장 건설, 마을길 포장과 가로등 설치 등으로 마을면모를 일신시켰다. 경축대회에서는 서광촌역사보고가 있었고 효도자녀대표, 교사대표, 기업인대표, 대학생대표의 축사도 있었다.

저녁까지 이어진 이날 경축행사에는 또 특별초청으로 찾아온 연수현조선족로년예술단과 서광촌문예공연팀이 정채로운 합동공연을 선보였으며 공연 후에는 대학생팀, 교사팀, 촌민팀의 배구경기와 밧줄당기기가 진행돼 흥미를 돋구었고 노래자랑과 로소동락 군중오락으로 즐거운 하루를 장식했다.

한편, 최근 몇 년 조선족농촌 공동화가 심각해지는 가운데 서광촌에는 60여 명 노인협회회원들을 비롯해 상주인구가 120여 명 되는데 오륙십대가 상당수 차지한다. 촌지도부에서는 서광촌농업주식합작사를 설립하고 노인아파트 (老年公寓) 건설구상을 추진하는 등 대책마련으로 지속가능발전을 적극 모색하고 있다.

본사기자

(2016년 9월 19일자 흑룡강신문)

[옛 마을 새 마을]

오얏골의 비기(秘記)에 기록된 옛 이야기

방정현(方正縣)의 남북을 잇는 도로는 마을에 이른 후 갑자기 꽃의 이야기를 만나고 있었다. 꽃길은 동네 어귀의 철제 대문에서부터 시작되고 있었다.

"어, 이 마을은 길마다 다 꽃이 피는 꽃길이네." 기사 왕씨가 꽃잎처럼 길가에 탄성을 떨어뜨린다.

일행은 현성을 떠나 몇 십리를 달리면서 처음으로 꽃마을을 만나고 있었다. 동명의 서광촌(曙光村)은 흑룡강성(黑龍江省)에도 여럿 되지만, 꽃의 마을로는 방정현의 이 서광촌이 유일하지 않을지 한다.

서광은 거개 초급사(初級社) 때부터 마을의 이름으로 작명되었다. 초급사는 1953년 무렵 농업합작화의 과정에서 호조조(互助組)의 형식으로 농민들이 자발적으로 조직한 반(半)사회주의성격의 집단경제 조직이다. 새벽의 동이 터오는 빛의 서광은 공화국 창건 후 중국에서 나타난 특유한 지명으로 전국적으로 무려 199개나 된다는 통계가 있다.

이름처럼 방정현의 서광촌은 언제부터인가 꿈의 마을로 비추고 있었다. 논농사가 잘 되었고 이에 따라 촌민의 공수(工値)가 유달리 높았다고 전한다. 공수는 작업량과 노동의 보수를 계산하는 임금점수이다.

촌장 유승빈(柳胜彬, 1956년 출생)은 이 때문에 서광에 일부러 이사했다고 밝힌다. "공수가 1공(수)에 2원 80전이었는데요, 다른 마을에서는 이에 비교가 되지 않았지요."

그때는 돼지고기 한 근의 가격이 76전, 입쌀 한 근의 가격이 14전하던 1975년이었다. 시골에서는 정말 꿈과 같은 세상이었다. 유승빈의 부친은 이웃한 연수현(延壽縣)에서 서광촌에 매혹되어 백사불구하고 이주를 단행했다. 사실상 연수현도 흑룡강성에서는 벼농사로는 아주 이름난 고장이었다.

그 무렵 리홍규(李洪奎, 1960년 출생)는 초중을 졸업하고 있었다. 서광 마을에는 조선족학교가 있었다. 소학교가 있었고 중학교가 있었다. 한때는 고중도 있었다. 서광촌의 학교가 남달리 유명한 것은 이주민과 연관이 있다고 리홍규가 말한다.

"남천문(南天門)의 사람들이 우리 마을로 이주하면서 학교가 더 커졌지요. 남천문에 있던 방정현조선족중학교가 그무렵 이민과 함께 옮겨왔다고 합니다."

남천문은 이름처럼 천계(天界)에 있는 고장이 아니다. 서광촌에서 서북쪽으로 100리 정도 떨어진 마을이다. 실제 방정현에서 조선족이 제일 많은 고장은 서광촌이 아닌 남천문 이었다. 만선척식회사(滿鮮拓殖會社)의 개척단이 들어서면서 조선인들이 한때 몇 천 가구나 되었다고 전한다.

잠깐 설명을 해야 할 것 같다. 만선척식회사는 1936년 8월 조선에 설립된 선만척식주식회사(鮮滿拓植株式會社)가 만주국 지점으로 신경(新京, 지금의 장춘)에 설립, 조선인 이민 사업을 전담한 괴뢰 만주국(滿洲國, 1932~1945)의 국책회사이다. 만선척식회사에 의해 만주에 이주된 조선 농민의 숫자는 일본이 패망할 때까지 25만 명이나 되었다.

남천문은 송화강(松花江) 남쪽 기슭의 마을로서 물을 끌어들여 수전을 풀고 있었다. 실은 중국인들이 대대손손 살던 땅이었다. 그러고 보면 중국인들은 그들의 땅을 일본 식민지의 2등 국민에게 빼앗긴 형국이 되었다. 8.15 광복 후 조선인이 대거 귀국하면서 남천문의 일부 마을은 비다시피 되었고 논은 폐답이 되어 잡풀이 자랐다.

1953년, 방정현정부에서는 요녕성(遼寧省) 관전현(寬甸縣)에서 조선족 이민 307가구의 1,740명을 받아 각기 3개 구(區)의 20개 촌에 배치했다. 그 후에도 흑룡강성의 이민계획으로 산동성(山東省) 등 지역의 이민을 여러 번 받아들인다. 남천문에는 다시 조선족들이 대거 나타났고 마을이 또 한 번 일어났다.

1960년대 초 대륙을 휩쓴 3년 재해 등 원인으로 남천문의 조선족들은 다시 대량 이주를 단행했다.

그 무렵 한귀택(韓貴澤, 1928년 출생)은 하방(下放)으로 서광대대(大隊, 촌)에 내려갔고 또 생산대(生産隊, 촌민소조) 대장으로도 있었다고 한다. 하방은 중국말 어휘로 간부, 인텔리가 공장이나 농촌에 가서 기층생활을 하는 것을 말한다. 한귀택은 일찍 왜정시대(倭政時代) 일본의 사도(師道) 전문대학에서 공부했던 고급 인텔리였다. 이 경력 때문에 문화대혁명 때는 여러 번 투쟁을 받아야 했고 또 이 경력 때문에 학교의 일본어교원을 대신할 수 있었다. 그가 평반(平反), 즉 재평가를 받아 공직에서 회복된 건 오랜 훗날의 이야기이다.

리홍규의 가족은 이보다 앞서 1950년대 초에 벌써 서광대대에 살고 있었다. 부친 리두섭(李斗燮, 1925년 출생)은 이웃한 태평산툰(太平山屯)에 살다가 땅이 넓고 물이 좋은 서광 마을로 이사했다고 한다. 첫해에 논을 세 정보 풀었는데 풍작을 거뒀다고 한다.

아니, 뭔가 잘못 된 것 같다. 서광대대는 1961년 설립되었으며 광명과 서광 등 3개 소대로 나뉘고 있었다. 기실 리홍규의 가족이 이사를 하던 그때는 마을 이름이 아직 동트는 서광이 아니었다.

리홍규는 서광촌이 해방전부터 원체 오얏골이라는 의미의 리화툰(李花屯)으로 불렸다고 말한다. "마을에 오얏나무가 많이 자랐습니다. 우리 집의 뜰에도 오얏나무가 두 그루 자라고 있었지요."

오얏은 옛날의 이름으로 학명은 '자두(紫桃)'이다. 기왕 말이 났으니 망정이지 오얏은 고려시대 서운관(書雲觀)의 비기(秘記)에 기록되고 있는 열매이다. 책에는 "리씨가 한양에 도읍하리라"는 기록이 발견되었다는 것. 고려왕이 크게 걱정하여 한양의 삼각산에 오얏나무가 무성하면 오얏나무를 베기 위해 벌리사(伐李史)를 보냈다고 한다. 이 이야기와 함께 번리(樊里)라는 지명이 생겼으며 훗날 서울 강북구에 번동(樊洞)의 지명유래가 전하고 있다.

그렇다고 방정현 오얏골은 조선을 개국한 리씨가 '도읍'을 한 게 아니다. 1936년 윤기술(尹基術) 등 조선인 농부 여덟 가구가 이곳에 와서 이삿짐을 풀었다고 한다. 그들이 어떻게 되어 조선반도에서 이

흑토의 오지까지 흘러들게 되었는지는 알 수 없다. 1세대의 이민이 모두 이 세상에 있지 않기 때문이다. 리두섭처럼 가세(家勢)가 기울어서 부득불 두만강을 건넜을까… 리씨는 강원도 춘천군에서 살았으며 전주 리씨의 덕양군파에 속하는 양반가문이었다고 전한다. 리두섭의 큰형은 1939년 먼저 태평산툰에 자리를 잡고 있었다.

조선인 농부들이 세운 '도읍지'에는 뒤미처 일본인들이 들이닥쳤다. 1940년 초, 일본 나가노겐(長野縣), 시노가와(信農川)에서 진출한 일본 만주개척단은 남쪽의 연수현(延壽縣) 중화진(中和鎭) 태평툰(太平屯) 부근으로부터 방정현 리화툰까지 제1호툰, 제2호툰의 순서로 자리를 잡고 있었다. 리화툰 부근에는 개척단의 본부가 있었다고 한다. 《방정인민혁명투쟁사》(2005)의 기록에 따르면 일본은 1939년부터 1943년까지 방정현에 도합 1,291가구의 4,828명에 달하는 6개의 개척단을 보냈다. '만주개척단'은 일본 군부측의 설법이지 실은 인구성장으로 '실력의 배식(培植)' 즉 만주의 전적인 통치를 실현하는 데 목적을 두고 있었다.

이야기가 또 다른 데로 잘못 흘렀다. 1943년, 양주하(亮珠河)의 상류에 보를 쌓으면서 리화툰은 강 이름처럼 진주 같은 곳으로 되었다. 이 마을은 벼농사의 좋은 고장으로 소문을 놓으며 미구에 방정현에서 제일 큰 조선족 마을로 거듭난다. 참고로 1969년 서광의 쌀은 베이징까지 상경하여 중국공산당 제9차 전국대표대회 대표들의 밥상에 오르는 영예를 지닌다.

"다른 마을에서 한 근에 1원 50전 할 때 우리 쌀은 2원 20전 했습니다." 유승빈이 자랑하듯 하는 말이다.

그게 아니라도 허리띠를 졸라맬지언정 우리 선조는 꼭 서당을 세웠다. 8.15 광복 이듬해인 1946년 리화툰에 소학교가 섰다. 학교는 공화국이 창건된 1949년 무렵 큰 규모를 형성하고 있었다. 마을이 서면 잇따라 학교가 섰고, 학당에 글소리 울리면서 뒤미처 마을이 커졌다

"우리 가족은 조선인이 집거하는 마을에서 살면서 공부도 시키려고 리화툰에 이주했다고 합니다."

김창수(金昌洙, 1933년 출생)는 1950년 일부러 리화툰으로 이삿짐을 챙겼다. 그의 부친 김제열(金濟烈)은 9.18 사변이 일어났던 1931년 방정 현성에 이주했다고 한다. 김씨는 방정의 흔치 않는 초기 조선인 이민의 한 사람이었다.

김씨의 고향이 평안북도 박천군이라면 리씨는 강원도 춘천군이었고 한씨는 또 경기도 수원이었다. 리화툰에는 다른 지역보다 유달리 조선반도 여러 도의 사람들이 집대성하고 있는 것 같았다. 리화툰은 서광대대로 개명하던 1961년에는 210가구의 1,260명 인구를 자랑하고 있었다.

조선족 인구가 많은 만큼 교육열이 높았다. 1964년, 서광에는 방정현 조선족중학교가 자리를 잡기에 이른다. 1970년대에는 소학교와 초중을 이어 고중까지 생겼다. 종국적으로 마을의 소학교와 중학교에서 근무한 교원 96명, 배출한 대학생 126명의 경이로운 성적표를 올린다. 와중에 리홍규의 오누이는 1978년 둘이 함께 대학에 입학하는 뉴스를 만들었다.

"우리 서광촌은 방정현에 부근의 연수현까지 소문을 놓은 '대학생

마을'이지요." 유승빈의 어조에는 촌민과 촌장으로서의 긍지가 듬뿍 담겨있었다.

2016년 추석, 서광촌은 마을설립 80주년 축제를 개최했다. 해내외 동네방네에서 많은 사람들이 고향을 찾아왔다. 와중에는 신문사의 사장, 작가협회의 회장, 유명한 학자와 기업인이 있었다. 서광촌에는 하늘가에 동이 트고 또 구중천에 꽃노을이 비끼고 있었다.

하필이면 서광촌의 시원으로 되는 그 오얏나무가 사라지고 있었다. 1980년대 마을에서 생긴 이상한 현상이었다. 정말로 사람이 떠나면 그가 심은 나무도 함께 죽는 걸지 모른다. 아무튼 오얏골의 주인은 다른 곳으로 떠나고 있었고 웬 일인지 오얏도 사라지고 있었다.

그럴 법 하다. 그 무렵인 1982년 중국에서는 일명 '도거리'라고 하는 가정연대책임제(家庭聯産承包制)가 실시되고 있었다. 뒤이어 도시화와 한국 붐이 일어났고, 마을에서 사람들이 떠나고 있었다. 사람이 줄어들면서 방정의 조선족마을 7개는 최종적으로 4개로 줄어들었다. 마을이 줄어들면서 미구에 학교가 소실되었고, 학교가 소실되면서 결국 마을을 이루던 하나의 구심점이 사라졌다. 서광촌의 학교는 유승빈이 제6대 촌장으로 되던 1990년을 전후하여 줄곧 내리막길을 걷다가 미구에는 역사의 뒤안길로 사라졌다.

"마을에 호적상으로는 아직도 320가구 살고 있는데요, 모두 조선족들입니다."

그러나 마을의 인구는 오히려 859명으로 예전보다 훨씬 줄어들었다고 유승빈이 밝힌다. 분가(分家) 등으로 가구 호적이 늘어났을 따름이란다. 그나마 실제 살고 있는 사람은 120명 정도이며 또 거개 노인들이었다.

　서광촌은 방정현의 전형적인 논 고장이지만 현재 농사를 짓은 50 가구 전부가 다른 지역의 한족이라고 한다.

　"우리 마을에 노인아파트(老人公寓)를 지으려고 합니다. 마을 촌민들의 노후생활에 편하도록 만들려고 하려구요."

　방정의 '민족노인아파트'는 유승빈이 마지막으로 열고 있는 제일 큰 꿈이었다. 민족적으로 깨끗하고 문명한 성품은 서광에 이 프로젝트를 심는데 알맞다는 것. 더구나 물 좋고 땅 좋으며 공기 좋은 서광은 노인들의 꿈의 고향이라는 것이다. 꽃의 마을은 바로 서광 프로젝트의 일환이었다. 화단에 피어난 꽃의 향연은 80년 역사의 마을에 꽃의 이름 모를 향기를 전하고 있었다.

중국국제방송국 김호림 기자

(2017년 9월 29일자 흑룡강신문)

2021년9·1로년절경축대회

채소 수확촉진 운동대회 서팔촌 무용대
제 1 등 1988년 8월 1일

方正县永建公社朝鲜中学初中班第一期毕业生合影 70.12.10

永建公社曙光中学首届高中毕业纪念 1973.3.15

서광학교 교직원 청도 모임
2019년8월24일~25일

방정천서광학교제7기초중졸업   영건중학제6기고중졸업

서광이 보인다   제1회 동창모임

일시: 2017. 5. 14(일오12)

历任曙光村领导干部

年 度	党支部书记	村 长	妇女主任	会 计
1936-1953	尹基术		曹福烨	金基峰
1954-1957	金基玉	李相荣	曹福烨	金水根
1958-1981	李相荣	张东淳 李裕植	鲁顺爱	金水根
			金玉女	金永俊 尹三铉 金彻星
1982	金明浩	曹基文	禹锦子	金道星
1983	金昌林	曹基文	禹锦子	金道星
1984-1989	崔亨洙	曹基文	禹锦子	李昌一
1990-1991	金奎燮(代)	柳胜彬	禹锦子	李昌一
1992-1995	曹基文	柳胜彬	禹锦子	金道星
1996-现在	柳胜彬	曹基文 崔亨洙	李正南 尹仁太	洪松吉 (1996-2001)
			李锦淑 金玉兰 罗明顺	徐哲学 (2002-2011)
			李爱兰 朴玉粉 李明华	孙成锦 (2011-现在)

历任中小学校长

朴喜大	安仁洙	公昌烈	申寿得	朴赞太	朴东律	金奉得	严槿植	金正一	金锡日
张成焕	公正哲	朴处焕							

历任朝中曙光小学教师

朴在久	李成哲	李英燮	李凤奎	金明爱	金红梅	郑春兰	柳明彬	王 俊	朴香春
李喜哲	李东范	金哲奎	金明顺	金英子	李哲松	李春姬	崔正玉	肖传义	姜春龙
宋相坤	崔俊吉	金春玉	金仁国	申京花	金香花	崔 燕	李哲奎	方贵星	吴东日
崔昌峰	李成国	朴万峰	金莲花	孙成锦	李善英	郑善女	安太玉	朴正任	金光洙
李昌云	郑光浩	朴东权	金春子	申京兰	金彻奎	李顺善	吴世峰	朴镇赫	金秀丽
金云铉	成德灿	康永哲	李任善	崔吉山	李海善	金慧敏	赵福天	吴雪梅	李锡山
韩贵泽	申哲浩	金洪成	金京玉	李汉金	李仁子	李春梅	懂文秀	李灿永	李凤录
李凤基	吴升日	严美玉	朴秀山	金 哲	徐哲学	尹红花	朴长吉	李善虎	罗明顺
金明男	金彻星	严成红	朴明淑	金英爱	金官善	何玉子	朴成日	佥秀兰	金贞姬
金光俊	韩明顺	金有福	金仙玉						

抗美援朝革命烈士

金昌国 车用锡 孙太浩 金龙基

解放前复员军人

姜太伍	孙凤守	尹三铉	金桂淳
申寿介	崔仁洙	金成久	崔昌洙
裴顺镐	曹永焕	李斗燮	金昌海
罗京熙	李相荣	李七国	洪完福
金春成	李锡字	金后峰	

解放后复员军人

金桂风	李仁奎	李风春	李淳吉	李相奎	赵相燮
金胜太	金泽然	李顺基	朴裕植	赵相容	禹在福
成德浩	朴秀元	许永福	金明进	柳胜彬	黄龙福
崔亨洙	柳永彬	金得龙	郑永福	崔昌吉	崔昌学
李炳太	郑春吉	金延红	张京赟	金昌学	金洪基
金成日	邢树地	金俊福	金成光	严成波	金永燮
李正哲	黄世福	崔东春	白云洙	许云彬	

企业家

尹正万 金慧敏 车永民 张成焕 金永男 罗明玉

曙光村大中专毕业生名单

车用太	李淳德	严美玉	孙成锦	李成哲	车永民	尹锦兰	金慧敏	张月香	李春杰
崔容子	金英爱	朴东权	张海善	金成学	金光民	尹锦成	金松鹤	韩宝花	李春梅
郑成宝	朴镇仙	朴吉春	金永万	方贵星	金秀才	朴文虹	金红子	韩世峰	郑春兰
金锡日	李惠淑	朴元春	李明淑	金莲花	金秀丽	尹光伟	金红光	金永春	李玉化
车贞子	李汉奎	尹正根	金善于	朴海日	崔海男	尹光海	金梅花	金松哲	金军明
李承一	金爱月	李明哲	金俊杰	朴元日	朴日峰	姜顺玉	金学俊	金香艳	金永童
李仁奎	公正哲	金洪国	金基光	罗明爱	慎重玉	申仁玉	昌海玉	李京松	方敏红
成典德	朴镇烨	金善官	朴龙春	洪明玉	慎京哲	尹春爱	李哲峰	许学民	曹成德
车用哲	李百万	崔昌善	韩光天	金贞姬	崔美艳	公秀梅	李秋连	金德男	李美慧
李凤春	申哲浩	金得龙	金成旭	金红梅	张英兰	公秀彦	朴花玉	李宝锦	崔雪梅
崔正玉	李红奎	郑英花	申京兰	朴文星	崔锦哲	成春吉	张美香	李宝根	张嘉子
李裕花	成德灿	张仁焕	崔钟太	朴文吉	李海龙	成峰吉	张月香	张永林	金香春
高美娜	李美英	李美玲	朴秀山	金春香	张